희곡집

Series of Korean Literature at China

이 전집은 대산문화재단의 2006년 해외한국문학연구 지원을 받았습니다.

연세국학총서73
중국조선민족문학대계 16

희곡집

연변대학교 조선문학연구소
김동훈·허경진·허휘훈 주편

보고사

◉ 권 철

중국 연변대학 조문학부 졸업. 연변대학 조문학부 교수로 재직하며 민족연구소장을 역임하고, 현재 조선문학연구소 고문으로 있다. 저서로『광복전조선민족문학연구』,『중국조선족문학』등이 있다.

◉ 김동훈

중국 중앙민족대 중문학과 졸업, 중앙민족대와 연변대 교수를 거쳐 현재 상해공상외대 한국어 학부장으로 있다. 연변대조선언어문학연구소 소장, 북경대조선문화연구소 고문 역임. 저서로는『중국조선족구전설화연구』,『조선족문화』,『중국조선족문학사』(공저),『간명한국백과전서』(주필),『중국조선족문화사대계』(총주필) 등이 있다.

◉ 허경진

한국 연세대 국문학과 및 동 대학원 졸업. 목원대 국어교육과 교수를 거쳐 현재 연세대 국문학과 교수로 있다. 2005년부터 중국 연변대 겸직교수로 재직중이다.

◉ 허휘훈

중국 연변대 조문학부 및 동 대학원 졸업. 문학박사. 현재 연변대 조문학과 교수로 있다. 연변대 조선문학연구소 소장, 연변민간문예가협회 이사장이다. 저서로『조선민간문화연구』,『조선문학사』(공저),『중조한일민담비교연구』(주필) 등이 있다.

연세국학총서73
중국조선민족문학대계 16

희곡집

초판 1쇄 발행 _ 2007년 6월 28일

주편자 _ 김동훈·허경진·허휘훈
　　　　 연변대학교 조선문학연구소
발행인 _ 김흥국
발행처 _ 도서출판 보고사
등 록 _ 1990년 12월(제6-0429)
주 소 _ 서울시 성북구 보문동 7가 11번지 2층
전 화 _ 922-5120/1(편집) 922-2246(영업)
팩 스 _ 922-6990
메 일 _ kanapub3@chol.com
홈페이지 _ www.bogosabooks.co.kr
ISBN _ 978-89-8433-417-5(94810)
　　　　 978-89-8433-401-4(세트)
정 가 _ 25,000원

간행사

　우리 조상들이 중국 땅에 이주해온 이후, 오랜 역사를 통해 탁월한 저력으로 독자적인 문화를 창출해냈고 또한 많은 문화유산을 물려주기에 이르렀다. 그 가운데 우리 조상들의 알찬 삶의 지혜와 다양한 경험들이 축적되어 있다. 바로 이 때문에 문화유산 중 큰 비중을 차지하는 구비문학과 기록문학이 소중하며, 다시 읽어야할 보전(宝典)으로 남게 되었다.

　과경(跨境)민족으로서의 중국 조선민족은 19세기 후반이래로 수차의 문화적 격변의 시대를 살아왔다. 이른바 개화기의 격류 속에서는 전통문화와 서구문화사이의 갈등, 한문학과 국문문학 간의 교체를 경험했고, 식민지시대에는 국문문학의 문체혁신과 일제에 의해 책동된 전통문화의 쇄멸 말살이라는 시련을 겪기에 이르렀다. 이런 변화와 역경 속에서도 중국 땅에 망명하였거나 이 땅에서 유·이민 혹은 정착민으로 생활해온 우리 겨레의 지조 있는 애국문인들은 결코 붓을 던지지 않았다. 류인석, 김택영, 신규식, 신채호, 안중근, 리상룡, 김정규, 김소래, 최서해, 염상섭, 주요섭, 최상덕, 강경애, 현경준, 김창걸, 안수길, 박영준, 황건, 김조규, 윤동주, 박팔양, 이육사, 함형수, 리학성, 천청송, 김학철, 윤해영, 채택룡, 설인 등 헤아릴 수 없이 많은 문학도와 시인, 작가들이 바로 필설로 그 시대를 증언해온 대표적인 지성인들이다.

　그들 중에는 고국을 떠나 갈바람에 흩날리는 낙엽처럼 정처 없이 떠돌다 두만강, 압록강을 건너와 허허 넓은 만주벌판, 낯선 이국땅 서러운 추녀 밑에서 간도아리랑을 부른 망향시인이 있었고 하늬바람 불어치는 산해관을 넘어 북경, 서안, 상해, 무한 등 천년고도에 떠돌이로 남아 언론매체를 빌어

'천고'를 울리고 '진단'을 노래하고 청구의 '광명'을 만방에 호소한 청년전위가 있었는가 하면 백산, 흑수, 송료, 제로, 태항, 중원의 고전장에서 융마일생을 수놓아 가며 목숨을 바친 무명용사도 있었다. 여순, 나가사끼, 후꾸오까의 감옥에서 단지혈맹의 뜻을 굽히지 않고 다리를 절단해가면서도 끝까지 혁명의 지조를 지켜왔거나 끝내 '한 점 부끄럼 없이' 꽃처럼 피어나는 피를 민족의 제단 앞에 바친 암흑기의 푸른 별들도 있다. 그들은 문자에 앞서 몸으로 지탱해온 삶 그 자체가 더 고결하고 값진 것으로 여겨왔던 것이다. 그들의 피와 땀으로 가꾸어온 문화의 숲은 헌걸찬 우리 민족의 에너지를 부단히 충전시켜 주는 불멸의 혈맥, 끈질긴 생명력의 고동으로 무성하게 자라고 있으며 영광과 비애의 굴곡, 흥망과 성쇠의 기복이 교차되는 수많은 역사 주체의 명멸을 간직한 채 굳건하고 강인한 기백으로 오늘날까지 민족의 정기를 면면히 이어주고 있다.

그들이 남긴 풍부한 문학유산은 그동안 중외(中外)학자들에 의하여 적지 않게 발굴 연구되었으나, 지금까지의 연구는 단편적인 자료에 근거를 둔 것으로서 그 진면목을 체계적으로 파악하기에는 역부족이라고 할 수 있다. 이런 의미에서 중국 조선족과 광복 전 재중 한인, 조선인들의 문학 자료를 체계적으로 발굴, 정리, 출판하는 것은 정체(整体)적인 민족문학연구에서 대단히 중요한 작업이 아닐 수 없다. 그들이 남긴 문학 자료는 지금도 중국각지와 해외의 여러 도서관, 박물관, 문서보관소에 신문, 잡지, 일기, 필사본, 프린트본, 활자본 등 형식으로 흩어져있다. 이런 현실을 감안하여 본 대계는 선배들이 중국 땅에 남긴 문학 자료들을 집대성하여 후세인들로 하여금 문화민족으로서의 자긍심을 갖게 하고 애국애족의 정신을 계승 발양하며 문학, 언어, 역사, 민속, 언론, 사회 등 여러 분야를 망라한 학계인사들에게 21세기 중국 조선민족문화의 새로운 비약을 위한 계통적인 연구 자료를 제공하는데 그 목적과 의의가 있다.

중국조선민족문학의 진수를 정리, 간행하기 위한 계획이나 준비 작업은 연변대학 조선언어문학연구소(현재의 조선문학연구소)의 창립과 더불어 20세기 80년대부터 본격적으로 시작되었다. 권철교수를 비롯한 연변대학 조선언어문학연구소의 조선문학 관계 선배학자들은 1950년대부터 벌써 재중조선인 문학자료 수집에 착수하였고 1990년에는 권철, 조성일, 최삼룡, 김동훈 등 네 연구원의 공동 집필로 된 《중국조선족문학사》를 공개출판하기에 이르렀다. 1992년 연변대학 조선언어문학연구소(현재의 조선문학연구소)는 한국 숭실대학교 인문대학과의 공동연구과제로서 소재영, 권철, 김동훈, 조규익 교수를 중심으로 집필한 《연변지역조선족문학연구》를 펴냈다. 같은 시기에 김영덕, 최문식 교수를 비롯한 연변대학 고적연구소에서는 《류린석전집》, 《김택영전집》, 《윤동주유고집》, 《한양가》, 《연변조사실록》 등 중국지역에서 발굴, 정리한 17권의 민족고전을 출판하였다.

이와 동시에 문학현장의 사실을 증언하기 위해 두 연구소 산하의 수십 명의 연구원들은 연변의 각 현시와 북경의 백림사, 상해의 서가회, 남경의 용반리, 심양시 서류보관소 그리고 하얼빈, 대련, 서안, 남통 등지의 도서관, 박물관 등 중국 국내 수백처의 자료관을 누비면서 우리 민족의 해방 전 문학자료들이 흩어져 실려 있는 《천고》, 《진단》, 《천고》, 《진단》, 《독립신문》, 《민성보》, 《북향》, 《만선일보》, 《카톨릭소년》, 《광복》, 《신한청년》, 《조선의용대통신》, 《한민》, 《연변문화》 등 신문과 잡지, 그리고 지난 세기 초부터 이 땅에서 유전되었던 《백두산민담》, 《장백산강강지략》, 《초등소학수신》용 우화집과 《싹트는 대지》, 《재만조선인시집》, 《혈해지창》 등 최초의 소설집, 시집 및 극본들을 속속 발굴하였으며 무려 1,500만자에 달하는 작가문학 자료와 800여 수의 민요, 2,000여 편의 전설과 민담을 수집하였다. 그들은 하늘을 비상하는 나비가 아니라 발로 땅을 기어 다니는 지네와 같이 지나간 역사와 문화현장에 파고들어 문학현상 자체를 자기의 피부로 촉감하고 확인함으로써 오늘의 이 방대한 민족문학대계의 탄생을 준비하였던 것이다.

본 대계의 출간과 관련하여 우리는 다음과 같은 몇 가지 원칙에서 이 사업을 추진키로 하였다.

첫째, 본 대계에는 중국 조선족 작가와 재중 한국인, 조선인 작가들이 건국(1949년) 이전에 창작한 시, 소설, 일반 산문, 극작품 등 일체의 문예작품들을 수록한다.

둘째, 우리 문학의 세 가지 큰 갈래인 조선문 문학, 한문문학, 구비문학을 통해 역사적으로 이룩한 모든 양식을 함께 수록한다. 먼저 건국 전에 창작된 작품을 30권에 나누어 1차적으로 간행하고 이를 더욱 확대하여 진정한 의미의 문학대계가 되게 한다.

셋째, 구비문학작품은 건국 전에 수집된 것과 건국 후에 수집된 것을 망라하며, 그 내용이 해방 전에 이미 구전으로 전승되었음을 감안하여 이를 모두 1차 간행분에 포함시킨다.

넷째, 언어상으로나 역사적으로 가치가 있는 일부 원전은 원전과 현대어역을 동시에 수록한다. 현대어역을 통하여 한문과 원전의 감상을 가능하게 하고 정확한 원전의 제시로 그 연구의 자료가 되게 한다. 단 일부 한시와 고문은 번역 사업이 미처 미치지 못해 원문만 그대로 싣기로 한다.

다섯째, 건국 전의 작가문헌은 그 문체들이 발생한 시대적 선후를 염두에 두면서 한시, 현대시, 소설, 산문, 희곡 순으로 배열하고 구비문학은 민요, 전설, 민담 순으로 배열한다. 건국 이후의 작품은 대부분 쉽게 찾아볼 수 있는 것들이어서 2차적으로 그 출간을 계획해보려 한다.

1차 간행에 교부된 작품집 목록은 아래와 같다.

제1-3권 한시집
제4-6권 시집(조선문)
제7-13권 소설집
제14-16권 산문집
제17권 희곡집
제18권 민요집
제19권 문헌설화
제20-21권 전설집
제22-27권 민담집
제28-29권 중국에 번역 소개된 문학작품
제30권 별책(색인)

끝으로 본 대계가 편집 출판되는 동안 관심 있는 모든 분들의 협력과 질정을 바라며 어려운 가운데도 이 사업에 동참해주신 편찬위원, 책임편자, 역주자 여러분과 연변대학 고적연구소 임원들에게 감사드린다.

그리고 본 사업의 취지를 이해하고 편집비를 지원해주신 한국 대산문화재단, 2005년도 연세특성화지원금으로 「중국내 한국관련 문헌자료집성사업단」을 지원해주신 한국 연세대학교의 후의에 감사드리며, 아울러 편집과 교정에서 제작에 이르기까지 노고를 아끼지 아니한 보고사 여러분께도 고마움을 표한다.

2005년 12월 26일
중국 연변대학교 조선문학연구소 전 소장 김동훈
중국 연변대학교 조선문학연구소 소장 허휘훈
한국 연세대학교 국학연구원 허경진

편집위원 명단

◉ 일러두기

이 ≪대계≫는 다음과 같은 요령으로 엮었다.

1. 중국 조선족의 기록, 구비문학작품을 비롯하여 재중한인(韓人), 조선인이 중국 지역에서 창작한 작품들을 함께 수록하였다.

2. 20세기 전반기에 창작 발표된 문학작품을 일차적 선제대상으로 확정하였다.

3. ≪대계≫ 각권의 출판은 한시, 현대시, 소설, 산문, 희곡, 민요, 전설, 민담 순으로 배열하였다.

4. 한시와 기타 한문(漢文)으로 쓰인 원전은 매 편마다 원문을 앞에 싣고 역문을 뒤에 함께 수록하여 상호 참조하기에 편리하도록 하였다.

5. 원전에 나오는 일부 지명, 인명, 전고, 방언과 알기 어려운 글자, 누락, 오기 등에 대해 필요한 주를 달았다. 주석표기는 원문(혹은 역문)에 번호를 붙이고 해당 면 하단에 각주(脚注)함을 원칙으로 하였다.

6. 고한문 원전은 번체자로 표기하고 이해가 어려운 한자어의 경우에는 괄호 안에 한자를 넣어 병기하였다.

7. 간행사와 일러두기 그리고 해설은 한국에서의, 작품의 맞춤법 · 띄어쓰기 · 외래어 표기는 중국에서의 현행 조선말 규범원칙을 따르되, 어학적 · 민속적 가치가 높은 해방 전 원전은 원문 그대로 수록하였다.

8. 본문은 연변의 표기방식대로 실었으며, 해설은 한국의 표준법에 맞추어서 윤문하였다.

9. 이 ≪대계≫에서 사용한 주요 부호는 다음과 같다.

   1) (　) : 음이 같은 한자를 병기함.

   2) [　] : 음은 다르나 뜻이 같을 때나 혹은 풀이한 한문을 병기함.

   3) ≪ ≫ : 책명, 작품명, 대화나 인용을 나타냄.

   4) 〈 ? 〉 : 불확실한 경우를 나타냄.

   5) □ : 원전 또는 원문에서 누락된 문자를 나타냄.

   6) 주석은 ①②로 표시하여 해당 면 하단에 표기함.

차 례

제1편 광복 전 희곡

제2편 광복 후 희곡 (1945~1949)

중국 조선민족 연극 개황과 희곡문학 실황 (이주 - 1949)

김운일

1. 연극개황

조선 사람들이 조선반도에서 중국의 동북지구에 대거 이주한 것은 1860년대였으니, 중국조선족이 세상에 생기게 된 것은 대체로 인류의 근대문명이 개화 발전한 시기일 것이다. 하지만 세상은 공평하지 않았다. 인류의 근대적문명도 그들에게는 혜택으로 되지 못하였다.간악한 봉건통치와 잔인한 외세의 유린 그리고 혹심한 자연재해는 그들을 지루한 기근의 심연 속에 몰아넣었다. 조상의 뼈가 묻혀있는 정든 고향땅마저 하직하고 오직 하나 연명의 희망을 기탁하고 찾아든 곳이 바로 음산하고 황량한 중국 동북지구의 변강 땅이었다. 이런 처지였기에 이주초기 중국 조선족민족이민들은 모든 것을 빼앗기고 짓밟혀 알몸뚱이나 다름없는 최하층백성들이었으므로 독립적이고 구전한 연극예술형태를 가질 수 없었다. 문화예술이라고 할 수 있는 것은 근근이 조선에서 가지고 온 구비전설이거나 민요들이고, 제일 확연히 드러나는 문화예술 형태라면 그들이 입고온 민족의상과 가지고온 가장집물에서 표현되고 있는 장식미술문화 흔적일 따름이다. 그리고 그들의 일상생활과 노동실천에서 나타나는 일련의 풍속습관에 스며 배어있는 이러저러한 문화적 관념일 것이다.

최초 조선민족 이주민들의 연예형태라고 할 수 있는 것은 가무를 기본으로 한 여러 가지 예술양식들이 혼합된 막놀이 형식뿐인 것으로 짐작된다. 이런 막놀이 연예절목들은 간혹 행하여졌던 집단적인 종교의식활동이거나, 명절의 민속놀이 등등 모임이 있을 때 벌어졌다. 이 가운데서 비교적 구전한 예술형식이 바로 오늘까지 농민들 속에 전해지고 있는 민간무용인 농악이다. 그리고 이런 연예활동에서 일부 판소리거나 《춘향전》, 《심청전》 등 창극구절들이 불렸고, 또 《도깨비잡이》와 같은 민속극 비슷한 탈춤놀이도 끼어있었다. 이런 것들은 그 대부분이 조선에서 가지고 온 것이고 일부는 제 마음대로 꾸며낸 것들이다. 이런 소박하고 즉흥적인 연예형태들은 원시성이 다분한 그들의 중세기적 농경경제의 반영으로서 어렵고 번잡한 꾸밈새를 갖추지 않아도 되었으므로 그들의 생활형편과 문화수준에도 알맞은 형식이었다. 따라서 이런 연예 형식 속에서 초기 중국 조선민족들의 극놀이 요소와 소박한 심미의식을 엿볼 수 있는 것이다.

그러면 중국 조선민족의 연극은 어느 때부터 시작되었는가? 문헌재료의 기재가 없으니 직접 고증할 수는 없으나 조선연극사연구의 재료에서 간접적으로 그 시기를 추정할 수는 있는 것이다. 조선연극사연구의 재료들을 두루 살펴보면 조선에서의 신연극의 시작을 대체로 1910년대로 논의되고 있는 것 같다. 그러니 우리 중국 조선민족의 연극시작이 그보다 일찍 될 수는 없다고 인정한다. 그러므로 중국 조선민족 연극예술의 시작을 1910년대 후부터라는 추단은 무근거한 것이 아닐 것이다. 그리고 이것은 또 중국 조선민족 연극활동의 실제사실에도 어긋나지 않는 것 같다.

20세기를 잡아들면서 조선의 많은 문인들이 중국에 들어왔다. 특히 1910년 한일합병 후 중국에 이주해온 조선 문인들은 그 대부분이 망국의 울분을 참지 못하여 민족의 각성과 독립을 위한 근대적 문화 교육 사업에 자신을 바쳤다. 이로부터 문인들을 비롯한 학생이 창작하고 공연한 연극작품들이 나타나게 되었다. 그 첫 시작이 바로 조선연극의 영향과 일본 유학생들로부터 전파된 신파극이다. 예를 들면 1914년 좌우에 용정, 연길 등지에서 공연되었다는 《새가정》, 《미신타파》와 같은 연극들이다. 그리고 1915년 4월 길림 조선족중학생들이 《원흉(元凶)》이라는 가두기동선전극을 공연하였다 .이러한 사실들은 바로 중국 조선민족연극예술의 시작이 1910년대로부터 있어온 일이라는 것을 밝혀주고 있다.

여기서 마땅히 짚고 넘어가야 할 것은 중국조선족의 이러한 연극 일부가 비록 조선의 신파극 영향으로 시작되기는 하였으나 조선의 신파극과는 그 사정과 성격이 다르다는 그 점이다. 조선에서의 신파극은 일제침략자들이 군국주의 비호 하에 일본의 군사극을 본 딴 것으로부터 시작하여 나중에는 점차 상업적이고 퇴폐적이고 애상적인 것으로 타락하였다. 그러나 중국에서의 조선민족연극은 연극애호청년들이 신파극영향을 받는 것이기는 하였으나 그것이 과외적인 활동으로서 전문단체로 될 수도 없었다. 그러므로 조선에서처럼 자기의 맥락을 이루고 뿌리내지 못하였다. 그리고 중국에서 초기의 연극들은 직접 인민대중들에 대한 근대적 문명의 계몽의식과 연관된 것으로서 진보적인 사실주의연극으로 특정지어지는바, 이런 연극들의 개척자적인 역할이 무시되지 말아야 한다.

1920년대에 와서 중국조선민족 연극예술은 새로운 모습을 보여주었다. 그전의 사실주의적인 연극전통을 계승하고 또 조선의 신극운동과 중국 현대문학 및 소련의 영향으로 새롭게 발전하였다.

우선 해방 전 적통치구에서의 문인학생을 중심으로 한 대중연극활동을 살펴본다면, 1920년 남만주의 길흥학교 강당에서 안중근의사의 사적을 반영한 연극이 공연되었고, 1925년 용정 대성중학교 《문우사(文友社)》의 연극 《파랑새》, 1920년대 후반기 용정 《연극호》의 《이상한 청년》, 1927년 용정 광명중학의 《예우사(藝術社)》의 무언극 《이렇다！》 등등이다. 그리고 이 시기 관내에서도 이런 연극 활동들이 빈번하였던 것으로 알려지고 있다. 《독립신문》의 기재에 의하면 1920년대에 상해, 광주, 무한 등지에서 교회당, 소학교 등 장소를 빌어 조선의 애국적 문인들이 망국의 울분을 성토하는 내용으로 연극 활동을 전개하였다.

1930년대에 중국조선민족문인들이 극문학작품을 세상에 내놓을 수 있는 첫 잡지가 《북향》인데, 장막극 《파천당(破天堂)》(리주복 작)이 이 잡지에 발표되었다. 그 후 《만선일보》에 단막극 《곽첨지 사는 마을》, 장막극 《려명전후》(리무영 원작, 리갑기 개편), 아동극 《리야왕》(김상덕 작)등 진보적인 극작품들 외에 또 친일반동적인 작품 《김동한》(김우석)과 같은 작품들이 실렸다.

상술한 진보적경향의 문인연극은 반제반봉건사상을 기본으로 하고 근대문명에 대한 계몽의식으로 대중을 각성시키는 사실주의적인 연극예술이었다.

중국조선민족 연극예술에서 보다 귀중한 것은 1920년대로부터 사회주의를 지향하는 문학도들과 반일투사들 그리고 항일무장 대오 내에서 창작·공연된 혁명적인 연극예술이다. 이를테면 장막극 ≪경숙의 마지막≫(1925년), 단막극 ≪야학으로 가는 길≫, ≪4·6제≫(1931년), ≪아버지와 남편을 찾는 사람들≫(1934년), ≪혈해지창≫(까마귀 1937년), ≪싸우는 밀림≫(까마귀 1938년), ≪경축대회≫ 등등 수두룩한 작품들을 헤아릴 수 있다. 이 가운데서 대표적인 작품은 ≪혈해지창≫이다. ≪혈해지창≫은 1937년 일본제국주의 침략자들이 일으킨 ≪7·7사변≫의 역사 시기를 시대배경으로 하고, 주인공 항일유격대 정찰원들인 뻐꾹새와 한족 어머니 쑹마마의 형상창조를 통하여, 일제침략의 가혹한 탄압에 의한 피바다 속에서도 굴하지 않고 목숨 바쳐 싸우는 조선민족과 한족인민들의 피로 맺어진 우의와 단결을 진실한 화폭으로 구가하였다.

1930년대 말과 40년대에 중국관내의 조선의용군전사들에 의해 창작·공연되었다는 연극 활동 역시 유명하였다. 예를 든다면 태항산 지구에서 연극 ≪승리≫(김학철 작), ≪서광≫(김학철 작), ≪황군의 꿈≫, ≪태항산에서≫(진동명 작), ≪북경의 밤≫, ≪강제징병≫(고철 작)등 작품들을 공연하였다. 특히 1940년 5월 한국청년전지공작대가 ≪국경의 밤≫(선전대 집체작), ≪한국의 한 용사≫(박동운·한유한 작)등 단막극과 장막가무극 ≪아리랑≫을 공연하여 당시 서안시를 들썩해 놓았다.[1]

이런 혁명연극들은 연극예술자체가 혁명사업의 일환으로 되어 인민대중들을 선동 교양함으로써 반제반봉건적인 민족해방에 궐기시키는 공리적 목

---

1) 한국청년전지공작대에서 공연한 ≪국경의 밤≫, ≪한국의 한 용사≫, ≪아리랑≫ 등 작품에 대한 내용과 공연성황은 이 공작대에서 편집 출판한 ≪한국청년≫ 잡지 1940년 제1권 제1기에 상세히 수록되어 있다.

적성이 아주 명확하였다. 그러므로 혁명적인 현실생활을 진실하게 반영하고 강한 시대성이 구현된 혁명적 사실주의 작품들이다. 따라서 혁명승리에 대한 신념과 이상이 풍부하게 표현된 것으로 하여 혁명적 낭만성이 유기적으로 결부된 연극예술이다.

1945년 9월 항일무장투쟁의 승리와 함께 중국 조선민족인민들도 해방을 맞아왔다. 새 나라의 떳떳한 주인이 된 조선민족인민들은 해방 전부터 간직했던 상술한 연극유산들을 계승하면서 새로운 연극예술로 발전시켰다.

해방 초에 중국 조선민족은 전문적인 연극예술단체가 없이 연극애호가들과 지식인들이 자발적으로 일어나 임시 연극단체들을 무어가지고 대중적인 연극 활동을 벌리었다. 후에 점차 통일적인 문예단체들로 장성·발전하게 된 것이다. 예를 들면 1945년 간도문협 양양극단에서 연극 ≪해란강≫(박노을 작)을 공연하였다. 그리고 용정 민주대동맹 청년부 연예대에서 연극 ≪파몽기≫(맹심 작, 1945년), ≪적≫(맹심 작, 1945년), ≪평강공주≫(김재한 각색, 1946년), ≪리향아리랑≫(1946년)등을 공연했고 용정진 구락부에서 연극 ≪외치는 그들≫(리진희 작, 1948-1949), ≪피의 남경론≫(리진희 작, 1948-1949)등을 공연했다. 농촌지방극단으로 이름이 있은 것은 연길현(지금의 용정시)태평구(지금의 팔도구)문공단인데 그들은 ≪해방의 종소리≫(한계선 작, 1946년), ≪남매≫(한일 작), ≪원한의 밤≫(한일 작, 1946-1947)을 공연했고, 당시 또 연길현 조양천극단에서도 1946년 좌우에 ≪이국의 밤꽃≫, ≪부활≫(마룡술 개편)등 연극들을 공연하였다. 이 시기 연길의 연극 활동을 살펴보면 간도청년동맹에서 이스크라극단(1945년 10월 15일)을 세우고 ≪에밀레종≫(1945년 11월), 장막극 ≪승리의 혈사≫(김평·천일·신영준 작)등을 공연하여 광범한 관객들의 반향을 일으켰다. 해방 후 훈춘에서도 연극예술활동이 아주 활발하였던 것으로 전해지고 있다. 이를테면 훈춘 애문연극사에서 가극 ≪총소리에 웃는 두만강≫(리철 작), ≪쑥도리≫(리영근 작), ≪상해의 밤≫(고다지로 작)등을 공연한 후, 훈춘현 문공단에서 ≪태양을 기다리는 사람들≫(조선극본), ≪강제병≫, ≪혈육상관≫(번역극), ≪새사람 새집≫(김일송 작곡), ≪한집안 한마음≫(김일송 작곡)등 작품들을 공연하였다. 그리고 이 시기 왕청현의 조소문화협회에서 연극 ≪날리는 새 기발≫(장기남 작)등을 공연한 뒤를 이어 장막극 ≪최후의 한발≫(장기남 작), ≪아리랑≫(김성근 각색), ≪격퇴≫(김수봉 작), ≪문맹퇴치≫(유덕신 작), ≪전사의 어머니≫(리명주·박진석 작), ≪분배받은 기쁨≫(황길손 작)등을 공연했다. 이 시기 화룡현의 중소문화협회의 과외극단에서 장막극 ≪안중근전≫, ≪홍길동전≫ 등을 공연했으며 또 화룡현 인민정부 문교과 과와문공대에서 ≪락동강 7백리≫, ≪꽃다발≫, ≪신 한컬레≫(리룡연 작), ≪담배불≫(리룡연 작)등 작품들을 1948년부터 1949년까지의 사이에 공연했다. 화룡현에서 농촌지방극단으로 유명한 것은 두도극단이었다. 그들은 1946년에 장막극 ≪초모자≫, ≪깊은 밤의 종소리≫를 공연한 후에 또 장막극 ≪피 묻은 농민모≫(신호·맹심 작), ≪안해의 무덤≫(신호 작), ≪화랑≫(신호 작)등을 공연했다. 이때 도문시를 보면 도문노농예술동맹 연예부에서 역사극 ≪고려지사≫(1945년 11월), 현대극 ≪선구자≫(감창무 작, 1945년)를 공연했다. 1946년부터 1949년 사이에 장막극 ≪흑가면≫(주문봉 개편)을 공연한 외에 도문시 가도부녀회에서 ≪무식은 탄식≫, ≪일부일처≫ 등을 공연하였다. 그리고 ≪참군≫, ≪혁명의 길≫, 아동극 ≪파랑새≫, 고전극 ≪량반과 종≫, ≪행주산성≫ 등도 도문에서 공연했다. 안도현의 명월구와 양병태 과외극단에서 연극 ≪항일의 어머니≫, ≪인력거꾼과 행인≫, 희극 ≪장님들과 코끼리≫, 무언극 ≪뒤잔등의 글≫ 등을 공연하였다.

　해방 후 대중성적인 연극 활동은 연변뿐만 아니라 조선민족들이 모여살고 있는 흑룡강성에서도 널리 전개되었다. 이를테면 하얼빈의 양양극단이 목단강시에 와서 ≪안중근≫(김진문 작, 1945년)을 공연했고, 또 목단강의 무궁화극단에서 가극 ≪그리운 남강≫(1945년 10월), ≪추수≫(1945년), ≪희망렬차≫(1945년)등을 공연하였고, 공농극단에서 비극 ≪두만강을 등지고≫(1945년), 정극 ≪풍운의 남매≫, 풍자극 ≪인생안내≫를 공연하였다. 그리고 해방 후 목단강시의 조선인 민주동맹의 서안구 청년들이 무언극 ≪동방의 거와≫(김례삼 작, 1946년), 풍자극 ≪공산주의렬차≫(김례삼·조경홍 작, 1946년)등 작품들을 공연하였다. 목단강에서 비교적 조직적으로 조선민족 연극 활동이 전개된 것은 목단강시 조선민족들로 조직된 ≪동북신흥예술협회≫와 목단강시민맹문공단이 조직된 후부터이다. 그들은 장막극 ≪혈채≫(1946년), ≪너?! 이놈≫(신용검 작), ≪밀림의 고백≫(리한룡 작, 1947년)을 공연하여 대인기를 끌었다. 그리고 흑룡강성 해림현 신안진 고려악극단에서도 가극 ≪북방에 종이 운다≫(권녕일 작, 김종화 곡), ≪붉은 태양이 솟아오른다≫(조춘희 작)등을 공연하였다 .

상술한 것들이 바로 해방 후로부터 건국까지 조선민족인민대중들과 그 속에 문인들의 연극 활동 정황이다. 이런 연극들은 새 나라의 주인이 된 희열로 넘쳐흐르는 확고부동한 경향성으로부터 표현되는 시대성·선동성·대중성으로 특징지어지는 사실주의적 연극예술이다.

해방 후 중국조선민족의 전문적인 연극예술단체가 세워질 수 있은 원 갈래는 관내에 있었던 조선의용군선전대로부터 밝혀야 한다. 따라서 이것은 또 해방 전 혁명연극전통의 기본줄기이다.

1945년 10월에 심양에 모였던 조선의용군의 일부는 조선으로 나가고 제1지대가 남만(후에 통화지구에 왔다.)으로, 제3지대는 북만(할빈일대)으로, 제5지대는 동만(연변)으로, 5지대에서 갈라진 제7지대는 길림지구로 옮기면서 각기 자기의 선전대를 가지고 갔다. 이런 남북만의 의용군선전대 골간들이 연변에 모이고 또 일부 지방예술단체들의 주요한 성원들이 합하여 연변문공단이 되었다. 이로부터 중국조선민족 무대예술전문단체의 중심이 형성되고 연극예술전문단체가 이루어질 수 있는 씨앗을 심게 되었다.

이 시기 조선의용군 각 선전대들의 연극 활동 정황을 알아보면 다음과 같다.

우선 연변문공단이 건립되기 전(1948년 3월까지) 길동보안군 문예공작대에서 연극 ≪꼬마의 참군≫(고철 작), ≪아침은 밝았다≫(박노을 작), ≪파업≫(박노을 작), ≪동지구≫(박노을 작), 길동보안군 정치부 문공단에서 ≪호가장전투≫(김혁 작)와 번역극 ≪백모녀≫ 그리고 ≪피눈물의 원한≫을 공연하였다. 1947년도에 길동보안군 문예공작대에서 가극 ≪인민은 무장하였다≫와 연극 ≪북경의 밤≫(김익성 작), 번역극 ≪신 한컬레≫, 소형

가극 ≪눈이 밝아졌다≫, ≪옹군애민≫, ≪서부전선일경≫ 등을 공연하였다.
1948년 3월 연변문공단으로 된 후 연극 ≪찬주귀대≫(송철식 작, 홍성도 연
출), 대형가극 ≪승리를 향하여 진군하자≫ 등을 공연하였다. 1949년 3월 동
북행정위원회 민족사무처 문공단이 하얼빈에서 나와 연변문공단에 합병된
후 그들은 번역극 ≪백절불굴≫을 공연하였다.

하얼빈지구에 간 조선족의용군 제3지대 선전대는 1943년 2월부터 근 3년
동안 흑룡강성에 조선민족이 모여 살고 있는 지구와 부대 내에서 연예공연
활동을 진향하였는데, 그 속의 주요한 연극작품들을 추려 보면 ≪참군≫,
≪마지막 하나의 수류탄≫, ≪우리의 맹세≫(장만련 작), ≪태항산의 혈적≫
(최채 작), ≪앵두꽃 필때≫, ≪안가촌≫, ≪아름다운 마을≫(김교성 작), ≪우
리의 기쁨≫(장만련 작)등등이다.

해방 후 길림성 통화지구에 온 리홍광지대 선전대의 연극 활동도 그 영향
력이 비교적 컸다. 이를테면 장막극 ≪리홍광≫(심청·최아림·전덕명 작)
을 비롯하여 ≪영광패≫(최정연 작), ≪강제병≫, ≪적 심장속에서의 투쟁≫
(지봉래 작), ≪부상병≫(주선우 작), ≪공작원≫(최정연 작), ≪민주련군의
오는 날≫(주선우·최정연 작), ≪인민의 군대≫(최득화 작), ≪두개 만두≫
(최정연 작), 가극 ≪지뢰수 조성두용사≫(최득화 작), ≪창작원의 하루≫(김
우수 작), 가무극 ≪뱀과 농부≫(주선우·최정연 작)등등 연극작품들을 당지
인민들과 부대 내에서 공연하였다. 리홍광지대 선전대는 부대와 함께 1950
년 10월에 조선전선에 나갔다가 정전되자 그 대부분 성원들이 제대하여 귀
국한 후 연변가무단에 들어갔다. 예를 들면 정진옥, 유덕수, 양상호, 주선우,
최정연 등 사람들이 바로 그러하다.

이상과 같이 건국이전까지 중국조선민족의 연극예술이 걸어온 길을 소급
해 보면 대략 아래와 같은 두 갈래의 기본맥락을 이루면서 그 전통이 세워
진 것으로 짐작이 간다. 그 하나는 진보적인 문인들과 학생들을 중심으로 한
대중성적인 연극예술활동이다. 다른 하나는 항일연극을 중심으로 한 혁명연
극 활동이다. 이러한 두 줄기의 중국 조선민족연극은 건국좌우에 연변을 중
심으로 대회합이 이루어졌다. 이로부터 극작가들과 연극 예술인들이 상대적

으로 모이게 되었으며 연극예술단체들이 점차적으로 정돈되기 시작하였다. 그리하여 문인·대중연극과 혁명연극전통은 서로 영향을 주는 국면이 나타나게 되었고, 조선족의 연극예술은 전문예술단체의 연극과 대중성적인 과외연극으로 그 맥락을 이루면서 자기의 발전을 내밀게 되었다.

이러한 대회합의 구체적 사실을 본다면 1950년 1월 흑룡강성에서 노예문공단의 조선족대가 연변에 와서 연변문공단에 편입되었고, 후에 또 통화지구 리홍광지대 선전대의 주요한 골간들이 연변가무단에 오게 되었다. 그리하여 흑룡강성에서 김태희, 황봉룡, 최수봉, 원주삼, 정인덕 등을 비롯한 작가 예술인들이 오게 되었고 통화지구에 있었던 최정연, 주선우 등이 왔다. 그리고 연변에 있었던 허등활, 박영일, 홍성도, 허창석, 김재한 등과 손을 맞잡고 건국 후 중국 조선민족의 연극예술사업발전에서 선구자적인 역할을 감당하였다.

이러한 대회합이 있은 후 문인·대중연극과 혁명연극이 서로 영향을 주면서도 그 핵심적 지위에 서있으면서 강한 영향력으로 자기의 기본전통정신을 계속 살려온 것은 의연히 혁명연극이었다. 바로 이런 기본맥락으로 이루어진 전통에 의하여 조선민족연극은 자체의 역사적인 경험을 가지게 되었고 따라서 그 속에 피치 못할 자체의 교훈도 내포하게 되었다. 그 주요한 역사적 경험과 교훈을 모아 보면 다음과 같은 몇 가지에서 찾아볼 수 있지 않겠는가 생각한다.

첫째, 이러한 연극들은 부동한 역사시기 우리 민족인민들의 생활, 특히 혁명투쟁생활을 반영함으로써 사회투쟁과 정치투쟁과업에 긴밀히 배합되는 전투무리로서의 연극이었다. 그러므로 선명한 정치사상경향성과 강한 선동교양을 구현시킨 것이 특징으로 되었다.

둘째, 연극의 전투작용과 선동고동작용을 충분히 발휘하기 위하여 공연활동을 농촌과 공장, 광산 및 부대 그리고 보통 백성들 속에 깊이 들어가 진행하였기에 연극으로 하여금 대중성과 보급성이 강하게 되었다.

상술한 경험에 의하여 연극작품들이 해당시기 현실생활을 적시적으로 반영하여 광범한 인민대중들을 당시 혁명 투쟁 사업에 궐기하도록 고등 격려

함으로써 연극으로 하여금 혁명사업의 일부분으로 되도록 하였다. 그리고 대중 속에 깊이 들어가 보다 많은 대중들에게 연극을 보이게 한 경험들은 연극관객을 보다 많이 하도록 할 수 있었다.

그러나 이러한 경험들이 보편적 법칙성으로 될 수 없었기에 찾아야 할 교훈들이 아주 많은 것이다. 우선 생활을 대함에 있어서 진정 인간의 생활 전반을 염두에 둔 것이 아니라, 오직 혁명적인 정치투쟁생활만을 반영하였기에 작품이 감화력이 있는 예술형상을 창조한 것이 아니라, 인물의 입을 빌어 해당시기 정치적 구호를 부르짖었기에 개념화와 도식와의 작품을 낳게 되었다. 다시 말하면 대중에 대한 ≪선동교양≫의 정치과업의 ≪전투작용≫이 평면적으로 강조된 데서 연극예술자체의 법칙성이 홀시되었다. 그러기에 연극이 오랫동안 정치노선과 방침정책을 해석·선전하는 신문성적인 역할만을 감당하는 데 만족하였다. 이번 ≪희곡편≫에 처음으로 수록해 넣은 일부 작품들이 지금까지 출판물에 발표될 수 없었던 주요한 원인도 바로 여기에 있었다. 희곡부분에서 발굴된 원시작품이기에 보귀한 것이기는 하나 희곡작품으로 취급하기 어려울 정도로 정치구호가 반복적으로 열거되어 있다. 당시 일부 정황을 요해하는 데 도움을 줄 수 있는 기록재료라는 의미에서 이번에 편입하여 넣었을 뿐이지 문학작품으로서는 그 가치가 매우 미약하다. 그러나 연극으로서는 당시에 일정한 선동고동성이 있었을 것으로 믿는다.

상술한 역사적 교훈들은 아주 심각하지만 오래도록 그 침적물이 가셔지지 못하고 우리 조선민족 연극예술의 발전에 크나큰 장애물이 되었다.

2. 희곡문학실황

상술한 연극개황에서도 알 수 있는 바, 우리 민족은 연극예술을 아주 즐기는 민족이었음을 알 수 있다. 조선민족이 살고 있는 곳에서는 노래와 춤과 함께 연극공연도 대단하였던 것으로 안다. 하지만 우리 민족의 기구한 운명처럼 그런 재료의 기재들이 무참하게 인멸되어 찾을 길이 묘연하다. 아래에 중국조선민족 희곡문학실황을 역시 광복 전과 광복 후로 나누어 알아보겠다.

주지하다시피 해방 전 중국 조선민족 연극에 대한 연구 자료들에서 필자가 지금까지 알아본 데 의하면 항일투사들과 의용군 등 각 부대의 선전대 그리고 각 학교의 과외서클과 여러 가지 대중성적인 공연활동으로 전해진 연극작품이 무려 150편에 달한다. 그런데 이런 연극작품들 대부분 재료가 해방 전에는 일제와 그 주구들의 무시무시한 탄압 때문에 건사될 수 없었고, 해방 후 더욱이 건국 후 일부 재료들이 수집되었으나, 8억 인이 10년 세월을 탕진해버린 내란의 재난까지 겪다보니 그것마저 거의 다 소실되고 말았다. 지금 남아있는 대부분 연극예술자료야 근근이 극 제목이 아니면 간단한 주제 내용이거나 이야기 줄거리가 구두로 전해지고 있을 뿐 서사적 재료로 남아 있는 희곡문화작품이라고는 그리 많지 않다. 해방 전의 작품으로 항일희곡문학작품 ≪혈해지창≫과 ≪싸우는 밀림≫뿐이고 문인희곡문학작품 ≪파천당≫, ≪려명전후≫, ≪곽첨지사는 마을≫, ≪리야왕≫ 등이다. 그 외 친일반동희곡작품 ≪김동한≫한 편이 있다.

≪혈해지창≫과 ≪싸우는 밀림≫은 연변대학 조문학부 1956년기 학생들이 졸업논문을 위한 사회조사가운데서 1959년에 찾아낸 것인데 당시의 원본은 연필로 쓴 원고에 지나지 않았다. ≪혈해지창≫이 먼저 ≪연변문학≫(1959년 제9호)에 발표되었고 장막극 ≪싸우는 밀림≫은 ≪문화대혁명≫후에야 겨우 ≪문학과 예술≫(1986년 제2기)에 발표되었다.

이 두 작품은 항일시기 희곡문학의 대표작으로 되기에 손색이 없다. 그러므로 이런 작품을 중심으로 항일희곡문학의 기본특점을 구명하겠다.

항일희곡문학의 특점은 무엇보다 먼저 공리적 목적성이 뚜렷하고 선전고동성이 강하다는 그 점에서 찾아보아야 한다. 이런 특점은 다음과 같은 두 가지에서 표현된다.

첫째, 항일희곡문학은 항일무장투쟁의 현실생활을 직접 반영한 혁명문학으로서 일제의 침략과 그 주구들을 타승하는 항일혁명사업의 일익으로 되어 이 투쟁에 이바지하였다. 그 대부분 작품들은 항일전사들이 자기의 생활체험에 의해 전쟁생활 속에서 직접 창작한 것으로서 작품이 창작되는 족족 연극공연에 제공되어 혁명적 군민들에게 선전고동의 무기로 되었다. ≪혈해지창≫이나 ≪싸우는 밀림≫을 보면 모두 재난이 첩첩하였던 30년대 후기의 항일유격전쟁을 주제로 다루면서, 계급·민족적으로 백열화된 모순투쟁을 기본갈등으로 하고, 간악한 원수에 대한 강렬한 항거의식으로 충만해 있다. 이러한 사상 주제적 내용은 또 당시 중화민족의 근본적 이익을 대변한 것으로서 천백만 인민대중들의 공명대를 이룰 수 있었던 것이다.

둘째, 나라와 민족의 위기를 구하는 성스러운 혁명투쟁에 자신의 사랑도 목숨도 다 바쳐 싸우는 항일투사들의 영웅형상을 창조함으로써 항일군민들의 흉금을 울려주었고, 항일투쟁에 궐기하도록 혁명적 대중들을 고무 격려하였다. ≪혈해지창≫에서는 원수의 흉탄에 맞아 북간도의 온 산과 들에 핏자국을 남기면서도 끝까지 싸워 이기는 빨치산 정찰원 뻐꾹새의 형상과, 부상당한 빨치산 정찰원을 구해내려고 유복자로 태어나 목숨같이 사랑하며 키워온 아들마저 혁명에 바치는가 하면, 나중엔 자기의 목숨까지 바쳐 싸우는 혁명의 중국 어머니 쑹마마의 영웅적 형상을 창조하였으며, 또 ≪싸우는 밀림≫에서는 부상당하여 운신하기조차 어려운 역경에서도 왜놈들의 토벌을 당한 백성들의 마음을 안정시키고 그들의 재난을 구하려고 당금 해산할 아내마저 적구사업에 파견하는 항일연군의 군수부장 박민의 형상이 창조되었다. 이런 영웅형상에서 끝없이 불타고 있는 원수에 대한 그들의 적개심과 찬란히 빗발치고 있는, 나라와 인민에 대한 사랑의 감정 및 그 숭고한 정신세계는 광범한 대중을 격동시키고 혁명적 공감을 자아내게 하는 전형적 예술형상들이다.

다음 항일회곡문학의 다른 한 가지 특점은 비극성이 강한 예술형상으로 미감을 불러일으킴으로써 긍정적 교양의 역할을 달성하는 데 이바지하였다는 그 점이다. ≪혈해지창≫이나 ≪싸우는 밀림≫이나 모두 항일전쟁의 현실과 시대적 특점을 일반화하면서도 일제침략에 항거하여 마지막 피 한 방울까지 흘리며 싸우다 장렬하게 희생되는 쑹마마와 왕펑, 박민의 아내 계순이 등 비극적 형상을 성공적으로 부각하였다. 이러한 비극적 형상들은 일제의 파쇼적 탄압으로 빚어진 북간도의 피바다 속에 우뚝 솟은 기념비마냥 항

시 우리에게 숭고한 미감을 야기하고 있다. 실례를 들어보자. ≪혈해지창≫
의 쑹마마는 아들 왕펑이 원수들에게 체포되어 총살당하여도 굴하지 않고
싸우다 진격해 들어오는 유격대원들의 총소리를 듣자 긍지에 찬 목소리로
이렇게 외친다. "이놈들, 똑똑히 들거라. 저건 우리 우격대의 총소리다. 네놈
들에게 불벼락을 퍼부을것이다." 또 ≪싸우는 밀림≫에서 박민의 아내 계순
의 형상도 역시 마찬가지이다. 그는 반역자의 밀고로 왜놈들에게 체포된 후
감옥에서 해산까지 하였다. 왜놈들은 갓난애를 이용하여 계순의 입을 열려
고 계순의 가슴속에서 사정없이 어린애를 빼앗아내고 유격대의 비밀을 대라
고 졸라댄다. 갓난애가 아츠러운 울음을 터뜨릴 때 왜놈의 개다리가 다가서
며 어린애를 생각해서라도 자백하라고 하자, 격노한 계순이는 주구놈의 낯
반대기에 침을 밭으며 조국과 민족을 팔아먹는 매국역적이라고 단호히 질책
한다. 이처럼 항일희곡문학작품에서 창조된 불굴의 영웅적 형상 속에서는
모든 것을 압도할 수 있는 강대한 힘이 구비치고 있으며, 또 어떠한 역량으
로도 막아낼 수 없는 그 기세야말로 더없이 감격되는 숭고한 미감으로 사람
들의 심금을 울려주면서 심미적 향수를 받게 한다.

항일희곡문학의 또 하나의 특징은 이런 작품들이 혁명적 낭만주의가 유
기적으로 결합되어 있다는 그 점이다. 이러한 특점은 주로 다음과 같은 두
가지에서 표현된다.

첫째, 항일희곡문학작품은 그 대부분이 항일의 현실생활을 진실한 화폭
으로 그려주는 데 튼튼히 발붙이고 있는 일면 미래의 이상세계에 대한 절실
한 추구와 그것의 실현을 위한 혁명적 낙관주의정신으로 충만해 있다. 그러
나 이러한 이상세계에 대한 추구가 현실을 떠난 공허한 환상인 것이 아니
라, 어디까지나 일제침략자와 그 주구를 타승하고 민족의 해방과 나라의 운
명을 구해내는 항일의 현실적 투쟁을 기초로 한 아름다운 미래세계에 대한
추구이며, 또 그 승리에 대한 신념으로부터 생기는 낙관정신인 것이다. 그러
므로 이런 작품 속에 창조된 영웅형상에서 빗발치는 이상추구의 정신과 이
상실현의 굳은 신념은 그들이 간악한 원수들 앞에서도 굴하지 않고 끝까지
싸울 수 있도록 밀어주는 혁명역량의 근본적인 원동력으로 될 수 있었다.

하기에 그들은 발악하는 원수들 앞에서도 태연자약한 기세로 혁명가 높이 부르는 혁명적 낙관정신의 소유자들인 것이다. ≪혈해지창≫에서 왜놈에게 체포된 왕펑은 어머니 쑹마마의 소원대로 원수들 앞에서 혁명가를 우렁차게 불렀다.

둘째, 항일희곡문학에서의 혁명적 낭만주의 특점은 강렬한 격정이 굽이쳐 흐르는 풍부한 서정성에서 표현된다.

항일희곡문학작품에서 표현된 서정성은 대부분 들끓는 열정과 호방한 격정이 충만되어 있는 것이 특징적이다. 이러한 열정과 격정은 총성이 울부짖던 당시 역사적 현실에서 우러나온 시대적 서정의 토로인 것이다. 우선 ≪혈해지창≫에서 그 실례를 들어보자. 왜놈과 그 주구들은 왕펑을 채포하여 유격대 정찰원 뻐꾹새의 종적을 알아내려고 갖은 발악을 다 하였으나 끝끝내 성사하지 못하게 되자 왕펑을 총으로 쏜다. 왕펑은 쓰러지면서도 어머니를 위로한다. "어머니 슬퍼마십시오. 앞길을 믿고 아들을 키워 오늘에 바치는 그 혁명정신이야말로 중국어머니의 본분입니다." 숨진 아들을 가슴에 불안고 쑹마마는 원수들을 노려보며 복수에 찬 목소리로 외친다. "이놈들아, 내 아들 왕펑의 한 목숨은 죽었다만 혁명에 일떠선 전체 무산대중은 다 죽이지 못한다. 그들은 우리의 피값을 꼭 갚아줄것이다." 격정에 사무치는 쑹마마의 이런 예언은 옳았다. 쑹마마의 손에서 구원된 정찰원 뻐꾹새가 인솔한 빨치산 전사들이 비호같이 돌격해 들어와 원수들을 족쳐버렸다. 그러나 혁명의 전우 왕펑과 쑹마마는 희생하였다. 뻐꾹새는 쑹마마의 가슴팍에 쓰러지며 격정에 찬 소리로 굳은 맹세를 다진다. "어머니!…어머니!…아 분하구나! 허나 안심하라. 혁명을 위해 목숨을 바친 숭고한 어머니와 너의 무덤위에 행복의 꽃동산을 만들리라!" 이처럼 호방한 격정이 굽이쳐 흐르는 서정성의 특징은 ≪싸우는 밀림≫에서도 얼마든지 찾아볼 수 있다.

항일희곡문학 속에 넘쳐흐르는 열정과 격정은 항일투사들의 정열과 기백의 표현으로서 필승의 신념을 바탕으로 하는 서정성인 것이다. 바로 이런 혁명이상에 대한 긍지, 그로부터 생기는 서정성에 의해 항일희곡문학의 혁명적 낭만성이 보다 짙어진 것이다.

아래에 해방 전 문인희곡문학을 알아보겠다. 해방 전 문인들의 손에서 창작된 희곡문학작품이 몇 편 안되지만, 이런 작품들을 통하여 적통치구라는 특수한 공간의 강압적인 제약 속에서 살아남은 작가들의 극히 구속되는 심리세계와 미학추구를 짚어볼 수 있으며, 또 그런 공간과 시대의 제약과 참상이 얼룩지고 있지만 자체의 특점도 보여주고 있다.

그 첫 번째 특점은 사회의 계급적 모순을 보아내고 현실의 불합리성을 고발하면서 일정한 항거의식을 표현한 비판적 사실주의 문학이라는 데 있다. 비록 구전한 작품은 찾지 못하였으나 리주복의 ≪파천당≫(전3막인데 2막밖에 알지 못함)에서는 일제의 노화교육이 빚어놓은 조선 의붓아비교육의 폐단을 고발하고 인간개성 해방과 재유를 부르짖고 있으며, 단막극 ≪곽첨지 사는 마을≫과 장막극 ≪려명전후≫(전3막으로 구성되었으나 찾은 것은 1~2막뿐이다.)에서는 중세기적인 낙후한 봉건통치와 일제수탈에 의한 농촌경제의 파산이 빚어놓은 농민생활의 빈궁화를 밝히면서 금전과 권세가 모든 것을 지배하는 사회적 불합리성을 고발하였다. 따라서 이런 고발 속에는 가난한 백성들의 원성이 울리고 있다. 그러나 비판적사실주의 문학자체가 그러하듯 현실생활을 진실하게 반영하고 사회적 모순과 비정의적인 현실을 비판하는데 그쳤을 뿐 모순해결의 옳은 방도를 찾아주지 못하였다. 그러기에 이런 작품들에서 표현된 항거의식은 등장인물들의 비자각적인 행동에 의한 탈가가 아니면 이향 등에 지나지 않는다. 이런 경향의 산생은 사회적 불합리를 목격하였더라도 자각한 노동계급의 역사적 사명을 진정으로 이해할 수 없었고, 또 단말마적으로 발악하는 40년대 일제파쇼적 통치 하에 살고 있었던 당시 극작가들의 처지에서는 어쩔 수 없는 제약성으로서 또 그들만을 탓하기도 어려운 시대적 제약성이기도 하다.

해방 전 문인희곡문학의 다른 하나 특점은 가난한 백성들의 생활처지를 동정하고 그들의 생존을 걱정하는 사상 감정이 표현되었다는 데 있다. 이런 희곡문학작품의 소재내용을 보면 그 대부분이 빈궁해가는 농민생활에 대한 관심들이 주요한 것으로 다루어지고 있다. 하지만 이러한 것들이 모두 몽롱한 앞길을 향하여 던져지는 동정이었으므로, 그 속에서 저들 무기력한 생존의식의 발로도 덮어 감추지 못하였다. 이를테면 단막극 ≪곽첨지사는 마을≫에서 주인공 곽첨지는 무작정 뒷간을 허물어버리라는 백주사의 부당한 요구와 억압에 맞서 싸우다 아들의 취직을 위해 타협하고 마는가하면, 그의 아들은 백주사를 경찰에 고소하려다 아버지의 타협으로 성사하지 못하게 되자 다시 고향을 떠나는 것으로 자기 뜻을 굽히지 않는다. 이처럼 참을 수 없는 굴욕 앞에서 때론 항거의식에 몸부림치다가도 생존을 위해서 인종하는 계급적 조화마저 거리낌 없이 드러내었으며, 또 실패감에 모대기며 풀이할 수 없는 운명의 수수께끼 때문에 감상적이고도 우울해지는 서정이 가슴 아프게 하고 있다.

다른 한 가지 더 밝히면 항일희곡문학이 시급한 선전고동의 공리적 목적성에 의한데다가 곤란한 환경에 있었던 항일 전사들의 손에서 창작된 작품이었으므로 그 예술형식에 있어서 좀 거친데 반하여, 해방 전 문인희곡문학작품은 구성·언어 등 여러 면에서 상대적으로 세련되었다는 특점도 홀시할 수 없다. 특히 단막극 ≪곽첨지사는 마을≫에서 다양한 성격의 인물들의 풍부한 행동을 제한된 시간과 공간속에서 짜 넣은 구성기교거나 조명·음향 등 무대효과의 합리적인 응용으로부터 과시되는 종합예술성의 강화 등은 아주 매력적이다.

마지막으로 해방 후 희곡문학의 정황을 간단히 알아보겠다.

필자가 알아본데 의하면 해방 후 건국이전까지 연극으로 공연되었다는 작품이 무려 120여 편을 헤아릴 수 있다. 이 가운데 연변지구에서 공연된 작품이 77편이고 흑룡강지구의 작품이 32편이며 길림성 통화지구 리홍광지대 선전대의 작품이 13편이다. 이처럼 많은 연극이 창작 공연되었으나 유감스럽게도 희곡문학작품으로 남아 있는 것은 몇 편 안 된다.

해방 후 조선족 희곡문학의 주요한 특점은 해방 전 혁명희곡문학의 기본정신을 계승하고 발전시켰다는데 있다. 이런 특점은 역시 현실생활을 제때에 진실하게 반영하는 혁명적 사실주의 창작원칙에 튼튼히 발붙이고 광범한 인민대중들을 새 정권을 수호하는 현실의 투쟁에 궐기시키도록 고무격려한 선명한 공리적 목적성에서 표현된다.

해방 후 희곡문학에서 고철의 ≪불길≫이 남조선 여수항구 인민들의 봉기를 쓰고, 최채의 장막극 ≪혈투≫에서는 40년대 초 태항산 호가장전투가 묘사되었으며, 장막극 ≪너?! 이놈≫에서 반혁명 잔여세력 숙청에 대한 소재가 거대한 화폭으로 다루어졌다. 그 외의 대부분 작품들은 모두 국내혁명전쟁시기를 시대배경으로 하고 부대의 전투생활과 이모저모들이 묘사되었다.

해방 후 조선족희곡문학에서 비교적 성공적인 작품은 장막극 ≪너?! 이놈≫이다. 이 작품은 1947년 4월 목단강시 민맹문공단에서 공연하여 대성황을 이룬 작품이다. 그 사상 예술적 성과를 보아 해방 후 조선족희곡문학의 대표작으로 되기에 손색이 없다. 작품은 주인공 노동자인 리동철 삼남매의 부동한 성장과정과 그 적대면에 선 헌병대특무 남원수와의 투쟁역사에 대한 묘사를 통하여, 해방직후 진행되었던 반간첩 청산운동의 필요성과 그 정당성을 생동한 화폭으로 표현하였으며, 또 근로인민들의 사회적 각성 앞에서 원수들의 잔여세력이 제아무리 교활하여도 끝장을 면하지 못한다는 내용이 진실하게 반영되었다.

총체적으로 건국 전까지 조선족 희곡문학의 기본은 사실주의 창작원칙을 견지한 희곡문학으로서 그 혁명적이고 진보적인 사회적 역할의 역사적 가치를 인정하지 않을 수 없지만 공리적 목적성 때문에 예술적 법칙성이 도외시된 역사적 교훈도 옳게 찾아보아야 진정 우리 희곡문학의 발전에 도움으로 될 것이다.

제1편
광복 전 희곡

1. 연극으로만 전해지는 주요한 작품

《해제》에서 희곡문학의 실황을 언급하면서 중국조선민족 광복전희곡이 구두로 전해지는 연극작품은 아주 많지만 서사형태(글)로 남아있는 작품들은 얼마 되지 않는다고 밝혔다. 그러므로 이 부분에서 《연극으로만 전해지는 주요한 작품》들을 추려서 그 간단한 공연 정황과 내용이라도 기술하려고 한다.

(1) 이주초기와 20년대이전 작품

◉ 민속극 《도깨비잡이》

《도깨비잡이》는 이주초기 중국조선민족들이 자체로 꾸며서 명절이거나 집단적인 기념행사 때 놀았다는 가면극의 하나인데 그 이야기줄거리는 대략 이러하다. 여러 가지 짐승(소, 개, 돼지, 닭 등)의 가면을 만들어 쓴 사람들이 나와 막춤을 추며 한창 즐기는데 갑자기 개가 요란하게 짖어대는 쪽에서 흉측하고도 무서운 도깨비의 가면을 쓴 사람이 짐승들을 공격하여 날뛰며 들어온다. 그 바람에 돼지와 닭은 놀라서 피해 달아난다. 그러나 소는 끄떡하지 않고 조금도 물러서지 않을 뿐만 아니라 도깨비와 맞다들어 뜸배질을 한다. 그러자 개도 함께 도깨비에게 달려들며 더 사납게 짖어댄다. 뒤이어 돼지와 닭도 함께 도깨비와 싸우려고 한다. 아무리 발악하여도 지게 되자 도깨비는 하는 수 없이 쫓겨나고 만다. 이와 같이 《도깨비잡이》라는 가면극은 무언동작이 기본이고 또 동화적인 의인화수법과 막춤놀이 형식으로 일정한 이야기를 가지고 있다. 이런 이야기 속에는 단합하여 악한 세력을 몰아내려는 이주초기 인민들의 염원이 담겨져 있다.

◉ ≪신가정≫과 ≪미신타파≫

≪신가정≫과 ≪미신타파≫는 조선 신파극을 본 따서 중국에 있는 조선 문인들이 1914년 좌우에 용정, 연길 그리고 조선 사람들이 모여 살고는 도시와 마을들에서 공연했다는 연극작품이다. 이런 작품들의 기본주제사상은 민권주의, 남녀평등, 자유혼인, 미신타파 등 근대적인 계몽과 민주사상을 반영하였다. ≪신가정≫은 자유 혼인에 의해 이루어진 새로운 가정을 묘사하였고 ≪미신타파≫는 제목 자체의 뜻과 마찬가지로 미신사상을 폭로 비판한 것이다. 이 두 작품은 중국조선민족연극이 어느 때부터 시작되었는가를 입증하는 데 의거로 될 수 있다는데 그 의미가 큰 것이다. 그리고 이런 작품들이 신파극을 본 따서 창작 공연하였으나, 조선의 신파극과는 그 성격과 역할이 전적으로 달랐다는 점도 유의할 바이다.

◉ ≪원흉(元凶)≫

≪원흉≫은 1915년 4월 10일부터 17일까지 길림시 조선족학생들이 자체로 창작하고 연습하여 이 지구에서 공연하였다는 기동선전극작품이다. 작품은 모든 죄악의 근원과 인민에게 재난을 들씌운 홍수가 바로 일본제국주의 침략자라는 내용으로 조선반도에 대한 일본제국주의 죄행을 폭로하고 규탄한 것이라고 전해진다.[1] 이 작품의 특점은 편폭이 짧고 구성이 간단할 뿐만 아니라 공연조건과 정황에 따라 기동영활하게 고치고 변동시킬 수 있어서 네거리와 같은 환경에서도 상연할 수 있어 인민대중에 대한 선전고동에 편리한 연극형태라는 그 점이다.

---

1) 연극 ≪원흉≫에 대한 내용은 길림시 조선족문화관의 조사재료에 근거한 것이다.

(2) 20년대부터 광복 전까지의 작품들

ㄱ. 적통치구에서 문인과 학생을 중심으로 한 대중연극작품

◉ ≪안중근≫

≪안중근≫은 1920년 당시 남만주에 있었던 길흥하고의 대강당에서 출연했다는 연극작품인데 그 내용은 ≪안중근의사가 하얼빈 역두에서 이등박문을 저격≫하는 역사적 사실을 감명적으로 무대화한 것이다.[2]

◉ ≪탕자회개(湯子悔改)≫

≪탕자회개≫는 1924년 1월 1일 원단에 상해예수교에서 탄강절을 계기로 몇몇 청년들이 창작하고 연습하였던 연극작품을 공연한 것이다. 탕자회개의 원래 내용은 기독교를 믿지 않은 방탕한 자식이 자기 잘못을 뉘우치고 교인이 되었다는 뜻이다. 즉 종교 신앙마저 버린 방탕하였던 자식이 회개하고 옳은 길을 찾았다는 것이다.[3]

◉ ≪백년의 공≫

≪백년의 공≫은 1925년 3.1절을 경축하며 남경의 조선인들이 창작·공연한 연극작품이다. 이 작품의 출연에 림창모, 오유정 등 여러 사람들이다. 연극의 주요한 내용은 조선독립운동을 배경으로 하고 망국의 설움을 붙안고 싸운 독립의사들의 투쟁사실을 표현했다.[4]

---

2) 연극 ≪안중근≫은 ≪한국인민독립운동사≫(일조각, 1982), p.31과 박영석, ≪日帝下在滿韓國流移民村落形成≫에 기재한 내용을 참조한 것이다.
3) 연극 ≪탕자회개(蕩子悔改)≫는 상해의 ≪독립신문≫ 1924년 1월 1일부 보도를 참조하였다.
4) 연극 ≪백년의 공≫은 상해 ≪독립신문≫ 1925년 7월 8일에 ≪남경의 <3.1>절≫이라는 글이 실렸는데 그 속에 이 연극공연 정황이 기재되어 있다.

◉ ≪파랑새≫

≪파랑새≫는 1925년 용정 대성중학교의 과외문예단체 ≪예우사≫에서 공연한 동화극이다. 이 연극은 그들이 자체로 창작한 것인데 그 작자는 미상이다. 작품의 이야기는 이러하다.

어떤 강가에 파랑새가 둥지를 틀고 새끼들과 함께 오붓하게 살고 있었다. 그런데 갑자기 홍수가 밀려드는 바람에 새의 보금자리가 점점 물에 잠기게 되자 파랑새는 하는 수 없이 새끼들을 날개 우에 앉혀가지고 구슬피 울면서 강가를 정처 없이 떠나지 않으면 안 되었다.

이런 이야기가 밝혀주다시피 연극 ≪파랑새≫는 동화적인 의인화수법으로 사나운 호수마냥 행패를 부리는 일제의 야수적인 침략과 수탈에 의해 정든 고향마저 떠나게 되는 조선민족인민들의 비참한 생활처지를 상징적인 예술형상으로 생동하게 보여주었다. 바로 이러한 완곡적인 예술수법이 적용되었기 때문에 무시무시하였던 일본경찰의 문화적 탄압과 감시를 모면할 수 있었던지 모른다.

◉ ≪이상한 청년(怪靑年)≫

≪이상한 청년≫을 일명 ≪괴청년(怪靑年)≫이라고도 전해지는데 1920년대 후반기에 용정에서 세워졌다는 과외극단 ≪애극호≫에서 창작 · 공연한 연극작품이다. ≪이상한 청년≫의 이야기 줄거리는 대략 이러하다.

연극작품의 시대배경은 당시 조선의 서울을 지점으로 하고 사건이 전개된다. 막이 오르면 늙은 양주가 등장하여 시국을 담론하는 가운데 밤마다 이상한 청년이 나타나는 바람에 종로네거리를 다니기도 무섭다고 한다. 그들이 퇴장한 후 어득씨근한 밤의 네거리를 쏘다니며 순사들이 이골목저골목 수색한다. 순사들이 사라지자 골목길에 이상한 청년이 나타나 담벼락에 삐라를 붙인다. 바로 그때 순시하던 경찰이 이상한 청년을 발견한다. 경찰과 이상한 청년은 격투를 한다. 그런데 이상한 청년이 유술을 써서 순사를 재치 있게 땅바닥에 꼰져박는다. 상처 입은 경찰은 최후발악하며 권총을 빼들고 청년을 겨냥하고 쏘려고 한다. 이 아슬아슬한 찰나에 청년의 연인인 영자라는 처녀가 나타나 잽싸게 순사의 손에서 권총을 빼앗아내고 당장에서 처단해버린다. 격투에서 승리한 두 청년은 이렇게 말한다. ≪이런곳에서는 살수 없다. 우랄산으로나 가자！≫극은 그들이 떠날 때 막이 내린다.

보다시피 연극 ≪이상한 청년≫은 첨예한 극적갈등으로 하여 매력적인 동시에 그 사상내용 역시 심각한 것이다. 연극에서 당시 조선의 암흑한 현실의 한 측면을 알아볼 수 있을 뿐만 아니라 그처럼 무시무시한 파쇼적 통치 속에서도 나라와 민족의 운명을 구하려고 원수들과 결사적으로 싸우는 혁명청년들의 영용한 기개와 정신을 생동한 형상을 통해 볼 수 있다. 그리고 또 이 연극은 첫 사회주의국가 소련에 대한 동경의 마음을 표현했다.

◉ ≪이렇다！≫

≪이렇다！≫는 1927년(민국16년)에 룡정의 광명중학교에서 세운 반과외적인 연예단체인 ≪예우사(藝友社)≫에서 공연한 무언극이다. 예우사의 사장은 당시 음악교원이었던 윤극연 선생이고 배우 25명이 있었고 ≪예우≫라는 잡지도 꾸렸다. 당시 예우사에서는 많은 음악 무용 외 적지 않는 연극작품들도 창작·공연했는데 ≪이렇다！≫는 지금까지 비교적 상세하게 전해지고 있는 작품의 하나이다. ≪이렇다！≫의 경개는 이러하다.

막이 오르면 한 노동자가 마치를 휘두르며 열심히 일한다. 그는 노동의 보수로 빵 세 개를 탄다. 노동자는 기뻐서 덩실덩실 춤을 춘다. 바로 그때 양복차람에 중절모를 쓴 뚱뚱보가 등장하여 노동자와 뭐라고 말하더니 빵한 개를 빼앗아간다. 노동자가 불만의 기색으로 있을 때 또 긴 다부살에 비단 조끼를 입은 얼금뱅이 지주가 나와서 노동자의 손에서 빵 한 개를 빼앗아간다. 무심결에 당하는 봉변에 노동자가 어안이 벙벙해있는데 이번에는 일본 하오리를 입은 땅딸보가 게다짝을 딸딸 끌고 들어와서 다짜고짜로 노동자의 손에 하나밖에 남지 않은 빵마저 빼앗아가려고 달려든다. 이런 막다른 골목에 든 노동자는 그때에야 더 참으려야 참을 수 없어 분노하며 마치를 높이 휘두르고 그놈의 머리를 까부시려고 한다. 바로 그때에 삿갓을 쓴 농민이 등장하여 큰 낫을 들어 노동자와 함께 그놈의 목에다 건다.

이처럼 연극 ≪이렇다!≫는 무언의 호소 속에서 풍자적인 무용동작으로 국내외 반동세력들에게 모조리 빼앗기는 중국 근로대중들의 생활처지를 생동한 형상으로 보여주면서 이런 죄악적인 사회제도를 부셔버리려면 노동자와 농민을 비롯한 모든 근로대중들이 단합하여 반동세력을 때려 부수는 혁명투쟁에 궐기해 나서야 한다는 심각한 내용을 표현했다.

그리고 당시 무언극 ≪이렇다!≫를 감상한 사람들의 회억담에 의하면 이 극의 공연을 감시하고 있었던 경찰의 거동 때문에 관객들의 폭소가 한결 더 높았다고 한다. 즉 연극이 한창 전개되어 바로 노동자와 농민이 함께 일본 놈을 단죄하는 그 대목에 이르렀을 무렵 맨 앞줄 감시석에 앉아 멍하니 연극을 보고 있던 경찰이 그때에야 극의 뜻을 알아내고 ≪공연금지!≫라고 외치며 요란스레 호각까지 불면서 무대 우에 뛰어올랐다는 것이다. 그런데 연극의 이야기는 이미 종말을 고한 뒤였으므로 오히려 무대 우에서 떠벌리는 경찰의 꼴이야말로 야유의 대상이 되지 않을 수 없었다는 것이다.

◉ ≪최후의 승리≫, ≪순애의 희생≫, ≪깬 목소리≫[5]

이 세편의 연극작품은 1926년 3월 6일에 당시 용정에 합법조직으로 있었던 여자청년회의 여학생들이 자체로 조직하여 공연한 것들이다. 그 구체적 내용은 전해지지 않으나 당시 ≪간도신문≫의 보도에 "녀학생들의 연극이였으므로 인기를 끌었다."는 것을 보아 관객의 환영을 받은 작품들이라 짐작된다.

---

5) 연극 ≪최후의 승리≫, ≪순애의 희생≫, ≪깬 목소리≫는 ≪간도신문≫ 대정 15년(1926년) 3월 7일부 제3면에 그 공연정황이 보도되었다.

◉ ≪선악의 결과≫, ≪도박쟁이의 말로≫, ≪삼야종성(三夜钟声)≫ ≪조혼(早婚)의 피해≫[6]

이 네 편의 연극작품은 1926년 7월 7일부터 8일 이틀 동안 당시 ≪걸만동(杰滿洞)≫(지금의 도문지구)운동부의 주체로 ≪남양촌 보흥학교 교정≫에서 공연한 것이다. 매개 작품의 구체적인 내용은 알 수 없으나 ≪도박쟁이의 말로≫라든가 ≪조혼의 피해≫와 같은 작품은 제목만 보아도 그 내용이 짐작된다. 당시 ≪간도신문≫의 보도에 의하면 "입장자가 400여명에 이르러 당지에서는 종전에 없는 성황이였다."고 하였으니 산간지구의 연극공연치고는 비교적 규모가 큰 것이었다고 믿어진다.

◉ ≪학우지정≫, ≪흑림의 주(珠)≫, ≪녀심(女心)≫[7]

1925년부터 1929년까지의 사이에 용정에 반과외적인 연극단체 ≪황금좌(黃金座)≫와 ≪애극호(愛劇豪)≫가 있었는데 그들이 ≪학우지정≫, ≪흑림의 주≫, ≪녀심≫ 등 연극작품들을 공연하였다. 연극 ≪녀심≫은 삼각연애의 대상으로 되어 변화무쌍한 여자의 마음을 형상적으로 표현하였다. 연극 ≪흑림의 주≫의 내용은 전해지지 않고 있다. 연극 ≪학우지정≫의 이야기는 비교적 구체적인데 다음과 같다.

서울에서 고학하는 두 학생이 그 우정이 아주 극진하였다. 그런데 한 학생은 부잣집 자식이어서 생활이 넉넉하여 별 시름없이 공부할 수 있었으나 다른 한 학생은 가정생활이 곤란하고 가난하여서 학비도 제때에 보내주지 않기에 늘 친구의 도움으로 겨우 때를 에우고 공부를 근근이 유지하는 형편이었다. 친구의 도움이 그처럼 극진하였으나 혹심한 경제난을 더 참아내기 어려운 그는 낙심한 끝에 어느 날 밤 친구가 자는 틈을 타서 소나무에 목을 매고 한 많은 세상과 하직하였다. 이처럼 연극 ≪학우지정≫은 당시 사회의

---

6) 연극 ≪선악의 결과≫, ≪도박쟁이의 말로≫, ≪삼야종성≫, ≪조혼의 피해≫는 ≪간도신문≫ 1926년 8월 1일부에 그 공연정황이 보도되었다.

7) 연극 ≪학우지림≫, ≪흑림의주≫, ≪녀심≫ 등 작품은 당시 용정만주영화관의 급사로 있던 유영화라는 노인의 회억에 의한 것이다.

빈부의 차이를 고발한 동시에 고학하는 두 학생의 우정을 묘사하였다.

◉ ≪형제사이≫[8]

연극 ≪형제사이≫는 1932년에 류치화라는 사람이 용정에서 배우 20여명을 묶어 유랑극단 ≪애극사≫를 세우고 공연한 작품이다. 그들은 이 작품을 가지고 조선에까지 가서 순회하며 공연했다. 그 구체적인 내용은 알 수 없으나 가난한 살림형편에서도 서로 도우며 살아가는 형제사이의 사랑을 표현하였다고 전해진다. ≪애극사≫는 일 년도 되지 못하여 자금난으로 해산되었다.

ㄴ. 반일투사들이 창작·공연한 작품들

◉ ≪경숙의 마지막≫

연극 ≪경숙의 마지막≫은 1925년 좌우에 왕청과 훈춘일대에서 공연하였다는 장막비극이다. 그 작자는 미상이나 작품의 등장인물과 이야기줄거리는 지금도 생생하게 전해지고 있다. 그 경개는 다음과 같다.

작품의 주인공 경숙의 아버지는 장기 환자이다. 그러나 지주 김선달은 무시로 경숙의 집에 뛰어들어 빚 재촉을 한다. 어느 날인가 김선달은 또 와서 병석에 있는 경숙의 아버지에게 딸을 팔아서라도 당장 빚을 갚으라고 을러메며 독촉하는가 하면 "래일중으로 빚을 갚지 않으면 집을 차압하겠다"고 협박까지 한다. 이런 후 집에 돌아온 김선달은 걷지도 못하고 병신인 자기 아들을 장가들이게 하려고 음모를 꾸민다. 김선달은 점쟁이 리영감을 불러다 중매꾼으로 경숙의 집에 보낸다. 바로 이럴 때에 설상가상으로 박씨네 집에서 소몰이를 하던 어린 경숙의 동생이 그만 지주 집 송아지를 한 마리 잃어버리고 울면서 집으로 돌아온다. 이튿날 경숙의 아버지가 김선달의 청혼

---

8) 연극 ≪형제사이≫의 공연에 관한 재료는 ≪룡정현지≫의 문화사부분에서 참조하였다.

을 거절하였다고 지주 김선달은 마름들을 거느리고 경숙의 집에 달려들어 마지막 밑천인 오막살이집마저 빼앗으려고 차압한다. 엄동설한의 눈보라 휘몰아치는데 병석에 계시는 아버지를 어디에 모신단 말인가? 아버지의 병을 치료하고 동생을 머슴살이에서 구해내고 집을 살려내기 위해 경숙이는 하는 수 없이 지주 김선달의 며느리로 팔려가려고 작심한다. 그리하여 잔칫날 경숙이는 통곡하며 억지로 지주 집 가마에 실려 간다. 그러나 잔치 첫날밤 참아 병신과 한 자리에 들 수 없었던 경숙이는 기회를 틈타서 뜰에 있는 우물 속에 몸을 던져 자살한다.

보는바와 같이 연극 ≪경숙의 마지막≫은 주인공 경숙이의 비참한 생활처지와 불운한 운명의 비극적인 형상을 통하여 야만적이고 비인간적인 봉건지주계급의 착취적 본성을 신랄하게 폭로하였으며 이런 반동통치하에서 신음하는 근로인민들의 참담한 생활처지와 그로부터 야기되는 자연발생적인 항거의식을 진실하게 표현하였다. 비록 자각적인 항거의식은 아닐지라도 농민의 입장에 서서 지주계급과의 대립적 경향을 뚜렷이 표현하였다는데 이 작품의 가치가 돋보이는 것이다.

◉ ≪야학으로 가는 길≫

연극 ≪야학으로 가는 길≫은 20년대 후반부터 연변 지구에서 널리 공연된 경희극의 하나이다. 이 작품은 또 ≪딸에게서 온 편지≫라는 제목으로 해방 후에도 공연되어 관객의 흥미를 자아낸 희극이다. 그 이야기줄거리는 이러하다.

막이 열리면 늙은 양주가 편지를 들고 등장한다. 시집간 무남독녀에게서 편지가 왔으나 눈뜬 소경으로 일자무식인 두 늙은이는 편지를 알아보지 못해 갈팡질팡하고 글 아는 사람을 찾아다닌다. 이리저리 헤매던 늙은 양주는 마침 길 가던 신사 한사람을 만나 기뻐하며 편지를 보이며 읽어달라고 간청한다. 멋있게 넥타이까지 맨 옷차림을 한 그 신사는 편지를 받아들고 뜯어본다. 한참 편지를 올리 훑고 내리 훑고 하던 신사는 갑갑하다 못해 나중엔 울적해지기까지 하였다. 어쩔 바를 몰라 하는 신사의 모습을 유심히 쳐다보던 두 늙은 양주는 자기 딸집에서 무슨 말하기 어려운 불상사가 생긴 줄 알고 신사에게 거듭 다그쳐 묻다가 그만 통곡을 하고 만다. 이런 광경을 알게 된 야학선생(사실 그는 지하 혁명사업을 하는 혁명가였다.)은 찾아와 무슨 일이냐고 물으면서 신사의 손에서 편지를 받아들고 두 늙은이에게 차근차근 읽어줬다. 편지의 내용을 알고 보니 딸집에 불상사가 일어난 것이 아니라 딸이 옥동자를 해산했다는 반가운 소식이었다. 기실 길가에서 만난 신사도 옷차림은 버젓하게 멋있었으나 낫 놓고 기억자도 모르는 일자무식이여서 편지를 받아 쥐고도 읽을 수 없어 울적해 있었던 것이다. 이런 교훈적인 침통한 사실로 야학선생은 문맹이 얼마나 어려움인가를 밝혀주면서 글을 배워야 할 심각한 도리를 일깨워줬다. 깊이 설득된 늙은 양주는 덩실덩실 춤을 추며 기꺼이 야학교로 가는 것으로 연극은 막을 내렸다.

상술한 연극이 이야기가 밝혀주는 바와 같이 연극 ≪야학으로 가는 길≫은 딸에게서 온 편지를 둘러싸고 벌어진 희극적인 이야기를 통하여 제 글도 모르는 민족적인 수치를 유모어적으로 조소하면서 문맹퇴치의 필요성을 생동한 형상으로 그려보였기에 아주 감명적이다. 연극 ≪야학으로 가는 길≫은 대조(겉매무시와 실속이 다른 신사의 형상)와 오해(원래 딸이 옥동자를 낳았다는 기쁜 소식이 신사의 거동에서 불길한 일로 오해)적인 수법의 도입으로 하여 희극성을 강화할 수 있었으며 그로부터 흥미로운 웃음 속에서 관중들에 대한 교양적 효과를 강화할 수 있었다.

◉ ≪어디로 갈것인가≫

1920년대 말 세린하 일대에서 공연되었다는 연극작품인데 그 내용은 착취계급들의 가혹한 억압 속에서 날로 첨예화되는 농민대중들과 지주간의 모순갈등을 표현하였다. 구체적인 작자와 이야기줄거리를 알지 못하고 있다.

◉ 《민며느리》

연극 《민며느리》는 1920년대 말 또는 1930년대에 공연된 작품인데 작자는 미상이다. 민며느리로 들어간 열여덟 살 되는 신부는 열두 살 되는 신랑을 모시고 결혼잔치 후 처음으로 친척집 방문을 떠나게 되었다. 가는 길에 큰 개울을 만났다. 신랑은 흘러내리는 물살을 보더니 물이 깊어 건널 수 없다며 엉엉 울었다. 사위를 두루 살펴보던 신부가 하는 수 없이 신랑을 들쳐 업더니 "울기 왜 울어..."하고 짜증을 부리며 물을 건너갔다.

이와 같이 연극 《민며느리》는 봉건적인 혼인제도하에서 여인들이 겪게 되는 무형의 속박을 해학적으로 폭로하였다.

◉ 《남녀평등》

연극 《남녀평등》도 《민며느리》와 같은 시기의 작품이다. 그 작자는 알 수 없으나 이야기경개는 대략 다음과 같다.

아주 무더운 여름날 길 가던 행인이 하도 목이 말라 길가에 살고 있는 집으로 찾아 들어가 냉수 한 사발 청하였다. 그런데 그 집에는 젊은 여인이 하나 있을 뿐 아무도 없었다. 들어서는 길손을 보니 젊은 남자인지라 여인은 깜짝 놀라며 돌아서서 안절부절 못하고 망설이다 하는 수 없이 냉수 한 사발을 떠온다. 그러나 여인은 길손을 직접 마주 볼 수 없어서 돌아서서 뒷걸음치듯이 물 사발을 손님에게 공손히 받쳐드린다. 주인이 그러는 바람에 손님도 남녀 간의 예절을 지켜야 하므로 돌아서서 물 사발을 받지 않으면 안되었다. 주인과 길손은 서로 물 사발을 주거니 받거니 하며 더듬다 그만 물 사발을 땅에 떨어뜨려 깨트리고 만다. 이처럼 연극의 경개가 알려주는바 이 연극은 봉건적인 허례허식의 폐단을 해학적으로 폭로비판하면서 대중들에게 낡은 인습 하에서 벗어날 것을 깨우쳐주는 작품이다.

◉ 《풍수쟁이》

연극 《풍수쟁이》도 20년대 말에 출현된 작품이다. 작품은 농민대중들에게서 돈과 양식을 받아먹고도 병도 고치지 못하는 풍수쟁이의 허울을 벗기고 그 죄악성을 폭로 풍자함으로써 미신사상의 위해성을 비판한 작품인데 역시 풍자와 해학으로 특징적이라고 한다.

상술한 연극작품들을 통해 우리의 주의력이 집중되는 것은 당시 대중에 대한 계몽적인 성격의 연극작품들이 그 대부분이 유머적이고 풍자와 해학적인 웃음을 동반하고 있다는 그 점이다. 아마 문화적으로 수준 낮은 당시의 인민대중들에 대한 깨우침의 필요성에서 표현된 작자들의 지혜였을는지 모른다.

◉ ≪지주와 머슴≫

연극 ≪지주와 머슴≫은 1930년 여름에 장춘지구의 카륜 일대에서 공연하여 대환영을 받은 작품이다. 작품의 작자는 구체적으로 알 수 없으나 그 경개는 대략 이러하다.

악착한 지주 놈은 자기 집 머슴을 실컷 부려먹다가 나중엔 머슴의 아내마저 일본 놈들에게 팔아먹으려고 흉계를 꾸민다. 지주 놈은 한창 어린애에게 젖을 먹이고 있는 머슴의 아내를 끌어내 포승으로 묶은 다음 어린애를 내동댕이치고 아내를 말발구에 실어간다. 이 정황을 알게 된 머슴은 분노를 참지 못하여 지주 놈에게 달려들었다. 그러자 지주 놈은 졸개들을 거느리고 머슴을 사정없이 때려서 눈까지 멀게 한다. 그런가 하면 앞으로 어린애가 자라서 원수를 갚을까 두려워 자기 집에 있는 다른 머슴 박서방에게 돈과 총을 주며 어린애를 멀리 가져다 죽여 버리라고 시킨다. 그러나 머슴 박서방은 지주 놈의 위협과 공갈에도 두려워하지 않고 지주 놈이 준 총으로 악독한 지주 놈을 쏘아 죽인다. 그리고 박서방은 눈먼 머슴과 어린애를 구해내고 또 구사일생으로 왜놈들에게서 도망쳐 찾아온 머슴의 아내와 다시 만난다. 그들은 모두 함께 지주 놈에게서 빼앗은 총을 메고 원수들과 싸우려는 굳은 맹세를 다지면서 혁명의 길을 찾아 떠나는 것으로 연극의 막을 내린다.

연극 ≪지주와 머슴≫이 과시한 긍정적인 가치는 장막극 ≪경숙의 마지막≫보다 농민의 각성을 자각적인 높이에 끌어올렸다는데 있다. 두 연극작품들에서의 주인공 경숙이나 지주 집 머슴은 모두 최저의 인간 자주성마저 유린당한 최하층 피압박 피착취자들이다. 그러나 경숙의 경우에는 소극적인 죽음으로 지주에 대한 항거의식을 표현했지만 머슴 박서방은 직접 총을 들고 자기의 원수를 처단해버렸으며, 또 뚜렷하게 밝혀주지는 못하였으나 끝까지 투쟁하기 위한 혁명의 길을 찾아 떠났다. 이것은 이 시기 농민대중들을 계급적으로 각성시키고 직접 항일무장투쟁에 궐기시키는 시대적 요구의 반영이기도 하다. 따라서 이런 농민의식의 각성을 표현한 질적 변화는 이 시기 조선민족 연극발전 표현의 한 측면이기도 한 것이다.

◉ ≪아버지의 뜻을 이어≫

연극 ≪아버지의 뜻을 이어≫도 1920년대 후반기부터 1930년대 사이에 창작되고 공연되었다는 작품이다. 그 개략적인 경개는 다음과 같다.

이 작품에서 아버지는 원래 일제침략자를 물리치는 투쟁에서 영용하게 싸우다 장렬하게 희생된다. 그는 운명하는 마지막 시간에도 혁명 사업을 잊지 않고 아들에게 자기의 뜻을 이어 원쑤들과 끝까지 투쟁하라는 유언을 남기고 희생되었다. 아들은 아버지의 이런 유언을 받들고 지하혁명조직에 참가하여 아버지처럼 적극적으로 원수와 싸움에 뛰어들어 용감히 싸운다. 이처럼 연극 ≪아버지의 뜻을 이어≫는 아버지와 아들의 형상을 통하여 승리의 그날까지 대를 이어가며 무장투쟁의 길에서 끝까지 싸워야 한다는 진리를 밝혀준 작품이다.

◉ ≪혁명가의 안해≫

연극 ≪혁명가의 안해≫도 ≪아버지의 뜻을 이어≫와 같은 시기의 작품이다. 이 연극은 항일무장투쟁에 일떠선 조선족 여성들의 슬기로운 모습을 감명적으로 묘사한 작품이다. 연극에 등장하는 주인공 아내는 결혼한 지 며칠 안 되지만 남편이 가정과 아내를 생각하여 새로운 싸움터에 선뜻이 나가지 못하고 망설인다는 것을 알고 적극적으로 나서며 남편을 배웅하여 유쾌히 전방에 보낸다. 남편이 전선으로 나간 후 아내도 혁명조직에 참가하여 일제의 특무 놈들이 욱실거리는 악렬한 환경 속에서도 혁명동지를 위험한 처지에서 빼돌릴 뿐만 아니라 적에게 체포된 남편을 구해낸 다음 자기의 목숨까지 바쳐 희생되는 혁명 여성형이다. 연극 ≪혁명가의 안해≫의 경개가 알려주다시피 작품은 혁명가부부의 진실한 형상을 창조함으로써 민족해방의 성스럽고 가열한 전쟁연대에 이루어진 혁명적인 가정생활의 참다운 면모를 표현한 동시에 보통 근로여성의 강직한 혁명적 의지를 구현했으며 또 혁명투쟁의 시련 속에서 더욱 참답게 굳어지는 부부간의 진정한 사랑을 생동한 화폭으로 구가하였다.

◉ ≪4 · 6제≫

연극 ≪4 · 6제≫는 1932년 좌우에 왕청 등 일대에서 공연된 작품이다. 작품 ≪4 · 6제≫는 1931년 가을 중국공산당의 영도 하에 기제 드높이 벌어졌던 추수투쟁을 반영하였다. 그 이야기줄거리는 다음과 같다.

1931년 보리가을 때였다. 굶주림 속에서 허덕이며 한해 농사를 힘겹게 지어온 농민들은 보리죽이라도 한 때 배불리 먹으려고 모두 보리가을에 일떠났다. 그러나 지주 놈은 농민들의 이런 사정은 아랑곳하지 않고 마름을 데리고 보리밭에 달려들어 농민들이 심어 가꾸고 가을해놓은 보리들을 모조리 빼앗아 가려고 날친다. 이런 형편에 직면하자 일찍 노동자로서 ≪5 · 30≫ 폭동에도 참가한 적 있는 농민협회 회장 강수는 농민들을 조직하여 지주와 견결히 투쟁한다. 강수는 지주에게 ≪4 · 6제≫를 실시하자는 합법적인 요구를 제기하며 가을한 곡식을 절대 빼앗기지 말아야 한다고 농민들을 선동하였다. 그러나 악질적인 지주 달삼이란 놈은 농민들의 이런 요구를 거부한 동시에 암암리에 경찰서 서장을 등에 업고 더욱 악랄한 수단을 쓰며 농민들의 양곡을 빼앗아가려고 날친다. 지주 달삼의 집에서 일하는 어린 머슴 박돌이를 통해 지주 놈들의 음모괴계를 알게 된 강수는 농민들을 거느리고 지주

놈이 농민들에게서 빼앗은 곡식낟가리에 불을 질러놓는다. 그리고는 또 농민들을 인솔하여 집단적으로 유격대에 찾아간다.

연극 《4·6제》는 농민들과 악질적인 지주간의 치열한 감조감식투쟁(減租減食鬪爭)에 대한 묘사를 통하여 봉건적통치제도의 불합리성과 기편성 및 그 잔혹성의 본질을 폭로한 동시에 경제투쟁의 실천 속에서 자라난 농민대중들이 조직적인 혁명투쟁에 진출하는 혁명적 각성을 보여주었으며 이러한 장성은 농민협회 회장 강수를 통한 당의 영도에 의해서만이 가능하고 현실로 될 수 있었다는 혁명의 진리를 암시했다. 그리고 또 당의 영도 하에서 조직적인 투쟁의 길에 나아가야만이 혁명이 승리를 안아오고 진정한 해방을 전취할 수 있다는 혁명의 정확한 방향을 밝혀주기도 한 것이다.

◉ 《유언을 받들고》와 《단심줄》

1932년부터 1935년 사이에 왕청현, 연길현, 화룡현, 안도현 등지에 육속 유격근거지를 창설하고 근거지를 수호하고 강화하기 위한 투쟁을 벌이면서 대중들에 대한 선전고동의 필요성으로부터 많은 혁명적인 연극작품들을 창작·공연하였다. 실례를 들면 1932년에 왕청현 아동단원들이 가무극 《단심줄》을 공연하였고 그 이듬해에 유격구에서 연극 《유언을 받들고》를 공연했다.

연극 《유언을 받들고》는 1932년 춘황폭동의 선두에서 싸우다 희생된 어머니의 유언을 받들고 용약 유격대에 참가하는 나어린 남매의 투쟁모습을 형상화한 작품이라고 전해진다.

아동단원들의 가무극 《단심줄》은 1933년 9월 팔도구 습격전투를 앞두고 연길지구의 항일유격대와 유격구 인민들 그리고 항일부대 병사들이 모여 성대히 개최한 장재촌의 환영모임에서도 공연되었다.

◉ 《아버지와 남편을 찾는 사람들》

연극 《아버지와 남편을 찾는 사람들》은 1934년 왕청 요영구에서 공연된 작품이다. 그 내용은 대체로 이러하다.

연극이 첫 부분에서는 일본제국주의 침략자들이 ≪만주사변≫을 조작하여 일본의 청년과 장년들을 전쟁마당에 끌어내고 또 이런 만행을 반대하여 투쟁하는 일본 여성들의 모습을 생동하게 묘사하였다. 일본의 여성들은 자기의 아버지와 남편 그리고 오빠와 동생들을 침략전쟁의 대포 밥으로 실어가는 기차의 철길 우에 드러누우면서까지 일본당국의 침략전쟁을 반대하여 결사적으로 싸운다. 그러나 간악한 일제침략의 주모자들은 철길 우에 누운 무고한 일본 여인들을 마구 살해하며 그 투쟁을 진압한다.

다음 부분에서 연극은 점점 고조를 이루면서 극정이 긴장화 된다. 막이 오르면 일본침략자의 만행으로 황폐해지고 피에 젖은 만주 벌판이 스산하게 펼쳐진다. 이런 환경 속에 주인공 일본 여인이 등장한다. 그는 항일유격대의 호된 불벼락을 맞고 너저분하게 쓰러져있는 왜군들의 시체사이를 오르내리고 뒤지고 헤매면서 자기 남편의 종적을 찾는다. 바로 그때 일본장교 놈이 등장하더니 아직 목숨이 붙어있는 부상병을 발견하고서도 팽개치고 제 혼자 도망친다. 부상병은 살려달라고 애원하다 쓰러지고 만다. 일본 여인은 이리저리 허둥지둥 다니다 그 부상병에게로 급히 달려간다. 여인은 기절하듯이 깜짝 놀란다. 장교 놈이 내버리고 도망친 그 부상병이 바로 여인의 남편이었던 것이다. 일본 여인이 자기 남편을 부둥켜 안고 울 때 부상병은 아내의 품에서 숨진다. 일본 여인은 죽은 남편의 시체를 마구 흔들고 가슴 치며 대성통곡한다. 그는 분노에 찬 목소리로 외친다. 누구를 위하여, 무엇 때문에 이 황막한 이국 벌판에서 참혹한 죽음을 당해야 하는가? 연극은 여기서 막을 내린다.

상기한바와 같이 연극 ≪아버지와 남편을 찾는 사람들≫은 침략전쟁마당에 강압적으로 끌려 나간 아버지와 남편들을 찾아 헤매는 일본 여인들의 비참한 처지에 대한 묘사를 통하여 일제의 죄악적인 침략전쟁이 조선과 중국 인민뿐만 아니라 일본인민들에게까지 불행과 고통의 재앙을 들씌운 화근이라는 것을 생동한 형상으로 보여줌으로써 일제침략자들에 대한 더없는 적개심과 증오심을 불러일으킬 수 있었다. 이 연극은 또 일제의 침략전쟁이야말로 전 인류에게 미치는 화근이므로 이 침략전쟁을 짓부셔 버리려면 제국주의를 반대하는 공동투쟁에 궐기해야 한다는 도리를 절절하게 호소하였다. 연극 ≪아버지와 남편을 찾는 사람들≫은 극의 전 과정에 비분으로 차넘치는 서정이 극성의 바탕으로 되고 있으며, 또 극구성에서 우연한 일치의 예술수법을 재치 있게 쓴 것이 매력적인 특징으로 되어있다.

◉ ≪엿물벼락≫

연극 ≪엿물벼락≫도 1930년대 중기이전에 항일유격대에서 공연한 작품이다. 연극 ≪엿물벼락≫은 항일전쟁시기 무장탈취투쟁에 궐기한 조선민족 여인들의 슬기로운 모습을 생동한 형상으로 묘사하였다. 그 이야기줄거리는 이러하다.

어느 날 부녀회의 여인들이 모여서 유격대에 보낼 엿을 한창 달이고 있는데 총을 멘 세 놈의 적들이 비슬비슬 마당에 들어섰다. 놈들을 발견한 여인들은 얼른 엿물을 한 사발씩 떠주며 놈들을 ≪반가이≫맞아들였다. 놈들은 여인들의 훈훈한 대접에 시름 놓고 엿물을 마셔댄다. 이렇게 놈들이 정신없이 즐기는 틈을 타서 부녀회원들은 솥에서 펄펄 끓는 엿물을 퍼내서 '놈들의 대갈통에 퍼붓고 놈들을 마구 뚜드려 요절낸 다음' 세 자루의 총을 빼앗아 유격대에 보낸다. 이처럼 연극 ≪엿물벼락≫은 적들의 총을 지혜롭게 빼앗아 항일무장대오를 지원해 나선 조선족 여인들의 슬기로운 투쟁모습을 진실하게 묘사하면서 대담하게 행동한다면 적들의 무기를 탈취하여 항일무장대오를 보다 튼튼하게 무장할 수 있다는 신심을 북돋아주었다.

◉ ≪게다짝이 운다≫

연극 ≪게다짝이 운다≫는 30년대에 항일유격구에서 공연한 풍자희극이다. 연극의 주인공은 경찰서 서장의 부인이다. 그는 남편이 발광하며 소위 '토벌'하러 떠난 후 진정할 수 없어서 '가미다나'신 앞에서 공손히 꿇어앉아 합장하고 두 손을 싹싹 비비며 남편이 '토벌'에서 큰 '공'을 세우고 돌아올

것을 간절히 기원하며 충심으로 빈다. 한창 신에게 빌고 있을 때 경찰서 서장 부인은 통신원을 통하여 남편에게서 온 소식을 접하게 된다. 알고 보니 '토벌'하러 갔던 경찰서장이 졸병들과 함께 매복한 유격대의 몰사격에 들어 독 안에 든 쥐처럼 일망타진 당했다는 소식이었다. 경찰서장의 부인은 다시 '가미다나' 앞에 쓰러지며 기절하고 통곡한다. 그는 울면서 신었던 게다짝을 벗어들고 뚜드렸다. 통곡소리와 게다짝 뚜드리는 소리가 서로 어울려 사람이 우는지 게다짝이 우는지 분간이 어려울 때 연극은 막을 내리운다. 이처럼 연극 ≪게다짝이 운다≫는 우상으로 받들어 모시는 '신'의 힘으로도 항일연군의 혁명적인 기세를 막지 못한다는 것을 풍자적인 형상으로 표현하였다.

◉ ≪경축대회≫

연극 ≪경축대회≫도 역시 ≪게다짝이 운다≫와 같은 시기에 공연한 풍자극이다. 작품은 모두 2막으로 구성된 중편형태의 연극이다. 연극의 제1막에서는 주로 왜놈들의 허장성세를 풍자적으로 폭로했다. 고양이 수염에다 은테안경을 걸고 일본 군도를 비껴 찬 왜놈 토벌대 대장은 위만군 장령들을 불러들여 푸짐한 연회를 베풀고 이번 유격대에 대한 토벌에서 큰 공을 세울 것이라며 호언장담을 늘어놓는다. 주흥이 도도해진 왜놈과 그 졸개들은 권커니 잣거니 떠들어대면서 '보잘 것 없는' 유격대를 '소멸'하고 꼭 '금치훈장'을 타겠다고 우줄렁거린다. 바로 이때 항일빨치산 돌격대원들이 감쪽같이 비호처럼 습격해 들어온다. 첫 방의 총소리에 '고양이 수염'이 먼저 술상에 대가리를 들이박으며 거꾸러지더니, 뒤이어 연회청의 술자리는 수라장으로 변하고 삽시간에 놈들의 주검마당으로 돼버렸다. 제2막은 밀영에서 열리는 유격대원들의 경축대회 장면이다. 왜놈 토벌대를 소탕하고 돌아온 유격대원들은 승리에 감격되고 기쁨에 들끓는 속에서 격정 드높이 혁명가 부르고 즐겁게 춤을 추며 유격전의 승리를 경축하는데 연극은 막을 내리운다.

연극 ≪경축대회≫는 상기의 이야기가 알려주는 바와 같이 두 가지 경축대회 장면을 대조기키면서 일제침략자와 그 주구들의 허위성과 취약성 및

부패성을 풍자조소하고 침략자들 멸망의 불가피성을 제시하였으며 정의적
인 항일투쟁 필승의 신념을 표현하였다.

◉ ≪혈해≫

연극 ≪혈해(血海)≫는 1936년 8월 만강이 해방되었을 때 소학교에서 공
연한 장막극이다. 연극 ≪혈해≫는 도합 2막 3장으로 구성되었다. 제1막 1장
은 항일무장투쟁에 참가한 한 유격대 대원의 가정을 보여주고 있다. 왜놈들
의 감시가 그처럼 삼엄하여도 맏아들 원남이는 "우리의 나라는 우리의 손으
로 찾아야 합니다."라고 굳게 맹세하며 유격대로 나간다. 제1막2장에서는 적
들에게 발각되어 부상당한 유격대의 정치공작원이 이 집에 피신하게 된다.
그를 추격해 이 집에 뛰어든 일제의 경찰들은 아동단원인 을남이를 불러놓
고 유격대의 행적을 묻는다. 처음에는 얼리다가 을남이가 말을 잘 듣지 않으
니 마구 구타하며 못살게 군다. 놈들의 이런 광경을 목격한 을남의 어머니는
아들의 생명이 위험하다는 것을 느끼고 동요한다. 어머니의 거동을 직감한
을남이는 절대 말하지 말라고 어머니에게 외친다. 그러자 놈들은 을남이를
살해한다. 어머니는 을남이의 시체를 가슴에 안고 딸 갑순이와 함께 '피바다
노래'를 부른다. 그 노래는 이러하다.

> 설한풍 스산한 북간도 피바다여
> 참혹한 죽음이 묻노니 얼마냐
> 혁명에 피흘린지 그 얼마나 되느냐
>
> 무참히 죽은자 비참한 그 형상
> 애달픈 대중의 가슴 터진다
> 기막힌 이 원한을 천만번 죽어도 못잊으리
>
> 락심을 말어라 천백만 근로자야
> 혁명가 하나의 죽음의 피값으로

16억 7천만의 무산정권 세운다

노래의 결속과 함께 제1막 2장이 결속된다.

연극 《혈해》의 제2막 3장에서는 유격대의 소대장이 된 원남이를 비롯한 유격대원들이 왜놈들을 소탕하고 마을을 해방시키는 장쾌한 장면을 펼쳐보이면서 막을 내린다.

이처럼 연극 《혈해》는 일제의 만행에 의해 피바다로 된 처참한 환경 속에서도 굴함 없이 싸워나가는 혁명적인 가정을 찬송한 작품이다.

이 연극은 당시 《경축대회》, 《성황당》 등 연극절목들과 함께 무송, 림강, 안도, 시난차 등지에서도 공연되어 관중들의 절찬을 받았다.

◉ 《굿과 약》

연극 《굿과 약》은 1930년대에 항일유격대에서 공연된 희극작품이다. 그 이야기는 이러하다. 아래 웃집에서 모두 병자가 있었다. 그런데 한 집에서는 의사를 불러다 약을 쓰고 병을 잘 치료하여 나았으나 다른 한 집에서는 무당을 불러다 굿을 하고 돈을 아무리 썼으나 끝내 환자가 죽고 말았다. 이처럼 연극 《굿과 약》은 환자에 대한 두 가지 치료대책에 의한 판이한 결과를 흥미 나게 대조시킴으로써 미신의 기편성과 허위성을 폭로하고 풍자 비판하였다.

◉ 《무당과 의원》

연극 《무당과 의원》도 《굿과 약》과 같은 시기의 작품으로서 그 주제사상도 대동소이하다. 그 이야기줄거리를 보면 자세히 알 수 있다. 한 산골마을에 농민부부가 아들 하나 데리고 살았다. 그런데 아들이 병에 걸리게 되자 빨리 치료하려고 많은 돈을 쓰면서 무당을 불러다 굿을 하였다. 그러나 아들의 병은 낫는 것이 아니라 오히려 병세가 점점 더 악화되었다. 하는 수 없이 농민부부는 또 다른 '새 무당'을 불러들인다. 모셔온 '새 무당'은 의사를 불러다 환자에게 주사를 놓고 약을 지어 먹게 한다. 그로부터 농민부부의 아들은 치료를 거쳐 회복되고 살아난다. 원래 '새 무당'이라는 사람은 무당인 것이 아니라 지하사업을 하고 있는 혁명자였던 것이다. 그는 실제 사실을 가지고 농민들 앞에서 미신의 기편성을 까밝히면서, 이런 낡은 사상을 버리고 현대적인 새 사상, 새 문화를 배우라고 일깨워준다. 연극 ≪무당과 이원≫이나 ≪굿과 약≫이 모두 대조적인 수법으로 작품의 주제를 보다 유력하게 표현한 것은 비슷하지만 ≪무당과 의원≫에서 오해적인 수법을 쓴 것이 보다 매력적이다.

◉ ≪국경의 밤≫

연극 ≪국경의 밤≫은 한국청년전지공작대에서 공연한 단막극이다. 이 단막극은 두 차례 공연하였다. 그 한차례는 1936년 10월 중경에서 결성된 한국청년전지공작대가 서안으로 떠나기 전인 10월 19일부터 20일까지 ≪삼강호≫, ≪다시 만나다≫(≪중봉≫이라고도 했음)등 연극절목과 함께 공연한 것이다. 당시 그들의 공연목적은 항일전쟁 제1선의 장병들에게 겨울철의 옷을 장만하는데 소요되는 경비 4천원을 해결하고 또 그들이 중경을 떠난다는 것을 알리려는데 있었다. 다른 한차례는 한국청년전지공작대가 태항산의 항일유격전에 참가하려는 목적으로 중경에서 서안으로 온 다음 일부 대원들이 전선으로 떠나고 그 나머지 대원들이 전선으로 떠나기 전 시간을 이용하여 위문공연을 한 것이다. 그것이 바로 1940년 5월 20일부터 5월말까지 서안 남원문 실험극장에서 있은 연극공연이었다. 이때 연극 ≪국경의 밤≫(전지공작대 집체작)과 ≪한국의 한 용사≫ 장막가극 ≪아리랑≫등 절목으로 공연하여 서안의 군민들을 흥분시키고 그들의 대절찬을 받았다. 단막극 ≪국경의 밤≫의 경개는 다음과 같다.

눈보라 휘몰아치는 압록강변의 국경선에 철조망이 아득히 늘어져있다. 바로 그 곁에 우두커니 서있는 보초막에는 왜군병사가 보초를 서고 있다. 이윽하여 흰 눈이 덮인 압록강 얼음판 우를 기여서 한 조선청년이 국경의 방어선 쪽으로 다가온다. 왜군 보초병이 그를 발견하자 요란한 총소리 울리더니 잠시 후 그 조선청년이 체포되어 들어온다. 왜놈들이 그에게 잔혹한 고문과 치조를 들이대었으나 조선청년은 오히려 "그 누가 부모처자가 없으랴?"라고 외치며 끝까지 굴복하지 않는다. 발악하던 놈들이 조선청년을 끌고나간 다음 보초 서던 왜군병사는 아내에게서 온 편지를 꺼내 읽으며 구슬피 운다. 그 소리는 사나운 눈보라 속에 삼켜져 더욱 가냘프게 들린다. "어느 해드냐, 어느 달이드냐, 함께 모일 그 날이..."하고 구슬피 노래 부르며 왜병은 적적하고 그리운 마음을 잠시나마 달래려고 호주머니에서 배갈 병을 꺼내 들더니 정신없이 꿀꺽꿀꺽 병나발을 불며 들이킨다. 뒤이어 철조망 앞에서는 또 아츠러운 총소리가 언 공기를 깨뜨리며 사납게 들려온다. 조선청년병사 한 명이 또 국경 보초선구역에 들어섰던 것이다. 왜놈들의 총에 맞아 쓰러지는 조선청년의 붉은 피는 은백색 흰 눈판을 붉게 물들인다. 그러나 앞사람이 쓰러지면 뒤 사람이 이어 들어오는 그들의 기세를 어찌 막을 수 있으랴! 나중에 동북의용군전사 한명이 왜놈들의 감시가 삼엄한 철조망 속에 날쌔게 잠입하여 조선 청년들과 합력하여 두 왜놈을 쏘아 눕히고 희생된 전우들의 원수를 갚는다. 중조 두 나라의 깃발이 압록강 우에 휘날리는 것으로 연극은 막을 내린다.

단막극 《국경의 밤》의 공연에 대하여 당시 《공상일보》와 《서경일보》에서는 이렇게 썼다. "<국경의 밤>은 ...압록강변에서 중국과 조선청년들이 중조국경의 왜놈 방어선을 꿰뚫으려고 앞 사람이 쓰러지면 뒤 사람이 이어나아가면서 희생적으로 싸우는 생동한 이야기를 묘사하였으며 침략전쟁에 참가한 적군의 심리에 대한 분석이 아주 세부적이였다."9)

◉ 《한국의 한 용사》

연극 《한국의 한 용사》도 《국경의 밤》과 함께 한국청년전지공작대가

---

9) 연극 《국경의 밤》에 관한 공연 상황과 그 내용에 대한 보도는 《공상일보》와 《서경일보》의 1922년 5월 22일자에 등재되었다.

1940년 5월 20일부터 5월말까지 서안남원문 실험극장에서 공연한 단막극인데 그 작자는 박동운과 한유한이다. 이 연극 주인공역도 박동운이 맡았고 전지공작대 대장 라월한은 일본헌병대 대장역을 맡았다. 이 연극에 대하여서도 당시의 ≪공상일보≫와 ≪서경일보≫에서 보도했는데 이렇게 썼다. "<한국의 한 용사>는 …금년(1940년-필자 주)정월 3일에 발생한 한가지 진실한 사건 즉 산서 영제성의 한 일본헌병대의 통역원 박동운이 중국 유격대 대장을 구해낸 이야기를 쓴것이다. 이 연극은 박동운과 한유한이 창작하였다. 이 연극에서 우리는 잔폭하고 야수적이며 얼떨떨하고 비겁하며 비렬한 적군의 성격을 볼수 있었으며 중화의 아들딸들이 법정에서 죽더라도 굴하지 않고 영용하게 투쟁하는 충직한 전형형상을 볼수 있었으며 모욕을 참아가면서도 기회를 엿보아 행사하는 조선사람의 정서를 볼수 있었다."

단막극 ≪한국의 한 용사≫는 작자 박동운 자신이 직접 겪은 사실에 근거하여 창작한 것이다. 연극의 이야기줄거리는 다음과 같다.

주인공 박동운은 서안의 한 일본헌병대의 통역원이다. 박동운은 자기 직무의 편리를 이용하여 체포되어 들어온 유격대원들을 여러 번 사경에서 구해냈다. 그러던 어느 날 그 지구에서 이름이 있는 중국 유격대 대장이 체포되어 이 헌병대에 끌려 들어왔다. 박동운은 그를 구해내려고 갖은 방법을 다하였으나 놈들의 감시가 삼엄하기 때문에 거듭 실패한다. 원수들의 간악한 만행에 의해 유격대 대장은 거의 죽을 위험에 직면하게 된다. 북받치는 분노를 더는 참을 수 없게 된 박동운은 위험도 죽음도 무릅쓰고 모험적인 최후의 결단을 내린다. 그는 유격대 대장을 한창 고문하고 있는 일본 헌병대 대장놈을 단칼에 찔러 죽인다음 유격대 대장을 호송하여 그와 함께 항일유격대로 찾아간다.

보다시피 연극 ≪한국의 한 용사≫는 중화민족을 무참하게 학살하는 극악무도한 일제침략자들의 죄악적인 만행을 폭로한 동시에 왜놈들의 소굴 속에서 영용하게 싸우는 반일전사의 영웅적인 사적을 구가하였으며 일본제국주의 침략자들을 물리치는 중조 두 민족 인민들의 깊은 우의를 표현하였다.

한국청년전지공작대의 공연이 당시 서안에서 관객들의 인기를 얼마나 끌

었던가 하는 것과 연극 ≪한국의 한 용사≫의 세부적인 장면들을 다소 알아
보려면 당시의 ≪서북문화일보≫의 보도를 보면 알 수 있을 것이다. 이 신문
에서는 이렇게 썼다. "전지공작대가 남원 실험극장에서 ... 공연이 있은 지
벌써 연 사흘이나 되는데 공연이 있을 때마다 극장은 관중들로 초만원을 이
루었다. 어제 저녁에 비가 내리므로 나는 구경할 사람이 적으리라 여기고 여
섯시에야 몇몇 벗들과 함께 비를 무릅쓰고 실험극장에 갔다. 그런데 누가 알
았으랴. 극장안은 이미 관객들로 빼곡하여 앉을 자리가 없었다. 마침 초대를
맡은 구양군과 담문빈선생이 우리에게 앞줄에 자리를 마련해주었기에 다행
이였다. 우리가 앉았을 때 무대에서는 한창 <한국의 한 용사>를 공연하고
있었다. 적의 헌병대 대장이 포로한 유격대 대장을 사정없이 때렸지만 유격
대 대장은 굴복하지 않았다. 그 절개 굳고 충직한 혁명자의 의지와 야만적이
고 포악한 왜놈의 행위는 참으로 관중들을 감동시켰다. 왜놈이 벌겋게 달군
쇠꼬챙이로 포로의 가슴팍을 누르자 푸른 연기가 피여올랐다. 그때 좌석에
앉았던 많은 녀빈들은 손으로 낯을 가리웠다 .흉악한 적들이 한창 득의하여
우쭐거릴 때 통역을 담당한 조선청년은 가슴속에서 타번지는 분노의 불길을
억누를수 없어 비수를 빼여들고 뒤에서 잔폭한 원쑤를 찔러 죽였다. 그 순간
관중들의 마음속의 분노가 우뢰와 같은 박수와 웨침소리로 변하였다."10)
　　≪공상일보≫와 ≪서경일보≫는 한국 청년전지공작대 대장 라월한의 연
기를 평가하면서 이렇게 썼다. "두가지 연극은 다 중국의 화극형식이였고
언어도 중국어를 썼으므로 아주 알기 쉬웠다....... 많은 관중들이 <지난 3년
동안 무대에서 본 일본사람가운데서 라월한선생처럼 배역을 성공적으로 한
사람은 없었다>고 이구동성으로 찬탄을 금치 못하였다."11) 이러한 신문들
에서의 평가는 한국청년전지공작대의 연극공연에 대한 충분한 긍정인 동시
에 또 우리는 그 속에서 그들의 혁명열정과 무한한 사업심을 알아볼 수 있
는 것이다. 그들이 그처럼 훌륭한 성과를 안아올 수 있은 것은 연극예술활동

---

10) ≪서북문화일보≫ 1940년 5월 23일자에 기재되었다.
11) ≪공상일보≫와 ≪서경일보≫의 보도내용을 한국청년전지공작대의 잡지 ≪한국청년≫
　　1940년 7월 제1권 제1호에 전재하였다.

을 하나의 혁명사업으로 간주하면서 열정적인 사업심으로 꾸준하게 예술적 기량을 연마한 데서 온 성과인 것이다.

◉ ≪아리랑≫ 한유한 작

≪아리랑≫은 1940년 5월 20일부터 5월말까지 한국청년전지공작대가 서안 남원문 실험극장에서 공연한 대형가극이다. 이 가극의 창작, 작곡, 지휘, 주인공역 등을 모두 한유한이 맡았다. 대형가극 ≪아리랑≫의 이야기줄거리는 이러하다.

막이 오르면 무대 우에 높고 큰 아리랑고개의 장엄한 산배경이 나타난다. 정가로운 ≪봄노래≫소리 들려오는데 천진하고 예쁜 마을처녀가 꽃바구니를 들고 사쁜사쁜 등장하더니 "봄이 왔네 봄이 왔네."하고 아름다운 노래 부르며 들꽃을 뜯어 바구니에 담는다. 뒤이어 산기슭에서 홀연 영준하고 늠름한 목동이 나타난다. 그는 구름송이마냥 흰 양떼들을 방목하며 구성진 목가를 부른다. 아리랑산기슭에서 만난 처녀와 목동은 대자연의 품속에서 서로 정이 들고 사랑이 무르익어 부부인연이 맺어진다.

그러나 이러한 행복은 오래 갈수 없었다. 조국대지의 방방곡곡에 일본침략자들의 강도적인 전쟁의 불길이 미치자 청년남녀들의 꿈이 부서지고 고향의 산천과 전원은 침략자들의 구둣발에 짓밟히고 말았다. 5년이 지난 후 고향땅도 원수들에게 빼앗겼다. 굶주리는 조선의 난민들은 ≪아리랑≫ 노래를 슬피 부르며 아리랑고개를 넘어갔다. 침략자의 노예가 될 수 없는 고향사람들은 정든 땅을 버리고 정처 없이 중국의 동북지구에 피난하여왔다. 그들은 여기서 생계를 찾고 원수들과 굴함 없이 싸운다. 목동과 처녀도 아리랑산에서 나라를 구할 맹세를 하고 늙은 부모들을 하직하고 서쪽으로 떠난다.

35년이 지났다. 목동과 처녀도 늙은이로 되었다. 그들은 ≪아, 광명의 래일이여!≫하고 아름다운 내일을 동경하는 노래를 부른다. 바로 이때 조선혁명대오가 사선을 넘어 그들의 마을을 지나게 된다. 비록 늙었으나 목동과 처녀는 자식들을 거느리고 이 혁명대오에 참가한다. 그 후 그들은 혁명대오를 따라 압록강을 건너 수십 년 갈라졌던 고향땅을 밟게 된다. 원수와의 격렬한 전투가 벌어진다. 일제침략자들의 기관총은 미친 듯이 불을 토한다. 항일 혁명전사들은 조국의 자유·독립을 위해 앞사람이 쓰러지면 뒷사람이 이어가며 적을 향해 돌진한다. 많고 많은 항일투사들이 적탄에 맞아 쓰러진다. 혁명대오와 함께 싸우던 목동과 처녀도 장렬히 희생된다. 그러나 그들의 피는 헛되게 흐르지 않았다. 피에 젖은 아리랑산 봉우리에 승리의 기발이 휘날리는데 극은 막을 내린다.

이와 같이 한국청년전지공작대에서 공연한 장막가극 ≪아리랑≫은 우리 조선민족 인민들 속에서 오랜 역사를 두고 전해진 ≪아리랑이야기≫에 기본 바탕을 두고 항일의 현실적인 내용을 재치 있게 결부시킴으로써 사람들의 심금을 울려줄 수 있는 민족적정서의 흐름 속에서 시대적 맥박이 굽이칠 수 있게 하였다는 점이 뚜렷한 특징이다.12) 이 가극의 음악구성을 보면 이런 특징을 더욱 똑똑히 알 수 있다. 대형가극 ≪아리랑≫음악은 서곡이 있는 외에 도합 4장으로 구성되었다. 제1장은 마을처녀의 독창에 민요 ≪봄이 왔네≫와 목동의 독창이 목가이고 나중에 합창 ≪삼천리강산에 기발이 날린다≫ 등 음악으로 구성되었다. 제2장은 조선민요 ≪아리랑≫으로서 고향 떠나 유랑하는 백성들의 합창이다. 제3장은 혁명군의 합창으로 ≪한국행진곡≫이 있고 또 30년 후에 마을처녀와 목동이 함께 부르는 조선민요 ≪고향생각≫이 있다. 가극의 마지막 제4장은 역시 ≪한국행진곡≫이다. 보는바와 같이 가극 ≪아리랑≫의 민족음악구성도 선율이 구비치는 음악으로 짜여있다. 이것은 바로 가극의 내용표현을 위한 기능에 있어서 민족정서와 시대적인 격정이 유기적인 조화를 이룰 수 있도록 구성되었다는 것을 설명해주고 있다.

가극 ≪아리랑≫ 공연이 가져온 관중반응에 대한 당시 신문들의 기사를 몇 편 살펴보면 이런 평가가 근거 없는 것이 아님을 알 수 있다. 당시 서안의 ≪서북문화일보≫에서는 이렇게 썼다. "...비록 전등이 없어 검은 갓을 씌

---

12) 가극 ≪아리랑≫의 경개는 당시 서안에서 출판한 한국청년전지공작대의 잡지 ≪한국청년≫ 1940년 7월 제1권 제1호에 실렸다.

운 석유등잔을 두개 걸어놓았으나 관중들의 흥미를 덜수는 없었다." "무대 아래 많은 관중들 또한 고향을 떠나서 후방에 온 사람들이였으므로 저마다 뜨거운 눈물을 하염없이 흘리였다." "이 가극의 출연은 사건배치가 긴장하고 극적분위기가 주밀하게 째여서 사람들에게 만족을 주었다."13)

《공상일보》와 《서경일보》에서도 가극 《아리랑》에 대하여 이렇게 썼다. "한국청년전지공작대의... 위대하고도 휘황한 공연은 서안인사들에게 잊을수 없는 인상을 남겼다." "<아리랑>은 이번 공연의 주요한 절목이다.... 모두 4장으로 구성되였는데 가곡, 사건배치, 무대설정, 연기, 조명, 배경, 화장, 음악 할것 없이 아주 훌륭한 효과를 안아왔다." "이 가극의 형식은 아주 참신할 뿐만 아니라 동방의 서정적 음조가 구비치고있다."14)

당시 신문지상의 보도가 이러할진대 한국청년전지공작대의 공연은 과연 대성황리에 자못 큰 영향을 일으켰으리라는 것을 믿어 의심치 않을 것이다.

◉ 《조선의 딸》

장막극 《조선의 딸》은 항일의 봉화가 한창 거세차게 타오를 때인 1941년 2월에 단막극 《서광》(김학철 작)과 함께 항구 청년회관에서 공연하였다. 당시 정치부 제3청의 책임자였던 곽말약 선생의 지도와 항일선전사업을 책임진 석정의 구체적인 지도하에서 공연한 것이다. 연극 《조선의 딸》은 선후로 무한, 료하구, 서안, 석양, 락양, 태항산 등지에서 공연하였다. 이 연극의 주인공역은 영화황제 김염의 여동생 김위가 맡았다. 연극 《조선의 딸》의 이야기 줄거리는 대략 이러하다.

한 농촌 마을에 의좋게 살아가는 집이 있었다. 그 집 앞에는 아름답고 무성한 정자나무가 있었다. 마을 사람들과 이 집의 식구들은 쉴 때면 늘 이 정자나무 아래에서 즐겁게 한쉼 지내곤 하였다. 그런데 어느 하루 이 마을에 기여든 왜놈들이 그 나무를 마구 찍어버리려고 하였다. 놈들의 무리한 거동

---

13) 《서북문화일보》 1940년 5월 23일자에 기재되었다.
14) 《공상일보》와 《서경일보》 1940년 5월 22일의 기사를 송강이 《한국청년》 1940년 7월 제1권 제1호에 발췌한 내용에서 인용했다.

에 격분한 집 주인은 참으려야 참을 수 없어 적수공권으로 왜놈들에게 달려들어 결사판으로 싸웠다. 허나 발끝까지 무장한 왜놈들을 어찌 이길 수 있었겠는가? 집 주인은 끝내 놈들의 총칼에 맞아 한을 품고 숨지고 말았다. 왜놈들의 야수적인 폭행을 목격한 그 집 딸은 복수의 뜻을 품고 왜놈들을 쳐 없애려고 항일무장투쟁의 길을 찾아 싸움터로 나아간다. 이와 같이 연극 ≪조선의 딸≫은 일본제국주의 침략자들의 야만적인 폭행을 타승하는 길이 바로 항일무장투쟁에 궐기하여 싸우는데 있다는 진리를 밝혀주고 있다.

◉ ≪당신의 채찍을 놓으라≫

이 연극은 1937년 무한에서 항일부대 조선청년들이 공연한 기동선전극이다. 그 작자는 진리정과 최위이다. 이 연극은 형식이 기동령활하여 가두에서도 출연할 수 있어 당시 광범한 인민대중들과 혁명 전사들에게 선전고동적 역할에 유리한 것이 특징이다. 극의 구체내용은 알 수 없다.

◉ ≪두만강변≫과 ≪철≫

1938년 10월 13일 오후 7시에 무한 청년회관에서 조선의용대의 창건경축모임이 있었다. 이 모임에서 오락만회가 있었는데 여기서 연극 ≪두만강변≫과 ≪철≫이 공연되었다. 연극 ≪철≫은 당시 ≪영정광산 6호실≫로동자들의 영용한 항일투쟁사적을 묘사하였다. 이 연극에서 부른 ≪로동자의 노래≫는 당시 이 연극을 관람한 군민들을 아주 격동시켰다고 전해진다.

연극 ≪두만강변≫은 이 대회에서 특히 인기를 끈 장막극이다. 일부 재료에서는 이 연극을 ≪싸우는 강변≫이라고도 전해진다. 그 이야기는 이러하다.

막이 오르면 강변의 나지막한 언덕 우에 초가집 한 채가 나타난다. 집 앞에는 혁명가의 어머니와 그의 딸 처녀가 서있다. 처녀의 오빠는 장백산유격대의 대장이다. 아버지는 벌써 1년 동안이나 왜놈들의 감옥에서 갖은 시달림을 받으며 옥살이를 하고 있다. 왜군 헌병대에서는 집 앞에다 금지령 패쪽을 붙여놓았다. 또 무대 우에는 백성들이 왜놈들의 탄압과 수탈에 의해 고통스럽게 지내는 정경들을 펼쳐 보인다. 뒤이어 요란하고 격렬한 총격소리로 일제와 유격대의 전투장면을 보여준다. 총소리 잠잠하더니 집 앞에 와 빨치산전사 한명이 피 흘리는 가슴을 붙안고 쓰러진다. 어머니와 처녀가 달려서 와보니 그가 바로 유격대장인 아들이었다. 처녀는 쓰러진 오빠의 손에서 총을 받아 쥐고 유격대와 함께 왜놈들을 추격하는 싸움터에 나선다. 그리하여 왜놈들을 때려 부수고 끝내 승리하고 원수를 갚는다. 연극 ≪두만강변≫은 혁명열사의 시체 옆을 지나며 빨치산 대원들이 부르는 혁명가 ≪최후의 결전≫ 노래가 우렁차게 울리는데 막이 내린다.

이외 또 한 가지 제목이 같은 연극 ≪두만강변≫이 있다. 이 ≪두만강변≫의 작자는 전영과 김창만이다. 1938년 여름에 공연됐는데 앞에 소개한 연극보다 그 내용이 다를 뿐만 아니라 편폭도 단막극이다. 전해지는 경개는 대략 이러하다.

유격대에 나갔던 아들이 두만강 변에 있는 집에 들르게 되었다. 왜놈들은 아들을 추격하여왔다. 배사공인 아버지는 재빨리 아들을 도강시켜 보내고 집에 돌아왔다. 집까지 몰려든 왜놈들은 유격대를 계속 추격하려고 아버지더러 빨리 저들을 배에 태우고 강을 건너라고 총칼을 휘두르며 공갈하고 협박한다. 그러나 뱃사공 아버지는 놈들의 말을 듣지 않을뿐더러 집안에 들어가더니 도끼를 들고 나와 자기의 배를 사정없이 찍어 부셔버린다 노발대발하던 왜놈들은 아버지를 총으로 쏘아 죽인다. 며칠 후 아들이 다시 돌아와 어머니와 상봉하는 것으로 극은 고조를 이루다 결말을 보인다.

이처럼 다 같은 제목의 연극이지만 그 이야기가 서로 다르다. 그러나 모두 일본제국의 침략자를 물리치는 투쟁을 묘사했고 잔인무도한 왜놈들을 끝없이 증오하는 감정흐름은 일맥상통하다.

◉ ≪승리≫와 ≪황군의 꿈≫

연극 ≪승리≫는 1942년 태항산지구에서 공연한 작품이다. 그 내용은 국민당반동파의 소극적인 투항주의로 하여 항일투쟁이 막대한 곤란을 겪고 있었던 시대를 배경으로 했다. 작품은 국민당의 무저항주의를 물리치면서 항일의 승리를 쟁취하려고 투쟁하는 항일연군들의 업적을 구가하였다.

연극 ≪황군의 꿈≫은 일명 ≪왕정위≫라고도 전해지는데 그 작자는 김××라고 하지만 이름은 잘 알 수 없다. 1943년에 호남의 류양등지에서 공연되었다. 연극의 내용은 작품 ≪승리≫와 비슷한 주제로서 국민당과 그 주구들의 매국적인 추악상을 풍자하고 폭로 규탄한 것이라 전해진다.

◉ ≪변≫

연극 ≪변≫은 1942년 5월 연안의 문예정풍이 있을 때 조선의용군 부대 내에서도 사상정풍을 하였는데 그와 결부하여 의용군부대에서 공연한 작품이다. 그 내용은 혁명대오 내에서 일부 전사들이 낡은 사상을 고집하고 정세에 따라가지 못하여 심지어 정풍운동을 저해까지 하는 사람들의 그릇된 사상을 전변시키는 것이었다. 그러므로 당시 부대의 정풍운동을 잘 할 수 있도록 추동하는데 유리한 역할을 할 수 있었다.

◉ ≪북경의 밤≫

연극 ≪북경의 밤≫은 1944년 태항산에서 있었던 신대원 환영모임에서 공연한 작품이다. 이 작품의 작자는 김창만이고 연극의 내용은 적에게 체포되어 갖은 혹형을 받으면서도 굴하지 않는 혁명전사의 투지를 구가하고 혁명에서의 기회주의와 투항주의를 대조적으로 표현하면서 비판한것이다.

◉ ≪태항산에서≫

연극 ≪태항산에서≫는 1942년 의용군선전대에서 공연한 장막극인데 그 작자는 진동명이다. 전3막으로 구성된 연극 ≪태항산에서≫는 1941년에 있은 호가장전투를 그 내용으로 한 작품이다. 그 경개는 대략 다음과 같다.

연극의 제1막에서 막이 열리면 항일부대 전사들이 한참 노래하고 춤판을 벌리고 휴식하는 장면이 나타난다. 잠시 후 부대에서는 즉시로 적의 봉쇄선을 꿰뚫고 적후에 들어가라는 상급의 지시가 전달된다. 전사들은 상급의 명령대로 새로운 전투에 뛰어든다.

연극의 제2막에서는 감쪽같이 적후에 잠입한 항일전사들이 특무의 밀고로 적의 불의의 습격을 당하는 아슬아슬한 전투장면이 나타난다. 어려운 조건이지만 항일전사들은 발악하는 원수들과 결사적으로 용감히 싸운다.

연극 제3막은 전투가 끝난 후 전투에서 영용하게 희생된 혁명동지들을 추모하는 장면이다. 혁명열사들의 다하지 못한 위업을 이어받아 혁명이 승리하는 그날까지 끝까지 싸워나가려는 혁명전사들의 굳은 맹세로 연극은 막을 내린다.

연극 ≪태항산에서≫는 해방 후에도 연변에서 여러 차례 공연되어 관객들의 환영을 받은 작품이다.

◉ ≪강제징병≫

연극 ≪강제징병≫은 1944년에 관내에서 공연한 작품이다. 그 작자는 고철(원명 정민수)이다.

연극 ≪강제징병≫은 전3막 4장으로 구성된 장막극이다. 작품은 일본제국주의 침략자들의 강점 하에 있는 서울을 배경으로 하였고 서울 남대문 역에 살고 있는 조선의 한 어머니를 주인공으로 묘사하고 있다. 그는 유복자인 외아들을 애지중지 키워 대학교에까지 보냈다. 그처럼 갖은 고생을 다 하면서도 참으며 공부를 시켜 대학을 졸업하고 돌아올 것을 손꼽아 기다리던 그 아들이 그만 일본제국주의 침략자들의 강제징병에 끌려가게 되었다. 과연 어머니에게는 믿던 하늘이 무너지는 격이 되었다. 아들을 싣고 떠나는 기차를 향해 아들을 부르던 어머니는 일제놈들과 행악질하다 끝내 정신변자로 되고 만다. 아들이 붙잡혀가는 날이자 바로 남편의 제삿날이었다. 나중에 일본 강제징병에 끌려간 부대에서 도망쳐 나온 아들은 항일의 길에 들어서는 것으로 종막된다.

이처럼 연극 ≪강제징병≫은 조선의 아들딸들을 강제징병에 몰아내는 일제의 단말마적인 발악과 그 죄악으로 빚어지는 조선인민들의 재난을 표현했고 진정한 행복을 가져오려면 이런 재난의 장본인을 타승하는 투쟁의 길에 올라야 한다는 것을 의미 깊은 내용을 표현했다.

◉ ≪호가장전투≫

연극 ≪호가장전투≫는 1944년 조선의용군 화북 조선혁명군사정치간부학교 구락부의 책임자인 김혁이 창작하여 공연한 장막극이다. 작품은 1941년 호가장전투에서 영용하게 싸운 혁명전사들의 영웅적 사적과 장렬하게 희생된 열사들의 전투업적을 생동한 형상으로 그려보였다.

◉ ≪개똥철학≫

연극 ≪개똥철학≫도 화북 조선혁명군사정치간부학교 구락부에서 1944년에 공연한 작품이다. 이해 초겨울 일제침략자들이 최후발악을 할 때 의용군부대가 적들의 봉쇄선을 뚫고 강행군을 하던 간고한 시기를 배경으로 하고 부대의 내부에 존재하는 그릇된 사상을 교양하고 비판하는 것을 기본내용으로 하였다. 그러므로 이 연극은 부대의 사상통일을 가져오는데 일정한 영향을 주었다고 한다.

◉ ≪개똥이와 이뿐이≫

연극 ≪개똥이와 이뿐이≫도 역시 연극 ≪개똥철학≫과 같은 시기에 창작공연되었다. 그 창작은 당시 화북 조선혁명군사정치간부학교 구락부의 벽보위원이었던 고철이 하였다. 연극 ≪개똥이와 이뿐이≫는 부대의 3대규율과 8항주의를 선전한 작품이다. 인민대중에 대한 규율을 잘 지키려고 전사들은 행군도중에 풀밭에서 절로 떨어진 감을 주었으나 먹지 않고 길가의 돌우에 주어놓고 간다. 규율을 잘 지키지 않던 개똥이는 전사들의 이러한 행동에 감동되어 자기의 잘못을 뉘우치고 규율을 잘 지킨다.

◉ ≪태양기아래 사람들≫과 ≪엉터리리발관≫

이두 연극은 의용군전사들이 행군도중에 한족 백성들에게 보이려고 창작 공연한 무언극작품이다.

우선 무언극 ≪태양기아래 사람들≫은 일제침략으로 망국노로 된 조선인 민들의 각성을 보여주면서 일떠나 왜놈들과 싸우는 모습을 묘사하였다. 행군도중에 한족인민들에게 공연하여 큰 흥분을 자아내게 하였다. 어떤 관객들은 공연 중에 분개한 나머지 연극이라는 것마저 망각하고 왜놈으로 분장한 배우에게 돌멩이를 던지기까지 했다고 전해진다. 이런 사실은 연극내용뿐만 아니라 그들의 연기가 얼마나 진실하고 생동하였겠는가 하는 것을 짐작케 한다.

다음 무언극 ≪엉터리 리발관≫은 일제 침략의 본성을 적나라하게 폭로한 풍자극이다. 연극에 등장하는 인물은 일본 헌병, 일본 병사, 일본 백성과 조선인 한사람이다. 일본헌병과 그 졸병은 흰 두루마기를 입고 흰 고무신을 신은 조선 사람을 끌고 이발관에 들어와 이발을 시키려고 한다. 조선 사람이 거절하자 일본 헌병놈은 빡빡 깎은 자기 대가리를 가리키며 이렇게 깎으라고 강박한다. 일본인 이발사는 조선 사람의 흰 두루마기가 마음에 들지 않으니 당장 벗어버리라고 한다. 조선 사람이 거절하자 왜놈들은 조선 사람에게 달려들어 흰 두루마기를 벗긴 다음 그것을 마구 흙탕물에 굴려내여 흙색으로 만들어 입힌다. 놈들은 또 조선 사람이 신은 흰 고무신마저 억지로 벗겨낸 다음 식칼을 가져다 신을 두 동강 내여 버린다. 그리고는 일본 게다짝을 신으라고 강박한다. 이렇게 무언극 ≪엉터리 리발관≫에서는 무언의 풍자적인 동작으로 정치, 경제뿐만 아니라 문화, 생활습관에 이르기까지 모조리 강압적으로 동화시키려는 일제침략자들의 죄악적인 본질을 신랄하게 풍자하고 폭로하였다.

◉ ≪특무잡이≫

1940년대 초 조선혁명청년군관학교에서 공연한 작품이다. 그 작자는 고

철이고 주요배우로 안춘복과 류동은 등이 출연했다. ≪특무잡이≫라는 제목
은 공연한 연극의 내용에 의해 전하는 사람들이 지은 것이지 실제 연극 제
목은 똑똑히 알려지지 않고 있다. 이 연극의 기본줄거리는 이러하다.

독립동맹의 한 간부의 소개로 대학생 두 사람이 혁명대오에 찾아왔다. 조
직에서는 여러 면을 통하여 그들의 신분과 내력을 조사하였다. 알고 보니 그
들은 대학생인 것이 아니라 북평의 일본특무기관에서 파견한 간첩이었다.
의용군에서는 전체 대회를 열고 그자들의 죄악을 폭로하고 규탄한 다음 태
항산근거지에서 추방해버렸다. 이와 같이 연극은 항일투쟁을 백방으로 파괴
하려는 일제와 그 주구들의 음모 괴계를 폭로한 동시에 항일투사들의 드높
은 혁명적 경각성을 표현하였다.

◉ ≪오누이≫

연극 ≪오누이≫도 1940년대 초 조선의용군 선전대가 관내에서 공연한
작품이다. 연극의 내용은 식당에서 복무원으로 일하는 오누이가 일제의 주
구와 투쟁한 이야기를 표현하였다.

◉ ≪규률≫과 ≪우리의 처녀≫

1945년 연안의 군사학교에서 전교 오락대회가 열렸다. 이 모임에서 연극
≪규률≫과 ≪우리의 처녀≫를 공연하였다. 연극 ≪규률≫의 주인공역은 김
영옥이 맡았고 연극 ≪우리의 처녀≫의 주인공역은 김웅삼이 맡았다.

연극 ≪규률≫의 구체내용은 알 수 없으나 연극 ≪우리의 처녀≫의 경개
는 대략 이러하다.

막이 오르면 큰 나무에 결박되어있는 처녀의 모습이 나타난다. 그는 러시
아 빨치산의 여전사이다. 한참 지난 다음 홍군모자를 쓰고 ≪정찰원≫으로
가장한 밀정이 등장한다. 그는 처녀에게 다가와서 처녀더러 유격대가 아닌
가라고 한다. 이때 독일군이 등장한다. ≪정찰원≫으로 가장한 밀정은 독일
군을 쏘아 죽이고 결박된 처녀를 풀어준다. 처녀는 가짜 ≪정찰원≫을 찔러

죽인다. 그리고 그의 자동총을 빼앗아 뒤따라온 놈들을 모조리 포로로 잡아 사령부로 호송하는데 극은 막을 내리운다. 연극 ≪우리의 처녀≫의 경개에 서 알수 있는바 비록 제2차대전시기의 소련 빨치산 처녀의 형상을 묘사하였 으나 기민하고도 용감하게 싸우는 혁명적인 여전사의 감동적인 이야기였으 므로 당시 우리 전사들의 혁명적 사기를 북돋아주는데 큰 역할을 할 수 있 었던 연극작품이었다고 한다.

◉ ≪탈출기≫

연극 ≪탈출기≫는 1945년 5월 의용군 하중지대에서 신입대원을 환영하 는 환영모임이 있었는데 이 모임에서 공연한 작품이다. 연극 ≪탈출기≫는 일제침략자의 강제징병으로 끌려 나갔다가 탈출하여 조선의용군 화중지대 에 찾아온 신입대원들의 실제사실에 의하여 창작하고 공연한 작품이기에 아 주 실감이 있어서 당시 관람자들을 몹시 감동시켰다고 한다. 특히 연극의 출 연에서 자신이 직접 겪은 실제적인 인물들이 배역까지 맡아 출연하였기 때 문에 더 실감이 나고 또 실재한 사실들이 무대화되어서 더 환영을 받을 수 있었다. 그 후 이 연극은 또 상해, 남경, 서주, 숙현 등지에서도 순회하며 재 차 공연하였다.

◉ ≪신애인애(神愛人愛)≫

연극 ≪신애인애≫(김파 작)도 역시 1940년대 초에 의용군선전대가 관내 에서 공연한 작품이다. 그 내용은 종교적인 미신세력과 봉건적인 통치세력 의 이중적인 압박 속에서 고통스럽게 살아오던 한 처녀가 혁명적인 기혼청 년의 진보적인 영향을 받고 또 그의 참다운 사랑의 힘에 끌려 낡은 가정의 울타리를 짓부수고 탈출하여 혁명의 길에 들어선 이야기를 쓴 것이다.

2. 주요한 희곡문학 작품

(1) 항일희곡문학
≪혈해지창≫ 까마귀
≪싸우는 밀림≫ 까마귀

(2) 문인희곡문학
≪파천당(破天堂)≫15) 리주복
≪곽첨지 사는 마을≫ 리헌(李軒)16)
≪려명전후≫ 리무웅 원작, 리갑기 개편 17)
≪리야왕≫ 김상덕 작18)

(3) 친일작품
≪김동한≫ 김우석 작19)

---

15) 리주복의 희곡작품 ≪파천당≫은 ≪북향(北響)≫ 1936년(소화 11년)3월호와 8월호에 1~2막이 연재되었다. 원래 전3막이라고 했는데 제3막은 아직 우리 손에 발견되지 못 하고 있다.

16) 단막극 ≪곽첨지 사는 마을≫은 ≪만선일보≫ 1940년 8월 16일부터 8월 27일까지 연재되었다. 후에 1999년 동북조선민족교육출판사에서 출판한 ≪문학작품선≫ 제4권(중국조선민족부분)≪희곡편≫에 다시 정리하여 편입하였다.

17) 희곡 ≪려명전후≫는 ≪만선일보≫ 1940년 5월 21일부터 6월 6일까지 1~2막이 연재되었다. 전3막이라고 하였으나 우리는 아직 제3막을 찾지 못하였다. 그리고 제1막을 모두 아홉 번에 나누어 1940년 5월 21일부터 30일까지 연재했는데 5월 29일에 실린 부분 (八)이 빠져 찾지 못했다. ≪만선일보≫ 1940년 5월 21일 광고에 의하면 그때 장춘 서광장만철사구락부에서 ≪려명전후≫를 공연했다. 그 연출로 김영팔이다.

18) 아동극 ≪리야왕≫은 ≪만선일보≫ 1940년 12월 10일부에 실렸는데 단막극이지만 결속부분을 찾지 못 했다.그리고 이 극본은 당시의 경성동심좌 김상덕의 창작이라고 명확히 밝혀 있으나 그 내용을 보면 어쩐지 쉐익스피어의 ≪리어왕≫과 비슷한 점이 적지 않다.

19) 친일희곡작품 ≪김동한≫은 ≪만선일보≫ 1940년 1월 10일부터 1월 20까지 련재된 전3막극이다. ≪김동한≫은 ≪만성일보≫광고에 ≪1940년 2월 11일 오후 6시 협화회관에서<김동한>전3막 공연, 연출 김영팔, 장치 리갑기≫라고 한 것을 보아 당시 장춘에서 공연되었던 것으로 안다. 주지하는 바 김동한은 당시 왜놈들에게 비굴하게 ≪귀순≫한 후 당과 혁명조직을 팔아먹은 악질적인 반역자이다. 김동한이 우리 혁명자들에게 처단된 후 일제와 그 주구들은 연길에다 그의 기념비까지 세웠다. 이런 반역자를 ≪충신≫으로 구가한 작품이 그해 ≪신춘문예≫ 현상모집에서 1등상까지 받았다. 기실 작품≪김동한≫을 자세히 분석해보면 그 내용이 반동성은 더 말할 나위 없고 작품의 예술형식도 보잘것없다.≪김동한≫은 별로 극적갈등과 행동도 없이 구성된 국민선동을 위한 일제의 선전품에 지나지 않았다. 당시 이 연극을 관람한 후의 일부 평론에서도 ≪행동이 결핍≫한 연극이라고 지적하였다.

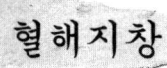 혈해지창

까마귀

피바다 북간도야
우리네 상처받은 가슴속에서
어둠을 뚫고 들려오는
노래를 듣노니
백성들이여
이것이 혈해지창의 연극이노라 !

나오는 사람들

　　뻐꾹새 ·························· 30세, 유격대정찰원
　　김령감 ·························· 50세, 농민
　　분　회 ·························· 20세, 김령감의 딸
　　농민 갑, 을, 병 ·········· 모두 40여세
　　왕　펑 ·························· 26세, 한족청년
　　쑹마마 ·························· 50세, 왕펑의 어머니
　　황　자 ·························· 지주의 아들
　　오　장 ·························· 왜헌병오장
　　단　장 ·························· 협화회 단장
　　왜군경
　　기타(유격대원 약간명)

이런 작품을 신문에 연재하고 공연하였을 뿐만 아니라 1등이라는 상까지 줬으니 그 정치적 목적이야 자명하지 않은가 ?

때	정축년 (음력) 8월 14일
곳	북간도
무대	멀리 산아래 초가들이 옹기종기 놓였고 뒤산으로 오르는 꼬불꼬불한 길이 보이며 마을앞으로 시내가 흐른다. 북간도는 피바다여도 시내는 맑으며 산도 예대로 푸르다. 정면에는 큰나무가 전폭을 차지하고있는데 그 아래에서 피곤한 농민들 쉬기에 한창이다.

△막이 오르면 농민 갑, 을, 병과 김령감이 모여서 이야기하고있다.

김령감 　아유, 원 망할놈의 세상, 한뉘 뼈가 휘도록 농사를 짓구서 겨우 죽이나 얻어먹는 신세니…

농민갑 　죽이면 괜찮수다. 저 억쇠네는 사흘전부터 굴뚝에 연기가 끊어졌다우. 힘꼴 쓰던 장사가 조약돌도 바로들지 못하니 후-(한숨을 뿜는다.)

농민병 　제길할, 하늘이 무심하지. 성주가 억조생활을 흙으로 빚을제 부자와 빈자를 따루따루만든탓으루 그저 쇠똥이나 주무르면서 이 꼴로 살아야 하니…쯔쯔. (혀를 찬다.)

김령감 　망나니같은 소릴 작작 하게. (전원을 가리키며)저 오곡백과 인절미진찬은 누가 짓고 누가 먹노?

농민병 　하, 거야 농군이 지었어두 창생을 제도하는 옥황의 령이기에 막무가내외다.

농민갑 　(발끈하여)아니, 우리라고 인절미진찬을 먹을줄 모르나? 아무리 쇠똥에 대가릴 파묻었다구 먹는것까지 모르겠나말여. 에이 원 통할세, 언제나 이 더러운 세상이…

농민을 　쉿, 그런 소릴 아예 하지두 마시우. 자칫하면 공산비적이라구 붙잡아가는판에 원, 당치두 않은 공담에 목숨까지야 내걸겠소?

농민병 　하기는 그렇쇠다. 밤이슬을 밟고다니는 량반들이야 사회정치를 아니깐 고생을 하지만 우리야 그저 뒤 끝에 떡이나 얻어먹어야지.

김령감 　왜 그따위 소리만 하나! 그 량반들이 누구를 위해 싸우나? 누구를 위해 피를 흘리는가? 아니 누구를 위해 메뿌리를 먹으며 고생하는가말이여? 그 량반들이 부모처자생각을 몰라서 심산유곡에서 깊은 밤을 새우는줄 아나? 저렇게 사람이 둔하다구야.

농민갑 조용들 하시우다. 요새는 노랑대가리들이 어찌나 쇠파리처럼 싸다니는지…

농민을 시국이 아마도 뒤번져질 모양이야. (조용하면서도 다급히)전번에는 이상한 말들이 떠돌더니만 어제밤엔…

일동 (모여앉으며)아니, 뭐가 어쨌나?

농민을 어디 가 말들을 마시우. 뒤산에 이상한 사냥군이 나타났는데 그 량반이 돌쇠보구 허는 말이 오래잖아 붉은기가 우리 손에 온다더라나요.

농민병 엉?!

농민갑 야, 좋구나!

김령감 암, 빨리 그렇게 돼야지.

농민을 보아하니 틀림없는 사냥군같더래. 힘은 장사구 날램이 호랑이 같더라우. (일동 엄숙히 듣는다.)처음엔 앞남산에 하얀 물건이 떠오르더라나. 그런데 웬걸 별안간 뒤산으루 횡하고 날아오더니만 반갑게 인사를 하더래. 원체 돌쇠란놈은 퉁눈이 돼놔서 겁이 많은지라 대가릴 나무단속에 처박았다. (혼자말로)아마 사람인것 같지 않아. 뛰는걸 봐서는 호랑이렸다. 아니, 날기까지 한다는것은 장사렸다.

농민갑 그래 어찌더라나?

농민을 나무틈으로 가만히 내다보니 돌쇠의 낫을 가지고 우썩우썩 나무를 하더래. 그리고는 《총각!》하고 부르기에 머리를 들어보니 난데없는 회오리바람을 훅 일구고 간곳이 없더라나.

일동 (말이 떨어지자)하하하…

김령감 그럴수가 있다오. 그 량반들은 축지법에 변신술을 쓴다니까.
　　　　△이때 사냥군차림을 한 유격대정찰원 뻐꾹새가 등장. 키는 후리후리하고 얼굴은 투박하고 목소리는 웅글진데 어딘가 모르게 웃

음을 띠였다.

뻐꾹새 안녕들 하시우?

일동 (의아하여)예?!

뻐꾹새 금년 농사가 잘 되였수다.

김령감 잘 된들 소용있나유?≪3.7제≫이자 출하두 심하구해서…

뻐꾹새 ≪금준미주는 천인혈이라。≫함이 지당하지요。

농민병 근데 길손은 어디서 오시우?

뻐꾹새 공장에서 실업되니 할 일 없어 인삼이나 캐볼가 허구 이렇게 장백현으로 가는 길이우다.

농민을 인삼이라니?그 어디 여간한 일이우?에이, 세상두 야박하다구야。날이 갈수록 잘사는놈은 잘살구 못사는놈은 점점 야위여만지니…

농민병 하, 이 량반이 팔자소관이라는걸 모르오?사주에 다 적혀있는거유。

뻐꾹새 그럼 내 손금을 좀 봐주시오。혹여 인삼이나 쥐여보겠는지, 하하하。(좀 정색하여)허지만 세상이란 이렇답니다。잘사는놈들이 가난한 사람들의 피를 빨아서 피둥피둥 살쪄갈수록 못사는 사람은 빼빼 여위여만 가는거지요。

농민병 거 당치 않은 말씀이시우。난 정말 모르겠는데요?

뻐꾹새 례를 들라치면 가령 세사람을 수요하는 공장주가 있다고 합시다。공장주는 하루 10시간에 1원씩 주고 로동자를 삽니다。로동자는 돈을 받고 제몸을 팔았으니 마치 벙어리기계처럼 순종해야 하겠지요?

일동 암 그렇지요。(머리를 끄덕인다。)

뻐꾹새 1원이란 돈은 죽지 않고 래일 다시 살아올수 있는 값으로 되거든요。돈을 번 공장주는 예수교의 신자가 다 됩니까?그는 새 기계를 산단말입니다。새 기계는 낡은 기계보다 적어도 한배는 효률이 더 높을것입니다。그러면 어떻게 됩니까?

김령감	(무릎을 탁 치며)오라, 사람을 적게 쓰자는 수작이군요.
뻐꾹새	옳수다. 그 효률만큼 로동자를 내보내도 무방하지요.
농민갑	망할놈들, 기껏 우마처럼 부리다가 쓰레기처럼 팽개치자는게지.
농민병	(자기도 알았다는듯이)그러니 절반은 내쫓아도 괜찮다는거구려.
뻐꾹새	절반보다 더 셋에서 둘을 내보내지요. 그리고 남은 한사람에게 두사람 몫 일을 부담시키거든요. 다음은 또 로동시간을 연장한단 말입니다. 그러면 보십시오. 3원을 지불해야 하던것이 1원밖에 나가지 않으니 2원이 제주머니로 들어가게 된단말입니다.
김령감	저런 ! 2원까지라. 로동자의 피와 기름을 뽑는것이구려.
뻐꾹새	그렇지요. 공장주가 돈을 번것만치 빨리우지요.
농민갑	옳수다.
농민을	그런걸(농민 병을 가리키며)저녀석은 자꾸 팔자소관이라며 하느님탓을 붙이니…
농민병	그렇지만 하늘에 미움끼칠 소리를 작작 하시우. 결국은 한가지우. 죽어 천당에서 인절미진찬을 먹는거나 살아 지옥에서 강낭떡을 먹는거나 뭐가 다르단말이유?
뻐꾹새	잘못 생각했습니다. 천당이란 이 말은 부자놈들이 우리를 기편하기 위한 수작이지요. 천당이 정말로 있다면 살아서 피를 빨리기보다 차라리 죽는편이 낫지요.
김령감	옳수다. 천당이 정말 있다면 왜 부자놈들이 가지 않고있겠습니까 !
뻐꾹새	그렇습니다. 지금 당신네들의 처지를 놓고봅시다. 일년사시절을 죽게 일하지만 가을에 소작료를 물고 출하를 바치고나면 차례지는것이 뭐가 있습니까? 우리는 칭칭 감긴 이 철쇄를 짓부시고 자유와 행복의 꽃동산을 꾸려야 합니다. 여러분들도 땅파던 괭이를 들고 일어나야 합니다. 잠자는 사자는 깨여났습니다. 승리하는 날까지 싸워야 합니다.
	△이때 분희가 점심그릇을 쥐고 다급히 뛰여오며 아버지를 부른

다。

분희　아버지！(김령감의 가슴에 안기며)저 건너마을 황지주의 아들
　　　이…(흐느껴 운다。)

김령감　뭐라？！

　　　△이때 황자가 등장。

황자　(독백)헤헤헤…천하절색인 색시감이란말이야。(김령감에게)령감
　　　께 삼가 문안을 드리오。

김령감　(비꼬아서)고맙소다, 황나으리。

황자　사실은 분희때문에 왔소이다。

김령감　우리 빈한한 사람들은 딸을 낳아도 양귀비처럼 고운 색시감을 낳
　　　는답니다。부랑기 쑤시개머리에 곤지를 찍구 굽높은 구두에 오줌
　　　깨가방을 쥔 여우새끼는 낳을줄 모르니까요。

황자　(독백)에익, 망할놈의 두상。거지놈들은 춰주면 불자랑도 한다
　　　구。(김령감을 얼리려는듯이)아니우다。김령감, 분희의 처지가 너
　　　무 안되여서 그러지요。양귀비가 진흙에 파묻혀서야 되겠수？헤
　　　헤헤, 김령감이 잘 말해서 불행을 행운으로…

분희　(분에 사무쳐)이 개같은놈아！아무리 값없는 빈자의 딸이기루 몸
　　　도 마음도 없는줄 알아？돈이면 그저…(흐느낀다。)

김령감　(무서운 호랑이처럼)이 대역무도한놈아, 하늘이 무서운줄 알렸
　　　다。(원한에 싸여) 벼락이나 떨어집소서！

　　　△이때 농민 갑, 을, 병, 뻐꾹새가 황자를 노려보면서 앞으로 다가
　　　선다。

황자　아아…이 거지놈들이…사, 사…사람을 잡으려드는구나。(고함친
　　　다。)게 누가 없느냐？

농민갑　(한발 나서며)여기 있수다。실루 빈한한 사람의 기름을 빨아먹은
　　　탓으로 정신이 들락날락했군。(일동은 하하하 웃는다。)

황자　(벌벌 떨며 뻐꾹새를 향하여)당신은 누구요？

뻐꾹새　난 삼화탄광의 쿨리올시다。

황자	내가 보기엔 쿨리 같지 않구려. (좀 생각하다가)그럼 사장의 명함은 뭐요?

황자 　내가 보기엔 쿨리 같지 않구려. (좀 생각하다가)그럼 사장의 명함은 뭐요?

김령감 　(긴급한 관두에)여보 황두령, 저 사람을 말할것 같으면 내 사위외다. 얘 분희야, 왜 언녕 말을 못했니? 삼화탄광에 제 남편이 있다구…

황자 　좋다. 난 알만하다. (호각을 꺼내든다.)

뻐꾹새 　닥쳐!

황자 　그래 당신에게 증명서가 있소?

뻐꾹새 　증명서를 꼭 봐야 알겠소?(품에서 증명서를 꺼내는체 하다가 륙혈포를 꺼내여 황자의 가슴에 겨눈다. 일동은 모두 놀란다. 황자는 벌벌 떤다.)

뻐꾹새 　똑똑히 들어라. 나는 혁명을 위해 싸우는 사람이다! 나는 인민의 자유와 독립을 위해 싸우는 사람이다!

　　△황자는 겁을 먹고 도망치려 한다. 뻐꾹새가 황자의 앞을 막는다.

뻐꾹새 　도망치려구? 안돼! 간도의 땅덩어리에는 가는 곳마다 백성의 원한이 스며있다!

　　△ 황자가 틈을 엿보다가 호각을 불며 도망친다. 뻐꾹새는 날래게 륙혈포를 쏜다. 잇따라 황자의 비명소리가 들린다.

뻐꾹새 　여러분, 어서 피하십시오. 뒤일을 내가 책임지겠습니다.

　　△ 개짖는 소리, 군화소리, 왜놈들이 꽥꽥거리는 소리가 요란할 때 막이 내린다.

제2막 1장

무대 　풀로 엮은 자그마한 한족식원두막이 나타난다. 기울어져가는 싸리울타리가 둘러져있다. 깊은 밤 심산은 그윽한데 창문에 등잔불이 어리였고 무엇인가 쓰는 사내의 그림자가 움직이고있다.

△ 개가 요란히 짖어대는속에서 막이 열린다. 집뒤로부터 머리에 피가 흐르고 옷이 갈기갈기 찢어진 사나이가 기여오다가 쓰러진다. 그는 바로 변복한 유격대정찰원 뻐꾹새이다. 집안으로부터 쑹마마가 나와 밖의 동정을 살핀다. 그는 이 광경을 발견하고 얼른 집으로 들어오며 가만히 왕펑을 부른다.

쑹마마 왕펑아 ! 등불을 이리 내오너라.

왕 펑 (나오며)어머니 웬 일이예요 ?

쑹마마 아유, 하나님맙시사. 아, 글세 웬 청년이 하나 누워있다.

왕 펑 청년이요 ? ! (밖으로 나가서 등불로 비쳐본후 업고 들어온다.)

쑹마마 애야, 어서 된장을 가져오너라. 조선사람들은 다친데 된장을 바른 다더라.

△ 왕펑이 들어가 된장을 떠다가 싸맨다.

뻐꾹새 (정신을 차리고)아, 물을 좀 주시오.

왕 펑 어머니, 깨여났어요.

쑹마마 당신은 뭘하는 사람이우 ?

뻐꾹새 난, 난 산사람입니다.

쑹마마 그런데 어디서 이렇게 상했소 ?

뻐꾹새 일본놈들과 한바탕 싸웠댔습니다. (일어서며)난 가야겠습니다.

왕 펑 상처가 이렇게 심한데 어데로 간단말입니까 ?

쑹마마 젊은이, 우리를 믿소. 우리는 다 같은 처지에 있는 사람이 아니요 ?

뻐꾹새 고맙습니다. 그러나 전 빨리 산으로 돌아가야 할 일이 있습니다.

왕 펑 무슨 일입니까 ? 제가 갔다오지요.

뻐꾹새 그건 안되오.

왕 펑 저를 믿으십시오. 중조 두 민족은 다 같은 형제이니 같이 싸워야 합니다. 무산자는 모두가 같은 처지이니 절 믿으십시오. (팔을 걷어 상처자리를 보이며)놈들에게 얻어맞은 상처를 보십시오. 나는 이 원쑤를 갚아야겠습니다.

뻐꾹새   그렇소? 훌륭하오。 우리는 일본놈을 쳐부수기 위해서 모두가 다
        단결해서 싸워야 하오。

쏭마마   옳은 말이요。 우리는 다 한집안 사람과 같소。

뻐꾹새   (가슴에서 붉은기를 꺼내여 쏭마마에게 주며)어머니, 이걸 받아주
        십시오。 저는 친어머니를 만난것 같습니다。

왕 펑   붉은기!

쏭마마   아유, 피묻은 붉은기로군。 (왕펑에게)애, 어서 숨을 곳을 마련해
        라。

뻐꾹새   안됩니다。 나에게는 소식을 전해야 할 임무가 있으니 떠나야 합
        니다。

왕 펑   그런 몸으로 어떻게 가십니까? 제가 대신하여 가지요。

뻐꾹새   정말이요? (왕펑의 손을 쥐며)

왕 펑   절 믿으십시오。

쏭마마   이 애한테 부탁하오。 이 애도 무산자의 아들이요。

뻐꾹새   어머니 고맙습니다。

        △이때 밖에서 또 개짖는 소리가 들린다。 어디선지 전지불이 번
        쩍거린다。

뻐꾹새   임무는 간단하오。 샘물골을 지나 어랑천 앞마을의 느티나무아래
        에서 세 번 《뻐꾹, 뻐꾹》하면 한 령감이 나올거요。 그러면 내 사
        정을 얘기하오。 임무는 이것뿐이요。

왕 펑   잘 알았습니다。 어서 여기 움속에 숨으십시오。

        △ 쏭마마와 같이 뻐꾹새를 숨기고 왕펑이 나가려 하는데 전지불
        이 번쩍이며 《누구야? 저놈을 잡아라!》한다。

쏭마마   (놀라 밖으로 뛰여나가며)왕펑아, 네가…

        △사이。 뻐꾹새는 아픔을 무릅쓰고 나뭇가지에 의지하여 밖을 살
        핀다。

뻐꾹새   (독백)아, 귀중한 왕펑마저 붙잡혔구나。 나는 이런 때 어떻게 싸

위야 하느냐?(류혈포를 꺼내들고)동지들아, 나를 원망말라. 난 저놈들과 생사결판을 내고말테다. (생각하다가)아니, 나에게는 중요한 문건이 있다. 그렇다면 어떻게 해야 좋으냐?(고개를 떨구고 생각한다.)나는 꼭 동지들을 만나야 한다. 왕펑아, 죽지 말고 살아라. 나는 꼭 너의 은혜를 갚을테다.

△헌병오장, 협화회 단장, 왜군경이 왕펑이를 앞세워가지고 들어온다.

오 장　이 사람이 니디(당신의)아들이까?

쏭마마　그렇다. 내 아들이다.

오 장　정말이 말을 해?

쏭마마　세상이 없어두 아들 하나를 믿고 살아왔다.

단 장　(예수의 십자가신도인양 인격을 부리며)로따냥, 우리 황군은 절대 사람을 해칠줄 모르오. 일본사람, 조선사람, 중국사람 모두 의좋은 형제요.

오 장　하야꾸(빨리)말이 시켜!

단 장　하(네)!(쏭마마에게)여기 공산비적이 숨었지?

쏭마마　난 모르오.

단 장　그런데 아들이 어디로 기별하러 가는거요?우리는 다 알고있소.

쏭마마　다 알고있다구?

단 장　아들은 어머니의 한마디면 용서를 받소. 유격대가 숨었는가 숨지 않았는가 말이요.

쏭마마　난 정말 모르오.

오 장　나니(뭐라구)?(당장 총으로 쏘려 한다.)

단 장　죄없는 아들까지 고생시킬건 없지 않소?두가지중에 하나를 고르시오. 아들을 구하겠소 아니면 공산비적을 감춰두겠소?

쏭마마　(독백)아, 아들도 중하다. 심산에서 고생하는 공산당도 중하다. 어느 누구를 구해야 좋단말인가?

오 장　하아꾸 말이 해!

단 장	아드님이 중한가 그렇잖으문 공산군이 중한가? 보아하니 아드님은 장가를 들지 않았군. 말하면 아들을 고운 색시에게 장가들게 하고 또 상금 천원을 드리겠소. 만약 아들을 살리지 못하면 정말로 지옥의 악신이 방간하사 말만 잘못하면 하늘의 성주가 책망할 거요. ≪아들을 죽인 어머니≫라구요.
쑹마마	(눈물이 고여서 독백)아버지없이 유복자로 세상의 설움을 받아오며 끝끝내 키워온 아들을…아, 세상이 원통하다!
오 장	(권총을 꺼내들며)정말이 말이 아니했소까?
단 장	(급하게 말리는체 하며)아…참으시오. 오장님! 저 어머니를 불쌍히 여기십시오. (어머니에게 다가서며)일본사람은 무고한 백성을 죽이지 않소. 어서 말씀하오.
쑹마마	왕펑아!
왕 펑	어머니!
	△단장이 오장의 귀에 대고 뭐라고 수근거린다.
오 장	(앞이 튀여나온 입을 벌려 히죽이 웃고 왕펑에게)니디 말이 했소까 안했소까?
왕 펑	난 말할게라고는 없다.
오 장	(군경에게)기무라 나굿데야레! (때려줘라)
군 경	하잇! (채찍으로 왕펑을 사정없이 친다.)
쑹마마	이놈아, 치지 말아! 내가 말을…
단 장	헤헤, 진작 그러지. 념려마시오. 황군에겐 좋은 약이 많소. (오장에게 눈을 껌벅이며)오장님, 풀어놓읍시다.
	△이때 숨어서 엿듣던 뻐꾹새는 문건을 찢어서 입에 넣어 삼킨다.
왕 펑	단장, 내가 죄다 말하리다.
단 장	(옷깃을 여며주며)훌륭한 사나이로군. 참, 올해 몇 살이지? 20살은 넘었겠군. 근데 아직 장가를 못들다니…
왕 펑	밖에 나와보니 별안간 수풀속에서 후후후 떠는 소리가 들리지 않

겠나요. 가만가만가보니 웬걸 사냥군옷에 피투성인 사나이가 누
워있겠지요.

오 장 어떻게 생겼던가? 키는?

왕 핑 컸지요. 오장님같은 사람은 그 곁에 서면 어린애지요. 그 사람은
호랑이 같았고 어딘가 서글서글한 눈은 새별같이 반짝이였지요.

오 장 나니? 그런 소리 닥쳐!

왕 핑 그래서 난 가만히 숨어가서 악하고 붙잡으려 하니 획하고 바람을
일쿠며 깜쪽같이 사라지더군요. 그런데 웬걸요, 그 자리에는…

오 장 뭐가 있던가?

왕 핑 이런 글이 있었지요. ≪천황폐하의 적자 학강대장 유통사 토벌에
개죽음을 고함, 불초 운운. ≫이라고 말입니다.

오 장 에이, 만슈징아(만주사람)! 빨리 끌어가라!

군 경 하이! (총으로 떠민다.)

쑹마마 왕핑아, (오장에게 달려들며)내 아들을 못끌어간다. 이놈들아!

오 장 너의 아들이 공산비적이다.

왕 핑 어머니, 근심말아요. 끝까지 싸워야 해요.

군 경 빨리 걸엇!

쑹마마 왕핑아!

△ 뻐꾹새가 분노와 애수에 사무쳐 나와보다가 어머니의 품에 안
기며≪어머니! ≫라고 목메여 부를 때 암전된다.

제2막 2장

△불이 켜지면 뻐꾹새가 신끈을 동이며 어머니의 이야기를 듣고
있다.

쑹마마 생각하면 기가 찬 일이지.

뻐꾹새 잘 알았어요. 대소회싸움에서 왕핑의 아버지가 우리 혁명군을 숨

겨둔 죄로 황가에게 맞아 돌아가셨다는 사실도, 그리구 세상의 모든 비웃음을 받아가며 유복자 하나를 믿고 오늘까지 살아왔다는 슬픈 이야기도. 참 어머니는 중국의 훌륭한 어머닙니다. (어머니의 손을 잡으며)상심하지 마세요. 어머니, 우리 동지들은 돌아와 어머님의 원한을 풀어들일겁니다.

쑹마마　(계속 회상에 잠겨)그후 난 어린 왕평을 데리고 왕지평에서 지팡살이를 했지. 어떤때는 늦가을의 달을 바라보며 혹여나 남편이 살아돌아오겠는가를 부질없이 기다려도보고 어떤 때는 에미가 굶어놓으니 젖이 나와야지. 그래 우리 왕평이를 업고 쌀이나 꿔볼가 하여 후—(한숨을 짓는다.)이야길 다해 뭘하겠나? 저마다 겪은 고생을…

뻐꾹새　어머니, 꼭 좋은 세상이 올겁니다.

쑹마마　언제면 그 세월이 오겠는지. (회상)왕평이 열네살 잡던 해 코홀리는 철부지로만 여겼던 그 애가 글쎄 두 살이나 올려가지구 삼화탄광에 가 일자리를 얻었지. 3년이 지나도록 집에 오지 않고 하니 하루는 내가 찾아갔지. 마침 밤일을 하고 돌아오더군. 나는 개를 보고 깜짝 놀랐네. 아이구 금동자로 키워온 내 아들이 저런 쿨리가 되다니!

뻐꾹새　어머니, 우리는 쿨리를 동정해야 합니다. 일본놈들은 우리 형제들을 모두 쿨리로 만들려 하지요. 그러기에 우리는 쿨리들과 손잡고 피흘리는거지요.

쑹마마　(회상.)그 애는 그저 이 에미의 가슴에 머리를 파묻구 가만히 흐느끼였지. 에미가 우는 소리를 들으면 괴로워할것 같애서였지. 그러나 내가 왜 모르겠나? 울지 않으려고 입술을 깨물었지만 끝내 참지 못하고 울음을 터뜨리고말았네. 그러나 그 애는 머리를 들고 ≪어머니, 자식 하나만 생각하고 흘리는 눈물은 너무나 맥없어요≫하고서는 또 ≪어머니, 이런 때 울지 않는것이 자식을 키우는 어머니들의 본분이랍니다. ≫라고 하더란말이네. 난 제가 낳은 자식에게서 처음으로 그렇게 힘있는 말을 들었네.

뻐꾹새   (어머니의 옷깃을 만지며)어머닌 참으로 훌륭한 아들을 두었습니다.

쑹마마   그래서 난 ≪왕펑아, 네 말이 장타 ! 난 울지 않고 살겠다. ≫고 했더니 ≪어머니, 울지 마세요≫라고 하며 웃통을 벗지 않겠나 ? 난 하마터면 그 자리에서 기혼할번 했네. 가슴과 등에 온통 거머퍼런 멍이 든게 어디 이 에미한테서 태여난 피와 살이 있어야말이지.

뻐꾹새   그렇답니다. 어머님은 왕펑의 가슴에서 북간도의 피바다를 본것입니다. 어머님, 절대 울지 말고 살아야 합니다. 우리 다시 싸워 이겨 돌아올 때 온 중국의 어머니들게 영원한 웃음을 안겨줄것입니다.

쑹마마   그러면야 오죽 좋으련만…내 살아 그런 때를 못봐두 후손들이야 락을 누리겠지.

뻐꾹새   아니, 어머님께서도 꼭 행복한 생활을 누리게 할텝니다.

쑹마마   말이 너무 길어졌군. 이젠 떠날 때가 되지 않았나 ?

뻐꾹새   북두칠성이 기울어졌는가요 ?

△어머니는 밖으로 나갔다 들어온다.

쑹마마   기울었네. (품속에서 뻐꾹새의 문건과 륙혈포를 꺼내준다.)

뻐꾹새   그럼 어머니, 시간은 새벽 두시 서향산마루에 북두칠성이 걸릴 때면 우리 동지들의 총소리가 앞뒤산을 울리게 될것입니다. 그때면 어머니와 왕펑이를 모셔갈것입니다.

쑹마마   잘 가서 소원성취하게. 자네들의 총소리를 들었으면 죽어두 한이 없겠네.

뻐꾹새   그러면 어머니 안녕히 계십시오.

△뻐꾹새가 인사를 하고 퇴장. 쑹마마는 뻐꾹새가 멀리 사라질때까지 바라본다.

쑹마마   (독백)왕펑아, 우린 의로운 사람들의 총소리를 듣게 됐다. 그때면 우리 함께 가자구나. 너도 어깨에 총을 메고 광활한 중국벌로 뛰여다닐 때가 왔다. 아들을 키운 이에미의 마음도 자랑스럽구나 !
△쑹마마가 집에 들어와 불을 끄고 잠자리에 누우려는데 개짖는
소리가 요란하게 들린다. 그리고 왜놈오장이《하야꾸, 하야꾸 걸
어 !》하는 소리가 들린다. 뒤이어 왕펑이 왜놈의 날창에 밀려 들
어온다. 뒤에는 협화회 단장, 헌병오장, 왜군경이 따른다.

단　장　안녕하오 ?

쑹마마　덕분에 그저 그렇소。(아들을 안으며)왕펑아, 얼마나 고생을 하
　　　　니 ? 나는 의로운 사람들의 마음에 안겨 편안히 있었다。

왕　펑　어머니, 저도 속이 편안합니다。나는 영원히 행복한 생활을 하고
　　　　싶어요。살면서 저 개놈들이 죽는걸 보고싶어요。

오　장　나니 ? (말을 못하게 꽥 소리를 지른다。)

쑹마마　왕펑아, 넘려말어라。하늘이 무심할리 있니 ?

오　장　(협화회 단장에게)하야꾸 말이 시켜 !

단　장　하잇 ! (어머니에게)빨리 숨어있는 공산비적을 내놓으시오。시간
　　　　여유는 3분을 주겠소。말을 하겠소 ?

쑹마마　애 왕펑아, 지금 몇시쯤 되었니 ?

단　장　무슨 일이요 ? (자기 시계를 보며)10분전 2시오。

쑹마마　그럼 나에게 한가지 청을 5분만 들어주오。마지막으로 죄다 이야
　　　　기할테니。

단　장　그야 넘려있소 ? (오장과 수군거린다。)

오　장　니디 만슈고꾸노 호호디 마마다나(당신은 만주국의 좋은 어미
　　　　다。)헤헤…

쑹마마　난 아들의 노래를 한번 듣고싶소。

왕　펑　어머니, 노래를 부르지요。이 노래는 온 중국에 다 알려지고있으
　　　　니깐요。(비록 몸은 지쳤으나 목청을 돋구어 부른다。)《지친 다
　　　　리 끌고서 험악한 산중에…》(이때 왜군경이 노래를 못하게 하나
　　　　왕펑은 왜군경을 뿌리치며 계속 노래를 부른다。)
　　　　《결심을 품고다니는 우리는 혁명군…》어쩌세요 ? 어머니 !

쑹마마   잘했다! 고양이앞에 선 호랑이소리 같구나.

오 장   이젠 하야꾸 말이 해!

쑹마마   그럼 잘 듣거라! 나는 의로운 사냥군 한사람을 감추었다.

오 장   엉?!

△단장과 왜군경도 놀라 《어디?》한다.

쑹마마   그렇지만 그 사냥군은 때가 되어 제비처럼 강남으로 훨훨 날아갔다.

오 장   이 늙은년이라구야! (발길로 찬다。)

왕 펑   이 개놈들아, 죄없는 우리 어머니를 왜 차는거냐? (오장을 차넘긴다。)

오 장   (노기충천하여 군경에게) 이놈을 쏴라!

왕 펑   어머니, 슬퍼마십시오。 앞날을 믿고 아들을 키워 오늘에 바치는 그 혁명정신이야말로 중국어머니의 본분입니다.

오 장   빨리 쏴라!

△왜군경이 왕펑에게 총을 쏜다。

왕 펑   (쓰러지면서) 어머니, 뻐꾹새아저씨에게 이 왕펑도 혁명을 위하여 끝까지 원쑤에게 굴하지 않았다고 전하여주십시오。

오 장   나니? (자기 권총으로 또 쏜다。)

쑹마마   (아들의 몸에 쓰러지며) 왕펑아! (놈들을 노려보며) 이놈들아, 내 아들 왕펑의 한 목숨은 죽었다만 혁명에 일떠선 전체 무산대중은 다 죽이지 못한다。 그들은 우리의 피값을 꼭 갚아줄것이다。

△이때 산을 울리는 총소리와 나팔소리가 들린다。

쑹마마   이놈들 똑똑히 듣거라! 저건 우리 유격대의 총소리다。 네놈들에게 벼락을 퍼부을것이다。 북간도 피바다속에서도 자유의 노래가 울려퍼질것이다。

오 장   에잇! (소리와 함께 어머니를 쏜다。 그리고 도망치기에 바쁘다。) 어이 하야꾸, 하야꾸 뛰여!

△이때 뻐꾹새, 김령감, 분회 그리고 한족유격대원들이 번개같이

뛰여들어 호령한다. 놈들은 벌벌 떨며 손든다. 몽땅 붙잡아 무릎을 꿇린다.

뻐꾹새 (쑹마마의 시체를 끌어안으며)어머니! 저 북두칠성은 기울어졌지만 새별을 보십시오. 피바다속에 새벽을 기약하는 우리의 마음이랍니다. 새별이 지면 어두운 밤은 지나고 희망찬 새아침이 찾아옵니다. 그날을 위하여 어머니는 왕펑을 키웠고 그날을 위하여 백만 중국의 장사를 키우지 않았습니까? 어머니, 깨여나십시오. 몸은 비록 가셨지만 넋이야 어찌 갔다고 하겠습니까?(다시 왕펑 곁에 가서)왕펑아, 왜 조금만 더 참지 못했느냐? 아, 분하구나! 허나 안심하라. 혁명을 위해 목숨을 바친 숭고한 어머니와 너의 무덤우에 행복의 꽃동산을 만들리라!

△유격대원들 모자를 벗고 애도속에서 시체를 집안으로 옮긴다.

김령감 나에게도 총을 주게. 이 손으로 원쑤를 갚고야 말겠네.

뻐꾹새 좋습니다. 우리 이 땅의 형제들은 손을 잡고 싸웁시다. 원쑤들아, 똑똑히 들으라! 잠자던 사자는 깨여났다!(유격대원들을 향해)동무들, 이놈들을 산으로 압송해갑시다.

대원들 예!(적들에게)일어섯!

△ 놈들은 손을 들고 벌벌 떨며 나간다.

뻐꾹새 동무들, 우리의 북간도는 이미 피바다입니다. 그러나 우리의 영웅적노래는 끝없이 중국벌판에 퍼질것입니다. (시체에 붉은기를 덮어주며)길이 잠들라. 그 이름 천추에 빛나리라! 어머니와 너의 은혜 가슴깊이 새기면서 싸우리라!(흐느껴운다.)

△ 비장한 노래속에서 막이 천천히 내린다.

—끝—

정축년 8월, 샘물골에서

【30년대 장막극】

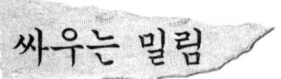

－홍두산에 매화가 핀다

까마귀

나오는 사람들

      왕로인 ······················· 50세농민

      박로인 ······················· 52세농민

      김로인 ······················· 49세농민

      박　민 ······················· 유격대군수부장

      계　순 ······················· 박민의 처

      통신병 ······················· 유격대통신병

      가와모도 ··················· 왜군중위

      련락병 ······················· 왜군특급련락병

      주구

      기타(유격대원 약간명)

때　　1938년 이른봄

곳　　도깨비골

　　　△막이 오르면 마을앞 느티나무에 ≪일본제국주의를 타도하자！≫ ≪그의 주구와 앞잡이들을 처단하자！≫란 비행선전대의 삐라가 붙어있다。삐라를 보고있는 민중은 산(山)사람들에 대한 신화적 이야기로 끓어넘치고있다。

제 1 장

왕로인　　그분들이 왔다갔군。

박로인　정말 신출귀몰이우다. 일본놈들이 물샐틈없이 경계하는데두 감쪽
　　　　같이 다니는걸 보면…

김로인　허, 바위골령감한테서 못들었나? 이 산에서 저 산으루 횡횡 날아
　　　　다닌다더라구.

왕로인　나두 봤소.

박로인　정말 어떻게 생겼던가?

왕로인　꿩 잡으러 바위골루 들어갔다가…

박, 김　그래서?

왕로인　별안간 호각소리가 나데. 그러자 노랑대가리들이 우르르 몰려서
　　　　골짜기로 기여오르지 않겠나.

김로인　그 승냥이놈들이?

왕로인　가만 있게나, 검은테안경을 쓴 놈이≪무운장구(武運長久)≫라고
　　　　쓴 기발을 들구
　　　　≪도쯔게끼(돌격)!≫하고 고함을 치데. 허, 눈구뎅이에서 번들번
　　　　들한 철바가지를 쓴 놈들이 두꺼비처럼 엉금엉금 기여오르는게
　　　　100여명은 실히 되겠더군.

박로인　저걸 어떡하나?

왕로인　그래서 살금살금 바위아래로 기여가 숨어서 봤더니 웬걸, 포수 두
　　　　셋이서 능청스럽게 사슴을 쫓고있지 않겠나.

김로인　저런, 뒤에서는 칼찬놈들이 추격하고있는데 사슴하고 뜀박질을 하
　　　　다니?

박로인　잘못본게군.

왕로인　허허, 뛰는 호랑이두 성큼하면 덮친다는데 그까짓 사슴이 다 뭔
　　　　가? 가만듣게. 로랭 이놈들이 제사 사나운 말새끼처럼 푸르럭거
　　　　리면서 골짜기루 모이더군.

김로인　맙소서, 저마다 무송(武松)인들 어떻게 100놈도 더 되는걸 당해내
　　　　나?

왕로인　나두 몸에 진땀이 나데. 허, 이 수염에 달린 고드름마저 락수물처

럼 줄줄 녹아흐르지 않겠나. (숨을 돌리고)이때 왜놈들은 한 포수
가 등성에 오르는걸 총으로 쐈네.

박, 김   그, 그래.

왕로인   풀석하고 난 연기는 하늘로 뱅글뱅글 떠가더군.

김로인   어이구.

왕로인   제만엔 쐈눕혔다구 우쭐렁대며 모여가더군. 그런데 이런 일 봤
        나? 그 자리에서 메돼지 한 마리가 부스스 일어나 슬금슬금 걸어
        가지 않겠나?

박로인   하하하, 변신술을 쓴 모양이군.

왕로인   몰려든 놈들이 사람을 찾느라구 어스벙거리는데 갑자기 뚜루룩
        땅땅 하는 총소리가 나데. 그러자 왜놈들은 철바가지속에 대가릴
        파묻고 한동안 하늘을 향해 폐하를 찾지 않겠나.

일 동   하하하…

왕로인   삼시에 야마도의 적자가 되어 언 명태신세루 변하더란말이네.

박, 김   옳지, 산등성이에 매복하구있다가 골짜기루 유인해들인걸세.

왕로인   원, 쪽제비 눈엔 닭만 보였지 다른것이야 보이겠나? 창애에 치인
        때에야 닭우리가 아니라 호랑이굴인걸 알았을거네.

박로인   그런데 이걸 어떻거면 좋소? (삐라를 보며)왜놈들이 알문 이 마을
        은 당장 불바다로 될거요. 샘물골에서두 이런 방(삐라)이 나붙었
        더랬는데 얼마 안가서 불더미가 됐대.

김로인   왕령감, 우리 황대감(지주)허구 상론해봅시다. 그 어른은 이 마을
        의 천주격이니 좋은 계책이 있을지.

왕로인   (단호히 반대하는 태도로)뭐? 황대감허구서? 그놈에게서 그 무슨
        좋은 계책이 나올줄 아우? 저 귀틀집령감을 내쫓구 그의 딸을 첩
        으로 끌어간놈이 누구요? 특설부대놈들게 갖은 충성을 다 하다못
        해 제 머슴군을 공산비적이라구 잡아바쳐 상을 탄눔이…그놈은
        혀바닥에 침도 채 마르기전에 온 마을을 삼켜버리지 않았소?

박로인   옳수다. 우리 만주에 와서 손에 피고름이 맺히도록 나무를 찍어

다 기둥을 세우구 뒤밭을 옥답으로 만들어 겨우 이뤄놓은 이 터전을 우리는 목숨으로 지켜야 할 책임이 있수다.

왕로인 그렇수다. 어제날은 락동강에서 고기를 낚구 청천벌에서 농토를 다뤘지만 오늘은 이땅에서 내 피를 뿌려 씨앗을 까꾸었으니 예가 내 고향이우。속담에 제집에 벗이 찾아오면 후한 대접을 하구 승냥이가 기여들면 렵총으로 맞으란 말이 있잖소?자, 징을 두드리우。온 마을 남녀로소를 모이게 하여 이 방을 보게 합시다.

김로인 옳수。내발에 미투리를 신었구 내손에 괭이를 쥔 한 제땅과 같이 살구 제땅과 같이 죽여야지요。정말 황대감 그놈이사 얼마나 우리 땅없는 농군의 피땀을 빨아먹었다구。내 당장 가 도끼를 벼리겠네! 맏아들에게는 곡괭일 메우구 둘째딸에겐 식칼을 쥐우겠네.

왕로인 가 징을 두드리면서 우리의 이 원통한 가슴을 천하에 전하소.

일 동 우리 고향은 우리가 지킵시다!

제 2 장

△불타는 밀림속。동굴에서 내다보면 녹기 시작한 고드름。예가 바로 유격무장대들의 료양소이다。여기서 많은 당원이 힘을 길렀다。여기서 위대한 생명들이 소생되였다。밀림아, 너는 ××동굴을 고이 간직한채 영원히 푸르러 창창하라。

통신병 군수부장동지!웬 로인이 찾아왔습니다。발구엔 사슴을 싣고 몸에는 렵총을 메였는데 아마도 포수인듯 합니다.

박 민 들어오게 하시오.

△왕로인이 들어온다.

왕로인 허, 이거 심산유곡에서 수고들 허시우다。군수부장님, 이 사슴이 기억되시우?그때 부장님네들은 일본놈들을 골짜기에 에워넣구 쏴죽이고있었지요。나야 원체 포수이니 동쪽으로 내뛰는 사슴이나 쏘는수밖에。

박　민　허허허, 아저씨는 명사수입니다그려。

왕로인　천만에유, 저야 말 못하는 사슴이나 쏘지만 여러분들이야 진짜 총
칼 든 승냥일 잡지않수?

박　민　아저씬 어떻게 이곳을 찾아오셨습니까?

왕로인　바늘가는데 실가구 실가는데 바늘간다구 우리들이사 천애지각에
살아두 마음은 하나지요。 어찌 떨어져 산다구 하겠소이까。 (숨을
돌리고)내가 일루 찾아온건 우리 마을 온 민중의 소원을 풀어달라
고 부탁하러 온거웨다。 (감격적으로)부장님, 원쑤를 갚아주시
오! 일본눔들은 우리 마을백성을 모아놓구서 느티나무에 방을 부
친 공산비적을 붙잡아내라구 하겠지요。 누군들 제육친을 짓씹어
먹는 개가 되겠수? 아이들은 어른을 쳐다보구 어른들은 늙은이들
을 바라보구 늙은이들은 제손에 옹이 박히도록 애써 꾸린 고향산
천을 바라보았지요。 이 사람들의 눈에선 피가 흘렀구 불꽃이 타
올랐다우。

△모였던 유격대원들이 이를 간다—빼앗긴 조국을 찾으려는 민족
적의분으로 하여。

통신병　할아버지, 물마셔요。

왕로인　후—(한숨을 짓고 계속하여)그리고 마을처녀애들이 왜군위안소루
붙잡혀갔다우。 자고로 우리 민족은 승냥이씨를 받은적이 없지
요。 원, 머리태를 뜯기우면서도 발버둥치는 그 애들을 우리는 차
마 눈물없이는 볼수 없었수다。 나는 그꼴을 보지 않으려구 돌아
선채 입술을 깨물며 참다가 그만 까무라쳤수다。 놈들이 멀리 사
라져서야 겨우 정신이 들었지요。 그러나 때는 벌써 늦었수다。 아,
내가 왜 도끼루 그놈의 대가릴 찍지 못하였던지。 자, 군수부장
님! 그 총으로 이 늙은눔의 가슴을 쏴주시우。 한평생 이 늙은 머
슴군은 참을인(忍)자가 제일이라구 뼈깊이 새겨두었더랬소이다。
이제야 그 인자가 우리 빈자들게 고통을 가져다준다는걸 알았수

다. 실루 일본놈들앞에서 참는다는것은 죄를 짓는것이지요.

박　민　아저씨의 말씀이 옳습니다. 이제부터는 그 렵총으로 사슴을 쏘지 말고 승냥일 쏘십시오.

유격대원들　부장동지, 어서 명령을 내리십시오.

일　동　원쑤를 갚고야 말겠습니다!

박　민　우리들이 간악한 적들을 타승하려면 더없이 놈들을 증오하는 동시에 또 적을 잘 알아야 합니다. (왕로인을 향하여)아저씨, 마을의 동태는 어떻습니까?

왕로인　모두들 이를 갈고있수다. 울타리를 뛰여넘어온 승냥이놈들을 직접 제눈으로 봤기때문이지유. 모두들 승냥일 잡겠다구 괭이며 도끼며 몽둥일 들고일어났지만…왜놈들의 총탄에 그만…후! (한숨)

박　민　≪3.1≫운동이 바루 그러했지요. 그리구 중국의 태평천국혁명이 또 좋은 례로 되지요. 그것은 우선 혁명의 조직자가 없었구 자발적이며 분산적이였기때문입니다. 그러나 오늘은 우리들에게 중국공산당이 있구 조선광복회가 있지 않습니까. 그리고 그때엔 무장이 없었기때문입니다. 허지만 지금은 조직된 항일련군과 김대장의 부대가 있지 않습니까. 안심하십시오. 원쑤를 만주에서 송두리째 쳐부수겠습니다. (모여선 유격대원들에게)동무들! 놈들은 50만 관동정예군으로 밀림을 전면으로 진공할 계책을 쓰고있습니다. 기시긴죠르란 놈은 도깨비골에 한 개 중대를 주둔시키고 헤이샤즈거우밀영지를 포위하고있습니다. 우리는 이 도깨비골을 적의 손에서 탈환하구 백성과의 련계를 강화해야 하겠습니다.

통신병　군수부장동지, 저에게 정찰임무를 주십시오. 목숨으로 이 임무를 수행하겠습니다.

박　민　좋소. 아저씨는 우리의 길잡이가 되셔야겠습니다. 그리고 계순동무!

계　순　네.

박　민　이 아저씨하구 마을에 내려가서 분산된 민중을 조직동원하시

오。백성은 우리를 부르고있소。우리는 그들의 키잡이가 되어야
하오。

계　순　네。그렇지만 박민동무의 그 상처는요?날이 더워지면 썩어날텐
데요。

박　민　안심하우。내절로 의사가 되구 간호원으로도 될테요。여기 훌륭
한 수술칼이 있잖우。

계　순　에그머니, 그 깡통 가지고 만든 톱으로요?

박　민　계순이, 부디 몸조심하우。아이를 낳으면 꼭 소식을 전하오。그
앤 싸우는 밀림의 산아이니 각별히 아껴야 하오。

계　순　네。당의 임무를 꼭 완수하겠어요。
△세사람은 농민차림으로 퇴장。서로 손을 흔들며 승리를 기약하
는 유격대원들。≪승리하고 돌아오시오!≫
△ 유격대의 노래ㅡ
≪백두산하 넓고넓은 만주뜰들은 건국영웅 우리들의 운동장일세
걸음걸음 떼를 지어 앞만 향하여 활발발 나아감이 엄숙하도다。≫
△이때 막이 내린다。

제 3 장

봄。소쩍새 우는 소리。녹기 시작한 눈우에 아자개꽃이 피였다。밀림의
봄은 이따금 유격대원들이 날뛰고싶도록 그들의 마음을 애무해준다。
△정찰임무를 승리적으로 수행한 통신병 김동무는 왜군의 특급련
락병 나까야마 히소무를 붙잡아온다。

통신병　군수부장동지, 돌아왔습니다。도깨비골에는 겨우 한 개 소대의 정
예병력과 만주국군 한 개 소대가 주둔하고있을뿐입니다。이 병력
만으로는 헤이샤즈거우밀영을 대체할수 없어서 샘골의 기시긴죠
르중위의 청원을 받고있습니다。이놈이 바로 기시긴죠르중위의

특급련락병입니다.

박 민 수고했소. 계순동무의 정형은?

통신병 이틀전에 ××나무아래서 만났습니다. 대중의 조직정황은 매우 순
리롭지만 소금은 일본놈이외는 구할수 없는 금물이여서 백성들에
게서 소금을 얻기는 퍽 곤난하다고 합니다.

박 민 (왜군련락병을 가리키며)눈에 씌운 수건을 푸시오. (어리둥절해
하는 왜군련락병에게)자네들 페하께 국궁하여 감심을 표시하여야
겠소. 페하께서는 우리더러 자네에게 특별초청장을 내도록 마련
시켰지요. 무서워마오. 우리는 적을 관대히 대할줄 알고 또 엄격
히 대할줄도 아오. 이름은?

련락병 특급련락병 나까야마 히소무데쓰.

△박민은 왜군련락병의 혁띠에 달린 단도를 뽑아든다.

박 민 저, 단도를 뿌릴줄 아오? 한번 저 나무옹이에 박아보오.

△왜군련락병은 망설이다가 단도를 받아쥐고 뿌린다. 그러나 빗
나간다.

박 민 인주게.

△박민은 칼을 받아쥐자마자 뿌린다. 칼이 날아가 나무옹이에 박
힌다.

박 민 (왜군련락병을 향해)그런 무술루 대국을 감히 침범할수 있소? 하
하하.

련락병 저는 어려서부터도 종래로 남과 싸운적이 없습니다. 아버지는
요꼬하마에서 대장쟁이질을 하구 어머닌 교도의 신자입니다. 아
버지와 나는 늘 갈매기 날아예는 바다가에서 조개나 미역을 줏는
것을 생활의 전부로 삼았더랬습니다. 저는 바다가 좋습니다. 만
주의 밀림은 나에게 무서운 고통을 줍니다. 전쟁은 나에게 몸서
리치는 괴이세계를 베풀어주었지요. 그러면서도 저는 만주사람
의 피를 포도주처럼 삼켜버리는 승냥이악습을 가지게 됐습니다.
저는 어찌되여 만슈징(만주사람)의 피를 마시는 승냥이가 됐는

지?난 어째서 손에 총을 들고 당신들과 싸워야 하는지 모르겠습니다.

박　민　나까야마, 당신은 분명히 무산자의 아들이요. 자네의 아버지는 자본가에게 피땀을 빨리우고있소. 당신과 우리는 다 같은 무산자요. 그런데 어찌하여 피흘리는 싸움에서 적이 되지 않으면 안되는가, 그것은 우리들의 조국과 신앙이 다르기때문인가?아니요! 무산자들에게는 국경이 없소. 우리 무산자의 신앙은 곧 인류무산혁명을 실현하는데 있소. 공산사회―이것은 절대적진리요.

련락병　그렇다면 일본사람의 야마도정신이 만주사람들의 공산정신과 융합될수 있을까요?

박　민　영원히 융합될수 없소!그러나 자네는 공산주의정신이란 전일뉴의 산령혼이란걸 알아야 하오. 지금 바로 당신들 요꼬하마에서도 공산국제에서 령도하는 무산혁명이 일어나고있소. 바로 당신의 아버지도 일본 자본사회를 향해 폭탄을 던지고있소.

련락병　대장님, 요꼬하마에서요?

박　민　그렇소. 당신들은 진퇴량난이요. 야마도정신은 당신들을 만주에서 개주검이 되게 할거요. 생각해보오, 당신이 대일본일등민족이라지만 상관에게서 받아먹은것이 무엇있소?(루락)자네는 지금 뼈다귀를 받아먹으면서도 그것이자 곧 자신의 갈비대라는 것을 알지 못하고있소. 제 갈비대를 모르고 짓씹게 한것이 바로 야마도정신이요. 나까야마, 이젠 총부리를 돌리오!

련락병　네?!

박　민　당신의 눈은 어머니의 배속에서 태여날 땐 금강석이였었으나 야마도정신은 자네의 눈을 유리로 되게 했고 자네를 포로병으로 되게 했지요.

△나까야마는 머리를 숙인다.

련락병　대장님, 저를 언제 총살합니까?어머니가 그립습니다.

박　민　총살?하하하, 당신은 적이 아니요. 당신은 무산자의 품에 안기였으니 고향에 돌아가시오. 나까야마 몇 살이요 ?

련락병　스물둘입니다. 이 편지를 일본 도꾜시 가미다구아와지쬬 2∞9이 시다 요시오선생에게 보내주십시오.

박　민　이 사람은 누군데 ?

련락병　저의 선생님이신데 의학박사입니다. 그분은 꼭 당신들의 상처를 회복시킬 약품을 보내줄것입니다.

박　민　허허, 당신의 호의에 감사를 드리오. 자, 며칠 푹 쉬시오. 밀림의 공기는 맑아 마치 당신네들의 바다와 같은거요. 그런데 나까야 마 ! 샘골의 가와모도중위를 만난적이 있소 ?

련락병　처음입니다.

박　민　옷과 증건을 빌려주오. 암호는 ?

련락병　≪무색투명액체로 하되 그 비중은 126입니다. ≫
△왜군련락병 퇴장.

박　민　김동무, 공산사회를 실현하는 혈전에서 무산자는 단합해야 합니다. 김동무, 가와모도중위의 심장을 끄집어내시오.

통신병　네, 속히 떠나겠습니다.

제 4 장

△ 헌병 2과실。 막이 오르면 아이 우는 소리가 들린다. 계순은 주구의 고발로 하여 가와모도에게 체포된후 악형을 받으면서 혁명의 산아를 낳았다. 그러나 이 혁명의 산아는 어머니와 같이 고문을 받고 있다. 아이 울음소리에 계순은 헝클어진 머리를 쓰다듬어 올리며 애기있는 곳으로 간다. 왜군은 총창을 비껴든다.

가와모도　천진란만한 아이에게 공산사상이 옳게 하지 마시오.

계　순　나는 어머니다 !

가와모도　그렇다 ! 나도 이 세상의 어머니들을 사랑한다. 아메리카의 링컨도 워싱톤도 이딸리아의 무쏘리니도 프랑스의 나뽈레옹도 그리고 수천만 대일본적자도 모두가 어머니의 가슴에서 젖줄기를 **빨며** 자랐다. 나도 어머니의 자장가를 들으며 자라 중위가 되었다.

계 순　그러나 어머니들은 침략자들을 낳은적이 없다. 그년들은 어머니가 아니라 승냥이다.

가와모도　어엉?(따귀를 친다.)칙쇼!(쌍년)!

　　　△계순은 머리를 감아올리며 왜놈을 뚫어지게 본다.

　　　△놈들은 아이를 마구 채간다. 아이를 전기에 대려 한다.

가와모도　말하라, 통비부락과의 래왕을. 그리고 헤이샤즈거우적색구의 무장력량을. 누가 대장이냐?

　　　△ 계순은 우는 아이를 바라본다. 어머니의 마음은 얼마나 아프랴. 그러나 어머니는 울지 않는다.

주 구　대장님, 잠간만. (계순이를 향해)이년아, 악독하기로 독사같구나. 저 빨간 피덩이를 보더라두 창생으로 돌아가라. 무슨 사상이니 주의이니 하면서 야성생활을 할턱이무어냐. 그 젊고 이쁜 꽃이 일장춘몽으로 된다.

계 순　(침을 뱉으며)듣거라, 조국과 민족을 팔아먹는 이 매국적아! 네놈들이 칠성판에 오를 날이 돌아왔다!

주 구　이년아, 그래 새끼를 사랑하지 않느냐?무정할손 하느님이여.

계 순　사랑한다. 누구보다도 더 사랑한다. 그러나 아이를 길러 무산혁명에 바치는것이 우리 어머니들의 본분이다!

　　　△아이가 계속 울어댄다.

계 순　(독백)아가야, 내 아가야, 참고견디여라. 아버지는 총을 메고 만주뜰에서 원쑤 왜놈 무찌르며 싸우고있다. 아가야, 내 아가야, 울지 말어라. 백두산 높은령에 봄이오고 꽃이 피면 엄마하고 손잡고 산구경가자.

가와모도　개소리. 우리는 아세아의 주인이다. (잔인하게)핫핫핫. 너는 우리에게 네놈들 소굴의 병력과 적색구의 대장을 대지 않지만 우리는 적에게 작전계획을 숨기지 않는다。…

△이때 기시긴죠르의 련락병과 나까야마로 변장한 유격대통신병 김동무가 들어선다。

통신병　가와모도중위, 상등련락병 나까야마 히소무가 명령을 받들고왔습니다。

가와모도　헤이샤즈거우밀영에 대한 포위작전계획을 이야기하게。

통신병　하이, 래일새벽 3시5분 가와모도중위는 기시긴죠르중위의 배합작전하에 동기대토벌을 개시함。

가와모도　(계순을 보며)알았느냐?도깨비골은 헤이샤즈거우적색구의 관문이다。너희들은 독안에 든 쥐다。무운장구!

△이때 통신병 김동무와 계순은 뜻하지 않은 상봉으로 하여 서로 놀란다。그들은 마음속으로 적을 비웃는다。

가와모도　(계순을 향해)마지막 소원이 없느냐?

계　순　내 아이를 안아보자。(아이를 안고)요 귀염둥이야。(입을 맞춘다。)우리는 울지 말고 살자。울며 원쑤들한테 지는거다。아가야!(총장에 밀려나가며)찬 눈속에 봄이 싹트고 봄에 싹터서는 꽃이 피듯이 우리의 피묻은 옷자락이 래일의 붉은기발을 대신하리라。

제 5 장

승리는 혈전에서 얻어온다。동시에 승리는 위대한 산아를 낳는다。

가와모도 접대실。가와모도중위는 언제나 귀인을 접대하기 즐긴다。그러나 늘 유격대를 접대하게 된다。

새벽—어둠이 가면 동이 튼다。

총소리—유격대의 진공의 레포이다。

△창가에 아이를 안고 다가선 계순은 동트는 새벽하늘을 바라본

다. 아, 백두산에 태양이 솟는다. 품에 안긴 아이는 얼마나 아버지를 기다릴건가? 저 총소리는 아버지의 위력을 전하고있다.

주　구　　가와모도대장님, 공산비적이 진입했습니다.

가와모도　난다? 고노바가노닌게. (뭐라구? 몹쓸년석같으니) 중대에 집합명령을 알리라. 그리고 만주국군을 전면에 내세워라.

주　구　　하이, 아아, 만슈징(만주인) 투항이 뎃스요(도주).

가와모도　음? 공산군 산베이센노 하나또 지레.

주　구　　가와모도선생, 이걸 어떡허면 좋겠습니까? 늦었습니다.

계　순　　동무들 쐬요, 어서! (고함.)

　　　　　△새벽은 울린다. 밀림은 불타오른다. 울리는 소리─≪쐬요! 승냥이들이 여기 있어요! ≫만세소리, 아우성소리 우리는 영원히 살아있다. ≪땅! ≫하고 주구가 쏜 총소리와 함께 계순이 쓰러진다.

계　순　　아버지가 왔다. 아가야, 저 총소리를 들어라, 아버지의 목소리다! 인제야 넌 동트는 아침을 맞았구나! (주구를 쏘아보며)이 개야, 인민은 너를 심판하리라.

　　　　　△주구가 다시 총을 들어 계순이를 쏠 때 왕로인이 뛰여들어 그놈의 대가리를 도끼로 깐다.

　　　　　△왕로인이 쓰러지는 계순이에게서 아이를 받아안고 밖으로 나갈 때 가와모도놈이 왕로인을 쏜다.

왕로인　　이눔아, 나는 죽지마는 밀림의 꽃은 핀다.

　　　　　△이때 유격대원들이 뛰여든다. 우리 많은 백성은 피바다에 자기 생명을 바쳤구나.

　　　　　△박민이 아이를 받아안는다.

　　　　　△통신병 김동무가 일본국기를 벽에서 뜯어내여 가와모도에게 뿌려던진다.

박　민　　동무들, 승리는 혈전에서 얻어옵니다. 동시에 승리는 위대한 산아를 낳습니다. 이 아이는 홍두산 눈속에 핀 매화입니다.

△시체를 둘러싸고 유격대원 일동은 적기가를 부른다. 노래소리
속에서—

싸우는 밀림이여! 네가 낳은 이 아이가 커서 어른이 될 때 중화민족에게
는 영원히 적수가 없으리라. 우리 천만년 백두산은 우리와 함께 살아있다.

△노래소리.

△가와모도는 일본국기를 부둥켜안은채 자살한다. 가와모도는 자
기의 응접실에서 이렇게 최후의 말로를 고한다.

△이때 막이 내린다.

—끝—

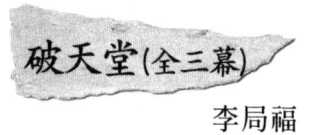

破天堂(全三幕)

李局福

일천구백이십칠년의 첫봄은 횡빈부두(橫濱埠頭)에 왔다. 태평양의 해풍이 살살 불고잇다. 아참햇빛은 산수공원(山水公園)언덕우에 웃득 서잇는 나뭇가지에 쏘히고 있다. 화창한봄빛은 산과들에 흘으고있다. 공원밭은편 언덕우에는 붉은 벽돌집―문화주택(文化住宅)의 창문은 활작열어놓고 한업시 봄마지를 하고있다. 횡빈공립여신학교 이층에서 젊은여학생들의 수○고한 쪼라쓰가 흘러내린다. 섬섬옥수로 타는 피아노소래 를 장년수(張年水)는 귀에 쟁쟁 눈에암암 련상하면서 거러간다. 알지못한 이상한 매력(魅力)에 끌리여드러간다. 장년수는 어느 순간(瞬間)에 여신학교문앞에서있다. 호인종(呼人鐘)을 내려눌렀다. 장은씨대학생이다.

도아가열리자 여중(女中)이 나타낫다. 그 여자가 인도하는대로 응접실(應接室)에 드러앉엇다.

第一幕　應接室

조고마하고 깨끗한 응접실 한복판에는 둥근테불이 노리여있다. 그주위에는 등나무의자가 노이여있다. 벽에는 그리스도의 벽화가 걸리여있다. 그정면에는 미레―의 명화「만종의긔도」가 걸리여있다. 베지카우에 마리아의초상이 노이여있다. 테블우에는 수노는크로쓰퍼있고 복판에는 장미화가 꼬치인병이 노히여있다. 방안은 정숙하고 온화한 공기가 가득하게 생각되였다.

장년수(張年水)가 이방안에 손님으로 드러앉은 때는 얻던일요일이엿다. 얼마후에 문이 살며시열리엿다. 자지빛명주저고리에 남색세투치마를 밧쳐입엇고 얼골은 상금 얼거쓰나 묘하게분칠을하여 입브게보힌다. 눈설밑에 조글조글줄림쌀이 재핀 것으로 추측하여도 삼십의고개를 넘은듯 나찰아 보인다. 사듸하고녕리하야 애교가있어서 나이보다는 퍽 젊어보인다. 입은 다물엇고 또릿한 눈동자에는 명랑한빛이 홀으고잇다. 양머리에양구두──머리에서 발끗까지 쪽재인 무밋같은 스타일──자긔딴은 현대여성의 미(美)를 구비한드시 생각하고잇다. 모던미(現代美)의코스트양은 장년수를 대하고마조 의자에안은다.

天 「공손히 인사하면서」 기다리섯지

年 「의자에서 몸을이리키면서」 천만에……。

天 「가진애교를 다부리면서」 어서앉으세요.
   선생이 일부러차자 오신다는말은 민감독에게 들어알어섯지요!
   (그들은 감이의자에 앉는다.)

年 「남자다운위풍을보이여신중한태도로」 이번차자온것은 컨닝함선교사의 부탁을 밧고왓는 대신 학교에게선 여러분(조선학생을가리침)을다같이뵈옵고저왓는데요.

天 네―지금 막나려옵지요.

年 「음청을독구워서」 이곧에는 우리동포들은 얼마나사나요

天 『반싹닥아앉으면서 귀맛이있다는듯시』 횡빈시내만 삼천이고요 고오가나가와(神奈川) 부근에는 만이랍니다.

年 「놀내는드시」 그렇게 많이게십니가. 그럼아해들도 외 많구만요?

天 『네. 많쿠말구요. 많키는많지만 이곧저곧 홋터저있지요―。』
   (이때에 쏘문이열리엿다. 문을 드러선 홍신애(洪信愛)옥악목저고리에 검정치마를 맞어입고담기있게드러선다. 몸이 통통하고 입이메사구아

가리모양으로 넓고크다. 얼골한복판에는둥굴넙적한코가 드러앉었다.
눈이뚱실하고 눈동자가 이글 이글하야 이여자가 만일에남자로태여났
더면 호남아엇을것이다. 그렇나 맘보가 순직하고 선선하고 활발하고
또한 음성있다. 신애는 누구던지 싫어하는 학생은한나도업다. 선생들
도 신애를 사랑한다. 그의뒤에 얌전이 따라드러오는 곽숙자(郭淑子)
는 소복단장의 조선의 전형적(典型的)여성이다. 얌전하고 조심성있고
정숙하고 말업는진중한 여자이다. 몸이 갈남한데다 키가 훨신 커서 허
리가 호리하다 안색은 젖(乳)빛갓고 두뺨은 발그스레하야 먹음즉하
다. 숙자는 천성이 고독을좋아하고 묵상(默想)하기를 좋아한다. 그리
고 채식주의(菜食主義)이다. 하로두때먹고산다. 고집세기로는 유명하
다. 숙자는 삽분 발자최소리없이 드러와 천돌이 좌편에 앉으면서 장년
수를 향하야 인사를 하고 의자에앉는다.)

信 『快活한 어조로』 선생님이 이곧에 오신것은 우리횡빈의 행복이야요.

年 『빙긋웃으면서』 횡빈의행복이 아니라 이사람의행복이올시다 만록총중
에 일점홍이니가…. 허허……。
(좌중은 돌연이 폭소가 터젓다.)

天 『대구를 노으면서』 선생님두 만홍총중일점녹이겠지요. 호…호…
(좌중은 또 웃엇다)

信 『가장자신이 있는드시』 사람이 웃음의고개가 있고요. 그다음 고개에
는 슲음의고개가있담니다

天 『신애두 또걸작을…。』

年 『네―흘륭한 걸작입니다. 이자리에 쉑스피어가 있어드면수첩을 내여
기록하엿겠습니다. 』

天 『그말의 뜻을 자기만 알엇다는드시』 그럼은요.
(이대까지 아모말없이 침묵을 직히든 숙자가 말문을열자 좌중의시선은
그에게로집중한다)

淑 『얌전한태도로』 하나님은 일군을 때마츰불으섯으니 얼마나 근사한 일
인가요 선생님 이곧에는 참말 일군이없어요.

年 『화제를 도리키면서』 저는 아무것도알지못하고 아무경험도 없지만 여
러분은 신학(神學)을 정통하시며 유년주일학교에는 조금은체험을 가
지엇으니간 잘지도하여주세야됩니다.

天 『잘난드시대표하야대답하면서』 천만에. 저희들이 무엇 아라야지요.
선생님은 유년주일학교교장을 십년간 집사(執事)를 십년…. 그리고 대
학에서 많은 공부를 쌓으시고……. 그러나 일은 헐하고 힘듭니다요.

信 『공명하면서』 그럼은요. 하나님의 참된아들딸이됨은 이 유년주일학교
시대랍니다.

淑 『장년수를 겻눈으로엿보면서』 어린이의 천성은백지이니간 거기에 껌
하게도 할수잇고붉게도 할수잇겟지요.
(이때에 여중이 코—히를 들고드러와 버려노왓다)

年 「차를마시고나서핸카치프로 입을시츠면서」 세살때버릇이 여든까지간
다는 말도잇스니간 유년교육이 청년교육보다 난공작임니다.

天 그럼은요 사람이 사람을 가라침은 어떻게 신성을 심해하는것같에서 무
서운생각이나요.

年 『침착한태도로』 교육은 농부가 밭에서농사짓는것과 가티 저는생각함
니다. 선생은 장님을 밤중에 끌고가는 등불든사람같이 저는 생각합지
요. 그래서 교육자는 친절해야 됩니다. 친절이 없은교육은 혼빠진교
육이겟지요. 친절을 넓히면 사랑이니 사랑이없은 교육은 가치가없지
요 교육은 사랑의아들입니다.

信 『혼자말로외우면서』 사랑의아들 ! 교육은사랑의아들 !

天 『장년수의 교육관에 홍미를갖엇다는드시』 우리나라의 교육은 이부애
비교육이니가 사랑이 없지요. 죠션교육의 결함은여기에잇지요.

淑 『의자에서 이러스면서 실증이낫다는드시』 리론과실천——그두사히에
는 크다란캪이가 잇스니간 해봐야지요.
(어대서인지 례배당죵소리가들린다.)
그들은 머리를모으고횡빈죠션유년주일학교를위하야 하나님끠 긔도를
올린다
— 〔幕〕 —

第二幕 得天病院

횡빈양목정 정거장앞——큰벽돌집——득천병원이층 제삼호실 헷트우
에 리천돌은누워있다. 병상머리우에 금붕어가 루리병에서 금실 놀고
있다. 천돌은 속달우편낸때로부터 시간을 헤여본다. 분가루같이 흰손
가락을 접어가면서 다섯을 곱는다 혼자말노 인제는 올때가 되었난데?
대인난 대인난!

이때에 밖에서 똑 똑 노크를 한다.

天　『자리에 누은채로』 누구?

年　『음성을변하면서』 나!

天　『애정을다하야』 어서!

　　(장년수는 문열고 드러선다. 꽃송이를 친돌에게준다)

年　『은근한어조로』 좀어떠하세요?

天　『鈴蘭꽃송이를 받아들고 무수히 키쓰를 보내면서』 죽지는 않겟담니
　　다.

年　『비우스면서』 그럼 天國엔 다갓구만요?

天　『성을 확내면서』 내가 천당에 가면 선생은 속시원하세요?

年　『열빠진사람같이』 홍 그래야 쏘연애를해보지!

天　『깔깔우스면서』 선생두 나를 끝을 내여보시려고……

年　『모벳트에서 편지를 내들고읽은다』 나의사랑하는 년수씨 나는 당신을
　　이세상의 누구보다도 더사랑합니다…그리고

天　『뱃트에서 이불을차고 이러난다 독수리가 병아리 채드시 편지를 빼앗
　　는다』 누구한테서왔서요?

年　『절절실우슴치면서』 숙자한테서.

天　『노기가 충천하야』 정말이야요?

年　『침착하여지면서』 필적을 보시려—.

天　『전기불에 눈알빠지도록 비치여보면서』 아이고, 마니! 요년의쥐년! 대
　　관절 언제왔서요?

年 『아모속임없시』 어제왔어요

天 『끗까지다읽고나서』 그래 회답하셋서요?

年 네。

天 무어라고 햇서요?

年 사랑한다고 햇지요。

天 천돌이를!

天 『두손을 벌여 장년수를 품에않고 두손에 무수히 키쓰를 보낸다』 으! 하나님 나의 사랑! 오! 크리스도 나의애인을 영영보호하여주소서。 슉자 고년 병신고흔데 없다는 세음으로 절눔바리인데! 선생님일편 불상두해요。

年 그런것도 님자가있지요

天 『병상머리에 노는 금붕어를 가라치면서』 선생님 저금붕어 조와하세요!!

年 『물쓰음이 바라보면서』 조와하지요

天 『후와낙시대를 집어주면서』 이것을낙거보세요

年 『추를 병솔에 던지고 낙시를 넛는다』 제일 큰놈을 잡아내야게―

天 『깜작놀내면서』 선생님 마세요 그걸난마세요

年 엇제서 그러십니가!!

天 『의미있는드시장년수를 쳐다보고』 그고기는 알을 뱃담니다。

年 『우스면서』 안밴것은 더조치요 삼어먹에는―

天 『울쓰시 비끈하고 제배를가라친다』 이것보세요 내배속에도 알뱃담니다

年 『눈섭을 찌브리고 막연한태도로』 그럼 내가 남의 아버지가 되ㅅ담? 아버지! 위대한 존재이다。 신기한사실이다。 신밀한사건이다 부자유친 (父子有親)하야지?!

天 오! 쥬여! 오! 마리아요 어머니! 아들! 두몸은 한몸의 분식이요 원자와분자! 선과악의 원동력 정과사의 근본! 미와 추의 원시! 인생의 아담과이브로다!

年 인생은 사랑을 구하다가 원수를 만나기도 하고 진선진미를 찾다가 죄

악에 세지기도하지 그것이 인생이야!

天　우리는 죄를잉태하엿스니 사망을낫켓지요 여보세요 당신남편을 대하
　　는 긔분으로 나는 당신의안해이오 당신은나의남편이지요 나는 그의어
　　머니 당신은 그의 아버지 아버지 어머니! 그얼마나 엄숙하고 아름다운
　　명사일가?! 당신은 엄격한아비지 나는 인자한 어머니! 가되여야하겟
　　지요 네?

年　학교에선 대학생 쥬일학교에선 교장 집에선 남편이오 쏘한 아버지 일
　　신사역입니다 그려 허허………

天　학교에선 신학생 쥬일학교에선 선생님 집에선 안체요 쏘한 어머니 저
　　도 일신사역입니다 그려 흐… 흐…

年　쳐녀가 애뱃잇다면?

天　물론 학교에선 퇴학! 당신은?

年　대학에서야무엇권닝함선교사가 노하면 월급이 쩌러집니다。오! 운명
　　이여!

天　당신은 그저 운명? 운명이란 괴물이 어대있어요? 사람이 만들어 노는
　　것이겟지요 그러면 그운명을 사람이 고칠수는 없을가요! 네?

年　사람은 누구나 운명의탈을 쓰고나스니가 버서버릴수도 없겟지요

天　탈이란 무엇이야요

年　갓난아해가 어머니뱃속에서 나올때에 쓰고난 태보모양으로 사람은 이
　　세상이 세상이란 태보를 쓰고산단 말이지요。사람은 환경의지배를 받
　　고 사니간 그것이 탈이겟지요。

天　네! 그럼 사람은 환경을 고쳐나아가면서 살수없을가요?

年　없겟지요………。

天　『반신반의의태도로년수를쳐다보다가』 그것이 인생의타락입니다 사람
　　은 좀더 잘살기 위하야 세상과 싸와야지요 싸호지 않고 성공을 바라
　　겟쇼?

年　싸흐다니 무엇개지고 싸와요? 칼도없고 총도없은데!

天　당신은 그런생각을 품고 이스니간 락오라지요。사람과사람의 생존경

쟁에는 총칼이 무슨 소용있어요 전신과전신의 싸홈이지?

年 그래 우리의형편으로 얻더케싸혼단말이요?

天 크다란 목적을위해서는 적은 목적은희생해도 무망하지요

年 『의자에서 벌덕이러서면서』오! 쥬여! 이악마를 궁휼히 녁이옵소서.
　　우리가 잘살기 위하야 남을 희생해도 무방하다는말이지?

天 『뺏드에서 이러나앉으면서』당신두 그것이 우주의법측이라오!

年 강한자가 약한자를 잡아먹는것이?

天 그럼이요!

年 믿은자의 할말이안입니다.

天 그럼 엇지하시러우? 배속에 있는것을 살리랴면 십년공부 나무아미타
　　불이아니야요?

年 여보 나는 못하우。진역은 누구살우?

天 그럼 산애제한 사람들은 진역만살우?

年 『홍분되여서』으―악마들이여! 살인귀들을 불상이넉이옵소셔 (이때에
　　열두시 종소리가 땡땡 들린다。장년수는 금붕어병을 끌고 병원을 나섯
　　다。거리에는 발자최가 끈어지고 하늘에는 별만총총。장년수는 머리
　　에 압일을 기리면서 금붕어를든채로 양목정정거쟝으로 행한다。)

【戲曲】

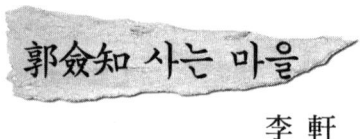

郭僉知 사는 마을

李 軒

登場人物

    郭僉知

    金姓女 (그의 妻)

    致成 (郭僉知의 아들)

    그의 妻 (致成의 妻)

    白主事 (代書人)

    區長

    마을老人

    孟主簿 (漢醫生)

       —지금으로부터 四五年前에 생긴 일이다—

舞臺   郭僉知의 집

       안방과건너방 그리고부엌

       上手쪽 담아래는 貧弱한 장독간 下手쪽에는헛간과뒷간이잇다

       헛간은 元來 외양간이엿는데 소가업서진뒤로헛간으로쓰게된것이다

       이헛간과집사히가 싸리문인데 집뒤로通하는길까지 보인다 담우에

       는혹박넝쿨말라죽은것이 그대로남아잇고 장독간뒤에는하늘을 찌

       를듯한 버드나무가잇다 그가지에는 까치집이 잇다

       하늘은 몹시도맑다

       幕이열리면 舞臺는캄캄하다 —熔明—

       △郭僉知는 헛간아페서거름을지고退場

       △致成의 妻는 부엌에서일을하고잇다

―말업시한동안 繼續한다―

△致成의 登場

△마루에안지어페잇는술병을드러본다 술이업다 얼굴을찌프린다

致成	(부엌을向하여)이것봐
妻	(나오면서)아이구 언제오셧수? 점심을잡수서야지
致成	누가점심달랫서? 이것봐 술이나좀사와
妻	술요?
致成	몰라서뭇는거야?
妻	날마다 술만먹으면서엇더케해요
致成	웬잔말야 얼핀갓다와
妻	(말이업다)
致成	왜 恩津미륵갗치 서잇서
金姓女	(致成이 갓가히안지면서)그런데 얘올가튼[凶年에죽느니 사느니 해도 잇는사람은잇는가부더라 글세 저엽집에잇는 白主事는 쏘쌍을 삿다는구나
致成	白主事가쌍을산것이그레케도 신기해요
金	그럼 그러치안쿠 올가튼해에!
致成	저는신기할것 하나업수
金	아닌게아니라 세상에돈만흔모양이더라
致成	언제는 돈업습디가요
金	잇기야잇지만 올가튼해에 이전가태서야 누가살겟니
致成	그래도우리한테는 매한가지에요
金	그러키도 하다(한숨)
	凶年凶年해야 올카튼해는 정말 난생첨이다 글세곡식한알갱이 먹햇니? 넘우지독도 허지
致成	그만해둬요 작구지나간얘기만 하면뭘해요
金	오직해야 내가그리겟니 (별안간생각난듯이)얘너저뒷마을朱書房네 둘재아들일아니? 그때 대판(大版)인가 하는데서 공장에 다니는 아

들말야 글세그애가공장에서 일을 하다가 기갱이에색기손쑤락을 슨첫다는구나

致成 색씨손구락을요?

金 애 말말아 돼려잘뒷더라 그것때문에 돈을백환이나 바덧다는구나 글세 손구락한개에 백환이면누가그노릇을 안하겟니

致成 네?

金 내손구락도 그리케준다면『고맙습니다』하고 열손구락 다라도주겟다 이살판에 돈백환이면어디냐 인제그 朱書房네도 팔자가 느러젓지뭐냐

致成 아들 손쑤락한개에팔자가느려져요

金 그리케 코우슴칠것도아니다 부처보내지 게다가 이번에 그런모개 돈까지 만저보게되니 그게쉬운일인줄아니 그집아들들은 부모한테 정말씀쩍하다 너만하더래도 그러치 면소(面事務所)에 지금까지 그대로잇엇스면 면서기가 되 안헛겟니

致成 정말 어머니도 참 싹하우

金 싹하다니 내말이거짓말이냐 정말이지 네들맘은 모르겟드라 이러니 저러니해도 먹고사는것박게는업다 첨부터놉흔것을바래서야되니?

成 네네 오라요 인제그만둬요

金 내가 이런말하는게 해로운말인줄아니?

致成 어머니 웨이리세요벌서몃번이에요 인제는귀에 싹지가안자요 정말이지

金 그저 너이들잘되라고하는말이니 이이애 잔소리갓치역이지는말어라 뭐별생각할게업다 너도 그만큼 객지바람을 마섯스니 집안일을 돌볼생각을해라 이러니 저러니해도 제고장에서돈버는게제일이다

致成 참 어머니도…내가 돈벌기실혀서 안버는거에요

金 글세생각만가지고는 아무소용도업다 너보담못생긴사람들도 관청에취직을해서 논밧사면서 곳잘살더라 그러니 너도배운것이나복습을해서 면서기라도 할생각을해라

致成   남의가슴터지는소리작작이하세요 면서기는 누가식혀준대요

金   식혀준다니? 늬가 할생각을 해야지

致成   어머니 지금은요 그전과는달나요 지금은하다못해 중학이라도 나
     와야 해요 저갓치 중학교문압해도못가본놈을 누가쓰겟서요

金   얘말말아 우리친정마을 金참봉아들은 道長官까지 햇다 그사람은
     중학교를 나왓는줄아니?

致成   그게몃해전일에요

金   지금이라고안될게뭐잇니

致成   네네돼요 지금이라도 돼요 엥히(화가밀쳐서 나가버린다 싸리門잇
     는데서 妻와 마조친다)웨인재살랑살랑오는거야

妻   저……

致成   잔소리말고 이리내 (마루에 간다)

金   뭐냐?

妻   저…술에요

致成   사발이나하나가지와

妻   부엌에들어가 술상은 채린다

致成   아뭘해(부엌애들어가서사발을 가지고나와 짜라마신다)

金   조금식먹는것은 조타만은 만히는먹지마라(致成 술을한숨에 마시
     고 쏘 짜라다가)

致成   에게 겨우요거야?

妻   그것도 외상이라고안줄여는것을…

致成   제게언제죽을여고저래 (벌컥이러나술사발로 갈길여는것을 金姓女
     가 막는다)

金   웨이러니? 너웨이러는거냐응?

致成   이거사 요것만사오는데가 어듸잇서 아 그래 요걸먹고 먹는것같
     애응?

金   너웨이러니

致成   쏘안갈테냐

妻   (말이업다)

致成   저게…(째리려는 致成이의 손을 妻가 뿔리붓들면서)

妻   가겟서요 가겟서요 가겟다는데 웨이래요

金   애야 술을사오래면그저사오래지 이게무슨못난짓이냐응?

致成   저게누굴죽일여고저래

妻   가겟서요(나가려한다)

金   애야여기잇다 이것가지고 姜술집에가서 쩌러지는것은 오는장날주
        겟다고그래라 엣다 十錢이다 (妻十錢을 바더가지고나간다)

妻   글세너웨이러니 정말너한테는 씀직하다 저런조강지처를 박대하면
        될것도안된다

致成   아 어머니는절보구악담하시는거예요

金   내가너한테 악담이라니

致成   그럼뭐에요 그게…

金   너무그러니싼 하는말이 아니냐 너무그리지말아누굴바라고이굴속
        가튼데서이고생을하고잇겟니 女子란 정말불상한게다

致成   굴속가튼데서고생해도제자미겟지요

金   그걸 말이라고하니?

致成   그러치안쿠요

金   그래그게잘한말이라하자 그럼뭐 째문에그러니 너의댁가튼사람이
        이하늘아래 쏘잇는줄아니 업다업서

致成   말하기실타는데 웬잔말에요 작구

金   아이구나도모르겟다 너의들맘대로하럼 내가살면얼마나살겟니

致成   엥히비러먹을 차라리 滿洲나 南洋移民團에나 짜라갈걸

金   쏘저런소리지 걸핏하면 나간다는말이야 그래객지에나가서잘되면
        얼마나잘되겟니 굶으나먹으나제고장에서 사는게제일실속잇다

致成   흥실속이요?

金   실속이잇잔쿠 아무래도 제고장만한데가 잇는줄아니 물한목음이라
        도거저주는줄아니? 이야박한세상에서!

致成　이마을은 참후다더군요

金　凶年이닛싸 그러치

致成　白主事가 滿洲써나가는 朴書房을잡고 아둥아둥 덤빈것도 凶年째
문이군요

金　그뒤에面長이 잘말해서 아무일업시잘간것은 모르니? 이번面長은
碑세워줄 面長이야

致成　그래도白主事는 來年가을에 滿洲로 支拂命令을 내리겟다는데요

金　面長이한말이잇는데도…

致成　누가아나요 올가튼해 잡곡심은논에도 도지를탕탕밧는위인인데거
저둘 쯧해요 쾌난소리지

妻　술을사가지고들어온다 (致成 인다라두사반을 마신다)

金　웬일이냐 응? (致成 쏘 마신다)

金　너의아버지술먹는데 진저리가난다 너의아버지술먹는것밧지

致成　내가술취한줄아세요 천만의말슴이지

金　그래안취햇다취하도록은 먹지마라 네가술안먹기에 속으로얼마나
조와햇는줄 아니(妻에게)애야저술갓다두엇다가 내일주게하럼(妻
주전자를쥐려하다)

致成　웨이리는거야신접게너할일이나해

金　말조심해 잘못된데가잇스면조흔말로 얼마든지곳칠수가잇지안니

致成　잘못된데라니요?

金　그럼 뭐냐?

致成　언제든지 오만상을 써푸리고잇지말고 나보다더 조흔놈한테로 가
라는데웬잔말이에요

金　그게말이냐

妻　내가언제실타구 오만상을 써푸럿서요

金　저게무슨말댓구냐 (郭僉知드러와 헛간아페지게를내려놋는다)

妻　맘에도 업는말을한니원

致成　빌어먹을저게

妻　　억울해요 넘우억울해요

致成　듯기실타는데 웨작구 (致成 이러나 째리려한다)

郭僉知　이놈 致成아 (소리를지른다)무슨 못된짓이냐

致成　쏘한번 주둥아리를놀여봐

郭僉知　이놈아 그만두지못하겟니 고약한놈 갓으니라니하고…。누구한테
　　　　함부로손질을하는거냐 사람이면 사람을알어볼게 아닌가 만이면
　　　　함부로하고 손질이면 한부로하는줄아니 天下에배지못할놈 가트니
　　　　하고……아 이놈아 너는그애한테 말그리탐탁하게 해줫니?

致成　……

郭　　이놈아 사람이라면 입이광주리만해도 말을못할게다 너도동경(東
　　　京)인지 어딘지 단여오더니 전문 학교학생갓치 구식녀자라고실혀
　　　하는거냐

致成　아버지

郭　　계집쏫는게 신식은아닐게다 나는배운것은 업지마는아무리 개명한
　　　세상이기로 아무탈업는 계집쏫는것은 조타고 하지는안을게다

致成　……

郭　　이놈 너도양머리한계집이조커던 그년을 짜라가럼 우리는애기와 갓
　　　치여기서 한평생살겟다

致成　아버지 그런게안예요

郭　　듯기실혀

致成　그런게안에요

郭　　그럼머냐이놈 이놈아다튼계집을 쓸고오는것을 이두눈으로 볼줄아
　　　니?

致成　아버지 마저제맘을몰라요

郭　　계집 실혀하는그 짜위놈들의말은 몰라도조타 알여고 하지도안는다

致成　아버지 절대로그렇게 안에요

郭　　그럼 웨애기를 못살게 구는거냐 잔말말고 실커던 당장이라도 나가
　　　늬놈업서도 우리 세식구는 넉넉히 살어나간다 지금 까지도 살어나

갓다 생각해보렴 늬가 돈버리 한답시고 명절이 닥처와도 편지 한 장을 햇니 햇스면 햇다고말을해 이놈아 그래도 우리는 날이추워저도 걱정 더워저도 걱정 이애비 에미맘을 아니 고향에서는 늙은 부모가 늬놈 한놈을하늘가티바라고 잇는데 그런 법이잇니

致成　아버지

郭　　그만두자(담배를 피어문다)

　　　(致成　힘업시 나간다)

郭　　천하에 고약한놈 (눈물을 씻는다)(마루에 잇는술주전자를보고)그 놈이 쏘술을 먹엇구나 도대체 뭐째문에 그리는거야

金　　말을안하니 난들알수가 잇수

郭　　시병(時病)이야 시병

　　　—小 間—

妻　　아버님

郭　　그래

妻　　(말업시운다)

郭　　말을하렴 그래안다 아무걱정마라

妻　　아버님 아무래도 제업서저야조흘듯해요

郭　　그게 무슨말이냐

妻　　그래야그이도 괜찮을거에요 그이한테는 벌서쏘 다른사람이잇는가봐요 세상에나가면 저보다 몇갑절더조혼사람들이 얼마든지잇지안허요 저가튼거야

郭　　나는그런며누리는실타

妻　　안예요 아버님 저는그이가괴로워하는것을 못보겟서요 아무것도아닌자기 때문에 그이가 괴로워할게 뭐야요

郭　　우리가 너의마음 모르는것은 아니다

妻　　그러니 저만업서지면괜찮을게안예요

金　　그런말은하는게아니라도 그러네

妻　　어머니 저는엇쩌카면 조와요

郭	그런쓸데업는걱정은 하는게아니다
妻	아버님은 괴로워하는 그이가불상하지안습니까 아무 罪업는그이가요
郭	너는무슨죄가잇니
妻	저는아무러케나 돼도괜찬어요 여자란남편잘되는것을바라는게 제일안예요
郭	그래도 나는너를버리고십지는안타
妻	그럼 아버님은그이를끗까지괴롭게하실작정입니까 그이를죽이실작정이예요
郭	사람아닌놈 죽는것이무엇이그리도 원통하단말이냐
妻	안예요 그이가죽으면안돼요 그이가죽으면 저는엇쩌케요(운다)
金	아가 우지마라 그애가 이러는것도 젊은한쎌게다 누구나 다 그러는 째가 한번은잇다
郭	그러치 아무리그래도그처럼 납쓴놈은 아닐게다 쥐쌀도 모르고 계집 박대하는 그따 위유는 아닐게다 그래도 우리조상의 핏줄을타고 난 내아들인데 그럴 리가 잇겟니
金	아무 걱정마라 요즘은 얼골이 아주못쓰게되엿다 맘을턱노쿠 잠이라도 푹자렴
	△區長 들어온다
區長	僉知 겟이유
金	區長 어른오세요
郭	아이구 어서 올라오슈
區長	(마루에 걸터안는다) 移民團에싸라간 尹參奉한테서 편지가왓습니다
郭	尹參奉이?그래서요?
區長	네 두루 안부 전하라구요
金	에그 그래 재미나 본답디가
區長	아무렴요

金	그래야죠
郭	불행중 다행이로군
區長	먼장말슴이 멋해만심보하면 무두들 한산림식은 잡게된다는구요
郭	그리케라도 안된다면모두들 엇쩌겟우

△妻 물동이를이고나간다

金	朴書房네도 잘잇겟군요
區長	그럼요
郭	아마 우리는 우리생전에는 재미나는 꼿을못볼거에요
區長	그러치요 그것에간사람들은 다 잘될거요 아 여기에다 비기겟오
郭	나도 한나회나 젊엇다면 싸라갓을텐데 나히가 원수라 올치고 별수가잇어야지요
金	온 나는 객지에 나간다는것은 맘이 노이지를 안습니다 생판 모르는사람들틈에 엇써케 산단말이요
區長	핫……
郭	그런소리마우 언제는배속에서 알고나왓수 !
金	그러치만……
區長	그런데 致誠이 그사람이 풀이죽어서 언덕으로 넘어가니 웬일이요
郭	정말이지 그놈 때문에자나깨나 걱정이요 뭐째문인지 알아야 해볼 재주가 잇지 안수
區長	요즘 젊은 사람들은 그게큰일이야
郭	區長 어듸 面所에라도 취직할수 업슬가요
區長	글세요 그런데가 그리 쉬울여고요
郭	그러죠
區長	지금까지 그대로 잇섯스면 면서기도 됏슬텐데
郭	글세말요 쌍을 칠노릇이지 글세 그놈이 급사라고그만두고 동경인지 어딘지 가지안엇수
區長	그것참 잘못했다
郭	어늬한자리 업슬까요

區長　그것 쉽겟소 어듸 그리고 요즘은 모두 상당한 출신들만 쏩는단말 예요

郭　　정말 큰일낫군 그뭘 서기야 바라겟수 그전에하던 급사라도 조니 한자리 말해주요 소문에 들으니 七星네성님 아들이 다른대로 옴긴 다니그자리에 말을하면되지 안켓소

區長　글세요 보나 안보나 말하는 사람이상당이 만홀게요 되던 안돼던 좌우간 말은해보리다

郭　　족대로 해주시오

區長　한번 알어봅시다 그런대 僉知 일전에 白主事를 만난는대 저 뒷간 을 옮겨달나요

郭　　허—쏘그말이요 그런東에도 西에도 닷치안는말은 하지도말라구 하슈

區長　아닌게아니라 짝하기도합디다 저뒷간뒤가 바로 白主事건넌방뒷문 이라는구려 그래서 한시라도 숨을못쉰다구요

郭　　구린내안나는 뒷간이어듸잇단말요 더욱이농사하는 집에거름내 안 나는집이어듸 잇겟소 글세그걸 지난여름부터성화구려

區長　그런사람들이야 어듸거렁수 그러니옴기도록해보슈

郭　　온 區長도 눌자리를 보구 대리를 쩌더야 할게아니요 콧닥지만한 집구석에 어듸다옴긴단말이요

區長　아 모두들 골치압푼일이다 僉知 정말이요 區長이노릇못해먹겟오 쏭둑간까지 區長한테 말을해서사람을 말리니 정말못해먹겟오 그 나그쑨이요 모두들돌아안지면 욕설들이구려

金　　그럴 리가 잇나요

區長　아니천만에요 내손에 조회쏘각만 쥐고잇스면모두들 피해다라나는 구려내가 무슨 빗바지요 뭐요 올가튼해는 區長도다귀찬소
　　　　△區長 나가려한다

金　　웨가시게오

郭	더놉시다
區長	이놈의것을 그만두자니 그러쿠……아—가겟수다
郭	그럼 악짜 부탁한것잇지맙시오
區長	뭘요 아앙…좌우간말이나 해보리다 아—골치재리다
	△區長退場
金	급사라도 돼야할텐데 그애는 작구놉흔자리만바라니될말이요
區長	놉흔자리？！
	—沈默—
金	石伊네집에좀갓다오겟수
	△金姓女 나간다
	△郭僉知 무엇을한참생각하다 한숨을쉰다 부엌에 들어가서 박아
	지로 冷水를 벌득벌득마신다
	△白主事 들어온다
白主事	僉知
郭	白主事웬일이유？
白主事	엇쩌케할셈이유？
郭	뭣말이요？
白主事	뭣말이라니 아내가 僉知한테별로할말이 잇단랄이요 어젓게 區長
	한테들은말업소
郭	아—니요
白	업다니 저뒷간옴기란말안해？
郭	천만에 그말은방금들엇는데요
白	그래 엇더케할셈이유
郭	엇더케하다니
白	엇더케하다니라니 옴길테요 안옴길테요
	쏭내가나서 잠시라도숨을쉴수가잇서야지 僉知는 코가잇다면 우리
	집에서 안자보란말야 낫살이나먹엇스면알쩨아닌감
郭	아니 白主事 뒷간은쏭내안나우？쑬먹은강아지처럼 단쏭만누오？

白　　뭐야?

郭　　뭐긴뭐야 그래남의집뒷간은옴기라는거야 저뒷간째문에 될게안돼?

白　　눈에뵈는게업나?누굴보구 엇더케하는말이야나는위생상으로보아
　　　서 그리는거야

郭　　무식한우리는 유식한그런말은 모르니 그대루가슈

白　　이게말짜위야 엇켓든옴길테야 안옴길테야

郭　　안옴기겟다는데 웬잔말이야

白　　웨못옴기겟서(손으로턱을친다)

郭　　아니 이놈이누구한테삿대질이야 아이놈아 네놈들집안에서는 늙은
　　　놈안기르니?

白　　이놈의 늙은게 환장을햇나

郭　　환장이라니 엑기 이천하에 배지못할 후래자식가트리라고

白　　이게……
　　　△白主事 손에쥐엇던 短杖으로 郭僉知뒤통수를짝째린다
　　　△郭僉知『억』하고 넘어진다 피가난다

郭　　이놈아 사람죽여라
　　　△이때 致成이가 들어온다

白　　이놈의늙은것이 정말죽고십나
　　　△白主事 쏘째리려 하는것을 致成이가 白主事쏭문이를 발길로 차
　　　버린다
　　　△白主事 별안간에 쌈짝 놀라『어악』하고 넘어진다

致成　　아이구 아버지
　　　△致成이 郭僉知를 이리키고 피나는골을만진다

白　　올치 이놈들 자식봐라 부자간에 사람친다

致成　　이놈의자식……(째리려하니 白主事두어거름피한다)

白　　이놈봐라 보자이놈 네가 꼭여기를찻겟다 쏭갈비를……그대로 둘
　　　줄아니!

致成   아버지 정신을 차리세요

　　　△手巾을 가지려 房으로 들어가는바람에 白主事는놀라다라나버린다

　　　△手巾을가지고와서 斂知 머리를동여매준다

　　　△妻 물동이를 이고 들어온다

妻　　　아이구 웬일이요

致成   이 빌어먹을것아 어딜 갓다 오는거야

郭　　　아이구죽겟다

致成   어머니는 어디 가셨어 ?

　　　△妻 부리낫케나간다

致成   아버지 웬일이예요

郭　　　아니 그놈이나를이렇게 해야 올아 글세그놈이 뒷간안옴긴다고 그러는구나

致成   저런 망할자식이잇나 아니 그놈의자식 멧해나 살여고그래쇠푼깨나 만지면 제일인가 이놈의자식어듸보자

　　　△致成 나가려 한다

郭　　　이놈아어듸가니

致成   안예요 그자식을 좀 만나봐야겟서요

郭　　　아니다

致成   안예요 저는 이꼴을 그대로볼수가 업서요 건방지게 굴면 죽여버리기라도 하겟서요

郭　　　이놈아 안된다

致成   안예요 좀 톡톡히 해두어야겟서요

郭　　　안된다 나는 상관업다만 더는 안된다 그 독사가튼놈을…

致成   글세아버지 웨이러세요

郭　　　안된다

　　　△金姓女 妻 마을 老人들이 온다

金　　　뭐라고 ? 아이구이게웬일이요

老人   劒知 이게웬일이요웅? 여보게 웬일인가 누가이랫나?

致成   글세 엽집에 잇는 백짜란 자식이……

老人   白主事말이지? 웨?

致成   저 뒤간째문에요

老人   저런 망할자식이 잇나

金   아이구 그놈이 꼭 일을 내고말앗군

老人   아 그래그놈을 그저둔단말인가 지 쌀은 당하는것을 보고도 ……그
       자식 다리옹두라지라도 썩거놀일이지

金   이 동네에는 사람도업나 늙은사람치는 세상이어듸잇서

老人   아그놈이 저뒷간째문에 자식을못만들겟든가베 어멈이 뒷문을못열
       겟든가

金   글세 지난 여름부터 그지랄에요

老人   망할자식 너라고 代書房만 벌리고 안젓스면 하늘장쌩인가 그래 그
       게이마을 유지신사야 쇠문만 만지면유지신산감?

致成   지는 그대로 참을수가 업서요

郭   아니다 글세 이놈아

老人   아니 어딜……?

致成   좀 싸지러 가야겟서요

老人   엥? 그집엘 가선? 젊은 사람들은 쌀컥하는 저게 탈이야 그 당장에
       는 못하고 지금 새삼스럽게 할려면 성사가 되나?

致成   그까짓게 무슨 상관잇서요

老人   히— 그게 그렇잔네 그 독사가튼 놈이 무슨일을 쑤며놓았는지 누
       가 아니 안할 말로 그놈 업는데서는 무슨 욕을 못하겠나 그러나 그
       놈 코아페서는 어려운 일일세

致成   정정당당한 일이라면 유지신사 아니라 천하에 업는 놈이라도 무섭
       지 안아요

老人   그래도 이 말에서는 소용업다는것을 알어야 하네

致成   조하요 저는 법으로 해결하겟서요 경찰서에 가서 고발을 하겟서요

	아니 진단을 내서 고소를 하겟서요
老人	하앙 그게 좋겟군 그래
致成	네 고소를 하겟서요
金	애야 고소를 해도 괜찮겟니 돼려 야단만 나지 않겟니
致成	야단은 무슨 야단을요
金	돼려 화를 당한 사람을 봣으니 말야
致成	괜찬어요
妻	진단을 내면 돈이 들지 안어요
致成	아버지 공상인데 외상으로 안돼요
郭	글세다
老人	천만에 말일걸 다 죽어가는 사람을 쩌메고 가도 돈가저왓느냐고 묻는 그런 판인데 될말인가

　　　△致成 한동안 생각하다가 별안간 방으로 쮜여들어간다

　　　△일동 시선 그리로 쏠린다

　　　△얼마후에 『아버지』하고 나온다

致成	아버지 이 집문서 어쩌케 하섯서요?
郭	응?
致成	집문서 어쩌카셧서요
郭	웨?
致成	글세요
郭	네가 동경서 감기로 고생할 때 돈부친게 그것 아니야
致成	……

　　　―小間―

老人	응 걱정말게 내가 어쩌케 할테니
致成	마련하실수가 잇서요 십환을요?
老人	내게 가진것은 업지마는 孟主簿하고 친하니깐 말만 잘하면 갑싸게 외상으로 할 수가 잇슬걸세

致成　네 고맙습니다 그럼 孟主簿를 모시고 오십시오 전 진단서를 쓸 돈
　　　을 구하러 가겟습니다
　　　△致成退場
郭　　미안하우
老人　천만에 말씀을 다 하는구려
金　　이 은혜는 무얼로
老人　아이에 그런 말은 하지도 마시오(나가다가)僉知가 이런 봉변을 당
　　　한것은 내가 당한것이나 조금도 다름이 업단말예요 이래뵈도 僉知
　　　와 나는 부랄이 새빨갯을 때부터 서로 싸우고 놀던 동무라우
　　　△老人 나가다가 지나가는 孟主簿를 만난다
老人　어이구 孟主簿 아니요?
孟主簿　령감 웬일이요?
老人　지금 댁엘 가는 길이지요 밧부신가요?
孟　　아니요 웬 세상에 이런 일도 잇단 말이요 망할놈의 자식갓트니라고
　　　아 지금 세상이 엇던 세상이기로 남의 약갑슬 쩨여먹는단 말이죠?
老人　아니 누가?
孟　　누군 누구요 그 화적갓튼 英浦란 놈이지요 글세 아무리 똥마려울
　　　때만 밥쁜줄 아는 세상이기로 그럴 때가 잇소 제어멈 죽어가는것
　　　을 살려노앗는데 그 약갑슬 안내는 그런 개아들놈이 어디 잇단 말
　　　이요 망할놈의 자식갓트니라구
老人　그 사람 안됏군그래
孟　　나도 인젠 할수 업소 돈보고 약줄테요 글세 외상이면 남의 집 황소
　　　라도 잡아먹으려는 놈들이구려
老人　약갑시 많겠군요
孟　　만치 않구요 모두 삼십환인데 이력저력해서 삼원 남엇지요 지금
　　　삼원이면 옛날 삼백원이유 홍 우리가튼 사람을 괄세하다가는 재
　　　미 적지 아 이다음에는 그놈의 집에서 병 봐줍시사 하고 안올줄
　　　아슈?

老人　그렇지요

孟　아무째라도 걸리기만 해봐 큰코 다치게 할테니싼(갈려고 한다)

老人　孟主簿 어진 僉知 좀 봐주시오

孟　僉知가 왜?

老人　좌우간 들어오슈

　　　△두사람이 들어간다

　　　△서로 인사한다

老人　孟主簿 좋아하는 약주라도 좀 사오시지요

孟　아니 그만두슈。

金　그래도……

孟　아니오 그런데 머리를 다첫서요?

郭　네…저

老人　글세 머리를 이렇게 다첫구려

孟　어디(手巾을 거두고 본다)아이구 만이 다첫군그래

　　　△致成登場

致成　孟主簿령감 오셧습니까

孟　안녕하신가, 어쩌다가 이럿케 다첫단 말인가

致成　오래 걸리겟습니까

孟　상당한데 이대로 두어서는 안되겟는데 산에서 일하다가 이랫나?

致成　아니요 엽집에 있는 白主事가 그랫지요

孟　(깜짝 놀라면서)白主事가? 白主事말이지

致成　네。

孟　白主事가 야(한참 생각하다가)그 안됏다 뒷간째문에……

郭　글세 말이 잘 안나오는구려 그놈이 아무 말업는 저 뒷간을 옴기라
　　는구려 그래 못옴기겟다니싼 개몽둥이갓튼 短杖으로 남을 이럿케
　　만드는구려

孟　그래요?(孟主簿 새씨손구락으로 코짝지를 후벼서 탁 튀긴다)그
　　안됏다 아무리 그렇기로서니, 늙은인데……

老人   그러기에 말이우

致成   主簿영감 진단을내주실수업겟서요
孟   (깜짝 놀난다)진단이라니 고소를하게
老人   그러타우 아무리개명한세상이기로 늙은이를이러케치는데가어디
        잇소 그래서孟主簿한테 진단을낼까해서그러는거요 다른의원들도
        잇지만은 孟主簿와 우리와는 남달리 지나는사히니간……그래서그
        러는거요
孟   글세요 白主事가그랫다
老人   좀 잘 내주시오
孟   글세요 난이런진단은내본일이업단말유 그리고세상에서는 한의생
        (漢醫生)을누가신용하나요 공의한테가보는게어쩌켓수
老人   그러지마슈 그래도우리는영감믿고하는게아니겟소
致成   영감도 진단을낼수잇지요
孟   글세말일세 누가신용을해야지 그리고이러케닷친것은곳날걸세 이
        대로 手巾으로동여 매지만말고 된장을 좀 칠해서 동여매노면곳날
        걸세
致成   넷?(怒氣가 잇다)
孟   글세신용을……
老人   영감마저 그러케 얘기할게아니요
致成   가슈가
孟   아니라도그러네 세상에서……
致成   잔소리말고가 이자식이 늙어도더럽게늙엇다
孟   아니 그게 무슨말인가
致成   얼마나 먹을려고그래 백가미테서 고린전 한푼이라도 나올줄 알어
孟   아니 이사람아
致成   잔소리말고 가
孟   잔소리라니?

致成	그대로 가고싶거던 잠자코가
孟	허―이것은 젊은사람한테 봉변이로군
	△孟主簿 중얼거리면서 나간다
	―小間―
致成	저것도 사람인가?인간수효 채울려고 나왓슬게야
金	안면잇다는것도 소용업군
致成	세상사람들이 그처럼 더러울데가 잇서요 그렇게 하지 않고는 못사
	나요
老人	누가 아니?(한숨쉰다)
致成	누가 죽나 해보고야말테야
郭	아니다 세상이그런걸 니가 엇더케 하겟니
致成	할테요 고소를할테야요
	△致成 확 나가버린다
郭	이놈아 가지 마라
老人	斂知 그대로 두슈
郭	간들 뭘하겟수?고소를 한들 멀하겟수?고소를 해서 이겨본들 뭣
	에다 쓰겟단말이요
老人	그럼 이봉변을 당하고 그대로 잇단말이요 그놈이 누구의 자식이며
	어떤 뼈다귀요 그런놈한테 봉변이라니
郭	상관이 잇겟소 상하를 모르는 이 마을에서 무슨 상관이 잇겟소
老人	아무리 그러키로서니
郭	아니요 돈이 말을 하고 돈이 사람을 시키는것을 누가 책하겟소 쌍
	놈 차출이란놈도 돈이 있스니 장날로 육관자 부치고 촌사람들을
	히날립디다 이런 세상이요
	△郭斂知 울면서 방으로 들어간다
老人	열군기도 하다
	△담배를 피면서 쓸쓸히 나간다
	△金姓女 마루끄테 안자잇고

△致成의 妻는 기둥잇는데 서잇다

△한동안 두사람 말이 업다

△무대는 개학할 쌔보담 집그림자 위치가 변햇고 저녁째가 가까웠다

△하늘에는 자색노을이 빗겨있다

妻　어머니 저녁을…

金　나도 모르겠다 니맘대로 하렴

妻　저녁써리가 업는데요

金　보리도 업니?

妻　네

金　참 점순네 보리방아를 찌여달래더라 속겨라도 얼어죽이라도 쑤어야지 너는 물이라도 더 길어두렴

△두사람 나간다

△區長이 중얼거리면서 登場

區長　僉知 게슈?

郭　(방안에서)누구유?

區長　나요

郭　(문을 연다)區長이요?

區長　만이 다첫다면서요

郭　……

區長　그것 안됏다 白主事라지요

郭　(고개만 끄덕인다)

區長　꼭 그놈의 쏭이 말성이군 아닌게아니라 나도 얘길 만이하고 오는 길이요 그런데 僉知 좀 나오슈

郭　나갈것까지야 잇수?

區長　아니요 좀 나오슈

△郭僉知 나온다

區長   아니 고소를 한다지유?

郭   그런가 보우

區長   아니 정말이요? 지금 致成이 그사람이 白主事댁 書房에서 白主事를 기다리는데 그 위품을 보니 아무래도 白主事를 칠 모양입니다 그러니 말요 僉知내말 좀 들으슈 그게 그렇단말요 저 이 마을 유지 신사들이 하는 말은 白主事보구 참으라고요

郭   뭐냐? 白가보구 참으라고 누구한테 할 말을 누구한테 하는거야 응?

區長   아 아니, 그게 아니요 내가 잠간 말을…이것보슈 영감 사실은 그런게 아니란말에요

郭   뭐가 그런게 아니란말요?

區長   하―글세 내 말을 끝까지 듣고나서 아니면 아니다라고 딱 잘라서 얘기하슈 지금 백주사가 좋은 얘기를 많이 합디다 화가나서 그랫다구요 그래 우리들은 아무리 화가 나기로서니 그래서는 못슨다구 그랫지요 그리고 한마을에 살면서 그렇게 뭐있느냐구요 서로 좋도록 하는게 좋지 않으냐 그랫지요 아닌게아니라 백주사도 그런 맘이 잇는것같습디다 그리고 말요 영감 영감이 고소를 하다니말요 고소를 하면 돼요 그러나 고소를 하면 뭘하나요 돈있는그런사람이 아벌금만 해주면 그만 아니유 그러나 僉知는 그런 사람들한테 그런 일로 한번만 그렇게 보여지면 아니할 말로 궁한놈이 어쩌우 답답할대가 잇잔수?

곽   아니 그럼 날보구―

區長   글세 내말을 끝까지 들으슈 그래 백주사는 이렇게 이얘기를 하더군요 치료비는 주겠다고 그리고 치성이 그 사람이 허구한 날 놀구만 있으니 안됐다구 그러니 취직을 한자리 소개해주겠다는군요 글세 이렇게까지 됐고 백주사의 사둔이 누구요 면장 아니요 그리고 백주사의 말이라면 이 마을에서 누가 괄시를 하겠고 내 생각에는 이런째 그런 사람들과 잘 친해두는게 치성이를 보아서 좋지 않은

가 말이요 만일 그 사람들의 비위를 거드려보슈 치성이 그 사람이 이 마을에서 뭘 해먹겟고 그렇지 않소? 아까도 첨지가 내한테 부탁한 말도 있고해서 그 애기를 했지요 백주사의 말도 그것쯤은 문제도 아니라고요 말이 이렇게 되는걸 보니싼 이왕이면 맘 좀 크게 먹으면 더 좋지 안느냐 하는 생각이 든단 말예요 그래서 또 이렇게 애기를 해보앗지요 지금 나이에 전에 하든것을 엇더케 하겟구 그러니 이왕이면 면서기 한자리를 말 해주시오 햇지요 그러니깐 아 이 말도 당장에 승낙을 하는군요 자 어쩟수 생각이 업소? 나는 이 이상 더 첨지하고 애기 안하겠소 어때요 좋게 할테요?

郭   ……

區長   원 첨지고집은 황소고집이야 웨대답을 안해? 지금 백주사는 몇몇 사람들하고 강술집에서 첨지오기를 기다리고잇소 같이 갑시다

郭   ……

區長   엥히 난 모르겠소.

       △區長 나가버린다

       ─間─

郭   (별안간 소리를 지른다)강술집에서?

       △僉知 빨리 나간다

       △妻 물동이를 이고 들어온다 부엌에다 내려놓구 마루를 소제한다

       △金姓女가 들어온다

       △妻 金姓女손에 쥔것을 받는다

妻   어머니 웬 보리에요

金   또 쑤엇다 그 애는 안왔니?

妻   네 어머니 걱정마세요 고소를 하면 괜찬을거예요

金   (말업시 한숨을 쉬고 마루에 안젓다가 방안으로 들어간다 별안간 깜짝 놀란다)애야 아버지 어딜 가셨니?

妻   방에 안게서요?

金   지를 엇저나 혹시나……

妻　　그럼 白主事하고…

金　　그러기에말이다 화만 나면 물불을 헤아리지 못하는 사람인데…

妻　　싸우시면 엇저나요 가보세요

　　　△김성녀 신발도 신지 않고 그대로 다름박질 나간다

金　　아이구 그이는 어딜 갓서?

　　　△妻도 다름박지 나가다가 들어오는 致成이와마조친다

妻　　여보 아버님이……

　　　△致成 말업시 집안으로 들어온다

妻　　웨 이러구만 잇수? 아버님이 白主事하고……

致成　아우

妻　　그런데 웨 오셧수

致成　날더러 엇쩌란말이요

妻　　아버님이 쏘 닷치서면 엇쩨요

致成　닷처요?

　　　△苦惱끗테 그만운다

致成　여보 용서하우 나를 용서하우

　　　△妻 突變한 致成의態度에 쌈짝 놀란다

致成　놀라지마시오 내가 잘못했소 여보 나는 아무래도 쏘 쩌나가야겟소

妻　　넷?

致成　그럿소 쏘 쩌나야겟소 내 마음가지고는 이마을에서 못살겟소

妻　　안에요 당신은 여기 잇서야 해요 내가 쩌나가겟서요 저만 쩌나가
　　　면 당신은 이럿케까지 괴로워하지 안흘게 아니예요

致成　당신은 아직도 나를 모르오? 어머니 아버지가 생각는것과 갓치
　　　나를 그럿케만 여기는구려 내가 왜 당신을 미워하겟소 내 식구인
　　　당신을 내가 왜 미워하겟소 여보 나는 이 마을에서 잘 살아보려고
　　　힘도 써보앗소 애도 써보앗소 그럴수록 내게는 자꾸자꾸 슬픈일
　　　만 닥치는구려 이 화푸리를 아무 罪 업는 당신한테 해왓구려 이

울화를 터치는 화푸리를 내가 누구한테 하겟소 제일 가깝고 미더운 당신밖에는 없구려 내맘을 알겟소? 그런데 내가 왜 당신을 미워하겟소?

妻   저를 미워해도 좋아요 째려도 좋아요 써나지만 말어줘요

致成 아니요 아무래도 써나야만 하겟소 여기에서 엇덯케 하루라도 산단 말이요 미칠것가튼여기서

妻   그럼 저는 어쩍해요

致成 걱정마우 내가 당신을 잊을 리가 잇소?

妻   인젠 정말이지 당신을 써나서는 하루라도 못살겟서요 당신은 아무 상관 업겟지만 나는 그렇게 못해요 남편을 짜라가지 못하고 혼자 썰어져잇는것이 얼마나 괴로운것인줄을 모를리 업겟지요

致成 왜 모르겟소 썰어져잇다는것은 당신이나 내나 꼭 같지 않소

妻   그래도 저는 실어요

致成 나도 당신을 데리고가고싶지마는 당신마저 고생하게 할께 뭐잇소

妻   그래도 좋아요 난 당신 가시는 곳이라면 아무델 가도 좋아요 사람이 살지 않는 곳이라도 불속이라도 좋아요 아무걱정말고 데리고만 가줘요

致成 당신은 정말 내 안해요(힘잇게 꼭 쩌안는다)

　　　—小間—

致成 여보 나는 지금 울것만 같소 아버지가 뭘하고 게시는줄 아우 지금 아버지는 자식째문에 자기를 팔고잇소 자식이 아버지를 팔고 아버지가 자식을 팔지 안흐면 그 집안식구가 모두 굶머죽소 자식이 아버지를 팔고 아버지가 자식을 파는 이 마을에서 내가 웨 하루라도 산단말이요

妻   저도 데리고 가줘요

致成 내가 가서 자리를 잡고 데리러 오리다

妻   안돼요 안돼요

　　　△妻 울면서 致成의 가슴에다 머리를 파묻는다

△교회의 종소리가 울린다

찬미가

(어지러운 세상중에

기쁜노래 들니네

예수말슴 하시기를

밋는者여 싸르라)

△妻는 舞臺正面을 향하여 십자가를 그린다 별안간 더 크게 소리
를 내여 운다

致成　우지 마우 내 맘을 철벽(鐵壁)가치 믿으시오 내가 당신을 이즐리
잇소

△致成 妻를 대리고 건넌방으로 들어간다

△舞臺는 전보다 더 어두워져잇다

△郭僉知 술이 건하게 취하여 들어온다

郭　　핫………

내 아들 致成이란놈이 면서기가 된다 핫…… 내 아들 致成이란 놈
이……

△헛간에서 괭이를 가지고 나와 뒤간 한모퉁이를 헐면서 전대사를
중얼거린다

△스포트는 자꾸 쏠아들어 郭僉知만 비초인다

△舞臺는 아주 어두워젓스나 뒷간헐른소리만간신이 들린다。

―幕―

一九四〇、七、二六、　脫稿

黎明前後(全3幕)

鷄林文化部

李無影 原作　李甲基 改編

(一)

第一幕　어머니와아들

째　　朝高宗甲辰섯달금음달 밤

곳　　忠北農村의 어썬장터朴雄의집사람

登場人物

　　　아버니 六十歲

　　　어머니 五十五歲

　　　누님 三十歲

　　　朴雄 二十七歲

　　　禹穎 十九歲

　　　龍子 十三歲

　　　兄嫂 三十五歲

　　　姑母 四十五歲

　　　靑年一

　　　靑年二

　　　其他

舞臺　自作處朴雄의집 안박과 마루의 一部天井이나직하고 四方벽은 울
　　　멍줄멍하다 洋紙로 도배는 햇스나 몹시 빗치 바랫다 군데군데 황
　　　토칠을했다 아랫목 오른편 正面구석에 광명대(燈ㅅ대)左便에 화ㅅ
　　　대 화ㅅ대미테 石油箱 그우에 이불화ㅅ대에는 울굿붉굿한 人造옷
　　　이 주렁주렁걸렸다 左便으로門 右便으로 마루로 通할 門 左便門
　　　우에 福조리 福조리속에조이붕지 마루는 옛날것이다 손질도 안코

신발이노엿다 신발둘집신한켤레 아이들신짝 막이 열리면 형수 누님 큰나무함지를 노코 흰썩을 썰고잇다 幕이열리면 설이란 느낌을 준다 姑母는 화로를씨고 안저서 지짐전을 하고잇다 兄嫂는 寡婦다 방안에는 채반等등잔이 잇다 아랫목에는 龍子가이불도 안덥고 잠이들엇다 姑母의옷은 유난이 남누한것이눈에 쯰인다

姑母 (지짐질을하며)해오래됏겟지! 순경군들이 벌서 지나갓나?

누님 웬걸요

姑母 그래두 이슥햇슬걸그랴? 웃사랑이 조용한데 (아모도 대답이업다 —사이—)그런데형님은 어데가서 입째안오실가?

누님 하두화가나시니짜 마실가신게지요

姑母 입째 아무것도 안잡수섯겟지?

누님 잡숫는게 다뭐유 아침에 장국한목음잡수시고는 온종일 물도 입에 안대싯는데요

姑母 짝한노릇이로군(오랜사이)

누님 참 큰일낫서요(한숨짓는다)

姑母 젊은이도 아니고육십노인네가 그리케안잡숫고야 왜 자네들두 좀 권해보지그랫나 첫재 기운을 차리서야지

兄嫂 엇쩌케 음식을일일히 권한대요? 당신이 안잡수신다고 하시는대야 암만 좀잡수시래도 그저 난실타난실타하십니다그려。

姑母 참 짝한노릇일세

兄嫂 (不平스럽게)저의들끼리 안잣스니말이지만은어머님두 참 짝한어른이서요。 기왕가운이 뒤틀리느라고 그러니 어머님두 좀마음을 가려안쳐서 가지구집안일을 돌보서야지아버님두 작은아드님이 집을나간째는 그래두 큰아드님이잇스니짜큰아드님한테 마음을의탁하시고그런줄을몰으시더니 큰아들마저 턱죽고난후로는 그만환장이시군요! 안즈시나서시나 그저한숨만후유—내쉬시는군요(한숨) 그럿키나하거든어머님이나 정신을차려서야할텐데 어머님은 어머님대루 벌서며칠째아무것두 안잡숫고는저럿케 웅이만 차즈시니엇

점니짜? 안자두웅이 누어뒤 웅이—이러니어듸사람이견듸어나겟시
요? 죽은사람은 죽은사람이려니와 산사람이나 살어야허잔켓서요?

姑母　그야 그렇치안켓나? 칠남매나되는데서 쓸데업는게집애만 우루루
남고작은아들이 나가서 죽자큰아들마저 이럿케죽고보니…

兄嫂　그것을누가 몰은담니짜? 어머님두불상한어른이지요 그럿치만 기
왕팔자가기박해서 그럿케됏스니 인제는어린자식들하고 먹고살생
각도좀해서야하잔어요? 그저자나 째나 웅이만 찻고우시니 엇점
니짜?

누님　압다 형님두입찬소리고만하우 그래어머님더러 날마다 우신다고성
화를하니 그럼형님은 웨울엇수? 큰옵바가돌아가신후로 형님은 작
으마치 운줄아우 그래 하루라도안운날이잇섯수? 그래두 어머님은
우시는것은 되려남보기에두숭업잔타우!

(二)

누님　부모가자식생각이나한다구그러지만형님우는걸보구는모두욕해
요! 서방생각이나서운다구 욕안할줄아우! 생각해보구려육십로인
이자식이라구둘이나잇다가하나는 나가죽고 하나는 눈압폐서죽어
보구려! 어머님이 환장안으시는것만대견하게 녁여요!

兄嫂　(썩썰던손을쉬고)자네는 언제든지 내말이라면 쌍집행이를 집고나
서드라

누님　쌍집행이를 집자는게 아니라 형님은옵바생각하구날마다 우시면서
어머니가 우시면 말하니짜 하는말이지요!

兄嫂　(잠자코 썩을쏜다)

姑母　(말을돌리랴는듯이)애머나! 그리니짜 웅이가집을나간지 몃해나됏
니 응

누님　십년이지유。

姑母　십년! 벌서그리케됏든가? 뒷겟군 그것이 갬산에불이나든해엇군!

누님	그러치요 바루 그날 불쓰러간다구나만그길로이내 안들어왓스니까요
姑母	허 참 그래 갬산이집어삼켯단말인가 호랑이밥이 됏단말인가…
兄嫂	호랑인왜요? 그리잔어도 열다섯명을 풀어서 밤낫닷새나 갬산을뒤지지안엇세요?
姑母	참 그랫군
누님	그리구 닷새되든날부산인가 어듸선가 편지가 왓지요 그때 왜서울서민란이나서 나라가 뒤집혀서고 참그해는 시끄러윗지
姑母	올치 올하? 바로그게갑신년이지
누님	참그해그쑨마는 애일아니지 아버지나어머니도그가운대서 피란을 다니신다구 참.
兄嫂	그날 그때부터 우시는울음을 오늘날까지우지요 일곱해! 참어머님두 씀직이두우섯지요.
누님	형님제발좀 그러지마우! 자식된나한텐 죽기보다두 그소리가 듯기실수
兄嫂	사람두 쑥 저러탄말여!
姑母	그만들두게나 그런데 얘는 어딜갓슬가,
兄嫂	누가요?
姑母	앗다 개말일세나 고년이름이 뭐드라 (혼자급해서)왜 그년말일세 서울간애 올치올치 星順이란 년말일세
누님	누가아나요! 망할게집애가트니라구 나이 열아홉살이면 눈치 코치 쌘하렷만 고련인정머리 업는애가 어듸잇서요? 누가 이궁한판에 백량식이나노자들여서 설쇠라고 데려온줄아는게야! 웅이가 집에서도 못죽고 나가죽은데다가 옵빠까지 도라가시구보니까 하두 집안이 쓸쓸하고하기에 그만두라시는걸 아버지를쏘이듯시해서 데려다노니까 오든날부터 쌔질러만 다니는군 어듸 잠시나집에 부터잇서요 아주머니
姑母	다 철이 안나서 그렇치

누님	열아홉살에 철이안나면 진갑에가서 철이난대요? 서울까지 가 공부한다는애가 웨 고만한철이못난대요?(오랜사히)그냥이런것 저런것생각하면 꼭 죽어버리고만 싶허요 머리가 허—연 노인네들이 날마다 눈물로만세월을 보내시는구려—(운다)

(三)

누님	아버니나어머니가무슨죄야요?(운다)에이망할여석! 웅이 그어석이 패ㅅ심해요! 그리허나 어머니가저한아째문에 환장이되시다십피 한것을보구도 다러다나니(운다)웅이가 기왕 그리케되거든 웁바가 살던지………(느낀다)
姑母	그만두어라.
누님	(더욱느끼며)남들이자식을압세우고가는것을 두노인네가 멍하니 바라다보다가는 눈물 주루루쏘드시는것을보면—그만애가슴이터지는것갓터요—아참 아버지가 전생에 무슨죄를지섯다구—다늙게 둔자식들이(느낀다)—부처님가트신 아버지를—소쓰러가든 도적놈을불러다가 밤참해먹이고—노자돈까지 주어보낸아버지가…무슨…무슨 전생의죄로…귀신두 눈이멀엇지! 찰아리 날잡어갈게지!(폭업퍼저운다 姑母兄嫂 돌라안저서 훌적훌적운다)
姑母	그만참어라(兄嫂더러)자네두참게(다시 지짐질을게속한다 눈물이 가려서 각금화로에 갈납을너혼다 그째에문소리)꼿처라! 어머니오시나부다(누님을흔든다 별덕니러나서 눈물을씻는다)어머니 보시는데는 아예 울지들마러라 그러잔어두 마음상해하시는데…(발소리가까워온다)
누님	어머니시우?
星順	(어머니인체)그래내다(登場. 서울女學生이다)호호호호쌈박 속앗지?(운것을보고는주춤)
누님	에이 철업는것!

星順　왜? 엇저면 모두들울엇구려! 한아는 낭군님생각하고우시고 쏘한
　　　아는(하다가 풀이죽는다)

누님　이철업는것아 어딀그러케 쌀쌀거리고단기니!

星順　말갓다왓서! 오늘 순네집에서 쌉색이 벗기기웃을 노랏다우! 그랫
　　　더니 어럽시오 아주 쏠닥망햇다우 치마하나입구 코쥐구 절을하고
　　　야 겨우옷을차자입엇다우! 언니.

누님　어이구 너두맙시사(그들은다시 일을게속한다)

星順　그런데 아주머니 이것좀봐요 남순이가—어이구 엇지면그럿수? 커
　　　다란 계집애가 철다구두업시—어듸 혼인정해논데가잇나보드군 잇
　　　수? 아주머니.

姑母　잇지 잇서!

星順　어—쩐지 그래 저어머니가 혼인써리두업구하니까 아마래년가을에
　　　나하자고 그랫나봅듸다 내가 가니까 막 저어머니를해내겟지! 가
　　　을가을하면 내게다 은송아지를 쌀려보낼테유 금송아지를 쌀려보
　　　낼테유! 이러케 막해내겟지! 그러더니 아모케나잇는대로 쑥짝쑥
　　　짝해버리자구 그양저어미를 진이쑥쑥나리도록 졸나대겟지! 아이
　　　참 엇저면 계집애가 그러케두 쎈쎈하다우!

누님　남걱정말구 내입이나 잘가려! 그러케영악하니까 넌고쑬이로구
　　　나!

星順　그래두 난 그럿치는안타우

누님　듯기실혀! 그러니까 옵바두 안게시구웅이두업구해서어머니마음
　　　이나 안위해드릴라고 백량식이나 노자를들여서데려오니까그럿케
　　　쌀쌀대고만 다니는고나! 기숙사잇스면 썩쑥못어더먹을가바 모세
　　　온줄알엇든!

星順　오라간만에 왓스니까 그럿치 뭘.

누님　오라간만에 왓으니까 더 그래야지! 네가그래만봐라! 네가지금뉘
　　　덕에그나마 공부를하는줄아늬? 웅이를 차질때면일본말두알구 서
　　　양말두알어야한다구 어머니를쬐어서 매달빗을 어더대는게야 그럿

찬어봐라 벌서……

(四)

星順	허 참그리구보니까산쌀자식은 죽은아들만두못한셈이구려—어째쓴 잘못햇구려 언니.
姑母	올치 그래야지? 이러니저러니해두 우리성순이만큼 고분고분한애는 업느니 자안젓지만말구 갈납이나붓처보렴!
누님	(惡意업시)할줄이나알든가베.
星順	어쩌면언니두!
姑母	그래 해봐라 어듸서울색시 갈납솜씨좀 보자꾸나(星順붓친다)
兄嫂	(그것을 쭉하니 보더니)아이구 어쩌면 애기두——
姑母	배는웨 그리불르냐(웃는다)
누님	적기는쏘!
兄嫂	눌구지나 마럿스면!
星順	아이구 어쩌면 들흅도 가지가지로구려! 서울갈남은 이럿다우—호호호호. (그때대문 소리가 난다 웃음소리에 못들은모양이다 다만 兄嫂가 고개를잠간들엇다가 다시쩍을 쓴다)
아버지	(드러온다 기운이한아도업다 一同이러나다가 안는다)
누님	아버지 들어오세요?(아버지화로가에안는다)
姑母	오라버님 입째 안주무섯서요?
아버지	당초에잠이 안오는구나
누님	방이 차서요 아버지
姑母	불을 좀더 느허 드리지그러나.
아버지	아니다(오랜사이)당초에 눈이 안감기는고나 막 잠이 들다가 그놈에자식들이 눈에어리면 그저 쌈짝 쌈짝 놀라깨지는구나 휴유!
姑母	생각을 마십시오 오라버님.
아버지	명절이라고 타곳에 나갓든다른자식들은 모두 기어드는고나 괴나

리 봇짐을해지고 여기저기서모여드는것을보니까 그만에 심사가
틀려서—

누님　그래두 꾹참으서요아버지。

아버지　(못드른체)오늘도사랑에 안잣노라니까 여나뭇이나 제집들은 차저
들드구나 참새골 박진사 아들말이다 고놈에 이름이 머이드라？

누님　수복이지요

이버지　올아 그래수복이란놈！리천가서 남의집을산다드니 아조말속하게
차려가지고는 멋인지 잔득해메고 초작초작나려오드구나 그래난
인사밧기두실구해서 도라서랴니까 어느틈에 밧든지 내앞페와서절
을날러가듯이 하는구나 그래！그만…에—난눈물이 핑돌아서！

姑母　웨 안그러시겟서요오라버님(오란사이)

아버지　그런몹쓸놈들！한자식이 죽거든한놈이나살게지！(눈물을 씻는다)
당초에 잠이와야 한다지 잠들만하면 그만에—그자식들이 눈에얼
른하는고나！

누님　아버지국좀데어올가요

아버지　실타(메어치듯)

姑母　감주나좀데워다드리려무나。

(五)

아버지　델것업다！그대루한목음다우(兄嫂웃목에서감주를쩌온다 오란사이)

아버지　아몹쓸자식들！六十이넘은 아비어미를 두고(마신다)두놈이 다마
시다니—기가막힌다(마신다)그놈들이 에잉—사람이화가나서！(마
시는 甘酒그릇을내던지고 벌덕니러난다)아비두고 뒤어질자식들이
웨애당초에 자식으로태어낫드란말이냐 (나가다말구)그놈에것모두
치워라！누가 먹는다고 그까짓것을 만들고잇다드냐 세배！홍오
냐！내누구든지 래일대문을 열어노앗다 만바라！내 이놈에집에다
불을퍽질러버리고 말테니 내자식다죽이고 남의자식들공세배밧으

라고 사는중아느냐 ? 에잉망할놈의 팔자두잇다(나간다)후—내가전

생에 무슨죄를 (울음소리로)젓드란말이냐

누님   (오란사이후에) 아버지가저라시논것을보면 그만에 눈에서 피눈물

이 쏘다지느것가타요 ! (다시쌀곰한다 오랜사이 그런뒤에 대문소

리 쏘난다)

兄嫂   어머니가 오시는게군

누님   (발짝이러나 문을열고)어머니시우 ?(대답은업다 그러나발소리갓

가워오며어머니드러온다 아버지보다도 더힘이업다)

姑母   형님 어대갓다오슈온종일굶으신양반이 ! 어머니…(화로전에 쪽으

리고 안는다 청승맛다)

누님   일들내집에가셧서우 ?

어머니   ……

兄嫂   어머님 쓰듯한 국이나좀 데어올가요

姑母   데어올가요 할게아니라 데어다 드리게나그러케 안잡숫고야 견듸

시겟나.

兄嫂   (니러나자고한다)

어머니   실타

兄嫂   쓰뜻한데요

姑母   웨 실타구 그라시우

어머니   실태두 그래 ! 누가 국먹구싶허서 사는줄아늬(兄嫂안는다 오란사

이)오늘 싸윗다.

누님   누구하구요 어머니.

姑母   암나 형님두 웨 섯달금음날밤에 남하구쌈을 하섯수

어머니   고런망할놈에 녀편네 주둥이가 잇더람 ! 번연이 웅이란놈이 죽은

줄알면서도 혹시 하고 은근이 기들러지게에 신장로 가서 안젓섯구

나 밤이깁도록 남의자식들은 모도 기어들것만—그래 화는나고해

서 마실이나 간다구 방안에썩 드러서니까 인돌어 멈년이 댓자곳자

한다는말이 『자근아들 소식들엇수 ?』이라고는고나 벌써몇번째냐

말야 번연히 웅이만안뜨러도 심사가조치못해하는것을알면서도 그
놈에늙은귀신년이 나만보면 인사를한단말야(눈물소리로변한다)다
가치늙어가면서 뭘그리랴 그러랴하구 쓸쩍참으랴니짜 아조쪼듯고
십흔모양이야 그놈에늙은이가 凝視하다가 그래 내오늘은 호신해
냇다 웅이 소식을못드럿스면 알려줄태니걱정인가 큰아들이죽엇스
니 살려낼테니 걱정이냐?내막헤냇다 웬 걱정이야 응 그놈에늙은
이가 웬걱정이냐말야? 글세 !

姑母	아이구 형님두 남은 인사하는데 쌈을하셧수.
어머니	흥 인사?코구멍이 어쩌하다니 아그놈에 늙은이가 남의사정보고 하는말인줄아니남의 비위를긁어놋느라고 하는게지아이망할놈에 자식들 ! 그놈들이웨자식으로테여나서남의 속을어렁케썩여주드람 뒈질테면차라리 생기지들이나 말거나—그놈들이 늙은애비에미 두 고가서 극낙으로갈줄알구 ! (눈물을 씻는다)
누님	어머님은 웨작구웅이가죽엇다시우 죽기는웨죽어요
어머니	듯기실타 ! 안죽은자식이면 칠팔년을두고 소식이업늬드냐?
姑母	그래두 죽지는안엇수 형님 이맑은새상에 웅이가티쪽쪽한아이가웨 죽어요
어머니	쪽쪽하니짜 죽엇지 !
姑母	근데 걱정마러요 세상놈이 다죽는대두 웅이만은살어잇지요.
어머니	듣기실혀 자네들은 걸핏하면 날갓다 천치로 돌리드라 !(홱 도라 안는다 그째 잠이샌 龍子가 바시시니러나더니 성순의옆프로와안 는다)

(六)

| 映順 | 웨 안자고이러나니 |
| 龍子 | 어머니난작은 옵바꿈을쑤엇다우(어머니는귀가 번적쓰이는듯이 龍 子를쳐다보다가 다서풀죽는다)학교서 대운동을하는데누가 능금하 |

구 과자를갓다주겠지 그래내가 바드니까 『이런바보 내가 네오라빈
데 날몰라보는구나』 그러겟지 어머니그런데 어머니작은 욘옵바가
어덧케생겻수? (바람소리)

星順　이번설은 칩겟네

龍子　지언니 참두부집여편네가 날만보면 내작은옵바달멋다구그란다우
오늘도 그라겟지 학교서오라니까 웃샘에서그릇을닥다말구 「조년
은 꼭제작은오라버니 쎼닮아서」 그라면서 작은옵바 편지왓느냐구
뭇는그려 정말작은옵바가 날담멋수 어머니?

어머니　듯기실타(소리질은다)

龍子　어머넌 쏘저래! 저서울언니그이가그라는데 내입하구 눈하구 코하
구 말소리까지 작은 옵바를쎼쏘젓다구그래! 첨말그럿수언니?

星順　담긴 어디가달며(그만두라는눈치를 龍子볼은다)

龍子　응 모두들그라는데

姑母　쎼쏘젓지

어머니　네 요년(건운다)웨잡버지자다말고 주둥이를 놀리고잇는게냐?

龍子　어머니는 작은옵바말만하면 저라드라 그럼제옵바이야기를 우리가
못하면 누가한다나 장돌뱅이가하나 머슴이하나

어머니　네요년 그래두 주동아리를못담을겟니 (짜릴랴고견운다 龍子가빈
다 이것을보고)크다란것들이 가만이안자보구만잇느냐?

兄嫂　(웃스며)아니 어머님두 제오라비생각이나서그라는것을 멀그라시오

어머니　생각이나기는 코구멍이생각이나?

龍子　앗다 어머닌괜이지래 그래서길에서맛나면날알어

어머니　그래두 고년이그라거든(한번쿡쥐어박는다 龍子훌적훌적운다)네이
년들어떤년들이든지 응이란말만입에냇다가는 혀끗치안남어날줄
알어라 누구든지 달내(姑母에게)자네 두잘드러두게!
(오란사이 모두 沈默 일은 하나 機械的이다龍子훌적훌적 울고잇
다 눈물이빗난다 다시오란사이)

姑母　형님이것좀 잡숴볼나우?(녹두전을내보인다)

어머니　(하염업시)실혀내언제 녹두전먹든가(사이)(혼자말로)참 웅이가녹두전을퍽조아하드니만

龍子　(웃슴소리석겨)남더러옵바야기 하지말나드니 어머니는 웨하슈

姑母　글세말이유

어머니　(화가나서)머가글세말이야 응 오냐 그래들봐라 자식업는 늙은이라고 너의들광론하구 구박을해봐라 맘대루 해봐(눈물이 금썰여한다)

(七)

兄嫂　아서 어머님두

어머니　구박이아니구 뭐냐? 그럼 늙은어미가 하도 심사가 상해서 그러니 안위를해야올으냐 너이년들이 모혀안저서 어미흉을 뵈야올으냐? 응 그래어쩐게 올아? 자네만해두그러치나이 오십줄에 드럿스니 자네두 자식길러봐겟다자식중한줄알겟다 무슨공론이야 응 글세 무슨 공론들이야 말

姑母　그만두슈 형님

어머니　뭘그만둬 가거라다 가에엄마너두가거라 너의친정으로 가거라 (누님보고)네년두 너의싀집으로 가구(고모더러)자네두가게모두가거라 모도(히스테리하게운다 오랜사이 어머니는 맥이업시 안젓다가 星順을보고 同情을求하듯이)에 星順아 일직학교구머구 다그만두고집에와잇거라내가 쓸쓸해못살겟다

星順　어머니 그라지마시요(눈물을씻는다)작은옵바도 인전얼마안잇스면 돌아올텐데 뭘그라시오

어머니　(귀가번쩍쯔여서)뭐? 어쩌케 아늬

星順　(自信업시)우리학교선생님한분이 옵바를안대요

어머니　애야뭐? (빗적닥어안는다)

星順　우리담임선생님이 일전에 옵바하고가티학교를단겻대요 그래서안대요

어머니   (큰 希望을걸고)그래서

星順   내가옵바이야기를하고 한번물엇드니 상해서본사람에잇스니까 안 죽엇다구 그라겟죠

어머니   그래서?

星順   인제 돈두좀작만햇스니까 올봄에는 나오신다드래요 (一同半信半 疑하는눈치나그래도 熱心이듯는다)

어머니   애야 정말이지야거짓말이아니지

星順   온 어머니두 웨 거짓말을해요 두고보서요 내말이그짓말인가 올봄 에는 돌아오실터이니요

어머니   그럼그렇치 내자식이 죽을리가잇나 더구나 웅이가티 착한놈은업 섯느니라 여기서학교 단길째두 모두칭찬햇지 웅이더러못된놈이라 구 욕하는사람은 허나도업섯느니라 그럼 그럿치 악한짓안혼내자 식이횡액을당하다니 업지 업서 우리웅이가 착한줄은 세상사람이 안다하느님이아신다(눈물을주루루흘린다)에아가 그리만나하구 그 선생님한태좀가자!

星順   (말이궁해서)뭐하러가서요 어머니가?

어머니   내입으로 좀자세이드리봐야 내속이시원하겟다 웅 아가내일아침에 써나자 설그까짓것이 다 뭐야 너도짐싸라 그러나애엄마 내 옷좀차 자봐라 (곳더날듯이서든다)

星順   (몹시당황해서)어머니어머니—그러면 안돼요 지금가야 그선생님 두안게서요 저기—저기 지금작은옵바게신데 가섯스니까 가티나오 실걸요?

어머니   네오라비잇는데?참말이야?

星順   그럼요!

어머니   오냐 그럼네나가거라네나가서 그선생임한테 부탁이나 잘해두어 라!

星順   (대답이궁해서)네!(다시 오란사이 쩍찌는소리와지짐질하는소리 가 고요한 밤공기를흔들쑨이다 星順은 스미어울고 어머니는 空間

을 凝視한다)

어머니 (힘업시)뭘 그렇지만미들수잇나 ! (사이)살엇슬수잇나 ! (사이)죽엇
지 ! 죽엇서 !

龍子   그런데 어머니난엇재작은 옵바가 살엇슬것가다구이러구얘기하는
데 『어머니』하고 쒸여 드러올것가티 쪼생각이된다우 그럿키에 작
구만꿈이꾸어지지 !

어머니 그래앗가꿈에는 빼빼말럿듸 ? 살이 쩟듸 ?

龍子   아주 살이 이리케 쩟겟지 그리구 양복에기게통차구

누님   그러기나햇스면 조켓늬 ?

姑母   오작이나 고마우리

星順   참 하긴나두그래 옵바가 꼭 안죽은것가태

龍子   인제 두고봐요 꼭살아올테니 내 꿈이 참영하다구 시험 째두마첫
는데

어머니 (갑작이)듯기실타 ! 에이기 요 배라먹을년(견우고)다시두 네오라비
말을 할테냐(龍子다라난다)아니야 내 요년에 게집애를 업새버리고
말테야(쪼차가고 쏓긴다)

姑母   그만두슈 형님 네요년너두 주둥이좀담으러라 !

어머니 어디보자 ! 어쩐년이든지 다시한번웅이말을햇다봐라 그냥그냥주
동이를 ! (그때 대문흔드는소리고함소리)

姑母   이밤중에 누굴가 ?

소래   (자세이안들린다 대문소리)

누님   문을열나나보우 ?

어머니 (시름업시)젠장한놈에신세 ! 우리웅

누님   (소리만들린다)어머니 어머니 ! 웅이가왔서요

一同   어 ? (한동안 멍하니 섯다)

龍子   거봐라 ! 거봐 ! 내꿈이 어때 ?

朴雄   어머니 웅이가 왔서요 ! (雄이가 마루로올나서서자방에서 와 쏘다저
나온다)

※ (八)이 루락되였다.

(九)

姑母 어서오슈。

두부집 아이구 무슨공론들을하느라고 이리케둘러들안젓수?

누님 어서오시우。

두부집 (닭을쌍애노코)어이구참들조켓수 작은아드님이도라오시드니 그냥 집안이환하군 그전엔 집안이돌먹들먹해두 찬바람이 휘도는것갓더니 어제오늘은 그냥!(멋멋해하는 세사람의얼골을 슬적보더니)그런데족하님은어듸게슈?

姑母 나갓서요 바람쏘이러 갓나보군

　　　두부집 난멋보다두 어머니조하하시는걸보니까 내자식이되살어온것갓군요 그저잘마다 六十노인이 들에가시나 마실을오시나한숨을 치쉬구 나리쉬구하시더니만 요새는아주 十년하나는 더젊어지신것갓군요 그러케 마실을새우다니시더니 요샌당초에 뵈일수두 업답니다 아드님오신뒤론 두번박게못뵈섯서요 그것두길에서 잠간보앗지요

누님 개가온후로는 그냥맘이튼튼해요 그전에는 빗쟁이가 하나만왓다가 두그저가슴이 두군두군이더니 인제는 에이기될대로되렵으나! 하는 생각이 드는게 맘이후군한대요

두부집 그리구말구 그런데 참(싱글싱글웃는다)내웃순약이하나하리까요(쏘 웃는다)

姑母 웃운약이라니?

두부집 달은게아니라 초하루ㅅ날들 용자옵바가 왓다니까 윈동리 사람들이 단어가지앗엇수?

姑母 아마 다왓다갓슬걸?

兄嫂 하루날부터 아주 연달잇군요 오늘만 좀뜸하군요

姑母	뭘 좀 잇다보개나 인지 타동사람들이 드러밀릴테니
두부집	그래두 난 산애들만 그러는줄알엇더니 동내색시들이 모두놀러왓 습듸다그려?
姑母	저것보지!
누님	참 야단들이 드군요
두부집	그런데 저—(또 웃는다)초하루날밤에 말만콤한 색시들이 여나뭇이 나 모여안지서 공론들을 햇다는구려
누님	공론이라뇨?
姑母	건 엇재어 (거반 同時에)
두부집	용자웁바가 십년만에 돌아왓스니 우리구경좀하자구—(또 웃는다) 그래서 이튼날아침에 복군내집에서 널을 뛴다구 모엿슬적에 마침 용자웁바가 바람을 쐬러나왓드라나 그래서 보구는모두들 춤을삼 키더라우 해해해해 젓통에서 애소리가 쌕쌕나는것들이 쌀끈선비 를 봣스니 왜 맘이 온전들하겟수 해해해해해
兄嫂	(좀물려서)아이색시들못된것 우리 색시시절하구두 퍽 달려젓지요
누님	달러지구말구 난 열여덜이나 돼서 싀집을가는데두 무섭기만하구 당최에 죽기보다 실트라니까
두부집	그래두 지금은 조흘걸 해해해해
姑母	하긴 이벌내서야 웅이만한 인물두업지 업구말구
누님	항긋 잘난체한다는것들이 면서기나 순사나부레기지 뭘 어서 거지 가튼 양복댁이나 걸치면안하무인으로 저의 하라범벌되는 이보구 두 반말이나툭툭던질줄알구
姑母	지래쌔겨서들 그러치 본래가업서서 어듸점잔은집자식이야 제아무 리잘낫드라두 어른들이야알아보지
두부집	그리구말구요
누님	차돌어머니 그닭은웬게우
두부집	아이참 날좀보게 쌈박이짓군그랴 지기 이건(닭을집어올린다)자네 어르신네가사보내는걸세 그냥아드님을보시더니 눈이어두우서서

날마두한마리씩 갓다달나구 그라구가시든데요 웅

누님　웅이과 ~~줄나구~~ 그라시는군 ?

두부집　그래그래그건 그래케사다가 뭐하시느냐니까 개가하두오래 객디루 돌아단겨서 몹시몸이수척햇스니까 살이나 좀 찌운다구그라시면서 우리집사람더러 읍에가서 고기좀사오라구 쏘 보내십늬다요

姑母　어이구 급히거두하시지내일하루 참으시지모래가여기장인데

두부집　그라잔어두 그랫다우그랫더니 모래장이안서면탈이라구 노자 까지 주시든데요 그냥조흐셔서

姑母　저를엇제

두부집　그런데참 자네두부좀 만사랴라나 앗가 아버니한테 엿쥐볼걸 깜박 이젓거든

누님　글세 (兄嫂더러)형님좀삽시다

두부집　어머님어듸가섯나 ?

第二幕　아버지와 아들

(十)

姑母　개싸러갓다우 !

두부집　개라니요 작은아드님 ?

누님　그러탑니다 개가 꼽작을못한다우 밤에두 혹달어날가봐서 이물을 쓰시고는 웃방문턱에서 밤을 새우신대요 웅이가 오구는엿태 한숨 두 안주무섯는데 !

두부집　그만 환장이되섯군그려치만 낮에는 왜달어단기실가 ?

누님　낮애두 꼼작못하지

두부집　하긴 그러실게라십년동안을 그리든아들이니 그럿지만 륙십노인네 그라시구 견듸시겟나

누님　뭘요 그래두 한숨쉬구 진지안잡숫든것 보다는낫지요 웅이가 온뒤 로는진지는 퍽 달게 잡수신답니다

두부집	에이구 자식이란게 다 뭐고。 …그래두 자식들이 부모쯧을반이나 밧어주나
姑母	반은커녕 만분의일이나마 밧어준다면
兄嫂	왜 벌서 가서요?
姑母	더놀다 가시우?
두부집	웬걸요。 가봐야지정초에는 한시 손이 놀때가 업대요 걔들아버지는 거러케 펀펀이 놀구 팔자에 업는 자식색기들은 신쏠방망이처럼 우루루하니 그럼 어머니오시건 좀엿줘보게나그려
누님	네 편이가십시오
姑母	저어두 참 신세고단할게라 여편네손으루 십여명식구를 먹여살리자니 집안이 기우러 질나면 것잡을새업는게야 재년만해두 곳 택택하게살더니쇠돌아버지가 널담배한대엇 지피다가 들커서 이백량벌금을 해노코는 저러케 쩔쩔매잔어!
兄嫂	마 쓱하지요 뭘그걸웨물어줘요?
누님	안물어주고 백이나요
兄嫂	기왕물어주게될테면여봐란득기 가서징역을살지 집을팔어서 그돈을물어줘요? 알돌가튼돈을
姑母	그래두 사람욕심이란 그러치안으니 그까짓걸물어주고두 살어나갈 것갓헛겟지 그랫든 것이 세상이 망해서그모양이지 세상은잘되간다면서두 담배한대를 맘노코못먹으니! 온!
星順	(진분홍치마에 노랑저고리를입엇당 머리도 싸어나럿다。 발굼치에 치렁치렁한다。 쟁반에 닭알다섯개를삶어서만것을 담어가지고 싱글싱글웃으며드러온다)옵바잇수?
누님	아니 웨?
星順	(귀엽게 수수쩍기가튼 웃슴을 웃고는)글세— 어듸가섯수?
누님	바람쐬러갓다 그런데 그건뭐냐
星順	닭알이지 뭐유—
누님	닭알인줄야 뉘가몰을나구 웬거냐말이지

星順 안이마처보시우 들(수수썩기가튼웃음)

姑母 뭔 아버지가사주신게지。

누님 오늘은 웬닭이이리야단이야。닭에닭알에。

星順 닭은 또 웬기우──참말(닭을들이보며)아이구 그냥살이통통하네 이
건누가 가저온게우

姑母 아버지가네오라비준다고 사오섯단다

星順 (산애처럼)허 나두도망이나갓나왓더라면 아버지한테 닭이나어더
먹엇슬걸 아버지두 맘변하섯구려 일년동안에 잔돈십전안쓰든어
른이 아들먹이려고 닭을다사오시다니 옵반복이툭터젓군 닭에──
닭알에──

(11)

누님 거봐 닭알두아버지가 사주신게지 그런데 얻서 삶어가지구왓늬?

星順 (星順은 노상 수수걱기가튼 웃슴만웃고잇다)홍 알구보면 기막킨다
(또웃는다)그런데 옵바가 잇어야할텐데──

누님 웨그러니?그건누가주든?

星順 여럿이

누님 여럿이?

星順 다섯사람이?

누님 姑母 다섯사람이?

星順 (웃는다)참 알구보면 기막키다우──이닭알 다섯 개속에 웃슴두들구
울음두들구

兄嫂 작은아씨가 어듸가서 요술을배워온게구려?

星順 알구보면 요술보다두 더자미잇다나。볼나우 여기닭알다섯개가잇
지──이게모두사람이우

姑母 사람이랏게?

星順 (우스며)그나마두 어여쁜처녀들이라우(노래하듯)눈은청명하고 코

ㅅ날은 날신하구 니는석류씨갓구 한줌박게안되는 잔허리에 양바
뜸한 엉능마지 ! 올가튼 살결에 삼단가튼 깜안머리 다섯이 다눈이
부시게 입분색시라우

姑母 날 무슨소린지 못알아듣겟다

星順 볼나우 그대신 아모한테두 말을말어야해요 ! 괜이 소문이나면 큰
일나우—그리구 옵바한테두 얘기말아요 !

누님 얘긴 누가 !

星順 여기 닭알 다섯 개가 잇지 ? 그런데 이것을모두 딴사람이 삶엇다우
이것을 옵바를주잔켓수 ? 그러면 옵바가 이중에 어썬거든지 먼저
집잔켓수 !

누님 그래 ?

星順 그러면 옵바가 결혼을한다우

一同 뭐야 ?

星順 호호호호

兄嫂 그런데 그게 다누구라우 ?

星順 빈순이말말이요 그담엔 복순이 은돌이 게옥이 쏘옥심이첨에는 웃
을 놀아서 익인사람이 옵바하구 길혼하는 사람이라구 얘기가 돌앗
다우 그러는것을 내가 이렇케하자구 그랫지 얼른 옵바가 왓스면
쏘켓대 어디갓슬가 ?

姑母 아이 망할게집애들 ! (우스며)

누님 그래두 그중에는 옥심이 얼골이 젤낫지 ?

兄嫂 심미가 못써요 게옥이가 부자집 맛며누리감이지

星順 살결은 쏘—그양 야들야들한게 만지면 곳터질것갓다우 난요일한
건실히 그저 토실토실한게 복성스리워야지

누님 앗나 당자눈에 들어야지 동생맘에 든다구오라비맘에두 드나 ?

星順 그런데 엇저면 색시들이 그럿태요 어이구그게진심으로들 그런가 ?

星順 그럼 ! 저의들은 작난하는것처럼 모두 옵바한테말하려는거봐 그러
기에들 그러케열심이지 그리구는 옵바한테두 이야기말라겟지 ! 이

약이말구어쩐것을 몬저집나 그것만알켜달라는구료? 난 봐본줄아
는게야 그것들이!

姑母　엇재튼 지금게집애들은 넉살두조타!

아버지　(그 때 황급히 들러온다)애들아 집에누가안왓든

兄嫂　(一同을둘러보다가)안이요

아버지　안왓서? 참잘되엿다 그런데 갠 방에잇늬?

누님　바람쐬러 나갓서요

아버지　지혼자?

누님　어머님두 가섯는데요

아버지　그것참잘햇다 (몹시 不安한듯)

누님　그런데웨그러서요 아버지

아버지　하마터면 큰일날번햇다 채선달이빗을모두일본사람한테넘겼드구
나 그래서모두들 저아래서는집행을당한다니—필시는내게두올텐
데헹—이를어쩌면조흐냐?

누님　저의밭이 그대루잇든가요?

아버지　그대루잇지 작년가을에 어덟마직이팔아서디밀구두 이백오십원이
그대루남잔어늬? 이라만거두구는 구레논엿마직이하고밧하루가리
박게업고나 그리라고이것마저파다면 당장십여식구가굶어죽을판
이니(가벼운 한숨)큰일이다 큰일이어 세상인심이라구엇지 두루밝
은지단좀백원을그대루밧으랴는 사람이업구나참

누님　우리두엣날빗돈 밧지요 뭔남이라구집행하는데 웨혼자서착한척해
요 그것만다밧는다면 쌍을사두한섬직이는살이요

아버지　잣 느타 애 쌍한 섬직이만 하면 아주 편할줄아느냐
누님은 엇쩌케됏나유 아버지

아버지　그것두 그대루잇지! 참 큰일낫다 일년에 공돈이라구 십전한푼을
못써두 이럿쿠나 재년만해두 내가 용돈이라구 쓴것모두처야 십판
전이드라 오전한푼은 음성갓슬 때 아이들 엿사준것이구 십전은 작
년백중에 생긴말아이들 썩사준게구 동전한푼을가지고두 벌벌써것

만 할수읍드라 빗두빗이러니와 올농사를 무엇을먹구살지 눈압히
아득하다 ── 오랜 사이 ──
그러치만 개한텐 아무두이런소리를 하지마라!

누님 兄嫂 네?

아버지 웅이한테말이다. 집안이 군색해진눈치는뵈지말란말이야

(12)

(공간을 凝視하고 가벼운 한숨을 쉰다)오냐 도적질을하기로서니
제장사미천이나못대랴! 엇잿든 그애한테 그런눈치만 뵈지만말어
라!(이째 雄이가 뒤문으로 웃방에드러온다. 그러나 아무도 그것
을몰른다. 雄은 처음에는 덥벅마루로 나서라고하다가이야기에 귀
를기우린다)저는 집이라구 마음을 좀 쉴랴구 차저들어왓는데집안
이 이쏠인줄알면 그만에 정남이가 쩌러질게다 그러니 제발이건 뭐
든지 드러주어라──참 저닭은 바루 잡어라. 오늘은 한번 복가주어
보렴. 고은것은잘안먹드구나──。

星順 덴쑤라를 해드리지요

아버지 덴쑤라란 뭐냐。

姑母 요리점에서 하는게지 야?

아버지 요리점에서?그러치만 그게야 할주르 아나──

星順 아버지제가 할줄으알아요 요리만드는 법은 학교에서 모두 알으켜
주는데요뭘。

아버지 (아주기뻐서)그거 아주 잘되엇구나 그럼 만드러봐라! 작은 아씨가
어떤가 보자. 흥 돈을 들여서 공부시킨보람이 이제야 나는군(아주
滿足한듯이)그래 빨리 해두었다가 오라비오건 주어라。

星順 닭알이 있어야 할걸요 아버지

아버지 닭알?사지!사!(다 쩌러진 주머니를 털어서 돈십전을 내주며)옛
다. 이만하면 되겠지。

星順	네! (밧는다)
姑母	어듸 갈남솜씨보다나혼가보자!
星順	이런건 참 잘한다우!
아버지	그래 어듸보자! (나가며)어머니오거든 부듸 일러라 그리구 녀아들두 아예 웅이한테 군색한눈치를 뵈지마라? (나갓다가 다시드러오며)야。星順아。이리다우 내가 서사오마。
姑母	멀그리서요 놔두서요 제가가서 사오지요。(아버지나가면서)그라던지 (이것을바라다보는 웅이가벼운한숨을쉰다。姑母에게는 보이지안는 문에기대어서서 몹시괴로운듯이 무엇을생각하드니제상압헤가서 턱을괴고 精神업시안젓다。漸漸 괴로운 表情이 지어진다)
누님	자식이란게무언고……
兄嫂	아드님이 드러오신후로는 당초에 화를안내시는데요 뭘。접대。시루를 제가깨잔엇서요。그래두「뭘 쏘사면되지」! 그라군 그냥나가시겟지유, 언제든지 집안이 이럿케안온햇으면 죷켓서요。(이째 雄은 벌떡니러나더니 그제서야들어온듯이뒷문소리를일부러크게내고 아랫방으로해서 마루로나온다)
朴雄	누님 먹을것잇수 (一同쌈작놀난다)
누님	잇구말구 그런데너언제왓늬。
朴雄	지금(일부러쾌활하게)오늘밤엔 모두들모여서유시나놉시다 남들웃노는걸보니까 부럽든데。
星順	옵바 나하구놀아요?
朴雄	그래―뭇은내기들놀자뭇은내길할까?
姑母	닭복가주기하렴。
星順	그래요참그게조쿤―그럼옵바내가지면닭복구 닭알삼구 덴쑤라하구 술밧구그랄게요。
朴雄	이거과한걸!
姑母	엇재든星順이란년이약어。
星順	그대신요 옵바가지면 괄쏠시것사주구 응? 조치요? 그래요네옵바。

朴雄	그래라!
누님	아니그라지말구 星順이네가지거든 옵바장가드려주기루하럼?
星順	(손바닥을치며)참그게조쿤조아 그래요네옵바—
누님	그라구옵바가지거든성순이신랑감한아어더대구
星順	그건난실혀 그걸뭣하러옵바한테어더달나우 서울가면 미선미선한 것들이 발에툭툭채이는데

(13)

	넥타이맨것들이제짠! 아주기막키게 점잔코얌전하구 인지잇구 한 것갓지만 제법씨례잇는 녀석들이한아닛는줄알우?
누님	망할게집이! (그쌔아버지 술병과신문봉지를들고들어온다)
아버지	너어듸갓다왓늬.
朴雄	바람쇠러갓섯습니다.
아버지	그래야지왜날마두드러안젓니(星順보고)에엣다. (병과신문봉지를 준다)
星順	(밧으며)이게뭐야요 아버지
아버지	댄쑤란가 무언가하는데는 이기름이래야한다더라 왕서방이그라드 군그리구 이건소—다라든가!
兄嫂	소—단 집에두잇는걸요
아버지	잇스면못사나 두엇다쓰럼 그리구 오늘은신문안가저왓늬?
朴雄	보구갓다줫습니다
아버지	내일인편잇거든 한장보내라구그래야겟다. 그걸날마다 어쩌케일 부러더날으겟니
朴雄	뭐랴구유 그건
아버지	뭘 그갓짓것 한단에일원이라드구 지금젊은애들이 신문안보구 갑갑해서사니? 신문이나보구책이나사다보구 놀먼서집에다 맘을부쳐라 아예쏘어딜갈생각말구 용자나안주구 심심하거든바람이나 쐬구

그래두 정갑갑하거든 읍에가서 멫칠식놀다오구 오십리라 길조켓
다 올치자전거를 한아사서자전거를타면 잠간잠간들갓다오든구나
(一同 더욱이 雄 어이가업서 아버지를바라다본다 처참할만큼 괴로
운모양이나 그것을 감추고)

朴雄   가긴어딜갑니까 저두인제 맘을잡어가지구 돈백원이나 드려서심심
소일루 가게나한아차리구하면

아버지   (깃써서—그러니 不安과 喜悅이 一時넘친다)돈백원가지구멀한단말
이냐기왕할래면 줄잡어두돈천원은가저야지멀。그것뜻이먹구살자
는게아니니사람이나 한아두고 심심소일루해보렴으나 (이러케말하
면서도아버지는혹시 집안형편을 雄이가아는가 다른식구들이머라구
말로것달가해서쉬임업시눈치를본다)요새장사루는 그잡화가 조촐하
두구나 그래 그게조켓다 팔면팔구 안팔리면 그만두구 머 몸다는장
사라야 고되지(양말을 보고)웅 그양말이 구멍이 쓸러젓구나！

朴雄   (난처해서)괜찬습니다

아버지   괜찬키는！젊은애덜이 쩌러진양말을 신으면 엉성해뵈느니라 그까
짓거 멧푼준다구！옛다(주머니서 착착접엇든 一圓한장을일부러
척펴서호기잇게)이것가지구가서 양말사다줘라。

朴雄   나두십시요。저기두잇는데요 멀。

아버지   웨아스라니。사다두면 담에신지！

소리   (밖게서)쥔！

아버지   뭐든지 넉넉해야하느니라

소리   쥔잇소？

(14)

아버지   (아버지는 氣絶하듯이 놀난다, 그순간 엇질줄몰으더니 얼른그빗을
감추고)웅최서방이왓군(불라케나가며)모두들 들어가거라 웃방에
가서들 놀렴

星順	옵바 양말사와요?
朴雄	아니다. 너! 다 아버지드려라 어듸가는것두아니구 집에만잇는데 안신으면어째?(星順이 돈을 兄嫂바더녀는다)
星順	그리구 참 옵빠내시악시들좀 소개해드릴가요
朴雄	시악시는 웬난대업시
星順	아주 입버요 시골서길으니까 그러치 도회지에가서 남들갓치 차려 노면 아주 스마―르한 미인들이지요. (그째박게서 써들석하는소 리가들린다 누님은 바로 그것이벗장이인줄알고)
누님	그래 우리웃놀리가자 그리구 닭알두먹구.
星順	(눈치싸르게)그러세요 (발닥닐어난다)얼른 가서요! 옵반 참향운아 십니다
朴雄	(박게를걱정하며)그래라 네가지나 내가지나언니웃차저주슈(兄嫂 만짜지고 웃방으로 ―同들어간다 드러가서안자 兄嫂웃을갓다주고 닭을가지고 박으로나간다.)웃놀이논지두하두 오라니!(웃판을차 리고 안는다)
星順	내말을내가쓸게니 옵바말은 언니가써주기우.
朴雄	웨 내가쓰지
星順	그런데옵바 이것안잡수신데요?(닭알쟁반을내민다.)
朴雄	실타 네나먹어라.
姑母	먹어라 애가 짬을흘리며 삶엇단다. 서울써지가서 배워온솜씨가 얼마나맛잇나 좀 맛을보렴으나.
朴雄	그럼 한아먹을가! 다섯개군. 한나헤 한 개식먹구 남는것한개는 웃이진사람이 먹자쑤나.
星順	그리요 옵바가 먼저드시오.
朴雄	어듸 星順이솜씨라맛이더난가. (雄은無心코 그中에 한 개를집는 다 집어서 막먹으랴고할제)
星順	가만잇서요 옵바! (얼른닭알을 쌔서서 요리죠리보고는)이것보서 요。옵바 요기칼로에운금이잇지요?

朴雄   그래 !

星順   잘보서요 금이몃인가

朴雄   (바더서)한참보더니 다섯 개군 ? 웨그라니 ? 그런데이건무슨표야(다
        시본다 그리더니 이것저것다른닭알을집어보구는)웅 이건세개구 쏘
        이건네개 이것봐라이건한개 이건두개 ! 一二三四군 ! 이게뭐냐。

星順   (수수게기갓흔 微笑를찌고)글세어썬거는지한게만드시오 잡숫기만
        해요 !

朴雄   (이제새삼스러이 이것저것을보더니)에라 첫아들이내아들이란다
        첫재것을 먹어보자
        (한입에 툭털어멋는다)

누님   (星順더러)누구냐 ?

星順   호호호호 ! 옵바 참연복이만쿠려。

朴雄   뭣뭐이야 ? 연복이라니 ?

星順   저기 ! 요 ! 저아이 그만두지 앵코째게 인제차차알아요

姑母   누님 누구냐 ?

星順   저―기―가만잇서(버선목에서 조회쪽을쓰내보더니)저―기게―하
        면 알지 ?

누님   게옥이 ?

『리야王』(全二幕)

京城童心座　金相德

登場人物

> 리야王
> 고네리루 (큰쌀)
> 리-간 (둘재쌀)
> 고-데리야
> 불란서王
> 의사
> 侍女一
> 侍女二
> 侍臣一
> 侍臣二
> 侍臣三
> 外侍女、侍臣、들多數

第一幕

舞臺　　영국王宮內의一室中央上手에는王座가잇고그左右에는椅子가느러잇다. 正面에는王國의 領事地圖가 걸녀잇다조용한音樂으로幕을연다.

고네리루　　『참 난 모르겟서무슨일인지』

리간　　『언니 무엇을모른다구그리고잇수』

고네리루　　『오늘 아버지께서부르신 일말이야 무슨일인지 니알겟니』

리간　　　『응참 심부름쭌이와서 얼른오시란다고 하길래왓는데……나는 동무들하고약속한무도 회에도못가게되구말엇세요』

고네리루　『그래 나도얼른오라고 하신다고해서왓는데……동무들하고 약속해둔 음악회에도 못가게되엿구 나대체 무슨일일까？』

리간　　　『늘나시는 아버지의망녕이신지도모르지요。』

고네리루　『그리게두말이다 아버지께서도 이제八十을넘으섯스니까 망녕이낫섯서 그리구요새는 잔말슴이심하지안흐시냐。』

리간　　　『아버지는 저…고―데리야가 여간귀엽지안으신모양이지요 그애귀여워하시는것만은 변하지안엇지요』

고네리루　『참으로 고―데리야가만 사랑해주시고 우리들은 사랑해주시지안는구나 이번에도 고―데리야를불란서 왕비로정하섯다고……。』

리간　　　『부럽기두하다 우리들은 아무리귀족의집으로 시집을보내주엇다고하드래도불란서왕과가치 크고넓은짱이야 업지안나』

고네리루　『아마 고―데리야혼인째문에 급히부르섯는지도 모르지。』

리간　　　『그럿타면 약이오르게아주 부러워하라고보는데불란서왕비로 보낼생각이신가』

고네리루　『그우에 잘못하면우리들이 논아바들 령토짜지 고―데리야것이 될는지도 모른다』

리간　　　『그런일이생기면 큰일이지요 만일일이 그리케되면 나는아버지에게 반대할테야。』

고네리루　『아버지는 망녕이나시고해서 더욱 고집이세시지만 헛정직하신점도잇단다. 우리들에게 논아줄 짱짜지 고―데리야에게주시기까지야 설마안하시겟지 그러니까아모말 말고잠잣고잇는것이조치안흐냐』

리간　　　『그래요 언니두 정신을차리고잇서요』

고네리루　『쉬―（급히）저기 누가왓나보다 뒷정원을산보나하고오자』（퇴장）（侍女두사람登場）

侍女一　『참으로 밧부다。벌서 불란서왕님이오실시간이되엿다』

侍女二　『고—데리야 공주님과 불란서임금님과의결혼이잇나면 망녕이
　　　　나 잔말슴은 업스실테이지』

侍女一　『그러치 임금님의귀여워하시는 고—데리야공주님의 혼인이니
　　　　까』

侍女二　『이것으로 리야王家만만세다。우리들도 이분주한속에서면하게
　　　　되니 이것두만만세다』

일동　　『하하하하』

　　　　(이째 리야王登場)

　　　　(그뒤에 공주님 侍臣들이 딸엇다)

리야王　『아니 두딸은 어데로갓느냐』

侍女一　『네—지금곳 뒷정원으로 산보를하시고게시나이다』

리야王　『급한일이잇스니 곳불러오너라』

侍女一　『녜—』

　　　　(두딸登場)

리야王　『너의들을 오늘급히 불은것은다름이아니라 너의들도 잘알고잇
　　　　슬터이지만 내나히가 이제는八十을넘어서 기력이하나두업다。
　　　　요새와서는 날마다나라일을처리하기조차 힘이드는구나 그래서
　　　　내가사러잇는동안에 너의영토를 셋에논하서 너의들세사람에게
　　　　논아주려고한다。그러케 논아주면 내가여생을마칠째까지 먹을
　　　　것이업스니까 나는 신하를한백명만다리고 다달이 돌러가면서
　　　　너의들에게 몸을의탁할작정이다。너의들은 불복이업슬터이지』

두딸　　『네 불복이업습니다』

(二)

리야王　『거긔다 오늘은 너의들에게 좀무러볼말이잇다。무엇이냐하면
　　　　너의들중에 이아비를 누가대단히역여주겟느냐 말이다。나는 그
　　　　것이 알고십다。만일 내가 속으로 생각한대로 훌륭히대답해준

다면 그대답의차례대로 쏘차서 짱을줄터이다. 자—먼저고네리
루부터 말해보아라.』

고네리루 『저는 무엇보다두엇던보배보다두 참으로제목숨보다두 아버지
를 중히생각합니다. 옛날부터잇든 효자인 누구보다두쓰거운진
심을가지고 아버지를 밧들려고합니다.』

리야王 『참잘대답하엿다 고맙다 이지도를보아라 고네리루—약속한대
로 이선(線)과 이선의가운데전부를 주마 이짱에는무성한살림도
잇스며 넓은평야도잇다. 내가 보고(寶庫)라고하는 토지다 이것
을고네리루에게 주지……』

고네리루 『네—고맙습니다』

리야王 『다음은 둘째로 리간이다 너는아비를엇더케 생각하느냐.』

리간 『저도 언니와 쏙가튼 마음으로—참으로 언니는 제가생각한고대
로 말슴드렷습니다. 다만 조곰모자라는것은……저는 모든제향
락을버리고 오죽 아버지에게 충실하게 밧드려드리는것을 무엇
보다두 영광으로 생각합니다.』

리야王 『참 잘두대답했다 내가 여간깃쑤지안타 그럼 약속한대로 이선
에서 이선까지주지. 이가운데에는 풍부한평야 다시조흔강들 그
리고 한이업는목장들이잇다. 네형에게 준짱보다 쩌러지지안는
훌륭한짱이다. 이것은네게주마』

리간 『고맙습니다』

리야王 『다음내가제일귀여워하는 귀여운 고—데리야다. 너는 두형에
게준짱보다두 더조혼 삼분의一을줄터이다』

고-데리야 (붓그러운듯이)……

리야王 『애 고—데리야 너는이아비를엇더케 중회히여주느냐?』

고-데리야 (잠잣코잇다)

리야王 『고—데리야 무엇을 그러케주저할것이업다자아 어서말해봐라』

고-데리야 『아버지 저는어쩌케 말슴드렷스면조홀지 모르겟습니다.』

리야王 『무엇이야 어쩌케말했스면조홀지모른다고 그러면 대답이되지

	안치안흐냐』
두형	(썰썰거리고 웃기만한다)
고-데리야	『저는 가슴속에 잇는것이 충분히말이나오지안습니다―다만 저는자식으로써 책임을다하려고생각합니다』
리야왕	『웬일이냐 고―데리야 무슨조흔말이잇슬듯한데―』
고-데리야	『아버지 저는다만 참말슴올드렷슬뿐입니다』
리야王	『응―이러케 말해두 모르느냐?』
고-데리야	(잠잣코 아래로 고개를숙인다)
리야王	『응 다시한번말해봐라 잘말하지안흐면 네게는손해다』
고-데리야	『아버지 저는정말을말슴드렷습니다』
리야王	『(성을내며)그 그것이정말 네마음이란 말이냐?』
고-데리야	『네 아모리역정을내신다하드래도 저는마음속에업는것을 말슴드리지안습니다。』
리야王	『(책상을쑤들기며)그래네맘대로해라 어데까지 그러케귀여워한 이아비의마음을모르느냐! 고햔년가트니 네게는아모것도주지안는다 오래동안 내쫏칠터이다。』
고-데리야	『네?아버지그것은정말이십니까。』
리야王	『나는 한번도거짓말을한적이업다 자아오늘부터나가거라 너가튼불효한짤을 귀여워햇나하고생각하면 이가슴이 미여진다(가슴을친다)』
侍臣一	『임금님 그것은너무나심하신말슴입니다。고―데리야공주님은 결코이불효하신분은 아닙니다。』
리야王	『아니다 이제는아모말도말어라 이런불효한짤을귀여워하느니보다는 차라리개나고 양이를 귀여워하는것이낫지 (고―데리야에게)자아 어서나가거라이불효한자식아。』
侍臣二	『임금님임금님 잠간만참어주십시오 고―데리야공주님은 늘싹싹하신분으로 궁중에서 제일평판이조흐신분이시랍니다。』
리야王	『아니다 너이들은아모말도말어라 만일이불효한짤을 도읍는자가

　　　　　잇스면 그놈까지 이 궁중에서 쏘차낼터이다 자아어서나가거라』

　　　　　(고─데리야울면서나간다)

　리야王　　『아아 저불효한자식째문에 맥이다풀려버리는구나。』

金東漢

=全三幕　金寓石 作

第一幕

째	照和九年九月六日밤
곳	金東漢宅
사람	金東漢
	安娜夫人
	孫技煥
	金吉俊
	三宅曹長
	거문그림자
舞臺	서재겸응접실。간단하나마매우정결하다。中央등군테―불을中心으로三四脚의椅子에는 主人을 비롯하야 여러사람들이 둘러안저잇다。벽中央에는만주국地圖와 世界地圖가 걸려잇다。幕이열리면 四名의與亞의勇士들이 믄기잇게길게싸흐자는意味로 冷麵을 막먹고난후다。

三宅曹長　(이마의쌈을 씨스면서)김동한씨는 매운고초가루를 만히잡수서서
　　　　사람이고추가치 맵고 의지가 강하야 모든일에 용맹성이대단한것
　　　　이야。 그렷슴니까 김공？

孫　참김선생은 냉면에고추가루라면 유명하니까요그런대 영오생활을
　　하신째냉면에고추가루가 생각이나서서 어쩌케 견듸섯습니까？하
　　여간 음식잡수시는대로 김선생의특증이나타나요

金　(우스면서)원 별말슴을 다하시오 내고초가루타먹는것이야 대성
　　중학시대부터유명하지만 지삼덱씨야말노 우리들과도다른대엥간
　　이맵게먹든대요—。
　　그리고보니까 삼덱씨는일사보국의 정신이마음가운지대쭈리가백
　　인것이요？

三宅　(자기의이마를가엽게싸리면서)동한씨 쏘내가젓습니다 그만 시나
　　도모지시럽슨말에도 지울수가업구료 허—허—

吉俊　김선생！

金　네？

吉俊　오늘감상이 어쩌하심니까？

三宅　참 오늘의이러한조혼날김동한씨의 전날의생활의일단과 감상을들
　　어보기로하지요 어쩌하심니까？

金　오죽　감개무량합니다。로령과로서아본국생활을약이십년이나하
　　여온내가 반공의사상을 품고 여러동지를규합하기에 로력하엿다
　　가봉화를놉히들고 가두에나가서 외치랴할즈음에그만발각이된것
　　이외다。그째의그참담한생활이라니요。

孫　그째 어쩌케발각이되엿서요？

金　당시 우리들의생각은반공이라든가 반소운동이라는것은 도저히국
　　내운동만가지고는 활발치못함으로 국외의 유력한원조가아니고는
　　하는생각으로중국의오패부(吳佩孚)장군에게 비밀히서신을보내고
　　그것만으로도 안될것가태서밀사를보낸것이발각이되엿서요

三宅　그럼그째 조선으로망명을하섯든가요？

金　천만에말슴이지요 망명이아니라 종래에가지고잇든 사상을청산하
　　는한편국민의의무로도라온것이지요 말하자면 나도 내 짜뜻한 나
　　라로도라가서 내동포를 위하야 내가죽는날짜지내나라를위하야

엇써한일이라도 해야겠다는것이그당시의 굳은결심이엿스니까요

三宅 동포라니요？

金 一억만우리동지요 대일본제국국민말입니다 (사이)지금생각하
면 二십년동안이나 눈먼생활을하여오고미치광이생활을하여온것
이 말업는가운대 가슴이압옵니다 좀더째임이속하잇드면 나도당
당히 조국을위하야 재一선에서서싸훈 병사가안닙니까？

孫 그러나 저는이러한생각을가지고잇습니다 지금김선생이가지고게
신 의도라든지 다른모든정치공작도제일선에그것과 조곰도다름이
업다고생각합니다 그러치안어요 삼택씨

三宅 네 물론나도동감입니다그쑨만아니라 김동한씨와가튼히러한 정치
적두뇌가명석하고—욕망성이게신분은 제一선의장사보다도 째로
는 더욱역할이 무겁다고생각합니다 하여튼우리들이 생각하는이상
김씨는국가를생각하는데대하야우리들은머리를숙이고감격안이할
수가업습니다고맙습니다우리들은 일선동포를 물론하고 이리한의
기와 결심을가지고 돌진합시다。

吉俊 여러 가지 의미로보아서 오늘착수된 우리협조회(協助會)는 압날
의기대가 펵크다고 생각합니다

三宅 김씨와가튼맹호(猛虎)투사가잇스니까 나는 조곰도 의심치안습니
다。 그곳에 금상첨화격으로손길준두분이게십니까。

(2)

(一同暫時沈默 上手로부터 安娜夫人이登場)

安娜夫人 (一同을 바라보면서)오늘냉면은맛이별노업든데 벌서들다잡수섯네

吉俊 (安娜夫人을向하야)네！ 온 아주머니도。 오늘은 무슨날인데 냉면
이맛이업서요。

孫 나는말국까지 다먹엇습니다。

三宅 참잘먹엇습니다

夫人 아이 그러서요？고맙습니다

金   (안해에게)여보 이그릇다듸러가고 물이나좀가저오시오 아희들은
        다자우?

夫人   네。 오늘은퍽일즉이들자요ㅡ。 그런데ㅡ저ㅡ문밧게 누구집을찻는
        지식커먼사람이 기웃기웃해요 오늘은 이래안이나가시지요?

金   아니。 (夫人冷麵 그릇을 거두어가지고退場)

三宅   참 김동한씨。 우리가 늘말하는것이지만 어느곳으로부터 먼저공
        작을시작하는것이효과적일까요?

孫   무엇이요 귀순공작요?

金   (의자에서일어나 만주국지도압흐로 갓까이간다)자ㅡ보서요 여기
        가백두산아니예요 이곳으로부터이리케도라서 관전(寬佃)이것이
        전부동변도안이에요 그넌니까 우리는이곳으로부터 출발을하야지
        요 그리고이쪽 삼강성지방에도 유력한 만은공비가잇지만은 이곳
        은순서로보아서뒤로미룰수밧게는업습니다。

三宅   하여튼 만주치안의대공적인만치 군민일치대결심이잇지안흐면안
        이될것임을 나도잘알고 잇습니다김공의이번가지신결심에는만강
        의경의를표하는동시에어떠한일이든지함쎄노력을할각오를 가지
        고잇스니까필요가잇다고하면 나도얼마든지협력하겟습니다。

孫   우리들의일에만히힘을써주서야합니다。

金   힘보다도 우리가것는길의길동무가되서야하지요。

吉俊   그렷습니다 우리회의정신에빗치여보아서 무고량민을괴롭게하고
        국가사회를문란케하는 공비들의알미운 근성을잡아쌔고선량한국
        민이되도록 귀순공작을하는동시에 동만일대의 반도동포들에게도
        새로운진로를가르켜주어야할것입니다。 김선생은 一九一八년 공
        산당 거두로서도큰결심을가지고 반공운동을하엿는데 그자들은아
        직도 정신들을못차리니 매우한심한일이야。

三宅   원래 큰인물이란째으름도 속하지마는 장대한세계관도 소사나오
        는법이지요 그러니까 큰인물이란그다지 용이한것은안임니다。 그
        러면 여러분만이노력하여주십쇼。

孫　왜? 벌서가시렵니까?

金　자더안저서 담배나 피우시지요。

三宅　다른곳에 쏘볼일잇서서요 실례합니다 (退場)

吉俊　김선생! 선생의활동한시기가도라온것을 마음으로깁버합니다。一九一七년 로서아혁명당시와가티 그때선생은 뽈스뷔키에참가하셧지요? 그것을련상하고지금우리―。

金　그럿습니다。지금생각하면 무엇째문에 왜? 누구를위하야 엇더한 나라를위하야 혈전을 하엿나하는생각이납니다。당시 토로츠키파와 맨년파알룩이맹렬하야 대토벌애쏫기여 이곳저곳으로 서백리아를해매일째를생각하면 젊엇슬째 한격난으로박게는아니생각이 듭니다。그러나 쏘 한편으로는 그러한경험을가지고 압날의나의 활동에 한도음이 될지 도모를것입니다。

孫　당시 몸에탄환까지바드섯다지요?

金　네 적백군시대에 허리에탄환을 바든일이 잇습니다。참부의미한 전장이지요

吉俊　나는 어느째가마니안져서 김선생을생각할째과연홍아운동의렬사다 하는생각이드러요

金　내가요?

吉俊　첫재로사상적으로 철저한것 둘재로실행력 포용성 금전에담박한 점그의 여러 가지점에 잇서 그러하지안아요? 지환씨。

孫　나는 선생을사귄지가두달박게는안되지마는 선생의구든의지와사상에공통되는점으로부터 어느째나선생을쫏고저합니다。

金　너무나 관람합니다(사이)우리는 다른무엇보다도 흐터저서는안될 시기이니짜 서로밋고 단결하는데서 우리의행복을차저볼수도잇고 민족적발전향상을 바랄수는잇는것입니다 공연한시기와 질투할째가아니고 손을마조잡고 건설의길로 전진한째라고봅니다 물론 아즉짜지아지못하는사람들은 우리들을 가르켜 옛날문자로 친일파라고부르겟지요 그런사람들은 친일이란 문자해석까지도 모르는

사람이니까요。

吉俊　물론만습니다。간도성만하드라도 전일의그사상이 쑤리가박힌곳
　　　이되어서

金　문제는 간단한것이아니예요 카나다민족과 앵글로색손민족과의
　　　역사적실례를가지고도 알수잇는것과가티우리조선민족은 대화민
　　　족과는써러저서는 도저히민족적 발전향상을바랄수업습니다 그럼
　　　으로 우리는 국민화운동을 왕성케함으로써 조선인번영발전에 귀
　　　정되며쏘서광이차저올것이라고생각합니다。

孫　그럿습니다。그러한점이 선생과의 공통되는 점이올시다。

金　더군다나우리는 지금국가적으로 비상시기가아니예요? 이리한째
　　　에 선계동포의 각오가 업서가지고는 안될줄압니다。

吉俊　참너무 이야기가장황하엿습니다 오늘은퍽고단하실텐데 손선생아
　　　니가실테요?

孫　난김선생의 이야기만들으면 시간가는줄 모르겟드라 자그럼실례
　　　합시다。

金　무어 관게치안습니다더놀다가시지요——。참길준씨 앗가말슴한
　　　의용군(義勇軍)은래일부터 착수하시도록하십시다。

吉俊　네알겟습니다 (孫 吉俊인사를마치고 退場)

金　(담배를피어물고 창으로 연해하늘을치여다본다)그놈의구룸밉기
　　　도하다밝은달을구지막으려고 달려드는구나(夫人나오다가 남편
　　　의중얼거리는것을듯고 두손으로 두눈을가리운다)

金　(눈을감긴채로)이게누군고?

夫人　아 그럼은요 밋도꼿도업시 저놈저놈하니까놀라지안어요?

金　그럼내가 잘못했나?(웃는다)그럼 용서하오

夫人　용서는 쏘무슨용서를해요。

　　　(金、椅子에안고 夫人도 안는다)

金　여보 안나!

夫人　네?

金	우리가 결혼한지가얼마나되엿소?
夫人	그것은별안간 왜무르서요。
金	오늘밤 저달을보닛까 이십년전 우리들의젊어슬째생각이나는구료。
夫人	참당신을처음맛나든날이 꼭저달밝은날이지요
金	글세 그째의생각이난단말이요。
夫人	그날밤 참혼낫세요。
金	웨！？
夫人	처음맛난사람에게 노래를하라고 하시니까그럿치요?
金	참그랫든가? 그째무슨노래를하엿든가? 그간나는다이젓는데 당신은그런것을 다기억을하고잇소?그러니까 내머리보다는 안나의 머리가 더조크마그래
夫人	여보 당신이만약 그런것저런것 조고마한것을 생각하고잇스면 당신의일홈조차옴길사람이업슬게요
金	웨？！
夫人	당신은 나나어린것들을생각하는마음보다도 큰리상을가진사람이니까 그럿치요?
金	자—그럼 그런말은 그만둡시다 가정에서는 단한시라도 가정의자미도잇서야지 그런데 참그째부르든노래는 무슨노래이엿든가?
夫人	운명。
金	운명—。 운명이란노래엿든가?
夫人	그노래가 제일듯기조타고하시지안엇서요?
金	기억업서 여보안나오늘은나에게잇서서 가장의의잇는출발을 하는날인데 그럼그노래나 한마듸더들려주구료
夫人	내가 지금노래를하다니요?그시절의 고흔목소리가 그저남아잇는 줄알고그러서요 이제는 목소리가 사람보다 더늙엇서요 내노래를 드르시면 실망하시게요 나는실혀요
金	나는 그늙은목소리가듯고십다는말이요 십오륙년전의 당신의 그

고흔 목소리를 듯는것보다도 내가 그간얼마나 모진세파에 부다치게 하였나하는 생각을 할 때 다시한번 생각되는것이있단말이요 그 째의 당신의 노래는 풋정열의 풋기운을 도두워주었지마는 지금의 당신의 노래를 듯는다면 울분의 힘이 용소슴칠것이요 안나―알겠소?

(담배를 피여문다)

(夫人가는 목소리로 노래를 시작한다)

(거문그림자창에 어린거린다 夫人노래를 끗치고남편에게로 달려간다。金뒤ㅅ포켓트에서 拳統을 쓰내든다)

金   누구냐?(나가랴한다)

夫人   나가지마서요(金을 막는다)

     거문그림자 나다。(창으로 무엇인지던진다)쏘 맛나자。

金   (창으로부터드러온 조희를 펴본다)金正國 나는김정국이다。네생명을사랑하거든 어린애들과가튼 병정작란은지버치여라。충고녀―。김정국! 김정국!

     (쒸어나가랴 한다。안해 가루막는다)

     ―가만이막―

第二幕

째	照和十二年二月어느날
곳	東변道某出中匪首의 家
사람	金東漢
	匪首
	玲蘭 (匪首의 妾)
	素桂 (玲蘭의 下女)
	部下 A
	同　B

同	C
同	D

外多數

舞臺	匪首의 妾의 寢室인것을 華麗한 裝飾으로알수잇다. 넓은방안을 半쯤 應接室兼用으로 만드러노코방안 中央테불에는 阿片쌔는 器 具가노혀잇다
	막이열리면 素桂는 蓄音機를틀고잇다(馬連良吹○한 老生 借東 風)
匪首	(쏘파에서 벌쩍이러나 기지개를켠다)아─아─이해도 멋날이아니 가면 새해로구나.
玲蘭	내─쏙여드래 나멋서요──。그전시절가트면지금쯤은 명절준비 를한다고법석일터인데(한숨을쉰다)
匪首	나날이세상이밝어가니까 무어마음대로 되야지
玲蘭	만주국의경찰이 나날이엄하여간다지요?
匪首	엄하고말구 그전가트면 현은커녕 대도회지에까지도 무상출입을 하엿는데 이제는 촌에 드리가기극난이란말야.
玲蘭	참큰일낫서요
匪首	그놈의세상. 살째까지 살어보지.
玲蘭	그러나장군쎄서 이싸금낫체근심하시는 빗치쩌오를 째에는 첩의 마음이캄캄하여오는것가태요─。
	(눈물이 어린다)
匪首	영란아!
玲蘭	네?
匪首	너? 눈물을흘리는구나?
玲蘭	아니요(억지로 우슴을 쯰운다)
匪首	한째우리는 퍽행복스러운 째도잇섯지? 내호령한마디에 천여명의 부하가 움지기여서 조금도부족함이업시 내마음대로행동을하여왓 다 삼국시절의어쩌한장군의세력보다도 쩌러지지안튼영웅이엿다

그러튼나도이제는 째가진한것가튼생각이업는것은아니지만 그러
나 그러타고 네가 나를보고울만한 그런처지에는일으지아니하엿
스니까 넘려마라라 대장부아페서 조고마한녀자가 눈물을졸졸흘
리면 장부의압길을어둡게맨드는것이야 그러치 안은가?

玲蘭   장군님 잘못하엿습니다 무슨그런캄캄한생각을 가지고 그리한것
       이 아니오라 내답답을 내가 못이겨서눈물이 어린것이에요
       (素桂에게)애 소계야 인제그만들하고 너는 나가있거라웅—

(5)

素桂   네(退場)

玲蘭   장군의마음을 어지럽게하야서죄송합니다 용서하서요

匪首   영란아 너는무슨말을 그리하노 자 저리가서한대빨까?(캉에가서
       눕는다)

玲蘭   (阿片器具와 대를갓다캉에노으며 여페누어서 阿片을고기시작한
       다)요새아편은품질이 그리조치못해요

匪首   그나마도 손에드러오는것이 다행이지

玲蘭   네 참그래요。아편취체가 굉장히심하다는군요

匪首   그야 아편취체뿐인가? 만주국은 왕도락토이니까 국민에게해된다
       는것은 무엇이든지 근절식힐것이지 생각하면그릇된생각은 아니
       란말이야(玲蘭에게서 대를바더보기조케 짠다)(이째 노크소리가
       들린다)

玲蘭   (門을向하야)누구야?

部下B   (門박게서)나예요 吳文秀입니다。손님이오섯습니다

玲蘭   드러와——。

部下B   네(드러와 軍隊式敬禮를한다음 名銜을玲蘭에게傳한다)

玲蘭   김동한?(다시 名銜을 匪首에게傳하며)장군님아는분이서요?

匪首   (누은채로 바라보드니 瞬間무슨생각을하다가)드러오시라고그래。
       (나간다)

金東漢　(드러오면서)두분이 자미있게 게신데 미안합니다

匪首　(일어나면서)무어괜찬소이다

金　참일전에는 대단이실레를하엿습니다.

匪首　천만에 내가도리혀(玲蘭에게)차 좀 따르지.

玲蘭　네(退場)

匪首　오늘은 엇더케 홀로이러케내집까지—. 그런데 내집은 어찌아섯
　　　나요?

金　로정의안내로왓습니다.

匪首　참로정은 어느째부터아시든가요

金　내가 로서아에잇슬째부터입니다

匪首　그사람도 한때는 사회주의자로 일홈을 날리든 사람이드니

金　나와 함께 볼스뷔—키이엿섯지요

匪首　당신도요?

金　네。그러나 조곰도 놀랄것은업습니다。그때는 내나이절머서 국
　　　가사상이라든가 민족관념이 박약한 째엿스니ㅅ까 잠시 세계사조
　　　에 물드럿섯슬뿐이지요。

匪首　그럼요새말로 사상전환을 한것인가요?

金　보다도 그들의말하는공산주의라든가 사회주의라는것은 세계의
　　　평화라든가 인류의행복을 파괴시키는데 다른 아무것도업다는것
　　　을 째다른 까닭입니다

匪首　그러치마는 로서아라는 나라는 빈부의차이가업고 계급이업시 국
　　　민전체가행복스러운 생활을하고잇다는데요

金　요컨댄 그것입니다。직접 그나라에가서 얼마간잇서가지고 생활
　　　하여보지도못하고 전하는말이나 공산주의선전문만으로밋는다는
　　　것은 그릇된생각이라고밋습니다。국민들도 배를주리고 입을째옷
　　　을입지못하며 심지어 오락까지도자기마음대로 질길수업는곳입니
　　　다。그것이행복입니까?

匪首　호—그래요?

(素桂차를가지고드러온다)

金 로서아생활 二十년이나 가까이한 내가 지금그이야기를한다면 별별참담한일도만엇고 쏘분한일도한두번이아니엇습니다 그때에나는 여러번주먹을쥐고 반소의불길이타올랏섯습니다。그것이 겨우 오늘날에 와서 차차실현성이잇게되엇습니다。나는 우리들아세아민족이 단결하여가지고 하로라도 속하실헨하고십습니다。

匪首 (素桂에게)무엇을듯고잇니?어서나가─。

(素桂退場)

金 참일전에도 풍락려관에서 말슴을하엿지마는그후충분히생각을하섯나요?

匪首 몃칠더생각해야겟습니다。원래 만흔부하를다리고 지금까지 쯔을고오는만큼그들의압날의생활방도도생각하여주어야할것이아닙니까?그쑨만아니라나의압날의일도다시연구할필요도잇고─。

金 물론그럿켓지요 그러나나는 이러한생각을하고잇습니다 만일차일피일하다가는기회를 놋칩니다 지금이가장조흔 기회인줄아르십시오。

匪首 그리다가기회를노치면

金 나는 그산중에서 산다는말을의심합니다。누가당신들에게 산중에서살라고그냥두나요?몃십년산중에서 누구를괴롭게하엿든지 쯔더먹고살아왓스니까 압흐로몃십년이라도 넉넉이 살어가시겟지라는생각을가저서는안됩니다 이산중이란 어느나라산중인줄을 몰라서는안됩니다

匪首 아니 그래 어쩌란말이요(노란눈초리로김을본다)

金 어쩌란말이아니라 우리들은 가튼만주짱에서 사는사람이아닙니까?

匪首 나는 귀순할수업소。마음대로하시오。당신이나를 타일르는말이요?

金 (담배를한대피여물면서)그런데 내가무슨 당신께 노하시게할만한 말은 한기억이업는데노하시니 퍽유감입니다 내가아까말슴한조흔

기회이니 이기회를일치안으시는것이조타는 말은당연히 나로써할 말입니다 왜그리냐하면장군도아다십히 일본군대나만주국군대가 이 산중에당신들이 웅거하야잇는줄을모르는것도아니요 쏘무서워 서토벌을시작하지안는것도아닌것만큼은 장군도잘아실것이 아니 겟습니까?

匪首 아—그러면 무엇때문이요.

金 만주국의리상이란 왕도락토입니다 그러면그근본정신에비치여가 지고 설령반만행위를하고 량민을괴롭게하는 무리들이잇다고하드 라도 그리한사상을가진사람들에게 권하고타일러서과거의 그릇된 사상을 뉘웃처가지고 진실한만주국국민이되기를 히망하는데 잇 는것입니다.

匪首 그럼결국귀순을 아니한다면?

金 장군! 나를 위해서 귀순을하라는줄아시오? 귀순을 아니하고 꼿꼿 내벗틔면만주국이 당신네들을 무서워할줄 아시오? 쏘 그럿치안으 면 당신네들이 생각하는바와가티 만주국이 머지안어서 쓸어질줄 아시오 지금만주건국만오년입니다 물론내가 말슴아니하여도 신문 으로 잘아시겟지여요 국내치정이얼마나 활발합니까 민생에잇서서 나 치안 경제 산업 교통 사법 외교등각부문에잇서서 기성국가에 대비하야 조고마한 손색이업지아니합니다 아마장군이 지금 예전 장춘인신경을가보신다면 쌈짝놀랄것입니다. 그러나 그리한것도 소소한 문제입니다 그보다도 더 쌈짝 놀라실것이 만습니다

匪首 그래무엇이 쏘더놀랠일이잇단말이요—.

金 만주국민들의 생활들입니다 지나간날의 군벌시대의 민중의생활 에비하야 얼마나 윤택하고 행복스러운 생활을하고있는지모르시 겠지요. 다른것은 다그만두드라도 로동자들의 하로임금최고 사 오원부터최하일원평균이요 양차 마차부가 최고십이삼원으로부터 최하삼사원을법니다 거리에는라디오와 축음기소리로찻고 극장과 활동사진판에는 만원으로드러갈수업습니다 판판은오전에예약을

	하지안으면 자리도업고돈을아모리가지고 잇다하드래도 자동차어
	더타기가곤란합니다 이만큼발전에발전을것고잇는 만주국이니 민
	중의생활이 자연윤택하여질것입니다。
匪首	그러기에 내가어듸만주국이납부다는것이요 그리고 좀생각해보겟
	다는것이지
金	물론 그러실줄압니다더욱이원래큰 포부와아량이계신분이니까 천
	여명부하를 거느리고 게시지 그러니까나는 나는이런생각을 가지고
	잇습니다 장군과가튼대인물이 하루라도 속히 만주국에귀순하셔서
	홍아운동의투사가되어동아의신건설에 온힘을써주었으면하는——。
匪首	내가무어(만족한드시 웃는다)
金	만일에 이기회에 장군이 쾌이귀순의 의사를표시하신다면 일전의
	이야기는 곳 군에보고를하야부하한사람에 밋치기까지의 주선은
	내가하겟습니다
匪首	그러면 그조건대로말이요?
金	무슨말슴입니까 나도뜻잇고 피잇는남자입니다
匪首	네 알겟소이다 그럼잠간만 이 자리를피하여주시오(밧글향하야)
	아모도업느냐
部下A	(드러와경례를한다)부르섯습니까?
匪首	응——(金)을가르키며 이분 뒤응접실에모셔라
部下A	네(경례한후金을안내한다)
匪首	(玲蘭의말엔 대답도안코 쏘파에무겁게안저버린다)나에게 우이스
	키 한잔갓다가주렴
玲蘭	(화장대압헤노인 양주병에서 술을 따른다)웨 어대가편치안으서요
匪首	아니 (마신다)한잔더——。
玲蘭	(다시한잔술을 따른다)
部下A	(드러온다 경례를한후)모섯습니다
匪首	응——나가(A머뭇머뭇한다)나가라니까
部下A	저 장군님께 잠간 말슴이잇서서 그리하옵는데

匪首	응! 그래무엇?
部下A	오늘이음력으로섯달스무날이올시다.
匪首	응 그래서
部下A	여러사람들이모다돈을쓰겠다고 그래서요
玲蘭	(쏘는소리로)어련이줄나고—그래지금 재촉을하는모양들이야?
部下A	아니올시다 재촉이 아니라 요새는너무도 돈구경하기가어려워서요 그래서그렷습니다
匪首	응—. 그래 그럼나가잇서. 부를째까지
部下A	네(절하고나간다)
玲蘭	(술을비수에게권한다)드세요
匪首	(술을바다마신다)영란내옆흐로와안저라.
玲蘭	(가만이엽헤안는다)
匪首	영란아—너십팔세기의 영웅 나폴레온이라는사람의일홈을 드러본일이잇니
玲蘭	저는 모르겟서요
匪首	몰나? 몰나—그럼그건그만두고 너그럼리장군은 아니?
玲蘭	대감을모르면어쩌케하게요
匪首	너는 나를밋니? 아니밋니?
玲蘭	별안간그건무슨말슴이서요
匪首	나는지금큰결심을한것이잇는데 네가 만일미더준다면 말을하지만 밋지아니한다면말을 안할테다.
玲蘭	장군님의 처분대로하시오
匪首	애—나는 지금부터이산중생활을 그만두랴고한다.
玲蘭	네?(놀란다)정말이십니까?
匪首	응—(잠시두사람이다가티침묵)나도 대로에서 활개를치고것고십허서지금이르러서는 다시엇기어려운조혼기회가온김에.
玲蘭	(운다)
匪首	애—영란아너는왜우니응?

玲蘭	나도아지못하게 눈물이나와요 너무나 반가운눈물가태요(운다)
匪首	자 눈물을씨서라。그럼너도 그말이반갑다는말이로구나(玲蘭을 꽉긴다)영란아—나가서 여러사람을 불러라。
玲蘭	네(눈물을씻고나간다)(조곰잇다가 十餘名몰려드러온다)
匪首	一대대에대표한명식。그외에는 나가라。제일대대장 각대를합하 야 현재 병정이얼마냐
部下C	전원 一천五십명입니다

(8)

匪首	오늘제군을 이 자리에 모은것은다름이아니라 내가이번에 굿게생 각한바가 잇서서 지금까지의 우리의생활을청산하여가지고우리도 당당한국가의국민으로써 이책임을하겟다는결심을가지고 압흐로 나갈터이니짜 지금짜지나와행동을하여오는 제군들도 그리알고 조 곰도실망과의심을품지말고 국민된의무를다하여주기를바라는바이 요 (이째멀리서 요란한총소리가들린다)
部下	(급히기여드러와)장군！큰일낫습니다토벌대의습격입니다항전할 짜요？
匪首	그럼 너이들은 나가준비를하고 너는(부하 A에게)앗짜의김을 다 리고오너라 (部下一同退場)
金	(部下A에게 案內되야드러온다)일은잘되엿습니짜
匪首	김 당신은거짓말을하지아니하엿소？저총소리가 아니들리시오？ 응？
玲蘭	(눈을 가리우고 쏘파에 쓰러진다)
金	허허허——이총소리는 나의작탄이외다앗짜 말한바와가티 일본군 대나 만주국군대는 비적들을무서워하지안는다는증거입니다 (총 소리업서진다)
金	자 장군 동아의평화를 위하야 굿게악수를합시다(兩人의힘잇는 握手)

가만히幕

第三幕

때	照和十二年十二月初旬
곳	金東漢家
인물	金東漢
	安娜夫人
	仙　女(金의 딸)
	金東駿(金의 동생)
	金松烈
	洞里老婆

舞臺　第一幕과갓다. 多少다른것은 테―불여폐 스토부와 旅行具가 이
　　　곳저곳널려잇는것이다 막이열리면 안나부인은 소제를 하고잇다.

老婆　(上手로부터나오면서)온 애어머니가 사랑에게신것을 그리차저다
　　　넛구만 방울치고게십니까?

夫人　오섯서요? 좀안저시지요――。

老婆　무어 안질사이가잇나요 삿타구니에서 회오리바람소리가나게일을
　　　하여도늘이모양인데요―나는 일이천엽에 쏭싸듯이만타우 그런데
　　　참일전에는 옷가지를주서서 엇지나고마우신지 업는사람들에게
　　　옷가지란 여간고마운것이아니랍니다。

夫人　무어 별말슴올다하십니다

老婆　내외분이 더업는사람이라보고 구차한사람이게 동정을 하시지 그
　　　러기에 이동리에서는 소문이자자하다우. 무어 댁에 나리는가끔
　　　멋백명식도적놈들을 살게하야주신다지요? 우리 집경삼이란놈이
　　　신문이 굉장이낫다구하드구면요 그 정말입닛가?

夫人　네― 저 비적들을 귀순식히면 신문기사말이지요

老婆	글세 내가압니까 비적인지 누름적인지 모다 무서운도적들이라구 그리든구요. 그런조 혼일을 하러다니시느라구 늘와도못뵈웁겟서. 요새도 어데가게신가요?
夫人	어제 도라오섯습니다 아마 멋칠아니게시다가 쏘 북만으로 가실것가습니다
老婆	오라―저북만주말이죠―그럿죠 그런곳에는 산도잇고하니까 흉한 도적놈들이잇슬것이지요. 무어쏘 세게각국말슴을 다하신다구 엇째든재조는 비상한량반이시여―세상이 이러닛가 그럿치 그전가트면 훈련대장이 아니겟소?
夫人	......

(9)

東駿	(드러오면서)형님안드러오섯습니까?
夫人	아마 곳드러오시겟지요. 회사사무실에 갓다가오신다고하섯는데.
老婆	자 그럼나는가오―― 그저 꿈은흉몽이 길몽이니까 아모염려마시오. (退場)
東駿	왜문슨 꿈을 꾸섯서요?
夫人	아니에요 형님이피를 흘리는 꿈을 꾸엇대요. 언제나마음이노이지를아니합니다 물론 형님의말슴이 나의일신은국가에바친몸이니까 어느 때 어쩌케죽든지국가를위하야죽으면 만족하다구는하시나 남아잇는가족들의생각은 조금도아니하시니까.
夫人	네 그래요 사생활에는여간무관심이아니서요여짓것 자기는백미백밥을잘아는분이예요
東駿	글세 지나간해의 이천오백원을주고 쌍을사노코 형님쎄그이야기를하엿드니 나는장사치가아니니까 도로무르라고하서서그이듬해에팔아도 오활은남어남길 쌍도 무르지아니 하엿서요. 하여간그째에는 형님의승락도아니밧고 독단이한것이 잘못이엿스닛가.
東駿	참 히선(熙善 金 의 長男)이에게서는 편지가옵니까?

夫人	네늘옵니다。매우공부를열심이하는것가태요
東駿	후년이면 농학사가되어서도라오겟군요 학비에도매우곤난을당하드니。
	(이째電報配達夫가 登場)
	(전보예요。여기 김동한씨라구게시우)
夫人	네게서요(電報를밧는다)
東駿	어데서왓서요 ?
夫人	『자무스』에서 왓는데요
東駿	삼강성자무스요 쏘귀순공작이겟지요。
東漢	(군복을입고 활발한 거름거리로드러온다)오―동준이왓늬 ? 날이 매우싸늘하다。그래 다들잘들잇니 ?
夫人	시장하시지안흐서요 ? 냉면이라도 시킬까요 ?
東漢	참냉면이나 식혜오구료。고추가루 좀만이가지고 오라고하시오 응 ?
夫人	네。(退場)
東駿	형님 삼강성자무스에서 전보가왓서요
東漢	전보 ? 어데(電報를 쬐여속으로읽는다)오늘이멋칠 ?
東駿	十二月二日 입니다
東漢	그럼오늘안으로 써나가야겟군
東駿	어데로 가시는데요
東漢	자무스로
東駿	형님 형님은 늘위험을무릅쓰시고 공병비들의귀순공작을하시느라고 산간벽지에를다니시니 혹만일을생각하시드라도 생명보험이라도 드러노십소그려 오늘 아주머니께서도 사생활에는 너무도무관심하다고하시든데。
東漢	생명보험 ? 나에게 생명보험이필요할리가업다 나의사리를취하여서 내몸을 국가에밧친다는것은 위로천황폐하께 불충성하고아래로일반동포들을 기만하는것이다 나의생명이라 든가 가족들의보

호는 국가에서 책임저줄것이다 그런적인생활을해보아야하는게 아니야 예술적생활이란죽엄을바치고라도 자기가 하고십푼일을 조곰이나마해보아야하는거거든—물논그런생활이 소설재료가 될 수 잇는것두 사실이야 사실이지 그럼 네나한번 그러케해보렴！

(10)

東漢   그것참별일이요

夫人   마음이이상하고 가슴이울렁거려서 무슨일이생길듯생길듯한생각 이나요.

東漢   (우스며)별생각을다하고잇소.

夫人   이번만은 가시는길을 중지하시엿스면 조켓서요

東漢   그런쓸데업는말은그만두오 당신조차내가하는일을리해못한단말 이요？

夫人   아니에요. 왜내가당신의하시는일을리해못해요

東漢   그런데왜？

夫人   요사이 너무도 꿈자리가사나워서 이번길은엇전지 가시지안으시 는것이조흘것가태서그래요

東漢   꿈(우스며)그래 꿈이 엇째단말이요

夫人   말하기에도 끔쯕끔쯕해요어겟든 이번길은 중지를하시든지 시일을 물리시든지하서요. 내가어느째이런말슴을올린 째가잇서요 네？

東漢   안돼. 내가할일은 꼭하고야마는 내성미를모르오？그리고 아싸동 준에게도말을하엿지마는

夫人   에이 참 쓸데업는말을하느라고느젓습니다 쏘한번가볼까요？(잇 대문박게서 노크소리들린다)

金松烈 (부인에게)부인안녕하십니까？(金에게)좀일즉이온다는것이 느젓 습니다 저자무스에서 전보안왓서요？

東漢   왓서요 오늘쩌날작정입니다.

金	내게도 고수대위로부터 왔습니다오늘 써나서요 ? 그럼함께 써하
	시지요. 그런데 이번 공작은다소난관입니다. 김정국이란악질공
	비이니까.
夫人	김정국이요 ? (놀란다)
金	네——。이간도에도잇섯든일이잇죠
東漢	무얼 전들별수잇슬까 (웃는다)
夫人	여보. 저 김성국이란그어느째인가 저들창으로 (말을다하지못하고
	쓴는다) (이때 냉면배달의목소리가 안쪽에서들린다)
東漢	여보냉면장사가왓나보오 어서드러가보오
金	(일어나며)그럼잇다가정거장에서만납시다
夫人	웨그리서요 냉면이나 잡숫고가시지요
金	아니요 지금 나도먹고 오는길입니다 어서들잡수서요 자실레합니
	다 (金退場, 夫人안으로부터냉면을가지고나온다 어린애도 싸러
	나온다)
夫人	(애기에게)너는 드러가서놀아라 응 ? 어서
東漢	가만두구료. 선녀야이리온。
仙女	아버지 나도냉면먹어 ?
東漢	그래 너두먹어라 아버지하고먹자응 ? 냉면먹고 어머니말잘드러야
	한다. 그래야 아버지가 저 먼대갓다가올제 조흔과자사다준다
	응 ?
夫人	(남편에게)어서 풀어지기전에잡수서요。
仙女	아버지 아버지 쏘어대가우 ?
夫人	그래 아버지는 쏘오늘 저먼대가신단다
仙女	아버지가지말어 아버지먼대가면 어머니울어。
夫人	선녀야 잠자코잇서 (눈에눈물이 어린다)
仙女	나는도적놈이 제일무서워
東漢	(저를들어냉면을 먹으려다가)여보안나
夫人	네 ?

東漢	이번에는 꼭열흘안으로 도라올터이니짜 아모념려말구 어린것들 다리고잘잇소응?
夫人	어서 조와하시는냉면이나잡수서요
仙女	아버지 냉면안먹어?
東漢	그래아버지는 앗가만이먹엇스니짜 안먹는다네나어머니하고 만이 먹어라 응선녀야―。
仙女	네(저를들고의자에걸터안는다)
夫人	왜그러서요 쩌나가시겟서요?
東漢	응 나가다가 만날사람도잇고해서 어련할것은 아니지만은 어린애 들다리공부대 몸성히잇소
夫人	집에 걱정은마서요…여보…
東漢	응?
夫人	이번길은 특별이주의를하서요(눈물석긴눈에 억지로우슴을 쯰우 면서)난 공연히 가슴이 쮜여서
東漢	공연한근심말고 자안심하고기다리우
仙女	아버지 꼭얼른도라오서요
東漢	오냐。 (트랑크를간단이차리고들어본다)
夫人	좀이야기 더하시다가 가서요。

제2편
광복 후 희곡
(1945~1949)

1. 연극으로만 전해지는 주요한 작품

(1) 연변지구에서 공연된 작품

◉ ≪해란강≫ 박노을 작

1945년 9월에 연변의 첫 대중문예단체인 간도문예협회가 연길에서 성립되었다. 이 협회의 산하에 연극부가 있었는데 그 책임자가 박노을이다. 그리고 간도문예협회의 주체 하에 양양극단이라고 하는 극단이 나왔다. 이 극단에서 1945년 11월 11일부터 3일 동안 공연한 장막극이 바로 ≪해란강≫이다. 연극 ≪해란강≫은 전3막으로 구성됐는데 그 연출은 김영팔이다. 연극 ≪해란강≫이 공연된 장소는 간도문예회관이다. 작품의 구체적 내용은 알지 못 하고 있다.

◉ ≪풍장(风葬)≫ 박노을 작

연극 ≪풍장≫은 1945년 12월 10일부터 12일까지 연변문예공작단이 연길 쓰딸린극장에서 공연한 장막극이다. 연극의 연출은 문수와 맹심이고 무대장치는 김익선이다. 연극 ≪풍장≫은 전4막으로 구성됐는데 그 기본줄거리는 이러하다. 일본놈들에게 강제징병으로 끌려 나간 아들이 돌아오기를 손꼽아 기다리던 어머니는 어느 날 아들이 전장에서 죽었다는 풍문을 듣게 되었다. 더없는 슬픔에 잠겨 울던 어머니는 비록 아들의 시체는 보지 못하였으나 그 혼이라도 안식시키려는 마음으로 아들의 장례를 치르기로 하였다. 그런데 바로 장례를 지내는 그날 죽었다던 아들이 불쑥 나타났다. 꿈같은 현실 앞에서 어머니는 아들을 붙안고 통곡한다. 이처럼 연극 ≪풍장≫은 비극적 이야기의 돌변이 가져다주는 희극적인 결말을 대조시키면서 아들에 대한 어머니의 애절한 사랑의 마음을 생동한 화폭으로 그려보였다. 특히 이 ≪연극≫이 해방으로 하여 죽었다던 아들이 살아 돌아올 수 있었다는 의미가 부여되었기에 당시 관객들에게 더 감명적이었다고 한다.

◉ ≪파몽기≫ 맹심 작

연극 ≪파몽기≫(맹심 작, 연출)는 1945년 11월 16일부터 19일까지 용정 민주대동맹 청년연예대에서 해방을 경축하여 공연한 작품이다. ≪파몽기≫는 2막 3장으로 구성되었다. 그때 전4막 6장의 장막극 ≪적≫과 함께 공연했다. 이런 연극들은 모두 그 내용이 소련홍군이 일제의 감옥을 진공하여 무고한 백성들을 해방하는 정경을 묘사하고 또 원수들과 용감하게 싸운 혁명용사들의 업적을 표현하였다고 전해진다. 그리고 이 연극은 당시 연길현에서 해방 후 제일 처음으로 상연된 작품이었다고 한다.

◉ ≪딸 3형제≫

연극 ≪딸 3형제≫는 1945년 10월 4일부터 연길 부녀회의 여성들로부터 조직된 연예대가 쓰딸린극장에서 공연한 작품이다. 연극 ≪딸 3형제≫는 전3막 4장으로 구성된 장막극이다. 작품은 남녀평등에 관한 주제를 표현했다고 전해질뿐 구체적인 내용은 알 수 없다. 연길에서 해방 후 첫 연극공연도 역시 이 부녀회의 여성들이 한 것이었다고 전해진다.

◉ ≪해방의 종소리≫ 한계선 작

연극 ≪해방의 종소리≫는 당시 연길현 태평구(지금의 용정시 팔도)에서 1946년 2월에 건립된 태평구문공단이 공연한 장막극이다. 작품은 해방된 인민들의 들끓는 열정과 기쁨을 표현했다고 한다. 이 극단에서는 건립된 지 불과 2년도 안 되는 동안에 ≪해방의 종소리≫외에도 ≪일남이와 녀선생≫(한일 작), ≪남매≫(한일 작), ≪원한의 밤≫(한일 작)등 장막극들을 공연하여 작은 지방극단으로서 대인기를 끌었다.

◉ ≪에밀레종≫

연극 ≪에밀레종≫은 1945년 11월 7일부터 10일까지 이스크라극단에서 10월 사회주의승리 기념일을 맞으면서 공연한 장막극이다. 이스크라극단은 1945년 10월 15일에 간도청년동맹위원회에서 창설한 극단이다. 장막극 ≪에밀레종≫을 공연할 때 발라이데 ≪해방의 종소리≫(박호 연출, 리향악 음악 지휘)도 함께 공연했다. 이스크라극단에서는 이런 절목을 가지고 연길에서 공연한 후 연변 각지를 순회하며 공연했다. 장막극 ≪에밀레종≫은 전3막 5장으로 구성되었는데 조선의 민간전설에 의해 창작한 것이다. 이스크라극단에서는 연극 ≪에밀레종≫을 가지고 조선에까지 가서 공연하여 환영을 받았다고 한다.

◉ ≪꼬맹이의 참군≫ 고철 작, ≪아침은 밝았다≫ 박노을 작,
　≪동지구≫ 박노을 작, ≪파업≫ 박노을 작, ≪토성≫ 박노을 작

이상의 다섯 편의 연극들은 1946년에 길동보안군 정치부 문예공작대에서 공연한 작품들이다. 이 문예공작대가 나오게 된 과정은 이러하다.1945년 조선의용군은 항일전쟁의 승리를 앞두고 태항산, 연안, 산동 일대에서 싸우다 상급의 지시에 의해 조선민족이 집결해 살고 있는 동북으로 오게 되었다. 여기서 노간부를 비롯한 일부 인원이 조선으로 나가고 그 나머지는 제1지대가 단동일대의 남만으로, 제3지대가 하얼빈 일대의 북만으로, 제5지대가 연변으로 나가고, 제7지대가 길림·반석 일대에 주둔하게 되었다. 연변지구에 나온 조선의용군 제5지대의 선전대는 1946년 3월에 길동보안군 정치부 문공단으로 되었다. 이 문공단은 이해 8월에 길림·반석 일대에 갔던 제7지대 선전대와 합하고 또 당시 연길에 있었던 이스크라극단과 지방극단의 일부 배

우들을 받아들여 다시 길동보안군 정치부문예공작대로 개칭한 것이다. 이 문예공작대의 대대장 겸 지도원이 김혁이었고 부대대장에 박노을이었으며 부대지도원은 송철식이었다. 이 문예공작대에는 연극대, 음악대, 여성대 등 부서가 있었는데 연극대의 책임자는 리성철이다. 당시 이 문예공작대는 연길, 용정, 조양천 등지에서 공연활동을 벌였다. 그 때 공연한 연극절목들이 바로 ≪꼬맹이의 참군≫, ≪아침은 밝았다≫, ≪동지구≫, ≪파업≫, ≪토성≫ 등 5편 외 김혁이 관내에서 창작하고 공연했던 ≪호가장전투≫를 다시 공연했다. 이런 연극들 가운데 비교적 깊은 인상을 남긴 작품이 장막극 ≪토성≫이라고 한다. 연극 ≪토성≫은 1946년 3월 31일부터 4월 3일까지 이 문예공작대가 연길 쓰딸린극장에서 공연했다. 전4막 5장으로 구성된 연극 ≪토성≫은 농민들과 악질지구와의 투쟁을 묘사한 작품이기에 당시 실정에서 많은 관객들의 호평을 받았으리라고 믿는다.

연극 ≪꼬맹이의 참군≫에 출현한 배우들로는 김익석, 김룡백, 태복실, 홍성도, 김금녀 등이다. 연극 ≪꼬맹이의 참군≫은 어린 나이에도 군대에 나가려는 뜻을 품고 여러 차례 부대에 찾아다니다 자기의 갈망이 실현되어 기쁨을 참지 못하여 덩실덩실 춤을 추는 이야기를 통하여 모든 것을 전선에 바치려는 인민들의 열망과 간곡한 염원을 생동하게 표현하였다.

◉ ≪평강공주≫ 김재한 각색

연극 ≪평강공주≫는 1946년에 용정 민주대동맹 청년부에서 조직한 청년연예대가 연길에 와서 6일 동안 공연할 때 작품의 하나이다. ≪평강공주≫를 일명 ≪온달전≫이라고도 하였다. 이 작품은 조선의 삼국시기 전기실화 ≪온달이야기≫(일명 ≪바보온달≫, ≪온달과 평강공주≫, ≪온달장군≫, ≪온달전≫ 등으로도 전해졌다)에 근거하여 각색한 연극이다. 작품은 평민 성격을 구현한 고구려 평강왕의 공주가 왕궁을 떨쳐 나와 '바보 온달'과 결합하여 온달이 침략자를 물리치는 장수로 장성하게 하는 이야기를 통하여 빈궁과 고통 속에 있었던 당시 인민들의 행복한 생활에 대한 염원을 표현했으며 고구려인민들의 애국심과 반침략투쟁을 보여주었다. 그때 이 연극과 함께 공연한 것은 ≪이향아리랑≫이다. 이런 연극들은 당시 연길관객들에게 큰 파문을 일으켰던 것으로 안다. 신문지상에는 ≪<평강공주>의 공연을 보고≫, ≪현실에 비추어본 평강공주≫ 등과 같은 관후감과 평론들이 발표되기도 하였다.1)

◉ ≪승리의 혈사≫ 김평·천일·신영준 작

연극 ≪승리의 혈사≫는 간도청년동맹위원회의 이스크라극단에서 1946년 10월 30일부터 11월 1일까지 연길 쓰딸린극장에서 공연한 장막극이다. 연극 ≪승리의 혈사≫는 1932년과 1933년 사이에 있었던 일제가 빚어놓은 해란강 유혈사건의 진실한 역사사실에 의하여 창작한 것이다. 당시 일제침략자들은 용정 해란구 화련리 일대에서 93차의 '토벌'을 감행하여 수십 개 부락을 불사르고 무고한 백성들과 혁명자들을 1천 700여 명이나 무참하게 학살하였다. 수십 개 부락이 폐허로 된 이 한차례의 대참안을 ≪해란강대혈안≫이라 한다. 1946년 겨울에 바로 이러한 역사적인 참안, 해란강 유혈사건 청산대회가 4일 동안 승리적으로 열렸다. 여기서 이 ≪혈안≫에 참여한 18명의 주요한 흉수를 처단하였다. 바로 그때에 이 연극 ≪승리의 혈사≫가 공연되었다. 그러므로 이 연극공연의 사회적 효과는 더욱 훌륭할 수 있었다. 당시 연길에서 발간되었던 ≪인민일보≫2)에서는 연극 ≪승리의 혈사≫가 성공할 수 있은 원인을 두가지면에서 밝혔다. 그 하나는 작품의 주제가 긍정적이라고 평가했다. 즉 연극 ≪승리의 혈사≫는 중국공산당동만특위의 영도하에 연변인민들이 일제침략자와 그 주구들을 반대하여 투쟁한 실제사실에 바탕을 두었을 뿐만 아니라. '중국공산당과 인민이 결합된 력량'은 기필코 최후의 승리를 취득한다는 신념을 보여주는 것으로써, 일제 주구들에 대한 인민들의 투쟁심을 북돋아주었다는데 있다고 인정했다. 다음 하나는 당시의

---

1) 당시 연길에서 발간되었던 신문 ≪인민일보≫ 1946년 10월 3일자에 실린 문장들.
2) 연극 ≪승리의 혈사≫에 관한 관후감과 평론은 ≪인민일보≫ 1946년 11월 15일자에 실렸다.

정치적요구와 인민대중들의 심리에 맞게 연극구성이 짜인 동시에 배우들의
연기도 좋았다는데서 연극성공의 원인을 구명했다. 이와 같이 연극 ≪승리
의 혈사≫는 당시 전개되었던 '반간첩운동'에 직접 이바지하면서 인민들의
생활과 투쟁을 크게 고무하였으며 그들을 정치사상면에서 각성시키는데 훌
륭한 역할을 할 수 있었다. 이 연극은 한때 일부 문장들에서 그 제목을 ≪해
란강 참안≫으로 잘못 전해졌다가 연변대학 재료원 강련숙의 재료 입증에
의해 다시 ≪승리의 혈사≫로 고쳤다.

◉ ≪나의 고향≫ 김원주 작

≪나의 고향≫은 1945년 9월 15일에 훈춘의 대중문화예술단체인 ≪애문
동지사≫에서 세운 ≪인민연극사≫(일부 재료에는 ≪애문연극사≫라고도
했음)가 공연한 가극 작품이다. 이 가극은 ≪인민연극사≫ 사장인 김원주가
창작하고 그 주인공역은 이 연극사 연출이며 작곡가인 김영선이 맡았다. 가
극 ≪나의 고향≫은 그릇된 향토애를 바로 잡는 것이 주제사상이었으므로
당시 정황에서 매우 교양적 가치가 있는 작품으로 많은 환영을 받았다. 그리
고 가극 ≪나의 고향≫은 ≪훈춘 가극사의 첫 대문을 열어놓은≫[3]작품이라
는 의미에서도 가치 있는 작품이다. 가극 ≪나의 고향≫은 훈춘뿐만 아니라
연길, 용정 등 연변의 여러 곳에서 순회 공연하여 당시 관객들의 호평을 받
았다고 한다.

◉ ≪8백호갑판선≫ 김영수 작

연극 ≪8백호갑판선≫은 1946년에 훈춘현문예공작대에서 공연한 작품이
다. 훈춘현문예공작대는 1946년 6월에 훈춘에 들어온 조선의용군이 이미 있
었던 ≪인민연극사≫를 기초로 다시 정돈하고 세운 출연단체이다. 이때 그
단장은 여전히 김원주이고 연출은 김초동이었다. 연극 ≪8백호갑판선≫은

---

3) ≪문학과 예술≫(연변문학예술연구소편) 1986년 제6호에 실린 리춘석의 글 ≪연변대지의
특점을 구현한 해방 후 훈춘음악≫에서.

전2막으로 구성되었는데 그 간단한 이야기는 이러하다. 일본 해적선이 조선에 와서 조선의 청년들을 강제로 실어가는 도중에 청년속의 한 대학생이 청년들을 단합시키고 일본놈들과 싸우려는 뜻을 모은다. 그리하여 일본놈들의 감시를 피하여 불의의 공격을 들이대며 결사적으로 싸워 놈들을 때려 부순다. 원수를 타승한 조선청년들은 다시 배를 조선반도에 돌려세운다. 이 연극의 연출은 당시 이 연예대의 후근책임이었던 김영선이고 주요배우로는 김용순과 김미애 등이었다.

◉ ≪피값≫

연극 ≪피값≫은 1947년 11월 훈춘현문예공작대에서 공연한 장막극이다. 연극 ≪피값≫은 전5막으로 구성되었는데 그 주요한 내용은 해방된 농민들이 중국공산당의 영도 하에 악질지주를 타도하고 청산하는 이야기를 썼다. 이 연극의 연출은 김춘동이고 주요배우들로는 리영근, 김원수, 초동 등이 출연했다.

◉ ≪상해의 밤≫ 고다지로 작

연극 ≪상해의 밤≫은 훈춘현문예공작대에서 1946년 하반년에 공연한 장막극이다. ≪상해의 밤≫의 작자 고다지로는 원래 일본동포영화촬영소의 감독 겸 작가였는데 일본이 투항하자 소련홍군에 체포되어가던 도중 훈춘의 예술유지인사들의 청구로 소련사령부의 비준을 맡고 훈춘에 남게 되었다. 이 연극은 그가 창작한 것을 조선어로 번역하여 공연했다. 연극 ≪상해의 밤≫의 주인공 도마뱀(벙어리로 가장한 지하혁명자)역도 그가 직접 맡고 출연하여 대환영을 받았다. 연극 ≪상해의 밤≫은 항일전쟁의 최후승리를 위하여 상해에 지하공작원으로 파견되어 일제의 군사정보를 수집하는 내용을 쓴 작품이다. 작품에 등장하는 주인공은 당에서 파견한 일본인 지하공작원이다. 그는 도마뱀이라는 별명으로 벙어리로 가장하고 사업하던 도중 현병대의 추격을 받는다. 부상당한 도마뱀은 동지들의 안내로 안전한 곳에 이르러서야 자기 수집한 정보를 꺼내 보이며 "항일부대에 가져가오. 빠르면 빠를수록 좋소…"하고 마지막 유언을 남기며 숨진다. 이처럼 감명적인 국제주의 전사의 형상이 당시 관객들을 감동시켰기에 연극 《생해의 밤》은 훈춘에서만 7일 동안 14차의 공연을 하였으나 번마다 만원이었다고 한다.

◉ 《날리는 새 기발》 장기남 작

연극 《날리는 새 기발》은 왕청 중소문화협회에서 1945년 9월 후에 공연한 장막극 작품이다. 이 장막극은 당시 왕청 뿐만 아니라 도문, 연길, 조양천, 용정 등지를 순회하며 공연했다. 특히 당시 조양천에 주둔한 조선의용군 판사처의 초청을 받고 연극 《날리는 새 기발》을 공연하여 부대의 장병들에게서 열렬한 환영과 찬양을 받았다. 장막극 《날리는 새 기발》은 소련홍군이 중조인민의 항일투쟁을 지원하여 반침략전쟁에서 공동 승리를 전취하는 내용을 표현하였다.

◉ 《최후의 한발》 장기남 작

연극 《최후의 한발》도 1947년에 왕청 중소문화협회에서 공연한 장막극이다. 이 연극은 일명 《등불》이라고도 전해진다. 작품은 국내혁명전쟁시기 인민해방군 모 부대의 한 분대가 상급의 지시에 의해 마지막 한발을 쏘면서까지 적과의 싸움에서 진지를 끝까지 사수해낸 영웅적 사적을 구가하였다.

◉ 《승리의 대진군》 차창준 홍성도 작

《승리의 대진군》은 1948년 12월에 연변문공단에서 공연한 대형가극이다. 이 가극을 일명 《승리를 향해 진군하자》라고 전해지기도 한다. 이 작품의 작자는 차창준과 홍성도이고 작곡은 리경태이다. 이 가극에 출연한 주요한 배우들로는 허동활, 허창석, 박영일, 방초선 등이다. 가극 《승리의 대진군》은 동북을 해방한 백만대군이 천하 제1관인 산해관을 뛰어넘어 관내로 돌진하며 전국을 해방하는 서사시적인 화폭을 종합예술형상으로 창조하

였기에 부대의 장병들에게는 더 말할 나위 없고 후방인민들에게도 크나큰
고동적 효과를 달성한 작품의 하나였다.

◉ ≪웨치는 그들≫과 ≪피의 남경로≫

연극 ≪웨치는 그들≫과 ≪피의 남경로≫는 1948년 룡정진 구락부에서
공연한 장막극이다. 이 작품의 작자는 리진희이다. 연극 ≪웨치는 그들≫은
간악한 지주계급의 압박과 착취에 반항하는 농민들의 투쟁모습을 묘사한 작
품이고 연극 ≪피의 남경로≫는 일제침략자들이 감행한 ≪남경대학살≫의
역사적 사실을 배경으로 쓴 것이라 전해진다.

◉ ≪인민무장≫ 신활 작

연극 ≪인민무장≫은 1948년 초봄 연길에서 공연된 장막극이다. 그 내용
은 대체로 이러하다.

한 마을에서 조선족인 박달과 한족인 왕형네는 토지개혁 후 땅을 분배받
고 아주 사이좋게 살고 있었다. 조선족과 한족 농민들은 행복한 생활을 위하
여 서로 도우며 열심히 일하였다. 그러나 이 마을 부근에 있었던 국민당 군
대는 그들의 이런 생활을 그냥 두지 않았다. 국민당군대의 마단장은 졸개들
을 이끌고 갑자기 이 마을에 쳐들어왔다. 그들은 민족을 불문하고 민가에 뛰
어들어 노략질하며 농민들에게 갖은 야수적인 만행을 다 하였다.이런 행위
에 격노한 인민대중들은 인민해방군의 지지 하에 자위무장대를 조직하였다.
그들은 조직된 인민무장역량으로 국민당반동파들과 용감하게 투쟁하여 빛
나는 승리를 취득하였다.[4]이러한 이야기 경개가 알려주는 바와 같이 연극
≪인민무장≫은 국내혁명전쟁시기 인민들이 자체의 무장대를 조직하여 영
용하게 싸운 투쟁생활을 보여준 동시에 그 속에서 맺어진 조선족인민들의
우의와 단결을 반영하였다. 그리고 이 연극에서 ≪해방의 봄맞이≫, ≪농민

---

4) 연극 ≪인민무장≫에 대한 내용은 ≪중국조선족문학사≫(연변인민출판사, 1999), p.274에
   서 참고하였다.

가≫, ≪인민무장의 노래≫ 등 대중가요들이 자연스럽게 인입된 것이 특징적이다.

◉ ≪로동자의 설음≫ 김정동 작

연극 ≪로동자의 설음≫은 1948년 상반년에 왕청현 서위자구락부에서 공연한 장막극이다. 작품은 해방 전 피땀을 흘리며 갖은 노역 속에서 허덕이었으나 굶주린 생활을 면하기 어려웠던 노동자들의 처지를 고발하였다. 그리고 이 연극은 해방 후 농촌구락부에서 공연한 작품가운데서 비교적 규모가 컸다는데 그 의미가 있는 것이다.

◉ ≪36년만에 태양≫ 신호 작

연극 ≪36년만에 태양≫은 1946년 화룡현 두도구연예대에서 공연한 장막극이다. 화룡현 두도구 연예대는 당지의 문예활동을 즐기는 청년들이 자동적으로 조직하였는데 주로 민주대동맹과 연합하여 연예활동을 전개하였다. 이 연예대의 성원들은 하루에 반날씩 농업노동에 종사한 이외의 시간은 모두 문예절목에 대한 연습과 공연활동에 열중하였다. 그들이 출연한 것은 대부분 장막극이었는데 ≪36년만에 태양≫은 그중의 하나이다. 이 작품은 연예대의 대장인 신호가 창작하고 연출은 맹심(일본 와세다대학 졸업생)이 보았다. 연극 ≪36년만에 태양≫은 전5막으로 구성되었다. 그 내용은 한 가정에서 공산당의 지하혁명활동에 참가하여 일제침략자와 끝까지 싸워 승리하는 가운데서 표현된 사랑이야기를 썼다.

◉ ≪안해의 무덤≫ 맹심 작

연극 ≪안해의 무덤≫도 화룡현 두도연예대에서 1947년에 공연한 장막극이다. 그 작자는 맹심이고 연출도 맹심이다. ≪안해의무덤≫은 전4막으로 구성되었다. 그 내용은 일제통치시기 한 지하공작자의 아내가 왜놈 경찰과 그 주구들의 감시 속에서 갖은 고통을 받다 한을 품고 희생된다. 그의 남편이 승리하고 돌아왔으나 아내는 이미 세상을 떴다. 남편은 아내의 무덤 앞에서 끝까지 혁명할 것을 다짐하는 것으로 극은 막을 내린다.

◉ ≪연안의 달밤≫ 신호 작

연극 ≪연안의 달밤≫ 역시 화룡현 두도연예대에서 1946년에 공연한 장막극이다. 그 작자는 신호이고 연출은 맹심이다. 작품은 전6막으로 구성됐는데 팔로군이 일제침략자와 싸우는 항전의 내용을 표현했다고 전해질뿐 구체적인 이야기는 알 수 없다. 이 연예대는 이외에도 많은 장막극을 공연했다. 이를테면 농민들이 지주의 압박착취를 반대하여 영용하게 싸우는 투쟁정신을 반영한 전4막 5장의 장막극 ≪피묻은 농민모자≫(맹심 창작 연출, 신호 부연출)와 같은 작품이 그러하다. 그들은 이러한 작품을 가지고 두도구외의 서성, 팔가자, 화룡, 룡정 등지를 순회하며 공연했다. 이 연예대의 주요한 멤버였던 신호, 김상옥, 박응조, 남수길 등 사람들은 후에 길림성 임업문공단에 편입되어 장백산지구에서 공연활동을 벌렸을 뿐만 아니라 전선위문공연도 하였다.

◉ ≪형제≫ 신호 작

연극 ≪형제≫는 1948년에 화룡현 두도구 북산촌과외극단에서 공연한 장막극이다.

≪북산촌과외극단≫은 두도구연예대가 해산된 지 1년 후에 북산촌의 문예애호청년들이 조직한 과외극단인데 북산촌민위원회의 지도 밑에서 활동하였다. 장막극 ≪형제≫는 전5막 6장으로 구성되었는데 두 형제가 지하혁명활동에 참가하여 일제침략자들과 싸우는 반일투쟁정신을 구가한 작품이다.

◉ ≪담배불≫ 리용연 작

연극 ≪담배불≫은 1948년에 화룡진 과외문공대에서 공연한 단막극이다. 이 작품은 방화호림을 그 주제로 다루었기에 당시 정부 지도일군들의 중시를 일으킨 동시에 임산지구(林産地區)관객들의 열렬한 환영을 받았다. 그들은 이 시기에 또 ≪락동강 700리≫, ≪꽃다발≫등 장막극도 공연하였다.

◉ ≪무식은 탄식≫과 ≪일부일처≫

연극 ≪무식은 탄식≫과 ≪일부일처≫는 1947년 도문시 가두여성들이 자체로 창작하고 공연한 작품이다. 연극의 내용은 문맹퇴치와 혼인제도에 대한 주제를 다룬 것이다. 특히 여자들이 남자역으로 분장하여 출연하였기에 관중들의 흥미를 자아냈다고 한다.

(2) 흑룡강지구에서 공연한 작품

◉ ≪안중근≫ 김진문 작

연극 ≪안중근≫은 1945년 광복 후 하얼빈 양양극단에서 처음 목단강에 와 공연한 장막극이다. 이 연극의 작자 김진문(1912-1946)은 해방 전에 조선에서 연극활동을 하다 흑룡강에 왔다. 광복 후 목단강에서 신문을 꾸리다 하얼빈에 가서 양양극단을 세우고 ≪안중근≫을 창작하여 공연했다. 이 연극의 공연은 해방직후 흑룡강성에서 대형작품으로는 처음이었다. 장막극 ≪안중근≫은 심양에서도 공연했다. 김진문은 1946년 순회공연 도중 33세의 젊은 나이로 세상을 떴다.

◉ ≪희망렬차≫와 ≪추수≫

연극 ≪희망렬차≫와 ≪추수≫는 목단강지구의 ≪무궁화≫악극단이 1945년 11월 16일에 공연한 작품이다. ≪추수≫는 이 악극단에서 동시기에 공연한 가극작품이다. 작품 ≪희망렬차≫는 해방 후 인민들의 원대한 이상을 표현하였고 가극 ≪추수≫는 해방 후 농민들의 첫 수확을 노래하였다.

◉ ≪두만강을 등지고≫ ≪추석명절≫ ≪풍운의 남매≫ ≪인생안내≫

이 네 연극은 1946년 3월5일에 발간된 ≪인민신보≫(목단강시)의 후원으로 목단강시 로농극단에서 공연한 작품들이다. ≪두만강을 등지고≫는 비극이고 ≪추석명절≫은 희극이며≪풍운의 남매≫는 정극이고 ≪인생안내≫는 풍자극이다. 그 구체내용은 알 수 없다.

◉ ≪동방의 거와≫와 ≪공산주의렬차≫

1945년 10월초 목단강시 조선인민주동맹 서안구 2구의 청년들이 당시 청년부장이였던 김례삼의 주체 하에 목단강시 동안극장에서 공연한 작품이다. ≪동방의 거와≫는 김례삼이 창작한 무언극이고 ≪공산주의렬차≫는 김례삼과 조경홍이 합작한 풍자극이다. 이런 연극들은 당시 각지의 조선족피난민들이 목단강에 모여와 조선으로 간다며 북새판을 벌리고 있었던 정형에 비추어 민심을 안정시키는 내용이 기본이였으므로 당시 관객들에게 일정한 자극을 줄 수 있었다.

◉ ≪안해의 힘≫ 리한룡 작

연극 ≪안해의 힘≫은 1946년 좌우에 목단강시 공화가의 민주대동맹 청년부에서 공연한 장막극이다. 이 연극의 작자 리한룡은 해방직후 목단강지구에서 조선족연극예술의 선구자의 한사람이다. 그는 필명으로 송산호, 송악이라 하는데 김진문과 함께 해방직후 첫 사람으로 연극활동을 하였다. 그는 ≪동북신흥예술협회≫창시자의 한사람이다. 1947년에 흑룡강에서 순회공연도중 재귀열로 불행하게 사망하였다. 그가 창작한 주요한 연극작품으로 ≪안해의 힘≫, ≪3.1봉기≫, ≪밀림의 고백≫, ≪무명화≫, ≪막다른 골목≫ 등 장막극 외에≪서장나으리≫, ≪돼지사건≫과 같은 단막극도 있다.

◉ ≪피빛≫

연극 ≪피빛≫은 1946년 12월 5일에 목단강시 민주대동맹문공단이 목단
강군인회관에서 공연한 장막극이다. 이 연극은 목단강 민맹문공단이 창설된
후 처음으로 자기 창작품을 가지고 공연했다는 의미를 가지는 작품이다. 연
극 ≪피빛≫은 전3막 4장으로 구성되었는데 악질지주의 청산을 그 내용으로
했다.

◉ ≪밀림의 고백≫ 리한룡 작

연극 ≪밀림의 고백≫은 목단강시 민맹문공단에서 1947년 8월16일부터
20일까지 목단강 인민극장에서 공연한 장막극이다. 장막극 ≪밀림의 고백≫
은 리한룡이 연변지구에 출장 갔다 온 부시장 김동렬이 제공한 ≪해란강 참
안≫의 역사적인 이야기에 기초하여 창작한 것이다. 이 작품은 그 후 장막극
≪독충≫(황봉룡 작)과 함께 목릉, 홍원진, 림구, 리수진, 수분하, 계서 등지
를 순회하며 1948년 1월까지 공연하였다.

전3막 6장으로 구성된 연극 ≪밀림의 고백≫에 대하여 당시 목단강시의
신문 ≪인민신보≫5)에서는 이렇게 소개하였다. ≪밀림의 고백≫은 ≪괴뢰
만주국당시에 일제의 충실한 주구로 된 간도성 용정을 중심으로 민생단이란
거짓혁명조직의 간판을 내 걸고 수많은 혁명열사들을 투옥 학살하던 매국노
림남두(가명)일파가 뻔뻔스럽게도 자기들의 과거 죄악을 감추고 탈을 쓰고
우리민주사회의 소위 간부의 한사람이 되어 야비한 기만수단을 다 하다가
피해자 심영복(가명)이 유리병 속에 넣어서 밀림의 땅속에 깊이 감추어두었
던 비밀서류가≫그의 아내 경애(가명)의 폭로에 의하여 진상이 드러나자
"야수 림남두 이하 13명이 인민들의 정의의 총칼아래 일망타진된 사건을 그
내용으로 한 희곡이다." 보다시피 연극 ≪밀림의 고백≫도 역시 항일무장투
쟁시기 연변에서 발생한 해란강 유혈사건의 역사적인 사실에 원형을 두고

---

5) 연극 ≪밀림의 고백≫의 기본내용에 대하여 ≪인민신보≫ 1947년 8월 10일자에 기재되어
있다.

창작한 작품이라는 것을 알 수 있다. 이 연극이 공연된 후 당시 목단강의 ≪인민신보≫6)에 두 편의 관후감을 발표하여 그 성과와 사회적 효과를 긍정하였다. 연극 ≪싸우는 밀림≫은 목단강 외 흑룡강의 여러 지구를 순회하며 공연하여 많은 조선족관객들의 대환영을 받았다.

◉ ≪붉은 태양이 솟아 오른다≫

연극 ≪붉은 태양이 솟아 오른다≫는 1945년 11월에 흑룡강성 신안진의 ≪고려악극단≫에서 공연한 작품이다. 이 작품은 집체작인데 그 집필은 조춘희(이 극단의 극창작과 연출부장)이다. ≪고려악극단≫의 단장은 권녕일이고 총무부장은 조창학이며 음악부장은 김종화였다. 연극 ≪붉은 태양이 솟아 오른다≫는 조선족과 한족인민들이 해방 전에 일제침략자들이 세워놓은 개척단과의 투쟁을 묘사하였다. 극의 결말은 조한족 농민들이 개척단의 간판을 뜯어버리는 것으로 고조를 보이면서 막을 내렸다.

◉ ≪북방에 종이 운다≫

≪북방에 종이 운다≫는 1946년 3월에 흑룡강성 신안진 고려악극단이 공연한 대형가극 작품이다. 극본창작은 권녕일이 하였고 작곡은 김종화가 하였다. 이 가극의 이야기줄거리는 이러하다.

해방 전 지하혁명자인 아들이 왜놈경찰들의 감시를 받다 못하여 끝내 집을 떠나게 된다. 이런 기회를 타서 왜놈의 주구 오가라는 놈은 그의 어머니를 욕심내 음심을 품고 갖은 괴계와 악착한 짓을 다 벌린다. 해방이 되었다. 그런데 주구 오가놈은 새 정권의 눈을 피해 오간데 없이 사라졌다. 놈은 중으로 가장하고 깊은 산속의 절간에 숨어 살았던 것이다. 허나 놈이 제아무리 가장하여도 결코 인민들의 법망을 벗어나지 못하고 끝내 잡히었다.

이 가극 ≪북방에 종이 운다≫는 당시 한창 전개되었던 한간에 대한 숙청

---

6) 연극 ≪밀림의 고백≫의 관후감은 ≪인민신보≫ 1947년 8월 21일과 9월 2일자에 각기 기재되어 있다.

운동과 결부된 내용이었으므로 정부의 관심을 받았을 뿐만 아니라 그 종합
예술성의 과시로 하여 관객들의 환영을 받았다.

◉ ≪기러기≫

이 작품은 1946년 하반년에 고려학극단에서 제2차 연변순회공연을 하였
는데 그때 창작하여 공연한 가극이다. 이 가극은 권영일이 각색하고 김종
화가 작곡하였다. 처음 도문에서 시작하여 연길, 조양천, 동불사 등지를 순
회하며 공연했다. 가극 ≪기러기≫의 내용은 이러하다. 해방 전에 한 가정
에 화진이라는 아들이 있었다. 그처럼 귀하게 자래우고 공부까지 시켰는데
일제침략자들에 의해 일본군대에 끌려 나갔다. 어머니는 매일 눈물로 세월
을 보내며 원통해 하였다. 그러다가 해방이 되자 오매에도 간절히 돌아오
길 바라던 아들 화진이가 나타났다. 이와 같이 가극 ≪기러기≫는 일제가
빚어놓은 강제징병의 불행을 폭로하고 해방이 가져다준 행복의 기쁨을 노
래하였다.

◉ ≪참군≫과 ≪마지막 하나의 수류탄≫

연극 ≪참군≫과 ≪마지막 하나의 수류탄≫은 해방 후 하얼빈에 주둔한
조선의용군 제3지대선전대가 1946년 2월부터 근 3년 동안 문예선전활동을
하는 가운데 공연한 장막극의 일부분이다. 연극 ≪참군≫은 인민의 군대에
참가하는 영광스러움을 노래하였고 연극 ≪마지막 하나의 수류탄≫은 항일
전쟁시기의 한 영웅전사의 희생적인 업적을 노래한 작품이다.

◉ ≪태항산의 혈적≫ 최재 작

연극 ≪태항산의 혈적≫은 1946년 12월에 하얼빈에 주둔한 조선의용군
제3지대의 선전대가 하얼빈 아시아극장에서 공연한 장막극이다. 이 장막극
은 항일전사들이 태항산에서 적의 포위망을 짓부수고 싸운 유혈적인 격전을
묘사한 작품이다.

◉ ≪아름다운 마을≫ 김교성 작

연극 ≪아름다운 마을≫도 역시 조선의용군 제3지대 선전대에서 공연한 작품이다. 작품은 날로 향상하는 해방 후 농촌에서의 번영과 행복한 생활을 묘사하였다고 전해진다.

조선의용군 제3지대 선전대에서는 이런 연극외도 많은 작품을 가지고 하얼빈뿐만 아니라 흑룡강지구에 조선족들이 모여 살고 있는 곳을 다니며 공연했다. 즉 오상현, 연수현, 아성현, 상지현 등지의 농촌에 내려가서도 순회하며 공연하여 가는 곳마다 조선족관객들의 열렬한 환영을 받았다.

◉ ≪광명≫ 황봉룡 작

연극 ≪광명≫은 중국조선민족의 제1세대의 우수한 작가 황봉룡(1925~1998)의 처녀작 장막극작품이다. 1948년 8월 고려중학 교내문예경연대회에 내놓은 후 목단강시에서도 공연되었다.

극작가 황봉룡은 자기의 처녀작을 회고하여 이렇게 썼다. "안과의사 김형식은 모 도시 큰 병원에서 근무하는 보통의사였다. 그는 의술이 고명하고 정의감이 있는 의사였다. 하루는 한 처녀가 눈먼 남동생을 데리고 김형식 선생을 찾아온다. 김형식 의사는 오누이를 동정하여 자기 돈으로 소년의 눈을 치료한다.

며칠후 처녀와 소년은 다시 병원에 나타나지 않는다. 김형식 선생은 웬일인가 하여 처녀의 집으로 찾아간다. 한편 처녀의 집 부엌에는 잔인한 늙은 지주가 등디목에 걸터앉아 빚을 내라고 재촉한다. 이때 김형식 의사가 나타난다. 그는 조실부모한 오누이를 동정하여 자기 돈으로 빚을 갚아준다. 그후 김형식 의사는 온갖 정성을 다하여 소년의 눈을 치료한다.

병원의 남의사는 원장대리 직무를 탐내 김형식 의사를 눈에 든 가시처럼 여기면서 그가 소년의 눈을 치료해 주는 것은 처녀를 농락하려는 데 그 목적이 있다고 요언을 날조하여 원장에게 고발한다. 이로부터 모순갈등이 심화된다.

김형식 의사는 온갖 장애를 물리치고 끝끝내 소년의 눈을 뜨게 한다. 원장은 당연히 김형식 의사를 원장대리로 승급시킨다. 그러나 김형식 의사는 명예도 지위도 마다하고 농촌에 내려가 작은 진료소를 꾸린다.

김형식 의사의 의술이 고명하다는 소문을 듣고 변복한 국민당병사 두 명이 찾아와서 김형식 의사를 국민당구역으로 가자고 협박한다. 김형식은 끝까지 항거해 나선다. 국민당병사들이 권총방아쇠를 당기려 할 때 팔로군들이 쳐들어와 김형식 의사를 구한다. 팔로군련장은 자기의 눈을 치료하여 광명을 보게 한 은인을 알아보고 달려가 그의 손을 으스러지게 잡는다. 만감이 교체되는 감격적인 상봉으로 대단원을 이룬다. 이리하여 김형식 의사는 팔로군을 따라 혁명의 길로 나아간다."

처녀작의 이야기줄거리에 대한 작자의 생동한 회억에서 알 수 있는 바 황봉룡의 장막극 ≪광명≫은 오누이와 김형식 의사와의 관계에서 벌어지는 사건, 남의사와 김형식 의사와의 관계에서 벌어지는 사건, 잠입한 국민당과 김형식 의사와의 관계에서 벌어지는 사건 등등 복잡한 갈래의 이야기들이 뒤엉켜 전개되지만, 주인공 김형식 의사의 형상이 보다 두드러지게 부각되었다.

처녀작 ≪광명≫을 세상에 내놓은 후 극문학창작에 흥미를 붙인 황봉룡은 1947년에 목단강민맹문공단에 들어갔고 그 후 하얼빈송강로신문공단, 연변연극단, 연변가무단 등 문예공연단체에서 일생동안 조선족의 연극예술발전을 위해 극문학창작에 종사하였다.

(3) 통화지구에서 공연한 작품

이 시기 통화지구에서 연극공연활동을 한 것은 이 지구에 주둔하였던 리홍광지대의 선전대이다.

◉ ≪리홍광≫

연극 ≪리홍광≫은 1946년 2월 하순에 리홍광지대 선전대에서 공연한 전 2막 3장의 장막극이다. 그 작자는 심청, 최아림, 정덕명 등이고 그 주요배역으로는 리홍광역에 주선우, 김대장역에 김우수, 리홍광의 동생역에 리금덕, 리홍광의 어머니역에 윤광복, 위만경찰역에 허기수, 전사역에 계일성 등이 출연했다. 이 장막극은 당시 통화, 삼원포, 류하, 매하구, 쾌다모라 등지에서 순회공연했다. 연극은 주로 항전시기 리홍광의 업적을 표현하면서 그의 혁명적 일생을 구가하였다. 연극은 이르는 곳마다에서 관객들의 열렬한 환영을 받았다.

◉ ≪강제병≫

연극 ≪강제병≫은 1946년에 ≪5.1≫절을 맞으며 리홍광지대 선전대가 통화지구에서 장막극 ≪리홍광≫과 함께 공연한 작품이다. 그들은 하루에 두 차례씩 일주일동안 공연했으나 번마다 만원이었고 "관중들의 절찬을 받았다."7) 연극 ≪강제병≫은 일제침략자들이 강제징병에 끌려 나간 한 조선 청년의 운명을 묘사한 작품이다. 연극 ≪강제병≫은 전1막 2장으로 구성되었다.

◉ ≪적 심장속에서의 투쟁≫

연극 ≪적 심장속에서의 투쟁≫은 1946년 6월 통화의 용진구 극장에서 리홍광지대 선전대가 공연한 작품이다. 그 작자는 지봉래이고 작품의 내용은 일제통치시기 지하혁명자의 간고하고도 곡절적인 사업을 묘사하였다고 전한다. 작자 지봉래는 원래 해방 전에 조선 강계 일대에서 연극예술사업에 종사한 적이 있었다. 중국에 들어온 후 이 부대의 전사였다가 선전대에 추천되

---

7) 연극 ≪강제병≫의 공연상황에 관한 글은 ≪문학과 예술≫(연변문학예술연구소) 1988년 4호(7~8월호), p.91에 있음.

었다. 그는 이 연극의 주인공으로 공연하던 도중 무대 우에서 심장병이 발작
하여 쓰러졌다. 부대의 사령부에서는 지봉래를 추모하는 추도문에서 이렇게
썼다. "무산계급혁명전사 지봉래동지의 업적과 고귀한 정신은 우리들의 마
음속에 영원히 살아 있을 것이다."8)

◉ ≪지뢰수 조성수 용사≫ 최득화 작

≪지뢰수 조성수 용사≫를 일명 ≪폭파영웅 조성두≫라고도 전해진다.
1947년 3월 7일에 리홍광지대의 선전대가 휘남극장에서 공연한 전1막 2장
의 가극작품이다. 이 가극공연은 휘남전투의 승리를 총화하면서 전투 중에
서 영용하게 싸우다 희생된 폭파수 조성두 등 영웅들을 추모하는 대회이기
도 하였다. 가극 ≪지뢰수 조성수 용사≫는 지뢰수 조성두가 동북해방전투
에서 첫 번째로 적의 견고한 영구화점을 육탄으로 까부신 영웅적인 진실한
사적에 의해 창작한 작품이었으므로 관람한 장병들을 매우 감동시켰다.

◉ ≪영예군인≫ 주선우, 최득화 작

연극 ≪영예군인≫은 1947년 3월에 리홍광지대 선전대가 매화구에서 공
연한 단막극이다. 이 연극은 영예군인들의 업적을 표현한 작품이기에 연극
공연으로 하여 영예군인의 배치사업을 하는데 큰 도움을 주었다고 전해진다.

◉ ≪민주련군이 오는 날≫

연극 ≪민주련군이 오는 날≫은 1947년에 리홍광지대 선전대가 공연한
전 2막극 작품이다. 그 작자는 주선우와 최정연이다. 작품은 전투에서 승리
하고 해방구에 진군하는 민주련군을 열렬히 환영하는 인민들의 희열을 묘사
하였다.

---

8) 동상서

◉ ≪공작원≫과 ≪두개 만두≫ 최정연 작

≪공작원≫과 ≪두개 만두≫는 1947년에 리홍광지대 선전대가 통화지구에서 공연한 단막극이다. 연극 ≪공작원≫의 구체내용은 알 수 없으나 ≪두개 만두≫는 구정물속에 내버린 두 개의 만두에 대한 이야기로부터 근검절약의 필요성을 표현한 작품이라고 한다.

◉ ≪창작원의 하루≫ 김우수 작

1948년 리홍광지대 선전대는 사단(심양해방후 제166사로 명명됨)의 지휘부와 함께 매하구로부터 남쪽으로 전진하여 철령부근의 고산툰에 자리 잡았다. 그때 부대의 공신대회에 참가한 영웅들을 위로하는 문예공연에서 연극 ≪창작원의 하루≫를 출연했다. 작품은 문예사업일군들의 생활을 묘사하면서 문예사업도 혁명사업의 일종이라는 사상을 표현하였다.

◉ ≪영광패≫ 김우수, 최정연 작

≪영광패≫는 1949년 1월 리홍광지대 선전대에서 창작 공연한 장막가극이다. 가극 ≪영광패≫의 작곡은 정진옥이고 편폭은 전3막 4장으로 구성되었다. 선전대에서 모택동 주석의 신년사 ≪혁명을 끝까지 진행하자≫를 학습하며 부대생활에 심입하여 생활체험을 하는 가운데 창작한 것이다. 그러므로 부대의 사상동태와 생활실정에 근거하여 혁명을 끝까지 진행해야 한다는 모택동 주석의 사상을 선전한 것이 주제사상이었다.

◉ ≪농부와 뱀≫ 주선우 최정연 작

≪농부와 뱀≫은 1949년 모주석의 신년사 ≪혁명을 끝까지 진행하자≫에 인용한 우화에 근거하여 리홍광지대 선전대에서 창작 공연한 장막가무극이다. 대형가무극 ≪농부와 뱀≫은 전 4막 5장으로 구성되었는데 그 작자는 주선우와 최정연이고 작곡은 유덕수가 하였으며 안무는 김인애, 신농학, 유광

복이 합작하였다. 대형가무극 ≪농부와 뱀≫은 근 40명을 헤아릴 수 있는 관현악반주까지 갖춘 악대와 함께 심양의 여러 극장에서 공연했을 뿐만 아니라 1949년 7월 초순 북경에서 열렸던 전국 제1차 문학예술사업일군대표대회의 초청을 받고 북경무대에서까지 공연할 수 있는 영광을 지니게 되었다. 그리하여 각 지방에서 온 대표들의 열렬한 환영을 받은 동시에 당시 기록영화촬영소에서도 그들의 공연을 촬영하였다. 특히 잊을 수 없는 희사는 이 기회에 선전대의 성원들은 영광스럽게도 모택동 주석과 주은래 총리 등 나라의 지도자들의 접견을 받았다는 그 점이다.

2. 주요한 희곡문학 작품

崔 采

全四幕

태행산(太行山)호가장(胡家庄)전투에 조국과 인민을 위하여 장렬히 싸우시다 희생하신 손일봉(孫一峯) 박철동(朴喆東) 최철호(崔喆鎬) 왕현순(王顯淳) 네 동무에게 숭고한 혁명경례를 올리며 삼가드리나이다.

때   一九四一년 조선의용대가 조선과중국반동분자들의 비열하고 추악한 손아귀를 벗어나 열정으로 도와주고 지극히 사랑하는 중국공산당팔로군근거지의 품에 들어온해 늦 가을

사람

金隊長 ························· 三十二歲
孫一峰(分隊長) ············· 二十八歲
朴喆東 ························· 二十九歲
崔喆鎬 ························· 二十九歲

● 장막극 ≪혈투≫는 1948년에 출판된 ≪대중≫ 제1호, 3호의 p.63과 제4호의 p.62에 발표된 것이다. 작자는 전4막이라 했는데 아직 3∼4막은 찾지 못하였다.

王顯淳 …………………… 二十五歲
文明哲 …………………… 二十八歲
金鐵(宣傳干事) ………… 二十八歲
李一英 …………………… 二十二歲
安娜(女宣傳員) ………… 二十三歲
金萬壽 …………………… 二十六歲
趙光(分隊長) …………… 三十 歲
金漢 ……………………… 二十七歲
老太太(中國百姓) ……… 五十餘歲
老 鄕 (中國百姓) ……… 四十餘歲
商 人 (中國商人) ……… 三十餘歲
黃營長(八路軍) ………… 三十餘歲
通信員(八路軍) ………… 二十餘歲
隊員 ……………………… 三十餘名
日本軍官 兵士 ………… 十餘名

第一幕

때   초저녁밤

곳   촌 백성의 집

(지저분한 백성의 곡간방을 나서면 넓은 마당 그 가운데 말로가는
큰 돌망짝이 놓였으며 마당뒤에는 군데 군데 허무러진 돌담장 그
뒤에 잎떨이진감나무 한구루가 가지만이 뻗히어있다.

웅장한 태행산의 그림자가 진하여가는 황혼에 사라져가고 어둠컴
컴한 하늘엔 갈퀴와 같은 초생달이 날카롭게걸리워있다.

동무들은 해 떨어질무렵에 이 촌에 도착하여 늦게야 저녁을 먹게
되어 마당에 끼어앉아 굶주림에 조밥과 소금국을 들어 삼킨다.

밥먹는 소리외에는 끽—소리도 없다.

얼마있다가 중국 백성 로태태 (老太太) 가 바가지에 쫜채 (酸菜)를

듬뿍 담어가지고 들어온다.

로태태 먼길을 걷고 이렇게 늦게야 저녁밥을 먹으니 시장들하시겠소 자— 변변치않지만 이쏸채를 찬 삼아 잡수 (동무들 로태태를 보고 모두 일어선다 일봉동무 마주나간다)

일봉 (로태태의 바가지를 가벼히밀며) 할머님 우리찬이 많습니다 집에서나 가져다 잡수시오

로태태 찬이 많기는 소곰국만가지고 되게쏘 자 사양들말고 받아잡수시우 에이 고생들하는걸 보면………

일봉 이리뛰고 저리뛰고 우리뭐 고생하는거 있나요 할머님이 집에서 고생이시지 자 우리는 밥도 이미 다 먹어가니 도루가져 가십시오

로태태 모두다 왜놈의 새끼들이 오기 때문에 군대도 백성도 이 고생이 아니오 들으니 동무들은 우리중국사람도 아니고 외국사람이라하니 고생이 얼마나 더 하겠소 자 이 쏸채가 외국사람입에 맞을지 않맞을지는 모르겠지만 찬이 모자라니 입땜삼아 받아잡수 일봉 원참 할머님 우리 먹지못할것이 어디있겠어요 그렇지만 밥도 거진 다 먹었고 ………

로태태 에이 젊은 사람들이 웬고집들이 그렇게 센지 맛 있든 없든 늙은 사람이 갖다주는것이라면 응당 받아야 도리가 아니오 자 받우

일봉 (하는수없이 받으며) 할머님이 그렇게까지 말슴하신다면 이거 참 너무 황송해서………

로태태 (인자하게 웃으며) 암 그래야지 팔로군은 백성들께 너무 사양해서 걱정이야

대원들 (웃는 얼굴로 로태태를 끌며) 할머님은 우리게 맛있는 쏸채를 먹으라고 갖다주시니 맛은 없지만 우리와 함께 진지를 잡수서야 되요

로태태 아니 난 저녁을 이미 배불리 먹었으니 동무들이나 빨리 많이잡수

대원들 않돼요 않돼요

로태태 에구 동무들껜 뭐 갖다주기두 급하니까 갖다주면 그대신에 꼭 또 밀줄라니 자—빨리들 잡수 난 이후에 동무들이 돼지잡구 만두했을

때 와먹지

일봉   동무들 할머님께서 오늘은 이미 저녁을 잡수셨으니 내일 할머님을 청합시다

로태태   그럼 그래야지

(동무들 모두 흩어져 제자리로 가서 다시 밥을 먹는다. 로태태가 가져온 쏸채를 한 동무가 나눈다 로태태 만족히 웃고 돌아가련다

로태태   자 밥들이나 많이 잡수 집에 있으면 이런 고생들은 않할건데 ………

(로태태 돌아간다 동무들 모두 일어나서 『고맙습니다』 『안녕히 가십시오』 인사들한다』)

일영   (쏸채를 한입머고 무슨생각에 잠겨)태행산근거지가 꼭 우리둘쩨 고향이야 따스한맛이 맘에 나

김철   (쏸채를 먹으며)………첫번입에 들어갈제는 시고 쓰지만 차츰 차츰 집썹으면 달콤한 맛이나며 밥맛을 돋우어………

현순   그게 시에 한구절인가?

김철   아니 철리야 잘 기억해두라우

명철   (밥을 다 먹고 일어나서 배를 쓰다듬으며) 아이구 이제야살아났다 꺽— 조밥이 사람을 살리거던

철호   (능청맞게) 여보 마누라 뭘 그렇게 떠들우 남듣기에 창피하지않소 쩨쩨

명호   조런 조런………깨여진 양철통 또 뚜들긴다

(동무들 밥먹다말고 킬킬 웃는다 만수 역시웃으며 밥을 드러 삼킨다 급작스러이 재채기를 『아췌—』한다 입안에 밥이 터져 나오자 함께 밥먹던 동무들이 밥그릇을 손으로가리우며 『원』 『원』한다 만수 재채기가 끝나지않어 뒤로 돌아서 또 몹시 『아췌—』한다』)

일영   (밥을 다먹고 일어서며) 웨 그래

만수   (재채기가 아직도 끝나지않은 얼골로) 아니 고놈에 좁쌀알이 목구먹으로 넘어갈려는데 웃는바람에 고만 콧구멍으로들아가………

(또 한번 세차게 재채기를『아췌―』한다………) 이제야 나왔다 (코를 닦는다) 에구 못먹겠다 마른목에다 깔깔한 고놈에 좁쌀을 집어 널랴니

철호　(밥먹으며) 미끈덕하게 넘어가지

만수　미끈덕이무어야 모래알이 넘어가는것 같은데

일영　하 그러니까 아직 조밥 먹을 줄 모른다는 거지 내가 가르켜줄가 조밥그릇을 들고나서는 오오 번지르르한 이밥 이라 외치고 한수깔 듬뿍떠서 입에 넣거든 그리구 소곰국물을 뚝떠서는 오 기름이 둥둥뜬 갈비국 하고 입에 후루루떠넣면 스르르 꿀꺽―(힘없는 기침을한다)

만수　동무는 그런방식으로 조밥을 먹어 빼빼 말러 기침만 하는군 난 그런 공상할줄 몰라

일영　모르니까 배우라는 거지 (밥그릇씻으려간다)

김철　(밥을다먹고 일어나서 넓적다리를치며) 구십리 급행군 꽤 백은한데

일봉　(밥먹으며)우리가 살짝없어서 왜놈의새끼 들이 꽤 심심하겠다

김철　심심해？ 하나도 잡지못하였다고 화가 원숭이 어덩짝같이나서 깡충 깡충 뜰판인데

현순　(밥을 다 먹고나서) 우리머리하나에 십만원 홍 백만원을 걸어보라지

김철　아니 현순동무의 머리는백만원두 넘우헐해

현순　이거 또 왜………

김철　(정색을하며) 사실이지 그래 동무의머리값이 백만원밖에 안된단말인가 철학연구한것만 해두

현순　그럼 동무 시인의 머리는

김철　옆전 한잎어치도 못돼 (대부분동무가 밥을 다먹고 물통에 그릇씻으러간다 철호만이 그대로 먹고있다)

김철　(발길로 철호엉덩이를 툭차며) 작작먹어라 체할라

철호　왜이래 아직 멀었서

명철　(그릇을 다씻고돌아오며)고만놔두라우 지금 박철동동무 설흔공기

	기록타파하겠다구 배가 터져라 접어 였는판이야
철호	여보 마누라 사내들끼리 이야기하는데 또 무슨말 참섭이오 남보기 흉하지 않소
명철	조런 조런 깨여진양철통 좀 작게 뚜들기라우
김철	그래 몇 공기째야
명호	(그대로먹으며) 열 공기
명철	그럼 아직 멀었서 철동동무는 그날 밥이모자라니까 그렇지 밥만 남었다면 쉰공기는 먹었을것이야
호건	그날 개장국을 했으니까 그렇지
명철	홍 큰소리한다 우리 후방에있을제 개장국이아니구 감자구인데두 콩떡을 마흔두개를 먹었서 철동동무를 따라갈려면 아직두 수무고 개를 넘어가야 해
김철	철동동문 아무렇든 무섭거던 우리 낙양있을제 동무들하구 중국음 식집엘가 『쬬즈』를 먹는데 하나없는 백개를 집어쳐
대원	어케나 아흔 아홉 개?
금철	허 그래 어째 백개를 채우지않느냐 하니까 대답이 묘하지 동무들 보기에 부끄러워서
일영	그러니까 일홈을 밥철통이라고 했찌
대원二	홍 그래도 일하는덴 소야
일봉	철동동무가 어째 아직 돌아오지 않을가?
김철	그놈의 외눈깔이 늙은말을 끌고올랴니 오직이나 힘들겠소 승리품 은 적은가
일봉	별일은 없겠지?
김철	앗다 할망구 또걱정이시다 걱정이너무 많으면 말라죽는다니 밥이 나 잔뜩 준비해두라우
철호	(밥을 다 먹고 일어서며) 어 숨쉬기두가쁘다 (동무들 이미 밥을 다 먹었다 어떤 동무는 밥통과 물그릇을 내가고 어떤 동무는 마당을 쓸며 명철동무 하모니카를 꺼내어 『태행산우에』 곡보를불고 일영

동무 그옆에 쪼구리고앉어 따라 노래부른다 방안에 일봉동무 일기를 쓰고 현순동무 책보고있으며 김철동무 무슨 시를 구상하는듯 그 외 몇동무가 피로에 못이기여 누워 휴식한다 초생달이 사라졌다 온누리가 캄캄하다 찬바람이 불어온다 동무들 마당한복판에 말른나무가지를 얻어다 잿불을 피운다 불빛이 환하게 마당을 비추인다 모른 동무들이 일영동무를 따라 노래부른다)

『태행산우에서』

붉은해 동방에 빛나니 자유여 마음끝 노래불러라

보라 천산만곡 동장철벽 투쟁의 불길이 태행산우에 터져

기염이 천만장—

들으라 어머님 아들불러 원쑤치라고 처자는 정든님 전장에보내니

우리는태행산우에 우리는 태행산우에

높은산 깊은숲 강하고 장하라

원쑤가 진공하면 우리는여게서 멸망시키리

원쑤가 진공하면 우리는여게서 멸망시키리

일영 (노래를 다끌마치고 먼산을 바라보며 혼잣말비슷이) 산 산 산 앞에도 산 뒤에도 산옆에도 산 하늘을 뚫고 올라간 태행산봉오리 그래도 여기가 우리에 근거지로구나 그렇지않으면 오늘도 또 평원에서 왜놈들하고 밤새도록 아기자기한 숨박곡질을 할것인데 우리가 난짝 이 산우에로 올라온 줄은 놈들은 꿈에도 모르고 눈이 뻘개 평원에서 우리를 찾겠지 허 허 만약 놈들이 우리가 산중턱에있는 이촌에 온줄알고 따라온댓자 홍 개뼈다귀도 모추릴걸 (깊은생각에 잠긴다)

만수 (기지개를 하며) 아무렇든 사람사는게 꿈과 같해 어제밤만해두 굼벙이와같이 콩알만 해서 달랑 달랑 했는데 홍 오늘은 천하태평이로구나

대원 홍 자기가 겁쟁이니까 남두 다 겁쟁인줄 아는가부지 무어 달랑 달랑한단 말이냐 불이야

(동무들 깔 깔 웃는다)

만수　공연히 여기와서 큰소리치며 뽐내지말아 총소리가 빵 빵 나니까 떨기는 저 혼자떨데

대원一　야 요 주둥아리 봐 제가 내손을 잡고 떤걸 내가떨었다네

만수　아무렇든 자네도 숨을 쌔근 쌔근하지 않었어 피차 일반이야

대원二　그래도 다른동무들은 동무와같은 겁쟁이는 않일걸 글세 그게 뭐야 군중대회 하는날 왜놈들이 포위하여 쳐들어오니까 뒤에멧던 이불짐을 내어던지고 쥐구멍을 찾느라구

대원三　대포알이 쾅 터지니까 머리를 땅구멍에 틀어박구 그 큰 엉덩짝만 휘젓느라구 에이 못난사람

만수　그럼 대포알이터지구 총알이 쏘다지는데 업데지않구 뭘해 군사학을못배웠나

대원三　그럼 대장동무는 왜 업데지않구 깟닭없이 서있어서 대장동무가 군사학을몰라서 그런가

만수　건 대장이니까 그렇지

대원四　거 쓸데없는 말다툼을 하구있네 죽기를 무서워하지않는 사람이 어데있어 어떤사람은 전쟁에 단련을 많이받아 침착한것이구 어떤사람은 전쟁에경험이적어 당황해지는것이구 그렇지

대원五　그것뿐만이 아니야 어떤 사람은 혁명사업을위해 죽엄을예사로여기어 자기목숨을 아끼지않은사람이 있는것이구 어떤사람은 혁명사업보다 자기몸이 더귀해 자기몸을 지극히 아끼는사람이 있는것이구 그래 여기에 용감과비겁의 분간이있거던

만수　(화를버럭내며) 그럼 내가 비겁하단 말인가? 그래도 동무보다 일년앞서 내가 혁명에 참가했서

철호　허 리론이 붙었는데 내 또 양철통 한번 뚜들겨볼가 참말로 용감하고 비겁한 총소리 대포소리난다구 업디고 일어서고 하는 거기에만 있는겡아니라 마지막 위급할제 말하자면 적이 나를 포위하여 생명이 위태하다던가 내가 적에게 사로잡히게되었다던가할제 적에게

　　　　굴복하느냐 안하느냐 여기에서 결정되는거야

대원五　아무렇든 두려움이 없는 용감은 우리혁명가의 덕성이야 철동동무
　　　　를 보더래도 나는 그 동무를 흠모하지않을수 없거든 글세왜놈의
　　　　군복을입고 왜놈의 보초앞에가 말몇마디 뭇는척하더니 번개불이
　　　　야 날창으로 그놈을 푹──찔러 발길로 거더차버리고 나는 새와같이
　　　　토찌카문을열며 폭탄을 냅다던져 왜놈들이 아이구 제이구………

대원三　(입을삐죽하여 정신없이 하모니카를 불고있는 문명철동무를 가리
　　　　키며 낮은 말씨로)철동동무 뿐인가 우리기관총수 문명철 동무는
　　　　어떻커고 왜놈의날창이 가슴을 찔으려접어드는데 알없는권총을
　　　　드러내어 왜놈은 질겁을해 나가자빠떠려놓지않았나(이때명철동무
　　　　하모니카로 『카쥬샤』를불고 일영동무따라 노래부른다

　　　　『카쥬샤』

　　　　배꽃이 만발한 들밭에
　　　　부드러운 물결은 흘러
　　　　높은언덕에선 카쥬샤의
　　　　노래소리는 봄빛 같어

　　　　조국을 위하는 전사
　　　　이 순결한 처녀가 그리워
　　　　용감히 원수와 싸우니
　　　　카쥬사의 사랑이 보호하리

철호　　제기 또 연안 간 「푸쉬」 생각이 나는가부지

대원一　그게뭐야 「푸쉬」 생각이나면 밤 낮 하모니카로 그곡조나불고 불고
　　　　나서는 머리를 싸매고 연애편지를 쓰누라구 뭐 연애편지를 일주일
　　　　을 썼어도 다 못썻다나 사내자식이 고리탑탑하게

명철　　조런조런………기가막혀서

대원二　그래 우리는 연애냄새두 못맡아봤는데 와서 「푸쉬」하고 연애하던
　　　　경험담이나하라 어디 좀 냄새나맡아보자 더구나 국제연애가 돼서

　　　　맛이 더 고소하겠다

　　　　(대원들이 명철이를 끌어온다)

철호　　그래 「푸쳐」하고 산격전을했나 유격전을했나 진지전을했나

대원一　뭐 연애하는것두 전쟁하는거와 같은가

철호　　아무렴 전쟁하는거보다 더 어렵구말구 전쟁은 그래두 네가죽던 내
　　　　가죽던 판가리가있지않나 그러나 연애는 죽느니 사느니 가느니 마
　　　　느니 떠들어 대기만할뿐이지 판가리낼줄을 모르거던

대원一　에키나 난 그럼 연애해보긴 다글렸군 내가 제일무서워하는게 진득
　　　　진득한건데

대원四　그런데 대관절 연애에 산격전이니 유격전이니 진지전이니 하는건
　　　　다 뭐인가

철호　　연해하는 작전방법이야 번개불과같이 번쩍대방이 끽소리두못하게
　　　　들이치어 행복케하는것이 산격전인거구 동쪽에가서 우아하구 서
　　　　쪽에 외치어 대방이 얼떨떨해 넘어가는것이 유격전인거구 진지전
　　　　은 장기전인데 거기엔 또 일도방선 이도방선 삼도방선이있거던 그
　　　　래 일도방선을치고 이도방선을치고 삼도방선을 친다음에야 대방
　　　　을 죽여줍쇼하게 하는거야

대원一　에구 땀난다

대원三　그럼 명철동무는 어떤작전방법을 썼나

명철　　엣다 아르켜주지 운동전이다 운동전이야

대원一　(나가자빠지며) 에키나 이건새전술이로구나

　　　　(동무들 배가 터저라 웃는다 「즐거운사람들」 노래가 저절로 울려
　　　　나온다 방안에 있던동무들도 일봉 현순 김철세동무를 제한외에는
　　　　모두 마당으로뛰여나와 웃고 떠들고 합창한다)

　　　　「즐거운사람들」

　　　　즐거운 맘은 노래따라 뛰고

　　　　즐거운 사람들 광채가 찬란해

　　　　우리의 노래는 대지를 깨우고

도시와향촌을 깨워준다
이 노래는 우리에게 큰 힘을주어
우리를 이끌어 앞으로
누가 영원히 이 노래따라 전진하면
그는영원히 멸망치 않으리
×   ×
즐겁게 북극의 천지를 개벽해
세차게 죽엄의 위협을막어
인류의행복을 건설하거니
이는 끝없이 찬란한 영광
이 노래는 우리에게 큰힘을주어
우리를 이끌어 앞으로
누가 영원히 이 노래따라 전진하면
그는영원히 멸망치 않으리
×   ×
우리는 부단히 앞으로 전진
우렁찬 기세로 투쟁하리
우리의 생활은 투쟁속에 있으니
곤난한 환경을 극복하세
이 노래는 우리에게 큰힘을주어
우리를 이끌어 앞으로
누가 영원히 이노래따라 전진하면
그는영원히 멸망치않으리
×   ×
우리의 원수가 우리를 침범하여
전인류의 심장을 소멸하려면
우리의 노래는 인민을 깨워
조국을위해 희생을 준비하리

이 노래는 우리에게 큰힘을주어

우리를 이끌어 앞으로

누가 영원히 이 노래따라 전진하면

그는 영원히 멸망치 않으리

김철　(천정을 우르러보며 시를 구상한다)………영원히 사라지지않는 거룩한 령혼이여………불멸의 영령

현순　(책 보다말고 김철동무를 물그럼히 바라보며)찬송가 부르나

김철　왜 또 신이나서 빈정대는거야 또 뭐 철학문제에 걸리는가부지

현순　오 령혼이여 오 신이여 오 썩어진 유심론이여오 말나빠진 시여

김철　제기 보태어도 분수가있지 내 언제 오 신이여 했서

현순　영원히 사라지지않는 령혼은 어디서 튀어나왔나

김철　한혁명투사가 만약 원수와 용감히 싸우다 희생당하였다면 그동무의 위대한 혁명정신거룩한 령혼이 우리의마음속에 영원히살아있단말이야

현순　그게 다 너즐한 수작이거던 죽으면 다 그만이야 땅속에 들어가 썩어질뿐이지 무슨 빌어먹을 령혼이니 정신이니 살아있단말이야

김철　이건 제기 썩어진다는것밖에 몰라 아 그래 그동무가 죽었지만 그동무의 충실하고 굳세던 사상도 썩어진단말인가 그동무의 용감하게투쟁한 빛나는 사적도 썩어진단말인가 그동무가 우리에게준 정동지의사랑도 썩어진단말인가 아니야 그동무의몸은 죽었지만 그동무의 거룩한령혼 위대한 정신은 영원히 살아있는거야

현순　그걸가지고 령혼이나 정신이살아있다구 할 수 없어 그건 한낱 그동무가 살아있을때의 생활과 력사와 감정이 우리의 기억에 남아있을뿐이지 우리에게 남아잇는 이기억을가지고 그동무의 령혼이니 정신이 살아있다고 한다면 과학을벗어난 오묘하고 신비한 유심적관렴을 승인하는것이야 그동무는죽었서 생활도 력사도 감정도 다죽었서 다시 살아날수없서

김철　죽지않었서 살었서 이건무슨 유심론에서 출발하여 말하는것이야

니야 철학을연구한다구 교조주의를 범하지말라우 그는 죽어 입을 담으렀지만 그의 말과행동은 영원히 우리맘속에 살아있는거야

현순 죽었어 다시살아날수없어 그의죽은몸이 땅속에 들어간거와 마찬 가지로 그의 모든 것도 다 땅속에들어갔서 오직 우리에게 그동무 를 생각한맘과 그동무를 그리워하는 정만이 남었을뿐이야

김철 극것이 즉 그동무의 령혼과 정신이 우리 마음속에 살아있기때문 이야

현순 아니야 그동무의 몸도 정신도 다 없어졌서 사라졌서 그는 살아있 는 우리의 심리작용이야

김철 아니야 살아있어 죽지않었서 그의 몸은죽었지만 그의 정신은 살아 있는거야

현순 아니야 죽었서 살아있을수없어 그의 몸도 정신도 다 죽은거야

김철 아니야 살았서 죽지않았서

현순 아니야 죽었서 살아있을 수 없어
(마당에 동무들의 노래소리가 하늘을 찔은다 방안에 현순동무와 김철동무의 「살았서」 「죽었서」 떠드는소리가 땅을울린다 일봉동 무가 일기를쓰다말고 귀를 틀어막으며―)

일봉 아이구 꽤들 떠들어대네 적구에들어가 싸울젠 쥐죽은듯 괴괴하더 니 산우에 올라와서는 제세상인줄아는가부지………
(김철동무와 현순동무 떠들어대다가 일봉동무의 찝으러진 얼골을 보고 서로 싱긋웃는 다 이로써 변론을끝마치고 현순동무는 그대로 책보고)그럼 여기야 우리세상이지

김철 왜놈의세상인가 오늘은 홀닥 벗고잘판인데

일봉 너무 맘놓지말라우 적의거점이 여기서겨우 사삼리바께않돼

김철 사심리면 그놈들이 빨리온대도 세새긴은 와야해 적과오리사이를 두구도 잤으리

일봉 그래도 경각성은 높여야할걸 언제나 너무 맘놓는데서 병이생기는 거야

김철	에구 그렇게 격강성높이다가는 글세 말러죽는다니
일봉	(시계를보며근심을띠워) 그런데 어찌된셈인가 철동동무가 아직돌아오지않으니
현순	밤이어두워 길을잃어버리지 않았나
김철	밤길을걷는데는 부웡이눈인데……………………
일봉	무슨일을 저질르지나 안했을가 여기에 무상스파이들이 많다는데……………
김철	검정개쯤이야 철동동무 밥먹는 기운으로만도넉넉할것
일봉	(일어서며)어데 내좀나가볼까
김철	문제없을거야 그동무가 어떤동무길래 언제 실수해봤서
일봉	글세 그것두 그렇긴 그렇지만……………………
	(주저앉는다)
	(마당에 동무들의 노래가 방안의 동무들의불안한공기를 사라뜨린다)
대원	(노래부르다 갑자기 무엇을본듯이)쉬—맹꽁이온다 (동무들이 모두 노래를 멈추고 「쉬」, 「쉬」 「맹꽁이온다」, 「맹꽁이온다」, 「뛰여든다 뛰여든다 맹꽁이가 뛰어든다」하며 맹꽁이 노래를부른다) (안나동무 무엇을싼 보를들고 들어온다 맹꽁의 노래는 더크다)
안나	이거 왜들이래 승겁게 (손에 보자기를들며) 꼭감어더먹긴 다글렀지
동무들	(노래들을멈추며) 뭐 꼭감 그래 안나동무 취소지
안나	취소만해 흥 절들해
철호	애 그녀즐한 꼭감가지고 비싸게군다
명철	그러니까 맹꽁이라거던 (코를잡고 맹 맹 맹 꽁한다)
안나	조런조런……… 「푸취」는 맹꽁이가아니냐
명철	(빙긋이웃으며) 그것도 맹꽁 이지 뭐
안나	옳다 내 푸취안테편지써 고할테다
명철	(헤헤웃으며)아니다 아니다
철호	에이 못난이같으니 저걸 내 마누라로 두다니 (동무들 웃는다 안나

동무 방으로 들어간다 동무들 「꼭감내놔」 「꼭감내놔」 하며 몰려들
어간다)

안나 (학철동무앞에가서) 또 뭘 써

김철 추도가 가사하나 쓰누라구

안나 아닌밤중에 홍두깨내밀듯이 갑자기 추도가가사는 다 뭐야 전방에
와서 재수없게 싹걷어쳐

김철 앗다 미신인가 그런게아니라 후방 선전부에서 적당한추도가가 없
으니 가사를하나 써보내라고 지시가왔서 그래 쓰는거야

안나 그럼 아디좀봐

김철 아니 아직다못썻서 다쓴뒤 뵈여주지

대원 저동무들은 무슨전술인가

철호 산격전 유격전 진지전을 합처논 뒤범벅전술이야 (동무들 와—웃어
댄다)

대원 자 잔말은 그만두고 안나동무 꼭감이나 빨리내놔
(동무들이 「꼭감내놔」 「꼭감내놔」 떠든다

안나 그럼 동무들 다시는 여자동무들보고 맹꽁이라 안그러지

대원 그랬다하자

안나 뭐 시원치가 않은데

대원四 그래 하지않기다

안나 (손에든보자기를 내어던지며) 자 그럼 잡수시오들 (동무들 와—쓸
어밀려 서로뺏어먹을려고 타고누르고 야단이야)
(이때 김대장이들어온다)

대장 (야단치는바를보고 빙긋웃으며) 수라장이로군

일봉 (대장동무를보고) 차렷
(동무들 덮치구 엎치었다 이러나기가 바쁘다 왼 밑혜깔리웠든 철호
동무가 「아이구」하며 일어난다 두손이 그대로 보자기를 끼어안고)

대장 뭣들을 그리우

철호 이놈에 꼭감먹을려다 하마터면 깔려죽을번해소 (동무들에게 눈을

부릅뜨며) 뺏지들말라우 대장동무부터 먼저드려야지
(철호동무 보를푼다 납작한 흙덩이 자개돌이 와르르쏘다진다 동무
들 「속았다」 「속았다」하며 또 입이찢어지게웃는다)

철호　(화가 묵덜미에올라 안나동물를가리키며) 야— 요 맹꽁아 맹꽁인
　　　맹꽁이로구나 (동무들 날아갈듯이 웃는다)

대장　(웃음을다끊고 일봉동무를 향하여)일봉동무 동무네분대에서는
　　　발병난동무가 없지요

일봉　발병난 동무는없는데 박철동 동무가 아직돌아오지를 않았습니다

대장　(시계를보고 생각하더니)짐실은말을 끌고올라니 늦게야오게될거요

일봉　제가 동무몇을데리고 마중나가볼가요

대장　그럴필요없오 공연히 동무들까지 피로케할터이니까 그동무는 자
　　　기의임무를 넉넉히완성할거요

일영　대장동무는 그동무에게 어떤임무를 준뒤에는 어떻게 그렇게 맘을
　　　푹놓소

대장　내그동무에관한 이야기를하나할가요 이전쟁이 나기얼마전이요 내
　　　가 복건중학에서 일볼때 그학교에 조선학생이라고는 꼭한사람있
　　　었소 남루하구 촐촐하고 소학교두 제대루 못댄겼기 때문에 공부하
　　　는데 성적이 밤낮 공이구 그동무가 바로 박철동동무요 한번은학교
　　　에서 운동대회가 열리었는데 그동무가 일만메돌경주에 참가했겠
　　　지요 그래 내가 목이쉬어라 응원을했소 첫 번바퀴엔 꽤 뛰는것같
　　　더니 웬걸 한바퀴떨어지구 두바퀴떨어지구 왼나종엔 다른선수들
　　　은 다 들어왔는데 혼자서 질 질 뛴단말이애요 어쩌나 창피스러운
　　　지 그래도 박철동동무는 관중들이 웃던 말던 다 뛰고 종점에와서
　　　폭—꼬꾸라 지었다오 그래 내가 뛰어가서 부딍켜안어주니까 나보
　　　고하는말이 오늘 넉넉히 일등하는것인데 세끼굶고 떨냐니 못뛰겠
　　　다고…이런동무요 이런동무에게 임무를 준뒤에 맘놓지못할게어디
　　　있겠소

대원三　아무렇든 지독한동무야

대장	그동무에게 배울바가 많소
일영	(천진스럽게) 그러나 난 그동무에게 밥먹는거 하나만은 못배우겠어요
	(동무들이 크게 웃는다) (이때 조광동무 급히뛰어들어온다)
조광	대장동무 촌어구 산골작이에서 총소리 두어방이낫다는 보고가 들어왔습니다
	(동무들이 긴장한빛을띠운다)
대장	네- 나가봅시다 (나갈런다)
조광	벌서 김한동무와 철수동무를 파견하여 급속히조사하여 여기에 와서 보고하라고 하였습니다
대장	음- 촌공소와 련락을해보셨소
조광	녜 적정에 아무 변화가 없다구해요
대장	십육단에 통신을파견하셨지요
조광	녜 왔다 갔다 륙십리길이니까 빠르면 열두시전에 돌아올수있을것같습니다
대장	동무네 분대에서는 다 집합하여계십니까
조광	녜(동무들 수근거린다)
만수	왜놈에색끼들이 우리뒤를따라왔나
대원二	요놈에색끼들 와만봐라 태행산돌맹이로 대구리를 바술테다
대원三	여기에 놈들의 검정개가 떠돌아다닌다지
철호	검정개색끼들이 우리가 이촌에온줄알고 우리를 놀려주는지두몰라
대원一	그까짓 샛끼들 쯤이야 벼룩이잡듯이 손톱으로 문질러버리지
명철	그래두 앞에서 쏘는총은 막기쉽고 뒤에서 쏘는총은 막기어렵다는거야
일봉	(또 근심에쌓여)철동동무 올때가 되었는데
조광	철동동무가 아직돌아오지않았나
일봉	아직 않돌아왔서
철호	부닥치지않었나

만수	무엇하구
명철	검정개 하구-
대원들	(바싹닥어서며)철동동무가- (수군거리다 조각과같은 무거운침묵을지킨다 오직 긴장하고도 조급하게 가마귀와같이 날어들어올 흉한소식만을 고대한다)
	(로태태 숨차게 뛰어들어온다)
로태태	아니 왜놈들이 온다구
안나	할머님 누가 그립데까
로태태	아니 촌밖에서 총소리가낫다고 왜놈들이 온다고 온촌이 발딱뒤집히어…
일봉	할머님 아직똑똑히 알 수 없습니다 사람을 파견하여 알아보러가으니 안심하고계십시오 일이있으면 저의들이 통지해드리지요
로태태	아이구 난 그놈에 새끼들이온다는 말만들어도 사지가떨리고 숨이맥혀 오륙을쓸수없소 그놈에새끼들이 우리촌에와서 오직이나 못되게굴었소 잡아죽이구 불살르고 뺏어가구 글세 우리집 며누리의 갓난어린애를 공중에뛰여 날창으루 받어 찔러죽이지않했소 아이구 (눈물을씻는다)
안나	할머님 안정하십시오 저의들을 믿고 가 쉬십시오
대장	할머님 별일없을것입니다 촌사람들보고 똑똑히 알어보기전에는 뛰지를 말라고 하여주십시오
로태태	글세동무들을보니 그래도 얼마쯤 안심이되오 에이구 쉬지들두 못하구…
	(안나동무 로태태를 부축하여나간다-間-안나동무뛰여들어온다)
안나	대장동무 김한동무가 돌아왔습니다
	(김한동무 급히들어온다)
김한	대장동무 박철동동무가 돌아왔습니다
동무들	어 철동동무가 돌아왔서 (모두 마중나갈려할제 중국상인이 얼떨떨해서 들어온다 동무들 눈이둥글랬다 그뒤에 철동동무 총에 날창을

꽂고 들어온다 동무들 「수고했네」「박철동이 인제오나」하며 반겨
마지한다)

대장　철동동무 총소리들었소

철동　네 들었습니다 픽커요 제가쐈습니다

동무들　엉―

일영　배고파 쏘았나

（동무들 기가맥혀 웃는다）

철동　사람들웃기들은 왜 웃어 배에허파가 들었나… 제가말을 끌구오는
데 지나가는 백성들의 말이 이호가장촌에 왜놈에 군대가들어갔다
구해요 우리부대가왔는데 왜놈에군대가 들어갔다니 그래말을 막
때려몰고 뛰여왔지요 오는데 또 백성의말이 왜놈이 군대두 아니구
팔로군도 아니구 괴상한군대가 들어갔다구해요 그래 우리부대를
보고 말하는것이 아닌가해서 얼마쯤 안심은 되었지만 그래두 의심
스러워 사면을살피며오는데 이 중국사람이…

중국상인이 들어올제는 황급하고 겁내여 하였으나 차츰차츰 살금
눈치를살피다 철동동무가 자기를가르치며 말하는것을보고 자기말
을 하는줄알고 얼골에 간드러진 웃음을띠워 대장동무를 향하여 절
하며…

상인　사령원님 저는 장사하는 사람이지만 사실은…

대장　저는 사령원이아닙니다

상인　네네 단장님 저는사실은 팔로군을 위하여 장사하는데…

철동　（상인의말을막으며）가만이게시우 내가말을다한다음에 당신이 말
하여야되지않소 （다시말을계속한다） 정신을바짝치리고 오는데 옆
에서 급한발자죽소리가 나겠지요 그래서라하니까 막 뺑손이를쳐
요 그래 총을들구 쏠테니서라 해두 막다라나거던요 그래냅다 두방
갈기니까 그때에야 움출하구 서있어요 그래 어디서 오느냐하니까
이 호가장에서온다거던요 그래 호가장에 무슨부대가 있더냐하니
까 조선의용대가있다구 똑똑히 말해요 그래 통행증명서가 있느냐

하니까 내놓은것이 이건데 (증명서를 대장에게준다) 어떤기관이나 부대나 촌공소에 도장이찍킨것이아니라 상인에 도장이거던요 이 사람에말은 현정부비서에 도장이라 하지만 그건 어쨌던 사람의행동과 형색이 수상해요 그래몸을 수색하였더니 별로이상할것은없구 이왜놈에지전뭉치가 나와요 (지전을 대장에게 준다)내듣기에는 스파이놈들이 지전에호쑤로 암호를하여 가지고 다닌다는데… 아무렇든 이밤중에 혼자길걷는것이 수상하구 정말백성이라면 나를 보고뛸 리가 만무고 더구나 우리부대의 이름을똑똑히알구 그래서 데리구 왔습니다

대장   (증명서를자세히본다)이름은 팡삼삼 서평촌에 상인인데 리가촌에 일있어가니 (상인을 향해서) 현정부비서애 이름은뭐요

상인   (간지러운웃음을띠우며) 아 현정부비서말입니까 조건덕이라고하지요 그뿐입니까 현장은 성충렬이고 민정과장에왕지인이고 재정과장에장성산이고…

대장   (자기주머니에서 편지한장을 꺼내어 증명서도장과 편지에도장을 비교해보며 철동동무에게) 도장이같지

철동   (역시세밀히 비교해보더니) 네 같기는 같습니다만은

대장   (상인을향해서) 어떻게 현정부비서 조건덕이를 알게되었소

상인   하 저하고 친형제와같은 사이입니다 너나가없지요 네게면내거고 내거면네거고…

대장   제 묻는말만 대답하시오
　　　 어떻게 알게되었소

상인   네네 전문으로 현정부와부대의 필요한물품을 성안에가서 몰래사다줍니다 그러기에 제가 장사는하지만 우리팔로군을위해서 장사한다고 하지않았습니까 그래 부대에 리단장이라든가 려정위라든가 한주임이라든가 그리구 현정부에 석현장이라든가 조비서든가 왕과장이라든가 모두저와친해서 저보고동지동지하지요 우리촌에 들어오시면 꼭 우리집에오서서 진지를 잡수신답니다

대장	그럼어찌하여 현정부기관도장을 찍은 증명서를하지않고 비서사인의 도장을찍은 증명서를가졌소
상인	아 저는 단장님 도아시다싶이
대장	저는 단장이않입니다
상인	네 네 그럼 어 그래서 아시다싶이 현정부는 여기서 칠십리되는 곳에있고 오늘교묘하게 비서께서 제촌에오셨길래 증명서를 써달라 청하여 써주신바입니다
대장	구공소와 촌공소에증명을 어째하지않았소
상인	헤 헤 대장 대장께서도 아시겠지만 리가촌은 일본사람의 구역이되어 구공소와 촌공소의 증명은 무효하지않습니까 사인도장이지만 조비서의 도장이면 어디서나 통행할수있거던요
대장	그러면 어찌해서 리가촌으로 직접가지않고 이 호가장에들어와 늦게야 떠나게되였소
상인	그는 제가 리가촌으로 갈려하는데 현정부에서 파견하여 내려와 공작하시는 대장님께서도 아시는지- 리평천선생님 제에게 부탁할바가있으니 리가촌에왔다가 달라해서 왔던것입니다 그리구 일본사람구역에 가는데도 발길이좋지않습니까 해 해
대장	그럼 당신이 리평천이를잘알우
상인	잘알다뿐이겠습니까 키가 큼직하고 얼골이뚱뚱하신분 웃우운이야기를 곧잘하시지요 그선생님을 직접대면하면 제가좋은사람이라는 것을 증명해줄것입니다
대장	음-(깊게 고려한다)리평천동지를 잘안다면……(또생각한다)……돌아가시우 미안하게 되였소(증명서와 지전뭉치를 내어준다)
상인	(받으며)감사합니다 감사합니다 그저 대관님들의 눈이 밝으서서……고맙습다고맙습니다(절하며나간다)
철동	대장동무 아무래두 나와마주칠때 태도가 수상해요
대장	밤길에 그사람인들 겁나지않었겠소 별로의심날바가없고 의심할중거가없다고 생각하오 현정부조건덕동무의 도장두 받는것이구 또

이촌에 확실히 무장공작대 리평천동무가왔다간것이구 자 오늘고
생하기에 퍽 피로하시겠소 빨리 저녁이나 가 잡수이오 그리고 오
늘밤엔 어떠한근무나동무는 담당하지말고 쉬시우

철동　아무래도 끄림직 해

철호　별일없을거야 빨리저녁이나 가 먹으라우 배에서 혁명이일어나지
　　　않었어

일영　오늘은 할머님이갖다주신 시금털털한 쏸채가있어 전세게밥통기록
　　　이나 가 타파하라우

　　　(동무들깔깔웃으며 몇그릇이나 먹을텐가『쉰 공기는먹어야지』『너
　　　무먹고 배터지지 말게』하고놀린다)

대장　우리가이번 전선에나온뒤 두달동안 우리의투쟁과생활은 너머나
　　　긴장하였고 너머나 많은 곡절과위험을당하였으며 너머나 동무들
　　　이 고생하였소 이고생한대가로 우리는 첫게단 우리의 전투임무를
　　　완성하고 우리의 근거지태행산에 올라오게되었소 이제는 거미줄
　　　과같이 봉쇄선을치어논 왜놈의 통치구역을 떠나온것만큼 얼마쯤
　　　안심하고 휴식하여 피로를 회복할수있으니 자 동무들 밤도 이미깊
　　　었는데 일찍편히쉬시우

대원들　네

일봉　보초를 어떻게 배칠할가요

대장　동무네 분대에서 촌어구를경계하고 조광동무분대에서 뒷산을경게
　　　하시오

조광　유동보초를 파견할가요

대장　고만두시우

일봉　그래두……

대장　분대가이동하여온 첫날이고 또비교적후방이니까

일봉　든든히하는것이 좋지않을가요

대장　동무들의 피로를감소시킵시다 자 동무들 오늘은 편안히휴식하시오

대원들　네

(대장동무나간다 조광동무 김한동무 따라나간다 전체동무경례한다)

(이때 안나동무망짝우에 올라서며-)

안나　동무들 이 두달동안 적과 무자비하게투쟁한 승리를 축하하기위하
　　　여 오늘밤 여기서 만회를여는것이 어떻소

대원　좋소

일봉　동무들 오늘은 일찍쉬기오 내일무슨일이있을지누가아오 너머 맘
　　　을놓으면 탈이생기는거요

대원　아이구 우리집 할망구 또 박아지긁는다

만수　밤 낮 그 볜뻔한 총만끼어안구 자라우 애인끼어안구자듯 좀 놀아
　　　봅시다

대원三　김철동무가 늘 하는말맛다나 너머 요것조것하다가는 말러죽어요

철호　(명철동무를향하여)여보-마누라 고 어여뿐주둥아리로 뽕하고 내
　　　부오 오랫동안춤을 못췄더니 엉덩짝이근지럽소

　　　(동무들의 우숨소리가 터진다 명철동무『조런 조런』하면서 하모니
　　　카를 홍이나서분다 철호동무 망칙한 엉덩춤을추기시작한다 춤과
　　　노래 노래와춤이 왕성하여가는 잿불과함께 열광하여간다) (김철동
　　　무가 완성한 추도가 가사를들고 나온다-)

안나　다 썻나

김철　응 다 썼어

안나　(김철동무의손에서 원고를뺏어 다시 망짝우에 올라서며) 동무들
　　　우리의시인 김철동무가 혁명의열정으로빚어낸 가사하나를 동무들
　　　게 랑송하여 드리겠습니다

대원들　좋소

안나　『추도가』(노래부른다)
　　　사나운 빗바람이 치는 길가에
　　　다못가고 쓰러지는 너의뜻을
　　　이어서 이룰바를
　　　맹세하노니

진리의그늘밑헤 길이 길이 잠들어라

불멸의 영영

(온누리가 잔잔하여진다 안나동무의 노래가 점점 구슬퍼진다 동무
들 모두 머리를 숙으린다 마귀의우름소리와같이 사람이 소름을 끼
치게 예리하게 회오리친다 잿불이 점점 진하여간다 밤은 픽으나어
두웟다─)

幕

第二幕

때   그날밤 자정이 넘은뒤

곳   호가장 촌어구 보초선

(가운데 늙은 고목 (枯木)이 서있고 뒤 허무러진 돌담장이 널려있
는 왼쪽에 촌으로 들어가는 길이있다 앞 옳은쪽 가녘에는 지신 (地
神)의 돌탑이 서있다.

깊은 밤 진한 어둠에잠긴 주위는 무거운 침묵에 잠겼다 오로지 끊
었다 이었다 가끔 불어오는 바람소리와 왔다 갔다 보초보는 일영
동무의 가냘픈 기침소리가 날뿐──

세찬바람이 또 쏴─ 불어온다 일영동무 추위에 못이기여 고목나무
밑에 가서 쪼그리고 앉는다)

일영   에이 추워 평원에서는 추운줄을 모르겠더니 산속에 들어오니 에
추웟 (세찬바람이 또 불어온다) 음─ 오늘밤은 어째 더 긴것같다 날
샐때가 아직 멀었나 이 어둠이 사라지면 또 자욱한 안개가 끼겠
지……산속은 비록 마음이 안정되나 어쩐지 숨이 맥힐듯이 속이
답답해 꼭 돌 평풍에 가치운듯 앞 뒤 옆이 다 맥히고 오직 하눌만
처다보자니 낮에는 구름과 안개 밤에는 먹칠을한듯한 어둠 (어둠
과 적막에 답답을 느끼는 그는 그의 가장 큰 위안인 환상의 넓은

벌판으로 달린다) 내 어렸을제는 산 산했지만 왜놈의 새끼를 때려
부시고 난 뒤에는 다시금 산속에 들어와 안살걸-내 고향 가삼이
툭-터지는듯한 넓은 바다 새파란 물결과 새파란 하늘 낮에는 햇볕
이 번쩍이고 밤에는 별들이 깜빡어리는--(바람이 또 쏴-불어온다
그의 환상은 깨어지었다) 쓸데없는 생각을 또 하는군 그래 바다와
고향이 네게 준게 뭐야 (그는 자기를 책망하며 부스스 일어난다 다
시금 이 어둠을 노려보아야할 책임감을 느끼었다 그는 다시 왔다
갔다 주위를 살피며 귀를기우린다 갑자기 우뚝 선다 먼데서 승냥
이 울음소리가 들려온다)

일영   이리 이리 또 누구네집 양의 피를 할틀냐고 이리-- (그의 맘속에
        깊이 묻히어있는 뼈앞은 기억이 꼬리를 물고일어난다)

일영   (거름이 천천하여지며)………그때 내 열 살………해당화핀 모래밭
        에 누님과 내가 지어논 작난감 오막사리집이 그 심술구진 바다물
        결이 밀려들어와 허므러트릴제 내 주먹을 불끈쥐고 바다를향하여
        욕설을 퍼부며 발을 동동굴렀지 누님은 나를 달래주시고………(자
        기도 몰으게 나무밑에 가 쪼구리고 앉는다) ………그해 아버님이
        고기잡으려 나가셨다가 검은물결에 휩쓸리어 돌아가셨다 그때 내
        바다를 얼마나 원망하였던고………(그의 추억은 점점 슲은골작이
        로 들어간다)………그리고 누님은 드디어 그 이리와같은 「나까무
        라」 란놈에게 빗에몰리어 끌려가셨지 음-(벌덕일어선다)내 그때
        고향을 얼마나 저주하였던가 (빠른 거름으로 왔다 갔다하며 고통
        스러운 추억에 못이기어 가슴앞은 기침을한다)
        (먼데서 또 승랑이 울음소리가 들려온다)

일영   (그래도 희망의 환상이 떠 오른다)때는 올것이다 암 오구야 말거야
        멀지않어서 우리가 총을메고 압록강을 뛰어 넘는날 홍-(이제는 손
        과 발까지도 환상에 젖었다) 두말할것있나 그놈의 먹살을 비틀어
        동댕이 처 논뒤 발로 그놈의 통통한 배를 타어누르고 날창으로 놈
        에 시장을 겨누어 「요 이리같은 놈아」 하고 푹-한상의꽃은 더 찬

　　　　란하게 핀다)………아무래도 바다가 좋아 잔잔하였다 용소슴치었
　　　　다 뒤집히는 바다가 좋거던………아무래도 내가 자라나고 정들었
　　　　던 고향이 좋아 비록 나에게 무한한 고통과 슬픔을 주었지만 그 고
　　　　통 그 슬픔을 씻을때에는………고향도 꽤나 변하였겠다 어머님도
　　　　꽤 늙으셨겠지 고향의 흙을 내 다시 짓밟어……사뿐 사뿐…어둠컴
　　　　컴한 저녁에 찾어가 문을 똑 똑 뚜드린단말이야……

일영　　(온 정신 온 몸이 아름다운 꿈에 잠기어)그럼 어머님이 「누구시요」
　　　　하며 문을 열고 나오시겠지……총멘군인 내 그날 꼭 이 꿰어진군
　　　　복을 입구 갈테야 그럼 어머님이 이상하게 나를 아레 위로 쳐다보
　　　　시며--아니 가만있자 어머님이 늘 말슴하시기를 내 눈이 꼭 아버
　　　　님 눈을 닮았다고 하셨겠다 내 눈을 보시면 곳 나를 알어 내실테니
　　　　모자를 내려 써야지-- 이런댐에야 알어 내실수있나……거러지같
　　　　은 군인 허 그러면 어머님이 「누구를 찾으십니까」하시겠지 그러면
　　　　내가 시침을 딱 떼고 「여기가 리일영씨 댁이 아니십니까」 한단말
　　　　이거던 허 리일영씨 그럼 그래야지 그리고 「저는 리일영씨의 부탁
　　　　을 받고 왔는데요」한단말이야 그러면 어머님이 「아니 리일영이라
　　　　니요 죽을줄 알았던 내 아들이」……그때 나는……아니 가마있자
　　　　어머님이 만약 돌아가셨다면…………(자기도 풀수없는 의문에 머
　　　　리를 북 북 긁는다)

철동　　(비슬 비슬 걸어나오며) 별수있나 색시나 하나 얻어야지 그래야 밥
　　　　해주고 빨래해주지

일영　　(그때에야 환상에서 깨어 나)뭐-에익 사람……밥철통인가

철동　　보초를 그렇게만보면 대장동무에게 칭찬받기 제일 좋지

일영　　아니 내 그런게 아니라……그래 내 잘못했소 이 고요한 밤에 홀로
　　　　어둠만 바라보고 서있자니 저절로 이 생각 저 생각이 나서……(가
　　　　벼운 기침을한다)

철동　　(동생을 쓰담듯이)일영이 쓸데없는 공상을 너무 하지말라우 그러
　　　　니까 몸이 작구 쇠약해지지 좁은 머리에다 헛바람을 너무 집어넣

지말구 나와같이 배에다 밥을 잔뜩 쓸어너란말이야 그럼병이 왜나

일영   (픽-웃으며)그러니까 밥철통이라구하지

철동   (역시 빙그레 웃으며)밥철통이래두 좋구 똥철통이래두 좋와 만사 태평이거던 하나만 하나 하나 다 한뒤에 둘 오늘일 오늘 다하기도 급한데 누가 내일일 모레일 심지어 내년일 후년일까지 머리 알쿠 잇단말이야 그러니까 병없이 신음하게 되거던 신음하자니까 또 병 이나지 그래서 동무도 몸이 약해진거야

일영   그는 동무의머리속에 잊어버릴수없는 과거의 쓰라린 기억을 장차 올 기쁨으로 씻어버리겠다는 희망의 열정이 적으니까 그렇지

철동   내에게 쓰라린 기억이 없다구? 음 별루없어! 중국말맛다나 내 머리가 「깡테노대」 쇗대구리가돼서 기억이 오라기 때문에 잊어버 렸는지두 몰라 잊어버리지않으면 별수 있댔나 이미 지나간 과거인 데 작구되푸리한데서 찔찔울든 과거의일이 엉덩춤추는 일로 변하 나? 안될걸! 그리구 장차올 기쁨……물론 우리가 그걸 보구 싸 우지 않나 장차 올일은 꼭 올테인데 하필 머리를 썩이며 환상할거 야 뭐야 그때 꼭 자기의 머리에 그린것같이 그대로 되나? 않될 걸! 그게 다 쓸데없는 공상이거던 그러기에 나는 어떤 희망을 가 지고 공상을한대도 지금 당장 능히 될수있는것 말하자면 어떻게하 면 왜놈에새끼 대갈백이를 좀 더 깨여바실가 그리구 헤 어떻게하 면 개장국에 좁밥을말아……

일영   (머리를 흔들며)나는 그리할 수 없어 나는 오직 입빨이 갈리고 치 가 떨리는 과거 내가당한 고통을 시시각각 아로새김으로써만 노 여움이 불덩이와같이 터지고 이원한을 씻을수있는 아름다운 장래 를 일일이 생각함으로써만 용기가 말발굽과같이 날뛴단말이야 (점점흥분된다)잊어버릴래야 어떻게 잊어버리겟나 이리와같은 그 놈에게 끌리워갈제 발악하시든 누님의 얼골 즘생과같은 그놈의 강 탈에 한많은 것을 죽엄으로써 해결한 누님의 목에 걸리웠던 노의 새빨건 그림자줄기……어머님은 입에 피 거품을 뿜으시며 기절하

시고 나는 땅바닥에서 데둘 데굴 굴던……(지나친 홍분에 기침을 봅시한다)

(바람이불어온다)

철동 (일영동무를 부딩켜 안으며)음-마음깊이 기억해야지 그리구 주먹이 부서지두록 놈들과 싸워야지 그리구 어머님맞날날을 손꼽아 기다리어야지 그리구……자 일영이 추워 들어가 자지!

(철동동무 일영동무를 부축하여 촌으로 들어가는 길어구까지 이끌어다준다 일영동무 가날픈 기침을 하며 사라진다 철동동무 무거운 걸음으로 보초선에 돌오온다)

철동 (일영동무에게 영향받은 들먹이는 감정을 억제하려 머리를 휘저으며) 공연히 뒤숭숭하게……음--

(먼곳에서 승냥이에 울음소리가 들려온다 철동동무 번쩍이는 눈으로 앞을 쏘아본다 어둠뿐 사방은 고요하다)

(이리에 울음소리가 더 길게 들려온다)

철동 (화를 버럭내며)옘병을할놈에 승냥이!

(사방은 또 어둠과 침묵속에 잠긴다)

철동 오늘밤은 왜 이렇게 많이 산란할가 환장을 했나 (안정하겟다는듯이 차렷자세를하고 사면을 살펴본다)

철동 (그러나 떠날수없느니 들먹이는 감정)……잊어 버렷는줄 알었댓는데 잊어버리지 않었댔군……에익 이 내 무슨 빌어먹을 생각을 하구있어! (왔다간다한다)

철동 (눈앞에 솟아나느니 괴로운 그림자 조각과 같이 선다)어두운 밤 깊은 산골작이……(또 화를 버럭낸다)내 오늘 여우한테 홀리지 않았나!

(바람이 또 불어온다 철동동무정신을 반짝 차린다 이때 발자욱소리가 난다)

철동 (촌어구를향하여)누구요? 구령!

대장 태행산! 나요! (촌어구에서 나타난다)

철동   대장동무요(경례한다)

대장   내 동무보고 오늘밤은 근무보지말고 편히 쉬라하지않았소 어째 동무가 보초를 나왔소

철동   제 차례이니까요

대장   너무 수고를하오

철동   제 무슨 고생하는게있어요

대장   (빙그레 웃으며)동무 고생하는것이 없다구 이번 전방에나와 동무는 전투원두되구 정찰원두 되구 선전원두되구 통신원두되구 화식원두 되구 마부두되구……

철동   (웃으며)개잡는 대장두되구……

대장   (역시웃으며)동무는 누구하고 보초를 교대하였소?

철동   일영동무하구요

대장   그 귀염둥이 그런데 그동무는 몸이 하루하루 더 쇠약해가서 큰일 났서 폐병증세야 후방으로가서 수양하라니 가 줘야지(천천히 걸어 돌탑옆에가 사면을 살펴본다)

철동   (대장뒤에 따라가며)퍽 피로워해요

대장   무슨 고민이있나?

철동   (다시 무거운생각에 잠기다 얼투당투않게)대장동무 마누라있습니까?

대장   (의외로)엉-뭐요?

철동   마누라……

대장   마누라?

철동   네 마누라

대장   (이상하게)건왜

철동   글세……

대장   (이상하다는듯이)있지요

철동   아들 딸은 없습니까?

대장   (더욱 염문을 몰라)있지요

철동   아들?

대장   딸

철동   (말은 시작하여 놓고 무슨말을하여야좋을지 머뭇거린다)……대장 동무 마누라생각이 나지않소?

대장   (더 기가 맥켜)네?

철동   (자기도 말이 너무 벗어났슴을 느끼고)아니 마누라뿐만아니라 아 들 딸 아버지 어머니 생각

대장   (철동동무를 주시해보다 철동동무의 묻는 의미를알았다는듯이 빙 그레웃으며)혁명하는 사람이라고 집생각이 없겠소 신이아니고 사 람인데 싸우기에 바쁘니까 잊어버렸을뿐이지 그런데 오늘 그런건 왜 갑자기 묻소?

철동   아니 별 뭐 있어 묻는게 아니라 응 생각이 나기에……그런데 대장 동무는 어떻게 집을 떠났소?

대장   엉-어떻게떠나다니 조국의 비참한정형을 볼수없구 왜놈들게 압박 받기 싫구 돈있는 놈들에게 천대받기 싫어 떠났지

철동   (고만 낭패하여)네 거야 물론 그렇겠지요 그런데 집이 엥-말하자 면 대장동무에게준 무슨 잊어버릴수없는 쓰리린기억이 없소?

대장   (이마쌀을 찝흐리며)잊어버릴수없는 쓰라린 기억-말이 점점 괴상 해지는데 아니 그런데 오늘 그런건 왜 작구 묻소?

철동   (간절히 알고 싶어)아니 글세……

대장   (철동동무를 더욱 더 주시해보다가 그의 간절히 알고싶어하는 태 도를 보고 물음에 대답해주지 않을수 없서)……잊어버릴수 없는 쓰라린 기억--글세…… 동무가 새삼스럽게 물으니말이지 지금 생 각나는것이 있다면……철창속에 가치워 물끄럼이어린 나를 내려 다보시던 희고 여읜 아버님의얼골도 잊어버릴수없는 기억 어린아 들 딸들을 먹이어살리겠다고 떡바구니를끼고 이거리 저거리로 해 매이던 어머님의 뒷그림자도 잊어버릴수없는 기억이고……그래 그중에도 왜놈들에게 쫓기어 고향을 떠나지 않아서는 않되게되어

어머님과 곧해산할안해와 작별하고 기선에올라 빨리 배가 떠나기만 고대하다가 깜박 잠이들었는데 잠결에 내이름을 찢어지게 부르는소리에 깜짝놀라 갑판에 나서니 동이 훤-히 터 오는데 늙으신 어머님이 몇십리밤길을 뛰어와서 「네처는 간밤에 딸을 낳았다」하시는 한마디 말슴을 듯자마자 기선이 뚜-울며 조국을 떠날제머리가 아찔하던 그것두 잊어버릴수없는 기억 이라할가

철동   그럼 아직 따님두 못보셨겠군요

대장   (픽웃으며) 못봤지 지금은 아마 시집갈처녀가 되었을게요 동무 때문에 공연히 쓸데없는 이야기를 했소 그런데 오늘밤에 동무가 전에없는 집생각이니 잊어버릴수없는 쓰라린 기억이니하니 어찌된 셈이요?

철동   (자기도 모르겠다는듯이)글세말입니다 죽을때가 가까웠는지 공연히 맘이 뒤숭숭해서

대장   집생각이 난단말이지

철동   (깊은 생각에 잠기며)글세 집생각이라구할가 간밤에마신술이 깨지 않은듯이 속이 메스끄름하게 기분이 좋지못해요

대장   동무는 이번 이 전쟁이나기전에 비밀공작하다 왜놈에게 체포되어 조선나갔을제 집에 한번 갔다 왔다는 말을 들었는데

철동   (어둠을 바라보며)갔댔는데 갔던것이 가지않았던것만 못하니까 그렇지요

대장   (이상하다는듯이)어째?

철동   (쓴입맛을다시며)……내 언제 동무들안테 제집 이야기를하였습니까? 내본래 누구에게나 내 집 이야기를 하지 않으려하였습니다! 그랬는데 이재 일영동무집 이야기 를듣고나니 뱃속에 차있는 쓴물을 꼭 토해버려야 속이 씨원할듯해서……

대장   (주의해 듣고만 있다)……

철동   (오랫동안 맘에 품었던 괴로움을 천천히 풀어낸다)……집에 갔지요 감옥에서 콩밥만 먹다 나온뒤 누가 떡먹으라 오라는 사람이 있

어야지요 그래 떡이나 얻어먹을가 하고 할수없이 집을 찾아갔지요 가니 코딱지같은 우리집은 온데간데 없구 왜놈의 공장의 굴뚝에서 연기만 푹 푹 나겠지요 쫓겨낫대요 그래 묻고 물어 집을 찾아 갔지요 심심산골작이에 집이라고 찾아 들어가니 사람의집아니라 귀신의집이애요 음산한게 꼭 무덤속과같은데 눈먼아버님이 송장 과같이………………

대장 (약간놀라며) 아니 동무의 아버님이 판수요?
(철동동무 아무 대답없이 머리만끄덕인다……)

철동 그래 집에 갔지요 두눈이 움푹들어간 아버님이 꼭 해골과같애요 뼈만남은 앙상한 두손으로 나의 얼골을 어루만질때 온몸이 찌르르 해요 내 마누라는 누더기를 몸에 걸고도라서 느껴울고 아들놈은 어미에 옷자락을 붓잡고 굶주린눈으로 말둥 말둥 나를 쳐다보구있구 떡먹으라 갔댔는데 돌덩이를 집씹는것같애요 참고 참을래야 더 참을수있어야지요 내가 집에있다구 내집형편을 좀더 낫게할수없는것이구 또 내집과같은집이 한둘아니애요 무덤속에 송장과같이 사는 사람들이……그래 하루는 나무하라간다하구 또 뛰어…………

대장 (옳다는듯이 머리를 끄덕인다)…………

철동 그뒤 그 산골작이에서 나온 사람에 말을 들으니 내가 집을떠난뒤 일년열두달매일같이 눈이오나 비가오나 아버님이 낮에는 내 아들 놈의손을 잡구 나와 온산을 헤매고 밤에는 내 마누라의손을 잡구 나와 이산골작이 저산골작이 횃불을 휘저으며 목멘소리로 철동아 철동아 부른대요……이 어두운밤 이 깊은 산골작이 꼭 눈먼 아버님이 횃불을휘저으며 철동아 철동아……(갑작이 무엇을 보았는지 옆 먼 산을 가르키며) 대장동무 저 불!

대장 응(놀라 철동동무의 가르키는 방향을 본다)

철동 (책임감이 떠 돌며)무슨불일가?

대장 아마 산우에서 양치는사람들이 추위에 못견디어핀 잿불인가보오? 거리가 멀우

철동   (미안한감이나서)대장동무 보초보는시간에 너무 쓸데없는 말을해
       서……

대장   (철동동무의 두어깨를 힘있게 잡으며)철동동무-과거부터 내 동무
       를 잘안다고 했지만 오늘밤에야 비로소 더 깊게 동무를 리해하는
       동시에 동무를 더욱 더 존경하지 않을수 없소 그와같은 뼈앞흔 고
       통이 있으면서도 괴롭고 슬픔을 한번도 낯에 비추지않는 그 정신
       그는 오직 동무가 말한 「내집만 낮게한댓자 무슨 소용있소 그 산
       골작이- 아니 즉전조선에-내집과같은 집이 한둘이 않이애요」라는
       조국을 사랑하고 인민을 사랑하는 그 거룩한 사상이 동무를 이끌
       어 주었기때문이요 옳소 왜놈이 우리민족에게준 비참한 운명과 돈
       있는놈들이 우리인민에게준 가혹한탈은 동무에게 만 부닥치고 덮
       힌바가아니라 내 에게만 부닥치고 덮힌바도아니라 우리 대부분동
       무에게 부닥치고 덮힌바이고 우리 조국 우리 인민에게 부닥치고
       덮힌바이고 우리 조국 우리인민에게 부닥치고 덮인바이오 이 비참
       하고 가혹한 운명의 탈은 내 한사람의 입으로 벗어날수 없고 또 홀
       로 벗어날려는 놈이랄것같으면 조선민족의 량심을 팔아먹지않을
       수 없고 불상한 인민의피를 자기 죄악의 손에 바르지 않을수없을
       것이오 오로지 내 개인 내 가정의 안락한생활을 구한다느니보다
       전민족 전인민의 안락한생활을 구하려 원수와 싸움으로써야만 전
       민족 전 인민의 행복을 가져올수있을것이고 그와더부러 내 개인
       내 가정의 행복을 가져올수 있을것이오 비록 이 싸움의승리를 늦
       게 가져옴으로써 우리 아버님 우리 어머님 우리 선대들은 이 비참
       하고 가혹한 운명의탈을 벗지못하고 돌아가신다하드래도 우리의
       아들 딸 우리의 후대들은 다시금 이와같은 비참하고 가혹한 운명
       의 탈은 쓰지않을것이오 우리는 우리의 후대를위하여 싸움이오 동
       무의아들 내딸 조선인민의 아들딸에 영원한 행복과 무궁한 안락을
       위해 싸움이오 !
       (세찬바람이 쏴-불어온다)

철동   (엄숙히 머리를 끄덕인다)

         (첫닭이운다)

철동   응 새벽녘이되어 오는군 왜놈들이 새벽녘에 습격을잘하지

대장   여게서 사십리되는 왜놈의지점에 적이 성안으로 이동되어갔다는 촌공소에 정보를보고 나온길이요 놈들이 부대를 성안으로 이동하는 기도가 어데있는지 알수없거던

철동   밤에 내보낸 중국상인이 아무래도 꺼림직해요 !

대장   경각성을 높이는건 좋으나 너머 과도해두 좋지못하오 자 그럼 수고하시오 무슨 새정보가왔는가 들어가보겠소

         (대장동무 촌으로 들어간다 철동동무 경례하고 이제는 마음속에 괴로움은 티끝없이 사라지고 굳은 결심만이 그의 전신을 무장하여 강철로 비즌듯이 보초선에 우뚝서 있다)

         (사면은 쇠가녹은듯이 무거운 침묵이 흐른다)

철동   (쇠가 울리는듯)우리의 후대를 위하여……조선인민의 아들 딸에 영원한 행복과 무궁한 안락을위하여……

         (새벽바람이 또 날카로운 소리를 내며 불어온다)

         (이때 촌에서 사람 발자죽소리가 난다)

철동   (고함친다)누구요 ? 구령 !

만수   (잠이 아직 깨지않아 아품을 하며 나온다)나요 에추워 내 한잠 잣나

철동   만수동무요

만수   이름은 만수지만 이러다가는 삼십수두못살고 죽겠소

철동   왜 ?

만수   잠을 맘껏 자볼수 있어야지

철동   좀 더 자고 나오지

만수   어데 자게 하오 분대장동무가 보초교대시간이 이미 넘었다구 자꾸 깨우는바람에 잘수가 있소

철동   잠을 너무 자면 머리가 흐리터분해저요 그리구 만년산대두 만년잠 만자보시우 산맛이나 삼십년산대두 잠을적게자구 머리가 똑똑

하여 땅땅히 일만한다면 삼십년산 값이있다우

만수　앗다 동무는 그래 밥을 그렇게 많이먹어서 똑똑하구 땅땅하오

철동　(허허웃는다)자 농담은 그만두구 새벽녘에 왜놈들이 활동을잘하니 보초를특히 주의하시우

만수　앗다 큰소리는 그만두구 빨리들어가 어제저녁에 남은 찬밥이나 자시우

철동　작난에말이 안이오 주의해주시우

만수　에이구 이렇게 보챈다고 글세 알았다니 졸지만않으면 되지않소

철동　그럼 수고하시오(촌으로 들어간다)

만수　(하품과지지개)아이구 이거야 사람 살겠다구 잠을 잠대로 잘수있나 밥을 끼대로배 불리먹을수있나 조밥에다 소곰국……그저 하루종일 행군이아니면 보초 보초가아니면 공작 공작이아니면 전투 전투가아니면 농사 농사가아니면 뭐 학습 거기다가 백성을 무슨 제하라비와같이 섬기는지 방을 쓸어줍네 마당을 쓸어줍네 물을 길어다 줍네 맘을 가려줍네 넨정마즐것 이건제가 우리집머슴사리보다 더하니 이럴줄알았드면…… (총을끌고 왔다 갔다 한다)조국을위하느니 인민을 위하느니 죽을고생이란고생은 다해두 누가 알아주나 이러다가 제기 깜정콩알이나 하나맞아 꼭구라지면 거뭐야……나는 혁명군에 참가하면 내자격으루 무슨 중대장이나 대대장하나쯤 할줄 알았더니……흥 혁명을 십년넘어했다는 박철동이도 겨우 졸병끄럭찌기……(나무밑에가 털석주저앉는다)

만수　(하품을또한다)아이구 졸려 두달넘어 단잠을 제대로 자보지 못했으니……이밤중에 글세 자지않고 찬바람마시며 눈 멀둥멀둥하고 있을놈이 어데있담……금방잠이들어 북경에가 숙자를맞나 아기자기재미있게 노는데 깨우기는 제기……에추워……북경의 밤……화로에 불이 부글부글 붓는데……잔에 술이 넘처 흐르고……새빨간 입술……흥 이런말을 했다가는 사상이 정확지못하다고 또 비판을 하겠지……동무들이있을땐 누가하나……뭐 온생명을받치어 조국

의 해방을 위하여……또 뭐 오직 인민의 종이 되므로써……또 뭐
개인의리익을희생하고 무산계급의 리익을위하여……또 뭐 일절을
조직에 복종하므로써……또 뭐뭐 하면……되지……(잠이든다)
(사방은 또 고요하다 얼마쯤있다 둘재번닭우는소리가 난다 멀리서
수레바퀴굴려오는듯한 침중한소리가 은은히 들린다 바람이 또 쏴
-불어온다)

만수　(추위에 또 반쯤깨며 「웅」한다 발자죽소리를 듣고 놀라 벌덕일어
서며)누구요?

로쌍　(촌에서 바구니를 들고 나오며)나요 로백성입니다

만수　어데 가오?

로쌍　서평진에서 오늘 장을본대서 물건사려갑니다

만수　통행증명서 있소?

로쌍　네(주머니에서 통행증명서를 꺼내어 만수동무에게준다)

만수　(다보고 돌려주며)가시우

로쌍　(받아 다시 주머니에 넣고)수고하십니다(촌밖으로 나간다)

만수　에 추워 오늘은 안개가더 첩첩하구나 뭐이뵈어야 보초를 보지 (또
하품을한다)어 시원치않어 (또 나무밑에 쪼그리고 앉는다)이렇게
조름이와서야……
(이때 갑자기 새벽공기를뚫고 날카로운 총소리 한방난다 만수동무
질겁을하게놀라 정신을 수습하지도못하였을제 연이어 요란한 기
관총소리가들린다 만수동무 총들고 어쩔줄을 모른다 이때 촌밖
으로 나갔던 백성이 뛰어 들어온다)

로쌍　(목을웨쳐)왜놈들이 쳐 들어옵니다! 왜놈들이 쳐 들어옵니다!

만수　(백성을잡고 얼떨떨하여)왜놈이와

로쌍　네 왜놈의군대가……많아요……많아요……(촌으로 뛰어들가며 연
이어 「왜놈이온다」 「왜놈이온다」소리친다)
(촌어구쪽에서 총소리 기관총소리가나자 촌뒤에서 더 크게 요란한
총소리 기관총소리가 들린다 그러자 대포소리가 하눌을 흔든다)

만수   (얼굴이 백지가되어 벌벌 떨며)포외다 포위다 이걸어쩌나 이걸어
        쩌나 (촌으로 뛰어들어갈려다 무슨생각을했는지 총을 나무아래 내
        어던지고 옳은쪽으로뛰어나갈려 다가 다시 왼쪽촌옆길로 머뭇거
        린다 도망질쳐 나간다)
        (총소리 기관총소리가 콩볶듯한다 대포알이 촌에터진다 촌뒤에서
        동무들이 적과싸우는 아우성소리가난다 일봉동무 대원들을 이끌
        고 뛰처나온다 옷을입지도못하고 어떤 동무는 맨발로뛰어 나왔다)
일봉   만수동무 만수동무
        (아모도 없다)
        (철동동무 만수가던지고 간총을발견했다 또 왼쪽촌옆길에 떠러트
        린 모자를발견했다)
철동   (분이 머리끝까지 돋아)비겁한놈에자식 내 이 개놈의자식에 대굴
        백이를부시고야(만수가 뛰어간방향으로 쫓아나갈련다 동무들이
        붓잡는다)
일봉   철동동무 떨어질놈은 떨어지라지오
일봉   전투준비 ! 나를많아나오시오 ! (촌어구로뛰나간다 전체동무들 따
        라나간다)
        (격렬한 전투가 붙었다 불과 연기와 화약냄새에잠겼다 얼마있다
        대장동무 대원셋을 데리고 뛰어들어온다)
대장   (망원경을끼고 사면을 살피나 안개에 아무것도 보이지 않는다)안개
        안개……앞엔 화력봉쇠 옆엔 산병선 뒤로 덮치구……용철동무……
대원六 네
대장   (만수가 다라난 왼쪽촌옆길을 가르키며)저 절벽 비탈길을 경계하
        시오
대원六 네 (뛰어나간다)
대장   (가방ㅇ에서 종이와붓을꺼내어 편지쓴다 다쓰고)관일동무……
대원七 네……
대장   (편지를주며)이편지를 곳 또 어젯 밤에갓다오신십육단 리단장에게

전달하고 우리가 적에게 포위당하였으니 급속히 증원하여달라고
하십시요……이 절벽길로가시오……

대원七 녜……(편지를받고 경례하고 나갈런다)

대장 왔다 갔다 륙십리길……뛰어가십시오……

대원七 네……

대장 이 절벽밑에도 적이 매복하였기쉬우니 특별주의하시고 적정이있
을때 수류탄으로 암호하여주시오……

대원七 녜

대장 (그의 손을 잡으며)우리전체의 생명은 동무에게 달렷소……

대원七 녜……임무를 완성하겠습니다……(뛰어나간다)
(대장 그의 뛰어나간방향을 바라본다 옆길에서 대원……六「누구
요……」 대원……七「태행산……」 대원六……「어데로……」 대원
七……「대장의명령……」 대원六……「임무를완성하시오……」 대
원七「끝까지싸우시오……」하는 말소리가난뒤 총 기관총 대포아
우성소리뿐—)
(대원八이 촌에서 뛰어들어온다)

대원八 (경례하며)대장동무 분대장동무의 말슴이 적의 세 번째돌격을 격
퇴하였으나 적의 병력과 화력이 너머 강렬하여 견지하기 어려움
다고……

대장 동쪽에 적정을 알기전까지 죽엄으로써 견지하라고—

대원八 네(뛰어나간다)
(촌어구에서 대원一이희생당한 왕현순동무를 업고 들어온다)

대장 (비장하게 왕현순동무를 내려보며)왕현순동무 우리부대가 그 마굴
과같은 반동파의 지구를떠나 북상할제 동무께서 이번에 출전은 영
광스러운 죽엄으로써 조선인민에게 새로운 삶을 가져와야할 최후
의 길이라고 말슴하셨지요 영광스러운 죽엄을 하셨소……동무의
피는 조선인민에게 새로운 삶을 주실것이오……동무는 동무의 그
거룩한뜻을 완전히 실행하셨소……

(이때 대포알이 터진다 대장동무와 대원한동무 납작업덴다 돌과
흙덩이 대장동무 일어설때 왼팔에서 피가흐른다)

대원九 대장동무……

대장 괜찮소……

(대원九 대장의 손을 자기 속적삼으로 싸 매어준다)

(이때 촌옆길방향으로 몇방총소리와 수류탄터지는소리가난다)

대장 (긴장하여)거게도 적이 있었구나……

대원九 관일동무가 어찌되었나……

(대원六이뛰어들어온다)

대원六 적이 산비탈을 올라오는 소리가 들립니다……

대장 많소……

대원六 많은것같지 않습니다

대장 동원동무……

대원九 네……

대장 조일광동무보고 동북간으로 급히퇴각 목적지건너 동쪽 산봉오리
에 산밑 골작이에 내려간뒤 손일봉동무분대의 퇴각을 엄호하고 산
우에오르기까지 일면 퇴각 일면 교대엄호사격……

대원九 네(촌으로 뛰어간다)

대장 용철동무……손일봉동무보고 퇴각하여 여게 집합……

대원六 네(촌어구로 뛰어나간다)

(동무들의 아우성소리가 진동한다 손일봉동무 대원들을 이끌고 들
어온다)

대장 일봉동무 우리는 오직 이 절벽길로 몰래 기어들어오는 적을 불의
에 육박하여 적의 포위선을 돌파하는수바께없소……

일봉 (무겁게)육박준비……

(대원들 날창들을꽂고 수류탄을들고 촌 옆길로나갈려할제 그 방
향으로 왜놈들의 아우성치며일본말로 「오이 조선의용대가 어느방
향으로갔느냐……」 「조선의용대가 어느방향으로갔느냐……」 소리

　　　　친다)

대장　　(곧 마주받아 일본말로)서남간으로 퇴각하니 추격……

　　　　(왜놈들이 와─하며 그 방향으로 움즉이는 소리가난다)

대장　　(적으나 무겁게)동무들 나를따라오시오……안개가 우리를 살리었

　　　　소……

　　　　(동무들 대장을따라 소리없이 나간다 서남간에서 총소리가 요란하

　　　　다 촌뒤에서 왜놈들이 총진공을한다 왜놈들끼리 서로싸움이 일어

　　　　났다 왜놈들의 「사로잡어라」, 「사로잡어라」웨치는 아우성소리─)

　　　　(幕)

불길

高哲 作

(全一幕)

때   一九四八年十月二十日

곧   南朝鮮麗水港口

일   一個旅起義事件中의 一件

나오는 사람

         龍植 ······························ 國防警備隊隊員

         哲洙 ······························ 〃

         그의妻

         그의 아들

         白萬金 ······················ 船 主

         旅長 ·························· 民族反逆者

         그의 下士官

         裵氏 ························· 뱃사공

         壽男

         市民 甲

         市民 乙

         其他 群衆多數

舞臺   上手로 燈臺、舞臺中央 下手로부터 上手에까지 堤防이 얏트만이
          있고 그 中央에 바다로 나가는 층대가 있고 배가 한 채는 멀―리、
          한채(裵氏가 부리는배)는 나루에 드러와 있다。

● 고철의 단막극 《불길》은 《연변문화》 제3호, 1948, p.38에 발표된 것이다. 이 작품은 훈
춘현 문예단체에서 공연하였다.

幕이 열리면 波濤소리 통통船 가는소리 멀리서 汽船의 고동소리
等……完全히 저녁때의 어수선한 埠頭의 風景

裵氏   (배의 물을 푸다가 허리를 편다)

　　　壽男아 어서 나오너라。 날이 저물기전에 어서 떠나가지、白萬金
　　　이란놈이 오면 이제까지 무얼 했느냐고 야단일터인데。 떠나가는
　　　배길에 욕을먹고 갈게야있니。

壽男   (下手에서 그물을 가지고 登場)

　　　비러먹을 놈이거 찌저진 그물도 기워주지않고 고기를 잡으라고하
　　　니 어떻게 잡나

裵氏   그래 그동안 그물을 집으라고 했는데 어찌되었단말이냐

壽男   집기는 무얼하게요 고기를 잡으면 잡는체나 하지

裵氏   쩟쩟쩟 그래도 이놈아 고기를 많이 잡어야 그까지 삯전이나마 더
　　　받지않겠느냐

壽男   흥 밤낮 아버지는 그런말슴 삯전인가 뭔가 받어가지고 그물찌저진
　　　것도 기울수 없지않어요 정말 이런생각을하면(그놈을 내던진다)
　　　나도 않갈테요

裵氏   이놈아 白萬金이가보면 뚜둘겨 맞는다 옛날부터 떠난는 뱃길에 남
　　　한테 욕을 먹어도 부정타는데 공연히 매버리 할게야있니

壽男   같은 값이면 청진바다에 태여나지 햇필 이 려수바다에 태여날게야
　　　있나

裵氏   쩟쩟쩟 저자식이 바다면 마찬가지지 려수바다와 청진바다가 또 어
　　　떻게 다른거야 고기잡이 팔자는 어데로가나 다 마찬가지지 어떻게
　　　다르단말이야

壽男   알지못하면 가만 계서요

裵氏   이놈아 그래 내 너보다 모를줄아니、 바다에서 나서 바다에서 늙은
　　　난데

壽男   아 그래 북조선에서는 로동자 보호법령이 내려 우리같은 고기잡이
　　　도 다 잘산다는데、 참 이런생각을하면 북조선으로 가고 싶어서

裵氏	아, 저놈이 그저철이없이、 요새 세상이 어떤 세상이라구、 왜놈때 톡하면 떼어갔지만이놈아 지금도 모가지가 떠러져
壽男	사람이 났다가 죽으면 한번죽지 두번 죽어요 사자밥을 걸어놓고 하는일인데 빌어먹을것 같어니라구 지금가면 언제올지도 몰으는 데 이따위 짓을하다 죽지는 않을테야(흥분하여 退場 하려 하다)
裵氏	(뛰어 올라오며)가긴 어데로 간단말이냐(이때 將校와 白萬金이 登場)
裵氏	(그를보고 급히 배로 뛰어간다)
壽男	(묵묵히 서있다)
萬金	(將校를 보며)아 그러면 제주도에 가시면 오래되시겠구만요
將校	오래될뿐만아니라 도라올지 못도라올지가 문제요
萬金	제주도 놈들의 폭동이 그렇게도 굉장한가요
將校	굉장하고 말고 이건 시실은 비밀인데……좀 대한국 국방군의 수치 스러운 일이지만 좌우간 상당한 숫자가 대패전을 했거던 그러나 내가 가면야
萬金	그렇구 말구요 旅長각하께서 가신다면야 문제없지요 그래서 우리 같은 놈도 각하를 믿고 살고있지않습니까(장교에게 담배를 권하고 불을 부쳐준다)
將校	응、 그거야더말것도없지 그래도 내가 지난사변당시서주전역시에 아직 내가 소좌일제아 그일본무기를 가지고도 대승전을하여 훈 칠 등을 탔거던 그런데 지금은 아 그미국하꾸라이무기가 아닌가 어、 바다 풍경이 놓은데
萬金	(아직 떠나지않은 배를 보고)裵영감 그래 아직 시간이 어떻게 되 었는데 떠나지않소 물가가 이렇게 오르는데 부즈런히 벌어야 먹고 살지 늙은게 배에서 그만큼 되었으면 정신을 차려야 하지않겠는가
裵氏	네 곧 떠나 가겠습니다。
萬金	(수남이를보고)이놈아 네 늙은 애비봐라 아모리 사공놈이라도 애 비야 알어봐야 하지 않겠는가

壽男　………

萬金　(그물을 들고보며)그런데 이것들이 세상이 어떻게 되는줄들을 알고 이모양이야、영감 내일부터는 배를못주겠네

裵氏　네 늙은게 미처 손이 안도라가 그럽니다。

萬金　어서 빨리기워 남의그물을 갖다쓰면 좀 똑똑히 갖다써야지 그래 그물을 메어놓고 깁지도 않는단말이야

裵氏　네 사실은 돈이없어서

萬金　어제탄 품값은 어떻게했어

裵氏　요새 곡가가 어떻게 비싼데 쌀한되에 그얼마식인데요

萬金　쌀?아 그래 그만큼 늙었거던 정신을 좀차려야지 지금 어느때이기에 우리같은 사람도 쌀밥먹기에 곤난한데 잔말말고 얼른기워 공연히 그러다간 밥줄이 끊어질줄알어

壽男　아버지 갑시다(흥분하여)

萬金　아 저놈이

壽男　넌 무어기에 날보고 욕해

萬金　(화가나서 따구를 때린다)이놈아 세상이 아무렇기로 어른을 몰라봐

壽男　어른이구 나발이구 이놈아、우리가 제배를 부리지않았으면 그만이지 무슨 잔말이냐 (달려든다)

萬金　(또 때린다)이놈이 정말 세상을 모르는군

壽男　(계속 만금이에게 달려든다)

裵氏　야 이자식아 왜써 이렇게 철이없니(울멍을멍하며)나리 제발 용서하여 주십시오

將校　(가장 젊잖게 만금이더러)그부슨 일처리를 그렇게하오。(裵氏와 壽男이에게)바다의 생산은 우리 대한국의 일이다。생산은 국민으로써 응당히 하여야할 의무이다。

裵氏　네 그저 용서만 하여 주십시요。어린것이 철이 없이 그렇습니다。이놈의 자식아어서 가자(壽男이를 배로끌고 들어간다)

萬金　참 재수가 없어서

將校   무슨일을 그렇게 처리하오

萬金   (모자를 주서들며 무안하여)아무렴 려장각하에게 저를 댈수야 있 겠읍니까?본래 각하를 모시고 술하려가는 길에 대단히 미안하게 되었습니다(량인퇴장)

裵氏   그저 고기잡이는 쪼각배와 같이 살고 같이 죽어야 하느니라(배가 는소리 기선의 우름 파도소리등 완전한 어수선한 부두의 기분)(裵 氏의 배가 떠나기시작 등대에 불이온다 裵氏뱃노리시작 처량하 게……)

      ×   ×

      배 띠어라

      배 띠어라

      만경창파에 배띠어라

      이제가면 언제오나

      ×   ×

      배 띠어라

      배 띠어라

      일엽편주에 매인신세

      이제가면 언제오나

      ×   ×

      (노래 처량히계속 哲洙등장 뱃노래를 들으며 공상에 잠긴다)

哲洙   저 노래가 남조선인민의 어굴함을 말하는 상징일것이다

龍植   (등장)이사람 그래 바다를보고 무슨공상을 하고있는가?

哲洙   듣게 저 노래를 (사공의 노래 더욱 홍분한다)

      나는 언제나 이런문제가 해결되지않네

      왜써 조선은 해방되었다구 그러는데 사공의 슬픈 노래소리는 없어 질줄 모르는가 왜써 해방되었다는 오늘에도 이모양인가?

      이게 조선민족의 운명인가?

      이게 만약 조선민족의 운명이라면 나는 차라리 조선민족으로 태여

난것을 원망하네 龍植 하……哲洙 그래 내가 밤잣 그래지않나 그게 바로 哲洙의 결점인것 같애

동무의 그 타오르는 정열 나는 이점에 있어서 자네를 존경하네 허나 좀더 문제를 널리 보잔말이야

왜 조선민족의 운명이 그러하겠는가 또 운명이란 있을수있겠는가? 저 북조선에서 힘차게 건설되는 모든 민주건설 그리고 남선에서 반항하고있는 인민의 투쟁 특히 이번 三八선 이남 이북을 물론하고 조선인민의 민족적단결로써 이루어진 조선민주주의 인민공화국탄생 그리고 조선이 망국된이후 해외로 흩어졌던 혁명가들 제이차세계대전에 참가하여 일본파시쓰를 때려부수는데 참가하였던 우리진 정한 조선의 아들딸 왜놈의 강제병을 반대하던 용사들 또 중국에서 자기의 피땀을 아끼지않고 진정한 계급적립장에서 싸우고있는 조선동포들

왜 조선민족이 위대하지 않는가?

특히 이번에 탄생한 조선민주주의 인민공화국은 특히 동방혁명에 있어서 시범이일뿐아니라 전세계민주진영의 승리이라네

우리 민족의적은 우리의적은 바로 미제이며 그리고 우리의 직접적인 원쑤 미제의 압잡이 리승만을 위주로한 남조선 단독괴뢰정부요 (龍植이는흥분)

哲洙　그래 나도 동무의 의견에 완전히 동의하네

龍植　여보게 다만 저 노래가 노래의 슬픔에만 끝인다면 또 그는 노래문제이겠지만 그노래가 바로 남조선인민들의 생활을 사실대로 반영시켰을 적에너무나 어굴하네

哲洙　그야 더 말할것도없지 하여간 우리는 직접적인 행동으로 우리가 선거한 민주주의 인민공화국을 지지하여야 할것이며 우리가 억지로 껄려나와 이군복을 입었다 할지라도 바로 우리의적을 쳐야 할 것일세

龍植　민주주의 인민공화국의 요청 즉 우리의 뜻을 접수하여 북조선에서

　　　　는 쏘련군이 철퇴하는데 왜 남은 양코배기 미국놈을 붓잡고 붓잡
　　　　아 두는겐가?

哲洙　나는 보다도 우리 려장이란놈이 미워죽겠네 그놈이 왜정시대에 우
　　　　리민족을 팔아먹던 또 그놈이 왜놈에게 충실하였던 놈일적에 정말
　　　　이지 진저리가 나네
　　　　저 제주도에서 조선민주주의 인민공화국을 지지하여 굳세게 쓰우
　　　　는 그 인민들을 나는 무조건으로 존경하고 싶네
　　　　보다도 하루바삐 그곳으로 달려가고 싶네
　　　　하여간 나는 자식한테 매여있는게 문제란 말이야

龍植　쉬── 누가 오는것 같네
　　　　(이때 哲洙妻 급히 등장 龍植에게 간단히 인사)

妻　　여보 이 려수군대가 모두 출동한다는말이 정말이우?

哲洙　뭐라구?

龍植　뭐라구?

妻　　제주도 사람들이 들구일어나 싸우는 란리를 치려 이 군대가 다 뜬
　　　　다던데요 그래 려장이란놈이 이번 가면 죽을 넌지도 모르니까 술
　　　　이나 실컨먹겠다고 계집을 다리고 야단이던데요

龍植　홍 그놈도 제목숨 아까운줄야 아는게지
　　　　우리를 정말 놈들의 놀림깨로 자기들의 보다도 우리민족을 팔아먹
　　　　는 암잡이에 연장으로 쓸려고 하는구나
　　　　내가 좀 가 보고 오지(퇴장)

妻　　여보 그래 당신이 제주도로 떠나면 우리집은 장차 어떻게 산단 말
　　　　이요(근심소리)

哲洙　나도 모르겠소(한숨을 쉬며 극도의 고민)

妻　　그래 당신이 모르면 어떻게 하우

哲洙　내가 안들 어떻게 하겠소
　　　　날 자꾸 괴롭히지 마우(퇴장)
　　　　(어린애 뛰어 등장하며)

어린애	어머니 어머니 미국사람들이 과자를 뿌려주었어
	이것 좀 봐 어머니도 줏으러 안갈라우
妻	어디보자 이애 흙이 묻었구나 이건 못먹어 (빼앗아 던진다 어린애
	주우러간다 妻발로 부빈다)
어린애	그럼 밥도 안주구(운다)
妻	아이 자식두 똑똑하지도 못하구 제발 네 이어미속을 썩이지 마라
	(울듯이 한숨을 쉬며)세상이 왜 이다지도 어지러울까 이러다간 정
	말 무슨일이 생기고야 말겠다(퇴장)(哲洙 龍植 죄 우편으로 등장
	하다 서로 마주친다)
龍植	哲洙 시방 바로 자네를 찾고있었네(소리를 낮추어)
哲洙	무슨일인가 지금 려단장각하인지 무엇인지는 술에취해서 질알이네
龍植	(哲洙의 말에는 注意하지 않으며)여보게 우리를 지금서 부터는 정
	말 한 개조선사람으로서 살수있는 기쁜 소식이 있네 우리를 제주
	도 인민항전 진압에 보내자는것은 사실인모양인데 그럴바에야 여
	기서 폭동을 일으키구 말자는대원들의 의견이네 이제부터는 우리
	도 이미국무기를 바로 사용할날이 왔다고 생각하네
哲洙	응 정말인가
龍植	정말이고말고 자 우리가 제주도를 향해 출발하라는 명령이 오늘
	저녁七時에 집행되는데 그전까지 각 부서에 배치해놓았다가 저 등
	대를 총으로 쏘아 불이 꺼지는것을 암호로 우리가 려수를 점령한
	단말이야
哲洙	정말인가
龍植	그리고 저 市정부에는 조선인민공화국 국기를 달고 이 땅을 저 북
	조선과같이 하기 위하여 지키잔 말인세
哲洙	그래 그래야지 내손에든 이무기로 우리조선을 살리는길로 이끌어
	야 할것이다(이때 가끔가끔 자동차가 초스피트로 지나가는소리)
龍植	자 빨리 가보세(무대 일층 어두어지고 가끔가끔 자동차의 라이트
	에서 비쳐나는 빛이 무대를 비치곤 비치곤 한다)(자동차 급히 정거

하는 소리 군중의 소동)

妻의 목소리…아유 吉松아 (운다)

(자동차 떠나는 소리)

△저 자동차를 잡아라─군중의 고함소리

旅長의 목소리‥대한국군의 려장이다

처의 목소리‥내 자식을 깔아죽이고 이놈아

旅長의 목소리‥하사관 이년을 묶어서 데리고 오너라

下士官 네 이년 이년 가자(자동차 발동소리)

萬金의 목소리‥그저 백성이 무지해서 각하를 몰라보고 그럽니다 허…
　　　　…………(자동차 떠나는소리)

市民 甲 (市民 甲 乙 吉松이의 시체를 가마니에 싸가지고 등장)세상이 무
　　　　슨 세상인지 그저 사람을깔아죽이고도 시침이를 딱 뗀단말이야

市民 乙 그놈이 양코백이 시절은 왜놈 쪽발일때 보다도 더한단 말이야(下
　　　　士官 哲洙妻를 밀어던진다)

下士官 (등장하며)려장각하의 명령인데 무슨 잔말이야
　　　　(哲洙妻 무대에로 밀어 너머진다)

妻　　　모두가 없는탓이지 어린게 배가고파 과자를 줏어먹다 그도 못먹고
　　　　죽었구나(거적에 吉松시체의 손을 펴본다 과자가 나온다 妻통곡)

下士官 그 시체를 바다에 내버려라 보기 싫다(市民甲 乙 어쩔줄을 모른
　　　　다)(妻 시체로 달려든다 下士官 밀친다)

下士官 下士官의 명령이야 이놈아
　　　　(市民甲 乙 마지못해 주저주저하며 시체를 바다에 던진다)
　　　　(妻 발악한다)
　　　　그런데 이년이 (때린다)

市民 甲 그저 이번만 용서해 주십시오
　　　　旅長각하이신줄 알았다면야 누가 감히 그런 짓을

市民 乙 그저 다 백성이 어리석은 탓입니다

下士官 너희들은 무어 잔말말어

(妻 또 반항)

그런데 이년이

(포승줄로 때린다)

妻　　(반항)

이놈아 내가 무슨 죄가 있단말이냐

그래 대한군려장은 인민의 살인죄도 없단말이냐

下士官　(또 극도로 부애가나서 몹시 때린다 妻 신음울음석인 목소리)

妻　　그저 못사는게 죄다 남편은 병정으로 자식은 깔려죽고 나는 감옥

으로 ……그래 이것이 대한국의 정치이며 대한국의 임무이냐(또

반항)(下士官 더욱분개 몹시때린다)

妻　　응 응……(신음소리)

市民 甲　야유 저 저(市民 乙 어쩔줄을 모른다)(下士官의 채쭉 더욱 몹시)

妻　　응………(市民 甲 乙 더욱 당황)

아앗……(悲鳴)

(市民 甲 乙 깜짝 놀래 눈을 가린다)

下士官　(놀랜다)(사이)

이게 죽지 않았나(사이)

이도 바닷물에 처넣어라

(市民甲乙 설설 뒤로 뺀다)

下士官　이놈아 어서 말들어

(바다에 갔다 넣는다)

흥 재수가 없을 내니가——(퇴장)

市民甲　흥 왜놈보다 조선놈이 더 독하구나

市民乙　이러다가는 백성들 다잡아 먹겠네

市民甲　李市晚인지 무언지 하여간 세상이 얼른 뒤집히어 여기도 북조선모

양 되어야지

(哲洙 황급히 등장)

市民甲　자네 자식은 자동차에 치어죽고 부인은 반항하다가 고만 매에맞어

市民乙　(市民甲에게 눈치)

市民甲　고만 매에 맞어 죽었네

哲　洙　어서

市民乙　여기서

市民甲　시체는 저 바닷물에

　　　　(멀리에서 들려오는 노래)

　　　　　　×　　　　　　×

　　　　대대로 물려 받은 설음

　　　　가난에 우는 겨레들

　　　　그 이마에 기리 사겨진

　　　　죄인의 어굴한 락인

　　　　천년압제에 시달린 령혼

　　　　거리에 들에 가득한 슬픔

　　　　　　×　　　　　　×

　　　　포연 낮게 떠도는 땅에

　　　　지리한 어둠이 샌다

　　　　전마의 굽밑에 짓밟혀

　　　　사겨진 계급의 잔여

　　　　일어나라 노예의 잔여

　　　　일어나라 력사의 추동자

哲　洙　그래 내 너의한테 투항하지 않겠다 집 문제 때문에 모든 일에 오이
　　　　려 주저를 가졌었다 모―든것은 거리낌없게 되었다. 이 일은 오이
　　　　려 나자신을 북돋아준다

　　　　(哲洙 다시 바다를 바라보며 市民 甲 乙 퇴장)

　　　　＝사이＝

龍　植　(급히 등장)왜 이렇게 맥이 없나 일이 어찌되었나

哲　洙　어린것이 자동차에 치어죽고 여편네는 맞어죽고

龍　植　응(놀랜다)그럼 자네 맡은 임무는 어떻게 하나

哲 洙　(한숨)

龍 植　哲洙 내가 자네분까지 맡어서 하지

哲 洙　안된네 죽은놈은 죽었거니와 산놈은 살아야 하네 좀더 힘차게 씩
　　　　씩하게 살아야하지 이 중대한 광영한 임무를 完成시키는데 조금
　　　　이라도 지장이 있어서는 안될것이며 또 나로 하여금 이 광명한 일
　　　　에 참가시켜주게 내 죽은자식 안해 보다도 나와같이 남조선에서
　　　　단독허수아비 정부의 폭정하에 신음하는 우리동포가 그 얼마나
　　　　되겠는가？평시마음이 난약하던 나에게는 더 큰힘을 북돋아주네
　　　　(홍분)

龍 植　참 고맙네 자네가 짜른 시간내에 결심을 내려주니(시계를 보고)
　　　　자 오분(五分)밖에 안남었네 자 각각 부서에 붙세

哲 洙　딴데는 어찌 되었는가？

龍 植　벌서 준비는 다 되었구 시간이 오기만 기다리네

哲 洙　자 그럼 내걱정을 말고 얼른들 가게
　　　　(龍植 퇴장 이어 哲洙도 퇴장)
　　　　(파도소리 배가는소리 기선의 울음 시내에서 들리는 개 짖는 소리
　　　　등 밤공기를 부수선하게한다。)
　　　　(旅長 自萬金이 등장)

旅 長　이놈들이 다 어데로 간모양이야
　　　　시간은 다 되었는데
　　　　아―(하품을 한다 술이 아직 덜깨인모양)
　　　　下士官 병사에 가서 빨리 집합하여 나오라고 전달해라

下士官　네 병사에 가서 빨리 집합시켜 가지고 오겠습니다 (퇴장)(싸이렌
　　　　소리)

旅 長　아 저놈들이 인제사 집합신호를 하네

萬 金　이거 헤……변변치는 않지만 혹시 제주도에 가시면 가람도 설터인
　　　　데 어떤때 도움이라도 되지않을가 해서……(돈을 끄어내준다)

旅 長　적어도 대한국 국방군 려장이 그런짓을 하면 되겠나(돈을 보고 적

다는듯이)

萬　金　그게 무슨 우리 둘사이에서야 일이 있겠습니가

　　　　(萬金이가 못알아 차리는게 답답해서 눈치질을 하며)

旅　長　(더욱 엄숙한 어조로)

　　　　적어도 대한국 국방군의 한 개 旅長이 그런 짓을 하면 되나

萬　金　우리 둘사이에야 일이 있습니가

旅　長　(돈을 받아들며)白萬金의 그래도 사람이 쓸만하거든 허………

萬　金　그리고 려장각하예 부탁하신 쌀과 귤 교환문제는 꼭 부탁합니다

　　　　제주도에서 일본도 가깝구 친히 각하는 그 과거 일본 노무리(野村)

　　　　상하고 친하시니까요 그런데 배는 언제쯤 보내드릴가요

旅　長　대한국 존망을 결정하는 출정에 있어서 한 개 려장의 체면으로서

　　　　곤난한 일인데

萬　金　그저 어떻게 소개만 해주신담에야

旅　長　그쯤이야 내가 萬金이를 믿으니까 하……

　　　　(그때까지도 싸이렌소리 멈칠줄을 모르니 下士官 급히 등장)

下士官　저 저 큰일났습니다 병사에는 아무도 없구 이런게 모다 붙어있어

　　　　요(삐라를 보인다)

旅　長　옹 이놈들이(삐라를 내어던진다)

　　　　(파도소리 뱃소리 기선의 울음 싸이렌소리 더욱 요란해진다)

　　　　(萬金이 그삐라를 집어보고 부들부들 떨며)

萬　金　전 집에 어린애가 앓아서 빨리 저빨리 가아보겠습니다

旅　長　………

　　　　(下士官 당황)

下士官　저 폭동이나 안일어날찌요?

旅　長　이놈아 가만이 있어

萬　金　저 저 집에 어린애가 앓아서 빨리 기보아야 되겠습니다

旅　長　이놈들아 가만이 있어(다소간 당황)

　　　　(이때 총소리 등대 불이꺼진다)

(사방에서 총소리 개짖는소리)

萬　金　저……먼저 가봐야겠습니다

(내뺀다)

旅　長　아…나도 가봐야겠네

(이때 哲洙 뛰어 들어온다)

(下士官 권총을 빼려할때 재빠르게 찌른다이어 려장도 총으로 쏴 죽이고 萬金이만 내뺀다)

哲　洙　나는 초보적으로 나의 원쑤를 갚았다 나와같이 불상한 사람 나보 다도 더 불상한 사람이 여기에는 얼마든지 있을것이다 나는 그 자 들의 원쑤를 갚고 북조선 인민공화국의 모든 정책이 천주될때까지 견결히 싸우겠다.

(시내에서 총소리 무대로는 돌격대 왔다갔다 격렬한 전투를 상상 케한다)

(이때 부두에 배가 와닸는다)

壽　男　(등덕에 뛰어 올라온다)

群　衆　(전체 등장하여 구호를 부르며 퇴장)

壽　男　아버지 저 구호소리를 들어봐요 이제야 세상이 바로 되는것 같습 니다 인제는 우리가 우리손으로 선거한 인민 공화국의 올바른 정 치가 실행될것 같습니다 아버지 나도 총을 들구 저 군중들과 같이 싸우겠습니다 아버지 나는 우선 白萬金이란 놈부터 잡아와야겠습 니다.

(배의 삿대를 빼어 가지고 급히 퇴장)

(裵氏는 이때 등장)

(군중 哲洙 龍植 국기들을 들고 등장。)

(哲洙 국기를 등대에 단다)

龍　植　우리는 초보적으로 올바른 길을 걷기 시작했다.

우리는 승리를 얻었다.

그러나 이 투쟁은 앞으로 더욱 간고할것이다 앞으로 우리는 이 승

리를 더욱 발전시켜 우리는 우리의 정부 인민민주주의공화국의 저
국기를 높이 받들고 우리의 올바른 길로 더욱 매진합시다.
(이때 壽男 裵氏 萬金이를 끌고 등장)

壽　男　이놈아 걸어라…(군중흥분)

　　　＝막 끝＝

【40년대 장막극】

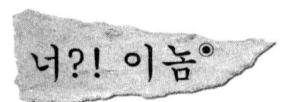

신룡검

나오는 사람들

동철(형) ······················ 사회주의자
수현(동생) ···················· 허무주의자
련숙(녀동생) ················ 남원수의 처
어머니 ·························· 동철의 어머니
춘실 ····························· 동철의 련인
경인 ····························· 동철의 동무
김동무 ·························· 진보청년
윤선옥 ·························· 진보녀성
남원수 ·························· 밀정
박형사, 헌병, 경찰, 하녀, 기생
기타(민주련군전사 약간명)

때   30~40년대

곳   원산시내 동철이네 집

무대   우쪽으로 시내원경이 보이고 담에 이어서 대문이 서있다. 방한
       칸。 아래쪽으로는 안방으로 통하는 문이 있다。
       △막이 오르면 련숙이가 책상에 마주앉아서 소설책을 보다가 머리
       를 들고 생각에 잠긴다。 이때 아래켠에서 어머니가 등장。

● 장막극 《너?! 이놈》은 해방직후 목단강 민맹문공단에서 공연한 작품인데 1987년에야
  《문학과 예술》제1호(연변문학예술연구소, 1987)에 처음 발표되었다. 일부 재료에는 이
  작품의 작자를 신용검과 김태희의 합작이라고 하는데 발표될 때에는 신용검으로 되었다.
  이 작품은 또 《중국조선민족문학선집》제7집(민족출판사, 1991)에도 수록되었다.

어머니　너는 무엇을 그렇게 멍하니 생각하고앉았니?

련 숙　이 책에 씌여있는 어머니가 하도 훌륭해서 그런어머니를 생각하고
　　　있었어요。

어머니　그래 그게 무슨 그렇게 훌륭하냐, 응?그래 나는 그책의 어머니보
　　　담 못한 모양이지？

련 숙　어머니두, 별말씀 다 하시네。그래도 어머니는 여기의 어머니처럼
　　　되려면 아직멀었어요。호호호…

어머니　망―할년！거 무슨 책이냐?그래 웃학교도 못보냈는데 아무 공부
　　　라도 자꾸 해야지。

련 숙　이것은 저―로씨야의 막씸 고리끼라는 사람이 쓴 《어머니》라는
　　　소설책이예요。

어머니　나야 무엇인지 알겠니?그게 네 책이냐?보지않던 책이로구나。

련 숙　이건 아마 큰오빠 책인가봐요。

어머니　큰오빠 책이냐?그럼 그게 또 무슨 일을 칠 책이나 아니냐?

련 숙　어머니두, 책이 어떻다고 일을 치다니요?

어머니　말말아。아, 네 큰오빠가 중학교 다닐 때에 그놈 책 때문에 퇴학
　　　을 맞았다。그뿐이냐?경찰서에 잡혀가서 일년이나 고생하지 않
　　　았니?그때만 해도 네 아버지가 살아계셨으니 더는 몰라도 중학
　　　교는 마치도록 했을텐데 그바람에 더 다닐 학교도 못다니고말지
　　　않았니?

련 숙　그게 무슨, 책 때문에 그랬을라구요?

어머니　그래두 그때 책을 모조리 가져가버렸는데！

련 숙　이 책은 괜찮아요。

어머니　글쎄 책도 여하튼간에 아무 책이나 다 같지 않은 모양이더라。
　　　△잠간사이。련숙이가 책을 보기 시작할 때 남원수가 대문을 열
　　　고 등장。

남원수　안녕하십니까?아, 어머님 계시는구만。
　　　△련숙이는 머뭇거리다가 아래켠으로 퇴장。

남원수   허, 따님은 나만 보면 왜 저렇게 피하기만 하는지요?

어머니   피하기야 무슨 사람을 보고 피할라구. 그 애도 이젠 나이가 들었
         으니 셈을 차리는게지.

남원수   하하하, 글쎄요. 그것도 그럴상하외다.

어머니   그래 또 어떻게 되어 왔나?

남원수   어떻게 오다니요? 놀러왔지요. 그래 좀 오면 못씁니까?

어머니   못쓰기야 하러, 그저 하도 오니 말이지.

남원수   내가 왜 자주 오는지 어머니도 아시지요.

어머니   ……

남원수   원, 천만에요. 그런 말씀 마십시오. 그렇지 않아도 벌써부터 좀
         인사를 차린다는게 그저 무슨일이 공연히 바빠서… 자, 아무 념려
         마시고 받아주십시오.

어머니   글쎄, 모처럼 가지고온것을 받기는 받겠지만 원 어찌 할는지 모르
         겠네.

남원수   아니구 참, 그런 말씀을 마시래도 그럽니다. 아, 이댁의 맏아드님
         만 하더라도 저하고 중학교때 동창이요 돌아가신 이 댁의 아버님
         은 저의 부친님하고 아주 모르는 처지가 아니였으니깐요! 저는
         어머님을 친어머님처럼 생각하십니다.

어머니   글쎄 말은 고맙네마는… 그럼 고맙게 받겠네.

남원수   하하하… 어머니는 그래도 괜찮으시거던 하하하…

어머니   그런데 련숙이가 어찌려는지 ?

남원수   공연한 근심을 하십니다. 안받으면 그만 두지요. 그러나 어머님
         말씀이야 안들릴 있겠습니까? 그래서 나도 어머님을 통해서 주
         려는것입니다. 내가 직접 선사하는것보다 나을가 해서 하하하.
         △ 남원순네 집의 하녀가 등장.

하 녀   계십니까?

어머니   거 누구시오? 응, 이쁜이로구나.

하 녀   저, 주인님 여기 오셨어요?

어머니 응, 그래. 지금 와 앉아있다.

하 녀 (들어오면서)저, 주인님 누가 찾아왔어요.

남원수 누가 찾아왔던?

하 녀 박형사께서 찾아와서 좀 보자고해서 왔어요.

남원수 응, 곧 간다고 그래라.

　　　　△하녀 ≪네≫하고 퇴장

남원수 어머님도 저의 집에 좀 오시지요. 저 따님하고도 함께…

어머니 어디 그렇게 가게 되어야지. 무슨 일이나 생기면 가게 될는지.

남원수 그런데 참, 따님하고 이야기해보셨지요?

어머니 글쎄 이야기하려고 했는데 그 앤 그런 말은 통 못하게 하고 들은척
　　　　도 않는다니. 나도 원, 자네가 롱담을 하는것 같지 정말 같지는 않
　　　　단말이야. 자넨 그래도 일본인가 동경인가를 가서 대학을 마치고
　　　　왔는데 겨우 이름자나 아는 내딸이 아니면 색시감이 없을라구?
　　　　거기다 재산도 있고 한데…

남원수 그런 말씀을 마십시오. 공부나 많이 하면 무엇합니까? 그저 얌전
　　　　하고 용모가 단정한 이 댁의 따님같은 녀자가 제일이지요! 하여
　　　　간 아무 말씀도 마시고 저를 그저 사위로 삼아보시오. 하하하! 그
　　　　럼 집에 손님이 왔다니 가보고 또 오겠습니다. 그럼 저것을 따님
　　　　께 드리십시오.

어머니 그건 그렇게 하리다.

남원수 네, 부탁합니다.

　　　　△남원수 퇴장.

어머니 (독백)아무래도 모를 일이지. 그저 련숙이가 생김생김이 이쁘게
　　　　생겼으니 거기에 생각을 두는게지.

　　　　△련숙이 등장.

련 숙 어머니, 갔어요? 왜 그리 치근치근거리면서 보기 싫게 자꾸 오는
　　　　지 몰라.

어머니 글쎄 일전에도 이야길 했지만 너를 보고 자꾸 오는가부다.

련 숙 듣기 싫어요.

어머니 내가 어쨌다고 나한테 그러니? 오는걸 쫓아보내겠니? 그리고 오늘은 무엇인지 이걸 가지고 너한테 주라더라.

련 숙 그런것은 어째 받았어요? 도로 가져다주어요.

어머니 아, 이것 참, 내가 딱해죽겠구나. 그래 가지고 와서 놓고가는것을 안받을수야 있나?

련 숙 이따위것으로 환심을 사볼려구? (탁 쳐서 떨어뜨린다.)

어머니 그렇게 화를 낼거야 있나? 싫으면 말게지. 오— 참, 내 뒷집에 갔다오마 뒤집 아이가 앓는다는데 좀 가보고 올게 집에 있어라.
△어머니는 퇴장하고 련숙이는 책을 들고 본다. 어때 동철이 등장.

동 철 련숙아, 뭘 그렇게 열심히 보느냐?

련 숙 (돌아보며) 오빠 돌아왔어요? 오늘은 공장도 노는데 집에서 좀 쉬시지 어디로 자꾸 다니시기만 하세요?

동 철 내 걱정은 말어. 집에 가만히 있으면 답답해서 쓰겠니?

련 숙 어쩌다 노니 피곤하실텐데 좀 쉬여야지요.

동 철 뭐, 그만한것은 괜찮다. 어머니는 안방에 계시냐?

련 숙 어머니는 뒤집에 잠간 갔다오겠다고 가셨어요.

동 철 참, 그집엔 어린애가 앓는다더지 아직 낫지 않은 모양이지?

련 숙 아마 더한 모야이예요. 어머니도 그래서 갔나봐요.

동 철 응, 거참 안됐구나. 그집도 어려운 살림에 가뜩이나 어린애까지 앓으니 언제면 모두 다 마음놓고 살수 있게 되겠는지?

련 숙 오빠, 웃내복에 땀이 배였을텐데 갈아입으세요.

동 철 응, 아직 괜찮다.

련 숙 그래도 땀이 배면 인차 해여지는데.

동 철 원래 헌옷인데 오래가면 얼마나 오래가겠니? 천천히 갈아입지. 내가 아직 독신이다보니 이런 걱정 저런 걱정 어머니나 너한테 시키게 되는구나.

련　숙　나는 무슨 일이든지 오빠가 집에 계셨으면 좋겠어요. 오빠가 돌아
　　　　오신지 서너달도 안되지만 오빠가 안계실때보담 어머니 기색이 오
　　　　빠 걱정을 안해서 그런지 퍽 나아진것 같아요.

동　철　글쎄 그렇다고 꼭 집에만 있을수야 있니? 타지방에 가게 되면 가
　　　　는 일도 있지않겠니?

련　숙　그거야 그렇지만…

동　철　그런데 련숙아, 오늘 누가 오지 않았니?

련　숙　네, 아무도 오지 않았어요. 오— 참, 남씨라는 사람이 왔댔어요.

동　철　응, 유지신사께서 꽤 부지런히 오는구나.

련　숙　그래도 별로 다정한것처럼 말하던데요. 오빠의 친구를 욕해서 노
　　　　여워할지 모르겠지만 난 그사람이 딱 보기 싫어죽겠어요.

동　철　너도 사람을 꽤 바로 보는구나, 하하하.

련　숙　오빤 사람을 업신여기네.

동　철　내가 왜 너를 업수히 여기겠니?

련　숙　저 작은오빠하고 남씨는 요새 꽤 친해진 모양이야. 같이 다니며
　　　　술도 마시고 하는가봐요. 작은오빠는 술을 싫어하는편이 아닌데
　　　　다가 남씨가 더러 술을 사는바람에 어깨를 나란히 하고 다니는 모
　　　　양이예요. 작은오빠는 무슨 문학이요 시요 하면서 몇푼 생기면 맨
　　　　날 다방으로 다니고 술에 취해서 들어오군 해요 문학을 즐기는 사
　　　　람은 그렇게 해야 하나요? 오빠.

동　철　나도 모르지. 문학도 여러 가지일테지.

련　숙　큰오빠가 돌아온 다음부터는 좀 달라진것 같기는 하지만 아직도
　　　　그렇게 하는게 좋은가봐요.
　　　　△이때 배달부가 들어와서 편지를 주고 퇴장. 련숙이는 편지를 동
　　　　철이한테 준다.

련　숙　그 편지는 어디서 왔어요?

동　철　내 동무한테서 왔다.

련　숙　(편지봉투를 들고보며)함흥에서 왔군요. 녀자이름인데! 동무가

　　　　　　아니지요？녀자가 무슨 동무예요？

동　철　왜？ 녀자와 남자는 동무가 될수 없다던？

련　숙　그렇긴 하지만…(편지를 엿보려고 한다。)

동　철　이 애가 공연히 지나친 생각하는구나。 내가 함흥에 있을때에 같이
　　　　일하던 씩씩한 조선녀성이란다。(편지를 넣는다。)

련　숙　오빠, 나도 오빠 다니는 공장에 취직하려고 해요。 지금도 사람을
　　　　쓰는지 좀알아봐줘요。

동　철　글쎄 어쩔려는지？요즘 직공을 더 쓰는게 아니라 오히려 줄이는
　　　　모양이더라。

련　숙　그럼 다른데라도 들어갈 곳이 없어요？ 오빠도 내가 일 다니는걸
　　　　반대하진 않겠지요？

동　철　　그건 네 맘대로 하렴。 내가 이래라 저래라 하겠니？

련　숙　그럼 어떤데 취직할가？ 아주 그럴듯한데 취직해야겠는데, 동무들
　　　　도 많은 곳에。

동　철　하하하。 그렇게 생각대로 되는게 아니다。 사람이 직업을 가지는
　　　　것이 무슨 장난거리가 아니니까！ 생활을 유지하려는 먹고사는 문
　　　　제 때문에 수많은 근로자가 가혹한 현실속에서 허덕이고있지 않느
　　　　냐？ 이 사회 그본적인 해결문제가 그속에 있단다

련　숙　저도 그런 문제는 어슴푸레하게는 알고있어요。

동　철　그럼 똑똑히 알도록 노력해야지。

련　숙　그러기에 오빠가 자꾸 가르쳐주어야지요。

동　철　물론 가르침도 받아야겠지만 자기 자신이 알려고 노력해야지。 더
　　　　욱이 너도 일을 다니겠다니 그런 공장속에서 수많은 같은 처지에
　　　　있는 동무들과 일하는 사이에 더욱 똑똑히 알게 될거다。
　　　　△련숙이가 무엇을 생각하고있을 때 수현이가 등장。

수　현　형님 집에 계셨구만요。(련숙이를 향해)애 련숙아, 이 양말 좀 갈
　　　　아신어야겠다。

련　숙　무슨 양말을 벌써 갈아신어요？그리고 어디 갈아신을만한 성한 양

　　　　　말이 있어야지 ?

수　현　없긴 왜 없어 ? 새것이 아니라도 깁기를 잘 기워서 새것 같이 만들
　　　　　란말이야。

련　숙　그럼 매일 오빠 양말만 기워도 미처 담당 못하겠네。

수　현　네가 술을 사줬기에 걱정이야 ?

련　숙　오빠는 큰망나니야。

수　현　무엇이 어째 ? 내가 망나니면 이 세상에 망나니 아닌 사람이 없을
　　　　　게다。

동　철　수현아, 너는 왜 그 모양이야 ? 내가 그렇게 일러도 알아 못듣니 ?

수　현　그래 내가 어쨌어요 ?

동　철　너의 생활태도를 고치란말이다。그러자면 네 정신부터 고쳐야 한
　　　　　다。

수　현　형님, 이 세상은 허무한것이외다。저주로운것이외다。인생이란것
　　　　　도 허무한것이외다。일순간에 사라지면 영원히 자취조차 없어지
　　　　　는것이 인생이 아닌가요 ? 인생의 모든 희로애락도 순간에 피였다
　　　　　가 지는 불꽃과 같은것이요。오— 순간에 피였다가 지는 인생의
　　　　　불꽃이여, 나는 너를 노래하노라。

동　철　그 몽유병자같은 하품소리는 듣기 싫다。너의 의식형태는 완전히
　　　　　병신이 되고 말았구나 !

수　현　아닙니다。형님은 너무나 자아의 세계를 무시합니다。나는 이 공
　　　　　허하고도 독스러운 현실속에서 자기의 휴식처를 찾으려 하외다。
　　　　　나는 광인의 저 유토피아를 찬미하외다。그속에 나의 예술이 나의
　　　　　생명이 있으니까 !

동　철　너는 사회기만의 그림자를 쫓고있구나。제배계급이 뿌린 마약의
　　　　　신음속에서 헤매고있구나 물론 예술이란 그것이 참다운 예술이 자
　　　　　아낸 대중생활의 가장 절실한 필수조건의 하나인것이다。네가 지
　　　　　금 웨치고있는 예술이란 근로대중의 고혈을 한방울 한방울 환락의
　　　　　거리에다 뿌려놓고있는 흡혈신사들의 비위에는 맞을것이다만 주

린배 움켜쥐고 어둑컴컴한 공장안 먼지속에서 일년열두달 손발이 닳도록 일하는 로동자나 나무뿌리를 캐먹지 않으면 살수 없는 농민들에게 그따위 예술이 무슨 소용이 있단말이냐! 이 사회의 밑바닥에 깔리워 신음하는 장래의 주인공인 근로대중의 웨침소리를 귀 기울여 똑똑히 들어라. 눈을 크게 뜨고 똑똑히 보아라 그네들의 욕구가 무엇인가를!

수 현 나는 사회주의자가 아니니까 예술을 사회운동에 봉사시킬수는 없지요. 예술은 예술로서의 독자적인 길이 있으니까. 모든 것을 초월한 신성한 길이…

동 철 홍, 예술의 독자적인 신성한 세계가 어쩌구 어쩌구하면 모든 것을 초월했다구 자칭하는 예술지상주의자들의 그자체가 벌써 어느 계급에 봉사하고있다는것을 감추고자 하는 묘하고도 어리석은 기편임을 폭로한데 지나지 않는다는것은 이젠 그만큼 선전해도 알 사람은 다 알았다고 해둬라.

수 현 네, 내가 졌다고 해둡시다. 내가 형님한테 졌다고 해두는것도 내 자유니까요. 아! 인생의 모든 고뇌, 기쁨도 설움도 한잔 술에 담고서 안개 자욱한 환경속에 내뿜는 한숨마다 청춘은 시드는가!

△동철이는 수현이의 라태한 태도를 보다가 참지 못해 따귀를 보기 좋게 때린다.

동 철 에잇, 미친놈같으니. 그만이나 똑똑한놈이 왜 이 모양이냐?

수 현 …

련 숙 오빠, 왜 이러세요? 그냥 말로 하시지.

동 철 너도 잘 생각해보아라. 나는 너의 포부를 꺾으려는것이 아니다. 그러나 예술가가 되기전에 먼저 이 사회를 옳게 해부할수 있는 진리의 탐구자가 되어라. 거기에서 비로소 참된 예술이 생겨날것이다.

련 숙 오빠 오늘 웬 일이세요? 우리가 아무리 잘못한 일이 있어도 여지껏 크게 욕 한마디 안하시더니.

동　철　수현아, 나삐 생각지 말아라. 내가 괜히 흥분해서 네게다 손을 댔구나.

수　현　내가 잘못했기에 그랬겠지요. 형님의 말씀은 모두 옳은 말씀인줄 나도 뻔히 알면서도 내가 여지껏 젖어온 그릇된 관념 때문에 내 주장을 세워보려던것이… 다내 잘못이예요.

동　철　그럼 내 잘못을 용서하겠니？ 너의 사상이 근본적으로는 나쁘지 않다는것을 나도 잘 안다 너의 고민도 잘 안다. 글을 마음대로 읽을수 없고 말을 마음대로 할수 없는 이 세상에 더욱이 표현이 없이는 발현시킬수 없다는것은 예술이 가지는 첫째 조건인 이상 아무리 진정한 예술가들의 고민이 어떠하다는것을 나도 모르는바 아니다. 그러나 그렇다고 좁은 울타리속에서 절망과 환멸의 자포자기한 죽음의 만가를 부르는것은 결국 약자가 하는 매신적인 자기위안에 지나지 않는것이다.

수　현　형님, 저도 형님의 다니는 공장에 들어가려고 합니다.

동　철　웅, 나도 그것을 찬성한다. 너도 그곳에서 자라나면 얻을것이 많을것 이다. 천만권의 책보다 한가지 체험이 더 귀중할 때가 있으니까 군중속에서 자기를 알게 될수 있다.

수　현　형님이 벌써부터 집에 계셨으면 나도 좀더 깨였을텐데.

련　숙　오빠는 이젠 정신이 좀 드는 모양이죠. 이자 방금 맞긴 바로 맞았어요.

수　현　뭐야？ 저걸 그저.

련　숙　맞아서 싸다니깐.

수　현　아, 조걸 어쩔가？

　　　　△련숙이 혀를 내밀고 놀리다가 퇴장.

동　철　하하하.

　　　　△수현이도 련숙이를 따라 퇴장 무대밖에서 《오빠, 다시는 안그렇게 때리지말어.》라는 말소리가 들린다.

동　철　(독백)아, 이거 참, 가볼 때가 됐겠군. 애, 련숙아, 지금 몇시냐？

련　숙　(안쪽에서)지금 다섯시 십오분이에요.

동　철　시간이 벌써 그렇게 되었나? 가봐야겠군.

△수현이 등장.

수　현　어디 가시렵니까?

동　철　응, 내 좀 볼일이 있어서 다녀와야겠다. 좀 늦어질지도 모르니 문을 걸지 말아라.

수　현　네, 그렇게 하겠습니다. (퇴장。)

△이때 경인이 등장.

동　철　오, 경인이!(서로 악수하며 인사한다。)

경　인　저, 동철이! 긴급회합이야。

동　철　응, 무슨 일로?

경　인　저, 전번 우리가 모여서 결의한 조건말일세. 일본재벌 노구찌가 친히 발표한 흥남공장로동규정말이야。

동　철　옳아, 그걸 오늘 오전에 나는 다른 동무들한테서 들었는데 뭘 구체적인것이 있어야지?

경　인　구체적인 사실을 알았다네. 바로 선전책임을 맡고있는 박철이가 금방 재료를 얻어가지고 왔어。

동　철　그래 좀 자세히 말해봐。

경　인　누가 없나, 남이 들으면 좋지 못해。

동　철　념려 말어. 지금 모두들 안방에 있으니까。

경　인　사실은 이렇다네. 사오일전에 노구찌는 공장의 주요한 책임자들을 모아놓고 말하기를 《이번 동경에 가서 국정을 살피여 조선에 대한 방침을 달리하기로 한바나는 우선 흥남공장문제에 있어서 로동력의 배이상의 증가를 책임지였다。》하며 구체적인 부증으로선 인원등용이 아니라 로동시간연장을 주장하였네。

동　철　로동시간연장에 맞도록 임금을 증가하면 그만이 아니지 않는가?

경　인　허, 동철이, 뻔히 알면서도 그놈들이 어데 그렇게 할 리가 있나? 놈들은 이 기회를 타서 우리 조선청년을 더욱 삼켜먹을 타산이지。

동　철　글쎄, 그야 결과를 보아야 알 문제가 아니겠나?

경　인　그런게 아니라 구체적으로 이미 계획까지 세운 모양이야. 박철이
　　　　가 엊저녁 함흥에서 류숙하였는데 동무한테 끌려 ≪조일식당≫으
　　　　로 갔댔다나. 그런데 흥남공장 책임자놈들인 일본인 세사람이 술
　　　　을 처먹으며 지껄이는것을 얻어들었는데 노구찌는 이번 이 기회를
　　　　타서 한번 큰 돈벌이를 할테니 모두들 일을 잘 봐달라고하더래.
　　　　로동자들을 어떻게 하든지 얼려서 불평이 없도록 미리 잘 타이를
　　　　것을 주의시켰대.

동　철　옳지, 그렇길래 요즘은 아침마다 놈들이 하는 말이 일본은 어떻고
　　　　조선은 어떻고 지금 세계는 어떻고 하는판이로군.

경　인　그렇지, 이제 가만있다가는 또 그놈들에게 꼼짝못하고 착취당하고
　　　　만다네.

동　철　응, 그건 그냥 둘수 없지.

경　인　그냥 두다니? 그렇지 않아도 지금 직공들 생활이 말못할 정도로
　　　　비참한데 거기다가 더 착취를 받고서야 살수 있나? 우리들도 무
　　　　슨 대항방침을 세워야지. 어때? 동맹업준비를…

동　철　쉬—

경　인　왜? 누가 있나?

동　철　없어. 그러나 부모나 형제사이라도 이런 일을 듣게해선 안되지.
　　　　가불간 이문제는 회합해서 결정하세그려.

경　인　헌데 그것이 바쁘단말이야. 래일부터라도 곧 착수해야 하지 않겠
　　　　나? 우리가 직공들한테 인식공작이 미치지 못할 때 놈들이 먼저
　　　　손을 걸면 넘어가기가 쉬우니까.

동　철　그렇지, 만일 놈들이 이러한 관계를 걸 때엔 우리들은 일개인의 곤
　　　　난을 극복하고 이러한 주장을 내세워 심하면 그(낮은 소리로)파업
　　　　에까지…

경　인　그렇지. 자, 어서 가세.

동　철　응! 이렇게 하고있을 때가 아니야. 애, 련숙아! 지금 몇시나 됐

니?

련　숙　(안에서 대답한다.)지금 다섯시 사십오분이예요.

동　철　시간이 벌써 그렇게 됐나? 그럼 빨리 가봐야겠군.
　　　　△이때 수현이가 등장. 경인이와 서로 인사를 나눈다. 그리고 경
　　　　인이와 동철이 퇴장.

련　숙　(아래방에서 나오며)큰오빠는 어디 갔어요? 아까 양말을 갈아신
　　　　겠다고 했지요? 자! 여기 가져 왔어요.

수　현　응, 고맙다. 천천히 갈아신지.

련　숙　왜? 아까는 당장 내놓으로 하더니. 하여튼 매는 면바로 맞았다
　　　　니깐요.

수　현　요거, 또 사람을 놀리네.

련　숙　아, 잘못했어요. (안으로 퇴장.)

수　현　(독백)하, 이거 두고두고 약사발을 먹게 되지 않았나? 형님의 말은
　　　　전부가 옳은 말씀이지, 결국 이놈이 잘못된놈이지.
　　　　△이때 남원수가 웃켠에서 등장.

남원수　이사람, 뭣하고 앉았어?

수　현　아, 남선생이세요?

남원수　아무도 없어? 자네 혼자 앉았나?

수　현　아니요, 어머니하고 형님은 나가시고 누이동생만 안에 있수다.

남원수　응, 거좀 나오라구 그러지.

수　현　글쎄요.

남원수　아! 지금 녀성이 내우만 해서야 쓰나? 좀 활발해야지 그런데 자
　　　　네 한잔하러 안가겠나?(시계를 보며)응, 이젠 술 할 시간도 됐군
　　　　그려 어때 취중에 한마디 시나 읊으면서.

수　현　그만두겠습니다. 몸도 좀 불편하고 해서 …

남원수　아니, 자네가 술을 싫다고 할적도 있나?사양말고 가지 ?

수　현　아니 사양이 아니라 정말 오늘은 못합니다. 몸이 좀 거북해서요.

남원수　글쎄 정 그렇다면 그만두지.

　　　　　△이때 어머니가 웃켠에서 등장。

어머니　또 왔구만。

남원수　네, 또 왔습니다。 어디 갔다오십니까? 그런데 한번더 이야기해보
　　　　셨지요?

어머니　무얼 말인가??

남원수　아니, 모르는척 하십니까 그 따님한테 말입니다。 아까 그것을 전
　　　　했지요? 그속엔 내 마음을 표해서 쓴 편지도 들어있소이다。 (수
　　　　현이를 보며)자네는 다알고있겠지만 그 누이동생에 대한 문제말이
　　　　야。 군은 물론 찬성하겠지?

수　현　거야 런숙이 마음에 달렸지 내 뜻이 어떻든 소용이 있나요? 저,
　　　　그럼 어머니하고 말씀하시지요。 난 들어가 좀 쉬여야겠습니다。

남원수　몸이 불편하다면 그렇게 하는것도 좋겠네。

어머니　(수현이가 퇴장하려 할 때)왜 어디 아프냐?

수　현　아니예요, 그저 좀 피곤해서요。

어머니　일없이 싸다니니깐 그렇지。

　　　　　△수현이 퇴장。

남원수　그래 어머님 생각엔 어떻습니까?

어머니　낸들 어쩌겠나? 그 애 마음에 달렸지。 더욱이 이 집에서 주장하
　　　　는 사람이야 우리 큰사람 동철이가 아니겠나。 그래서 걔한태도 이
　　　　야기해야 할텐데 원, 좋다고 하겠는지?

남원수　아, 그건 념려없소이다。 그것은 그 애가 잘 말하면 되지요。 나같
　　　　은 사람을 나무라서야 좋은 일이 있을라구? 흥!

　　　　　△이때 박형사가 등장。

박형사　(문안으로 들어오며)계십니까?

어머니　박선생이 오셨습니까?

박형사　네。

어머니　좀 앉으시지요。

박형사　아니, 좋습니다。 (남원수를 보며 눈짓한다。)

어머니　바쁘실텐데 어떻게 오셨습니까?

박형사　아니, 그저 지나가다가 다들 무사한가 해서 들렸습니다. 이 집 로
　　　　친도 아들을 바로 두어서 고생을 안하겠구만, 하하하.

어머니　네? 거 무슨 말씀인지 듣고도 모르겠습니다.

박형사　별일 있어 온것이 아니니까 저 안으로 들어가 계시지요. 난 이 사
　　　　람하고 좀 이야기하다 갈터이니.

어머니　그럼 앉아 말씀하십시오.
　　　　△어머니 퇴장.

박형사　그런데 아까 내가 깜박 잊은게 있어서 도로 다시 왔는데 집에 없기
　　　　에 이리로 겸사겸사 왔더니 바로 만났군그래. 다른게 아니라 아까
　　　　이야기하던 일일세. 오늘 저녁에 제집에서 자는가 어찌는가 하는
　　　　걸 자네가 책임지고 살펴달란말이네. 우리는 내놓고 하는 놀음이
　　　　돼서 낯을 다 알다보니 되려 이쪽이 넘어가기 쉽단말이거던. 그러
　　　　니 자네가 이 집에 자주 드나들어야 해 아무도 자네 내막을 아는
　　　　사람이 없을게거던.

남원수　거참, 내 비밀만은 단단히 지켜주어야 합니다.

박형사　하, 그거야 되려 이쪽에서 부탁해야 할 일이네. 자네 일이야 세상
　　　　에서 아나? 그러기에 우리가 해내기 힘든 일도 자네는 오히려 쉽
　　　　게 할수 있단말이야. 하하하. 그런데 이렇게 (박투하는 동작을 해
　　　　보이며)할 림박에 우선 그자가 있는가없는가 알아봐야 한단말이
　　　　네. 만약 있으면 담배를 피우는척하고 성냥불을 켜란말이야. 우
　　　　린 그 암호에 따라 할테니 자네 할 일은 좀 있다가 다시 와주게
　　　　잘설명해줄테니.

남원수　네, 그렇게 하지요.

박형사　그럼 후에 또 만나도록 하고 난 이만 갈가? 자넨 더 있어보게.
　　　　(안에다 대고 소리친다.)저, 먼저 나갑니다.
　　　　△박형사 퇴장.

남원수　(독백)일은 깜쪽같이 할텐데 만일 그렇게 된다고 하면 내가 겨누는

이 집 꽃송이는 어찌 될가? 응, 오히려 일이 잘 될는지도 몰라. 하, 이거 내 혼자있기도 싱거운걸. (먼저 가지고 왔던 꾸레미가 방 구석에 그대로 놓여있는것을 보고)허, 이건 갈덴 못가고 이 구석에서 썩는 모양이지. 흥, 아무리 그래도 안될걸. 나한테 꼭 걸리구야 말지. (안에다 대고)거 누구 없습니까?

△어머니가 등장.

어머니 　한분은 가셨구만.

남원수 　나도 이젠 가겠습니다.

어머니 　그럼 가보도록 하게, 이젠 밤도 깊고한데.

남원수 　참, 동철군은 요지음 집에 있습니까?

어머니 　있지 않고 어딜 가겠나!

남원수 　밤에도 늘 집에서 잡니까?

어머니 　그럼. 제집에 두고 남의 집에서 자겠나?

남원수 　아, 그러면서도 한번도 놀러오지 않는구만. 동철군하고 나하고는 거참, 옛날친군데. 그럼 오늘 저녁에도 집에 있겠군요?

어머니 　거야 무슨 별일이 없으문사 집에서 자겠지. 어째서 그러는가?

남원수 　네, 네, 저… 다름이 아니라 그저 물어보는 말이지요. 자, 그럼 안녕히 계십시오.

△남원수 퇴장.

어머니 　다녀가게. (독백)그런데 박형사는 어째 왔을가? 이젠 저런것들을 어뜻 보기만해도 속이 떨린단말이야.

△이때 동철이 등장.

동 철 　어머니!

어머니 　오, 인제 오니? 노는 날에는 집에서 좀 쉬지 어디로 자꾸만 다니느냐?

동 철 　집에 멍히 있기도 심심하지 않아요?

어머니 　넌 아직 저녁전이겠구나. (안에다 대고)얘, 련숙아, 큰오빠 왔다. 저녁차려놓아라.

동 철 어머니 전 먹었습니다. (안에다 대고)애, 그만두어라. (어머니를
  향해)이자 누가 설렁탕을 사주길래 한그릇 먹고 왔습니다.

어머니 그래도 집에서 밥을 먹어야지. 그까짓 사먹는게 배부르니?
  △련숙이 등장.

련 숙 어떻게 하라구요?

어머니 저녁상을 어서 차려라.

동 철 그만두어라.

련 숙 하, 이거 어느 장단에 춤을 추어야 할지 모르겠어요.

어머니 하, 저년 버르장머릴 좀 봐. 저게 언제 철이 들겠는지. 저건 그저
  키만 멀쑥하다니까.
  △이때 수현이가 아랫방에서 나온다.

수 현 형님, 일찍 오셨구만요. 늦어질것 같다고 하시더니…

동 철 볼일이 이내 끝나서 인차 왔다. (어머니를 향해)그런데 아까 어머님
  이 뒤집에 나가셨다고 하던데 그댁의 어린애 병은 좀 어떻습니까?

어머니 응, 좀 차도가 있는것 같더라.

동 철 거 다행입니다. 내남할것 없이 구차한 살림에 더하면 어찌겠습니까?

어머니 그러기에말이다.

련 숙 어머니, 아까 계셨더라면 좋은 구경 할걸.

어머니 무슨 좋은 구경이 있었니?

련 숙 저, 큰오빠한테 작은오빠가 뭐라고 중얼거리다가 보기좋게 맞는
  꼴을… 호호호.

수 현 아, 저걸 어쩔가?
  △련숙이를 때리려 하니 련숙이는 어머니뒤로 피해가면서 놀린다.

련 숙 엄마!

수 현 형님이 공연히 사람을 때려가지고 저 애한테서 난 자꾸 놀림을 받
  습니다.

동 철 하하하, 그러기에 내가 잘못했다고 하지 않았니?

어머니 (수현이를 향해)네가 잘못했기에 맞았겠지. 네 형이 동생을 때리

는걸 여직 보지 못했다.

련　숙　거야 두말할것도 없지요。 그저 바로 맞았다니깐。 바로 당장에서
　　　 정신이 번쩍 들면서 개명천지 했다니깐。

수　현　허허허, 너 그렇게 약사발을 올리다간 아무 때고 죽는다。

련　숙　흥, 어디 흔해서。

어머니　커다란년이 좀 가만 있어!

수　현　어머니, 고년을 내대신 좀 때려줘요。

어머니　아니, 너도 똑같다。 (사이。)이젠 잘 때가 됐지?

동　철　참, 어머니, 어서 주무시지요。

어머니　그럼 어서 들어가 잘 준비를 하자。 자, 들어들가자。

수　현　어머니, 먼저 들어가시지요。

어머니　나는 괜찮다。 이젠 늙은게 어디 잠이 오니? 먼저들 들어가라 나
　　　 도 곧 들어갈게。

　　　 △련숙이, 수현이, 동철이 동시에 퇴장。

어머니　(독백)저것들 삼형제를 쳐다보니 이젠 죽어도 한이 없구나。
　　　 △어머니는 나와서 대문을 걸고 안으로 들어간다。 이때 대문밖에
　　　 남원수, 박형, 경찰이 등장。 대문밖에서 ≪자, 들어가서 그럴듯하
　　　 게 하란말이야。 있는지 없는지 단단히 알아보게 잡지 못하구 일단
　　　 실수하면 다음엔 시끄러우니까。 그럼 들어가보게。 성냥불을 알
　　　 지?≫라는 말소리가 들린다。

남원수　(문을 두드리며)계십니까? 안에 계십니까?
　　　 △어머니가 나온다。

어머니　거 누구요?

남원수　네, 저올시다。 문을 좀 벗겨주십시오。

어머니　어떻게 한밤중에 찾아왔나?

남원수　네, 미안합니다。 저 다름아니라 오늘저녁에 친구네집에 갔다가 좀
　　　 늦게 왔더니 문을 걸었겠지요。 우리집은 썩 안채에 들어가있어서
　　　 깨울려면 온 동네가 분주하겠고 려관에 갈려니 밤중에 다니다가

취체나 당하면 시끄럽겠고 해서 할수없이 어머니 댁으로 찾아왔지요. 전 여기서 눈을 좀 붙였다가 인차 가겠습니다.

어머니 응? 여기서야 어떻게 자겠나? 저쪽에 빈칸이 한칸 있으니 거기에서 좀 쉬다가 가도록 하게.

남원수 아니, 괜찮습니다. 여기도 괜찮습니다. 그런데 동철군도 집에 있겠지요?

어머니 지금 저안에서 자네. 좀 깨울가?

남원수 아, 괜찮습니다. 곤하게 잘텐데.

어머니 루추한 집이지만 어서 안에 들어가 자고가게.

남원수 네, 그럼 그렇게 할가요?
△남원수는 담배를 피우는척하며 성냥을 켠다. 동시에 박형사와 경찰이 뛰여들어와서 곧추 안방으로 들어간다.

남원수 아니, 이게 웬 일이야?(안으로 급히 들어간다.)
△안방에서 요란한 소리들이 들린다. 효과, 사이. 결박당한 동철이 등장 뒤이어 박형사와 경찰, 그리고 수현이, 련숙이 등장.

어머니 아니, 네가 이게 또 웬 일이냐? 이런 변이 어디 있단말이냐?

동 철 어머니!

어머니 네가 또 무슨 일을 저질렀기에 또 잡혀간단말이냐? 내 눈앞에서 이런 꼴을 보일랴든 차라리 집에 돌아오지나 말지!

련 숙 오빠!

수 현 형님!

동 철 수현아, 그리고 련숙아, 너의 형제는 사이좋게 어머니를 모시고있거라. 그리고 어머니 이 동철이를 어머니의 자식이거니 생각지 마세요. 어디 가서 죽었거니 생각해주세요 나는 이미 사회를 위해서 바친 몸이니까요.

박형사 무엇이 어째? 어서 가자, 어서 걸어라.

남원수 아, 이건 아닌밤중에… 이게 웬 일이요?

박형사 (경찰에게)군은 남아서 좀 조사해가지고 오게.

경　찰　네。

박형사　(남원수를 보고)이자식, 넌 웬놈이냐? 너도 맛을 볼테냐?(퇴장。)

어머니　동철아! 동철아!(문밖으로 따라가려고 한다。)

경　찰　왜들 이리 스산하게 굴어? 조용하지 못할가!

남원수　어찌된 일인지 가서 알아봐야겠군。(퇴장하면서)동철이를 잡아가다니!

어머니　나도 경찰서까지 가야 하겠다。

경　찰　가만있지 못할가! 가긴 어델 가! 가선 어쩔테야? 공연히 분주하게…

어머니　아니, 내 아들이 잡혀가는데 어느 에미가 속이 좋아…

경　찰　이놈의 로친, 아들이나 바로 두지, 망할 로친같으니!(어머니를 콱 밀친다。)

수　현　이게 무슨짓이야? 아무리 칼자루를 차고 빌어먹는놈이기로서니 너도 사람의 자식이겠지?

경　찰　무엇이 어째? 이놈이 어디다 대고 함부로 수작이야?응! 네가 동철의놈의 동생이구나。홍, 어째 형처럼 되고싶으냐?

수　현　내 형은 네놈들하고는 비할수도 없는 사람이다。

경　찰　무엇이 어떻다고 응? 마음대로 수작질이야? 내가 다 기억해둘테다。네 형이 그런놈이니 넨들 어딜 가겠니?(집안의 책상을 뒤적거리면서 책을 막 줴뿌린다。)

어머니　아니, 거기에 무엇이 있다고 그 야단이요?

경　찰　저쪽으로 비켯! 상관할 일이 아니야!(막아서는 어머니를 밀친다。)

수　현　자기집 물건인데 왜 상관없단말인가!

경　찰　이놈의자식, 아직 멋을 모르는놈인군!(한매 때린다。)

　　　△수현이는 격노하여 책상우에 놓인 물건으로 경찰의 머리를 내리친다。경찰은 ≪악!≫ 소리와 함께 그 자리에서 쓰러진다。

어머니　아니, 이게 무슨짓이냐?

수　현　내 형님도 이놈들한테 금방 잡혀갔습니다. 죄는 이놈들이 받아야
　　　　하지요. 내형님이 무슨 죄가 있다고.

어머니　아니, 순사를 이렇게 해놓았으니 큰일 아니냐 ?

련　숙　오빠, 이 순사를 어찌우?

어머니　애야, 정신을 차리게 찬물이라도 떠오너라.
　　　　△련숙이는 찬물을 떠다가 수건에 적셔서 경찰의 얼굴에 갖다대려
　　　　하다가 주춤한다.

련　숙　악 ! 무서워. 어머니, 입에서 피가 !

어머니　뭐라구 ? 입에서 피가 ? 이를 어쩐다 ? 가서 의사라도 불러올가 ?
　　　　△수현이가 늘어진 경찰을 물끄러미 들여보다가 맥을 짚어본다.

수　현　숨이 끊어진 모양이구나. 아, 난 사람을 죽였다 !

어머니　이 일을 어쩌면 좋단말이냐?

수　현　어머니, 저는 이 자리를 떠나겠습니다. 난 사람을 죽였습니다.

어머니　가다니 ? ! 가면 어델 갈테냐? 네 형이 잡혀간 이 자리에서 네가
　　　　또 사람을 죽이고 도망을 가다니 이것이 생시냐 꿈이냐?

련　숙　오빠, 이 일을 어찌하면 좋아요 네 ? 어찌하면 좋아요 ?

수　현　련숙아, 나는 살인자이다. 나는 집을 떠나겠다 먼곳으로 가보겠
　　　　다. 어데 가서 잡히는 한이 있더라도 이곳을 떠나버리면 어머니앞
　　　　에서 내가 끌려가는 형상이나 보이지 않게 되지 않겠니 ?

련　숙　오빠, 피하려면 얼른 피하세요. 이 누이동생 련숙이가 어머니를
　　　　모시고 어려운 풍파속에서 이를 악물고 살아가리다.
　　　　△효과.

수　현　련숙아, 이 오빠가 먼 흑국의 나그네가 되나 철창의 이슬이 되나
　　　　춘풍추우 긴긴 세월을 두고 내 동생 련숙이가 불쌍한 어머님 모시
　　　　고 빛을 못보는 어둠의 거리에서 헤매는 모습을 내 한시인들 잊을
　　　　수 있겠니 ! (어머니를 향해)어머니 !

어머니　수현아, 너마저 이 에미곁을 떠난단말이냐 여름이 오면 더위를 탈
　　　　세라 겨울이 오면 추위를 탈세라 어린뼈 자라도록 오늘까지 키워

온 네가 이 에미를 두고 떠나버린단말이냐?

수　현　어머니, 로령에 계신 어머니를 두고 떠나려는 이 자식의 마음인들 오죽이나 떠지겠습니까? 이렇게 부모형제를 저버리고 제고향, 제 집에서 살지 못하고 태양없는 어둠의 길을 더듬는 살인죄인이 될 줄은 누가 생각하였겠습니까?! 세상에는 보이지 않는 쇠사슬로 얽어놓고 수천수만의 목숨을 따는 거대한 마귀들이 너털웃음을 치고 앉았습니다. 그 마귀들을 쳐 없애려는것이 바로 나의 형님의 뜻이였지요。어머니, 부디 부디 몸 안녕히 계십시오。련숙아, 잘 있거라。

어머니　그럼 몸조심해라。그리고 이걸 가지고 가거라。(가락지를 뽑아준다。)이걸 팔아서 로비라도 해라。

련　숙　오빠, 이것도…(무엇인가 준다。)

수　현　어머니, 고맙습니다. 이것은 어머니가 생각날 때면 보겠습니다. 어머니 안녕히 계십시오。련숙아, 잘 있거라。(퇴장。)

련　숙　오빠!(느껴운다。)

어머니　수현아, 몸조심해라。(주저앉으며 운다。)

　　　　△이때 막이 내린다。

제 2 막

무　대　5년후, 남원수의방。응접실벽에는 체경이 걸렸고 중국식으로 꾸려진 화려한 방이다。

　　　　△막이 오르면 련숙이가 어린애를 껴안고 왔다갔다 한다。

련　숙　(독백)오빠를 조금이라도 속히 출옥케할가 하여 마음에 없는 결혼을 해서 벌써 5년 모든 것을 속히운줄 알면서도 내 못난탓에 여지껏 이놈의 집에서 갖은 천대를 받으며 살아오는 이 신세! 아 지금쯤 오빠들은 어데서 어떻게 지내고있는지?(잠간 침묵。)큰오빠가 감옥을 탈출했다고 하는 소식은 들었지만 그후에는 어떻게 되었는지? (한숨을 쉰다。)

　　　△이때 밖에서 춘실이 등장。

춘　실　계십니까?

련　숙　누구세요? (문을 열고) 아이고, 어서 오세요。

춘　실　(들어가면서) 이 댁의 주인님은 어데 가 계시기에 그렇게 한번도 볼
　　　수가 없군요。

련　숙　네, 늘 어디로 돌아다니는지 집에 있어야지요。

춘　실　그래요。 글쎄 어쩐지 오늘까지 서너번 와보았는데도 어떤분인지
　　　얼굴도 모르겠군요。

련　숙　그런데 왜 좀 종종 놀러오시지 않아요? 난 늘 집에 혼자 있는데
　　　정말 사람이 그리워서 못견디겠어요。 더욱이 낯선 곳이 되고보니…

춘　실　거야 그렇지요。 나도 여기 온지 한 석달은 되지만 아는 사람이라
　　　곤 별로 있어야지요。 그래도 이 댁의 옥희 어머니가 그중 친한 편
　　　이지요。

련　숙　글쎄 나도 좋은 동무를 만났다고 생각했는데 어디 만나서 이야기
　　　라도 할 기회가 있어야지요。 더욱이 그쪽에서 틈이 없어서…

춘　실　그래요。 내라도 종종 놀려왔으면 좋으련만 어디 그렇게 돼야지요?

련　숙　그러하실거예요。 녀자 혼자서 살아가기가 그리 쉽겠어요。 그러나 못
　　　된 남편을 만나 사는것보다 차라리 홀로 지내는것이 좋을테지요。

춘　실　그래도 나같이 독신으로 있는 녀자는 그만큼 괴로움이 있지요。 그
　　　러나 그럴수밖에 없는 내 사정이니까…

련　숙　사정이란 사람마다 다 있지요。 그래 모처럼 왔는데 오늘은 오래
　　　놀다가세요。

춘　실　저, 그런데 오늘 온것은 다름아니라 섭섭한 이야기를 하려고 왔어
　　　요。

련　숙　무슨 일인데요?

춘　실　다른게 아니라 오늘 어디로 떠나게 되는데 그렇다는 인사나 드리
　　　자고 찾아왔어요。

련　숙　떠나다니 어데로? 아니, 어델 간단말이예요? 어델 다녀오려고
　　　　그래요?

춘　실　아니, 그런게 아니라 목단강으로 이사를 갈려고…

련　숙　아니, 이사라니요? 어떻게 그리 갑작스레 이사를 해요? 이거 좋
　　　　은 동무를 만났다 하였더니 거참, 섭섭한데요。 그래 그곳에는 누
　　　　가 있어요?

춘　실　그곳에 우리 아저씨벌 되는분이 있는데 객지에 홀로 다니지 말고
　　　　자기한테 와있으면서 적당한 곳에 취직자리도 있으니 속히 오라고
　　　　해서 가게 되는데 이젠 아마 차시간이 거의 되었나봐요。

련　숙　나도 이곳에 오래 있을것 같지 않아요。

춘　실　그럼 댁에서도 어디로 옮겨가시나요?

련　숙　아니예요。 그런것은 아니지만…

춘　실　그럼 어째서 그런 말씀을 하세요? 무슨 근심이 있는것 같아 보이
　　　　는데 왜 무슨 좋지 않은 일이라도 있어요? 늘 수심이 가득차 보이
　　　　는군요。

련　숙　뭐 아무 일도 없어요。 그저 성질이 그러니까 그렇게 보이겠지요。

춘　실　글쎄 성격탓인지는 몰라도… 자, 그럼 난 가봐야겠어요。

련　숙　원, 섭섭하기 짝이 없군요。 시간이 아직 있을텐데 좀 더 앉았다
　　　　가。 가시지요 이제 가면 또 언제 그렇게 쉽게 만나겠어요?

춘　실　그렇긴 하지만 가서 좀 준비도 해야겠구… 준비라곤 간단하지만…

련　숙　그럼 목단강 어디로 가시는지 주소나 좀 알려주세요。

춘　실　오— 참, 그래야겠군요。
　　　　△춘실이가 호주머니에서 수첩을 꺼내여 주소를 적어주려 할 때
　　　　사진 한 장이 떨어진다。 련숙이는 그 사진을 보고 깜짝 놀란다。

련　숙　오빠 사진!…

춘　실　네? 아니, 오빠 사진이라니요?

련　숙　이 사진이 어떻게 되여… 이, 이는 바로 저의 큰오빠인데。

춘　실　네? 그이가 옥희 어머니의 큰오빠라니요? 그럼 옥희 어머니는

　　　　　동철씨의 누이동생이세요?

련　숙　그렇답니다. 그런데 저의 오빠의 사진은 왜 가지고다니세요? 그
　　　　　럼 나의 오빠를 잡으러 다니는…?

춘　실　아니, 그게 무슨 말씀이예요? 나를 그렇게 생각하세요? 아, 옥희
　　　　　어머니가 바로 동철씨의 누이동생인줄 모르고 지냈구만요. 그래
　　　　　동철씨의 소식을 들었어요?

련　숙　글쎄, 자세히는 모르지요.

춘　실　나를 의심하지 마세요. 내가 동철씨를 잡으러 다니다니요? 말만
　　　　　들어도 무서운 일입니다. 그럼 내가 이야기할테니 들어보세요.
　　　　　내가 동철씨를 알게 된것은 바로 흥남에 있을 때였지요. 같은 공
　　　　　장에 다니면서 동지로 알게 되었고 그러다가 동철씨는 어떤 관계
　　　　　로 가족이 있는 원산으로 가게 되었지요. 그때는 아마 옥희 어머
　　　　　니도 집에 있었을것예요. 그러다가 우리들의 지하조직이 발각되
　　　　　여 동철씨는 체포되고 난 볼 일이 있어서 원산에 갔다가 동철씨의
　　　　　집을 찾아가니 어머님이 혼자 계시더군요. 그래 물어보니 동철씨
　　　　　가 며칠전에 체포되었다는 말을 듣게 되었어요. 그래서 되돌아오
　　　　　려고 정거장으로 나오는 길에 저도 검속되어 1년동안 함흥형무소
　　　　　에 갇혀있다가 집에 와보니 집에서는 적당한 자리가 있으니 출가
　　　　　를 하라고 조르기만 하더군요. 그러나 저에게는 이미 마음에 잊지
　　　　　못할 동철씨가 있었어요. 나는 동철씨를 나의 선배로 동지로 믿어
　　　　　온 한편 또한 동철씨를 이성으로서도 마음속에 그리여왔어요.

련　숙　말씀을 듣고보니 이젠 알겠어요. 언젠가 오빠가 체포되기전에 편
　　　　　지하신적이 있었지요?

춘　실　네, 제가 바로 원산에 가기전에 쓴것이였어요.

련　숙　아까 제가 한 말을 용서하세요. 제가 공연히 의심했어요. 그런데
　　　　　저의 오빠의 소식을 아세요?

춘　실　제가 감옥에서 나와서 얼마 안되여 들을라니 동철씨가 감옥을 탈
　　　　　출했다고 하더군요. 그래서 행여나 만날 기회가 있을가 하여 집을

떠나 이처럼 류랑생활을 하게 되었어요.

련 숙   그 소식은 저도 들었지만 그후 어떻게 되었는지…(잠간 침묵.)이 렇게 몇 번 만나면서도 그런줄을 조금도 모르고 지냈구만요.

춘 실   거야 서로 지내온 이야기를 하지 않다나니 그렇지요.

련 숙   그런데 지금까지 홀로 지내오는수가 용쿤요. 더욱이 낯설은 객지 에서.

춘 실   글쎄 여자 홀몸으로 지내노라니 오죽하겠소만 그래도 여지껏 그럭 저럭 지내왔으니깐요. 오— 참, 깜박 잊었군요. 이젠 시간도 다 됐겠는데…

련 숙   이거참, 이렇게 서로 알고보니 헤여지기가 더욱 섭섭하군요.

춘 실   그러게 말이지요. 이제 또 서로 만날 날이 있겠지요. 자, 그럼 안 녕히 계셔요. 이건 저의 주소예요.

련 숙   그럼 별수 없구만요 시간도 됐는데 나가봐야지요. 가서는 편지라도 종종 하세요. 이 여자를 불쌍히 여겨서라도…(사진을 돌린다.)

춘 실   원, 별말씀을 다… 그거야 이야기 안해도 다 알잖겠어요. 자, 그럼 …(춘실이는 인사하며 퇴장하려 한다)

련 숙   저도 역에 나갔으면 좋겠는데.

춘 실   아이구 원, 집도 비고 했으니 나오지 마세요. 어서 들어가세요.

련 숙   자, 그럼 몸조심해서 다녀가세요. (춘실이 퇴장. 련숙이는 춘실이 가 퇴장한쪽을 물끄러미 서서 보다가)아무래도 그냥 보낼수는 없 구나. 옆집 할머니더러 집을 좀 보아달래서 역에까지 좀 갔다와야 지. (어린애를 안고 안으로 들어간다.)할머니 ! 제가 어디 잠간 갔다올테니 집을 좀 봐줘요. 저, 어린애도 두고가겠어요. △들리는 말 ≪요냐, 그렇게 하게. 그리고 이내 오게. 오래 있으면 어린야가 깨나서 우니까. ≫

련 숙   네, 곧 다녀오겠어요. △들리는 말 ≪엇 갔다오게. ≫ 련숙이 위쪽으로 퇴장. 사이. 남 원수와 헌병이 등장.

남원수　내 집에 좀 들렀다가 가자구.

헌　병　그래 무슨 좋은 일이나 있나?

남원수　거야 들려봐야 알지. 우선 여기 좀 앉으라구. 먼저 담배나 피우지?

헌　병　늘 피우는 담배야 무슨 재미가 있겠나.

남원수　가만 있자, 이년은 어델 갔나? 누가 없느냐? 허, 이년 어델 간 모양이지. 국방부인회는 나가라고 해도 안나가는년이 마실돌이는 잘도 다녀. 흥! 어쩨 오래비녀석을 꼭 닮아볼모양이지. 보자 이년!

헌　병　여보게, 너무 그러지 말게. 아무리 딴 여자가 있다 하더라도 원래 것은 그저그대로 어린애나 키우게 하고 일이나 시키면 좋지 않아? 오래지 않아 란옥이하고 살림을 하겠다고 하면서. 두 여자를 한곳에 두는게 시끄러우면 딴살람을 하도록 하지.

남원수　그거야 그렇겠지만 지금 있는 저것은 이젠 딱 보기 싫다니깐. 내가 당초에 저년을 얻은것은 그냥 두고살려고 얻은것이 아니니까 그저 낯짝이 그러루하게 생겼기에 얻은것인데 한 5년 살았으니 이젠 됐지… 저걸 내 손아귀에 넣느라고 힘을 꽤 들였댔는데.

헌　병　그렇게 힘들인걸 그냥 내버려?

남원수　그렇지만 공연히 두고 밥을 축낼거야 있나?

　　　　△이때 련숙이가 등장하여 문밖에서 엿듣는다.

헌　병　자네는 그런 일쯤이야 문제없지 않아? 아, 회사에서도 신용이 있어 노구찌사장도 자네를 특별히 생각해주는 모양이던데 게다가 배급소를 가지고있겠다, 딴수입이 척척 들어오겠다, 이번만 해도 자네 공로가 대단하단말일세. 자네가 마침 얼굴을 똑똑히 기억하고 우리한테 알렸으니 잡았지 그렇지만 않았으면 놓쳤을지도 모른단말일세. 그런데 자네 처가 그놈의 누이동생이라는데 오래비가 잡힌줄도 알겠구만?

남원수　내가 말을 하지 않았으니 모를테지. 그까짓년한테 알리면 되나? 오히려 재미가 없지. 저년을 낚을 때 지금 잡아넣은 동철이란놈을 내가 검거해서 붙잡았지 않았나? 그래서 저년도 내 손아귀에 들어오게 되었네.

헌   병   어떻게 했기에 그렇게 됐어?

남원수   이건 좀 뭣한 이야기지만… 내가 힘써서 속히 석방시켜주겠다고 큰소리를 치면서 얼렸더니 그바람에 넘어갔단말이네. 하하하…

헌   병   허! 자네 수단도 만만치 않구만. 그런데 감옥을 탈출하여 여기로 왔다는것도 자네한테 들어서도 알겠지만 그 외에 중국에 와있는것을 보니까 이곳에서도 무슨 공작을 하고있는것만은 사실인데 중국 공산당의 계통을 가진것 같단말이야. 그래서 별별 수단으로 여러번 취조했으나 말 한마디 하지 않거든. 지독한놈이야. 수완이 세다던 우리들까지 몸서리칠 심한 고문을 들이대도 그냥 그 모양이거던.

남원수   그거 묘한 방법이 없나?

헌   병   글쎄 아직은 묘한 방법이 없단말일세. 자네가 어떻게 가면을 쓰고 그 감방에 들어가 알아낼수가 없을가?

남원수   그건 어려울텐데. 그자식은 이전부터도 비웃기만 했으니까 나의 정체를 세상이 알지는 못하지만 그놈한테는 안될걸.

헌   병   여하간 묘약을 생각해보게. 이번엔 자네 공로가 크지만 더욱이 이제 그놈을 말만 시키면 자네한테 보수는 물론, 훈장도 차례질지 모르는 일이야.

남원수   하여간 생각은 해보겠네.

헌   병   참, 자네 처를 리용해서 안될가?

남원수   글쎄.

헌   병   여하튼 피차 방법을 생각해보세. 죽여버리기전에 모든 비밀을 알아내고 사형을 하든가 해야 할텐데.

남원수   그런데 어찌다 조선말을 하자면 잘 안 되는구만.

헌   병   그거야 그렇지.

남원수   이제부터는 우리끼리도 조선말 쓸 필요가 없다니까. 앞으로는 없어지겠는걸… 그렇게 된다면 차라리 좋지.

헌 병 그렇게 되어야지. 지금 아이들에겐 조선글이란 필요없으니까.
(자리에서 일어서며)어때? 이거한테 알갈텐가?(손가락을 꼬부리
며 녀인을 표시한다.)

남원수 좀 있다가 가지. 아직 시간이 멀었는데 지금 거기 갈생각인가?

헌 병 술마시러 가는게 아니라 볼 일이 있어 그러네.

남원수 그럼 먼저 가서 일보고 거기서 기생들하고 롱담이나 하면서 기다
리게. 난 좀 있다가 갈테니.

헌 병 그렇게 하지. 란옥이한테는 남주사께서 천천히 오시니까 기다리
지 말라고 일러줄가?

남원수 뭐, 그럴 필요가 없어. 자!
△련숙이 숨는다.

헌 병 나 먼저 가겠네.
△헌병 퇴장. 남원수는 앉아서 담배를 피우다가 일어서서 체경앞
에 다가서서 모양을 낸다. 이때 련숙이 등장.

남원수 흥, 잘 돌아다닌다, 망할년같으니라구! 어째 입이 붙었어? 왜 말
이 없어? 이년이 갑자기 벙어리가 됐나?

련 숙 좀 나가다니지도 못해요?

남원수 이년이 말대답질은? 허허, 일은 점점 재미있게 돼가는 모양이로
군. 너도 바람이 나는 모양이냐, 봄철이 되니까…

련 숙 무슨 말이든지 맘대로 하세요.

남원수 허, 이년이 무엇이라고? 너 에미까지 2년동안이나 거두어준 성풀
이를 나에게 하는게냐?

련 숙 내 어머니를 당신이 거두어주었단말인가요?

남원수 그래 어쨌단말이냐?

련 숙 내 힘으로 부양했지요.

남원수 네 힘으로? 그것은 내게서 난 돈으로 했겠지.

련 숙 천만예요. 당신 돈은 귀떨어진 동전 한푼 다치지 않았어요! 내가
손이 부르트도록 뜨개질과 바느질을 해서 그 돈으로 어머니를 모

셨어요.

남원수　듣기 싫다, 이년! 이년이 미쳤나? 웬 잔소리가 많아? 내가 너한
테서 말대답질이나 받고 살 사람같으냐? 가서 스텍키를 가져와!
이년 왜 이리 꾸물꾸물하는거야?(손찌검을 한다.)이년, 오늘이
라도 썩 나가라! 더러운년같으니 한시도 보기싫다, 이년!
△남원수는 밖으로 나간다.

련　숙　(독백)이날 이때까지 속히워 살아온 내가 잘못이지. 아! 무서운
놈이다 저놈들의 말을 듣고 인제야 저놈이 어떤놈인줄 똑똑히 알
았구나. 여지껏 무서운 원쑤의 집에서 살았구나. 난 그런줄까지
는 몰랐다. 차라리 저놈을 죽이고 죽는것이 마땅한 일이다. 아,
그러면 어린 옥희는 어떻게 하고? 그렇다면 어린것까지 죽이고?
앗, 이게 내가 무슨 생각을? 차라리 이 집에서 나가는것이 좋지.
그러나 저 원쑤놈을 그냥 두고? 그렇다. 이 집을 나가서 기회를
보다가…(안방에서 어린애 우는 소리가 들린다. 련숙이는 안방에
들어가 어린애를 안고나온다.)옥희야, 이에미는 너를 두고 이 집
을 떠나겠구나. 너는 원쑤의 자식이다마는 내 몸에서 난 자식이
다. 내 젖을 먹고자란 너까지야 미워할수 있겠니? 이 에미가 없
더라도 너만은 자라서 불쌍한 에미를 한번이라도 찾아다고. 너를
두고가는 이 에민들 너를 잊을수 있겠니? 바람이 부나 비가 오나
내눈에 흙이 들어가기전에는 네 이름을 부르며 지내야 할 이 에미
란다. 옥희야 잘 있거라!(쓰러져 운다.)
△이때 주인을 찾는 소리가 들린다. ≪말 좀 물읍시다. 말 좀 물
읍시다.≫ 뒤이어 수현이가 등장.

련　숙　누구신지? 들어오시지요.

수　현　이 댁이 남원수씨 댁입니까?

련　숙　네, 누구신지요?(문을 열던 련숙이가 깜짝 놀란다.)

수　현　아! 련숙아…

련　숙　아! 오빠, 이게 웬 일이예요?(달려가 품에 쓰러져 운다.)

수　현　가나오나 숨어다니는 이놈이 너를 찾아왔구나。그래 그동안 너는
　　　　어떻게 지냈느냐?

련　숙　어떻게 제가 있는데를 알았어요? 오빠는 아직도 피해다니는 몸이
　　　　지요? 나는 오빠가 어디 계시는가 하여 잠시도 오빠 생각을 잊어
　　　　본적 없어요。

수　현　나도 그렇단다。그래 남편은 어디 나갔니?

련　숙　오빠 저기 앉으세요。(둘 다 자리에 앉는다。)오빠의 얼굴이 아주
　　　　몰라보게 변했어요 얼마나 고생하셨어요?

수　현　피해다니는 몸이니 오죽했겠니? 그런데 어머니는 어데 계시냐?

련　숙　오빠는 아직도 모르고 계시는구만요。오빠가 떠나신지 1년만에 돌
　　　　아가셨어요…

수　현　뭐라구? 어머니가… 아, 그럼 내가 집을 떠날 때에 어머니 얼굴도
　　　　마지막으로 대했구나。아, 어머니 돌아가신줄도 모르고… 어머
　　　　니! 어머니! 부른들 무엇한단말이냐?

련　숙　오빠, 이 집은 오래 앉아있을 집이 못돼요。

수　현　응? 그럴게다。사람을 죽이고 피해다니는 몸이니까 너도 내가 있
　　　　는걸 좋아할리 없지。

련　숙　오빠, 그렇게 오해하시지 말아요。나의 남편이라고 하는 사람은
　　　　무서운 밀정이예요。

수　현　아니, 그게 무슨 소리냐? 남원수씨가 그럴 리가? 그게 무슨 소리
　　　　냐, 응?

련　숙　오빠는 아직 모르실거예요。나도 그럴줄까지 몰랐댔어요。나는
　　　　오늘 그자가 헌병하고 이야기하는걸 잘 들었지요。아주 무서운 놈
　　　　이예요。우리의 무서운 원쑤예요。오빠가 사람을 죽인 날 큰오빠
　　　　가 먼저 잡혀간것도 그놈이 물어넣은 것고 큰오빠가 탈옥해다니다
　　　　가 이곳에 붙잡힌것도 그놈때문이예요。

수　현　아니, 형님이 잡히다니? 지금 어데 있니?

련　숙　이곳 헌병대에 갇혀있는것 같아요。그놈이 큰오빠의 얼굴을 똑똑

히 알고있었기에 발각된것 같아요. 큰오빠가 이곳에 무슨 일로 왔
는지는 모르나 어쨌든 남원 수놈에게 발견된건가봐요.

수　현　오, 남원수란놈이 그런놈이였구나. 참으로 깜쪽같은 놈이로구나.
　　　형님이 탈옥했다는 풍문은 나도 들었지만 남원수놈 때문에 이곳에
　　　서 또 잡히다니? 에익, 개같은 남원수놈!

련　숙　나도 그놈한테서 갖은 천대를 받으며 살아왔어요. 그래서 몇 번이
　　　나 나가버리려고 했는데 그러던중 제몸에 어린애가 있게 되였어
　　　요. 그러다나니 여지껏 참아왔어요. 여자란 이렇게 약한것일가
　　　요? 그러나 더 참을수가 없어요. 오빠 그놈이 보면 또 어떤짓을
　　　할는지 모르니 어서 이곳을 떠나주세요. 그리고 이 누이동생도 데
　　　리고 가세요.

수　현　음, 남원수란놈이 원쑤였구나.

련　숙　오빠, 지금 같이 떠나자요, 네?

수　현　그건 안된다. 이 오빠와 같이 가서는 안된다.
　　　△이때 남원수가 기생을 데리고 술이 얼근해서 대문으로 들어온다.

련　숙　얼른 피하세요, 얼른!

수　현　괜찮다.
　　　△남원수가 문을 열고 들어서다가 놀란다.

남원수　아, 이게 누구냐? 이게 수현이가 아닌가! 이거참, 어떻게 이렇
　　　게…

수　현　네, 오래간만에, 그저 살려줍시사 하고 왔소이다.

남원수　음, 거참 잘 와주었군. 그래 그동안 고생도 많이 했을테지. 오—
　　　참, 지금 손님이 왔는데. (기생을 끌고 나간다.)좀 가만있으란 말
　　　이야, 누가 왔으니까.

기　생　왜 이러는거예요? 그래 언제부터 살림을 차릴 작정이예요?

남원수　그건 차차 얘기하자구. 도로 가게해서 안됐지만 내 늦어서라도 갈
　　　테니 먼저 가있으란말이야.

기　생　그럼 꼭 오겠어요?

남원수 그럼 가구말구.

기 생 무슨 왕청같은게 와가지고 사람을 도로 가게 할가? (두덜거리며 퇴장.)

남원수 (다시 방안에 들어서며)아, 거참, 친구가 이끄는바람에 료리집에 갔더니 그 친구가 취해 가버리고 내가 술값을 내게 돼서… 그런데 돈을 가지고갔어야지. 그래 돈받으러 여기까지 따라왔군그래. 하, 거참. 그런데 참 잘 왔단말이야. 그렇지 않아도 자네 생각을 늘 하던차일세.

수 현 그러실테지요. 여부가 있을라구.

남원수 아, 그렇구말구. 자네도 내속을 잘 알지 않나?

수 현 아다뿐이겠소.

남원수 암, 그럴테지. 헌데 어떻게 용케 찾아왔군그래.

수 현 그저 좀 신세를 질가 해서요.

남원수 음, 그건 넘려없지. 내 말만 잘 들어주면야 그까지것쯤이야… 그런데 참, 나만 술을 먹고왔으니 이거 안됐구만. 자네도 술을 좀 하는 편일텐데. 여보, 거 뭘 좀 간단히 차려서 가져오게. 오래간만에 왔는데 응?

수 현 아니, 그만 두십시오. 난 술을 못합니다.

남원수 이게 무슨 소리인가? (련숙이를 보며)오빠가 찾아와서 한잔 대접하려는데 왜 그렇게 꾸물거리는가? 자, 어서!

련 숙 술을 못하시겠다는데… 어디 술이 있어야지요.

수 현 그만두어라, 난 술을 못한다.

남원수 하, 이건 왜? 괜히 이러는군. 술이 없을리 있나? 남은게 많을텐데. 자, 어서 차려오게.
　　　　△련숙이 아래켠으로 퇴장.

남원수 저 사람은 저렇게 조심성이 너무 많아 탈이야. 자네 누이라고 해서 하는 말이 아니라 이젠 5년째 지내오지만 서로 큰소리 한마디 안하고 지내왔단말이네, 하하하.

수 현   거야 그럴테지요. 원래 남모르는 인정을 가지셨으니간요.

남원수   거야 그렇지. 거참 잘 말했네. 자넨 그렇게 리해성이 많아서 좋다
      니까, 하하하. 그런데 참 잘 와주었어. 나도 알고있지만 자네가
      집을 떠난 리유도 그만한 사정이 있었단말이지. 그러나 념려할것
      은 없어. 내집에 있으면서 내 하라는대로만 하면야 절대 념려할것
      없다니까. 차차 이야기하겠지만 내 말만 잘 듣게.

      △이때 술상이 들어온다.

남원수   자, 우선 한잔 들게. (련숙이를 보며)자네는 저 안방에 들어가 일찍
      자도록하지. 수현이하고는 묵었던 이야기를 래일 천천히 하고…

수 현   들어가 자렴, 응? 어서.

남원수   응, 그래, 들어가 편안히 눕게.

      △련숙이 퇴장.

남원수   자, 어서 한잔.

수 현   그렇게 못합니다.

남원수   그러지 말고… 그런데 형님 소식은 더러 듣는가?

수 현   소식이라니요? 통 모릅니다.

남원수   그럴테지. 그런데 놀라지 말게. 자네 형이 이곳 현병대에 잡혀있
      네.

수 현   네? 그것을 어떻게 그토록 잘 아십니까?

남원수   저, 그건 누구한테서 들은 소리네. 그 소식을 듣고 나는 하늘이 캄
      캄해지데그려. 참 아까운 친구야. 그러니 이 일을 어쩌면 좋단말
      인가?

수 현   그랬을거외다. 말씀이 놀랍소이다 그럴테지요.

남원수   그런데 듣자니까 고문을 몹시 당하는 모양인데 전혀 말을 안한다
      거던. 거야 물론 철저한 혁명가가 되다보니 그렇겠지만 그러다간
      생명이 위태하단말일세 나는 그게 근심이야. 무슨 말을 바로 댄다
      면 죄도 경해지고 그렇게 고생도 안할건데. 듣자니까 정 안대다간
      좋지 못한 결과를 낳을것 같더던. 그런데 이 사람, 형님을 살릴 생

각은 없나? 좋은수가 있단말이여。

수 현 말만 하시오。

남원수 그래, 그럴 생각이 있단말이지? 의례히 그럴테지。 혈육을 나눈
형제이니까。 자, 한잔 들지。 다른게 아니라 형님을 구하겠다는 생
각으로 잘 들으란 말이야。 자네가 형이 갇혀 있는 감방으로 들어
가란말이네。 즉 자네도 무슨 사상운동을 하다가 갇힌것처럼 말이
지。 그래 가지고 자네 형의 내막을 알아내란말이야 그렇게만 한다
면 자네 형도 죄가 경해져서 속히 출옥도 할수 있고 자네 죄도 감
해질수 있단말이네。 그건 내가 잘 공작하면 될수 있네。

수 현 흥, 당신의 권세도 꽤 대단하군요。

남원수 아, 그런것은 아니지만 잘 생각해보란말이야。 그것을 되도록 경하
게 하는것이 목적이니까。 원래 일본국가라고 하는것은 국민에게
죄가 있더라도 되도록 경하게 해준다네。 그래서 자네 형도 일본헌
병이 취급하고 있단말이야。 자네 형도 죽이자는게 목적이 아니라
그 내막을 알아가지고 그렇게 만드는 화근을 없애는 자는게 목적
이니간。 그러니까 자네가 그것만 그것만 알아낼것 같으면 모든 것
이 좋게 될걸세。 자네 형도 자네도 다 죄가 사해진단말이야。 어
때? 한번 해보지 않겠나?(술을 련거퍼 마신다。)응, 술맛이 도는
모양이군。 자, 마음껏 마시게。 자네가 그 감방에 들어가면 딴 사
람이문 모르겠지만 자네는 동생이요 게다가 같은 사상운동을 하다
가 들어간것처럼 꾸미는것이니 딴 사람에게 못할 말도 할걸세。 어
떤가? 해보겠지? 하하하。

수 현 (술을 남인수의 낯짝에다 확 끼얹으며)에익, 이 무서운 개같은놈!

남원수 아니, 이게 무슨짓인가?

수 현 이 천하에 말못할 개야, 너는 세상사람이 모르는 숨은 주구로구
나。 날더러 형의 비밀을 알아내라고? 그러면 내 죄까지도 사하게
된다고 설사 그렇게 된다해도 내 형을 잡아먹고 내가 무사해지려
는 수현이가 아니다! 네놈이 누굴 속이려고 흥, 내 형을 지옥속에

빠뜨린것도 네놈이 아니냐？ 이번에는 내가 너를 심판해주마. 나는 이미 죽은 목숨이나 같은 사람이다. 자, 이 악마야, 내 칼을 받아라！

△수현이가 단도를 꺼내들고 다가선다. 남원수도 얼른 권총을 내든다.

남원수 네 손에 죽을 내가 아니다. 꼼짝말엇, 그 칼을 놓아라.

△수현이는 칼을 테블우에 놓고 맥없이 섰다.

남원수 걸어라. 안 걸을테냐？

△남원수는 한걸음 한걸음 수현에게로 다가선다. 수현이는 맥없이 돌아서는척 하다가 갑자기 몸을 홱 돌리며 남원수의 손목을 틀어쥔다. 일장 격투. 남원수의 권총이 땅바닥에 떨어진다. 남원수는 수현이를 테블우에 깔아누르고 테블에 놓인 단도를 집어든다. 이때 련숙이가 등장하다가 ≪악！≫하고 소리지르며 놀란다. 련숙이는 얼른 땅에 떨어진 권총을 주어들고 남원수를 겨눈다. ≪땅！≫하는 총소리 총이 빗나가 그만 수현이가 쓰러진다.

수　현 너는 네 남편이 중해서 나를 쐈구나. 련숙아 네가 나를 쏘다니？！

련　숙 악！ 오빠, 이게…(기절해 쓰러진다.)

남원수 흥, 일은 바로 되었구나. 내가 경찰서에 가서 보고해주마.

△남원수 퇴장. 련숙이 정신을 차리고 일어선다. 효과.

련　숙 저 원쑤놈을 죽이려던 총알에 오빠가 맞다니 세상에 이런 일도 있단말인가！ 오빠, 정신을 차리세요！ 오빠, 오빠는 날 오해하세요？ 내 남편이 아니, 저 원쑤놈이 중해서 오빠를 죽이다니요？ 이 련숙이가 그런 여자로 돼보여요？ 정신을 차리세요. 이 가엾은 누이동생의 진심을 들어주세요. 오빠, 오빠, 나를 원망하면서 영영 세상을 떠나시렵니까？ 이년은 이 세상에 살아 뭣하나요. 오빠, 나도 오빠를 따라가겠어요. 오빠, 저를 용서해줘요. 마땅히 죽어야할 이몸은 죽음으로써 오빠에게 사죄하겠어요.

△련숙이가 권총을 주어들고 자살하려고 할 때 쓰러졌던 수현이

일어나며 권총을 탁 쳐서 떨군다.

수 현   련숙아, 나는 네 말을 꿈속에서 들은것 같구나. 나는 지나친 오해
를 했었다. 용서해라. 나는 네 총에 맞은것이 아니고 그놈의 총에
맞은것이다. 차라리 그놈에게 죽는것보다 네 손에 죽으니 웃으며
죽을수 있구나. 련숙아 너는 죽어서는 안된다. 부디살아서 저…
저, 저놈을…원쑤를 갚아라! 이것이 이 오빠의 마지막 부탁이
다. (절명.)

련 숙   아, 오빠… 정신차려요! 오빠, 아, 끝내 가시고말았구나. 오빠, 오
빠의 마지막 말씀을 꼭 지키겠어요.

△련숙이 흐느껴운다.

△이때 막이 내린다.

제 3 막

때   1946년 4월 초순

곳   목단강시

무대   춘실이네 집. 야학실처럼 꾸미여졌다. 벽에는 구호 몇가지 보인다.
아래켠벽에는 칠판이 걸려있고 방안에는 걸상 몇 개 놓여있다.

△막이 오르면 동철이와 춘실이가 마주 앉아있다.

춘 실   아니, 이렇게 동철씨를 만나게 될줄이야 꿈에도 몰랐지요. 그런데
제가 목단강에 있다는것을 알고서 찾아오셨지요?

동 철   그거야 전번 《인민신보》에서 춘실동무가 녀성운동에 맹활약을
하고있다는 기사를 보고 알았지요. 그 기사를 보고 나는 과거에
우리들이 왜놈들의 눈을 피하여 지하운동을 하던 그 시기의 춘실
동무를 머릿속에서 그려보고 지금 목단강에 싸우고있는 동무의 실
지모습을 상상하니 동무를 만날 생각이 어찌도 간절한지…

춘 실   그동안 얼마니 고생하셨어요?

동 철   우리들의 고생이야 이루 말할수 있겠습니까? 하지만 오늘날 과거

의 고생을 회고하면 우리의 고생은 결코 헛된것이 아니였지요.

춘　실　그래 지금 어디 계시나요？

동　철　동안에 있습니다. 이번 목단강정치부에 부대일로 출장나왔다가 도로 가는 길에 춘실동무를 찾아왔지요.

춘　실　이렇게 찾아주시니 얼마나 감사한지 모르겠습니다. 저는 그후로 동철씨를 생각하지 않은적이 없었어요. 그러나 이날이때까지 동철씨의 소식을 전혀 모르고 지내왔습니다. 그러나 어쩐지 마음속으로는 꼭 동철씨가 살아계실줄로 믿었어요.

동　철　허허허, 오늘까지 그저 이를 악물고 살아왔지요. 결국 살아온 덕택에 춘실동무를 만나게 되었는데 이젠 련숙이나 만났으면…

춘　실　아, 정말 련숙동무의 말이 났으니말이지요, 저 련숙동무는 지금 신안진에 계셔요.

동　철　뭐라구？！ 련숙이가 신안진에 있다니？ 그게 정말입니까？

춘　실　요전에도 몇 번 목단강에 나오셨다가 우리 집에 들려놀다간 일도 있어요. 련숙동무도 동철씨를 만나면 얼마나 기뻐하실가요 련숙동무도 오빠를 그리워하실텐데.

동　철　참, 련숙의 얼굴을 본지도 오래구나. 그래 련숙이도 별일없이 무사히 지낸답니까？

춘　실　이야기할것 없이 래일이라도 신안진으로 갑시다요. 련숙동무가 오빠를 만나면 얼마나 기뻐하실라구요.

동　철　아니, 그래서는 안됩니다. 난 개인의 일 때문에 온것도 아니고 또 그렇게 할 시간여유도 없습니다. (시계를 본다.)오늘저녁 곧 동안으로 들어갈 작정입니다.

춘　실　아니, 이게 무슨 말씀입니까？ 이렇게 뜻밖에 오셨는데…

동　철　인제는 동무의 집도 알고 련숙이가 있는 곳도 알았으니 훗날 며칠 휴가를 맡아가지고 오든지 해서 지나간 우리들의 력사를 천천히 돌이켜보면서 이야기합시다.

춘　실　글쎄요. 억지로라도 말리고싶습니다만 동철씨의 성격이야 한번

　　　　　　말씀하면 그뿐이니까 들어주실것 같지도 않고 해서 더 말리지 않
　　　　　　겠어요。

동　철　하하하, 너무 고집이 세서 미안합니다。

춘　실　아니, 그보다도 모처럼 오셨는데 아무 대접도 없이 안되였어요。

동　철　그럼 그 대접을 다음 기회에 받기로 하지요。 (일어서서 나갈 준비
　　　　를 하며) 자, 그럼 실례하겠습니다。 그러면 련숙이한테 소식이나
　　　　잘 전해주십시오。 다음기회에 꼭 찾아가겠다고。

춘　실　네, 념려마세요。 아무쪼록 용감하게 싸워주세요。 저도 힘껏 싸우
　　　　겠어요。

동　철　싸워야 하지요。

춘　실　차는 몇시에 떠나요?

동　철　글쎄요, 이렇게 정거장으로 나가긴 합니다만 차가 없으면 되돌아
　　　　오는지도 모르겠습니다。

춘　실　못가시게 되면 돌아오세요。 아마 차도 있을것 같지 않아요。

동　철　글쎄 좌우간 우선 가봐야겠지요。 자, 그럼(두사람 악수。)안녕히
　　　　계십시오。

춘　실　그럼 안녕히 다녀가세요。

　　　　　　△동철이 퇴장하고 잠간 사이가 지난뒤 김동무와 윤선옥이 등장。

김동무　춘실동무 계십니까?

춘　실　네, 누구세요? 들어오세요。

김동무　아, 실례합니다。 춘실동무 뭘하고있습니까? 시간이 거의 되어가
　　　　는데 얼른 모여야지요。

춘　실　김동무는 늘 덤벼치는군요。 그렇게 볶아대지 않아도 될걸요。 아
　　　　직 시간이 멀었어요。

김동무　시간이 멀다니? 이런 늘어지기라구야。 아니, 그런데 회의장소는
　　　　어딘데?

춘　실　호호호, 아직까지 그것도 모르면서 혼자 떠드는구만요 저 오늘저
　　　　녁에는 굉장히 많이 모인다고 장소를 넓은 반의 강실로 정했어요。

그 말 잘하는 박위원이 또 대열변을 토할 모양이지요. 그래서 오늘은 우리집에서 하는 야학을 중지하고 그쪽으로 가기로 했어요.

김동무　그럼 오늘은 내가 사회나 해줄가? 여러분! 지금 여기서 좀 련습해보지. 우선 요즘 흔히 돌리는 대표적인 언사습관을 좀 흉내내볼가? 동무들은 재미가 좀 날걸.

윤선옥　거 참 좋은 일이예요. 저의 말버릇도 좀 고려주세요.

김동무　아니, 고치는것이 아니지요. 좋은 점 나쁜 점 할것없이 대표적인것을 골라내여봅시다. 그런데 동무들, 문제를 하나 제공해주십시오.

윤선옥　이런 제목이 어떨가요? ≪우린 군중을 대할 때 가장 보편적인 말을 써야 한다.≫라는 것으로…

김동무　하하하, 거 참 좋습니다. 자, 그럼 시작합시다. 첫번째 종류를 발표하겠습니다. 에험, 에험, 여러분, 오등(吾等)은 역시 군중을 역시 대하여 에—역시 가장 보편적인 말을 역시 쓰지 않아서는 역시 안될것입니다. 역시 군중은 무식한자도 있고 역시 유식한자도 있으며 역시 별별 사람이 역시 많기 때문에에— 역시, 역시…

춘　실　호호호, 그건 김간사장의 말버릇이구만요.

김동무　다음 두번째 종류는 이러합니다. 가사 우리가 군중을 대하여 말한다 할세 가사례를 들어 말하면 군중은 못알아듣는다 할세 나만 말하면 된다 하고 주관을 말소하는데서만이 우리는 책임을 다 할것이다. 가사 그렇지 못하다면 이는 큰사건이다.

윤석옥　그건 윤선생의 말버릇이군요. 어쩌면 저리도 신통할가요.

김동무　다음은 세 번째 종류, 에, 군중적회합에 있어서 에, 간부적태도로써에, 그들을 대하며 보통적언사를 써야 함은 에, 가장 적응적방법이다. 에, 여기에서 우리들은 에, 될수록 통속적, 명랑적, 평범적 합리적인 군중의 언사를 싸야하지 에, 독단적, 학술적, 억압적, 첨단적, 고상적 말을 쓴다면 에, 우리는 목적을 애오라지 올바르게 달성하지 못할것이다.

춘　실　호호호, 그건 선전부장동지의 말버릇이구만요.

김동무　다음은 네번째 종류, 이 문제를 갯다가서 우리가 취급하는데 갯다
　　　　가서 완전한 체계를 포착하는데서의 태도를 갯다가서 군중립장을
　　　　알아두는데서만이 가능할것이다. 고로 보통적인 언사를 쓰는데
　　　　갯다가서 지나친 술어를 라렬적으로 군중을 미혹케 할 우려성을
　　　　가짐으로서의 해득을 가져올수 있는 언사를 갯다가서 우리는 삼가
　　　　야 할것이다. 그런게 아니겠음。

춘　실　그건 박동무의 말버릇이구만요。

김동무　다음 여섯번째 종류로서는…

춘　실　아니, 한이 없네요。 이젠 그만하고 저, 위원장의 흉내나 내여보세
　　　　요。

김동무　그럼 그렇게 할가? 헴, 에, 여러분 위대한 홍군의 덕택으로 우리
　　　　들은 해방을 얻었습니다。 (수염을 스다듬는 시늉을 한다。)

춘　실　아이구, 신통하게도 흉내를 내네。

김동무　여러분, 저, 위대한 정의의 사도는 간악무도한 일본제국주의의 쇠
　　　　사슬에서 우리들을 풀어주었습니다。 헴, 우리들은 인제야 완전한
　　　　우리 나라를 찾을 때가 되었습니다。 여러분, (발을 구르며)이때를
　　　　놓치지 말고 우리들은 모두 힘을 합해야 합니다。 보십시오, 저 38
　　　　도이남을! 정신을 차립시다。 우리들은 옛날의 한간, 특무보다도
　　　　오늘날의 아메리카제국주의를 없애야 합니다。

윤선옥　저, 리승만이는 하녀를 30명이나 두었다 하는데 그건 정말입니까?

김동무　그건 사실인지 모르겠지만 리승만박사는 하녀들에게 미국식녀자
　　　　해방을 강습한답니다。

춘　실　위원장의 출생년월일은 언제입니까?

김동무　아, 여러분, 괴상한걸 묻는데요。 에, 또, 섣달그믐날, 에, 에, 36년전
　　　　이올시다。

　　　　△이때 남원수가 등장。

남원수　안녕하십니까?

김동무　아, 위원장 오셨습니까? 하하하, 호랑이도 제소릴 하면 온다더니…

남원수 거, 무슨 말씀을? 뭘 이야기했어요?

김동무 네, 지금 질문을 하고있습니다.

남원수 예, 여러 동무들, 이 자리에서 마침 잘 만났습니다. 내가 이 자리에 온것은, 사실은 오늘밤 회의가 중대하니만큼 먼저 간부여러분을 이 자리에 모여놓고 이야기 할 일이 있었기때문입니다. 자, 그럼 잘 들어주십시오。 우리가 알아야 할것은 중국의 장개석이나 조선의 리승만을 여하히 볼것인가 하는것입니다. 여러분은 장개석이 일찍부터 중국의 영웅이다, 리승만은 조선의 일군였다고 해서 지금까지 그들을 조금이라도 믿어서는 안됩니다. 장개석이나 리승만은 영웅도 일군도 아니라 대자산계급에 봉사하며 자기 일신의 명예도와 지위와 권세를 꿈꾸지 않습니까? 또한 우리가 알아야 할것은 전세계 민주전선과 대립한 미국이 우리조선과 중국에도 침략의 마수를 뻗치고있다는것입니다. 부자나라는 인민의 적이라면 부자나라는 약소민족의 적입니다. 우리는 미국이 자기 나라 물품을 가져다 우리에게 거저 주는것이 아나라는것을 잘 알아야 합니다. 원래 미국놈이란 아주 야수같이 간사한 놈입니다.

윤선옥 그런데 우리는 미제국주의를 반대하는것이 아닐가요? 미국인민은 우리와 같은 인민이 아닌가요?

남원수 지금 말한바와 같이 미국놈은 짐승같이 생겨먹어서 하는짓이 아주 인간답지 못합니다.

윤선옥 물론 그런 사람도 있기야 하겠지요。 우리 조선에도 지금 그런놈들이 있지 않습니까?

남원수 아, 가만, 동무들은 내 말을 잘 들으십시오。 그때 우리는 이러한 미국에 붙어살아야 하겠는가 그렇지 않으면 쏘련과 손을 잡아야 할것인가 하는것을 깊이 생각하여야 할것입니다. 쏘련은 사회주의 국가라고 하니 만큼 모든 정치, 경제 문화가 인민을 위하여 발전되고있는것입니다. 물론 미국과 손을 잡으면 팔자를 고칠 사람도 있겠지만 그러나 우리 조선의 독립을 위하여 쏘련과 손을 잡아

　　　　야 합니다.

윤선옥　미국과 손을 잡는다는것은 우리 인민의 뜻이 아니겠지요. 어떤 개인
　　　　의 사리욕으로 나라와 동포를 팔아먹는것이 곧 그런것이 아닐가요?

남원수　자, 그럼 우리들은 이상에서 말한것을 잘 연구하여야 하겠습니
　　　　다. 특히 우리들은 미국이 과연 나쁜가, 리승만은 애국지사가 아
　　　　닌가 오늘날의 인민의 간부를 공심에 올려야 될것인가 하는것을
　　　　잘 생각해보아야 합니다. 이래야만 참다운 인민의 살림을 찾을수
　　　　있습니다. 그럼 이만하고 뭘 질문할것이 있으면 마음대로 지금 물
　　　　으십시오.

윤선옥　그럼 한가지 물어보겠습니다. 위원장이 늘 하는 말씀이 조선사람
　　　　으로서 조선독립을 위한다면 누구나 다맹원이 될수 있다고 했는데
　　　　그럼 지난날 특무나 밀정질하던 사람도 그렇게 될수 있을가요?

남원수　아, 있구말구. 아무리 그 사람이 과거에 나쁘다고 해도 오늘날 진
　　　　심으로 나라를 위한다면 용서할수 있지요.

윤선옥　그러나 과거에 수많은 애국지사를 잡고 동포를 팔아먹은 일이 있
　　　　는 사람도 그렇게 될가요?

남원수　글쎄요, 우리 조선은 36년간이나 왜놈들에게 짓밟혀 살았습니다.
　　　　그러니 사람을 모두 죄인으로 취급한다면 사실 끔찍하게 많을것입
　　　　니다. 누가 일본놈의 종살이를 아니한 사람이 있을라구요. 그러
　　　　니 오늘날 진정으로 조선을 사랑하는 사람이라면 누구나 다…

김동무　글쎄, 그러나 일본놈의 종살이를 한것과 주구나 특무질 한것은 다
　　　　르지 않습니까?

남원수　보기에는 다르지요. 그러나 그 뜻을 새겨보면 그저 그런것이지
　　　　요. 헌데 시간도 됐을텐데 모두 회의실로 갑시다. 나도 그리로 가
　　　　는 길입니다.

윤선옥　자, 그럼 갑시다. 춘실동무도 가야지요.

춘　실　자, 가지요. (일어서며)자, 가지요.

김동무　이자 그 말씀을 숙제로 삼아 회의에서 다시 토론해봅시다.

남원수　허허허, 그거 참 좋습니다. 그렇게 합시다.

김동무　자, 갑시다.

　　　　△김동무가 퇴장하고 뒤따라 모두들 퇴장하려 할 때 웃켠으로 련
　　　　숙이가 등장하여 주인을 찾는다.

련　숙　계십니까?

　　　　△김동무의 목소리 ≪춘실동무, 손님이 오셨습니다. ≫

춘　실　네。 누구십니까?

련　숙　춘실동무 계셔요?

춘　실　아니, 련숙동무구만요。 어서 들어오세。 그간 왜 그렇게 보이지 않
　　　　았어요?

련　숙　요즘 좀 일이 바빠서 어디 목단강으로 올…(남원수와 눈길이 마주
　　　　친다。)

남원수　(련숙의 눈길을 피하면서)자, 시간이 됐으니 어서들 갑시다。 그럼
　　　　춘실동무는 손님이 왔으니 못오시겠구…

춘　실　아, 좀 있다가 가지요。 먼저 가십시오。

남원수　네, 그럼 기다리겠습니다。

춘　실　네, 뒤따라 곧 가겠습니다。

남원수　그럼 될수록 속히 오십시오。 시간이 없으니까。

　　　　△남원수 퇴장。

춘　실　자, 어서 앉으세요。 이거 참 좋은 때 오셨습니다。 내 련숙동무에
　　　　게 반가운소식 하나 전해드릴가요?

련　숙　아니, 저한테 반가운 소식이라니?

춘　실　저, 동철씨가 오늘 여기에 찾아왔댔어요。

련　숙　(놀라며)아! 저의 큰오빠가? 그래 그게 정말인가요? 지금 어데
　　　　계신대요?

춘　실　그런데 개인일로 오신게 아니고 공무로 오셨기에 오래 이야기할
　　　　새도 없이 부랴부랴 돌아가셨어요。 그렇지만 않으면 래일 저하고
　　　　같이 신안진으로 련숙동무를 찾아가려고 했지만 일이 그렇다보니

할수 있어야지요.

련　숙　그러면 오빠는 언제 오시겠대요?

춘　실　다음 기회에 천천히 휴가를 맡아가지고 오시겠다고 하셨으니까 아마 약 한달쯤 지나면야 오시겠지요.

련　숙　그런데 오빠는 지금 무슨 일을 하고계신대요? 전보다 얼굴모습이 변하지 않았어요?

춘　실　어째 변하지 않았겠나요? 너무 고생을 하셔서 몸도 퍽 축해진것 같아 보였어요. 그래도 고생속에서 단련하신분이 돼서 어데를 보던지 강철같은 굳은 의지가 가득차보였어요.

련　숙　오빠는 왜놈들의 탄압이 심한 가혹한 그 당시에도 혁명운동에 온몸을 다 바쳐 싸웠을라니 지금이야 더 잘 싸우시겠지요.

춘　실　그래 동철씨도 련숙동무를 못보고 가는것이 애석하다고 퍼그나 안타까와하시며 떠나갔습니다.

련　숙　그래 오빠는 무슨 일을 하고계신다구요?

춘　실　무슨 일을 하느냐구요? 우리 군대예요. 민주련군이예요.

련　숙　민주련군! 아, 어서 오빠를 마났으면… 이거 오빠 이야기만 하다가 동무의 회의가 늦어지겠어요. 오빠 이야긴 그만 하자요.

춘　실　시간이 아직 있으니 괜찮아요.

련　숙　그래도 춘실동무는 남보다 일찍 가야지 않겠어요? 집은 내가 보겠으니.

춘　실　그러면 그렇게 부탁하자요. 두시간쯤 하면 끝날거예요.

련　숙　두시간이고 세시간이고 내 걱정은 조금도 하지 말고 어서 갔다오세요.

춘　실　참, 손님을 두고가서 아주 미안한데요.

련　숙　무슨 큰손님이라구? 그런데 아까 여기 왔던 선생은 누군가요?

춘　실　아, 그이는 여기 분맹위원장이예요.

련　숙　전에는 뭘하던 사람인가요?

춘　실　글쎄 그건 잘 모르겠어요. 말을 아주 잘하는 훌륭한 어른인데 왜

　　　　　물으세요?

련　숙　아니 어디서 딱 본 사람같아서…(잠간 생각。)성씨는 뭐라고 부른
　　　　　대요?

춘　실　박씨라고해요。

련　숙　네? 박씨? 이름은?

춘　실　박종철이예요。

련　숙　박종철이라?(잠간생각。)

춘　실　웬 일이예요? 아시는분예요?

련　숙　아니예요。 그저 물어보는거예요。 자, 어서 회의하러 가세요。 늦겠
　　　　　어요。

춘　실　자, 그럼 부탁해요。 곧 갔다오겠어요。 그런데 정말 박위원장이 알
　　　　　만한 사람같아보여요? 그럼 내가 이야기할가?

련　숙　아니, 절대 그런것이 아니예요。 아무 말도 하지 마세요。

춘　실　네, 그럼 부탁해요。

　　　　　△춘실이 웃켠으로 퇴장。

련　숙　(독백)아무리 보아도 남원수 같이 생겼어! 참 세상에 이처럼 얼굴
　　　　　이 같은 사람도 있는가 나의 원쑤 남원수란놈과 얼굴이 꼭같아보
　　　　　인다。 차마 이 분맹위원장이…

　　　　　△개짖는소리。 잠간후 남원수가 등장하여 대문을 두드린다。

남원수　문 좀 여시오! 간사장동무, 문 좀 여시오!

련　숙　누구세요?(긴장해지며)지금 회의하러 나갔어요。

남원수　저, 종철입니다。 위원장입니다。 문 좀 열어주시오。

련　숙　(좀 생각하다가)춘실동무는 안계셔요。

남원수　어서 좀 열어주시오。 좀 들어가야 할 일이 있습니다。

　　　　　△련숙이 문을 열고 뒤걸음。 두사람은 서로 시선이 마주친다。 사이。

련　숙　오―, 당신은… 당신은?

남원수　(문을 걸며)허허, 너 련숙이로구나。 잘 만났다。

련　숙　흥! 틀림없이 네가 바로 나에게 천추의 원한을 사무치게 해준 악

마, 원쑤, 남원수이구나!

△두사람이 서로 쏘아본다. 남원수는 안경을 벗으며 한걸음한걸음 련숙이에게로 다가선다.

남원수　그렇다. 내가 남원수다. 그래 남원수면 어떻게 할 작정이냐? 악마면 어쨌단말이냐? 원쑤는 무슨 원쑤란말이냐? 나는 벌써 아까 너를 만나자마자 어떻게 할것인가를 다 준비했다.

련　숙　이 개같은놈아, 네가 오늘날까지 그대로 살아있다니? 아직 세상이 멀었고나. 너를 그냥 살려두다니? 아, 내눈에 불이 난다. 이가 갈린다!

남원수　허허허, 아무리 떠들어도 소용이 있나? 내 말을 들어. 지금 나는 분명의 위원장이야. 네가 암만 어째도 할수 없지 않아 세상이 나를 알고있는놈이란 하나도 없단말이야. 또 있은들 뭘해? 내가 사실 지금 훌륭하게 일하고있는데…

련　숙　이 무시무시한놈아, 네가 훌륭하게 일한다구? 가면을 쓰고 인민을 속여먹는 이놈아, 너는 과거의 죄도 죄려니와 오늘날 역시 점점 더 큰 죄를 짓고있지 않느냐! 아무리 인민을 위한다 해도 썩어빠진 골속에 무엇이 들어있어 능히 인민을 위한단말이냐! 이제 국민당반동파가 온다면 너야말로 발벗고 나서서 그놈들과 손을 잡을 놈이 아니냐!

남원수　어, 좀 내말 들어. 그래 련숙이는 한때 나의 안해까지 되어 자식까지 낳았지. 그래 이때 좀 마음을 돌릴수 없을가?

련　숙　아, 넌 사람이 아니다! 짐승이다! 악마다! 네놈한테 끌리여 감옥에 잡혀간 내가 그래도 다행히 죽지 않고 인제 바로 너를 만났구나. 이놈아! (남원수한테 달려간다.)

남원수　(발을 탕 구르며)정신차려! 내가 그렇게 만만치 않은줄 알고있을테지. 뭘덤벼대는거야.

련　숙　이놈아, 이젠 난 죽어도 원쑤를 갚고야 죽을테다.

남원수　흥, 내 말을 들어. 너희들도 삼남매를 그렇게 묘하게 잡아넣은 공

로로 거대한 상금까지 받았어. 너의 오빠 동철이도 벌써 죽었을것
이다. 내 말을 잘 들어. 이젠 나의 비밀을 아는자는 이 세상에 너
하나밖에 없단말이야. 이젠 네가 내앞에서 무릎을 꿇고 앉아 빌어
도 나는 너를 용서치 못할텐데 외려 네가 큰소리를 내질러? 허참,
안될 말이지. 그저 순순히 나를 위해 죽으란말이야.

련　숙　홍, 죽여보아라, 죽일수만 있으면. 그래 이 사회가 너같은놈을 어
느때까지든 그냥 둘줄 알아?

남원수　그렇구말구, 이걸 보란말이야. 이게 무엇인지 알고있어?(갖고온
병을 내보인다.)휘발유다. 이것은 너를 태워죽일 화장감이다. 잘
들어, 너를 죽이고 이 집까지 태워버리면 누가 이 비밀을 알아낼
사람이 있나? 자, 이만하면 안심하고 죽을수 있겠지 알아들었나?

련　숙　(공포에 질린다.)아, 이 무도한놈아! 또 사람을 집겠다고? 그러
나 너에게 그렇게 죽을 내가 아니다! 너의 모가지를 물어찢고서
라도…

　△련숙이가 달려들려고 할 때 남원수는 단도를 꺼내들고 한걸은
다가선다.

남원수　이것봐, 가만있어. 그렇게 바빠하지 말란말이야, 내가 죽여줄테
니. 허나 좀 천천히 죽으란말이야. 이 집 춘실이는 아직 한시간
더 지나야 올테니 안심하고 마지막 부탁이나 잘하고 가란말이야.
하하하…

련　숙　이 무서운 악마야, 나의 일생을 여지없이 짓밟고 나의 부모형제 온
집식구를 모조리 잡아먹고 나라를 팔아먹고 동포를 찔러먹은 이 원
쑤야! 너의 더러운 손에 내가 죽다니 될말이냐! 안돼, 안된다!

남원수　허허허, 자, 유언을 다 말했나? 자, 그러면 소원대로 해줄터이니
각오해라.

　△남원수가 칼로 찔르려 한다. 련숙이는 뒤걸음질 치며 벽에 붙
는다.

남원수　하하하!

△점점 긴장한 상태。 련숙이는 이를 갈며 빈주먹을 내두른다。 이때 동철이가 대문밖엣 엿듣고있다가 대문을 넘어서 권총을 꺼내여 겨냥했다가 쏜다。 ≪땅！≫하는 소리와 함께 남원수는 단도를 떨어뜨리며 팔을 붙들고 주저앉는다。 련숙이도 ≪앗！≫하고 소리를 치며 놀란다。 동철이가 뛰여들어와 ≪꼼짝말앗！≫하며 남원수에게 총을 댄다。 뒤이어 대문으로 민주련군 전사들이 들어온다。

동　철　련숙아, 난 문밖에서 다 들었다。

련　숙　오빠！(흐느껴운다。)

동　철　련숙아, 우리의 원쑤, 우리 인민의 원쑤를 잡은후에 이야기하자。

련　숙　오빠, 저놈은 오빠를 두 번씩이나 감옥에 집어넣고 작은오빠까지 잡아먹은 악마, 왜놈들의 충실한 개 남원수놈이예요。 오빠, 저걸 보세요。 저 휘발유로 나를 태워죽이겠다고…

동　철　련숙아, 잘 알았다。 (천천히 돌아서서 남원수를 쏘아본다。)남원수, 너？！이놈。 지금 련숙의 말이 사실이라면 나는 너에게 더 할 말이 없다。 다만 인민을 위하여 너를 죽일수밖에 없음을 선언한다。 (민주련군전사들을 향해)동무들, 이놈을 묶으시오。

전사들　네。

△전사들이 남원수를 묶어세운다。 이때 춘실이가 바삐 등장。

춘　실　아니, 이게 웬 일이예요？ 아, 동철씨, 이 사람은 우리분맹의 위원장인데 웬일이예요？

련　숙　위원장？ 이놈은 과거에 주구였어요。

춘　실　네？

련　숙　이놈이 바로 나의 옛날 남편이였어요。 우리 큰오빠를 이놈이 개짓을 해서 두번이나 철창속에 물어놓았어요。

춘　실　네？ 이 무서운 독사야, 네놈이 동철씨를…

전사 1　거참, 괴상한 일이군。 이놈을 그냥 둬？ 쏴죽이버리지。 동무, 이놈을 데리고 갑시다。

련　숙　아니, 이놈을 내손으로 죽여야겠어요。 내가 죽이도록 해주세요。

동　철 안된다. 련숙아, 네 맘을 잘 알고있다. 네 원한이 큰줄도 잘 안
다. 너의 눈물겨운 정상도 잘 알겠다. 그러나 이놈은 너의 개인의
원쑤가 아니다. 우리 인민전체의 원쑤이다. 이놈은 응당 인민의
심판대우에 올려놓고 억압과 착취를 당했던 우리 인민의 이름으로
제재를 하지 않으면 안된다.

춘　실 그래요. 우리는 이런 가면을 쓰고있는 인민의 적이 오늘날 이 목
단강에 아직도 숨어있을는지 모르니 이제부터 더욱더 명심해야 하
겠어요. 련숙동무, 동무의 과거가 그다지도 아팠거던 고생을 한
모든 사람을 위하여 우리가 할 일은 저런 놈들을 잡아내기에 더한
층 힘써야 할것이예요.

련　숙 (흐느끼며)잘 알았어요. 내 몸을, 내 몸을 오직 인민을 위해 바치
겠어요. 이 점을 나는 다시금 잘 알았어요.

동　철 옳다, 잘 말했다. 우리가 이렇게 굳게 손잡은데서 우리의 원쑤놈
들은 하나하나 모조리 가면을 드러내놓고야 말것이다. (남원수를
향해)너?! 이놈, 왜놈의 주구야, 흡혈귀야, 네가 아무리 갖은 괴
악한 술책을 쓰더라도 인민은 죽지 않고 정의는 살아있다. 자, 가
자, 민중의 심판대우로!
△이때 막이 내린다.

― 끝 ―

1947. 3.

【戲曲】

- 延邊文藝工作團
  戱曲組集體作

全一幕

때   一九四九年 秋收後

곳   延吉市附近某村

나오는 사람들

     쌍가매할머니 ·············· 六十歲 좀 고집이 센 로파 (貧農)

     쌍가매어머니 ·············· 三十五歲 기가 약한 女人(貧農)

     順姬어머니 ··················· 四十歲 군인가족 의기가 굳은 女人

     支部書記 ······················ 三十五歲 (貧農)

     敎員 ······························ 三十五歲 (농촌지식분자)

     淑子 ······························ 八歲 소학교 一학년생

     마을婦女 甲 ················ 二十五歲

            乙 ················ 三十五歲

            丙 ················ 二十五歲

     其他 동학생 여러 사람

◇   ◇

舞臺   上手에 쌍가매네 집이 있고 下手편은 길이다.

         幕이 열리면 쌍가매 할머니 소여물을 가지고 근심스러운 모습으로

● 단막극 ≪동학으로 가는 길≫은 원래 '동학(冬學)'이라는 제목으로 왕청 서위자에서 1949
년 초에 출연되었다. 후에 연변문예공작단에서 다시 수개하여 1950년 ≪문화≫제8호에 발
표하였다. 그러므로 단막극 ≪동학으로 가는 길≫을 건국 전에 창작된 작품으로 인정하고
이 책에 편입한 것이다.

외양간으로 들어간다。

淑子　(房에서 책을 읽다가 어린애가 우니까) 엄마 쌍가매 우오 쌍가매 젖주오。

쌍母　(登場하여 아이에게 젖을 준다)

淑子　(책을 들고)엄마 이글자 모르겠어………이글자 무슨글자임두

쌍母　애구 아두 그걸 내어찌 아니

淑子　애구참 래일 시험을 친다는데 이것 몰라 어찔가 어째 엄마는 글을 안배웠소………그리고 동학에두 앙이 나가구

쌍母　애구 아두 아니 글을 배우구싶지 않아서 못배운줄 아니………너희 들은 좋은 세상을 만나서 글공부를할수 있구 학교에두 다닐수있지 만두 참 철모르는 소리좀 마라

淑子　그럼 어째 동학에두 아이나가우

쌍할　(외양간에서 걱정스럽게 중얼거린다。)

와─와 ! 정말 모를일이라니 어제까지도 그리 여물을 잘 새김질하 던 암쇠가 영 맥을 모쓴다니 와─와─(하고나오면서)어째 그럴까 정말 모를일이라니 (房으로와앉는다。)

쌍母　예 무시게람등 ?

쌍할　아니 암쇠가 갑자기 여물을 먹지 아니코 영 맥을 못쓰고 꿍꿍 앓고만 있으니 앙이 이일을 어찌문 좋을까………영 속이타 죽겠네 (하고 또 다시 외양간으로 간다。 쌍母도 어린애를 안고 뒷따라 들어간다。)

순母　(어린애를 업고 들어온다)쌍가매 어마이 있소 어디르갔을까 ?

쌍母　(외양간에서나온다。)에구 형님 왔소

순母　쌍가매 어마이 거기서 무실하우

쌍母　앙이 정말 속이 타서 글세 우리집 암쇠가 갑자기 새김질 앙이쿠 맥 을 못쓰고 누워있지앙이유

순母　애구 저런 그게 무슨병일까 (하며 외양간으로 들어갔다 근심스러 운 표정을하며 나온다。)

쌍할　(순母뒤를 따라나오며)애구 실루 어찔까………지난봄과 여름철에

는 쇠먹일 여물이 넉넉지 못한데다가 쇠를너무 부려서 암쇠가 몹시 여위었더라니 요새는 먹일것두 많이 생기구해서 여물도 잘주었더라니 쇠가 이내 살이 찌더니 아—니 저녁부터는 영 여물도 먹지 앙이쿠 맥도 못쓴다니………

쌍母   애구 어마이두 좀 놔두고 지내놉소 쇠라는게 가다 그럴때도 있습지 무슨………

쌍할   아—니 쇠병은 아이들병과 같다고 하지앙이유 그러다가 갑자기 쇠가 죽어보지 제애비가 산에갔다 돌아오문 얼마나 기차겠소 나의 생전에 보지못하던 쇠를 해방된 덕택에 제구 얻어서 알뜰히 거두다가 그걸 죽여보오 내아음은 어떻구 제애비 마음임은 어떻겠소 애구 애구………순희어마이 방으로 올라가앉소………

쌍母   형님 올라갑소 (모두 방으로 올라가 앉는다)

순母   큰아매 저 양창려에 쇠병을 잘보는 쇠의사가 있다하던게 래일 아침까지 쇠병이 낫지 않거든 그의사를 뵈어봅소

쌍할   이 아래동네 근창이네 큰아바이도 쇠병을 잘봅데………그런데 순희넨 마당질이랑 공량준비랑 다댔소

순母   애구 우리는 군인가족이라해서 추수도 제일먼저 도와주고 마당질도 제일 먼저 도와주고 마당질도 제일 먼저 도와줬소꼬마

쌍母   순희네는 군인가족이니까 그렇게 해사하지 앙이구…마당질을 해보니까이 올해 소출이 어떻습데

순母   앙이 여름내는 가물었는데 여러번 맨 덕택으로 차이가 없습더구마

쌍할   그렇채이쿠 우리집에서는 자 애비가 열흘전에 목재판에 나가지 않았소 그래서 품앗이조에서는 목재판에 나간집 마당질은 먼저 해준다고해서 우리집 마당질은 벌서 끝이나고 래년 종자준비랑 공량준비랑 다 해놓았다니 그리구 보니까 올해 시름은 다 놓은것 같소꼬마

순母   큰아마이 목재판에간 쌍가매 아부지한테서 소식이나 있습둥

쌍할   없습꼬마 가문 이내 편지하겠다 하던게

쌍母   형님에 어디를 가는길임둥 !

순母   내말임둥 내사 저녁만해치우면 동학실에 나가는게 뭐

쌍할   앙이 동학실인두 무시긴두 거기는 가서 무시를하오

순母   앙이 동학실에가서 글을 배우지 무시를 하겠슴둥 ?

쌍할   앙이 무시게라우 글을배워 아—니 순회 어마이가 글을배운다 ?

      (쌍母 순母 서로쳐다보고 웃는다)

      아—니 순회 어마이 올해 몇 살이오

순母   올해 마흔살이 오꼬마

쌍할   애구 실루 마흔살이나 된사람이 글을 배워서 무시를 하겠소 맏아
      들은 전방에 나갔구 순회는 학교를 다니구 그것들이나 더 잘배우
      게 하지 에이구 늙은 사람이 글을 배우면 써먹겠다두 젊은이들이
      나 해낼 일이지 어디메……

순母   애구 그래두 글 모르면 답답합더구마

쌍할   앙이 이 바쁜철에 그걸하고 있을새가 있으문사……가마니나 토목
      이나 짱구해서 살림살이나 잘했으면됐지비 았다 그런것은 싹 건어
      치우오 우리 집 자 에미도 동학에 나가겠다고 하더구만 가문사 무
      시게 동네안간이들이 모여서 노래나하고 웃음이나 웃다오지 무시
      게 다른게 있겠소 ?

순母   에구 큰아매두 아니 나도 하늘「天」자를 쓴것을보면 고만 쪽지계
      다린가 알고 지고 달아날지경으로 까막눈이던게 정말 이제는 신문
      을 읽을 줄 알구 편지도 볼줄아오꼬마쥐도 한모 긁으면 구멍낸다
      구 글공부도 아니해서 그렇지 하문사 꼭된다니

쌍母   정말 우리들이 해방전에 글을 몰라서 항상 지주놈들에게 속히움
      받던일을 생각하문사 눈에서 불이나지 앙이우

순母   애구 그렇채이쿠 쌍가매 어마이 오늘부터 나하구 같이 동학실에
      나가기오

      (쌍母 시어머니를 숨여본다)

쌍할   앙이 우린 전에 글을몰라 못살았소 ? 돈이없어서 못살았지 젊은것

들이사 새세상을 만났으니까 이 글을 배워야 하겠지만 늙은것들이
사 그걸 배워서 무시를 하겠소 사람이라는게 제할 구실이 따로 있
는게지 글을 배우나 아니배우나 일을해서 밥을 먹으면 그만이앙이
우…… 애구 늙은것들이 이제 글을 배워 어찌겠다구(일어서서 외
양간으로 들어간다)

순母 애구 실루 로친네 고집두………쌍가매 어마이 우리 동학실에 가
기요

쌍母 글세 내생각이사 이제부터라두 가구싶지만……내라구 어째 글모
르는 설음이 없겠소 정말 지금 세상엔 글을 알아야 하겠더라니 그
래사 자식들 공부도 잘 시킬수있겠구 생산하더라두 마음이 시원하
겠는데

순母 그렇길래 내 말하는게 아니요 우리 가치 글공부합세

쌍母 글세 나두 아이가 하나문사 하겠지만 두서너이나되는데 지내 가지
말라는 아마이께 아이들을 맡겨두고 나가는것도 그렇구 데리구 가
자해두 남에게 방애될까해서 그런다니

순母 애구 별걱정을 다한다니 나두 젖떨어진 애를 둘이나 데리구있지앙
이유 암만 그래두 자기만 할생각이 있다문사 어째 아니되겠소 정
골란하문 동학선생님이 집에까지 가서 가르쳐준다니 큰아매가 아
이를 봐준다문사 그보다 더 좋은 일이 어데있겠소만…앗다 열번찍
어서 앙이 넘어가는 나무가 없더라구 큰아매한테 잘얘기해봅소 어
째 앙이 되겠소

쌍母 글세………

순母 앗다 이위의 영선이 처두 시어머닐래 동학에 못나오겠다구 죽는
소리를 치던게 요새 나오는걸 보우까이 시어머니나 애들이사 제
하기 싫우하니까 그거 평계를 하는게지 무슨 제만 딱 마음이 있다
문사 시어머이나 애들이 있다고 못나가겠소
(이때 로파는 외양간에서 나온다)

淑子 (편지를 들고 뛰어 들어온다)

엄마 (로파를 보구)큰아매 아부지한테서 편지왔소 아께 주석동무
가 길에서 나를 줍뚜꼬마

쌍할　뭐 편지?

쌍母　뭘?

(로파는 그 편지를 덥석 받아든다)

쌍母　(순희母를 보고)목재판에 간 자 아바이 한테서온 편지오꼬마

쌍할　(편지를 뒤적거리며 보다가)숙자야 뒷집 복희 아바이보구 좀 오라
구해라 (몹시 서둔다)

淑子　복희 아바이 아까 촌정부로 갑두구마

쌍할　무시게라니 촌정부에 갔다구………그럼 이 앞집 중학생 있지안니
그아를 좀 오라구해라

淑子　영희네 오빠말임둥 영희오빠는 아께 동학실에 갑두구마

쌍할　았다 야는 그학생이 동학실루갔는두 앙이갔는두 어찌 그리 잘아니
사람이 바빠하는데……

淑子　아께 내 그집에서 글을 배우다 왔는데 뭐

순母　큰아매 그 편지를 이리 줍소 내좀 읽어보겠소꼬마

쌍할　(순희母보고 그만두라고 손을 내저으면서)애 저 앞집의 순돌이 누
이를 오라구해라

淑子　예—내 인차 가보구 오겠소꼬마(하고 밖으로 나간다)

쌍할　(또 편지를 이리 저리 뒤적인다)

쌍母　(딱해하며)어마이 그 편지를 이리줍소 이 형님한테 보라고하게

쌍할　았다 이제 끝 순돌아 누이가오문 뵈우지……(하고 편지를 안준다)
자애비가 이달 나흘날 떠났으니까이 오늘까지 꼭 보름이 되는구마
애구 몸이나 별탈이 없으문 좋겠는데(걱정스러워한다)

淑子　(뛰여들어오며)큰아매 순동이 누이는 아께 동학실에 나갔다합데

쌍할　무시게라니?동학실에 갔다구?앙이 이걸 어찔까(일어서면서)그
럼 내 동학실인두 무시겐두 가봐야겠다

쌍母　애구 어마이두 그편지를 여기 좀 보냅소 이형님보구 읽어보라구

하게

순母 (일어서며)애구 나두 동학실에 가봐야겠소

쌍母 (순희母의 치맛자락을 잡으며)어마이 그편지를 여기좀 줍소(순희母보구)형님이 좀 앉아있소

쌍할 (할수없다는듯이 편지를 며느리에게 준다)그럼 좀읽어봅소 어느새에 편지까지 읽게 됐겠소

쌍母 (편지를 받아 굳이 순희母에게 주며 읽게한다)아니 좀 앉으라니까자 읽어보우꽈니

순母 (끌리워앉아 편지 봉투를 뜯는다 이때 동네부녀 甲 乙 丙 이 들어온다)

甲순 희어마이 여기와 있구만 빨리 동학실에 가기요 (모두 서로 인사한다)

순母 에구 내 이거 잘 못읽겠는데 (처음은 퍽 더듬거린다 로파는 그것보라는 표정을 한다 점점 잘읽기 시작한다)

※어머니 앞에 올립니다

집을 떠나 이곳에 온지도 벌서 보름이 가깝습니다. 그동안 어머님 안녕하시며 모두들 잘있는지 궁금합니다

쌍할 앙이 순희어마이두 제법 글을 잘보네

순母 (계속해서 읽는다)

※우리 목재 부업생산대는 이곳에 와서 다 몸건강하고 씩씩하게 일하고 있습니다 안심하십시오 우리들이 이곳에 도착한지 벌서 열홀인데 원목 一百八十집 침목 三百五十본 전주 三百五十본

쌍할 아니 그 원목이니 침목이니 하는거느 무시게라는게요?

甲 그건 저 원목은 널판만드는 나무이고 침목은 기차철로에 가루까는 나무이구 전주라는 거는 전보대이오꼬마

쌍할 아니 그걸 어찌문 그리두 잘아우

乙 그런게사 동학실에서 늘 배웁꼬마

쌍할 (감탄한다)오 그렇구마 자 그다음으 읽소

순母　　(또 읽는다)

　　　　※돈으로 따지면 五億七千八百萬원 가량됩니다. (모두감탄한다)
　　　　이돈을 집집마다 나누면 一百五十萬원 가량됩니다. 이대로 올 동
　　　　삼내 일을한다면 래년 식량과 의복문제는 조금도 근심없겠습니
　　　　다。 지금 우리는 촌지부와 촌정부의 령도와 합작사의 방조밑에서
　　　　아무걱정없이 일하고 있으니 조금도 념려마십시오 먹는게나 입는
　　　　게나 오이려 집에서보다 좋습니다 집에서는 타작이랑 공량준비랑
　　　　다됐는지 알고저합니다 특히 공량은 잘마르고 깨끗한벼를 가려내
　　　　고 마대도 잘 손질해서 정성껏 장만해 주십시오

쌍할　　애―구 제 아이말하문 그만한게사 우리라구 못하겠다구(모두 웃
　　　　는다)

순母　　(계속 읽는다)

　　　　※그리고 우리는 이곳에서도 밤에는 우리촌지부 선전위원 朴동무
　　　　의 령도밑에서 동학을 시작했는데 그새나는 한문자를 五十자나 배
　　　　웠습니다. 집의 쌍가매에미도 동학에 나가게하십시오 옛날에 글
　　　　몰라서 고통받던 생각을 하문사 이런 좋은 세상에 나이가 들었다
　　　　고해서 글을 아이배우고 바쁘다고해서 아이배우면 됩니까 우리들
　　　　은 글을 배워야 생산을 더 잘 할수있구 살림을 더잘 꾸려나갈수 있
　　　　으며 아이들도 더 잘 교육할수 있습니다. (일동 박수한다)

乙　　　그거봅소 쌍가매 아바이도 그리말하지 아이유

丙　　　아니 지금사람이 공부를 앙이 해서되우(야학생을 흉내면서)애헴
　　　　우리들은(연설하듯이)이땅의 주인들입니다 마땅히 이땅의 주인답
　　　　게 글공부를 잘해서 우리들의 문화정도를 높여야만이 우리들이 맡
　　　　은 생산임무를 더잘 완성할수 있을껩니다. (일동 웃어댄다)

乙　　　아이구 어쩌면 그리 임내를 잘내오 우리 동학선새미와 꼭같다니

순母　　(웃는다)좀 떠들지마오 다읽으나리

　　　　※우리들은 앞으로 한달만하면 한번 집에 돌아갔다가 다시 나오려
　　　　고 합니다 오늘 편지는 이만끝칩니다 어머님 안녕히 계십시오 十

月二十日 (이때 지시부서기와 동학선생이 들어온다 서로 인사를하고 淑子는 선생께가서 매달린다)

先生　순희 어마이사 우리동학반의 우등생이니까 편지쯤이야 문제없지요

支書　아니 순희 어마이는 지난봄까지도 전방나간 아들한테서 편지가 오면 늘 날보구서 읽어달라 그래꾸 또 답장을 써달라구 그러더니만 가을철에 들어서부터는 지내 아무말두 없기에 아들께서 편지가 아이오나 했더니 자기절루 편지를보구 쓸 수 있어 그런게구만

順母　서기동무 사실은 그아 편지를 받을때나 또 쓸때나 어찌나내 답답하던지 해서 지난 여름에두 내 그냥 야학실에 나가서 앙이했습둥 그래 가을부터는 되던 앙이되던 내손으로 편지를 썼다고 하지않았습둥 그랬더니 아니 그아가 어느새 그리 발전했는가구 어마이 편지만봐두 우리 동북이 얼마나 발전했는가를 알수 있다고 그리 써 있었습데 그리고 그 편지를 보고 더 힘이나서 바다를 뛰어넘어 대만에 쳐들어가 장개석의 모가지를 따오는데 대공을 세우겠다고 썼습데 (일동 힘있게 박수)

支書　옳소 옳소 글한자 모르던 어마이가 좋은 세상을 만나서 글을 배워 편지를 써보내니 어째 그런 결심이 아니 들겠습니까 그러니까 우리가 동학에서 글공부를 한다는것은 곧 전방을 도울수 있고 생산을 잘 할 수 있고 우리 살림을 더 잘 꾸려나갈수 있다는 것입니다 우리촌에서는 아직도 동학에 대한 깊은 의의를 깨닫지 못하고 동학에 나가지 않는이들이 있는데 앞으로는 꼭 나가도록 해야겠습니다

先生　그렇습니다

　　　(丙의 흉내를 내듯이)에헴 ! 우리들은 이땅의 주인들입니다 마땅히 이땅의 주인답게 글공부를 잘해서 우리들의 문화정도를 높임으로써 우리들이 맡은 생산임무를 더 잘 완수해 나갈수 있을겝니다(일동 손벽을 치며 들웃어댄다)

乙　　정말 꼭 같다이

先生	아니 무엇이 꼭 같습니까?
乙	이 옥영이 어마이가
先生	아니 내가 옥영이 어마이와 꼭 같단말입니까
乙	아—니 이 옥영이 어마이가 선새미 말슴을 꼭 같이 입내를 낸단말입꼬마
先生	아하—

(일동 단단히 웃는다 로파는 외양간에 들어갔다 나온다)

支書	그게 쌍가매 아바이한테서 온 편지입니까? 좀 봅시다 (방에 걸쳐 앉은채로 先生과같이 편지를본다)
순母	큰아매 아직도 쇠가 여물을 새김질하지 안임두?
쌍할	정말 모를 일이라니

(甲 乙 丙 외양간에 가보고 나온다)

乙	아니 내 어데서 봤소 옳지 옳지 그 어제 신문에 나지 않았소 쇠병에 대한 신문기사말입꼬마
甲	옳소 옳소 여기있소 이신문에 나있다니 (신문을 펴들고)자 큰아매 내 읽을게 들어봅소 봄과 여름 두철에 마소먹일 여물이 그리 넉넉지못한데다 심하게 부렸기 때문에 대부분의 마소는 여위었다 그래서 요즘추수가 끝나고 여물이 넉넉해져 갑자기 마소에게 여물을 많이 먹이는 사람들이 잇는데 이것은 좋지못하여 만성위장병에 걸리게되는데 지금에 와서 여물을 많이 먹인다면 소화가 되지않을뿐더러 오이려 병들기 쉽다 그러므로 추수한후 지난 두철에 못먹이던것을 보충하는것은 좋으나 너무 한꺼번에 많이 먹이지말고 조금조금씩 먹여야한다⋯⋯⋯큰아매 근심맙소 여기 써있는대로 여물을 조금씩 불거주면 좋겠으꼬마
쌍할	으—그래 그렇구마 그러문사 이제부터 조금씩 주면 일없겠구마 나는 무슨 쇠전염병이나 걸렸나하고 무세 겁났다이
丙	그거봅소 글을 배우니 신문을 읽을줄알고보니 귀중한 암쇠병두 고치게 되지않았습둥

쌍할	옳소 옳소
丙	(장부를 책보에서 꺼내며)쌍가매어마이 우리조에서 요번 풍적기를 내는데 어제 옥영이네 마당질한게 얼마입데
쌍母	어제 마당질한게? 저 얼마든가 —천………—천얼마이든가……
乙	오 내게 적은게 있겠소 (허리춤에서 공책을 꺼내며)오—여기있소 —천 二백 설흔닷근 반………
丙	(장부에 기록한다)
甲	그것봅소 글을 몰라서 장부에 써두지 아이까네 중요한 농사 생산량도 인차 잊어버리지 아이유 우리 누구나 다같이 문세책에 딱딱 써두문사 아이잊어진다니
丙	그게 생산을 잘하자면 몰라서는 안된다는 말이라니
先生	옳습니다 이집소가 여물을 먹지않는일만해도 신문을 읽을줄알고 또 매일 동학에 나와 배웠으문사 그만한것쯤이야 인차 알수 있게 되지 않겠습니까 또 풍적기뿐이요 모든것을 딱 장부해두면 잊어버릴일이 없는게 아닙니까 지금부터 우리나라는 모든방면이 아주 빠르게 발전해나갑니다 우리들이 이 발전에 뒤떨어져서야 되겠습니까
支書	동무들의 말슴은 모두 옳습니다 글모르던 순회 어마이가 아들에게 편지를 써보내어 아들이 싸움잘하도록 추동한것도 글모르던 우리들이 신문을 보게되어 쇠병을 고치게 되었고 저 朴동무가(丙을 가리키며)글을 쓰게되여 품적기까지 하게되었고 목재부업과 결합해서 동학을 전개하고있다는 김동무의 편지도 무두 지난달 우리 동북인민정부에서 내린『동학을 잘하라』는 통지가 우리들에게 가장 필요하고 알맞은 지시라는것을 말하는것일껩니다 『글을 배우나 아니배우나 일하여 밥먹고 사는데는 한가지다』라던가 『부녀들이 내보다 더아는데 내가 어찌 두에서 따라 배우겠는가』 또는 『시간이 있어야』하는 생각은 모두 옳지못한것입니다 동학을 하는데 있어서도 선생을 존중하지않고 학습시간에 정신을 차리지않고 작란을 치

며 곁의사람과 수군거리고 더구나 시간에 자불고 또 학습시간을 지키지않는것도 역시 옳지못합니다 첫째로 동학기률을 잘 지키고 다른사람을 추동하여 많이 나오도록 하여야겠습니다 둘째로서는 남을 많이 가르쳐주고 토론할때에는 열렬히 발언해야 할것입니다 셋째로서는 학습을 생산과꼭결합해야 할것입니다 이세가지를 저는 말슴 드립니다 모두 동의 하신다면 이대루 지켜달라는 것을 부탁합니다 그리하여 이번 동학을 끝맺을때는 모두 학습모범이 돼서 우리의 가장 큰 수치인 문맹을 모조리 업새버리기로 합시다

一同	옳습니다(요란한 호응소리와 박수소리)
쌍할	나두 이전 눈이 떠가는것 같투루하우 쌍가매 어미도 이전 동학에 내보내야겟소
쌍母	애구 이전 나두 부지런히 공부해서 편지도 쓰고 신문도 읽어야겠으꼬마
순母	큰아매 잘생각 하셨수꼬마
淑子	어마이두 이제로부터 글 배우겟소 야 좋겠다 나는 一학년이니까 내 어마이를 가르쳐줄게
쌍母	아이구 아두 (웃으면서)그래 내 네게서 배우겠다 (일동 웃는다)
쌍母	(어린애를 업고 나서려한다)
쌍할	그 쌍가매를 내리워라 내업자
쌍母	일없으꼬마
쌍할	앗다 이리 내리우라니 제 공부에도 방해되구 옆의사람공부에두 방해가 되지아이니(로파는 어린애를 받아 업는다)
순母	(전방아들에게 보내는 편지를 淑子에게주며)숙자야 너 이 편지르 래일학교에 가는길에 촌정부에 갔다부쳐달라고해라
淑子	예 아—이것두 순희어마이가 순희오빠에게 보내는 편지로구만 이 편지도 순희 어마이가 썼슴둥
순母	(부끄러워하는표정)
支書	(편지를 들여다보며)참 내글씨보다 더잘썼구만요(일동 웃는다)

쌍할	순희어마이 래일이나 모레 짬을타서 우리아들에게 답장을써주오
순母	에구 나는 잘 쓰지못하는데
쌍母	았다 내우를말고 좀 써주오
순母	예 그럼 래일아침 또 오겠으꼬마 (一同 로파에게 인사하고 나간다 로파는 머뭇거리는 며누리를 빨리가라고 재촉한다)(밖으로 나간 一同이 부르는 동학의 노래가 들린다)
쌍할	(아이를 업고 그길을 바라보며)실루 좋은 세상을만났다니········

끝

附　記

導演上에 있어서 주의할 몇가지

一、쌍가매할머니하고 쌍가매어머니는 둘이 다 冬學을싫어하는 인물들입니다 그러나 이두인물은 모두 동학을 싫어하면서도 그 성격이 제각기 다릅니다 쌍가매할머니는 좀 극단으로 동학을 반대하는 인물이고 쌍가매어머니는 시어머니의 반대를 뿌리치고라도 동학에 나가려고 하지 않는정도의 소극적인 인물입니다 導演者는 이 두 개인물의 성격을 잘 분간하여 표현시켜야 합니다

二、順姬어머니는 군가족이고 동학에 적극적인 모범인물입니다 劇本上에서는 잘 표현되지 않았지만 導演上에서 충분히 주의하여 순희어머니를 쌍가매할머니와 대립시키면서 모범인물로서의 그 성격을 잘 표현시키기에 노력해야합니다

三、支部書記의 작용이 劇本上에는 잘 표현되어 있지않으나 지부서기의 옳은 령도로서 이곳동학은 잘 전개되어가고 있으며 순희어머니도 지부서기의 령도밑에서 모범인물로 발전된것입니다 그러므로 지부서기

를 따르고 지부서기의 태도는 군중화 되어야 합니다

四、敎員은 선진적이고 군중화되었으며 군중에게 신망이 있는 인물입니다 동리에서 악의없이 敎員의 흉내를 내는것도 교원이 군중화되어잇는 구체적 표현입니다 敎員의 臺詞에 術語가 섞여있는것은 지식분자의 성격을 표현시키려하기 때문에 술어를 쓰면서도 군중화 되어야 할것이고 또 매개 인물은 그를 존경하고 교원은 매양 군중들에게 공손해야 합니다 그리고 이 극본은 주로 함경도 사투리로되었으므로 지방에따라 적당히 고려해서 쓰도록 하실것입니다

대장동무의 명령은 내렸다°

각본 : 김 강

연출 : 김 혁

등장인물

　　　고봉철(17, 8세의 조직에 충실한 동무)

　　　김상진(20세전후의 용감한 동무。 그의 결점은 너무나 덤비고 고집
　　　　　　이 센것이다。)나팔수

　　　분대장

　　　부분대장

　　　특무(영철)

　　　리희원

　　　정찰원

　　　대원(大元)

　　　홍결

막이 열리기전에 동굴속에서 ≪우리 광영 끝없다≫는 노래가 들림

막이 열리면 봉철 떨면서 보초를 보고있다

부 ：　봉철동무, 춥지？

봉 ：　응응(하고 고개를 흔든다。)

부 ：　아무 일도 없습니까？

봉 ：　네！저쪽에서 총소리가 들릴뿐입니다。(그방면을 본다)

부 ：　봉철동무, 배고프지？왜 동무는 웃는것을 잊었어。

● ≪대장동무의 명령은 내렸다≫는 1946년 1월에 창작되고 그해에 흑룡강지구에서 공연된
　작품이다。 1988년에야 겨우 ≪문학과 예술≫ 제5호(연변문학예술연구소)에 발표되였다。

봉 : 아닙니다. 웃을수 있습니다.

부 : 어디 웃어봐.

봉 : (살그머니 부분대장을 보고 웃는다.)

부 : 봉철동무 내 교대하여 줄테이니 들어가 불을 좀 쪼이고 나와. 응.

봉 : 아닙니다. 괜찮습니다.

부 : 봉철동무, 동무 손과 뺨이 이렇게 얼었는데 자, 어서(봉철동무의 뺨을 만진다)들어가 불을 좀 쪼이고 나와. 응.

봉 : 아닙니다. 저는 어려서부터 굶어본 경험이 많아서 요만쯤은 괜찮습니다.

부 : 봉철동무, 아니, 내 동무만큼 책임지고 보초를 못봐드리겠어?! 자, 어서 내 책임지지, 응.

봉 : 아니 괜찮습니다.

부 : 자, 또 공연히 고집을 쓰네. (총을 달라고 손을 내들며)우리는 이틀이나 굶었으니깐 동무 배도 고플것이고 이렇게 날이 춥고 눈이 오는데 자, 어서 몸이 뜨뜻하여야 기운이 좀 나지. 만일 적이 진공해오면 어떻게해. 자, 어서.

봉 : 그러나……?

부 : 봉철동무 이것은 부분대장으로서의 명령이야. 동무 들어가 10분만 불쪼이고 나오시오. 알았어?

봉 : (차렷하고 명령을 기다림)네―(하고 할수없이 부분대장에게 교대하고 들어간다.) (들어가다 부분대장이 웃는 바람에 돌아나와)부분대장동무, 다른것이 아니라 저는 대원동무와 상진동무하고 경쟁을 하고 누가 자기책임을 자기가 꼭 완성하는데 낫느냐 보자고 약속을 하였습니다. 그래 제가 들어가면 대원동무와 상진동무한테 지지 않겠습니까? 그리고 두 동무는 날보고 웃을것입니다.

부 : 오. 하하하. 그러면 상진동무와 대원동무에게 말하시오. 봉철이는 부분대장의 명령에 의해서 들어온것이라고.

봉 : 그렇지만(주저한다.)

부 : 무엇이 그렇지만이야. 속히 들어가!

봉 : 네—!(하고 들어감)(이때 안에서 여러 동무들이 웃으며)

상 : 봉철동무 춥지. 자, 불쪼여.

대 : 졌어. 졌어. 나한테 졌어.

봉 : 대원 정말이야

대 : 거짓말 말어. 내가 이겼어.

봉 : 참 안타까워 죽겠네. 어디 나가 부분대장동무한테 물어볼가?

대 : 물어보긴 뭘 물어봐. 내가 이겼는데.

상 : 자 봉철동무 앉지. 내 자리를 양보하지. (이때 멀리서 총소리가 남.)(안에서 웃음소리)

부 : 오—, 내 사랑하는 동무들—. 홍 그래 네놈들이 우리를 포위한것이 6일동안이지만 우리를 굴복시켜보자는것은 어림도 없지. 우리 앞에는 주림과 고난앞에 조금도 굴하지 않고 저렇게 유쾌하고 활발스럽게 웃는 진실한 인민의 일군들이 있어.

봉 : 아니 그런데 동무는 어디 가?

상 : 나—?내 나가 소변보고 오지. (하고 나온다.)부분대장동무 속히 들어가 보십시오. 안에서 무슨 큰일이 생겼습니다.

부 : 무슨 일이요?

상 : 들어가 보시면 아실겁니다. 속히요.

부 : 정말이요?

상 : 아니 내가 부분대장을 속이겠습니까.

부 : 그럼 동무 잠간만 봐주시오. 내 곧 갔다 올테이니깐. 저 방면을 주의하시오. (손짓을 하며 상진에게 보초를 교대한후 부분대장 들어간다.)

상 : 네!잘 알았습니다. (부분대장이 들어 갈때)하하하 부분대장동무가 나한테 속았어. 하하하(웃는다.)

부 : (안에서)동무들 무슨 일이 생겼습니까?

봉 : 아니요. 아무 일도 없습니다.

부 : 정말 아무 일도 없습니까?

대 : 네。아무 일도 없습니다。왜요?

부 : 아―참 내가 또 상진동무한테 속았군。

봉 : 속다니요?

부 : 상진동무가 안에서 무슨 큰일이 생겼다고 들어가라고해서 들어왔더니。하하하

대 : 이! 나팔쟁이가(뛰여나가다)(전체 나온다。)

상 : 모두들 어디 가십니까? 이것은 분대장의 명령인데 아무도 이 보초선을 함부로 넘지 못합니다。

부 : 상진동무! 그렇게 사람을 속이시오。하하하。

상 : 네네 잘못했습니다。탄백하지요。(하고 머리를 숙인다。)

대 : 상진이 그래 거짓말을 해서 우리 동무우애를 발휘하자는 경쟁조건에 일등을 먹겠다는 것은 틀린 사상이야。그건 비겁한 일이지!

봉 : 상진동무 누가 다 모를줄 알구。

상 : 오―! 꼬맹이동무는 뭘。

봉 : 상진동무 괜히 날 놀리려구。

상 : 아―니 내가 봉철동무를 놀리다니! 소조회때마다 칭찬받는 이는 모범맹원 고봉철동무요。비평받는것은 김상진인데。

봉 : 아니 자기는 모범맹원이 아닌가? 동무 자꾸 그러면 나는 정색할테야。

상 : 네네 잘못했습니다。(일동 웃는다。)

봉 : 그런데 부분대장동무, 아까 상진동무가 벌써 며칠동안이나 나팔을 못불어서 죽겠다구! 또 분대장동무한테 불어드릴 시간이 되였는데 큰일이 났다구 나팔을 보고서 오오 ― 내 사랑하는 나팔아 네가 소리를 못낸지도 벌써 엿새로구나 하며 함박눈같은 눌물울 뚝뚝 흘렸답니다。

대 : 그래요 참 보기 싫어요! 그래서 내가 말해주었어요。이런 때 나팔은 무슨 개나팔인가구。그래 이런 때 나팔을 불어서 적있는 곳에

우리 있는 곳을 알려 습격하러 오라구 할생각인가구. 이렇게 말해주었습니다.

부 : 동무들 추운데 이렇게 보초선에 나와 잡담하는것을 분대장동무가 부대에서 돌아오시다가 보면 비평할겁니다. 자— 들어가 불을 쪼입시다.

봉 : 부분대장동무 보초를 저에게다 돌리시오. 제가 볼 시간이나깐.

부 : 네! 그럼 그렇게 하시오. 동무가 온 다음은 희원동무이니 그 동무에게 돌리시오. 더봐서는 안됩니다. 알겠지요?

봉 : 네! 꼭 지키겠습니다. (하여 상진한테 총을 바꾼다.)

부 : 동무들 들어가 책을 봅시다. (이때 안에서)

영 : 제—기 이렇게 배고파서야 사람이 살수가 있나. (다 들어온다.)

대 : 누구야? 배고파서 참지 못하겠다는것은.

희 : 그것은 리영철입니다.

상 : 이자식!

대 : 이자식 네 그래 배고프다고 해서 우리 분대를 혼란시킬 작정이야.

부 : 영철! 너는 특무다. 너는 아직 혁명자가 민족을 위해서 적과 생사의 싸움을 할 때 그 싸움이 얼마나 간난하다는것을 조금도 몰라! 그러나 오직 민족을 사랑하고 조직을 위하여 모든 것을 즐겁게 바칠수 있는 진실한 인민의 일군으로서만이 이 고난을 뚫고 나가면서 끝까지 싸워나갈뿐이지! 동무들 그렇지요. 영철, 네 함부로 그 쇠빠진 대가리에서 나오는 수작을 짓지 말어. 다시는 용서하지 않을테야.

영 : 네. 용서해주시오. 다시는 안 그러겠습니다. (이때 밖에서 발자국소리)

봉 : 누구야? (총을 재인다.) 암호.

정 : (손벽친다.)

봉 : 구호.

정 : 용감!

봉 : 누구요?

정 : 나야~

봉 : 수고했습니다.

정 : 아니, 수고없습니다.

봉 : 그런데 정환이 어때?

정 : 다른것이 아니라 지금 이 아래 하장(下庄)에 있는 적 약 한 개 소대가 저녁밥을 먹고 상장(上庄)으로 올라와서 주둔하고 로백성의 짐승을 잡아 먹느라고 야단이야.

봉 : 기타의적은……

정 : 다른곳에 있는 적은 우리군 팔로군의 압박밑에 감히 나오지 못하고있어.

봉 : 오면 (하고 총을 바로 잡는다. 정찰원도 권총을 잡는다)

정 : 응. 그런데 너무 긴장말어. 아마 가능성이 있기는 안 올라올거야. (이때 안에서 웃음소리가 난다.)아니 안에서 누가 있어.

봉 : 응 안에 우리 부분대장동무가 있어.

정 : 그럼 나도 들어가볼가.

봉 : 아니 부대에 가서 보고 안해도 돼—

정 : 응. 나하고 정찰갔던 리동무가 먼저 갔댔어.

봉 : 동무는 언제나 이거야. (엄지손가락을 내든다.)

정 : 무엇이?

봉 : 용감하고 민첩하고……

정 : 또또또

봉 : 아니야. 나는 동무의 그것을 언제나 따라배우려고 하는데.

정 : 뭘 또 돌연히. (안으로 들어간다.)

부 : 오둥무 수고햇습니다.

상 : 자 앉으시오.

정 : 그런데 동무들 배고프지 않아.

대 : 이건 또 뭘 쓸데없는 소리를 하고있어.

정 :   아니야. 내가 여기 떡을 가지고 왔소.

영 :   어디서 났어.

정 :   다른것이 아니고 인제 오는데 늙은 할머니가 종발인데 적이 온다
는 말을 듣고 걷지못해 울고있겠지. 그래 내가 할머니를 안전지대
까지 업어다주었더니 고맙다고 붙잡고 울며 자꾸 가지고 가라 하
길래 하나 받아가지고 왔어.

대 :   그래 그것을 받았어. 남의 곤난을 몰라주는 작자라구. 그럼 그 할
머니도 배고플것이 아니야!

정 :   나도 그렇게 생각해서 안받겠다고 하였지만 자꾸 가지고 가라 하
겠지. 그리고 그 할머니 가진 떡이 여러개 잇기에 동무들이 배고
플것이고 하니 그냥 받아왔어. 자—! 동부들 나누어 잡수시오.

상 :   아니. 동무나 잡수시오.

정 :   참, 내가 먹을라면 가지고 오지도 않았겠소.

부 :   자— 동무들 오동무가 모처럼 가져왔는데 사양할것 없이 나누어
먹읍시다. (떡을 다 나누어준후 부분대장것은 없으니깐)

대 :   부분대장동무는요?

부 :   아니, 나는 안먹어도 괜찮으니 동무들이나 잡수시오.

상 :   그럼 나도 안먹겠습니다.

대 :   나도 안먹겠습니다.

희 :   나도요.

부 :   자— 요건 좀 크게 됐는데.

영 :   그것은 확실히 큽니다.

상 :   부분대장동무, 그럼 그것은 봉철동무에게 줍시다. 가장 나어린 동
무이니깐.

부 :   그럼 그렇게 합시다.

상 :   그럼 내가 갖다주고 오지요. (나온다. 웃으면서)

정 :   (이때 같이 나온다)나는 그럼 부대에 가볼가?(하고 상진이 어깨
를 치고 나간다.)

상 : 에이 꼬맹이~(봉철 대답 안하고 샐죽한다)오—그럼 봉철동무.

봉 : 왜?

상 : 나 뭐 줄가?!

봉 : 뭘?

상 : 떡.

봉 : 떡. 홍, 떡은 어디서 났어?

상 : 응 오동무가 하나 가지고 왔어.

봉 : 그럼 동무나 먹어.

상 : 아니 배고프지 않어?

봉 : 응응 인민의 일군이 요만한것을 못참아서야 되나. 우리 항상 굶어 죽을 각오, 얼어죽을 각오, 적의 총알에 맞아죽을 각오를 하지 않 았어.

상 : 또 3대각오야.

봉 : 인민의 일군이 그것도 몰라 되나. 나는 늘상 이것을 외우고있어. 상진동무 그럼 그 떡을 부분대장동무에게 갖다주어.

상 : 부분대장동무는 분대장동무가 잡수실것을 남기고 그는 안먹고 동 무들더러 먹으라고 나누어주었어.

봉 : 아니 그래 동무는 그것을 받았어?

상 : 아, 그럼.

봉 : 참 동무는 키만 컸지 아무것도 모르네. 책임진 동무가 좀 먹어야 되지 않겠어. 그래야 적이 진공해도 능히 우리를 지휘할수 있지. 상진동무 그럼 이 떡을 부분대장동무에게 갖다줘 응?

상 : 그래—. 그럼 내 갖다주지. (하고 떡을 까보에 넣는다.)그런데 봉철동무 동무는 무엇이 제일 좋아.

봉 : 응, 나?나는 조직.

상 : 그다음은?

봉 : 그다음도 조직이지 뭐야

상 : 그런것 말고 말이야.

봉 : 응 대장동무. 그러나 대장동무야 존경하지 제일 좋은것은 대장동무, 부분대장동무, 분대장 또 여러동무들, 그리고 상진동무(툭 친다.)그럼 동무는 무엇이 제일 좋아 ?

상 : 나도 역시 조직이 제일이지. 그러나 나는 이 나팔이 제일 좋아.

봉 : 아니 그렇게 나팔이 좋아. 참 나는 동무의 기분을 못 리해하겠어.

상 : 아니 이것봐. 어제밤 꿈에 내가 대장동무의 명령을 받고 돌격나팔을 불었더니 아—어떤놈이 놀라 심장이 터져 둥둥 떠오르겠지. 그리고(이때 희원동무 보초교대 나완다.)

희 : 보초교대하러 왔습니다.

봉 : 시간이 되었습니까 ?

희 : 네. 되였습니다. 얼른 들어가 불을 쪼이시오.

봉 : 희원동무, 저—아래 불이 보이는 곳이 하장이라는 곳인데 지금 적이 있다합니다. 이쪽도 적이 있으니 주의하시오. 그리고 이것은 분대장의 명령인데 누구든지 함부로 이 보초선을 넘기지마시오. 알았소 ?

희 : 네. 알았습니다. (이때 두사람은 들어간다. 봉철이가 상진이의 귀에다 가만히 말한다)

상 : (상진이가 희원동무 있는데 와서)동무 이걸 잡수시오.

희 : 아니요. 저는 이제 먹었습니다. 동무나 먹으시오.

상 : 아니 우리는 이미 단련되여서 아무렇지도 않습니다만 동무는 온지가 얼마 안되여 어디 이런 고생을 해보았겠소. 자—사양말고 잡수시오.

희 : 아니 정말 괜찮습니다. 동무들이나 잡수시오.

봉 : 동무, 사양말고 잡수시오. 네—

희 : 네. 고맙습니다. (주고 들어 갈 때 영철이 나온다.)

봉 : 어디로 가 ?

영 : 네. 부분대장의 허락을 맡고 소변보러 갑니다. (이때 봉철이와 상진이는 희원이한테 경계하라는 뜻의 눈짓을 함.)(소변보고 와서

　　　　주물주물하다 보초보고)동무, 이 추운데 무척 많이 수고합니다.

희 :　아닙니다. 민족을 위해섭니다.

영 :　에―이 ! 이틀이나 굶었더니 제기 ! 소변조차 안나오는구만.

희 :　왜, 또 배고파서 그러시유 ! 자, 이거나 잡수시오.

영 :　아―어디서 났소. 글세 어떻게 밤낮 저렇게 떠들고 노는가 했더니
　　　알고보니 자기네끼리 먹는것이 있었구만. 글세 이틀이나 굶어서
　　　견딜수가 있나.

희 :　그럴리야 있소. 부분대장이 준것을 내놓았다가 주는것이 아니
　　　요? !

영 :　희원동무는 놈들의 말을 곧이듣소 ! 그것들이 얼마나 흉측한 놈들
　　　이라구 자기네끼리 혼자 먹으면서 동지우애를 발휘하는척하며 한
　　　쪼각 내놓은것이 아니요?

희 :　그럴리야 있소. 그건 너무나 야속한 말이요. 오동무 가지고온것
　　　이 빤한 일이 아니요?

영 :　그런데 희원동무는 록태농장에 있었다지요. 그 키가 훨씬 큰 산전
　　　(山田)이란 사람을 아십니까?

희 :　네. 알지요.

영 :　산전이란 사람은 나하고 친한 친우인데 그러고보니 희원동무도 내
　　　친구이구려. 그런데 희원동무는 팔로군한테 잡혀왔다지요. 팔로
　　　군들, 아 ! 희원동무야 무슨 죄가 있다고 붙들어온단말이요. 그런
　　　데 동무, 저기 저 불은 무슨 불이요.

희 :　네―그곳에는 지금 적이 있다고 합니다.

영 :　적이요 ! 적이 저렇게 가까이 있어요?

희 :　그런데 무슨 일이 있어요?

영 :　동무 처자가 있어요?

희 :　네. 있어요.

영 :　처자가 그립지 않아요? 처자가 의례히 그리울것입니다. 이 추운
　　　데 보지 못하고 떨다니?

영 : 그리우면 살방법을 구해야지요.

희 : 살방법이라니.

영 : 살방법은 꼭 하나 있습니다.

희 : 무슨 방법이요?

영 : 동무, 내말 좀 듣겠소? 내 말을 들으면 동무도 살고 가족도 잘 살 수 있고 그렇지 않으면 오직 죽음뿐이요. 희원동무 나와 도망갑 시다.

희 : 어디를요?

영 : 희원동무 나와 저―기 불이 보이는 곳으로 도망을 갑시다. 적어도 과거에는 통역관이였소. 자―다른 놈들이 나오기전에 빨리 도망 을 갑시다.

희 : 듣기싫어! 손들엇! 움직이면 쏜다. (총을 대고)

영 : 아―아니 그럼 동무는 처자가 그립지 않소?

희 : 안돼! 나는 본래 낫놓고 기윽자도 모르는 놈이지만 이 조직에 들 어와서 정말 사람다운 대접을 받았어. 이 어머니보다 더 따뜻한 조직을 버리고 가다니 안되지! 나는 살아도 동무들과 같이 살고 죽어도 같이 죽을테야.

영 : 자, 그러면 나 혼자라도 보내주시오. 인정상 이렇게도야.

희 : 시끄러워!

대 : 아―요놈자식 어디가 오래 있는가 했더니 알구보니 도망을 가려고 하였군.

희 : 속히 바를 가지고 나오시오.

대 : 네―(안으로 뛰여들어가다.) 부대장동무 특무 영철이란 놈이 도망 치려고 합니다. (바를 가지고 나와 특무옆에 가서) 요놈자식, 내가 이때까지 네모가지를 못딴것만 해도 분해 죽겠다. (묶는다.) (부 분대장, 상진 등장)

희 : 부분대장동무 이특무 영철이란 놈이 나를 꾀여가지고 도망가자는 것을 붙들었습니다.

상 : 이놈의 자식 ! (때리려고 달려드는것을 부분대장이 막는다.)

부 : 가만들 계시오。

대 : 부분대장동무 이 영철이란 놈이 적있는곳에 가서 우리 있는 곳을 알려주려고 했습니다. 요놈을 죽입시다. (일동 : 동의합니다.)

부 : 동무들 이것은 엄중한 문제이니깐 분대장동무가 오면 곧 처리하도록 합시다.

봉 : 물론 저놈이 밉기는 하나 부분대장동무의 말씀과같이 분대장동무 올 때까지 기다립시다.

대 : 동무들 분대장동무가 옵니다. (분대장과 홍결이 등장)

분 : 동무들 이 추울 때 박에 나와 있습니까 ?

부 : 분대장 이 특무영철이가 회원동무를 꾀여가지고 적있는 곳으로 도망치려는것을 회원동무는 영철의 꾀임에 넘어가지 않고 오히려 특무 영철이를 붙들었습니다.

봉 : 이런 긴장한 환경에서 특무 영철의 행동은 마땅히 죽여야 되리라고 생각됩니다. (일동 : 동의합니다.)

분 : 동무들의 의사는 옳습니다. 그러나 우리에게는 상급이 있으니 이 일을 대부에서 처리하도록 합시다. (일동 : 동의합니다.)

분 : 회원동무 !

희 : 넷(돌아선다.)

분 : 동무가 영철이란 놈을 데리고 대부로 가시오。

희 : 알았습니다. 분대장동무 !

분 : 만약 도중에서 도망치려 하면 그 자리에서 당장 없애버리시오. 그 책임은 내가 질터이니。

희 : 네―(하고 특무 영철이를 데리고 퇴장)

분 : 동무들 ! 상부에서 우리에게 중대한 임무를 내렸습니다. (일동 차렷)

분 : 오늘 우리 대오는 이곳을 떠나 인츰 출발하게 되었고 일부분 동무들만이 이곳에 남아서 엄호의 임무를 맡게 되었습니다. 동무들도 아다싶이 우리 대오가운데는 우리를 령도하시는 대장동무와 여러

간부들이 계십니다. 이 동무들은 앞으로 새 조선을 건설하는데 총 간부동지들입니다. 우리들은 이 간부동지들과 여러 동무들을 엄호할 영광스럽고도 엄숙한 임무를 맡았습니다. 동무들! 영광스러운 임무를 완성할 자신이 있습니까?(일동 : 있습니다.)동무들 이것은 보통으로 되는 임무가 아닙니다. 오직 민족을 사랑하고 조직을 사랑하는 진실한 인민의 일군으로서만이 완성할수 있는 임무입니다. 동무들, 동무들가운데 누가 이 영광스럽고 엄숙한 임무를 맡겠습니까?

대 : 분대장동무! 그것은 접니다. 저의 아버니는 농촌에서 왜놈의 손에 죽었습니다. 이 원쑤를 갚을 때가 왔다고 생각합니다.

봉 : 분대장동무, 저는 분대장동무에게 묻고 싶습니다. 제가 이때까지 조직에 충실했습니까? 못했습니까?

분 : 네 충실했습니다.

봉 : 저는 이미 죽을것을 결심하고있습니다. 민족을 위해서 조직을 위해서 또 여러 동무들을 위해서 죽는것을 즐겁게 생각하고있습니다. 제마음에는 오직 이것이 있습니다.

상 : 싸움에는 제가 제일일걸요. 저는 이미 민족을 위해서 또 사랑하는 동무들과 같이 죽을것을 결심하고있다는것을 대장동무는 이미 잘 알고있습니다.

홍 : 흥! 이 기관총수가 없으면 안될걸요.

분 : 아참 소개를 잊었습니다. 이번 임무를 완성하자고 7분대에 있는 홍결동무가 기관총을 가지고 왔습니다. (대원 홍결이를 보고 돌아선다.)일동악수.

분 : 그럼 이렇게 합시다. 홍결동무, 봉철동무, 상진동무, 데원동무 그리고 저 이렇게 다섯동무만 남아있도록 합시다. (알동 저두요. 나는요.)

부 : 분대장동무 저는 남아있을수 없습니까?

분 : 동무에게는 또 딴 임무가 있습니다. 남은 동무들을 데리고 곧 대

부로 가시오。대부에서 기다릴것입니다。

부 : 분대장동무 정말 남을수 없습니까? 동무와 생사를 같이 할수 없습니까?

분 : 동무는 가야 합니다。

부 : 네 가겟습니다。동무들 그러면 무기와 배낭을 가지고 나오시오。 (분대장, 부분대장, 상진만 남고 들어감。보짐을 가지고 나와선다。)

부 : 동무들! 동무들은 민족의 새 영웅, 씩씩한 인민의 일군입니다。 (하고 가만가만 봉철이를 향해 온다。)봉철동무, (봉철 손을 내여 악수)웃어봐。(봉철이 눈물의 웃음을 지음)

봉 : 부분대장동무 이 시계는 우리 어머니가 준시계입니다。돌아가거든(하고 시계를 준다。부분대장이 주머니에 넣은 다음 그는 운다。)

부 : 혁명자가 울기는(하고 고개 숙인것을 쳐들어 줌)

봉 : 네―。

부 : 대원동무! (악수)

부 : 상진동무, 동무의 나팔소리가 그립소!

상 : 그럼 한번 불어드릴가요。(부분대장동무 손을 쳐들고 막는다。)

부 : 홍결동무! (악수)

부 : 분대장동무!

분 : 상규。(한참동안 머리숙이고 악수。)

(한참있다 모두 머리를 숙인다。)

분 : 부분대장동무, 속히 돌아가시오。대부에서 기다릴것입니다。

부 : 네―(하고 손을 놓고 뒤로 퇴보한다。경례를 한참 한다。)

차렷! 총메엿! 우로 돌앗! 앞으로 갓!

분 : 상진동무, 동무는 기관총탄환수를 하시오。

상 : 네―

분 : 동무들 시간을 맞추시오。지금 세시입니다。동무들 지형은 이렇

습니다. (일동 분대장곁으로 온다.)

분 : 동무들 이 동굴고지는 주위가 절벽이고 동쪽편에 하장으로 통하는 소로가 있고 오른쪽에는 큰길이 있습니다. 그가운데 강이 하나 흐르기 때문에 적이 우리를 진공하기 힘든 지형이며 또한 우리 선발대동무는 이미 상장옆에 있는 고지를 점령하고있고 아군 팔로군은 하장옆 부락을 점령하고있기 때문에 적은 감히 나오지 못할겁니다. 그런데 우리 간부대오는 무사히 적 포위선을 돌파하면 일곱시 정각에 지뢰 두방을 놓고 동쪽산에 붉은기를 꽂아 신호하기로 하였습니다. 만일 위험한 시에는 지뢰 한방뿐이고 붉은기는 안 꽂기로 하엿습니다.

동무들 알았지요. (일동 네—알았습니다.)

분 : 전투준비를 하시오. (일동 자리에 앉아 무기를 닦는다. 분대장 물 가지러 안으로 들어갔다.)

상 : 꼬맹이 부분대장동무가 가니간 슬프지 않아?

봉 : 응 나는 조직에 들어와서 정말 기쁘다는것을 알았어.

상 : 우리를 친동생같이 배워주고 사랑하던것을 생각하면 나팔이나 한번 불어주었더면 속이 시원할걸.

봉 : 상진동무 나하고 경쟁할가?

상 : 그래 무슨 경쟁?

봉 : 누가 적을 많이 죽이느냐구.

상 : 그래 나는 홍결동무와 같이 10명이다.

대 : 그랬다. 나두 했다. 나는 20명이다.

홍 : 그러니까 분다는것이 아닌가? 아 그래 기관총과 보총이 같은줄 알어. 나는 기관총이 있지만 동무는 무엇이 있어? 사람이 좀 상식이 있어야지.

대 : 이 밥통같은이라구. 진찰기 민병 리용이는 지뢰를 가지고 왜놈 300여명을 죽였는데.

봉 : 그렇게 크게 생각지 마—. 나는 3명을 잡을 생각이야. (분대장 이

때 물을 가지고 등장。 물을 나누어준다。 조금후)

봉 : 분대장동무 우리는 지금 누가 적을 많이 죽일가 경쟁을 하고있습니다。

분 : 그래 어떻게 되었소。

봉 : 내가 3명, 홍결동무와 상진동무가 합하여 10명, 그리고 대원동무는 보총을 가지고 혼자서 20명을 잡겠다는데요。

분 : 허허허 대원동무는 공을 너무 탐내서。

대 : 정말 자신이 있습니다。 싸움에는 경험이 있으니깐。

홍 : 대원, 대원 아직도 기관총때문인가 ?

대 : 그래。

홍 : 거야 대장동무가 나한테 준것이 아닌가。

대 : 그때 대장동무가 대원동무는 기관총을 쏠줄아는가 물을적에 쏠줄 모른다 한게 누구야 ?

홍 : 그러나 대장동무가 결코 그것 때문에 기관총을 동무에게 안준것이 아니지。 대장동무는 또 딴 생각이 있어 나한테 준것이 아닌가。

대 : 아, 그럼 그때 대원동무는 덤비기를 잘한다고 한것이 누구야 ?

홍 : 대원동무, 그리 화를 내지 말고 내말을 좀 들어봐。 그 일이 그렇게 분할거야 있나 ?

봉 : 그때 대원동무는 하루종일 밥을 안먹고 이불을 푹 쓰고있었지。

대 : 그럼 이것이 분하지 않고 무엇이 분해 !

홍 : 그러나 조직을 사랑하는데야 마찬가지 아닌가。 자, 내 잘못했다는 것을 승인하지。

대 : 조직은 조직이고 개인은 개인이지。

홍 : 분대장동무 들었습니까 ?

분 : 대원동무 화해하시오。 홍결동무가 자기의 잘못을 승인하고 화해 하자는데 동무는 너무 협애한것같소。

대 : 그러나 홍결동무는 나를 깔보고 막 내리치려 합니다。 (홍결 악수 하려고 손을 내민다。)(대원 팩 돌아앉는다。)

홍 : 분대장동무, (엄호해달라듯이 분대장을 처다본다。)

분 : 대원동무, 대원동무!(대원 할수없이 악수한다。)

봉 : 우리도 두 동무의 화해를 축하하지。

상 : 그래。

상 : 그런데 벌써 여섯시반이니깐 동무들이 얼마나 갔을가?

봉 : 퍽그나 갔을거야。

분 : 한시간에 십리씩 가니깐 세시반, 네시반, 다섯시반, 벌써 포위선부 근까지 갔을거야。

상 : 그런데 꼬맹이。

봉 : 상진동무, 이제부터 나보고 꼬맹이라구 그러지 말어。

상 : 왜 꼬맹이?

봉 : 생사를 같이하는 동무보고 놀려주는것은 좋지 않아。(이때 밖에서 발자국소리)

분 : 가만, 가만, 누구요?누구요?

정 : (손벽을 친다)

상 : 아―오동문가 봅니다。

정 : 분대장동무 적이 올라옵니다。

분 : 동무들, 동무들이 민족을 사랑하고 조직을 사랑하는 마음을 나타 낼 때는 왔습니다。봉철?

봉 : 네!저는 이미 죽을것을 결심하고 있습니다。

분 : 대원?

대 : 안심하시오。왜놈을 꼭 잡을테니깐。

분 : 상진?

상 : 오―라―이―

분 : 홍결?

홍 : 기관총이 동무의 명령을 기다리고있습니다。

분 : 침착히 내가 쏘라할 때까지。(권총을 내든다。)

대 : 쏘자―

분 :　가만.

대 :　쏘자, 쏘자 올라온다. 하나, 둘, 셋―소부대밖에 안된다.

분 :　가만 있어.

봉 :　우리 잘 싸워.

상 :　그래. (분대장 권총소리 쾅! 대원 일어서 쏜다.)

봉 :　대원이 음페해! 음페. (대원 엎디다 또 일어난다.)

분 :　수류탄 던졌!

봉 :　대원이 엎드렸! 앗?! (대원 넘어진다.)

분 :　앗, 대원동무가, 봉철!

봉 :　네! (하고 대원이를 뒤로 끌어다 팔뚝에 붕대를 감아주고 싸운다.)

분 :　홍결동무, 기관총에 화력을 가하시오.

홍 :　네―.

분 :　수류탄 던졌!

분 :　홍결동무는 기관총을 대원동무에게 주고 돌력준비를 하시오.

홍 :　네 사랑하는 기관총을 맘대로 쏴라.

대 :　그래. (이때 돌격나팔. 일동 야―하고 돌격. 뒤에서 효과)적이 중대본부를 습격하니 엄호해라. 엄호! (한참, 있다 숨찬 형태로 돌아와)

봉 :　허허! 저 우리 동무들이 쏘는 기관총이 없었더면.

상 :　그래 봉철 괜찮아.

봉 :　응. (하며 먼지를 턴다.) (분대장동무와 홍결동무는 대원동무에게 가서)

분, 홍 :　대원동무 괜찮어.

대 :　요만한것 하하하 아무렇지도 않아. (분대장 이때 시계를 보니 일곱시다. 한참있다 지괴 한방 쾅 일동 얼굴을 호상 쳐다보면서 한방만일가 근심. 그때 또 한방 쾅.) 오―지뢰소리.

봉 :　사령원동무, 우리는 대장동무가 주신 임무를 완성하였습니다. 오

　　　　　—저 산뒤에는 우리가 가장 존경하는 사령원동무가 계시겠지。 사
　　　　령원동무 우리가 진실한 인민의 일군이 될수 있겠습니까?!
상 :　　분대장동무 사령원동무에게 나팔을 불어드릴가요?
봉 :　　그러나 들릴 리가 있나。
상 :　　왜 안들려, 네 마음이라도 알려주지。
분 :　　그래 불어드리시오。(상진이 승진곡을 붐。대원, 홍결 어깨를 끼
　　　　고 웃음)

　　　　　　　　　　　　—막—

　　　　　　　　　　　　　　　　　　　1946년 1월 1일 밤

　〔편집후기〕

　　극본《대장동무의 명령은 내렸다》는 우리 민족의 귀중한 문학유산이다。
1946년 총성이 울부짖고 전화가 흩날리던 년대에 창작, 공연된 이 극본에서
작자는 개성화된 인물형상들로 우리 민족아들딸들의 강철같은 혁명의지와
자아희생정신을 열정적으로 구가하고있다。지금으로부터 근 반세기전에 창
작, 공연된 이 극본을 오늘에 와서 다시 살펴보느라면 내용과 형식면에서 적
지 않은 시대적흔적을 찾아볼수 있다。창작상에서도 일부 인물성격들이 간
단화되였음을 느끼지 않을수 없다。그러나 이런 점들을 이 극본의 결함으로
인정하느니보다 그 시대의 흔적으로 간주하는편이 더 적절할것이다。아무튼
근 반세기가 지난 오늘 이 극본이 다시 빛을 보게 된것은 민족문학유산연구
에서 기쁜일이 아닐수 없다。그러면서 이 극본의 작자와 연출에 대하여 아는
분이 있으면 우리에게 재료를 제공하기 바란다。(이 극본은 철자법, 띄여쓰기
만 수개했을뿐 원작 그대로이다。)

　　　　　　　　　　　　　　　　— 《문학과 예술》 제5호, 1988

우리의 맹세

張萬蓮 作
1948년 7월 24일

때	1948년 6월
곳	장춘전선 모부대

제1장

사람　　활민 고농성분 전사 24

　　　　소암 지식분자 전사 24

　　　　기타 전사 약간명

무대　　부대의 소고대회 일장. 전면에 당기와 령수상과 피해자명단, 구
　　　　호 등이 붙어있다. 개막은 로동자의 노래 1절 끝나면 활민이 상
　　　　앞에 서서 소고(訴苦)를 개시한다. 다른 전사 모다(모두)고개 숙
　　　　이고있다.

활　　　그러면 당과 령수와 계급형제들앞에 부모의 고(苦)와 나의 고를
　　　　공소하겠습니다. 우리집은 나의 하라버지때붙어 가정이 몹시 빈
　　　　한(貧寒)해서 그냥 남에 집소작(小作)사리로 지내오다가 하라버지
　　　　가 세상을 뜨신뒤붙어는 더욱 가정이 빈한해저서 결국은 소작사리
　　　　도 못하고 아버지는 남의 집 고용사리를 하게 되었든것입니다. 여

●　≪우리의 맹세≫ 등 네 편의 극작품은 모두 1948년부터 1949년까지 기간에 흑룡강성 164
　사부대에서 공연한 작품들이다. ≪문화대혁명≫후에 권철교수가 작자를 통하여 수집하였
　으나 문학적가치의 미흡으로 하여 발표하지 못하다가 이번에 역사적 자료의 필요성으로부
　터 편입하였다.

름도 지나고 가을도 지나고 흰눈이 펄펄 날리는 겨울날이였습니다. 어머니는 몸을 푸시구 먹을것은 없구 열일곱살 나는 누님은 이복이 없어서 밥 얻으려도 못나가고 그냥 세식구가 불도 못땐 방안에서 이틀동안이나 굶었든것입니다. 이때에 바로 동리에 친척도 없고 자식도 없는 로파가 있었는데 그는 이집저집 동냥밥을 어더자시며 겨우겨우 생명을 유지해오든것입니다. 그래서 이 로파가 우리집의 이 딱한 사정을 알고 자기가 얻어온 밥을 갇다주고 하야 우리 세식구는 겨우 죽기를 면하고 명을 이어왔든것입니다. 그때에 아버지는 이 딱한 사정을 보고 고용사리 하는 주인집에 집안사정도 딱하고 인제는 금년일도 다 끝났으니 품값을 달라고 작고 독촉을 했던것입니다. 그랬드니 하루는 아버지가 새끼를 꼬고 앉었는데 그 지주의 첩년이 드러와서 전에 없이 아양을…(하고 운다)
△ 간막을 리용하고 막이 닫긴다.

제2장

사람   리순민(李純民)…(활민의 부)약 40세
      김지주…46세
      김영감(김지주의 머슴)… 50세
      청자(淸子)(김지주의 첩)…28세
      △개막되면 리순민 앉어서 새끼를 꼬고 옆에 청자 와서 아양을 한다. (떤다)
청   글세 리양 생각해봐요. 이건 제깍하면 첩년첩년하면서 욕하고 때리고 구박을 하니 글세 하루이틀두 아니구 이거야 어떻게 살어가겠어요 그러니 나두 영감몰래 슬금슬 감추어둔 돈이 얼마간 있구 또 리양두 금년의 쌀전을 다 바드면 상당하지 않어요 그러니 나허구 어디 먼데로 가서 조고만치 농사를 짓구 살어요…에 에(하며 아양을 부리며 꾹꾹 찔은다.)

리	외작구 이러시우 로망을 하시나. 어서 영감님한데 욕보지 마시구 비키시우
청	아이구 리양 무얼 그렇게 시침이를 떼시우 (하며 허리를 안는다.)
리	(어쩔줄 모르고)아니 이게 외 이러시우
	△이때 김지주 몽둥이를 들고 들어오고 그 가족도 뒤따라 몽둥이를 들고 들어온다.
김	아니 이녀석아 그래 남에 집에 와서 머슴살이 하면서 남의 여편네를 **빼**갈려고 야이놈아(하며 막 때린다. 첩은 슬쩍 피해나가버린다. 그냥 막 뚜들겨 리순민이 얼골에 피가 막 나고 아이구 아이구 한다. 얼마후 기절을 한다. 모다때리기를 멈추고)
김	김첨지 안에 있나?
김	네…저를 불렀습니까?
김	저 이놈을 내다 내뻴구 오게(호흡하고 모다 안으로 드러가버린다)
김	에…헤 세상에 이런 끔찍한 일이 어데 있나. 슬컨(실큰)**빼**가 빠지게 일해주구두 돈을 내란다구 사람을 이렇게 때려죽이다니 헤에 (한숨을 쉰다. 조용이 노래)

호소(呼訴)도 할곳없는 고용사리의
울래도 울수없는 가난뱅이의
설어운 이사정을 누가알소냐
아—하 이세상이 원망스럽다.

△조용이 시체를 업고 퇴장 폐막

제3장

사람	활민…9세
	모(母)…35세

분옥(활민의 누이)…17세

김지주

박지주　　　로파

무대　막이 열리면 모(母)어린애를 가지난것을 끼고 누웠다. 활민이와 분옥이 주린배를 안고 앉았고 로파 동냥바가지를 들고와서 모에게 권생(勸生)한다.

로　자 이사람 내걱정은 말게. 나야 혼자 단기는게 아무데 가서라두 또 한술 얻어먹으면 되지 않겠나. 어서 아이에미가 먹게. 그러다 가는 이집에서 무리죽엄나겠네.

모　참 고맙습니다. 늙은이가 혼자 사시기도 고달프실텐데 이와 같은 걱정을 끼쳐서 하아(한숨)

로　그게다 팔자가 기박하구 돈이 없어 그러지안나

모　아…활민아 이거 갗이 먹자

활　엄마 나는 배 안고파요. 어서 엄마 잡솨요

모　배가 안골플탁이 있니 아침두 안먹고…

활　난 정말 배 안고파요. 어서 엄마 잡숴요. 애기두 젖안난다구 나꾸우는데…

　　△어머니 눈물이 핑돌아 닦을 때 분옥이 동생이 아츠러워 손을 꼭 잡고 눈물을 흘린다. 이때 김영감 시체를 지고 들어온다.

모　(깜짝 놀라)아니 이게 무엇이요?

김　(말없이 내려노흐며 눈물을 닦는다.)

분, 활　아이구 아버지(하고 시체우에 쓸어저 운다)

모　(벙벙해 섰다가)아니 이게 무슨 일이냐(하고 운다)

로　아니 이게 어찌된 일이요

김　에 글세 아침에 이 활민이 아버지가 집에 일이 딱하니 일두 다 끝났구 이전 금년 품싹을 계산해달라고 하지 안았겠나. 그랬드니 첩년을 시켜서 이 활민이 아버지에게 아양을 부리게 하고는 이놈이 남의 여펜네를 빼갈려고 한다 하면서 온 집안식구가 달려들어 때

려서 글쎄 이렇게 죽이지 안았나。 이런 설음을 당하고도 호소할곳
도 없으니 이런놈에 세상이라구…

로　아니 이런 끔찍한데가 어디 있나(눈물)

김　(사이)자 활민이 어머니 죽은 사람은 이왕 죽었거니와 산사람은 살
아야지요。 인제 몸푼지도 메칠 되지안어 그러다가는 이집에서 무
리죽엄나겠소。 좀 진정하시우

로　활민이 에미 좀 진정하게

모　(조용히 노래)
가난이 원수로다 야속하게도
40평생 소작사리 고용사리에
나중에는 매를 맞고 누명을쓰고
호소도 못하고서 가야만하오

활, 분　(노래)
아버지 아버지는 어데로가오
그렇게도 알뜰하게 우리길러서
남과같이 사는양을 보마시드니
엊저면 말도없이 가버리었소

활　아버지 아버지 아버지가 보구싶어서 어떻게 살라우 (그냥 쓸어져
운다)

김　얘…활민아 울지 말아 네 팔자가 기박하구 복이 없어 그런걸 어쩌
겠니。 자, 어서 죽은 사람이나 내다 모시자。 나두 곧 돌아가야지
안가면 주인놈이 무슨 호령이 내릴런지 모를테니…

로　그래 어서 죽은 사람은 내다 모시구 산사람은 살아야지。 자 활민
에 에미 활민이를 생각해서래두 좀 정신을 차리게 응。 (잠간사이)

모　얘 분옥아 우란에 가서 거제기를 가저다가 아버지를 모시자。

분　에(하고 일어설랴는데)

김　내가 가서 가저오지(하고 안에 들어가 거제기를 가저온다。 로파와
같이 묶고 세식구 그냥 운다)

△효과 음악과 노래

죽엄이라 인생에 마즈막길에/썩은널짝 한쪼박지 못갖우고서/거제기에 뚤뚤말아 보내는마음/오직이나 아프고도 쓸아리련만/어느뉘가 이설음을 알아줄소냐/그는 다만 설음받든 가난뱅이뿐

김   자 우리 내다 뭇읍시다. 땅이 얼었으니 못팔테고 이 뒷골짜기 눈이나 파고 림시 뭇도록합시다.

로   글쎄 그렇게 하는수밖에 없겠소. (안에 들어가 삽을 가지고 나온다)

김   자 문앞에 지게가 있으니 좀 맞들구 나갑시다. (세식구 같이 딸아 갈런다。)

로   이 추운데 입은것두 없이 어떻게 가겠나 그만들 두게。우리 둘이 내다 뭇고 올테니

활   할머니 나는 같이 갈래요。(땅에 논 삽을 들고 나간다。)

△어머니와 분옥이 문까지 나갔다가 들어와 운다. 이따금식 어린애도 운다.

△효과 음악과 노래,

은은하게 제운명끝 살아도 설다하는데/제명끝도 못살고 죽엄의길로/깊은원한 품고서 원통하게도/황금에 목매워서 간이몇이냐/오늘도 북망산 쓸쓸한길로/깊은 원한품고서 끌려가누나

△이때 박지주 들어온다.

박   (한번 휘익 도라보고 모르는척)이사람 오늘은 어떻게 하겠나。오늘은 그 벼태 갖다 쓴것하구 장리쌀 갖다 먹은것을 갚두룩하게

모   네?! 미안합니다만은 좀더 참어주십시오

박   아니 참는것두 한두번이지 벌써 몇 번챈가?그리구 그건 언제 간다쓴것인가?

모   네 글쎄 미안합니다.

박   아니 작고 미안하다고만 하면 어쩌란 말인가?빚진것이니 내고서 이러니저러니 해야지 오늘은 어떻게 해서라두 리자는 그만두구 본금만이라두 마련해내게.

모	글쎄 보시다싶이 분옥이 아버지는 고용사리하시다가 계교에 걸려 매를 맞고 돌아가시고 그래서 인자 김엥감과 동냥집할멈과 묻으러 나갔는데 어떻커면 좋습니까? 그저 죽는 사람 살리는줄 알구 한번만 더 참어주십시오.
박	(능청맞게)어…분옥이 아버지가 죽었어? 그거 참 안됐군. 그럼 어린것들 달이구 자네 혼자 어떻게 살어가겠나?
모	글쎄 살어갈 일을 생각하니 앞이 캄캄합니다. 죽지두 못하구
박	허 그거참 혹떼러 왔다가 혹부쳤군, 돈두 돈이지만은 사람붙어 살어야지 않겠나. (분옥을 한번 돌아보고)그럼 이사람 나는 그 돈없이두 살어갈테니 그 돈은 그만두게. 혹시 아무 때라두 잘살게 되면 갚두룩하구
모	네 고맙습니다.
박	머 고마울게 있나. 있는것 가지구 서로 논아먹는데그래 앞으루 어떻게 살어가겠나. 내일처럼 딱하군그래
모	글쎄 말입니다. 어떻게 살어갈지
박	(무엇을 깊이 생각이나 하듯이)그럼 이 사람 이렇게 하게나, 위선 한식구라도 쭈는게 좋이 안켔나? 그러니 저 분옥이는 우리집으루 보내게나. 인제는 제앞일을 할테구. 우리집에 가서 밥이나 하고 물이나 깃구 그러면 그렇게 고생이야 안 시키지.
모	네, 생각은 고맙습니다만 여지끝 에미앞에서 철없이 자라났기 때문에 남에 집에 가있을것 같지 않습니다.
박	남의 집이라니, 아예 그런 생각은 말고 우리집으루 보내게. 이것은 빚값에 사람을 떼여가는것두 안이구 자네네 살 일이 하두 딱해서 한사람이라두 위선 해결짓자구 하는것이니까
모	저—박지주님 그것만은 제발 용서해주십시오…
박	(성을 내며)아니 어떠케 하는말인가. 자네네 살 일이 하두 딱해서 빚두 그만두구 또는 한사람이라도 고생 안시키구 살게 만들어주겠다는데 그래 아무리 사람같지 않드래두 자네네를 도와줄가 해서

그러는건데 그렇게 사람을 무시하는 법이 어디있나?

모　아닙니다. 지주님을 무시해서 하는 말이 아닙니다.

박　그게 무시가 안이구 뭔가? 그럼 그렇게 하게 응…

모　(애원하며)박지주님 그것만은 정말 용서하십시우.

박　아니 그냥 사람을 챙피줄텐가? 그럼 내 빚두 오늘루 당장 내게. 만약 그것을 못내면 빚값으루 분옥이를 데려가겠네.

모　야 이놈이 무엇이 어째? 뻔히 네 배속을 다 안다. 에이 더러운 놈.

박　아니 이년이 미쳤나. 누구보구 함부루그래 응? (성이 나서 덤빈다.) 야 분옥아가자. (손을 잡아끈다)

분　아이구 어머니 어머니(하고 운다.)

박　만약 네 딸을 찾어갈려거든 내 빚을 해놓고 차저가거라. 자, 애 어서 가자. (잡아끈다. 울며 어머니 어머니 하며 끌리워나간다. 어머니 그만 기절한다.)

　　△이때 로파와 활민이 삽을 들고 등장. 이것을 보고 로파 모를 주물리고 활민이 누님에게 뛰여가 매달리며

활　누이, 누이 어디 가요. 누이 어디 가요

분　활민아 활민아 (서로 껴안고 운다)

활　누이 어디 가요? 아버지도 세상떠나시고 누님마저 가시면 나혼자 어떻게 살어요?

분　활민아 활민아 부디 병없이 잘자라 훌륭한 사람이 되거라. 나는 빚값에 지주네 철창속으로 끌려간다.

활　누이 (외마디 부르고 붓들고 운다. 사이)

　　△노래

　　창자를 잡고 배고파 울든 그때에/헐벗음에 추워서 떨든 그때에/업어주고 안아주든 단 하나뿐인/누나여 나를 두고 어데로 가요/살 어이는 겨울밤 긴긴 여름날/누나 그래 내홀로 어이 삼니가

분　(노래)

　　사랑하는 동생아 울지 말어라/네가 울면 내마음 더욱아프다/가난

함이 원수로다 빚에 팔려서/너와도 리별하고 끌려를가나/너는부디 병없이 고히자라서/가시 낭게(나무에)피요나는 장미가 되라

박   자… 분옥아 어서 가자(분옥 그냥 울고 박 끌고나간다)

활   (멍하게 누님이 끌려가는것을 보다가 슬픈 노래)

아버지도 남의집 머슴살다가/매를맞아 이세상 떠나가시고/하나뿐 인 누님도 빚에 팔리어/지주네집 철창속에 끌려를가고/아—하 (하고 꼬꾸러저 운다)

로   애 활민아 활민아(어쩔줄 모르고 왔다갔다 하는데 어머니 정신을 차렸으나 그냥 멍하니 앉아있다)

△이때 김지주 등장

김   이것바, 이제는 분옥이 애비두 없으니 이 집을 오늘루 내놔. 그리 구 분옥이 애비가 그새 돈 갔다쓴것이 아직 모자라니 누데기따위 래두 다 두고 어서 썩 나가!

모   야, 이 개새끼야 우리 남편을 때려죽이구두 또 무엇이 부족해서 이 지랄이야? 더러워서두 너의들개들 집에는 안 있으마.

김   아니 이년이(탁 쥐여박아 넘겨뜨린다.)

활   어머니(하고 가 껴안는다)

로   아니 여보 아무리 없이 산다기루서니 이렇게까지 하는 법이 어디 있소?

김   아니 이건 어디서 어더먹는 늣거리가 다 와서 야단이야. (하며 발 길로 차고 때려넘긴다)

로   아이구(하며 쓸어진다)

김   (손을 툭…털며)허 그거참 별일이 다 있군. 자 빨리들 나가라.

모   오냐 나가마. 자 활민아 가자. 가다 죽어두 가자(어린애를 안고 활민이 데리고 나간다.)

로   활민이 에미, 활민이 에미(하며 따라 나간다)

김   이 년들 빨리 나가 나가 (하며 내민다)

△노래와 함께 폐막

살 어이는 겨울날 아들 손잡고/황금(黃金)에 매를 맞고 쫓겨를 나니

제4장

무대 막이 열리면 모와 활민이 피곤한 다리로 걸어나온다. 눈이 내리면 좋다.

활 엄마 해두 다 졌는데 어디루 가요?

모 글세 어디로 가야 좋겠니? 이 넓은 천지에 우리를 맞어줄 곳은 한 곳도 없구나

활 엄마 남들은 지금 뜻뜻한 집에서 더운밥 배부르게 먹고 편안히 잘 텐데 우리는 왜 이렇게 먹을것을 못먹구 입을것을 못입구 잘 곳조 차 없어 이 고생이요?

모 글세 우리 팔자가 사나워서 그렇구나

활 엄마 아무래두 갈데가 없는데 여기서 우리 자기요。 여기에 검부레 기래두 있는데…

모 그래…애 활민아…(부르고는 목이 메여 운다)

활 엄마 울지 말아요。 공연히 여기서 떠들다 이 집 주인이 나와서 쫓 으면 어떻게 해요。

모 그래 안우마(자기의 입은 누데기를 덮어준다。)
△사이。 슲은 음악이 있으면 좋다。

활 엄마, 엄마 추위서 못자겠어。 발이 얼어들어와。 엄마 엄마(흔든 다。 그냥 넘어진다)
△막

제5장

△막이 열리면 1장과 같고 활민이 소고를 계속한다。

활 그래 발은 얼어들어오고 그래서 어머니의 슲어하시는것도 몰으고

어머니에게 발시리다고 엄마엄마하며 흔들었으나 어머니는 이미
어린 동생을 안은채 그 자리에 앉아서 얼어죽었든것입니다. 아이
구 어머니 어머니(하며 책상을 치며 통곡을 한다)아버지 어머니 누
님 동생 나는 오늘 호소할래야 할곳도 없든 지난날의 쓰라린 고통
을 당앞에서 령수앞에서 또는 계급형제들 앞에서 공소했습니다.
그리구 이 원수를 기여쿠 갚구야 말겠습니다. 아이구 어머니 어머
니(통곡하다 정신을 잃는다)
△지도원과 몇동무가 나와서 데리고 나간다.
△선서복수(宣誓復仇)의 노래
2절과 함께 막.

제6장

사람　　활민
　　　　소암(素岩)
　　　　반장
　　　　외 전사 약간
　　　　△개막과 동시에 우렁찬 군가소리 들리고 이 군가소리에 맞추어
　　　　소암이 혼자서 군사훈련을 한다。
　　　　계급적 우애로서 굳게 손잡고
　　　　모택동 진리밑에 무장한 우리
　　　　장개석 공동원수 때려부시려
　　　　복수의 마당으로 뛰여나가자

　　　　당기와 령수앞에 머리숙이고
　　　　인민의 공신되리 맹세한 우리
　　　　총딱고 칼을 갈아 적진을 향해
　　　　가난한 계급동포 구하려 가자

소   (땀을 딱으며)동무들 미안합니다. 나는 여지껏 혁명밥을 공짜로
          먹었소. 나는 과거사회에 있어서 고생이라는것을 모르고 학교도
          중학교를 나왔소. 그래서 학습시나 토론시에 있어서도 고빈농의
          쓸아린 점이니 아푼점이니 할때는 코웃음을 웃고 심지어는 아무것
          도 모르는 고빈농들 떠받들어준다고 동무들을 미워도 했고 조직에
          대한 불평도 가졌댔소. 그러나 전번 소고운동을 통하야 동무들의
          소고하는 한마디한마디는 나의 심장을 찔으고 나의 머리를 내리뚜
          들겨주었소. 나는 여기에서 모든 것을 깨달았소. 참다운 눈물의
          맛을 아는 자만이 오늘날 혁명의 참다운 주인이 될것이며 누구보
          다도 먼저 생명을 내대고 싸울수 있다는것을 알았소. 그것은 과거
          의 쓰라린 고통과 잊어버릴수 없는 깊은 원한이 언제나 가슴속에
          서 용솟음치고 복수에 대한 불길이 언제나 식지않고 확확 타오르
          기때문이 아니겠소. 나는 여지끝 나의 가진 조고만한 지식과 성분
          문제로 말미암아 동무들을 깔보고 업수히 여겼든것이요. 그러나
          오늘은 동무들의 처지가 몹시 부럽소. 그러니 후회한들 어찌겠
          소. 인제 옳음과 그름을 똑똑히 알았고 진리를 깨달았으니 부끄러
          우나마 싸워보겠소. 참을 찾아서 그길로 달릴랴고 몸부림치고있
          는것이 우리 청년들의 모습이 아니겠소. 나는 학습가운데서 계급
          의 소멸이였지 생명의 소멸이 아니라는것도 배웠소. 문제는 내 사
          상을 개조하야 참답게 인민을 위해서 내 몸을 희생적으로 바치느
          냐 못바치느냐 하는데서 해결될것이 아니오 더욱이 지금 적과 총
          부리를 맞대고 림사령의 명령내리기만 기다리는 이때 이번에는 나
          의 잡은 총칼로 놈들의 심장을 푹푹 찔러보겠소. 아니 나의 사상
          의 중량을 저울에다 떠보겠소. 그리하야 최전선에서 나의 성분을
          개조해보겠소.
          △이때 활민이 무장하고 훈련하러 나오다 소암의 이 모양을 보고
          감개무량해서 무겁고도 부끄럽게

활   소암동무 무엇을 중얼대우

소　(깜짝 놀라)에 아이 아무것도 아니오.

활　소암동무 고맙소. (힘있게 손을 잡는다.)

소　활민동무 부끄럽소

활　소암동무 도리혀 내가 부끄럽소. 나는 여지끝 혁명을 한다 해도 맹목적인 혁명을 했소. 장개석이가 우리의 원수라는데 어째서 이것이 고빈농의 원수이고 적이라는 것을 똑똑히 몰랐소. 그러나 전번 소고운동중에서 나의 아버지를 죽이고 어머니를 죽이고 누님을 빼앗아간 지주놈들이 모다 장개석이와 련계를 가지고있다는것을 알았고 과연 내 원수라는것을 똑똑히 알았소. 그러니 이번에는 명령만 내리면 선서복수대회에서 당과 령수와 계급형제앞에 맹세한 바와 같이 이번실지 마당에서 한번 실천해보겠소.

소　활민동무 나두 전번 소고운동을 거친후부터는 과연 내 사상에 발전을 가져온것만 같고 그야말로 사상이 달통된것만 같소. 그래서 어서 장춘을 치라는 명령이 내리면 그야말로 나의 사상의 중량을 떠보겠다고 남몰래 심장을 조리고있소.

활　옳소. 모순된 사회를 불살러버리고 가난한 사람의 고생의 근원인 장개석심장에다 총뿌리를 꽂읍시다. 그래서 아직도 장관구내에서 고통과 설음을 당하고있을 계급동포를 구합시다. 따라서 상급에서 호소하는 인민공신이 됩시다.

소　네…싸웁시다. 인민공신이 됩시다.
　　△노래
　　지난날 어리석든 나의사상을
　　내 인제 똑똑하게 깨달았으니
　　총부리 맞대고서 싸우는그날
　　내사상의 정도를 시련하리라

활　(노래)
　　지난날 뼈아프던 나의 고통을
　　내 인제 똑똑하게 뿌리캤으니

원수의 그가슴에 날창을 꽂아

내설음의 원한을 풀어보리라

(합창)

지난날 그 사회의 모순을 찾고

새사회 참된뜻을 깨달았으니

우리힘 우리생명 모다바치어

인민의 해방위해 공을세우자

△이때 반장, 전사 7~8명 등장

반   동무들, 잠간 우리 이야기합시다.

전   예, 예(하며 모두 앉기도 하고 서기도 한다)

반   동무들, 인자 련부에서 회의가 있었는데 아마 곧 우리에게 새로운 임무가 내릴것같소. 그래서 련부에서는 이 새로운 임무에 대하야 각반에서는 많은 인민공신을 내고 또는 전련에서는 모범반을 배양할것을 호소하고있소. 그래서 나는 이번에는 우리 6반이 전련의 모범반이 되어보겠다고 나혼자 결심하고 기뻐하였소. 동무들 어떻소. 신심있소?

전   예 있습니다. (힘차게 소리친다.)

반   좋소. 동무들, 내 비록 미약하나마 이번에는 나의 있는 힘 나의 있는 열정을 다 쏟아서 동무들의 각오와 열정과 함께 우리 6반을 전련의 모범반을 만들고야말겠소.

활   반장동무 이번에는 나에게 그 임무를 주십시오. 어떠한 임무라도 완수하겠습니다. 그래서 나의 부모형제의 원수를 갚고 인민의 공신이 되어보겠습니다.

소   아닙니다. 반장동무 이번에는 나에게 그 임무를 주십시요. 소암이 비록 사상적으로 락후하고 미약하나마 생명을 내대고 그 임무를 완수해보겠습니다. 그래서 실지의 마당에서 나의 사상을 개조하고 인민공신이 되어 나의 성분을 개조해보겠습니다.

전   (서로들)아닙니다. 나에게 그 임무를 맡겨주십시요. (하고 떠든다)

반   (기쁨이 만면하야)동무들 가만있소. 아직도 상급에서 새로운 임무가 있다는것만 말씀하고 구체적지시가 없으니 인제 구체적 지시가 내리면 지금의 그 각오로서 싸워봅시다. 그래서 우리 전체가 다 인민공신이 되어 우리 6반을 전련의 모범반으로 만듭시다.

전   (전체)옳소. 모범반을 만듭시다(힘차게 소리치고 노래)

계급적 우애로서 굳게 손잡고
모택동 사상밑에 무장한 우리
장개석 공동원수 때려부시려
복수의 마당으로 뛰여나가자

당기와 령수앞에 머리숙이고
인민의 공신되리 맹세한우리
총닦고 칼을 갈아 적진을 향해
가난한 계급동포 구하려가자

림사령 우리에게 명령하였고
혁명은 우리들을 재촉을 한다
광명한 이사명을 높이 받들고
피로써 최후승리 기발날리자

△마지막 구령과 함께 붉은기를 들고 음악과 함께 활발히 퇴장.

【부대극】

그 일흠(이름)을 지키자(전3막)

張萬蓮
1948.12.4일 고(稿)

164師政治部審査 師宣傳隊公演
48.12.11

제1막

때　　　1948년 8월

곳　　　장춘이 가까운 촌락 마가점(馬家店)

사람　　최종관 패장 28세

　　　　로　전 반장(성질이 콸콸하다) 25세

　　　　김지덕 조장 (경기사수) 25세

　　　　김인수 전사 (부사수) 28세

　　　　박관식 전사 (탄약수) 24세

　　　　정진봉 조장 23세

　　　　최만옥 전사(온순하다) 21세

　　　　조숙관 전사(말없는 사람) 17세

　　　　라금석 조장 26세

　　　　황룡주 전사 25세

　　　　림근배 전사 29세

무대　　막이 열리면 하수에 문도 없고 까래도 없어 풀을 베여다 깔아 까래
　　　　를 하고 문을 해단 집안이다. 지주가 살다가 도망간 집이며 상수
　　　　쪽으로는 토담이 쭉 뻗어있고 집안에는 보총, 수류탄, 피복들 질서
　　　　있게 정돈되여있다. 막과 함께 노래가 웅장하게 들린다.

우리는 무장한 인민의대오
생활은 화목한 하나의 가정
상하의 단결은 강철보다 더 굳세고
호상간 우애는 태양처럼 뜨겁다.

우리는 뭉치여 앞으로 나가자
하급을 애호하고 령도를 옹호하고
서로서로 가르키고 서로서로 배우며
희망찬 혁명의길 하나, 둘, 셋, 넷
△노래가 점점 가느러지면서 일동 히히낙낙하야 등장

진봉 아니 그래 인수동무한테 지다니 몸이 그쯤이나 한사람이
룡주 글세 호박이야 호박
금석 그래두 부식동무가 세지
지덕 세지 안아. 천하없어두 너머갔는데야 어쩌나
근배 그러지들 말구 정식으로 한번 더 하지그래
관식 그래 자 오라 내 원 인수동무한테 지다니 자 래이바(來吧…오라)
      (하며 단복소매를 걷고 인수동무를 끈다)
인수 아니 졌으면 졌지 그래 분한가? 하야…또 질걸. 아예 그만두자우
관식 글세 오라는데 정식으로 한번 더 하자는데
인주 아니 그래 아까것은 정식이 아닌가?
관식 글세 정식이든 정식이 아니든 한번 더 하자는데
인주 그거 참 그러다 만약 내가 지면 그때는 내가 또 뿌혀케 되게, 아니
      난 그만두겠서. 한번 이겼으면 됐지.
만옥 그럼 인수동무두 매번 이기기는 자신이 없는 모양이군그래
자덕 나는 대장부인줄 알았스니 인제보니 쫄장부로군
인수 엣다 그럼 한번 더 했다 자 따와이(갖이 팔소매를 걷고 나선다.)
진봉 자 이번에는 누가 이기나 보자.
      △인수동무와 부식동무 씨름이 붙었다. 전체 동무들 씨름에 집중

되여 이따금씩 "넘어간다 넘어간다"하는 소리가 난다. 인수동무 안악이걸려 넘어간다. 일동 또 아하하 하고 웃음과 함께 손뼉을 친다.

룡주　　인수동무 이번엔 녹았군그래

금석　　글세 부식동무가 더 세대두그래

자덕　　그러지 말구 한번 더해서 결판을 내지

관식　　결판 아니라 아무걸 해두 될 수가 있나. 인수동무야 식은죽먹기지

진봉　　앗다 또 큰소리친다.

자덕　　큰소리던 작은소리던 결판을 바야 알지 않겠나. 자 한번 더 하라우 (두사람을 끌어 또 씨름을 붙인다. 씨름은 또 시작되고 전체동무들은 무질서하게 《써라, 넘어간다. 결승이다. 》하며 웃고 웨치고들 한다. 인수동무가 또 넘어간다. 일동 또 손뼉치고 웃고한다)

관식　　자 될 수가 있나 아까야 얼결수에 넘어갔지

인수　　가만 있어라 우리 래일 또 하자(웃는다)

룡주　　인수동무 오늘은 정말 녹았군그래

자덕　　글세 오늘 진공동작에도 제일 늦었으니까 그렇게 동작이 늦은 사람이 어디 이길수가 있나

인수　　가만있거라. 씨름에 지니까 련변문제까지 나온다. 래일은 기어코 련병에도 일등하고 씨름에도 이겨놔야겠군…

만옥　　아닌게 아니라 인수동무의 경기를 안고 뜀때 그 팔자걸음은 유명하거든

관식　　게다가 발은 왜 그렇게 부르트는지 요전 쌍양에서 떠나올 때는 가꾸루 일등을 하지 않았던가.

숙관　　그래두 자기임무는 다 완수했다구. 어깨에 헐미가 나서 진이 줄줄 나는데두 500발이나 되는 경기탄환을 메고 끝까지 따라온것을 보면 위대하지

인수　　앗다 팔자걸음이 인전 또 쌍양행군으로 갔구나. 이러다가는 오늘 저녁으로 세계일주하겠다. 자 팔자걸음 타령은 그만 하구 담배나

한 대 달라우. (종이를 꺼내 들고 관식에게 손을 내민다)그 팔자걸음이 인제 장춘에 들어갈 때는 그래두 한번 쓸때가 있너라。

관식　담배는 하루에도 몇 번씩이나 달래나 아주 내가 동무의 담배공급원이 되고말지。

인수　어쨌든 저 한 대만 내라우. 내 암만해두 동무들한테 시끄럼받기 싫어서 끈던지해야겠거든

관식　앗다 누가 할 소리 동무가 하나(담배를 꺼내 주며)하루에도 수십번식 자기야 담배내라고 시끄럽게 굴면서 도로 우리들 보고 시끄럽대

숙관　하여튼 인수동무는 다른 동무의 열곱은 피우거든. 같이 논아주는 데도 언제나 담배담배 하구 야단이야

인수　그 담배 한 대 가지고 말두 많다。

숙관　글세 나처럼 담배를 안 피면 그런 시끄럼 안받기

△이때 황혼이다. 이 황혼속에 나팔소리가 처량이 들린다. 일동 위생시간이다. 시간준수다 떠들고 콧노래도 부르며 방안으로 들어간다. 자덕이 콩기름등에 불을 붙인다. 일동 걸처 앉아 방에서 각반을 풀며 노래를 부른다. 일어서서 각반을 펴서 마르는 동무, 아직도 푸는 동무, 벌써 풀고 앉아 단추를 풀어제끼는 동무, 가지각색이다 인수동무는 그냥 말없이 두 다리를 쭉 버치고 앉아서 각반을 풀어서 말고있다。

우리는 무장한 인민의대오

위함은 민주와 화평의 나라

전제와 독재를 어디까지 쳐부수고

자유와 행복의 새나라를 세운다。

우리는 뭉치여 앞으로 나가자

련병에 모범되고 생활에 모범되여

빛나는 모범기 우리들이 쟁취해

장춘해방전에서 꿈을 세우자

△노래가 끝나며 취침나팔소리 난다. 동무들 노래를 계속하고 취

침이다, 시간준수다 하고 떠들며 어떤 동무는 소변 보러도 나간
다. 인수 관식이 계속 노래를 흥얼거린다.

룡주 어이 취침시간이야, 떠들지 말라우

인수 앗다 갑자기 철저해졌다.

룡수 아니 시간을 준수하겠다고 반계획도 세우고 개인결심서까지 쓰구
서두 그래. 계획하구 결심했으면 실천을 해야지

인수 그래 내 잘못했소. 쓸데없이 한마디 던져본게 그렇게 됐소. 하여
튼 이번에 우리 계획과 결심을 실천에 옮겨서 모범을 쟁취해야지

관식 옳소 모범을 쟁취하구 공을 세워야지. 인제 동북혁명이 다 끝나가
는데 이러다가 공 하나두 못세우면 그야말루 인민에게 미안하거든

룡주 그래 이번에는 어디 공세울 자신이 있나?

관식 글세, 길구 짧븐건 대봐야 알겠지만 우리 반은 몰라두 우리 소조야
염려없지

룡주 염려없어…응 염려없지. 요지음같은 열정으로만 나간다면 우리반
도 문제없어

관식 아닌게 아니라 잠꾸러기 동무가 다 아침에 먼저 일어나서 우리 반
의 동작이 뜨다고 만옥동무 뻬이보(배낭)까지 싸주지 않았나

룡주 그런데 팔자걸음이 문제란말이야.

인수 아니 그놈의 팔자걸음이 또 나왔나 만약 팔자걸음이 문제가 돼서
모범과 립공에 지장이 있다면 뜯어서 고쳐마추던가 밤잠을 안재우
구서라두 동작련습을 남들보다 더하든가 해야지

진, 봉 쉬…시간준수야 자자우

인수 자, 공은 실지에서 세우구 자자우, 시간을 안지키는것이 모범조건
립공조건에 내팔자걸음보다 더 큰 문제야. 하, 하, 하…(웃는다)
△일동 같이 웃으며 자리에 눕는다. 먼저 누은 동무도 있다.
△들에는 어느새 떴는지 달빛이 환하다. 동무들 눕자마자 련병에
고단해서 코를 곤다. ―조금사이―
△자덕동무 조용히 일어나서 한번 동무들이 자는것을 보고 빙그레

웃으며 고개를 끄덕끄덕한다.

자덕　참 씩씩한 동무들이야 처음에 전방에 나올때만 해두 장춘은 안들이 치고 무슨놈에 련병을 또 하느냐고 접수가 안되드니 인제는 련병을 해야 한다고 무릎팍이 터지고 발이 터지고 헐미가 나서 피를 줄줄 흘리면서도 조금도 괴롭단 말 없이 낮에 낮잠시간까지도 자지 않구 동무들의 빨래를 해준다 신을 삼아준다 자탄대, 수류탄대를 기워준다 서로 돕고 서로 고동하며…… 홍 나두 련병에 접수가 안되는 전형중의 하나가 아니였던가. 그러나 전체동무들이 그야말루 대전변을 해서 씩씩히 나가는데 나라구 뒤떨어져서야 되나. 더구나 조장이…그럼, 해야지 아까두 인수동무 관식동무는 우리 소조의 모범 립공은 염려없다구 자신만만하게 이야기했어. 기여쿠 이번에는 련병에 모범이 되고 장춘을 칠 때는 련병에서 배운것을 실천에 옮기여 립공을 쟁취해야지 (저도 모를 홍분에 도취되였다가 다시 동무들의 자는것을 보고 이불을 덮어주고 인수동무의 어깨에 헐미도 만져보고 그리고는 나어린 숙관동무의 깨진 무릎팍을 만져보고는 그동무의 무릎나간 바지를 들고 바깥으로 나가서 나무토막에 걸터 앉아 깁기 시작한다. 실도 없어서 쎄마(삼오리)를 가늘게 비벼 깁는다.)

△조금 있다가 반장 로숙동무가 들어온다.

로숙　자덕동무 아직두 안자우

자덕　에…인제 돌아오우?

로숙　그런데 그건 무얼 깁고있소?

자덕　에 숙관동무가 나이 어린게 우리와 같이 련병에 지지 않겠다구 무릎팍이 터저 피가 나는데두 의복하나 기울사이 없이 쫓아다니기에 그걸 좀 기워줄려구요

로숙　그래 그게 보이우

자덕　달이 밝아서 잘 보입니다.

로숙　하여튼 숙관동무는 참 기특하거든 나는 열일곱살날 때 작난만 드

럽다 치군했는데 이동무는 평시생활에두 꾸준하고 무슨 공작이나 큰동무들한테 지지 않게 하며 더구나 말두없이 참 훌륭한 동무야。

자덕   그동무가 그렇게 충실한것을 볼때 우리는 다 크다만한게 안할래야 안할 수가 없거든

로전   (방에 들어가 동무들의 자는것을 보고 만족하듯이 빙그레 웃으며 차버린 이불을 덮어준다。 잠간 우뚝 섰다가 수류탄대, 탄알대를 뒤적여보고 그중 꾸여진것을 두서너개 가 지고 다시 밖았으로 나와 자덕동무곁에 가즈런히 앉는다。)

자덕   그게 뭣이요?

로숙   탄알대오。

자덕   그건 왜가지고 나오시오?

로숙   나두 이것이 다꾸여져서 잘못하다가는 적두 잡기전에 동무들의 탄알을 다 흘릴것 같아서 좀 기워줄가 하구…

    △두동무 서로 빙그레 웃고 깁기 시작한다。 ─좀 사이─

로숙   그런데 자덕동무 나보기에는 요새 인수동무가 너무 무리하는것 같애

자덕   글세 나보기에두 좀 무리하는것 같애요。

로숙   여지껏 꾸준히 생활해왔지만 이번이 전방에 와서붙어는 결심이 대단한 모양이거든

자덕   그러게 말이요 요전에 공사(工事)할 때도 자갈밭이 삽이 안들어가서 파기 곤난했는데 여지껏 그렇지 않든 동무가 구호를 냅다 부르며 한번도 쉬지 않고 솔선적으로 드럽다 파는데서 전체동무들도 추동되여 열심히 파게 되었고 우리 반에서 모범기를 쟁취한것도 그 동무의 작용이 큰것 같애요。

로숙   하여튼 그 동무는 이번 전방에 나와서 사상적준비가 대단한 동무야 요전 파산할 때도 첫날에 다른 소조보다 떨어졌다구 해서 이틀 동안이나 밤잠을 자지 않고 련습을 하고 또 련병을 끝마치고 돌아올 때도 10리길이나 되는 곳을 부스럼이 나서 몸이 불편한데도 불구하고 경기를 메고 뛰고 하지 않나。 그리고는 나어리다고 숙관

동무의 총까지 메다주구

자덕 그뿐인가요 일전에 경기훈련을 하러가서 교관참모동무한테서 분
      해동작이 뜨다는 지적을 받고 그후 어찌나 런습을 했던지 손톱이
      절반이나 떨어지지 않았댔소.

로숙 하여튼 그 동무의 열정이 좋은것을 우리는 많이 방조해주고 그렇
      게 나올수록 우리는 그 동무의 몸을 많이 관심해줍시다.

자덕 예
      △두동무 깁기를 계속한다. ─좀 사이─

자덕 반장동무 아직 멀었소?

로숙 인제 다 돼가우 그건 다 기웠소?

자덕 예 하나 이리 보내시우(잡아당긴다)

로숙 아니 인제 요것만 기우면 다 되우(깁든 실을 끊고 탄알대를 어깨에
      메고 일어서며)자덕동무 인전 들어가 잡시다.

자덕 예 잡시다
      △두동무 들어가 로숙이 탄알대와 수류탄대를 제자리에 갖다 걸고
      자덕이 바지를 순관동무 머리맡에 갖다놓고 차버린 이불들을 덮어
      준다. 그리고 두동무 가만히 자기자리에 가 눕는다. 어느새 코를
      골기 시작한다. 조금사이 있다가 불침반(不寢班)이 한번 들어와
      서 보고 나간다. 또 조금 있다가 인수가 일어나 소변을 보고 들어
      온다. 그리고는 잠깐 멍청하니 섰다가 각반을 치고 경기를 들고
      나간다.

인수 그래 이놈에 동작이 그렇게도 안된단말인가. (혼자 중얼대며 경기
      를 놓고 엎딘다. 그리고는 묘준을 해보고 벌걱 일어나며 경기를
      안는다. 그러다가 잘 동작이 되지 않으니 도로 엎드린다. 이것을
      뒤번 하다가 그다음에는 안고 뛰여나간다. 조금있다가 또 안고 들
      어와서 놓고 엎딘다. 그리고는 발깍 일어나서 몸을 털며)

인수 그럼 그렇겠지. 자꾸 해서 안될게 있나. 인제 래일 런병에는 한번
      팔자걸음이 본때를 보일게 바라. (수건을 뒤꽁무니에서 빼가지고

땀을 닦는다. 서서히 나무토막에 앉으며)

인수 인젠 우리가 전방에 나온지도 벌써 넉달이겠다. 그동안 내몸도 많이 단련되였어. 아니, 몸만이 아니라 사상도 많이 단련되였어. 후방에 있을 때는 그야말루 아무것도 모르는게 아는체하구. 군사적으로 사상적으로 우월감만 잔득 가지구 자고자대했댔는데 그리구 토지학습도 누구보다 잘하여 계급에 대한 인식이 가장 철저한체 하였는데 오늘 생각해보면 아무것두 아니였거든 그러기에 전방에 나와서두 한동안은 련병이 접수 안되고⋯그래 그때 소고학습을 하는데서 나는 나의 계급을 똑똑히 알고 또 원수가 누구이란것을 똑똑히 알았어. 삼대동안이나 소위량반이라는 놈들의 우마노릇을 해온 동무, 머슴살이 10년에 나중에는 지주놈에게 매까지 얻어맞아 쫓겨난 동무, 또 빚값에 누나를 빼앗긴 동무, 일평생 죽도록 일을 해도 겨울에 솜옷 한벌 못해 입고 병이 들어 죽어두 약 한첩을 못쓰구, 음—이와 같이 착취와 압박에 신음하다가 원한도 깊게 돌아가신 부모형제 몇몇이나 되고 또는 오늘 우리 련대내에도 얼마나 되는가? 그래 이것을 똑똑히 안이상 어찌 하루인들 가만이 있겠나. 놈들을 하루빨리 잡아치우기 위해서는 사상적무기를 베리고 군사기술을 조금이라두 더 제고시켜야지. 그래서 부모형제의 원수를 갚아야지. 내 원수를 갚아야지. 반장동무나 군장동무는 내 몸에 부스럼이 몹시 났다고 너무나 무리하지 말라고 하지만 오늘 밤에도 저 장춘안에서는 몇십만 생명이 얼마나 고통을 받고 얼마나 놈들에게 피를 빨리우고있으며 굶주림과 학대에 얼마나 많은 생명이 쓸어지고있을가. 그렇거든 내 부스럼쯤이야 아무것도 아니지. 내 생명 내 몸 전체를 내대고 놈들과 싸워야지. 그러기에 나는 당과 령수앞에 인민 위해 죽기를 약속했고 전체계급형제들앞에 맹세하지 않았나. 그럼 뼈가 가루가 되는 한이 있더라도 그 약속을 지켜야지, 실천해야지. (너무나 지나친 흥분에 묵묵히 서서 감정을 억제하고 무엇인지 결심하고 경기를 버쩍 들며)음 이번 장춘전에서는 기어코 공을 세우리라. (안으로 들어가서 경기를 제자리에 놓고 동무들이 자는 모양을 한번 돌아보고 자덕동무와 진봉동무의 각반을 쳐주고 조숙관동무의 각반 한짝을 치고 두짝채 치려다가 들키웠다。)

숙관   (벌걱 일어나 앉으며)누구야

인수   나야 어서 자라우

숙관   왜 자지 않구 뭘해?

인수   아니 아무것두 안해。

숙관   (자기 다리에 각반 한짝 친것을 보고)아니 자진 않구 남의 다리에 각반은 왜쳐?

인수   거저 동무가 아침에 일어나서는 각반 치고 **뻬이보**(배낭)싸구 무장하고 집합하기에 몹시 바빠하는것 같기에 이자 일어났던 김에 쳤댔지。

숙관   김동무 자기요。 내 래일아침부터 누구보다도 제일 먼저 동작을 취할게。

인수   그래 자기오。 자기가 곤하게 자는것을 깨워나서 지장을 줬구만그래 (숙관이 눕자 인수 이불을 덮어주고 다른 동무의 차버린 이불도 덮어준다。)

인수   자 동무들 푹 주무시우。 푹 자고 힘껏들 싸워봅시다。 멀지 않는 시일에 장춘을 드리치라는 명령은 반드시 우리에게 내릴것이요。 그때면 우리들의 사상정도와 우리의 실력을 시험해봅시다。 (자기의 자리에 가서 조용히 눕는다)

하막(下幕)

제2막

때   1949년 10월 19일

곳   장춘중앙은행전투

사람	1막과 같으며 외에 련장, 지도원, 통신원, 4련패장 전극훈(田克勛)
무대	상수전면으로 중앙은행의 일부와 디보(地堡―토치카)가 있고 상수 가까운 중앙에 뒤로 나가는 길이 쭉 뻗고 하수 전면으로 5층집의 일부분이 보인다. 무대면은 대로(大路)이며 뒤로 도회지의 대건물이 보이고 길좌우에는 가루수가 있다. 막이 열리면 기총, 보총소리 요란하고 하수 5층집에 우리동무들 일부분이 보인다. ―조금 사이― 라금석, 황룡주 뛰여서 중앙길가에가 엎딘다. 이어서 우리동무들 뛰여가서 중앙은행을 행해 엎디여 사격을 개시한다. 자덕 동무 경기를 쏘고 인수, 관식이 좌우에서 탄환을 섬긴다. 만옥이 머리를 틀어박고 꼼짝 못한다.
진봉	만옥동무 이건 우리 경기야.
만옥	응 우리 경기(머리를 든다)보총을 쏜다.
자덕	동무들 사격목표를 잘모르겠으니 적이 보이면 곧 소리치우(또 쏜다. 몇발 쏘지 않아 경기소리 멈춰진다.)련장동무 경기가 고장났습니다.
련장	뭐 경기가 고장났어?
	△잠간 주춤한다. 자덕이 용수철 흑인것을 뽑아 이빨로 펴서 꼽고 다시 쏜다.
자덕	련장동무, 일없습니다, 꽂았습니다.
인수	우리 경기 잘 나간다. (하고 소리를 지른다)
자덕	우리가 2~3년간 날창을 갈고 닦아온 총을 오늘 이 자리에서 못쓰면 쓸곳이 없다. 동무들 부모형제의 원수를 갚을 때는 왔다.
진봉	옳다. 용감히 싸우자.
일동	그렇다. 싸우자(맹렬히 사격한다.)
	△사이
인수	(탄알이 거의 떨어지는것을 알고)조장동무 련사(聯射)하지 말고 점사(点射)하시오
자덕	응…(사격을 멈추고 인수를 본다)

관식	(얼른 눈치를 알고)조장동무 점사하지 말고 련사하시오。탄알은 내가 얼마든지 보장할테니 쏘기만 잘하시오。
자덕	그래 탄알만 대라 사격은 내가 얼마든지 하마
인수	오 저기 적이 나왔다 쏴라。
자덕	어디?
인수	저기 저 토치카(地堡)앞에 (경기소리 따당하고 난다)우리 조장 잘 쏜다。저기 적이 쓸어진다。
일동	와─쏴라
인수	조장동무 총심을 바꾸시오
자덕	그래 총심 보내라
광식	가만 있소(탄알제에 묶은것을 이빨로 끊는다)자, 었소(자덕이 총심을 바꿔메우고 쏜다)
광식	(자기 모자안을 뜯어 총심을 닦아준다, 자덕이 또 바꿔끼우고 쏜다。)
자덕	탄알에 먼지가 많으니 좀 닦아주우
광식	예…(수건과 모자안을 가지고 탄알을 닦아준다。경기가 또 고장났다。)
인수	조장동무 경기 또 고장났소
자덕	아니 일없소。용수철만 펴면 되오。(이빨로 용수철을 펴서 맞추고 또 쏜다)
	△이때 전극훈패장이 상수로 뛰여 들어온다。
전극훈	련장동무 련락을 나왔는데 우리 련대동무들이 어디들 있습니까?
련장	응 동무네 련대가 저쪽에 있을거요(상수쪽을 가리킨다。)
극훈	예 저 5층집있는데요?
련장	예 거기 가면 2패 3패동무들이 있을테니 여기 좀 방조해달란다고 전해주시오。
극훈	예…(뛰여나가다 쓸어진다)련장동무 나 총 맞았습니다。
련장	뭐?총맞았어?…통신원동무 저 전패장을 끄러오시오(싸창을 가

지고 막 쏜다. 통신원 기여나가서 끌고온다 아 쓰러지고 푹 엎어
진다)

통신원   련장동무 나두 맞았습니다

련장   (벌적 일어나 뛰여가 업어 안으며)봉춘동무 응…가셨소. 기여쿠
피를 흘리고야 말았구나(적의 토치카를 쏘아보다가)로숙동무 이
반은 내가 장악해서 퇴할터이니 동무가 먼저 퇴각해야 4련동무들
을 보고 엄호를 해달라구 그리우

로숙   련장동무 내가 여기서 견지할테니 련장동무가 먼저 퇴각하시우

련장   아니 동무가 먼저 퇴하시우

로숙   일없습니다。련장동무 먼저 퇴하십시오(련장을 처다보고 굳은 결
심을 보인다)

련장   그럼 내가 먼저 퇴해서 엄호시격을 하도록 할테니 반을 잘 장악해
서 저 5층집 있는데로 도로 퇴하도록 하우

로숙   예…

    △련장 갑자기 일어나서 낮은 자세로 뛰여나간다。전투는 계속된
다。좀 사이 있다가

로숙   그런데 왜 아무 소식이 없나?

자덕   그러게 말이오

로숙   4련동무들이 다른데로 옮겼나?

자덕   반장동무 가보시오。내가 여기서 책임지고 퇴할테니

인수   옳소 반장동무 나가보시요。우리 경기조가 왠 마지막으로 퇴할테니

로숙   그럼 자덕동무 내가 나가 볼테니 경기는 마지막까지 견지하구 한
소조 한소조씩 퇴각하도록 하시요。그리고 나올 때에는 1조에서
전패장, 2조에서는 통신원동무의 시체를 가지고 나오시오

자덕   예

    △로숙이 뛰여나간다。또 맹렬한 사격이 량쪽에서 시작된다。너
무나 적의 화력이 쎄서 머리를 들수가 없다。

자덕   동무들 내가 여기서 엄호사격을 할테니가 먼저들 퇴하시오

진봉   1조장동무 우리 보창이 엄호사격할테니 경기가 먼저 나가서 엄호 해주시오.

자덕   아니요. 어서 먼저들 퇴하시요(경기를 쏜다)

인수   예(대답하고 철알궤를 메고 일어나 뛰여나가다가 철알궤를 떨구고 쓸어진다.)

관식   조장동무 인수동무가 쓸어졌습니다.

자덕   인수동무(돌아보고)관식동무 인수동무가 희생됐소. 인제는 우리 의 팔다리가 하나씩 떨어졌구려

관식   조장동무 그럴수록 더 이를 악물고 그 동무의 원수를 갚읍시다.

자덕   자 관식동무 나를 따르시요. (경기를 안고 뛰여나가서 5층집앞에 놓고 또 사격을 한다. 관식이 벽돌로 너른 진지를 만든다)

관식   조장동무 여기다 걸고 쏘시요. (경기를 옮긴다)

자덕   (조금 쏘다가 한어로 웨친다.)交槍不要命, 优待俘虜, 共産党寬大 的。六十軍起義了, 新七軍也都投降了, 就剩你們, 你們對抗也是沒 用處的, 赶快放下武器投降吧！

       ≪와이 我們投降啊, 你們別打槍吧≫ 중앙은행토치카(地堡)에서 소리친다.

자덕   好吧, 不打槍啦, 赶快過來吧。

       △중앙은행토치카에서 네명의 투항병이 총을 들고 뛰여 건너온 다. 관식이 무장을 접수한다. 이때 점점 어두어진다.

자덕   동무들 인젠 목표가 잘 안보일터이니 희생된 동무들을 내려 옮깁 시다

       △이때 지도원, 련장 하수로 등장

지도원   동무들 이자 정위동무께서 이곳은 이 중국부대동무들에게 교대해 주고 우리는 돌아오라는 명령이 내렸으니 교대하고 돌아갑시다.

자덕   지도원동무 나는 못돌아가겠습니다. 여기에서 우리들이 피를 이 같이 흘리고서 결속을 못짓고서 어떻게 돌아가겠습니까？

일동   그렇습니다. 옳습니다.

관식 못돌아가겠습니다

지도원 동무들 인제는 전투가 결속되였소 인자 주임동무가 두 개 반을 데
리고 적들 있는데 들어갔댔는데 지금 무장들을 벗고 투항준비중인
데 래일 아침에는 완전히 투항하게 되였다우

자덕 그래도 그놈들이 전부 투항하는것을 내 눈으로 보지 못하구는 못
돌아가겠습니다.

지도원 동무들 그 각오와 그 정신은 좋으나 상급에서 명령이 내렸으니 교
대하고 돌아갑시다. 보시요(저쪽으로 관식이 뛰여가서 인수를 안
는다. 련장은 통신원을 안는다. 진봉 최만옥을 전패장을 든다.
지도원도 같이 부축한다)

관식 인수동무 동무의 피값으로 우리는 완전히 승리하였고 장춘은 인제
완전히 해방되였소. 동무는 당과 령수와 계급형제앞에 선서한바
를 완수하였소.

숙관 인수동무 언젠가 우리가 련병을 할때 동무는 밤에 자다 일어나서
내 각반을 쳐주었댔지. 나는 그때 동무의 결심을 알았고 동무의
뜻을 알았소. 그것은 내가 나이 어리다고 어디까지나 방조하려는
동지에 대한 뜨거운 사랑 또는 그것으로써 전반의 련병정서를 고
동하고 오늘과 같은 실천장에서 좀더 씩씩히 싸우자는 말없는 격
려가 아니였겠소. 그렇다면 내 비록 나이 어리지만 동무의 뜻을
이어받아 인민에 대한 충성을 다하기를 새삼스럽게 맹세하오 !

관식 인수동무 인제는 동무가 그렇게 좋와하던 담배도 한 대 달란말 못
하구 그렇게도 날마다 만들던 씨름도 못하게 되였구려. 그러나 이
제부터는 동무가 담배 달라는 그 모습이 떠오를 때마다 복수에 대
한 사상준비를 보다 더 굳게 다지고 동무와 같이 씨름하던 그 힘으
로 칼을 갈구 총을 닦기에 더 노력하겠소.

지도원 동무들 어서 돌아갑시다. 우리는 이럴수록 우리의 사상무기를 튼
튼히 하고 이 동무들의 원수를 갚아야 하지 않겠소
△고요히 노래가 들려오고 동무들 시체를 안고 서서히 하수로 퇴

장할 때에 하막(下幕)

가슴쥐고 나무밑에 쓸어간다 혁명군

가슴에서 솟는피는 푸른 풀에 질벅해

제3막

때	1948년 11월 23일 밤
곳	장춘 모병원을 경비하는 어느 대실(隊室)
사람	전막 사람외 최종관 패장이 있다.
무대	후면으로부터 하수쪽으로 ㄱ자로 침대(寢臺)가 쭉 깔려있고 복판에는 책상 하나와 이자 등이 놓여있으며 중앙 바람벽 침대머리맡에는 붉은 꽃송이가 두 개 가즈런히 달려있다.

△막이 열리면 로숙이 괴로운듯이 책상에 기대여 한손을 이마에 대고 앉아있다. ―잠간사이―밤이다.

로숙   인수동무 미안하우. 어저께는 공신표창대회에서 동무를 대신하여 내가 인민공신의 붉은 꽃을 달고왔는데 오늘은 몸에 열이 갑자기 나고 불편하다구 하여 그 대회에 참가하지 못하구. 더구나 오늘은 용감히 싸워온 동무의 립공사적을 보고할텐데 그 고귀한 교훈도 못듣는구려 (조용히 일어나서 벽에 걸린 꽃송이를 떼여가지고 그 자리에 와서 우둑히 들여다보고섰다)

(어제밤 대신하야 꽃을 받든 감격의 장면을 련상하는것이다.)

동무의 소조가 이번에 모범소조로 선출되였고 집체공을 세웠소. 내가 령도하는 반에서 이렇게 모범소조가 나왔다는것은 무한한 영광이오. 이것은 이미 장춘을 포위 당시부터 동무는 자신을 가지고 노력해 만든것이고 또 이번 장춘해방전에서 실천에 옮기였소. 그러나 모범과 립공을 쟁취해였는데 동무는 이 영광을 못보고 돌아가셨구려. 동무가 살아계신다면 어저께 수장동무들이 달아주는 이 인민의 꽃다발을 같이 달고 얼마나 기뻐했겠소. 아니 얼마나 감격에 넘치고 앞으로 더 용감하게 싸울 결심에 불탔을것이겠소.
이상하게도 어저께 동무의 꽃송이를 달 때 그 꽃송이마저 이즈러
졌댔소. 그래서 나는 돌아와서 그 꽃송이를 펴며 북받쳤던 비분을
참지 못하고 그만 울고말았소. 인제부터는 이 꽃송이를 동무 보듯
이 보며 영원히 기념하고 동무의 꽃을 내가 달고왔으니 동무의 몫
까지 내가 싸워이기리다. (고요히 노래를 부른다.)
당기앞에 령수앞에 인민위해 죽으리라
아침마다 저녁마다 맹세하든 나의 동무

고통속에 물든 장춘 너는 부디
잊지 말라
나의 동무 붉은 피가 너를 해방시켰느니라

먼저 가신 인수동무 뒤에 일은
걱정마소
동무께서 못다한일 나가 이어받으리라.
△이때 박영구, 정진봉, 최만옥, 조숙관, 최종관 다섯동무 들어온다.

진봉   반장동무 좀 어떻소?

로숙   좀 났소. 다들 돌아오우?

진봉   아니요, 저의들은 먼저 돌아왔습니다. 다른 동무들은 연극구경들
을 갔습니다.

로숙   연극구경?

진봉   예

영구   그런데 반장동무, 오늘 경곤대회에서는 각 영의 전형공신사적보고
를 하고 또 2련4반의 집체공과 우리1소조의 공적을 보고하였는데
보고가 다 끝난뒤 주임동무께서 발표하시기를 특히 이번 장춘전에
서 공로가 많고 또 이 전투에서 희생된 인수동무를 기념하기 위해
서 우리 1소조에다가 단당위로부터 김인수소조라는 칭호를 주었습

니다.

로숙 　김인수소조, 응…(고개를 그떡그떡하며)김인수동무를 기념하기 위
　　　해서 김인수소조라는 칭호를 주었단말이지.

숙관 　반장동무 나는 오늘 주임동무가 그 말씀을 할때 어쩐 일인지 가슴
　　　이 뭉글한게 그만 머리를 숙이고 울고말았습니다.

로숙 　울었서요. 그렇지 인수동무는 우리반에서두 동무가 나이 어리다
　　　고 하야 특히 사랑했지
　　　△숙관이 또 눈물이 나와서 씻는다.

종관 　반장동무 나는 이번 김인수동무의 뒤를 이어 1조에 편성된 영광을
　　　한없이 기뻐하며 이제부터는 김인수동무에게 지지 않게 싸워서 김
　　　인수소조의 그 이름을 길이 지키렵니다. 만약 여기에서 조금이라
　　　도 부족한 점이 있다면 먼저 가신 인수동무에게 대한 면목이 없으
　　　니까요

만옥 　옳소 만약 우리가 잘못하야 김인수소조의 일흠을 끝까지 지키지
　　　못한다면 그 동무에게 대해서 죄악이요. 나는 요전날 전투에 있어
　　　서 정신을 못차리고 우리 총소린지 적의 총소린지도 모르고 머리
　　　를 드려박고있든것이 새삼스럽게 뉘우쳐지며 인제부터는 김인수
　　　동무의 자아희생의 그 정신을 본받아 우리 반에서 그 일흠을 굳게
　　　지키겠습니다.

로숙 　동무들이 말하는것이 옳소. 김인수동무는 우리 혁명대오의 표본
　　　이며 우리의 거울이고 우리의 전진목표요. 그 동무의 그 불같은
　　　인민에 대한 사랑과 원수에 대한 증오는 오늘 장춘의 수십만 인민
　　　을 해방시켰구 가장 완고한 반동무리들을 투항시켰소. 동무들이
　　　이자 말한바와같이 우리들은 오늘 저녁의 이 열정을 식히지 말고
　　　끝까지 싸우며 당에서 준 김인수 소조의 일흠을 지킵시다.
　　　△이때 경공대회에 갔던 동무들 벅쩍 떠들며 들어온다. 꽃을 단
　　　동무도 여러동무가 있다. ≪반장동무 좀 어떻소？인전 일없소？≫
　　　하는 동무도 있다. 모두 무장을 벗어서 정돈하여놓고 자기자리에

안는 동무, 일어서서 서성대는 동무, 한참동안 벅적거린다. 자덕이
와 관식이 조용히 로숙의 앉은 마즌편 걸상에와 앉는다.

자덕　반장동무 좀 어떻소.

로숙　인젠 일없소

자덕　(머리를 짚어보고)아이구 아직두 열이 많구만

로숙　뭐 많지 않소. 그래 오늘 경공대회에서 많이 배웠소?

자덕　예. (대답하고 감격에 넘치어 머뭇거리다가)반장동무 오늘 탄당위
　　　에서는 우리 소조에다가 김인수소조라는 칭호를 주었습니다.

로숙　예 이자 먼저 온 동무들로부터 들었소

자덕　그래서 나는 지금 김인수소조의 소조장으로서 뼈가 부서지고 가루
　　　가 되는 한이 있드라도 이 상급당위에서 준 김인수소조의 일홈을
　　　굳게 지키고 그러므로써 그동무의 혼을 위로하리라고 굳게 결심했
　　　습니다.

관식　나도 조장동무와 같은 결심입니다. 같은 소조에서 같이 싸우다 그
　　　동무는 희생되였으니 이제부터는 그 동무의 몫까지 내가 맡아서
　　　싸울 결심입니다.

로숙　옳소 나도 동무들과 같은 자각밑에서 싸우겠소
　　　△이때 종관패장이 상수에서 등장

관　　동무들 잠간 정돈하시오
　　　△모다 정숙하여 정돈한다

관　　동무들

일동　예…

관　　오늘 경공대회에서 여러 동무들도 많이 느낀바가 있고 또한 결심
　　　도 크리라고 생각합니다. 아까도 지도원동무나 련장동무께서 재
　　　삼 우리에게 말씀이 있었지만 나역시 동무들한테 말하고싶은것은
　　　우리 툰에 오직 하나뿐이고 오늘 상급당위에서 준 김인수소조를
　　　굳게 지키자는것입니다. 김인수동무는 이미 희생되였습니다. 그
　　　러나 그 일홈은 우리들 가슴속에 또는 인민들의 가슴속에 영원히

남아있을것입니다. 또한 영원히 빛날것입니다. 그와 같이 보귀한 동지를 잃었다는것은 인간적으로 서분할뿐만아니라 우리 사업에 커다란 손해인 동시에 또한 전체 인민의 손해이며 전체 인민이 다 슬퍼하는것입니다. 그러나 우리는 이 슬픔과 이 손해를 그냥 돌릴 것이 아니라 슬프면 슬플사록 원수를 하로 빨리 소멸해서 복수에 대한 결심과 혁명에 대한 사상적무장을 가강해야 할것입니다. 어저께 사의 수장동무들도 우리에게 호소하였지만 동북은 이미 해방 되였으나 아직 전 중국은 해방 못되였고 우리 조선에도 아직 남쪽에는 반동매족도당들이 발악을 하고 허재비춤을 추고있습니다. 그러니 우리들은 여기에서 사상적준비를 보다 더 튼튼히 하고 그러기 위해서는 우리들의 거울이고 우리들의 전진목표인 김인수동무의 위인민복무의 정신을 따라배우며 오늘 당에서 준 그 일흠을 굳게 지켜야 할것입니다. 그래서 나는 오늘 여러동무들 앞에 우리 패에 있어서 이 김인수소조를 길이 빛내고 영원히 지켜나갈것을 여러동무들앞에서 굳게 맹세하면서 오늘 이 시간을 리용하여 동무들 앞에 말씀드립니다.

종관 　(일어나서 구호를 부른다. 다른 동무들도 일어나서 구호를 부른다)우리는 당에서 준 김인수소조의 일흠을 굳게 지키자 ! 영원히 빛내자 ! 우리가 이 일흠 지키지 못하면 조직에 대한 면목이 없고 김인수동무에 대한 면목이 없다. 그러므로 김인수동무의 위인민복무의 정신을 학습하고 사상적무장을 가강하야 끝까지 지키자 ! 끝까지 시키자 !

　△구호가 끝나며 노래가 계속된다.

　우리는 한뜻인 계급의 대오

　위함은 민주와 평화의 나라

　인민을 도살하는 반동무리

　처없새고

　자유와 행복의 새사회를 꾸린다

우리는 끝까지 그 일흠 지키자
당에서 주신 일흠 목표로 삼자
중국혁명 조국혁명 내손으로
완성해
김인수소조의 일흠 빛내이자。

하막(下幕)

힘끈(힘껏) 싸우겠습니다

(전 1막 2장)

장만련
1948년 12월 24일

164사 정치부 심사 사전전대 공연
49.1

때   1948년 겨울
곳   장춘의 모부대
극을 꾸미는 사람

류계철 전사…23세

박세봉 전사…25세

권오삼 반장…25세

김재호 전사…28세

서성준 전사…26세

모(母)계철의 모…56세

지도원…27세

통신원…18세

광섭 전사…24세

기수 전사…23세

제1막

무대   하수쪽 3분지 2가량이 대실이고 상수쪽 뒤로는 거리의 풍경이 내
        다보인다. 대실(隊室)마당에는 중국식 책상이 하나 놓여있고 그뒤
        바람벽에는 총세우는 대(臺)가 놓여있으며 창문에는 이 반에서 공

신이 났다는 표시로 붉은 꽃송이 뒤게 달려있으면 좋다. 막이 열리면 무대는 잠간 빈채로 웅장한 련병의 음악이 들리고 일절이 끝나자 류, 박, 권, 김, 서 다섯동무 노래를 부르며 등장하야 무장을 벗어 놓는다. 계철이는 좀 불쾌한 모양 무장을 벗어서 콱 놓으며…

계철   제기랄거, 이건 거저 날마다 련병이나 하다 말겠네

오삼   계철동무 또 무엇이 맞갖지 않는 일이 있나?

계철   맞갖지 않기야 무엇이 맞갖지 않을 일이 있겠어?

재호   그럼 왜 그런 말을 해?

계철   글쎄 생각을 해보자우 후방에 있을 때는 련병을 잘해서 군사기술을 제고시켜야 전방에 간다구 하며 련병 련병하구 전방에 나와서두 또 전방작품을 수립해야 하느니 해가지고 똥눌새도 없으니 인제 장춘에 들어와서도 또 련병이야

재호   그래 후방에서나 전방에 나와서 련병을 했는데 무엇이 우리에게 손해가 있어?

계철   누가 손해가 있댔어?

재호   그럼 됐지머

성준   그런게 아니라구 계철동무두 다 생각이 있어서 하는 말이라구

세봉   아니 상급에서 주는 임무를 집행하면 됐지 그 외 또 무슨 생각인가?

오삼   계철동무 무슨 의견이 있으면 말을 말해보우 장춘표위당시에는 퍽 적극적이던 동무가 요지음 와서 생활이 좀 우울해지는것을 보면 성준동무 말마따나 무슨 재미있는 생각이 있는 모양이요.

세봉   앗다 반장동무두 재미있는 생각이라면 왜 우울해지겠소 명랑해지지

재호   허 세봉동무 분석이 아주 정확한데

세봉·   아니야 이자 그건 롱담의 말이구 자 계철동무의 그 생각이나 내놓지

재호   그래 계철동무 이야기해보우 무슨 문제인지 우리 다같이 생각해보기요

계철   아니 생각은 무슨 생각을 한다구 그래 난 아무 생각도 하는거 없는데

오삼   멀 공연히 있으면서도 없다구 그러우 몸이 편치 않던가 그렇지 않으면 무슨 고민거리가 있던가 하는거…

세봉   계철동무 어서 말하우 동무의 고민거리는 곧 우리 전체의 고민거리가 아니요?

계철   하 그거참 속상해 죽겠네 누구를 락후분자 취급을 하는가?

오삼   아니 누가 동무를 락후분자 취급을 하겠소. 그저 요지음 동무의 생활이 어딘지 모르게 우울한것같고 무슨 자신의 고민하는것이 있는것 같구 해서 그러지

계철   글세 반장동무 난 아무것두 생각하는거 없대두 그래요.

성준   뭘 계철동무 이야기하지 그래 나두 동무의 생각이 무리는 아니라구 생각되는데 내놓구 토론해보는게 좋지 않나?

오삼   보라우 성준동무두 있다구 그렇지않아 우리 내놓구 토론해 보기요.

계철   글세 난 없어요

세봉   그럼 성준동무 동무가 그 무리가 아니라고 생각한다는 점을 내놓구 토론해보지

오삼   옳소 우리 그럼 그걸 토론해보기오

성준   글세 머 다른것이 아니구 요전에 말하든 집에 한번 갔다 오겠다는 것 말이요.

오삼   음…난 또 무슨 문제라구. 그래 요전에 그만큼 토론했는데 아직두 료해안되우?

        그럼 우리 더 토론해봅시다.

계철   반장동무 나 의견 하나있습니다. 나는 머 별문제 없으니 이러니 저러니 하지 말구 거더치웠으면 좋겠습니다. 또 토론해봤댔자 내가 그르다고 할것은 뻔한것이구 차라리 토론한 시간이 있으면 련병하기에도 피로한데 동무들 쉬웠으면 좋겠습니다.

세봉   계철동무 우리 고단하지 않소. 또 고단하드래도 동무의 괴로워하는 일이면 같이 괴로워하고 해결할 문제는 같이 힘을 도와서 해결

합시다. 이 방법이 우리들의 투쟁과 발전에 있어서 가장 좋은 방법이 아니요?

재호　옳소 문제는 우리 토론해서 정확한것을 찾는것이 목적이니까요.

오삼　그럼 우리 발언을 해보기요.

성준　네 그럼 내 느끼는대로 이야기하겠습니다. 그래서 나는 생각하기를 집에 갔다오겠다는것이 옳지 못하다구 생각되면서도 또 한편은 계철동무의 형편으로 보아서 무리가 아닌것 같기두 생각됩니다. 집에 로부모와 열네살 나는 어린누이동생 하나밖에 없구 인제는 집 떠난지두 2년이나 됐구. 게다가 동북두 해방됐으니 한버 가서 집에 살림 형평도 알아볼겸 부모동생도 만나보고 과히 옳지 못한 것같지는 않습니다.

재호　나는 이렇게 생각합니다. 이자 성준동무의 말과 같이 내 부모와 내 동생을 생각하는 의미에서 한번 가보겠다는것은 좋으나 그러나 그보다도 내 가정과 내 부모를 진정으로 생각한다면 집에 가지 말고 한시간이라도 더 반동파들을 때려부실 정치적무장과 군사적무장을 단련시키는것이 더 좋으리라고 생각합니다.

세봉　나도 그 의견에 동의합니다. 우리가 집에 일이 근심된다고 가본댔자 어찌겠습니까? 못입어두 그렇구 못 먹어두 그렇구 그것은 오늘에 있어서 내 한사람의 힘으로써 해결할수 없는것이구 이것을 해결하는 방법은 오직 하루빨리 원수를 처없새는데 있다고 생각합니다.

계철　아니 그래 동무들은 부모도 없고 동생도 없소?

세봉　아 누가 없다우

계철　그럼 왜 남이 자식으로 태여나서 부모를 한번가서 만나보구오겠다는것을 그르다구 하우?

세봉　글세 계철동무 내 말을 들어보우. 누가 그래 그것을 그르다구 합니까? 우리 좀더 랭정하게 생각하잔말이요.

계철　아니그래 랭정하면 어떻게 해야 하오? 부모동생 생각지두 않는것이 옳소?

세봉   그런것이 아니라 생각은 해두요 혁명적인 립장에서 생각하잔 말이요。

계철   혁명적인 립장이란 어떤것을 말하우? 동무같이 돌뎅이처럼 굳어저야 하오?

세봉   계철동무 내말을 끝까지 들어보우。 우리들이 총을 멜 때 무엇을 위해 멨소? 내 아버지 내 어머니 나의 동생 나의 집 지난날의 압박착취 고통 시름속에서 건져내기 위해서 모든 곤난 참으며 오늘까지 이렇게 싸워오질 않았소? 그렇다면 우리들의 이와 같은 투쟁은 내 아버지 내 어머니 위한것이 아니요。

다른 삼인   옳소 옳소。 동의하우。 나두 그말 동의하우。 부모형제 위한다면 좀 더 싸워야지요。

계철   아니그래 어느 누가 안 싸우겠다 하였소? 집에 형편 한번가서 보구 온다 그랬지

세봉   글세 글세 그것이 옳지 않단 말이우 우리앞에 아직두 원수들이 있는이상은 총을 닦고 칼을 갈아 우리 힘을 기르고 사상무장 보다 굳게 해야지 않겠소?

일동   옳소 옳소。 우리는 전 중국해방까지 싸워야 할 중대한 임무가 있소。

오삼   계철동무 그렇지 않소? 오늘에 있어서 전 동북은 해방되였다할지라도 아직 전 중국은 해방 못되였으며 또 우리조국에도 남북통일 정부가 성립되였다고 해도 아직 남조선에는 미제국주의자들이 갖은 음모를 하구 있지 않소? 그렇다면 우리는 여기에서 보다더 우리의 사상준비를 해야 할것이구 동북이 해방됐다구 해서 화평관념을 가지구 내 개인에 떨어지는 문제만을 주장하는것을 옳지 못한 것이 아니요?

계철   글세 옳지 못한데 어쩌란 말이요 그러기에 나는 처음부터 토론할 필요조차 없다구 하는데 자꾸 끄집어내놓구… 이건 방조하는것인지 괴롭히는것인지 나는 모르겠소

오삼   계철동무 그것은 어거지 말이구 우리는 응당히 어느동무에게나 무
      슨 고민이 있는가 무슨 문제가 있는가 한번 반드시 토론해서 정확
      한 해결방법을 얻는것이 옳지 않소? 그러니 계철동무 감정적으로
      문제를 해결할려구 하지 말고 혁명군인의 립장으로서 랭정하게 내
      문제나 또 기타동무들의 문제를 처리하구 해결해야지 않겠소. 아
      까두 세봉동무가 이야기했지만 집에 가본댔자 무얼하겠소? 또 우
      리 대에는 부모를 가진 사람이 동무 하나뿐이겠소? 우리 련대 전
      체동무가 다 후방에는 늙으신 부모가 있고 동생들이 있으며 나아
      가서는 우리 사, 우리 인민해방군 전체 동무가 다 부모를 떠나서
      원수들과 싸우고 있지를 않소? 그중에는 어느 누가 부모가 안 보
      구싶구 자기 집이 그립지 않을 사람이 어디 있겠소? 그러나 그보
      다도 더 큰 오늘에 우리에게 맡겨진 중대한 임무를 생각하구 극복
      하는 것이지.
계철   반장동무 그러기에 나두 극복하구 있지 않소 극복을 못했다면 벌
      서 집에 갔을게 아니요?
오삼   옳소. 동무도 극복하는거지요. 그런데 그 극복을 하는데 대한 태
      도문제요. 우리가 이것을 극복한다구 해서 생활정서가 떨어지구
      공작정서가 떨어진다면 그것은 우리들이 많이 생각할 점이 아니
      요? 우리는 오늘 이렇게 보구싶은 부모를 떠나서 고생하구 있는
      것이 다 누구때문이라는것을 생각할 때 우리 손에는 땀이 나도록
      총칼이 쥐여지지가 않소. 그리구 요전 경공대회에서두 수장동무
      들이 말씀했지만 인제 동북은 완전히 해방되였다하더래두 전 중국
      은 아직 해방 못되였구 또 남조선 려수에슨 구천구 백여명 애국자
      를 리승만도배들이 서슴치 않고 총살했고 그것도 부족해 그 뼈까
      지 불에다가 태워없앴다는구려. 그리고 그저께 건군보에 난 조경
      택동무의 자기 가정에 대한 정확한 태도문제를 우리는 배우지 않
      았소. 자기 애인이 와서 로경에 계시는 부모의 근심을 하며 기어
      코 다리고 갈려고 했으나 조동무는 견결히 혁명자의 립자에서 그

애인의 인식부족을 교육하고 적을 끝까지 소멸해야만 우리의 영원한 행복이 있다고 자기의 혁명에 대한 태도를 선명히 함으로써 그 애인도 자기의 인식부족을 느끼고 와서 많이 배웠다고 하며 돌아가서 부모를 힘껏 섬기고 후방공작에 적극 노력할것을 약속하고 갔다고 하지않소. 우리는 응당히 조경택동무의 태도와 그 정신을 배워야 할것이요.

계철　반장동무 알았습니다. 하여튼 생각 해보겠습니다.

오삼　생각할게 무어 있소 지금부터 결심하구 새 출발을 합시다.

세봉　옳소 계철동무 우리 2~3년을 극복해왔는데 인제 1년을 더 못기다리겠소. 수장동무들도 말씀하시기를 인제 1년좌우면 완전히 중국 형명을 성공한다구 하지 않았소.

△이때 통신원이 신문을 가지고 들어온다.

통신원　동무들 신문이 왔소

재호　응. 보자우(하며 받아 보다 동무들 ≪무엇이 났서?≫하며 모여본다. 계철이만이 고개를 숙이고 앉아 그냥 묵묵하고있다. 좀 사이 통신원 퇴장)

재호　어이 계철동무 이거 동무동생 아니야 류계순이라고 쓴것을 보니 동무이름과 비슷하군 그래

계철　류계순 어디?(신문에 모여든다)

세봉　와--동무동생 맞아. 자 오라우 우리들게 보낸 편지야. 맞아 안맞아?

계철　내동생 맞아

세봉　그럼 멋쟁이로 한번 읽을게 들으라우

전방오빠들앞

끝까지 싸워주시오. 이것은 제목이야. (에헴. 기침을 한번 하고) 민주는 나날이 발전하고있습니다. 이것은 전방에 나가신 오빠들이 밤낮을 불구하고 전투하신 덕택이라고 생각하며 해와 별이 빛나는 새나라 새로운 해방을 찾아오니 우리들 마음은 더 말할수 없

습니다. 그리고 전방에 나가신 오빠들의 매일매일 신체가 건강하
시며 분투하시면서 진공하기를 빌며 최후의 승리를 쟁취하기 위하
여 끝까지 노력하여 주시기를 바랍니다. 우리 아동들은 후방에 있
어서 혁명학습에 힘쓰며 또 혁명공작을 열렬히 하고있습니다. 그
리구 후방에 계시는 여러 아버지와 어머니들도 모다 생산에 힘쓰
고있습니다. 안심하시고 힘껏 싸워주십시오.

　　　　　　　　　　　　　판단소학교 5학년 류계순올림

자, 어때? 무어라구 했어? 후방일은 안심하고 끝까지 싸워달라고
하지 않았어? 그래 아직도 달통 않되나?

계철　난 몰라. (하며 방에 눕는다)

재호　(같이 보고 섰다가)어이 그러구 여기는 우에서부터 밑으로 기률정
　　　돈을 시작했다는 보도가 있어

세봉　왜 재호동무는 기률정돈한다는게 겁나나?

재호　아니 겁나기야 뭐 겁나겠나 응당히 해야지

세봉　그럼 왜 눈이 둥그래서

재호　둥그래지긴 누가 둥그래진다구 그래. 공연히 또 놀려먹지 못해서
　　　심심한 모양이지

세봉　아니 이동무가 내가 그래 남을 놀려먹기 좋와하는 사람인가

오삼　그러다 보니 큰 소리는 세봉동무가 쳐놓구 바가지두 자기가 쓰는
　　　군 그래(모두 웃는다)

성준　그런데 반장동무 아닌게 아니라 나두 집에 한번 갔다 왔으면 하는
　　　응근한 생각이 있어서 계철동무의 집에 갔다 오겠다는 문제에 대
　　　해서두 동정을 했는데 후방에 있는 어린 아동들까지 오늘 혁명에
　　　전체를 바치고 늙은이 젊은이 할것 없이 싸우고있다는 것을 생각
　　　할 때 너무나두 내 개인적인 문제만을 생각했다구 뉘우쳐집니다.

오삼　옳소 누군들 집생각이야 없겠소만은 참답게 내집을 사랑하고 생각
　　　한다면 우리는 어떻게 해야 한다는 정확한 인식을 가지는데 있는
　　　것이오

세봉　　성준동무도 꽤 어물적하군 그래

성준　　아니야 정말 내 잘못됐소

재호　　세봉동무 또 큰소리 치는군 그래 바가지 한번 더 써보갔나(일동 또 웃는다)

　　　　△이때 통신원 또 등장

통신원　저 계철동무 런부에서 좀 왔닥라구 합니다.

계철　　(벌떡 일어나며)날? !

통신원　예.

계철　　무장하구 오랍니까 ?

통신원　아니 그냥 얼른 왔다가라구 그래요

계철　　그럼 반장동무 갔다 오겠습니다.

오삼　　네 갔다오시오.

　　　　△계철, 통신원 두동무 나간다

오삼　　동무들 이번에 우리가 전 동북이 해방되는데서 관내로 들어가느냐 조선으로 가느냐 또는 인제는 동북혁명도 끝났으니 집에 가서 농사나 짓겠다는 등 여러 가지 동요가 있고 심지어 계철동무와 같이 화평관념으로 말미암아 생활, 공작, 정서까지 떨어지는 현상이 있었는데 이것은 비단 계철동무에게뿐만이 아니라 표현은 안되였다 하드래도 머릿속에는 있었소. 그래서 나는 이번에 생각하기를 좀 더 의지를 굳게 가지고서 상급에서 주는 임무를 철저히 완수하며 금년도의 총결을 한번 멋쟁이로 지었으면 하는 생각이 있소 더욱이 올해도 인제는 다 갔는데 나는 요지음 내 자신에게 대해서 퍽 이상한 생각이 나오.

세봉　　아닌게 아니라 금년에는 무엇을 했는지 자신의 총결을 지어봐도 그저 평범한것이 머총결을 지을 껀데기가 없어요. 있다면 그저 미미한 생활을 한것뿐이구 시세의 발전을 볼 때에는 인제 동북을 완전히 해방했구 그 외에도 모든 것은 전진과 발전뿐인데 대체 나는 무엇을 했는지 모르겠어요.

재호   참말이지 새해부터는 정신을 똑바로 차리고 힘껏 일해봐야겠거
      든. 그래두 세봉동무는 소공 하나라도 세웠지만 나는 동북혁명이
      다 끝나두룩 소공 하나 못세우고. 정말 무엇을 했는지 모르겠거
      든. 글세 집에다 편지를 쓸래도 부모와 동리분들에게 대한 면목이
      없어서 못쓰겠단 말이야.

성준   그렇다구 해서 집에다 편지두 안쓴다는것은 난 옳지 못하다구 생
      각돼. 우리가 물론 공은 못세웠지만 그렇다구해서 혁명공작을 안
      한것두 아니구 그저 공신동무들보다 그 공로가 좀 부족한것이 아
      니야.

재호   글세 그렇다구 해서 편지를 안쓴다는것은 아니야. 말하자면 그렇
      단말이지 (이때 계철이 자기 어머니와 같이 들어온다. 안광섭, 김
      기수 두동무도 같이 어머니의 손을 잡고 들어온다. 모두 기쁜 얼
      굴이다。)

계철   저 반장동무. 우리 어머니가 왔어요。

오삼   웅。동무의 어머님이

계철   예…(어머니를 보고)저 우리 반장동무입니다。

오삼   어머니 오시느라고 수고 많았겠습니다. 어머니 인사드립니다.
      (하고 경례들을 한다。계철이 《우리 동무들입니다》하며 소개를
      한다。)

母   예 예…그래 전방에서 얼마나들 고생했소?

세봉   우리야 뭐 고생한거 있습니까. 어머님네가 후방에서 생산을 하시
      기에 고생이지요

모   고생이 없을 리가 있나. 객지생활을 하면서

오삼   자 어머니 이거 앉으십시오. (걸상을 내놓는다)

모   예. (걸상에 앉는다。)그래 동무네들은 집이 다 어데들 있소?

오삼   저…연변에도 있구 목단강지대에두 있습니다。

모   그래 집에 편지들이나 하우?

오삼   예 하지 않구요。

모	그럼. 편지래두 자주 하우. 거저 집에 있는 부모들이야 편지래두 와야 잘 있는가 하지 않소
세봉	뭐 편지 없으면 잘 있는거지요.
모	글세 편지 없으면 잘있는줄은 알면서두 부모의 마음이야 어디 그렇소
재호	그래 어머님 여길 어떻게 찾아왔습니까?
모	말 마우. 자는 무슨 아인지 전방에 나온후엔 편지한장 없수다레. 그래 언제나 기별이 있나 하구 기다리든 차에 저 기수동무가 집에 편지했는데 우리 자랑 다 잘있다구하지 않았소. 그래서 늙은것이 미욱한 마음에 저 아버지는 돈 없새고 가지 말라고 말리는것을 억지로 오질 않었소. 정작 또 와보니 아무 할 말두 없수다.
기수	글세 늙은이들은 공연히 덤빈대두 그래요.
모	야 원 말마라. 내 원 집에 편지 안하는 동무가 있다면 따라다니며 욕해놓겠다.
기수	글세 편지는 자꾸 해서 뭘해요. 종이 없새구 돈 없새구
모	그래두 집에 있는 늙은것들 마음이야 어디 그렇니? 편지래두 한 장 받아봐야 속이 흐뭇하지
기수	예 잘못했수다. 인제부터는 꼭 편지하지요.
모	너야 잘못한거 있니. 집에 편지도 했는데. 우리 자는 단단이 좀 동무들이 모여서 욕을 해주오.
광섭	욕은 왜 해요? 나두 편지 않했는데 (웃는다)
기수	어머니 인젠 편지이야기는 그만두구 후방이야기나 들려주시우.
재호	옳소 후방소식이나 좀 들려주시오.
모	글세 후방소식을 뭐 말할게 잇나 모다 그저 편안히 잘들 지내지
광섭	편안히 지내는줄이야 모르나요. 그래두 그 중에서 재밌는 일이 있지 않겠어요
모	재미야 전체가 다 재밌지 글세 우리같이 늙은것이 인전 글을 다 배웠구나

계철   (의외인듯)뭐요? 어머니가 글을 다 배웠어요?

모   그럼 너네만 발전한느줄 아니? 우리 늙은것들두 인제는 내세상
됐는데 발전을 해야지(웃는다.)그래 그뿐인줄 아니? 너 아부지
도 인제 글을 다 배웠단다.

기수   아이구 어머니도 언제 글을 다 배웠겠서요 나서부터 죽을 때까지
배워도 못다배울텐데

모   아니 다 배웠다는것이 우리 조선국문을 다 배웠단 말이다.

기수   난 또 글을 다 배웠다기에 무슨 큰 박사나 된줄 알았지요 (하하 웃
는다)

모   그래 너네는 얼마나 배웠어?

기수   우리? 응…글세 얼마나 배웠다구 할가요.

모   왜 우리 늙은이들보다 못배운 모양이구나

기수   아무럼 늙은이들 한테야 지겠어요?

모   그럼 얼마나 배웠니 말해봐라

기수   그저 지금 쉬운 책이나 들여다보구 쉬운 신문같은거나 보는 정도
지요

모   책두 보구 신문두 봐 참 많이들 배웠다. 글세 저 기수나 우리 아나
이전에야 글을 한자나 알탁이있었나? 집이 구차하다보니 남들다
공부하는데두 공부두 못하고 집에서 농사짓는것밖에야 배운것이
어디있나? 하여튼 새 세상을 찾으니 좋기는 좋와

오삼   좋지 않구요 이전에야 놈들한테 빨리울대로 빨리우고 짓눌릴대로
짓눌리우고 심지어는 글 배울 권리마저 빼앗겼으니 말이지 인제야
모든 권리를 다 찾았는데 왜 안배우겠어요.

모   그럼 배워야지 안쿠. 우리 늙은것들이 다 배우는데 동무네 같은
젊은이들이 안배운 다면야 어디 될말인가.

성준   어머니 말씀이 옳습니다. 배워야지요. 글세 인제는 땅밖에 팔줄
모드던게 글을 배웠을뿐만아니라 전술까지 배웠습니다.

모   전술?…그래 그 전술이라는건 무엇이요?

성준	전쟁을 하는 기술말입니다.
모	전쟁하는 기술, 응…그럼 그 전술이라는것두 새루 배운 말이로군 그래(하하 웃는다. 일동 같이 웃는다.)
세봉	어머니 인젠 어서 후방이야기나 들려주시오
모	그래 지금 하지 않나. 무슨 말부터 들려줄가?
광섭	재미 있는 이야기부터 먼저 하시구려
모	재미잇는 이야기. 그래(고개를 그떡그떡 하다)동무들 들어보소. 동무들 들어봐요. 땅 없는 사람께 땅을 주고 집 없는 사람에게 집을 주니 이 집도 저 집도 저 집도 이집도 집집마다 웃음꽃 피여나니 이 아니 좋습넨가.

그담에 들어보소 그담에 들어봐요
금년에 내가 사는 마을에는 대풍년이 들어서.
이 마당 저 마당 저 마당 이 마당
오곡의 낫가리 가득찼으니 이 아니 기쁘넨가

그담에 들어보서 그담에 들어봐요
집집마다 풍년이 들었으니 먹을것 입을것 걱정없고
전방지원도 듬뿍하여서
내아들 내딸의 싸움을 도우니 이 아니 기쁘넨가

전사일동	후방만 기쁘겠소 전방도 기쁘지요
	전선지원 듬북하여 우리들을 도우니
	우리는 보다더 용기를 내여
	장개석 반동파 원수를 뭇찔러
	우리네 해방을 가저오니 이것도 아니 기쁘넨가
모	그담에 들어보소 그담에 들어봐요
	우리네 군인가족 온동리가 받드러

무슨 일이나 도와를 주니
봄철에 부침도 여름에 기음도
가을에 타작까지 먼저들 해주니 이 아니 기쁨네가.

또 그것뿐이겠소 또 그것뿐이겠어요
명절날 생일날 닥처오며는 아들을 대신해 위로를 한다고
고기를 사온다 술을 사온다
이처럼 받들고 위로해주니 도리여 미안키 그지없지요.

전사일동

동리의 여러분들 동리의 여러분들
나하나 군대에 참가했다고
그처럼 받들어 도와를 주니
우리는 보다더 총칼을 굳게 잡아
원수를 뭇찔러 승리를 쟁취해
그 은혜를 보답합시다.

모

동무들 또 들어보우 동무들 또 들어봐요
우리집 늙은인 나이가 60에
금년도 농사에 일 잘했다고
공신이라 떠받들고 상까지주니
이 아니 기쁨넨가.

전사일동

계철동무 부친님이 계철동무 부친님이
금년도 생산에 공을 세우니
그 얼마나 영광이요
우리도 내심으로 경의를 드리며
60세고령의 공신을 받들어
그 영광을 경축합니다.

계철 어머니 아부지두 공을 세웠어요?

모 그래 글세 제 일 제가 했는데두 공을 세웠다구 하면서 동리에서 돼지를 잡구 또 뭐 의복두 한 벌씩 해주면서 공을 경축하는것이라구 하며 떠드는구나. 그래 글세 60이 되도록 살았어두 그런 일이 처음아니냐

기수 어머니 지금 세상엔 자기일 자기일해서두 사회적으로 공로가 많으면 응당히 그 공로를 표창한답니다.

모 글세 그 표창인지 사회적인지가 뭔진몰로두 참 좋은 세상이야
△이때 계철이 슬그머니 밖에 나가서 우뚝이 서있다. 자신을 마음속으로 반성하는것이다.

기수 어머니두 은근히 박아지를 씌웁니다 그려

모 아니 박아지라니 내가 언제 박아지를 가져왔게 씌워?(일동 하하 웃는다.)

기수 하여튼 어머님의 모를 말을 써서 미안합니다.

모 아니 괜찮아 그거야 네가 나보다 더 많이 발전했구 많이 배웠으니까 그렇지 (일동 또 하하 웃는다)

모 어쨌든지 지금 세상은 좋은 세상이다. 그전에는 자기 일두 꾀를 부리며 안할라구 하더니 인제는 서루 일을 더 많이 하겠다구들 야단이야. 글세 봄내 여름내 농사를 짓는라구 땀들을 빼구서두 아이 겨울에두 쉬지 않구 뭐 부업생산이라구 해가지구서는 산으로 목재 하러 간다 사냥을 간다 야단들이 아니겠나. 그리구 또 가마니들두 짜구

기수 그럼요. 응당히 더 해서 우리 살림을 좀 넉넉히 해야지요.

모 글세 말이다 그게야 의례히 해야지 조금이라도 내 노력을 더 넣으면 잘살텐데 왜 안하겠나. 그런데 목재를 하려 간다든가 사냥을 간다든가 한가지 말만 썼으면 좋겠더구만 뭐 부업생산이라구 하구 또 목재니 사냥이니 하니 우리 같은 늙은이야 언제 그 말을 기억해 가시구서 같이 발전할 수가 있어야지

광섭　어머니두 꽤 우수운 말슴 하시네 (하며 일동 웃으면서 간막이 닫기
　　　고 계철 간막 밖으로 서서이 걸어나온다. 배경에는 반달이 하나
　　　달려있고 별들도 몇 개 반짝이면 좋다)

계철　에이 이거참 무슨 꼴이람. 글세 나는 왜 이렇게까지 락후했나. 에
　　　이참 어쩌면 좋나(주먹을 쥐고 서성거린다。)
　　　어머님을 만나려 집에 간다했드니
　　　인제 정작 만나니 면목이 없네
　　　완고하든 어머님도 끝까지 배워서
　　　대발전을 했나니 나는 여태 뭐했나

　　　에이 참… (또 서성댄다)

　　　아버님을 보시려 집에 간다했드니
　　　인제정작 소식을 듣구보니
　　　60고령 아버님도 생산투쟁 적극해
　　　립공까지 했나니 나는 여태 뭐했나

　　　에이 참… (또 서성댄다)

　　　집에 형편 돌보려 갔다온다구 했더니
　　　인제정작 집에형편 알구서보니
　　　이와 같은 못난이도 참군했다하여서
　　　동리에서 돕는다니 마음더욱 괴롭네

　　　에이 그래 이걸 어쩌면 좋나 어머님과 무엇이라고 사과하나

　　　아버님도 어머님도 모두다 발전하고
　　　동리분도 나의 집을 적극 돕나니
　　　나는나는 어째서 아직 정신 못차리고

이와 같이 락후한 생활을 했는가

에이 참. 글세 왜 동무들이 그와 같이 충고주는 말두 듣지 않구 갔 다온다구 떼질을 썼을가. 그래…할수 없어. 동무들 앞에서 반성 하구 사과를 해야지. 글세 60이난 로인이 다 공을 세웠는데 피가 쩔쩔 끓는 젊은 놈이 동북혁명이 다 끝나도록 소공하나도 못세우 다니

△이때 반장 계철동무 나오든곳에서 웃으며 나온다.

오삼 계철동무 무엇을 혼자 그리구있소?

계철 예?!(놀란다) 예 반장동무

오삼 왜 어머님을 두어두고 혼자 나와 있소?

계철 반장도무 내가 잘못했습니다. 공연히 집에 갔다온다고 생떼질을 썼고 동무들의 충고도 듣지 않았습니다. 기실 내 사상을 반성한다 면 우리가 장춘을 해방시켰다고 후방에 가서 한번 우쭐할 생각과 또는 어떻게 평계를 해서 인젠 동북에 있어서 전쟁도 없을터이니 집에 돌아가서 안락한 생활을 해보겠다는 개인주의사상과 화평사 상이 있었기때문입니다. 나는 오늘 어머님의 말씀을 듣고 사상적 으로 락후한 내 자신을 아니 반성할 수가 없습니다.

오삼 옳소 계철동무 동무가 그 인식착오를 뼈아프게 느낀다면 되지 않 소 사상이란 평범한 가운데서 단련되는것이 아니요. 동무가 지금 반성한, 한번 우쭐해보려는 사상, 화평관념, 향락주의 등 이것을 절 통하게 느낀다는것은 개조에 대한 선언이구 발전에 대한 약속이 아니겠소.

계철 옳습니다. 반장동무 이것을 나는 동무들앞에 반성하구 반드시 이 옳지 못한 사상관념을 타파하구 발전해보겠습니다.

오삼 좋소. 우리 같이 노력해봅시다. 자 어머님이 기다릴텐데 들어가 서 재미있는 이야기나 합니다.

△두동무 등장했든 곳으로 퇴장한다. 암권

제2장

△전기불이 켜지면 1장과 동일하며 며칠지난후다. 동무들 명절에
내놓을 극을 준비하는 장면이다. 모두 총들을 벗고 문교동무 책을
하나 들고 서있다. 인물배치는 적당히 하면 좋다.

계철　문교동무。 이거 정말 못하겠소 (웃는다。)

문교　아니 못하긴 왜 못한다구 그러우 자기 한 일 자기가 못한다면 어쩌
　　　는가?

계철　아니 글세 련대에서 반성하면 됐지 전환동무들이 다 모인앞에서
　　　어떻게 반성하라오?

문교　아니 누가 반성을 하라우 연극을 하라지

계철　글세 연극은 연극이래두 내 문제를 내놓으니 반성아니요?

세봉　계철동무 여러말 말구 어서 연습하자우 무대에 나서서 어색해두
　　　할수 없지

계철　야 그거 참 사상병 한번 걸렸다가 큰 매를 맞는군

재호　어이 어서 연습을 하자구 인제 명절두 며칠 안남았다구

계철　그럼 하자구。 할수 있나 내가 범했든 착오인데

문교　(박수를 치며)자 동무들 자기위치에 가기요。

오삼　어데가 자기 위치요?

문교　아니 동무들 요전에 실지대루 저 문에서 들어오면서 하면 되지않
　　　소。

성준　그럼 다음에 실지 무대에서 할적엔 이 집을 들어다 놓구 하게소?

문교　하…그거야 그때에 가서 무대장치를 이대로 하면 되지 않소?

성준　에 그러면 하기요 (모두 문밖으로 나가고 문교만이 서있다。)

문교　자 시-작

　　　△음악으로 련병가 울리고 일절이 끝나자 동무들 노래하며 들어
　　　온다.

시베리야 찬 바람아 불라면불라
얼어드는 총대를 힘있게 잡고서
찔러라 뭇찔러라 련병은 빛난다
최후의 승리는 우리가 결정하자
△무장들을 뺏어놓으며

계철　제기랄거 이건 날마다 련병이나 하다 말겠네.

오삼　계철동무 그거 무슨 말이오. 군인이 그럼 련병을 안하고 무얼하겠소?

재호　계철동무 또 무엇이 맞갖지 않는 일이 있나?

계철　맞갖지 않기야 무엇이 맞갖지 않을 일이 있겠소

재호　그럼 왜 그런 말을 해?

계철　글세 생각을 해보라우. 후방에 있을 때는 련병을 잘해서 군사기술을 제고시켜야 전방에 간다구 련병 련병하드니 전방에 나와서두 또… 어이 문교동무 이거 정말 할라니까 땀이 나우.

문교　아니 동무 이거 뭘 이래? 연극을 하다가

세봉　계철동무 완전히 하자우. 인제 며칠 안 남았어
　　　△이때 통신원 들어오며

통신원　계철동무 인제 어머님이 떠난답니다.

계철　벌써 차시간이 되었소?

통신원　예 아마 다돼가는 모양이요.

오삼　그럼 계철동무 련부에 가서 이야기하구 정차장까지 바래다 드리시오.

계철　연극연습은 해야지요
　　　△이때 어머니 들어온다. 기수, 광섭, 지도원도 들어온다.

통신원　아 여기들 오시는구만 그래

모　자 동무들 잘 싸우시오 난 가겠소.

오삼　아니 좀 더 쉬다 가시지요

모　아이구 가야지요. 그동안 며칠 와 있는것두 동무들 보기 미안해서

세봉	원 미안할게 어디 있습니까
모	글쎄 내 욕심만 채리구 보구싶은 마음에 척 와놓구보니 어디 아들이 나 혼자만 있겠소. 동무들두 아버지두 있구 어머니두 있을텐데 남의 어머니는 만나려 오는데 우리 어머니는 만나러 오지 않나 하고 생각하는것만 같아서 어찌 미안한지 인전 이렇게 보구갔으니 다시는 안오겠소.
정지	왜요 기회만 있으면 보러 오십시오.
계철	어머니 미안합니다.
모	나한테 미안할거 있니. 동무들한테 마인하지 거저 이제부터는 집에 일은 아예 생각지 말구 이 지도원동무랑 또 여기 있는 여러동무들한테 많이 가리켜달래서 배우고 다른 동무들 한테 지지 않겠끔 싸워라.
계철	네 어머니… 이 혁명이 끝나는 날까지 힘끗 싸우겠습니다.
모	그래 힘끗 싸워라. 이것이 나의 제일 큰 소원이다.
계철	네 어머니 걱정마십시오 기어쿠 힘끗 싸워서 어머님의 원을 풀어드리겠습니다.
정지	어머니 고맙습니다. 우리두 어머님의 말씀대로 우리의 있는 힘끗 싸워서 후방에 계시는 여러 아버지와 여러 어머니와 여러 동생들의 소원을 풀어드리겠습니다.
모	예… 거저 힘끗들 싸워주우. 우리 늙은것이야 후방에서 동무들 덕분으로 뜨뜻한 밥먹구 뜨뜨한 잠자구 편안이들 지내지요.
기수	아니 편안이 지내서야 되나요. 생산을 해야지요.
모	암 그럼 생산이야 해야지 그저 밥만 먹구 있을수야 있나 △일동 한바탕 웃는다
모	이거 이야기바람에 차시간 놓지겠군. 조선녀인들이란 리별하는데 말이 긴게 탈이란 말이야. 자 그럼 힘끗들 싸우게
오삼	네. 염려마십시오. 인제 일년좌우면 반드시 중국혁명을 환성하고 어머님네들을 모시겠습니다.

모   그래 애써들 싸우게 (나간다)

정지   계철동무 어머니를 정차장까지 바래다 드리시오.

계철   일없습니다. 어서 연극련습을 해야지요. (일동 또 웃는다)

정지   어서 갔다오우.

계철   그럼 갔다오겠습니다. (인사하고 어머니와 같이 나간다.)

광섭   어머니 돌아가시거던 후방에 계시는 어머니들과 아버지네 보구 아
          예 자식들 근심을 말구 생산에 적극 노력해달라구 그래서 우리 전
          방에 있는 아들네들이 토론하드라구요.

모   그래 후방 념려들은 말구 어서 힘껏들 싸워라.

일동   예 힘껏 싸우겠습니다. 그럼 안녕히 가십시오
          △모두 가는 어머니를 보고 손짓한다. 최후의 결전 음악이 힘있게
          울려나온다. 손짓은 계속되며 하막

                                              12월 24일 탈고

우리의 기쁨

장만련

164사 후근위행부 심사연출
1949년 5월

제1막

때 1949년 정월초
곳 장춘후근부대 모병원
극을 꾸미는 사람

김순남 좀 의지적인 사람 ············· 25세
허봉섭 쾌락한 사람 ····················· 25세
박영구 신경질적인 사람 ··············· 26세
최원호 좀 콸콸한 사람24세
김달근 보통성격28세
오치진 보통사람 ·························· 21세
김복년 호사 ······························· 20세
최영희 호사 ······························· 18세
의사
전상철 중환사

무대 좌쪽후면으로 출입문이 있고 그 전면으로 책상이 놓여있으며 그
책생뒤쪽에는 걸상우에 빨래양푼이 놓여있고 바른쪽과 앞에도 걸
상이 한 개씩 놓여있다. 그리고 상우에는 화분도 하나 놓여있다.
오른편으로는 가로 침대가 두 개 놓여있고 후면으로 다섯 개나 가
지런히 놓여있다. 바람벽에는 그림도 한 장 걸려있다. 개막에 음

악과 노래소리가 난다.

노래는

어두운밤 지나가고 새날이 밝아

온천지는 모두다 기쁨에 뛴다.

이주먹 이팔뚝 높이쳐들고

걸어가자 영원한 승리의 길로

붉은태양 비치는곳 새봄이 오고

얼어붙은 시내물 노래부른다.

민주의 새터전은 무성하나니

세워가자 영원한 자유의나라

△노래가 끝나면서 막이 열리면 원호동무 오바를 입고 나무지팽이를 들고 걸상에 앉아있고 순남동무는 한쪽 눈과 머리를 싸매고 바른쪽 가로놓은 앞에 침대에 앉아서 밥주걱을 깎는다. 영구동무는 왼쪽가녘침대에 누어있고 그 다음 침대에는 치진동무가 걸터앉았다. 지팽이도 걸쳐있다. 그다음 하나건너는 달근동무가 머리를 싸매고 앉아있고 봉섭동무는 왼손을 둘러메고 왔다갔다 하고있다. 바른쪽 왼편 침대에는 중환자가 누워있디. 영희동무는 체온기를 보고 머리맡에 붙어있는 돌판에 금을 긋는다. 그리고 비자루를 들고 실내를 쓴다. 노래 2절이 끝나면서 반장이 머리를 싸매고서 들어온다.

반장　(원호동무를 보고) 원호동무! 이재 가서 물어보았는데 아직 외출은 그만두라구 그래

원호　네? 반정맞을거 그럼 언제나 이렇게 가두어둘텐가?

봉섭　보라우 못간다는데 오-바랑 주서입구

원호　반장동무 내 머리는 인제 다 나았으므로 오늘 좀 바람쏘이러 나갔다오겠요. 이건 그래 장춘에 들어와서 감옥생활을 하란말이요?

반장　무엇이 감옥생활이란 말이요. 다 자기 몸을 고치는거지 그리고 동

무의 다리는 아직 채 낳지 못했으니깐 요새 눈길에는 더구나 나가 다니기는 위험하다구 그래.

원호　(화를 발칵 내며) 그거 어느 의사가 그럽데가?

반장　아무 의사가 그랬으면 관계있소 하루 빨리 우리들의 상처가 나아야지.

순남　원호는 뭘하려 자꾸 가겠다구그래?

원호　이건 상처가 다나아두 감옥생활을 해야 하우?

반장　낫기는 무엇이 다 났다구그러우? 나무다리를 짚고다니면서

원호　에익, 참 화가 나서 이건 어떻게 고치는것이 이젠 두달반이나 되는데두 상기 낳지 않노?

봉섭　그게 뼈가 상했는데 그렇게 쉽게 났을수 있나?

영희　(병실을 쓸다 일어서며)최동무 너무나 상처에 대하여 화를 내지 마세요.

원호　동무는 동무 일이나 하라우. 무슨 이건 내 교육을 시키는것인가?

영희　최동무(웃으면서) 그렇게 자꾸 화를 내시면 몸에 열이 나서 상처가 빨리 아물지 않아요

원호　그만두라우 인젠 그만한 교육은 받을대로 받았소

봉섭　사람 참 교육을 다 받은 사람이 그러는가?

반장　원호동무 그건 무슨 쓸데 없는 신경질이야. 그러지 말구 우리 좀 더 극복해서 빨리 고쳐가지구 돌아가자우. 공연히 다 아는 떼질을 쓰지 말구(어깨를 툭 치며)자 오바를뺏어놓으라구.
　　△원호 못마땅한듯이 일어나서 자기 침대우에 가서 그냥 눕는다.
　　영희동무 다시 병실을 계속 쓴다.

순남　(깎은 밥주걱을 내여들며)자, 어때? 우리 저녁부터는 이것으로 밥을 떠먹자우.

봉섭　(순남의 챔대곁으로 가서 받아들고)아니 그래 이게 혁명3년씩이나 한 손으로 만든거야?

순남　왜 그러나?

봉섭　이거 가지고 우리 뽀-드 타러나 가지

순남　왜 큰가?

봉섭　글쎄 뽀-드 타러가자

순남　뇌두라우(받으면서)거저 우리같이 농사나 지어먹는 놈은 큼즉-한 게 제일이거든

봉섭　아니그래 농사군이라구 밤낮 농사군대로 있겠나?사회가 발전하는데 농사군도 발전해야지

순남　발전을 했길래 양푼채로 먹든 밥을 공기에다 떠 먹지

봉섭　그거 굉장히 발전했구마 그래

순남　그것뿐인가?눈은 외짝눈이 돼서두 이렇게 높은 집에서 침대생활을 하며 떠다 주는 세수물에 떠다주는 밥에 팔자가 쭉-느러진것도 농사군 팔자로서야 대발전이지

봉섭　그런데 이왕 발전하는바에는 좀더 발전하란 말이야

순남　어떻게?

봉섭　그것은 좀 더 작게 맵시잇게 깍으란 말이야

순남　그건 동무가 사회발전을 모르는 사람이야 발전이란 일정한 계단이 있는거거든

봉섭　밥주걱 한 개 깎는데 웬놈의 사회 발전과학까지 나오나?

순남　그게 발전이거든 농사군이 사회과학을 다 말하게 된것이

영희　(쓸든 일을 멈추고)김동무 아주 발전이 굉장하시군요。

순남　(맹랑하게 웃으며)호사동무 글세 생각해보시오。내가 손재간이 없어서 밥주걱을 이렇게 크게 깎은것보담도 사실은 갑자기 맵시나는 것을 쓰면 우리 농사군들의 감정에 맞지 않거든요

영희　아。왜요。이재 농사군도 발전했다면서요

순남　그러기에 양푼채로 먹던 밥을 공기에 떠 먹는다구 하지 않았습니까 그리구 오늘에 우리들의 발전정도로 보아서는 이 정도의 물건이 제일 알맞은거거든요。또 지금 전투시기에 있어서 맵시를 찾는 것도 혁명자로서 좀 감정에 맞지 않구요

영희	뭣이나 다 혁명적이구만요
순남	그럼, 혁명하는 사람이라면 모든 것이 다 혁명적이래야만 하지 않 겠어요 (말을 하고 싱글싱글 웃는다。)
봉섭	그래서 모든 것을 사회과학기초위에서 해나가야만…
순남	앗다 그렇게 자꾸만 따질게 있나 내 손재간이 그뿐이걸 하여튼 내 손으로 만든걸 가지고 밥을 떠 먹으면 더 맛있거든
봉섭	그러면 고량밥이 이밥이 되나?
순남	하참 감정상에 그렇게 기쁘단 말이지
봉섭	글세 나는 그것두 과학적으로 보면 다르게 된다구
순남	에이 사람이
영희	어쩌면 두 동무는 언제나 명랑하고 재미있어요?
봉섭	재미있으니까 이렇게 살지 재미없으면 벌서 자살이라두 했게요.
순남	동무 좀 작으막식 익살을 부리라구
봉섭	응…그건 사회과학까지 푸는 사람이 실수의 말인데
순남	무엇이 실수의 말인가?
봉섭	동무, 생각해보라우 우리가 이렇게 병원에서 생활한다면 말이야 있다금씩 웃우운 말도 좀 해서 서로 위로를 하구 또 이렇게 명랑한 생활을 하는데서 상처도 빨리 나을수가 있거든(영희를 보면서)그 렇지 않아요 호사동무.
영희	예 그래요 무엇보다도 이렇게 병원생활을 하는데는서 상처도 빨리 나을수가 있거든
봉섭	그럼 동무。노래 하나 하시오(영희 팔을 잡는다)
영희	갑자기 노래는 무슨 노래를 하라구 그래요
봉섭	동무가 이자 서로 위로해야 된다구 그러지 않았소.
영희	그거야 동무가 그랬지요.
봉섭	그러기에 나는 이자 말로써 한참 위로공작을 하지 않았습니까 노 래로써 위로공작을 하란말이요.
순남	봉섭동무 그럴 땐 아주 방법이 있거든

봉섭 그게 다 혁명하는 과정에서 배운 방법이거든 (뒤에 있는 동무들을 보며) 동무들 우리 호사동무의 노래를 하나 듣는것이 어떻소?

치진 및 달근 좋소 동의하오

봉섭 군중의 요구니 어서 하시오

영희 글세 무슨 노래를 하라구 그래요. 노래라고는 없어요.

봉섭 왜 동무가 우리 빨래 해주고 이를 잡아줄적에 부르군 하던 노래있지 않아요

영희 그럼 하지요. (노래한다)

인민위해 복무함이

　　가장큰 영광이러니

우리들이 가는 길

　　혁명의 길은

가시 많고 돌이 많아도

　　내 마음은 언제나

기쁨에 넘쳐 기쁨에 넘쳐

봉섭 (노래가 끝나자)동무들 한마디 더 듣는게 어떻소?

영희 가만 있어요. 내 얼른 이 병실을 마저 쓸고 노래 잘하는 복녀동무를 불러오지요.

봉섭 동무의 노래를 하나 더 듣자지 누가 복녀동무의 노래를 듣잡니까?

영희 깨진 양철통 뚜드리는 소리를 듣기보담 잘하는 노래를 들으면 더 좋지 않아요.

봉섭 글세 그동무는 그동무이고 또 동무는 또 동무이지요

영희 그럼 내 얼른 이것을 마저 쓸고서 할터이니 외상 하나 집시다.

봉섭 아니 혁명조직내에도 무슨 외상법이 있어요.

순남 봉섭동무 공작이 바쁠텐데 이번에는 외상을 놓자구

봉섭 그래 군중의 의견이라면 그러지 (잡았던 팔을 놓는다. 영희 다 쓸어가지고 나간다)

치진 동무 한사람의 의견을 듣고 무슨 군중의견이라고 그러나?

봉섭   한사람은 군중이 아닌가? 한사람이라두 내게는 군중이지.

치진   그거야 동무 개인의 문제구 우리 전체의 문제가 아니지 민주를 주
　　　 장하는 사람이 상당히 모호하지 않는가

봉섭   혁명자는 려활성이 많아야 한다구 이럴 때는 소수민주를 집행하두
　　　 우리 병원의 정책에 어그러지지 않거든(말을 하고 웃는다)

순남   또 병원생활론인가?(같이 웃는다)

　　　 △이때 원호 벌떡 일어나서 나무다리를 짚고 절둑거리며 나간다.

달근   원호동무 어디 나가나?

원호   아무래두 속이 달어서 못있겠어. 나가서 바람을 좀 쏘이고 와야지

달근   동무, 외출하지 말라구 그랬는데 나가면 어쩌나

봉섭   동무 고집부리지 말구 가만 있으라우

원호   일없어. 갔다 와서 말 좀 듣지뭐

봉섭   말 듣는것이 문제인가 상처가 빨리 낫지 않는것이 문제이지

원호   내가 책임지지 않으리

봉섭   이건 책임문제가 아니라구 어서 빨리 고쳐가지고 대에 돌아가서
　　　 일해야 하지 않겠어?

원호   걱정들 말구 내 문제 내가 처리하지 않으리(그냥 나간다)

달근   원참 저렇게두 고집을 부린다고야

봉섭   안 그러든 동무가 오늘은 왜 저렇게 외출들 못해서 야단이야

순남   (마땅치 않다는듯이 쳐다보다가)봉섭동무 거기에 선김에 호사동무
　　　 에게 알려서 데러오도록 하지

봉섭   응 그래 (대답하고 나갔다가 도로 들어와서)그런데 그동무 어데로
　　　 가는지 알구 데려오라구 그러나

치진   인제 얼른 나가면 되지않아

달근   아마 중산공원으로 갔을거야

봉섭   거기는 왜?

달근   오늘 우리 사에서 처음으로 각퇀이 모여서 축구대회를 한다든가

봉섭   원호동무 축구를 좋아하나?

달근	그동무가 학교시대부터 축구선수라우
순남	봉섭동무 빨리 호사동무에게 알려주구와서 얘기하라우
봉섭	응 참(하며 나간다) (순남이 밥주걱을 이리저리 보다가 조금전에 밥주걱타령 하던것을 생각하고 희죽이 웃으며 영희가 부르던 노래를 조용히 불러본다)

노래

인민 위해 복무함이

가장 큰 영광이러니

우리들이 가는 길 혁명의 길은

가시 많고 돌 많아 가기 험해도

내 마음은 언제나

기쁨에 넘쳐 기쁨에 넘쳐

△무슨 희망이 떠오르는듯이 말없이 일어나 앉아있는 영구동무를 보고

순남	영구동무 노래 참 좋지?
영구	글세 좋은지 어쩐지 팔 하나 없는 병신이 아무것도 귀치않어
순남	왜 그런 소리를 하나 혁명에다 바친 팔인데 영광스럽지
영구	영광인지 뭔지 나는 차라리 죽는것만두 못한것 같애. 성질이 급한데다가 신경질만 자꾸 나구 거저 막 뭣이구 뚜드려엎었으면 속이 씨원하겠단 말이야
순남	동무는 그것이 탈이라구 제깍하면 신경질을 부리구 또 괘니 자기 혼자 자포자기하구
영구	그만두라우 자꾸 이야기했댔자 그 소린걸 화밖에 나는것이 없어 (침대에 눕는다)

△이때 복녀동무 들어와서 상철동무의 체온을 본다

상철	호사동무 아무래도 견디기 어렵겠지요
복녀	걱정 말아요 우리가 책임지고 지나도록 할테니간요
상철	저-다리를 좀 주물러주시오

복녀 네。(대답하고 다리를 주무른다)

△이때 봉섭동무 들어온다

순남 알려줫나?

봉섭 응 이자 영희동무에게 그랬드니 털모자도 안쓰고 그냥 쫓아나가지 않나

순남 이 치운데 모자도 안 쓰고 나가 그러다 귀 얼면 어쩌라구

봉섭 그러기에 말이야 방에 들어가서 털모자 쓰고 가래도 그러다가 그 동무 상처가 얼면 어찌느냐고 하면서 그냥 쫓아나갔어

순남 참 그동무들 수고해

영구 호사동무 이 사과 좀 깎아주시오。

복녀 네 조금만 계서요。내 이동무 다리를 주물러드리고 깎아드릴게…

봉섭 그런데 순남동무 아까 그 노래 좋지? 인민위해 복무함이 가장 큰 영광이러니 우리 가는길 혁명의 길은 가시 많고 돌 많아 가기 험해도 내 마음은 언제나 기쁨에 넘쳐。글세 우리 혁명의 길이 험해서 부상을 당하고 병신이 돼서두 인민을 위해서 복무했다는것을 생각하면 무한히 기쁘거든

순남 나두 노래 좋다구 한번 불러봤지 (몹시 흥분한다)

봉섭 동무두 좋와하니 그거 아마 우리병원에 있는 사람들 부르라구 지은 노랜 모양이야(노래를 부른다 순남이 따라부른다)

인민 위해 복무함이 가장 큰 영광이러니 우리들이 가는 길 혁명의 길은 가시 많고 돌이 많아 가기 험해도 내 마음은 언제나 기쁨에 띈다。

복녀 (영구동무의 침대머리에서 사과를 깎으며)아주 쏘련영화에서 본 붉은군대같군요

봉섭 지금 그 방향으로 걸어가지 않습니까?

복녀 (사과를 다 깎아가지고 영구동무에게)사과 잡수시오(하고 준다)

영구 (벌떡 일어나서 사과를 확 받아가지고 썹어던지며) 누가 지금 먹겠대? 깎아달라 구할적에는 안 깎아주구 그래 제손으로 사과 한알

두 못 깎아먹는 놈은 죽어야해

복녀 박동무 잘못됐어요. 다음부터는 주의할테니 노여움을 푸세요(이불을 잘 덮어준다)

복녀 박동무 왜 또 신경질을 내세요

영구 나보구 신경질을 낸다구? 저리 가라 저리가. 팔때기두 없는 놈이 무슨 사람 값에 가나.

복녀 박동무 제가 잘못했으니 용서하세요 그리구 노여움을 푸세요.

영구 듣기 싫여 가라 가라우 인젠 내게는 아무것두 싫여.

복녀 박동무 제가 잘못했으니 용서하시구 진정하세요. 자꾸 이렇게 성을 내시면 몸에 열이 나서 상처가 빨리 났지 않아요.

영구 가라우 듣기 싫대두 그래. 무슨 나에게 설복을 하는셈이야. 상처가 났지 않아두 좋구 죽어두 좋와. 인제는 의사두 호사두 다 싫어 가라우.

복녀 박동무 진정하세요

영구 듣기 싫대두그래(도루 누워 이불을 쓴다. 복녀 덮어주고 상철의 침대에 와서 내의의 이를 잡아준다)

△이때에 원호와 영희 들어온다.

원호 오-(발을 뺏어서 침대에다 떠둘러 메치며)제기랄거 이건 죄진것보다 더하단말이야

영희 (오바를 잘 끼워주며)최동무 좀더 극복해서 다 나아가지고 다니면 좋지 않아요?(원호 자리에 누워서 이불을 뒤집어쓴다. 영희 잘 덮어주며)박동무 생각해보십시오. 자기 몸을 자기가 주의해야지 않아요? 동무 다리는 뼈가 상했기 때문에 채 낫기전에 잘못하면 큰일이예요 그리구 여기 계시는 동안은 의사와 호사를 자기 상급으루 생각하구 무슨 일 있으면 허가를 얻어서 해야 돼요 알겠어요?

원호 (벌떡 일어나며)인젠 그만큼 교육햇으면 그만두세요 에익 그 망할 놈의 다리 때문에 축구구경두 못했단말이야

봉섭 (원호의 침대곁에 가서)원호동무 오늘은 왜 고집을 부리나 우리가
      여기에 있는 동안은 이 병원의 기률을 지켜야지 왜 자기 잘못해놓
      고서도 호사들에게 화풀이를 하나?

원호 화풀이는 누가 화풀이를 하나 속상하니까 그러지

봉섭 그래 화풀이 아니구 뭐야. 그리고 누가 동무들 구속주느라고 그러
      겠나. 동무들을 위해서 그러는거지. 생각을 좀 해보라우. 이층까
      지 물을 길어올려다가 세수를 시켜준다. 빨래를 해준다. 또 이를
      잡아준다. 자기의 자식인들 어떻게 그렇게까지 해주겟나? 그리
      구 동무를 생각해서 치운데 갔다온것만 해두 미안할텐데 게다가
      화풀이를 해?

원호 그래 잘못됐소. 본래 운동을 좋아하는 놈이라 오늘 우리 사가 건
      립이래루 처음으루 축구대회가 열린다니까 자꾸 속이 덜먹거려서
      견딜수가 있어야지

봉섭 글세 속이 덜먹거린다고 그래서야 되나 호사동무들 수고하는것을
      보아서라두 참아야지

영희 우리뭐 수고하는게 있나요

원호 호사동무 미안합니다.

영희 아니예요. 제가 좀더 관심이 있었드라면 그 다리를 가지고 이 치
      운 날에 나가지도 않게 했을텐데 제가 미안해요.

원호 그렇게 말하면 제가 더욱 미안한데요

봉섭 서루 미안하면 됐구만 다음부터는 그 미안이 없어지도록 주의하
      지. (명랑하게 웃는다. 원호 담배를 꺼내든다)

영희 인주세요 제가 붙여다 드릴게요. (담배를 받아가지고 나간다)

봉섭 원호동무 고집을 부릴 때는 외고집을 부리다가두 속이 넓을 때는
      아주 넓은데…

원호 왜 또 병원생활론을 꺼내는셈인가
      (영희 담뱃불을 부쳐다 준다)

봉섭 영희동무 아까 노래 외상진거 어떻게 됐어요?

영희	저기 있지 않아요.
봉섭	그럼 그동무부터 시킬텝니까 어서동무가 책임지고 시키십시오
영희	복녀동무 동무 노래 하나 부르라야
복녀	노래는 무슨 노래를 갑자기 부르라 하니
영희	아까 내가 동무를 창가시킨다고 약속했어.
복녀	본인하구 물어보지두 않구 약속해?
영희	한가매 밥을 먹으면서 물어보면 어떻구 안 물어보면 어떻니?
복녀	그렇게 의리가 좋으면 동무가 대신 하라구나
봉섭	영희동무 책임져야 합니다. (영희 뛰어가서 복녀를 잡는다. 복녀 환자가 중하다고 눈짓한다. 영희 주춤했다가 복녀의 팔을 잡아 끌어낸다. 그러며 간질이서 복녀 간지러워 웃으며 ≪할게 할게≫라고 한다.)
복녀	뭘 하니
영희	왜 많지 않니
복녀	그럼 하지 (노래를 시작한다)
	△영희 상철의 곁에 가서체온기를 보고 다시 체온기를 끼우고는 손에 맥을 짚어본다.
	동무들 어서 가자 승리봉 행하여
	위대한 태양아래 붉은기 날린다
	헤이, 헤이 동무들 헤이 발맞춰
	헤이, 나가자 총칼을 잡고
	우리 원수놈들 처러 달려나가자
	△복녀동무 노래를 끝마치고 ≪그뿐≫하구 거수경례를 한다. 반롱담이다.
봉섭	동무 동무 그다음 마저 해야지요.
복녀	일절 했으면 되지 않았어요.
봉섭	동무 혁명을 해도 끝까지 하구 노래를 해두 끝까지 해야지요
순남	옳소 동북혁명 끝났으면 됐다구 전국혁명에 안 참가하면 되나요

복녀　　그럼 마저 하지요
　　　　인민위했으면 너의 몸을 다바쳐
　　　　어떠한 곤난이라도 기쁨으로 이간다 헤이
　　　　헤이 동무들 헤이 단결해
　　　　헤이 나가자 승리봉 향해
　　　　동지 위해 복무하는 우리는 호사대다.
　　　　△이때 영희동무 체온기를 들고 본다

봉섭　　인민 위해 몸을 바친 우리는 상병이다. (마지막 한 구절에 맞춰 부
　　　　른다. 일동 웃는다)(복녀 동무　곁으로 가며)복녀동무 오늘은 상철
　　　　동무 병세가 상당히 좋지 못해

순남　　왜 더합니까?

영희　　예 좀 좋지 못합니다

복녀　　내 그럼 의사동무 불러올게(하며 나간다. 영희 다시 상철동무곁으
　　　　로간다)

봉섭　　우리가 너무 떠들어서 안됐는데

순남　　호사동무들까지 부뜰어서 안됐소.

원호　　이제부터 우리 좀 주의하지

봉섭　　그래 좀 주의하자우 먼저 전형적인 나부터 주의해야겠어
　　　　△이때 의사와 복녀 들어온다. 의사 상철동무의 병을 보고 상병원
　　　　몇이 가서 본다.

의사　　이동무 피가 무슨 형이던가?

영희　　B형이예요.

복녀　　수혈을 해요

의사　　에 동무 가서 백g 주사기를 가저오시오. (복녀 대답하고 나간다)

의사　　B형, B형 (하면서 생각는다)

영희　　의사동무 내 피는 O형이니까 어디나 다 맞아요.

의사　　그런데 동무는 일전에두 한번 뽑구

영희　　괜지 않아요

　　　　△복녀 주사기를 가지고 들어온다 영구 치진이도 와서 본다

복녀　내 피 AB형이니까 이동무 피와 맞아요。

영희　내 피를 수혈하도록 했어

복녀　동무는 일전에도 수혈하지 않았어 피가 아무 때나 맞는다고 자꾸 뽑으면 동무는 어쩌니

영희　그까지껏 한번 수혈한것 가지고 뭘그래

의사　(감동하여 웃으며)영희동무 동무는 일전에 한번 수혈했으니 이번에는 복녀동무더러 좀 바치라고 합시다。
　　　　△상병동무 모두다 감동된 표정이다。

복녀　(팔을 걷고)자 뽑으세요。

의사　(복녀동무의 피를 뽑아서 수혈한다. 다 하고나서)이불을 잘 덮어주시오。(복녀주사기를 다 정리하고 이불을 덮어준다. 의사가 나가고 상병동무들 자기 침대로 간다. 영구 상앞에 가 앉아 멍하니 생각하고 순남 무대중앙에서 천정을 처다보며 멍하니 섰다. 복녀 주사기를 가지고 나간다。

상철　호사동무 미안합니다。

영희　동무 자꾸 미안하게 생각하지 말아요。(이불을 꼭꼭 덮어주고 나간다。)

봉섭　순남동무 뭘 그렇게 멍청하게 서고있나?

순남　봉섭동무 나는 새삼스럽게 숨어있는 인민의 복무자를 발견하였어。오늘까지 나는 생각가운데 직접 총을 멘 우리둘만이 가장 인민에게 복무하는것이라고 믿어왔댔어。그러나 오늘 호사동무들을 볼때 그 동무들은 상병동지들을 구하기 위하여 자기의 더운피를 아낌없이 바치고있찌 않어?(흥분된다)자기 계급에 대한 사랑 인민에게 대한 충성 이것은 무엇보다도 위대하고 고귀한것이며 우리 무산계급의 대오가 아니면 볼수 없는 사실이 아니야? 나는 동북 혁명에 이 눈 하나를 바쳤어。그러나 전 중국해 방과 조국의 완전한 해방을 위해서 하나 남은 이 눈을 마저 바치겠어。

봉섭   순남동무 그와 같은 정신으로써 싸우자구. 우리는 이 병원에 와서 너무나도 많은 교육을 받았어. 호사동무들 그 동무들은 아무리 힘들고 괴로운 일이 있더라도 불평불만 없고 언제나 웃음으로 우리를 대해주고 어머니처럼 우리를 돌봐주지 않아. 그 동무들의 행동 그 동무들의 말없는 언제나 인민에 대한 충성, 자기 동지에 대한 사랑이 빛나고있거든. 나두 어서 퇴원만 하면 본대에 돌아가서 좀더 힘껏 싸워볼래.

순남   참으로 그 동무들은 우리의 어머니야.

영구   동무들 나는 동무들 보기가 부끄럽소. 나는 이 팔이 하나 떨어진 후부터 혼자 비관하구 혼자 자포자기했어. 그래서 공연히 호사동무들에게 짜증을 내고 심지어는 욕하구 타박을 주며 그 동무들을 괴롭혔어. 이제부터는 나두 동무들과 같이 이 남은 팔 하나를 마저 혁명에 바칠 결심이야.

순남   옳아. 동무의 팔 하나 내 눈 하나를 동북인민의 해방전쟁에 바쳤다는것은 우리들의 무한한 영광이야.

       △이때 영희, 복녀 들어온다

영구   복녀동무 그리구 영희동무 너무나 동무들을 괴롭히고 말성을 부려서 미안합니다.

복녀   무어 말이예요. 우리들이 인민을 위해서 피를 흘린 동무들에게 대해서 충분히 도와드리지 못해서 미안해요.

영구   아닙니다. 동무들이 그렇게 말씀하면 더욱 부끄럽습니다.

봉섭   (명랑하게 웃으며)이거 또 위로 공작이군요.

       △일동모두 희망과 기쁨에 찼다.

영희   병원생활을 하면서는 서로 위로를 해야 한다고 그러지 않았어요.

봉섭   그러면 호사동무들 노래를 또 불러야 하겠습니다그려

복녀   그러면 또 하지요뭐(일동 유쾌하게 웃는다)

영희   그러지 말구 우리 다같이 부릅시다그려.

순남   무슨 노래를 불러요

영희   아까 복녀동무 부르던 노래 있지않아요。

순남   그럼 그럽시다그려

　　　　△일동 서로 팔을 끼고 우렁차게 노래를 부른다。

　　　　동무들 어서가자 승리봉 향하여

　　　　위대한 태양앞에 붉은기 날린다。

　　　　헤이헤이 동무들헤이 발맞춰

　　　　헤이 나가자 총칼을 잡고

　　　　우리의 원수놈들 치려 달려나가자

　　　　인민의 리익이면 나의몸 다바쳐

　　　　어떠한 곤난이라도 기쁨으로 이긴다

　　　　헤이헤이 동무들 헤이 단결해

　　　　헤이 나가자 승리봉 향해

호사만   동지위해 복무하는 우리는 호사대다。

상병들   인민위해 몸을 바친 우리는 혁명군이다。

―하막―

제2막

때   장소는 1막과 같다

극을 꾸미는 사람

　　　　복녀 호사…

　　　　영희 호사

　　　　옥련 호사

　　　　복실 호사

　　　　분옥 호사

　　　　인순 호사

　　　　전사 다수

그 외 의무 공작원 약간명

무대   3분의 2가량이 방이고 좌쪽 3분의 1은 바깥이다. 방안은 3분의 1 가량 우편으로 마루방이 놓여있고 방 윗목에는 침구가 순서있게 놓여있다. 방좌쪽 지실구석에는 상이 놓여있고 상우에는 화분도 하나 놓여있다. 장치는 될수 있는대로 알쭌하며 방중앙후면으로 출입문이 있어 랑하를 통해야 밖으로 나올수 있다. 막이 열리면 복녀와 옥련이 상앞에 앉아 빨래를 하고 분옥이 마루방옆에 걸상 놓고 앉아 바느질한다. 환자의 의복을 깁는것이다. 복녀와 옥련이는 벌써부터 이야기가 시작된것이다.

복녀   그래말이야 아마 우리가 서로 내 피를 수혈해달라구 그랫드니 거기에서 아마 감동이 된 모양이야. 잠간 나왔다 들어가니까 미안하다구 하며 용서해달라구 그러지 않겠어.

옥련   그렇게 말썽을 일구던 동무가

복녀   나두 그동무 입에서 그런 말이 나올줄은 몰랐어 그 순간에 어찌기 쁘든지

옥련   그거 참말루 반가운 일이다.

복녀   인젠 어서 빨래나 하자야

△동무들 빨래를 와락와락 문지른다. 복녀 노래를 부르자 옥련도 따라부른다.

엉기여차 엉기여차 배를 저어라 혁명의 배
민주사회 새나라를 세우러가자 사공들이 억세고도 힘찬데
무엇이 겁날소냐 두려울소냐 자아자아
우리의 선장 모택동은 키를 잡았다
어서 노저어라 노저어라 어기영차 어기영차
불빛없는 항구마다 해방종 울리며 자유와 행복실은 민주호는 나
간다.

분옥   (노래가 끝나자)동무가 이야기하라 노래하라 빨래는 언제 하게.

복녀　　노래야 입으로 하구 빨래야 손으로 하지

옥련　　일할적에 노래를 부르면서 하면 힘든줄 모르거든. 그리구 피로를
　　　　회복하는데는 우리가 쓰는 주사약보다 났거든

분옥　　그거 아주 명언이로구나(웃는다)

분옥　　그리구 우리가 지금 이렇게 빨래를 하구 바느질 하는것두 혁명의
　　　　배를 젓는것이 아니야

분옥　　혁명의 배를 젓다니

복녀　　이자 왜 부른 노래에 민주사회 세우러 혁명의 배를 젓자고 그러지
　　　　않았어? 우리가 지금 혁명이라는 배를 타구 사공이 되어서 신민주
　　　　주의사회를 향해서 나간단 말이야 (웃는다)

분옥　　그거 아주 감정이 풍부하구나

복녀　　왜 이전에 선전대동무들이 와서 노래를 가르쳐주며 노래의 내용을
　　　　파악하고 부르라고 그러지 않았어 (땅에 있는 나무때기를 들어 물
　　　　통에다 께며)자 옥련동무 어서 빨리 우리 혁명의 배를 젓자우.
　　　　△두 동무 《어기영차 어기영차》 노래를 부르며 물통을 들고 나
　　　　간다

분옥　　(바느질 하면서 혼자 노래를 부른다)
　　　　인민을 위해 복무함이
　　　　가장 큰 영광이러니

　　　　우리들이 가는 길 혁명의 길은
　　　　가시많고 돌많아 가기 험해도

　　　　내마음 언제나 기쁨에 넘쳐 기쁨에 넘쳐
　　　　△이때 복실이 들어온다.

복실　　(분옥을 보고)바느질 해?

분옥　　오 오늘 퇴대하는 동무핸데 좀 같이 하자우

복실　　퇴대하는 동무핸가. 난 바빠서야

분옥   너무나 해저서 그냥 입구 나가는것이 좀

복실   (방에 올라가서 같이 방조하며)그런데 말이야 오늘 치질환자동무
        가 한동무 오지않겠어. 그래 수술하려구 준비하여 김의사동무와
        같이 외과수술실에 가지 않았겠서. 참 그랬는데 글세 죽으면 죽었
        지 수술을 안하겠다는거야.

분옥   그래서 어쨌어?

복실   그래서 말이야 음
        △이때 복실은 옥련이 들고오는 물통의 나무를 빼고 같이 들어놓
        으며 노래를 부른다.
        거친 물결 험한 파도 짝짝 헤치며
        인민의 환호속에 승리호는 나간다

분옥   동무 동무 이야기 들으라우

옥련   무슨 얘기?

분옥   이제 복실동무 이야기 하니 들어보라우(두동무 물통과 나무대기를
        놓고 먼저 안 젓는데 앉는다.)

복실   그래서 말이야

옥련   뭘 그래서 말이야

분옥   글세 이제 들어보면 알지 않아.

복실   치질환자가 왔는데 수술을 안하겠다구 해서 말이야 그래서 최의사
        그만두고 한의사동무가 세 번씩이나 료해를 시켜두 종내 말을 들
        어야 말이지. 그래서 나중에는 동무 여기 뭣하러 왔는가고 물었
        지. 그랬더니 병고치러 왔다고 하기에 그런 사람이 왜 의사의 말
        을 듣지 않고 어떻게 고치는가고 따졌지. 그랬드니 글세 다음에
        고치겠으니 부대로 돌아가겠다고 그러지 않겠나. 내참 속상해서

옥련   그래 돌려보냈나?

복실   돌려보내는게 다 뭐야. 우리가 맡은 사람을 병을 고쳐야 돌려보내
        지. 그래 그다음에는 부대에 돌아가도 적당한 조건이 있어야 돌려
        보낼테니 의사를 못믿겠다든가 리유를 대야 참고해서 돌려보내준

　　　　　다고 했지

분옥　　그랬드니 뭐래

복실　　아무말두 하지 않구 잠자쿠있지않겠어. 그래 아무리 자꾸 말을 해
　　　　야 대답을 해주어야지 참 속이 상해서 그래 성을 낼수도 없고 그럼
　　　　오늘은 그냥 여기서 잘 생각해보라구 그랬지

분옥　　남성동무들은 그놈의 고집이 많아서 큰 일이야.

복실　　남성동무라고 다 그런가 그런 동무가 있지. 녀성동무 고집통은 더
　　　　얄미워 죽겠어.

분옥　　(웃으며)옳지 복녀동무 남성동무편을 드는구나

분옥　　편은 무슨편이야. 그렇지 않아? 편을 안든다면 남성동무를 투쟁
　　　　할 녀성혁명을 해야겠구나(웃는다)
　　　　△이때 영희동무와 인순동무 웃으며 들어온다. 영희 한손에 건군
　　　　보를 들었다.

영희　　복녀동무 동무 제일 기쁜 일이 뭐야?

복녀　　기쁜 일은 무슨 기쁜 일이야

영희　　글쎄 동무 제일 기쁜 일이말이야

복녀　　이건 아닌 밤중에 홍두깨비 내밀듯이 덮어놓구 기쁜 일이라니 뭐
　　　　말이야?(다른 동무들 무슨 영문인지를 몰라 멍하고있다.)

인순　　왜 사람이 사느라면 기쁜 일이 많지 아니 그중에 동무가 제일 기쁜
　　　　일말이야

복녀　　뭘 그러는지 영문을 모르겠다

옥련　　복녀동무 무슨 좋은 일이 있는 모양이구나.

복녀　　내게 좋은 일은 무슨 좋은 일이있겠어 그거 참

복실　　영희동무 무슨 재미있는 일이있어?

영희　　(웃으며)아니야 아무것두 없어.

복실　　(영희곁에 다가서서)무슨 일이야 나한테만 이야기하라우.

영희　　(깔깔 웃으며)일은 무슨 일이 있다구 그래 그저 한번 물어봤지

복실　　네 얘기 안 할래(붙잡고 꼬집는다)

영희   아야 아야 (엄살을 부린다)

복실   무슨 일이야 나한테만 이야기하라. (귀를 들이댄다)

영희   (웃으면서)무슨 애길 하라구 그래 그저 심심해서 물어봤대두

복실   동무 정말 얘기 안할래? 응 할테야? 안 할테야 (꼬집는다. 영희 아야 아야 하며 떠든다. 복녀 그냥 멍하니 처다보구있다.)

영희   아야 아야 내 말할게

복실   그래 말해라

영희   그런데 말이야 이자 이 신문을 보느라니까(신문을 잡은채로 보며) 피뜩 그런 생각이 나는구나

복실   무슨 생각이?

영희   글세 복녀동무에게 제일 기쁜 일이 무엇이야? 물어볼 생각이말이야

복실   그래서?

영희   그래서 이자 물어본거지

복실   (또 꼬집으며)네 바른대로 말안할래?

영희   아야 아야 내 말할게

복실   그럼 어서 이야기해라.

영희   그런데 사실은 말이야 이자 저쪽 방에서 인순동무하고 이 건군보를 보느라니까 말이야 일전에 퇴원한 학선동무의 이야기가 씌여있지 않겠어(일동 유심히 듣는다.)그래서 말이야 그 동무가 대에 돌아간후 우리들의 공작을 보고 여성들이 저렇게 일하는데 자기가 하는 화식공작은 아무것도 아니라고 하며 그전보다도 아주 적극적이래

복실   누가 그이야기를 들재서 복녀동무의 이야기를 듣자고 그랬지

영희   그래 지금 하지 않니 그래서 말이야 그 기사를 보니 어쩐지 가슴이 꽉 차는게 기쁘단 말이야

복실   그래서

영희   그래서 그렇단 말이지

복실	누가 그 이야기를 하래 복녀동무 이야기를 하라지
영희	복녀동무 이야긴 무슨 이야기 말이야? 그래 내가 이렇게 기쁘기에 한번 복녀동무는 제일 기쁜 일이 무엇이냐고 물어봤지
복실	그런데 그렇게 능청맞게 물어?
영희	능청맞긴 무엇이 능청맞단 말이야
복실	(도루 방에 걸터앉으며)난 또 무슨 재미있는 일이라두 있으면 하다 못해 해바라기씨라도 사라구 그럴랬댔지(바느질을 또 한다)
복녀	그렇게 깜찍하게 사람을 속혀
영희	속히긴 뭘 속혀? 제일 기쁜 일이 뭣이냐고 물었는데 (복녀 빨래를 또 하기 시작한다。)
인순	그래 복녀동무 제일 기쁜 일이 뭐야?
복녀	그거야 많지뭐
영희	글쎄 말을 해보란 말이야。
복녀	첫째 우리 여성들두 혁명에 참가해서 남성동무들에게 지지 않게 싸울수 있게 된것두 기쁨이구 그 다음에두 많지뭐
인순	글세 많은데 다음을 해보란 말이야
복녀	우리 혁명하는 사람이 혁명하는 기쁨이면 다지 그 외에 또 무엇이 있어?
영희	글세 그거야 누구나 다 기쁠거고 동무는 동무대로 기쁠 때가 있지 않겠어?
복녀	이거 아주 질문식이구나(웃으며)글세 이렇게 인민을 위해서 싸우다가 부상당한 동무들의 빨래를 해주는것두 나의 기쁨이지
분옥	이렇게 바느질 해주는것두 기쁨이구
옥련	그런데 말이야。 그렇게 말을 하는 까닭이 저 사람 감정이라는것은 참으로 묘한것이야 글세 저쪽 병실 2층에 물을 한지게 지고 올라갈때는 땀이 바짝바짝 나는것이 다리가 우둘우둘 떨리다가도 환자동무들이 지금 기다리고 있지 하는 생각이 나면 힘이 어디서 나는지 모르겠어. 그래서 그 물로 세수를 시켜주고 그 동무들의 빨래

를 해줄적에는 그만 힘든줄도 모르고 무한히 기쁘단 말이야 그리고 내가 하는 공작이 몹시 행복스러운것 같아.

영희   그러다보니 우리들의 기쁨은 굉장히 많구나 나는 글세 오늘 이 신문에 학선동무가 호사동무들이 자기 발전의 길을 열어주었다고 하여 적극적이라니 아주 내 공작이 여간 행복스럽게 생각되지 않아.

복실   자 인젠 얼른 갔다주라(바느질 하던데서 실밥을 끈는다)

복녀   다 했어

분옥   응(대답하고 의복을 들고 나간다。)

인순   그중에두 말이야。 나는 제일 기쁜것이 환자동무들 퇴원할적이야。 글세 오줌, 똥까지 받아내야 하든 동무들이 건강한 몸이 돼서 용감히 싸우겠다구 하며 씩씩하게 나갈때는 그리 눈물이 날려고 해

옥련   그러니 이와 같은 기쁨은 우리호사들만이 맛보는 기쁨이지

복녀   왜 의사동무들도 환자동무들이 퇴원할적에야 맛 볼수 있지。

영희   그럼 병든 사람을 자기 손으로 고쳐서 내보낼 때 기쁨이야 오히려 우리보다 더 클거야

옥련   그런데 내보내기엔 의사동무들은 남성동무들이 돼서 그런지 우리처럼 기뻐하는것 같지 않더라야

복녀   왜그래 남성동무들이 모두 속이 똑똑해서 표면에 나타나지 않으니까 그렇지。 자기 손으로 직접 죽어가는 사람을 구해냈을 때 그 기쁨이야 말할수 없지。

옥련   아주 남성동무들 속에 들어갔다 나온것처럼 말을 하는구나(일동 웃는다。)

복녀   그러나 이자 우리들이 말한 기쁨이란것두 사실은 혁명공작이기 때문에 기쁜거야

영희   그러다보니 혁명공작이란 무한히 기쁜 공작이지

인순   그러나 왜 상급동무들은 혁명공작은 가장 간고한 공작이라구 그러지 않니

영희   그러나 그 간고한것을 이겨나갔을적에 기쁨이 있거든 아까 왜 옥

련동무가 이층에 물길어 올라가던 이야기를 하지 않던?

옥련   그런데 기쁨이라는것두 과거사회와 오늘 사회는 판이하게 달라. 글세 과거사회에는 놀구 먹는것이 제일 큰 기쁨이였구 밤낮없이 남의 일을 해주는것은 가장 불행한 것으로 여기지 않았어.

복녀   그거야 암만 일해두 놈들에게 다 빼앗기다나니까 기쁠게 뭐야. 그 야말루 우리에게는 큰 불행이였지. 그러나 오늘에 와서는 우리가 계급을 깨닫고 무산계급의 참다운 도덕을 알기 때문에 서로 더 많 이 사회를 위해서 일하는것은 유일한 기쁨으로 여기지않아.

복실   그거야 물론 그렇지 우리 없는 사람들이 과거에 많은 학대와 천대 를 받아왔기 때문에 불상한 사람을 보면 동정할줄 알고 남을 압박 하는 사람을 보면 미워할줄 알지 않니.

영희   그래 언제나 수장동무들이 이야기 해주던 계급에 대한 사람이란 거야

인순   영희동무 그 신문 달라. 내 그 신문 가지구가서 환자동무들에게 읽어줄래. (영희의 손에 들고있는 신문을 쏙 빼서 가지고 어린애 처럼 뛰여나간다. 일동 웃는다.)

복녀   그런데 말이야. 응 난 이번에 장춘에 들어와서 내 공작에 대한 기 쁨이 더 커졌어.

옥련   어떻게 …

복녀   우리가 이 장춘에 입성할 때 원수놈들에게 파괴된 집들을 보지 않 았어. 그것을 말이야. 인제 로동자들이 곧 건설할거든 그런데 나 는 말이야 원수놈들에게 부상을 당한 동무들의 상처를 건설하고 있는것이라구 생각하니 어쩐지 가슴이 울렁거리는데 막뛰고 싶지 않네. 그리구 그전까지는 팔이나 다리를 짜른 동무들을 볼때 어쩐 지 측은했어. 지금은 그것은 인민의 해방을 위해서 그렇게 되었다 는것을 생각할 때 무한히 영광스럽구 아름다워 보이는거야

영희   아주 시를 읊는것 같네

△이때 나갔던 인순동무 뛰여 들어온다.

인순   동무들 오늘 퇴원하는 동무들이 지금 떠나

옥련   벌써 떠날 시간이 되었나.

　　　△일동 주섬주섬 모두 나간다. 좀사이 있다가 집뒤로 전사동무들
　　　호사동무들 다수나오며 떠든다. 의사도 있고 그외 남성이 여러사
　　　람 있다. 전사동무들은 모두 **뻬보**(背包-배낭)를 들었다. ≪동무
　　　들 수고 많이 기쳤습니다.≫ ≪동무들 안녕히 계세요.≫ ≪동무
　　　들 잘 싸우세요.≫ ≪예 힘껏 싸우겠습니다.≫ 무질서하다. 걸
　　　어서 무대 전면에 와서 전사들 퇴장하고 호사들 노래를 부른다.
　　　몹시 기쁨에 넘친다

　　　　　　　　　　　　끝